表象と生のはざまで

葛藤する米英文学

山下 昇・林以知郎・佐々木隆・斉藤延喜 編著

南雲堂

はしがき

林　以知郎

図書館の海外逐次刊行物コーナーでしばし時を忘れてしまうのは、取り揃えられた雑誌を眺めながら同時代の知の動向をウィンドウ・ショッピングするそぞろ歩きに興を覚えるがゆえだろう。七年ほど前からイギリスを拠点に刊行され始めた『シンビオーシス—大西洋両岸の文学研究』も、英語圏文学の現下の関心を集約していそうな魅力的な企画として見る者の目を惹く。大西洋の両岸のどちら側であるかを問わず、このところ波状的に企てられてきた文学史書き直しの試みが国民国家・国民文化の自己展開という神話を時間軸の側から揺るがせてきたのがここ四半世紀ばかりの知の風景の変容だとするならば、文学的想像力の発動を文化言説の生産・流通の場という新たなトポスにおいて捉えようとする発想が、空間軸にかかわるいまひとつの変貌だったといえよう。そのような研究動向を前にして、イギリス文学、アメリカ文学という領域の設定もまた、その風景の自然さを懐疑し始めているように思われる。慣れ親しんだはずの研究領域の設定が、実はその底に排除と階層化への傾斜を潜めているのならば、「米英文学」という呼称のぎごちなさをあえて引き受けてみることで、そこに見えてくるだろう風景にこそ新しさを待ち望んでみたく思う。

中心に見出されるべき範型と周縁におけるその受容、さらには影響関係の呪縛とそこからの解放を梃子とした独自な文化主体の成型――私たちが英語圏文学の学徒として慣れ親しんできたこのような風景は、実は互いに対してもっと柔軟に開かれた、包摂的な空間の表層であったのではないか。大西洋の両岸をはらみこんだ空間構図を設定してみるならば、そこにはそれぞれに固有の文化生産の場に根ざしながらも共振し親和しあっていく想像力の発動が垣間見えてくるのではないか。そしてそれぞれの研究者が対象としているテキストをそのような包摂的な空間に置いてみたならば、そこには流動し続ける人間の生と、その生の不定形に表象を帯びさせようとする想像力のせめぎあいの様相が、文学の原基のごときものとして見えてくるのではないか。文化的・地理的自己同定の境界を越えて、生の流動と表象への欲望のはざまで、葛藤しあいながらもシンビオーシス――共生――へと向かおうとしている大西洋両岸の文学・文化テキスト群の面白さをいささかなりとも捉えてみたい、というのが本書に収録された四十数編の論考に共有された思いである。

そのような思いをもとに編まれた本論集は、全体を六部からなるパートに分け、それぞれアメリカ文学の新しい時代からイギリス文学の先行する時代へと時間的に遡及する形で配列してみた。各パートの着眼となっているのは、生の流動と表象化への衝動がせめぎあう現場をそれぞれに固有の相を帯びた葛藤の風景として捉えようとする発想である。第Ⅰ部では、ジェンダーとエスニシティに規定づけられた生の主体が自らを語る言葉を模索する過程にたち現れてくる身体の在りようを考察する六編を収めた。自らを語るべき言葉への模索がテキストの織り布を紡ぎだし形態を身に帯びようとしていくとき、そのような欲望が語りのフォルムといかに遭遇していくかに着目した十編が第Ⅱ部である。第Ⅲ部の九編では、それぞれの時代状況が織り上げる文化言説とそれらに身をさらしながらも受容と抗いの拮抗しあう身振りを共有していたテキスト群を読み解こうとした。第Ⅳ部では米英文学テキストに表象された空間の位相を解析することを共通の主題とした七編を収めたが、中心に対する周縁と外延の措定が揺らぎ、内部者の眼差しによって共有されていた親密性が稀薄化することで空間秩序が変容していく過程こそが眼目となっている。第Ⅴ部に収めたのは文学テキストの生成を歴史性において捉えようとする視点からの論考であるが、語る主体に対し時代の文脈が歴史を語る言葉を用意しながら、その文脈が規定してくる条件から身を離した地点に立って歴史を語りだすことが可能なのか、という問いが各編に共有されている問題意識である。これまでの五つのパートは表現ジャンルと表象メディアのあり方をさまざまな形に求めながらそれぞれに葛藤の相を露わにするテキスト群とその生産過程を論じたものだが、第Ⅵ部にはジャンルとメディアの在りようそのものが越境・交錯していく現場を時代と文化領域を縦断する形で考察した五編を配置することで、本論集の目指すところを際立たせてみた。

表象と生のせめぎあいが描き出す諸相を捉え、葛藤しながらも共振しあう大西洋両岸の文学の広がりと力動を探ろうとした四十三人の論者の着想と切り口にもし収斂すべき基点があるとするならば、それは私たちにとっての共通の恩師であり先輩である岩山太次郎先生の研究と教育のスタイルに求めるべきであろう。先生の文学教育と批評の姿勢を語っていただいた章を「終わりに」として配した所以である。

表象と生のはざまで

葛藤する米英文学

目次

I

欲望する主体／言葉を紡ぐ身体

恩地　幸

『スーラ』におけるゴシック・ロマンスの系譜と身体

はじめに

トニ・モリスンの第二作『スーラ』（一九七三）は第一次世界大戦後の一九一九年に始まり、「モイニハン報告」の出された一九六五年に終わる。激動の二十世紀をその時代背景として、この作品は一九二〇年代において「黒人少女であること」とは何を意味し、一九三〇年代において「黒人女性であること」は何を意味するかを痛切に読者に体験させてくれる。同時に第一次大戦後から一九六〇年代までを描くことで二十世紀の黒人の物語を重層的に（スーラとネルという個人の物語と共同体ボトムの物語として）紡ぎ出している。

フィリップ・ワインスタインはフォークナーとモリスンの比較研究において「奴隷制とその後の余波はアメリカ史の中核に渦巻く悲嘆であり続けている」（xvii）と述べ、モリスンはフォークナーと並んでこの悲嘆を理解するための最も偉大な作家であることを表明している。『スーラ』は「白人でもなければ男でもない」

(52)ことを自覚した少女が「芸術的表現形式を持たない芸術家のように、…危険な存在」(121)として生きる女の物語であるが、同時にアメリカ小説の伝統、アメリカ・ゴシック小説の伝統を感じさせる作品である。[1]

巨大な屋敷の奥で繰り広げられる破滅と死、異端と狂気のイメージ、出奔、放浪、帰還のテーマ、復讐―これらのゴシック的要素を『スーラ』の中に発見できる。これらの要素を分析すると同時に『スーラ』における表象としての身体的特質がどのように描かれ、どのような意味を持つのか考えてみたい。サンドラ・ギルバートとスーザン・グーバーは、『屋根裏の狂女』の一つの章のなかでゴシックの古典と言うべきメアリ・シェリーの『フランケンシュタイン』を分析している。彼女らは、フランケンシュタイン博士による怪物の創造を、人類に罪をもたらす「怪物のようなイヴ」の誕生にたとえる読みを展開している(213-247)。西洋キリスト教文化において「女性の身体」は人類に罪と禍をもたらす、嫌悪し畏怖すべきものとして扱われてきた。ゴシック・ロマンスには畏怖すべき女性の身体の表象が散在する。ゴシックとしての『スーラ』において女性の身体がどのように描かれ、どのような意味を持つのか考えたい。

一 「家」と女の身体

ゴシック・ロマンスにおいて「城」「屋敷」「家」が重要な要素となるが、『スーラ』における「城」はイーヴァが建てた三階建ての巨大な家である。たくさんの部屋があり特徴としては「二階にあがるための階段は三つ」あり「ポーチにだけ開いていて、家のほかの場所からは全然入れない部屋」(30)もある。付け足していくことで増殖していく家である。この家は「創造者」イーヴァそのものを体現している。

この家でイーヴァは三階に住み君臨する。この家を手に入れるためにイーヴァが自分の片足を犠牲にしたことが語られる。そして彼女に経済的自立を決意させた夫による遺棄と貧困が語られる。何よりも赤ん坊のお尻の穴にラードの欠片を押し込み小石状の固くて真っ黒い便を出させた冬の早朝の寒さという身体感覚が母であるイーヴァに強い決意をさせる。この二日後イーヴァは三人の子供たちを預けて家を出、十八カ月後に松葉杖をついて一本足になって帰ってきた。自分の片足を犠牲にして（汽車に挽かれて、賠償金を得た?）建てた家に娘ハナ、孫スーラと住み、女三代の「家母長制」を確立する。夫の不在、息子の廃残、下宿人の男タールベィビー（白人かも?の噂）のアルコール中毒、引き取った三人の男の子の成長しない身体などに表象されるように、男であることの伝統的価値は否定され、軽視され、遺棄される。この男性不在あるいは男性不能の家でイーヴァは「男のように」暮らし、ハナは自由な性関係を周りの男たちとむすぶ。[2] ハナの放縦な性行動は家父長的イデオロギーの否定を象徴するものである。父の代理としての男（夫）を愛する必要、男児を生むことによる母親としての充足といった父権優位の価値を完全否定する世界をモリスンは構築していると言えよう。ハナの柔らかな身体、「背中の線や、ほっそりした足首、露のように湿ってなめらかな肌、信じられないほど長い首筋」（42）は性的魅力を湛えている。

だが、ハナの身体に象徴される混沌とした解放的女性支配のパラダイスというべきこの家に異変が起こる。この異変の有り様はまさにゴシック的である。『ジェイン・エア』において「屋根裏の狂女」、ロチェスターの髪振り乱した妻が炎に包まれて死ぬという表象を想起させる出来事が起こる。過激な「愛」からイーヴァが息子のプラムを焼死させ、ハナがイーヴァに「愛したことがあって?」（67）と問い質し、その後風の強い日に裏庭でかがんで火を焚き付けていて、火が彼女の青い木綿の服に燃え移り、ハナに死の舞踏をさせてしまう。こうしてハナの美しい身体は焼け爛れ、パラダイスは崩壊し、「死の家」となってゆく。ハナの死はイーヴァとスーラの繋がりを断ち切る決定打となる。イーヴァはハナを助けようと三階から飛び降り、「地面に倒れ、スイートピーやクローバーのなかをハナのところへ近づこうとにじり寄ったとき、裏のポーチに立ってただ眺めていたスーラを見た」(78)。イーヴァは「スーラがハナの焼けるさまを眺めていたのは、驚きのあまりからだの自由が利かなくなったからではなく、面白かったからだということを確信し」(78) スーラを邪悪な存在と見なす。

スーラの邪悪は目の上の痣という身体の特徴に象徴される。「茎のついたバラ」(52) に似ているが「歳月が経つにつれて濃く」(53) なって「平凡な顔にあやしげな刺激」(52) を生むものであり、「蛇」であったり、「ハナの屍灰が最初からしるしをつけていたのだ」(114) と人々に噂され恐れられる。「邪悪」と家母長に決定づけられ、ゴシック・ヒーローの典型を踏襲し、スーラは出奔せざるを得ない。

二　スーラの出奔と帰還

「出奔」と「帰還」というロマンスの定型を踏襲し、スーラは十年ぶりにボトムに帰ってくる。年老いたイーヴァを老人ホームに入れて「家」から追放し、自らこの家の長になる。手段はどうあれスーラは自分の家を手に入れることで女の「自立」の条件の一つを手中に納めたかに見える。スーラの復讐は何に向かってなされるのか？　帰ってきたスーラにイーヴァは言い放った。「ふん、口先だけの空威張りをするんじゃないよ。おまえはいつ結婚するんだい？　おまえにゃ何人か赤ん坊がいるんだよ。そうすりゃなんとか落ち着くさ」(92)。「わたし、ほかの人間なんて誰も作りたかないよ。自分だけを作りたいんだから」(92)とスーラは反論する。スーラのイーヴァへの怒りは町全体、コミュニティ全体への怒りになる。「わたしはこの町を真二つに引き裂いてやる。それから町のなかにあるありとあらゆるものもね」(93)。イーヴァがプラムを焼き殺したように、自分が祖母に火を付ける可能性を口にする。

イーヴァにとって母性は破壊的な部分も持つが、生きる目的であったはずだ。スーラは祖母、母を拒絶し、母性を完全否定することで自らを出自不明の孤児にしてしまう。もちろん父もいない。スーラの十年前の出奔はネルの結婚をきっかけとしている。一つの身体の半身のようであったネルが男に恋をして男に従属した性役割を選ぶ。ネルは自分の母に認められる生き方を選んだ。十七歳になった二人は別々の道を歩まざるを得なかった。

孤児のスーラは失うものを持たず、当然のごとく破壊者となる。ネルの夫ジュードと性関係を結び、ネルを裏切るが罪の意識を持たない。スーラの性道徳を規制するものは何もない。このスーラの「帰ってきた悪漢」ぶりは『嵐が丘』のヒースクリフを思い起こさせる。ヒースクリフの憎悪はキャサリンの命をも奪うが、スーラの行為もジュードに家庭を放棄させることになる。ネルを裏切ることでジュードはアメリカ社会における黒人男性の真実に改めて向き合わざるを得なくなる。「男」らしい仕事も与えられず、いつまでも子供扱いを受け続けているという真実である。わずかの自尊心を与えてくれるネルの待つ家にもう帰るわけにはいかないのだ。スーラは家父長制を、伝統的家族観を、母性を否定する。人々が必死でこれらを守ろうとするのは孤独で脆弱な自我を隠蔽したいからだ。スーラは否定を実践に移し真実を暴いてしまう。

「ちょうど、白内障が癒って、片方の目が昔同様に使えるようになった感じに似ていた。…彼女を笑わせ、古いものを新しい目で見させ、いっしょにいると、自分が賢く、おとなしく、ほんの少しわいせつになったような気分を感じさせるひと」(95)と「昔からの親友」が帰ってきたことをネルは初めは喜んでいた。ネルは自分のささやかな幸福と平和が脆くも簡単に壊れてしまうことを知り「灰色のボール」(109)に象徴される絶望を抱え込む。「白人でもなければ男でもない」自分の人生の真実と向き合わざるを得ない。

三　男の幼児性と母の残酷

ここでモリスンの描く男性像を探ることで彼女がいかに男性の優位性や支配性を否定しているか考えたい。彼女の描く男たちの第一の特徴は幼児性につきるのではないか。責任感、成熟、知性、知恵とは無縁の男たち。男の本性は無責任、無知、無謀といったところか？　表象としての名付けを見てみよう。

イーヴァの夫は「ボーイボーイ」、息子は「プラム」と呼ばれ、その名に象徴されるものは余りに明らかである。「プラム」には「スモモ」の意味と「最も良いもの」の意味があり、イーヴァの愛が名付けに表れているのは当然であるが、果物を連想させる名を男の子につけることは何を意味するのだろう。男性性の欠如を象徴しているのであろう。イーヴァが引き取った三人の男の子たちはデューイと三人とも呼ばれ、三位一体で何をするのも何処へいくのもいつも一緒である。「露のような、さわやかな」と名付けられ、いつまでも子供のまま成長しない。肌の色も髪の色も年齢も違うのに一つの身体に押し込められたモンスターのようで、ゴシックの脇役にふさわしい無気味さと可笑しさが伝わってくる。

モリスンの他の作品では『ソロモンの歌』の主人公の名前が露骨に彼の幼児性と未熟を象徴する。ミルクマンはかなり大きくなってからも母親の乳を吸っていたところを見られてこの渾名を付けられた。本人がこの名を嫌ってもなかなか一度ついた名は払拭されることはない。スーラは自分の愛人の名をエイジャックスと思い込んでいたが、本当はアルバート・ジャックスだった。頭の中はセックスと飛行機のことだけで、スーラの家に巣の匂いを嗅ぎ取った瞬間に逃亡してしまう。父にも夫にもなる気はない。スーラは「だから、捨てたって当然。なぜって、彼は自分の名前さえ知らない女と愛を交わしていたのだから」(136)と納得し彼に対する執着を捨てる。

『スーラ』におけるもう一人の男の子はチキン・リトルである。[3] ハナが「スーラのこと好きじゃないわ」(57)と言うのを聞いてしまい、激しく動揺し、ネルと一緒に走り、木陰に身を投げ出した十二歳の夏の日の出来事だった。「彼女たちの小さな乳房はちょうどその頃、腹ばいになっていると、何となく居心地の悪い快感を感じさせはじめていた」(58)。少女期を脱して、性的成長を始めた自分の身体に不安と嫌悪を覚える。二人は小枝を使って穴を掘りその深さが小さな洗い桶になるまで続け、その後いろんなものをそこに投げ入れ土を被せる。何か少女期を埋葬しているかのようである。小さな男の子が川の下手から土手に上がってくるのを見て、二人は今の自分たちの嫌悪と興奮をぶつける恰好の獲物を得る。

二人にとってチキン・リトルは小さな弟といった役回りであるが、少女が小さな子供を可愛がるのは母役割を擬似的に体験していると言えないだろうか? 女の子が赤ちゃん人形を可愛がったり、ペットを可愛がったりするのと同様に。でも子供は可愛がるのと同時に人形をばらばらにしたり、ペットをいじめたりもする。自分よりも無力な存在に行使する加虐の快楽といったものもあるのではないか? そこに自分と母との関係性が反映するのだろう。ネルの母は「ネルが見せる熱情はことごとくさましてしまい、ついに、娘の想像力をすべて地下に追い込んだ」(18)し、スーラの母は娘を「好きじゃない」(57)と言ってしまう。ネルもスーラも母による抑圧と遺棄のストレスを解消すべく、「子殺し」を実践してみたい衝動に駆られたのではないか? チキン・リトルを誘い、危険な場に追いやり、結果的に溺死させ、その事実を隠す。彼女たちの「暴力を行使してみたい」欲求は満たされた。彼女たちは子を殺す母の残酷を擬似体験したのだ。

スーラは泣いたけれど、ネルは動揺もせずじっと見ていた。後にあの時「どうして私は悲しまなかったんだろう? どうして彼が落ちるのを見ることが、あれほど快かったのだろう?」(170)と回想する。このことはある意味でネルの孤独と絶望はスーラ以上に深かったことを意味し、それらを早く「地下に追い込む」ために十七歳で結婚してしまう。

四　身体への暴力

イーヴァの場合は身体の欠損が彼女に威厳を与え、彼女の人格に超自然的なパワーを与えていた。『ソロモンの歌』のパイロットの場合は「臍」がないという身体的欠損が彼女の神秘性を高め、彼女を孤高の存在にしている。

スーラもまた自分で自分の体を傷つける行為に出たことがあった。十二歳の頃、白人の苛めっ子の男の子たちと対抗するため、指をナイフで切ってみせた。スーラは落ち着いた声で「わたしが自分にこんなことがやれるとすりゃ、おまえたちにどんなことをすると思う?」(54-55)と凄み、男の子たちは逃げていく。自分の身体に暴力を振るう行為は男の子たちに恐怖を与える。自分の身体を欠損させてでも抵抗する意志を彼女は示したのだ。このことはスーラとイーヴァ（身体の一部を犠牲にして人生を切り開こうとした）の血の結びつきを感じさせる。

「白人でもなければ男でもない」黒人の女が自由に生きることの結末はスーラの身体の衰弱に表象される。性的放縦の果てに病にかかるというのは自分の身体へのもう一つの暴力ではないだろうか？　スーラは母親のハナ同様何人もの男性と性関係を持つのだが「妊娠」は一切語られない。一九三〇年代にはピル（経口避妊薬）はもちろん存在しないし、作品中に「避妊」への言及などない。スーラの行動は男性の性行動、いわゆるプレイボーイの性行動を女が実践することを意味する。黒人の女に、一九三〇年代にそんなことが可能だったのだろうか？　少し歴史を振り返ってみよう。[4]

一九二〇年、憲法修正第十九条発効によりアメリカ女性は参政権を獲得する。マーガレット・サンガーによる産児制限運動も始まり女性にとっては新しい時代の到来であった。しかし「避妊」「堕胎」を巡ってはフェミニストの間にも激しい意見の対立があり論争が繰り返された。この問題にはジェンダーだけでなく、人種の違い、宗教観の相違、貧富の格差も絡まり非常に複雑化し、今の時代までその論争は継続している。華やかで享楽的な二〇年代であるが、反面保守的な時代でもあった。禁酒法、移民排斥、反共など排他的な時代でもあった。

一九一五年に再編成されたクー・クラックス・クランの出現は人種抗争を悪化させた。一九一九年にクランの会員は十万人にまで達していた。二〇年代、三〇年代、黒人女性は都市部労働市場で賃金を得るようになるが、過酷な労働と不当な低賃金、人種差別、性差別に耐えていた。様々な進歩もあったが、黒人女性の大半は当時、社会の最下層を形成していたと言えるだろう。

三十歳近い年齢から判断して、死に至る病は癌と想像できるが、「高熱」（145）というあたりから何らかの感染症の可能性も考えられよう。一つの可能性として、正規の医師によらない人工妊娠中絶手術の失敗による敗血症などの感染症を想起するのは無理があるだろうか？[5] 死因はともあれ、一九三〇年代に、「男のように生きたい」というスーラの願望は「女の身体」の限界に阻まれる結果となった。

五「ファム・ファタル」―スーラ

スーラのように自分の性的魅力を使って男をたぶらかしたり、破滅させたりする悪女、「運命の女」、「ファム・ファタル」の原型は古く、様々な女性像に投影されてきた。セイレン、スフィンクス、パンドラ、サロメ、ユーディット。もちろんアダムを誘惑するイヴも「運命の女」である。実はアダムにはイヴの前にリリトという妻がいた。ユダヤの伝承や、旧約注解によると、リリトは世界中をさまよって、妊婦を探し、新生児を食らい、その血を呑む女怪物である。

美術史家の若桑みどりは『象徴としての女性像』のなかで、西洋キリスト教世界において描かれ続けた女性像がいかに男性支配、家父長制の維持に寄与してきたかを分析している。この著作によると、十九世紀後半、女性解放論者が登場し、参政権運動が高まる頃、「ファム・ファタル」のイメージは急増するのである。「強い女」の登場は家父長制維持にとって脅威であり、秩序を乱す女は「ファム・ファタル」の末路を辿るのだという脅迫的メッセージが発せられていた。男を破滅させる女は自らも破滅するか男に成敗されるか、リリトのように「石女」の魔女になって永遠にさまよわねばならない。若桑みどりは次のようにリリトに関してまとめている。

リリトの最大の犯罪は子供殺しである。リリトが最悪の女であるのは、彼女がただ男性を滅ぼすばかりではなく、男性の子孫を殺すからである。生殖を否定する女によって、彼は肉体の死を死ぬばかりでなく、彼の生命を永遠に断絶してしまうのである。自ら生命を生産できない男性にとって、生命の生産を拒否し、新しい生命を抹殺する女は最も原初的な恐怖を引き起こす。なんとしても女性を生命の生産の場に引き据えておくこと、しかも「威張らせずに」そこに引き留めておくことが、彼らの精子の永遠の存続と、その支配のためにも不可欠であった。(一一三七)

スーラは「白人の男と寝ている」(112) と噂され、「悪魔」と呼ばれ、共同体の女たちに嫌悪されるが、彼女の悪に抵抗するために共同体は結束しそれなりの健全さを維持して行く。黒人共同体の中では「魔女」も温存される。しかし彼女の子供を持たない意志、妊娠、出産を拒否する「ファム・ファタル」としての生き方は(堕胎の可能性も含め)厳しく断罪され、抹殺を余儀なくされる。彼女の「身体の死」は二〇年代、三〇年代の黒人女性の生き方の限界を暗示していると言えよう。

六　一九六五年、そしておわりに

最終章は「一九二一年には美しい男の子が何人もいた」(163) という二〇年代に対する憧憬から始まる。ワシントン大行進（一九六三）、公民権法の成立（一九六四）と飛躍的な進歩の時代、確かに黒人の生活は良くなった。そのかわりに失ったのは美と輝きだと五十歳代も半ばになるネルは思う。スーラの死後、二十五年近くネルはささやかに三人の子供たちを育て生きてきた。ボトムは崩壊し、新しい老人ホームがいくつもできた。ネルはその一つで暮らすイーヴァを訪ねていく。イーヴァはネルとスーラを混同して「おまえさん、どういうふうにしてあの小さい男の子を殺したのか、話しておくれ」(168) と言う。動揺するネルに向かって、「そっくりだよ。おまえたち、二人とも。いつだって、おまえたち、違うところなんてなかったよ」(169) と言う。

ネルはあの時の自分の感情を思い出し、スーラの「おびえて恥ずかしそうな目」(170) を思い出す。スーラには夫を奪われ、裏切られ、いつも自分のほうが尽くしていたように思っていたが、本当はどうだったのか？

ネルにはカナリヤ色のドレスを来たクレオール人の祖母の家の記憶がある。その原初的で自由で、セクシュアルな世界は、母によって、否定され、彼女から遠ざけられる。ネルはスーラを通じてプリミティヴな女性の性的エネルギーに満ちた世界につながっていられたはずだ。尽くしてくれたのはスーラのほうだったのかもしれない。二人は同じように自分たちは「白人でもなければ男でもない」と自覚し、「わたしはわたしよ」(28) と自分に言い聞かせ、「お互いの眼のなかに、自分が探し求めていた親愛の情を見い出した」(52) かけがいのない親友同士であった。変節したのはネルのほうだったのだ。スーラはもういないし、スーラが体現していたものももう何処にも存在しない。人にとって最も大切な「友愛」を喪失した、五十五歳の女性の孤独が痛切に伝わってくる最後である。

『スーラ』は、二十世紀前半における黒人女性の内面を深く探究し、表現することに成功している。同時にまたゴシック的な、身体に対する暴力の物語でもある。切断される足、血の流れる指、炎に包まれた死があり、溺死がある。そのほかにも、「家」「放浪」「帰還」「復讐」と言った要素があり、アルコール中毒の白人、正体不明の「三兄弟」と言った異形の者も登場する。このような点から『スーラ』はアメリカン・ゴシックの系譜に連なる作品であるといえよう。スーラの現代であればフェミニズムの実践というべき生き方は、性的放縦の果ての身体の衰弱、死という形で断罪される。当時の黒人女性の限界をスーラの身体の限界として、モリスンは暗示したのではないだろうか。

注

1　ゴシックに関しては、ボティング、バルディックによる書物を参考にした。ボティングはこの書物で文学作品だけでなく映画にも言及して二十世紀ゴシックについて述べているが、モリスンの『ビラヴィド』をゴシック作品として取り上げている（161）。バルディックはイントロダクションで、モリスンの『ビラヴィド』を “the most outstanding Gothic work of recent years” （xix）と述べている。アメリカン・ゴシックに関しては、フィードラー、ゴデュ、ランドブラッド、八木の著作を参考にした。

2　「男」のような生き方とは「自由」と「勝利」を求める生き方と言えるだろうか？（*Sula* 52）

3　チキン・リトルはその渾名から推察されるように、一種のペットである。ペットに対する残虐は、ポーの『黒猫』にも見られるように、ゴシック特有の恐怖を呼び起こす装置である。チキン・リトルへの「私刑」は『スーラ』にアメリカン・ゴシックの系譜を読み取ることを可能にする要素である。

4　アメリカ黒人女性の歴史については、ギディングズ、岩本による書物を参照した。

5　荻野美穂はその著書『中絶論争とアメリカ社会―身体をめぐる戦争』において、百五十年間に及ぶ合衆国での中絶の是非をめぐる論争について研究している。彼女の著書によると、十九世紀初頭には「堕胎に関して明文化された法律は存在していなかった」、すなわち「堕胎は犯罪とは見なされていなかった」（三）。「堕胎薬は薬局などの店で入手することもできた」（八）。十九世紀末頃の出生率の低下から判断しても避妊はかなり普及していたようである。問題は「一八六〇年のコネティカット州とペンシルヴァニア州を皮切りに、一八八〇年までの間に全国で少なくとも四〇の反堕胎法」（一三）が制定され、その後約百年間存続し続けることである。妊娠、出産という純粋に女性の領域であったはずのものが男性医師の管理するところとなる。一九二〇年代にはほとんどの州で中絶禁止法ができ、免許を持つ医師のみが妊娠を防ぐ、あるいは終わらせる決定のできる資格者となった。女性の身体は男性、国家が管理するものとなり、堕胎は文明社会に対する脅威と見なされるようになる。荻野の著作によると、一九三一年と一九三二年の聞き取り調査の結果「自力堕胎した女性で合併症を免れたのは二四パーセントにすぎなかった」（三〇）ということであり、自力堕胎するのは低所得女性、黒人女性が圧倒的に多かったのである。フォークナーの『野性の棕櫚』の女主人公シャーロットは非合法の堕胎を恋人に頼みその失敗から敗血症にかかって死んでゆく。恋人に執拗に堕胎を迫り母になることを拒否するシャーロットの産まない意志は、一九三〇年代においては男性的価値に対する真正面からの挑戦であり、死をもって償わねばならない罪深い反逆であった。

引用文献

＊本文中の引用は翻訳を利用させていただいたが、ページを示す数字はすべて原典による。翻訳のないものは拙訳による。

Baldick, Chris,ed. *The Oxford Book of Gothic Tales*. Oxford: Oxford UP, 1992.

Botting, Fred. *Gothic*. London: Routledge, 1996.

Fiedler, Leslie A. *Love and Death in the American Novel*. New York: Stein and Days, 1960.

Gilbert, Sandra M. , and Susan Gubar. "Horror's Twin: Mary Shelley's Monstrous Eve." *The Madwoman in the Attic*. New Haven: Yale UP, 1979. 213-247.

Goddu, Teresa A. *Gothic America: Narrative, History, and Nature*. NewYork: Columbia UP, 1997.

Lundblad, Jane. *Nathaniel Hawthorne and the Tradition of Gothic Romance*. New York: Haskell House, 1964.

Morrison, Toni. *Song of Solomon*. New York: Knopf, 1977. 『ソロモンの歌』金田真澄訳、早川書房、一九九四。

――. *Sula.* New York: Knopf, 1973.『スーラ』大社淑子訳、早川書房、一九九五。

Weinstein, Philip M. *What Else But Love?: The Ordeal of Race in Faulkner and Morrison.* New York: Columbia UP, 1996.

ポーラ・ギディングズ『アメリカ黒人女性解放史』河地和子訳、時事通信社、一九八九。

岩本裕子『アメリカ黒人女性の歴史』明石書店、一九九七。

荻野美穂『中絶論争とアメリカ社会―身体をめぐる戦争』岩波書店、二〇〇一。

八木敏雄『アメリカン・ゴシックの水脈』研究社、一九九二。

若桑みどり『象徴としての女性像―ジェンダー史から見た家父長制社会における女性表象』筑摩書房、二〇〇〇。

石塚　則子

語られぬ物語の再構築
――イーディス・ウォートンの『歓楽の家』と『無垢の時代』

はじめに

イーディス・ウォートンが自ら生まれ育ったニューヨーク上流社交界を描く時、社会や因習制度によって、女性が「飾り物として、他人に利用され、自己主張しない」(Gilbert and Gubar 129) 存在に作られていくさまを描き、社会に対しての批判的眼差しを向ける。一九〇五年に出版された『歓楽の家』をはじめ、『お国の慣習』(一九一三) や『無垢の時代』(一九二〇) では、個人が帰属する社会の権力構造に対する批判がそのテクストに明確な層となって織り込まれ、キャスリン・ウィーラーの言葉を借りれば、「表層の主題に内在する『イデオロギー』を批判するように、機能している」(九)。そしてそのサブテクストは「表層の主題が支持し、かつ容認しているように見える価値や事実を反転させるのだ」(九)。

先に挙げたニューヨーク上流社会を舞台にした一連の小説においては、ソースタイン・ヴェブレンの説く

「顕示的消費」の場としてのニューヨーク社交界と、男性に従属する女性像がよく描かれるが、この構図は映画における女性の表象についてフロイトやラカンを援用しながら述べた以下のローラ・マルヴィの言葉と重なるように思われる。

言葉の世界に、父権の名と法にしとやかに譲歩するか、もしくは子供と共に想像界のほの暗い世界でおとなしくしているか。こうして女性は父権社会文化の中で男性他者のための記号表現として位置するにとどまる。同時に男性は、象徴界の命令秩序のもとで言語というシステムを駆使し、女性を意味の生産者ではなくただの担い手としての沈黙した自己イメージにがんじがらめにし、男性自身の幻想や強迫観念をうまく切り抜けていくのだ。(15)

さらに、視線の担い手としての男性と、その視線の客体としての女性という二項対立的な構図をつきつめていくと、「スペクタクルと物語の分離」(18) が起こるという。つまり、男性が物語を進行させ、そして男性の視線の客体としてその欲望を表象した女性のイメージを管理するという。ウォートンが描く女性たちの物語には、ニューヨーク上流社会の権力構造や父権制社会の制度のもとで抑圧され男性の欲望を映し出す記号としての女性の言説と、その裏側に隠蔽され主張する声を奪われた、つまり言語化されていないもう一つのテクストが存在しているように思われる。本論では、『歓楽の家』のリリー・バートと『無垢の時代』のメイ・ウェランドの無言化された物語を、彼女たちが属したニューヨーク社会とそれを動かす権力者(多くの場合、男性)の物語のサブテクストとして織り込まれた物語として、その糸を手繰りながら再構築してみたい。

一 『歓楽の家』における「本当のリリー」像

『歓楽の家』の主人公リリー・バートはジェンダー化した上流社交界に入ると共に、女性としてコード化された位置、つまり金持ちの男性の鑑賞物や財力の記号となるよう母親から教えられてきた。美しい外観を効果的に演出する技量はあるものの、それは男性の欲望を映し出す鏡となることであり、自律した人生を選び創造していく主体性をリリーは有していない (Bauer 90-91)。しかも、裕福な男性との結婚を目指して、あらゆる機会で自らを商品化し売り込むが、友人キャリー・フィッシャーが言うように「奴隷のように一所懸命土地を耕して種を蒔いて、でもいざ収穫の日に寝過ごすか、ピクニックに出かけてしまう」(147-48) ようなリリー自身の「気まぐれ」のせいで、目的を成就せずに次第に社交界の周縁部へと追いやられていく。リリーは上流社会で生き残るために自らの美貌を武器に社会のシステムに乗じようとする反面、それに対して本能的に抵抗を感じ逸脱する、分裂した自己の葛藤が繰り返される (Shulman 269-72; Fryer, *Felicitous Place* 97-98)。二つの自己が統合されぬまま、リリーは社会の中で自律した地位を獲得できず、次々に未婚女性にとって致命的な打撃となるスキャンダルを起こし、ついには社交界から追放されてしまう。「美しい飾り物となり、人の目を楽しませるように作られてきた」(235) リリーにとって、自分の才能を生かせられる市場からの追放は、生きる道を絶たれることを意味し、最後には睡眠薬の飲みすぎによってニューヨークの場末の宿で孤独の死を迎えることになる。

バーサ・ドーセットに都合よく利用され、彼女の嘘によって窮地に追い込まれた時、リリーは社交界の権力者バーサの仕打ちに対して、自らを弁護することもまた反駁することもできない。なぜ自分自身の潔白を晴らすために真実を話さないのかと親友のガーティ・ファリッシュに問われた時に、リリーは以下のように答える。

「ありのままの真実ですって?」ミス・バートは、声を上げて笑った。「真実って何かしら? 女性に関する限り、真実なんて、一番信じやすい作り話だわ。今度の場合、私の作り話より、バーサ・ドーセットの作り話の方が、ずっと信じやすいのよ。だって、あの人は、大きな邸宅やオペラのボックス席を持っているし、あの人と親しくするほうが都合がいいですもの」

ミス・ファリッシュは、心配そうな眼差しで、彼女をなおもじっと見ていた。「でも、あなたの作り話ってどんなものなの、リリー? まだ、誰も知らないと思うけれど」

「私の作り話?──自分でもわからないの──私、バーサのように前もって話を用意するなんて、考えてもいなかったでしょ──…」

しかし、ガーティは、穏やかに筋道の通った話を続けた。

「わたしは、前もって用意された改作なんか、聞きたくないわ──でも、あなたには、何が起こったのか最初から正確に話して欲しいわ」

「最初から?…」…。「…最初は、わたしの揺りかごの中に端を発していると思うわ──どうわたしが育てられたか、どういうものを大切にするよう教えられたか、ってことにね…。」(176)

ガーティから真実を明らかにし、汚名を挽回するように忠告を受けるが、リリーは社会的地位を持ち、力のあるバーサの作り話が社交界で流通している時に、自分の主張が通るわけはないと反論し、真実は隠蔽され語られぬまま、リリーはますます周縁部に追いやられるのである。リリーは真実を語る権利や声を剥奪され、あるいは換言すれば、社会のイデオロギーや権力者たちに抵抗する術や言葉を習得することなく生きてきたのである。

この作品の中で言語やその象徴的な意味での書物や法などは、常に男性が所有している。例えば、リリーが結婚相手として近づいたパーシー・グライスは、伯父から遺産として受け継いだ、蔵書家たちの間では有名な『アメリカーナ』を蒐集することで社会的に認知されている。年収が八十万ドルあり、ほとんど金の使い方を知らないグライスとの結婚をリリーは目指し、自分を『アメリカーナ』に喩えて、「アメリカーナ・コレクションがこれまで果たしてきた役割を、自分が肩代わりしよう、つまり、「グライス」が十分な誇りを持って金を注ぎ込む唯一の所有物になろう」(41) と心に期す。しかし、所有物の一つとなってグライスの退屈な人生に従属することは、安定した生活と引き換えにファロゴセントリズムに回収され、自己を殺すことを意味する。しかし、リリーはいざという時に、気まぐれにローレンス・セルデンとの散歩に出かけてしまい、やがてバーサの横槍で、『アメリカーナ』のようにグライスの所有物になって、彼の富を背景に上流社会で君臨するというプロットから逸脱してしまう。さらに、この時リリーがグライスよりもローレンス・セルデンに心が向くことは、今まで母親から教え込まれ信奉してきたニューヨーク上流社交界の女性の言説に抵抗を感じるからである。ニューヨーク上流社交界の現実から逃避する場として「精神の共和国」の存在と価値をリリーに対して伝授するセルデンは、社会に対して常に「水陸両生的な」(56)位置を維持できるが、リリーにはそのような視座は許容されない。両者の差異は、セルデンは男性であり、法曹に従事する有閑階級であることにある。リリーがグライスとの結婚の機会を逃したことは、ある意味でファロゴセントリズムの言説への抵抗から、自分の居場所を無くしていく彼女の人生の結末を暗示しているように思われる。

新興成金のブライ家で盛大に催された活人画でのリリーの演技は、まなざしの客体としてニューヨーク上流社会の男性の欲望を自らに投影し他律的に生きていこうとする自己と、本能的に抵抗してしまう自己の葛藤を象徴的に物語るものである(石塚　四七—五七)。彼女が選んだ演目はジョシュア・レイノルズの『ロイド夫人』であり、身体の曲線が露わにでるような衣装を身にまとった女性が、将来の夫になる男性の名を木に刻もうとしている情景が描かれている。この構図は、言語と女性の関係を象徴的に物語っている。つまり、木に刻む言葉で自分を表すのでなく、主人である夫の名を刻み、自分を表しているものは文字よりも身体そのものであり(Fryer, "Reading *Mrs. Lloyd*" 50-52)、自らの身体がテクストとなっている。リリーはこの活人画で「いきいきとした造形感覚」と「演ずる本能」(103)で自分の魅力を最大限にディスプレイし、この小説の原題『一瞬の飾り』を自らが体現し、スペクタクルそのものになる。他の演技者と違って、「自分自身の個性を失わず、その人物を演じることができたのであった」(106)。ジュディス・フライヤーやデイル・バウワーは、この活人画においてリリーは初めて主体的に自分を表現したと、それまでの他律的なリリーの生き方ではない、主体性の目覚めを評価している(Fryer, "Reading *Mrs. Lloyd*" 47; Bauer 96-97)。確かに、それまでになく自分を一つの芸術作品として見事に表現したものの、セルデンがその美しさに圧倒されて、これこそ「本当のリリー・バート」(106)と確信した活人画でのリリー像は、リリー本来の姿ではない。ニューヨーク上流社会の人々の前で「彼女は［レイノルズのキャンバスの］中から出てきたのではなく、歩み入ったかのように、彼女の生きている美しいきらめきによって、画家の死んだ美の幻影を追い出した」(106)と語り手が物語っているように、レイノルズのロイド夫人像を演じきったことは彼女が自己を完全に殺してしまったことを意味していると読み解ける(Conn 186)。リリーはスペクタクルそのものになりえたが、自分の物語を表現する力や声を持つことを社会的に許容されないのである。リリーがニューヨーク社会のイデオロギーに抵抗するテクストを創出するには、結末での彼女の死まで待たなければならない。

結末においてリリーの亡骸を前に、セルデンは「その沈黙の中で、すべてが明らかになる言葉」(256)を交わす。二人の間で交わされた言葉が一体何を指すのか、作者ウォートンは読者の想像力に委ねている。また死を意識するよりも眠りを渇望し、睡眠薬のために意識が朦朧とし始めた時に、リリーは「…セルデンに言わなければならないことが何かある」ことに気づき、「二人の間で人生をはっきりさせるような言葉」(251)を考えるのだが、結局語られぬままリリーは眠りに落ちていく。このように、「言葉」は語られることなく、語ろうとする内なる声も眠りによって消されてしまうのである。

リリーが睡眠薬に依存せざるをえない状況に自らを追い込む前に、自分が唯一生きられる環境、つまり上流社会に戻るために彼女に残された唯一の手段は、以前掃除婦から半ば脅迫されて買い取り、手元に残しておいたバーサ・ドーセットからセルデンへの恋文を利用することであった。さらに、リリーに手紙を有効に利用してバーサと戦わずに逆にバーサに対して有利な立場にたつことを勧めたのは、サイモン・ローズデイルであった。彼こそ、リリーに関する作り話が嘘であり、彼女が利用されていることを理解している人物であり、またリリーが唯一「事実に関するリリーの側の見方」(228)からトレナーからの借金のいきさつやバーサの嘘を語った相手である。彼は、セルデンと違って、社交界の周縁部に位置し、社交界に対して「実務的に互角な立場で」(202)「党利党略政治の駆け引き」(202)を行える人物である。ローズデイルの忠告を受け入れることは、ニューヨーク社交界のやり方に則して、バーサに「仕返しする」(201)ことを意味する。そうすれば、「確かに人生は簡単になる」(202)であろうし、それこそが今まで社交界で安定した地位を獲得しようとして幼い頃から教え込まれてきた、他者としての女性の処世術でもある。しかし、リリーはそのプロットを結果的に放棄し、起死回生の切り札である手紙をセルデンの名誉を守るために燃やし、沈黙を守る。この作品を市場の論理で動いているニューヨーク社交界に対する作者ウォートンの痛烈な批判テクストと論じるディーモックの言葉を借りれば、リリーの沈黙は社会の市場の論理に対する「最も雄弁な抵抗」(386)と考えられる。手紙の焼却は、法や言語を支配するファロゴセントリズムへの抵抗を象徴しているのである。そして、リリーの亡骸こそが、スーザン・グーバーの解釈を援用すると、「彼女の生の論理的な延長」(80)であり、「言語化された肉体」(81)なのである。

リリーは、結局自らを語ることなく、あるいは語らないことを選択して生き残る道を絶ってしまう。財力も地位もなく、他者的な存在であるリリーのこの倫理的な行動は、皮肉にも誰にも知られず葬られてしまう。[1] ここで注目したいことは、リリーは借金返済の手紙の他に、もう一つの「手紙」を我々読者に遺していることである。それは、彼女が社交界にいたころに着ていた衣装である。ニューヨークの場末の下宿アパートの一室で、身の回りの整理をしながら、リリーは今までの華麗な生活を物語る衣装を手にする。その中でも特にブライ家での活人画で身に纏った衣装を手に取りながら、過去を振り返る。ウォートンはこの衣装を彼女にとって「過去を記録する一通の手紙」(246)のようなものだと表現している。[2] 飾り物として、男性の欲望の客体としての生き方を象徴する衣装は、他者として生きる女性に許容された自己を物語る唯一の道具なのである。「過去を記録する一通の手紙」こそ、リリーの人生の軌跡を表象し、真実を語らぬまま死に至ったリリーの限界を雄弁に物語っているように思われる。作者ウォートンは自伝『顧みれば』(一九三四)でこの作品の創作意図について次のように語っている。「浮薄な社会を小説に描く意義は、その社会の持つ浮薄さによってだめになっていくものを描くことにある。つまり、悲劇的な要素は、そこに生きる人間や理想を堕落させてしまう社会の力にこそ存在するのである」(207)。人知れず焼却したバーサの手紙や遺言となった借金を清算した手紙よりも、遺された衣装やリリーの「語らぬ口元」(255)こそ、女性の成長や自律を阻むニューヨーク上流社会への抵抗のテクストとして、作者ウォートンが我々読者に伝えたい「本当のリリー」ではないだろうか。

二　『無垢の時代』におけるメイの「無垢」の仮面

『歓楽の家』では、主人公リリーの社会のイデオロギーに則して成功を目指す自己と、抵抗する自己との葛藤が物語の展開軸になっているが、『無垢の時代』においては、リリーの相反する自己像が社会のイデオロギーに甘んじて生きてきたメイ・ウェランドと、ヨーロッパから戻ってきてニューヨーク上流社会の因習を理解できずに様々な波紋を投げかけるエレン・オレンスカの対照的な二人の女性に描かれている。そして、その二人の女性の間で揺れ動きながら、ニューヨーク上流社会に対する価値観の揺らぎを経験する男性ニューランド・アーチャーに視点が置かれている。男性が語り手であり、主に彼の視点を通して二人の女性が描かれているため、社会の因習制度に対する二人の女性の反応や心の動きがあまり言語化されていない。また社会そのものが「真実は決して語られることも、なされることも、考えられることもなく、ただ一連の恣意的なしるしによって表されるだけ」の、「一種の象形文字の世界」なのである（45）。[3] 時代の変化によって古くからの伝統が変化を余儀なくされ、新興勢力が社会の秩序を揺るがし始めた一八七〇年代のニューヨーク上流社会は、この「精巧な欺瞞の制度」（45）によって、醜い現実や「『不愉快なこと』」を回避し、あるいは対峙することなく排除しながら、何とか表面的には「平静な外観」（10）を保持してきたのである。この閉鎖的な社会において、暗黙の了解の内に個人の中に内在化されているコードによって意思疎通が行われ、社会にとって不都合なことや礼節を乱すことは、語られることなく排除される。そのため、沈黙は単なる意味の空白ではなく、様々な意味が潜在しているのである（Eby 93-95）。[4]

個性を抑圧して、社会全体の伝統と秩序を守ろうとするニューヨーク上流社会の保守的なダイナミズムを批判するテクストとして作品を読み解くならば、エレンはまさに他者として社会から排除される犠牲者であり、社交界の「無言の共謀者の一団」（335）によって「『血を流すことなく』」社会から葬られるのである。表面上は従妹の旅立ちを「愛情込めて」（335）見送りながら、アーチャーとエレンの仲を引き裂くメイの目には、「勝利の輝き」（339）が散見されるように描かれているが、果たしてメイはニューヨーク上流社会の因習制度を盾に自らの結婚生活と社交界の秩序を守り通した勝利者なのであろうか。確かに、アーチャーが、二人の女性に対する葛藤で悩む時に、現実から逃避して自分の書斎に閉じこもったり、あるいはただ漠然とどこか見知らぬ国でエレンと一緒に暮らしたいという空想に囚われている間に、メイはアーチャーを「名誉と忘却の陰謀」（339）から排除し、水面下で一族の考えを統一し、初めて開く自邸での晩餐会、つまりエレンの旅立ちを祝う宴席のホステス役を見事に演じきるのである。「厳しい現実」を直視せずに沈黙の内に「不愉快なこと」を排除するという社会のシステムを巧みに利用して、メイはエレンを排除するが、視点を変えれば、「育ちの良い」女性[5]としての領域から逸脱せずに、他の方法で行動することを禁じられているのである。メイもまたエレンと同様、社会のシステムの犠牲者ではないだろうか。

　題名の『無垢の時代』は、ジョシュア・レイノルズが描いた少女の肖像画の題名に由来している（Wolff, 312）。この「無垢」は、ニューヨーク上流社会の申し子とも言えるメイが体現している、社会が未婚女性に期待する属性である。「無垢」な女性とは、「育ちのいい」女性であり、[5] 純真であり、純潔であり、さらに経験や豊かな知識や自律などとは無縁な存在である。まさに、メイは「汚れのないページ」（46）である。しかし、このメイの純真さは生来のものではなく、社会の制度が生み出したものであり、「母、伯母、祖母、過去の祖先の女性たちの共謀で巧みに作り上げた」「人工的な産物」（46）なのである。やがて結婚を通して、男性がその純真さを所有することを望み、さらに「雪像のように打ち砕いて歓びを味わうものなのである」（46）。文化的産物である女性の純真さは、「想像力に対して心を閉ざし、経験に対して感情を閉じてしまう」（146）。しかし、これは男性の視点から「一人の人間としてよりは一つの類型」（188）として女性を見たものであり、女性側からすれば、社会によって押しつけられた、語られぬ心の動きを覆う一種の仮面でもあるように思われる。

　また語り手アーチャーが男性であり、生まれ育ったニューヨーク上流社会の女性の類型としてメイを捉えているため、彼女の内面は尚更語られない。社会の他の男性に対して知性においてもまた視野においても優越感を抱いているアーチャーは、エレンの離婚について考えている時に、「女性は自由になるべきだ——僕たちと同じように」(43-44)と叫ぶが、「僕たちと同じように」という立場こそがジェンダー化していて、彼自身のメイに対する洞察力も疑わしく思われる。結婚後は、周囲の友人と同様、「自分が自由でないなんて全く疑わない妻を解放しようとするのは無意味なことだ」(195)と考え、さらにメイの「育ちのよさ」は「単なる空虚さを隠すカーテンにすぎない」(211)とさえ思うのである。

「無垢」の仮面を押しつけられて育ってきたメイは、その仮面を使ってエレンを排除する中心的な役割を果たす一方、その心の奥底は決して語られない。[6] メイがアーチャーに対して直接エレンとの仲を問い詰めたり、夫の非を公然となじることなどあり得ない。彼女は「経験、多才、自由な判断」(44)といったものを持てないように育てられてきたのである。しかし、作者ウォートンは、鈴蘭の花に象徴される可憐で純真なメイの仮面の奥に隠された鋭い洞察力と新しい女性像を暗示するような振る舞いをテクストに織り込んでいる。例えば、当時の女性に求められた徳の一つ、「家庭的である」ことの条件の一つである針仕事よりも、彼女の大きな手は「乗馬、ボートといった戸外のスポーツに向いていた」(294)。またメイの目の描写には、アーチャーが考えている以上に洞察力があり行動力があるように思われる(151)。また、時には、その純真さの仮面を脱ぎ捨てて、「女らしい強さと威厳」(148)で、結婚式を早めようとするアーチャーに、その理由を問いただし彼の心変わりを追及し、彼を驚かす。しかし、皮肉にもアーチャーはメイの洞察力の深さに気づくことはない。アーチャーはもちろん、我々読者にもその心の動きは言語化されず、メイは「スパルタ的な微笑の陰に想像上の傷を隠すようにしつけられていた」(293)と語られるだけである。メイの「スパルタ的な微笑」に隠蔽された「傷」を、作者はどのようにコード化しているのだろうか。

電報が普及する少し前の時代で、電話でのやり取りがまるで夢物語のように思われた時代、メイはいくつかの局面で電報や手紙を使って、アーチャーがメイとの結婚生活を棄ててエレンを選ぼうとすることを阻む。メイの電報や手紙が届くのは、あたかも偶然であるかのように装われているが、アーチャーがエレンのことで様々な空想に囚われ、それを現実化させようとする直前であったりして、メイの行動力と洞察力が暗示されている。最初の電報は、第一部の結末部分の場面で、アーチャーがエレンに対する気持ちを告白し、エレンが当惑しながら拒絶している最中であり、メイ自身が祖母を説得して結婚式をイースターの前に行えるように事を運んだことを知らせるものである。彼はエレン宛てに届いたメイからの電報をエレンの前で読み、その後帰宅後自分にもメイからの嬉しさに溢れた電報が届いていることを知り、もはや彼女との結婚から逃れられない情況に追い込まれるのである。

またエレンがヨーロッパにいる夫との離婚を決意し、一族の反感を買っている時に、アーチャーがエレンの側についてワシントンにいる彼女に会いに行こうとするとき、絶妙のタイミングで祖母のミンゴット夫人が倒れたことを彼に知らせるメイの手紙が届く。さらに、メイはわざわざアーチャーにエレンをワシントンから呼び寄せる電報を打たせ、彼がワシントンに行く理由を巧みに消滅させるのである。やがて数日後、彼がエレンに拒絶され気持ちのやり場がなく呆然としている一方で、メイは祖母の家にいるエレンを訪ね、祖母とエレンと長く話し込むのである。語りの視点がアーチャーにあるため、その内容は語られないが、祖母から財政的援助を得てヨーロッパで自律した生活を送ることをエレンが選択したことが、後に自分宛てに送られてきたエレンからの手紙をメイがアーチャーに見せることで判明する。つまり、エレンの手紙を脱コード化することで、我々読者はメイの行動を再構築できるのである。

語られないメイの行動は、現実離れした空想に囚われているアーチャーの様子が克明に語られているのとは対照的に、電報や手紙を我々読者が脱コード化することで明らかになってくる。特に作品の後半部分でワシントンに行こうとするアーチャーに対して、表面上はしぶしぶワシントン行きに同意する言葉を普段の様子で語る一方、メイは社交界特有のコード化された暗号によって、一族の意見を代弁するかのように、エレンにとって最善の道は離婚せずにヨーロッパへ帰ることであり、彼がワシントンに行く本当の理由も理解していることを伝えるのである。この場面の後、先に述べた一連のメイの行動や手紙が続くため、メイがエレンを排除するためにアーチャーの知らぬ間に画策したことが推測されるのである。

作者ウォートンはメイが一連の行動によってどれほど傷ついているか、我々読者にとってのメイの「想像上の傷」を具体的に語らないが、『歓楽の家』の結末でリリーの語られぬ物語を彼女が遺したドレスや語らぬ口元でテクスト化したように、結婚式以来二年ぶりに着たメイのウェディング・ドレスによって表象しているように思われる。アーチャーは、芝居の帰りに、エレンがヨーロッパに帰ることを知らずに彼女に対する気持ちを妻のメイに話そうとする。その時の妻の姿は結婚当初と変わらず、「鈴蘭の花束をもてあそんでいた少女の姿そのまま」であると彼の目に映る。しかし、実際このときメイは妊娠のため、けだるそうな様子で、しかも水面下でエレンのヨーロッパへの旅立ちを画策していたのである。メイは「何か内面のひそかな源からくみ上げられたように思える奇妙に静かな表情」(324) を浮かべ、「澄み切った目で」(324) アーチャーの言葉を封じる。何事もないかのように平静さを装うニューヨーク社交界独自のやり方でエレンの旅立ちがメイによって語られるが、その一方でウォートンは芝居からの帰りに誤って破いてしまったウェディング・ドレスを、メイの語られぬ心のドラマとしてテクスト化しているように思われる。「裂けて泥のついたウェディング・ドレスを引きずりながら」(326)、メイはアーチャーの書斎から出て行くのである。この泥で汚れたウェディング・ドレスは、リリーが遺したドレスと同じように、他者として社会のイデオロギーに抵抗するテクストとして、言語化されない女性の内面世界を表象する、女性のテクストと考えられる。

おわりに—ふたつの衣装

シャーロット・パーキンス・ギルマンは、男性の視線の客体として、また「顕示的消費」の記号としての女性が身に纏う衣装について、ヴェブレンの考察をさらに発展させ、一九一五年に発表している。女性の服装は、どんな言葉よりも明確に「外見上」の性差を示す一つの記号として機能し、本質的に社会の制度が生み出したものである(29)。さらに、コルセットや当時の窮屈な衣装などを例に挙げながら、服装は男性の目を愉しませる「ジェンダー・ディスプレイ」だけでなく、女性の社会的成長を制限するものであると論じている(31)。

作者ウォートンは、自伝『顧みれば』の冒頭で、幼い記憶の中で自分というものを最初に意識した、父親との散歩のエピソードを書いている。おろしたての帽子が自分に似合っていることが嬉しくて、いかに着飾ることが大切であるかを幼いながらも心に強く刻む。さらに自分自身が飾り物であることを意識したことが、自意識、つまり自分の中の女性性の芽生えであると述べている(1-2)。

このように女性にとって衣装は、男性の視線の客体として、男性他者の記号としての女性性を視覚化し、女性を一つのスペクタクルにしてきたのである。そして、他律的な生き方を強いられた、その従属的な地位をも表象し、女性の成長や自由を制限してきたのである。しかし、リリーの遺した衣装やメイの汚れたウェディング・ドレスは、他律的にしか生きられない女性の限界を表すと同時に、社会に対して抵抗する女性の無言化されたテクストとも読み解けるのではないだろうか。ウォートンは、衣装という道具を用いて、生まれ育ったニューヨーク社会のイデオロギーにがんじがらめにされる女性像を描くとともに、隠蔽された女性の物語を社会の言説を反転させるテクストとして、作品の中に織り込んでいる。

注

1 ディーモックは、「倫理観は『歓楽の家』においてその社会を超越する言葉や別の生き方となりえず、逆に市場のメカニズムに直接取り込まれてしまう」と論じている（387）。

2 "a letter in the record of her past" は、佐々木みよ子氏の訳によると、「過去を記録する一文字」（三三一）となっているが、リリーにとって衣装の持つ意味は、単なる「一文字」ではなく、彼女の育てられた環境、つまりニューヨーク上流社会で生きる女性の言説を象徴するものであり、テクスト性があることから「一通の手紙」と解釈する。

3 ジュディス・フライヤーは『無垢の時代』に描かれている社会のシステムでは、コミュニケーションの手段として、「記号と仕草」が共通言語として機能していると述べている（*Felicitous Space* 117）。

4 女性の語られぬ物語については、以下の論考を参照（DuPlessis 3, Stout 15-17）。

5 「育ちのいい」女性とは、原典では "nice" で表現され、しかも二重引用符が付してある。大社淑子氏は「生まれが良い」、佐藤宏子氏は「育ちがいい」と訳している。いずれにしても、社会が未婚女性に期待する「真の女性らしさ」を体現していることを表している。

6 ギルバートとグーバーはメイについて「有閑階級社会によって『究極の商品』として創り出されたもっとも複雑で辛辣な女性像」であり、「温室のような『無邪気さ』の中で人工的に育てられたため、メイは成長を阻まれ、それゆえ周囲にも波紋を及ぼす」と述べている（148）。アモンズは、社会のシステムの中で人間としての成長の可能性や自由を阻まれた「子供のままの女性」として、メイを中国の纏足女性に擬えている（147）。

引用文献

Ammons, Elizabeth. *Edith Wharton's Argument with America*. Athens: The U of Georgia P, 1980.

Bauer, Dale M. *Feminist Dialogics: A Theory of Failed Community*. Albany: State U of New York P, 1988.

Conn, Peter. *The Divided Mind: Ideology and Imagination in America, 1898-1917*. Cambridge: Cambridge UP, 1983.

Dimock, Wai-Chee. "Debasing Exchange: Edith Wharton's *The House of Mirth.*" *The House of Mirth*. Ed. Shari Benstock. Boston: Bedford Books of St. Martin's Press, 1994. 375-390.

DuPlessis, Rachel Blau. *Writing beyond the Ending: Narrative Strategies of Twentieth-Century Women Writers*. Bloomington: Indiana UP, 1985.

Eby, Virginia Clare. "Silencing Women in Edith Wharton's *The Age of Innocence.*" *Colby Quarterly* 28.2（1992）: 93-104.

Fryer, Judith. *Felicitous Space: The Imaginative Structures of Edith Wharton and Willa Cather*. Chapel Hill: The U of North Carolina P, 1986.

——. "Reading *Mrs. Lloyd.*" *Edith Wharton: New Critical Essays*. Ed. Alfred Bendixen and Annette Zilversmit. New York: Garland Publishing, 1992. 27-56.

Gilbert, Sandra M., and Susan Gubar. *No Man's Land: The Place of the Woman Writer in the Twentieth Century. Vol.2: Sexchanges*. New Haven: Yale UP, 1989.

Gilman, Charlotte Perkins. *The Dress of Women: A Critical Introduction to the Symbolism and Sociology of Clothing*. Westport, CT: Greenwood Press, 2002.

Gubar, Susan. "'The Blank Page' and the Issues of Female Creativity." *Writing and Sexual Difference*. Ed. Elizabeth Abel. Brighton: The Harvester Press, 1982. 73-93. 「『空白のページ』と女性の創造性の問題点」『新フェミニズム批評』エレイン・ショウォールター編、青山誠子訳、岩波書店、一九九九。三四三―三八一。

Mulvey, Laura. "Visual Pleasure and Narrative Cinema." 1973. *Visual and Other Pleasures*. Bloomington: Indiana UP, 1989. 14-26.

Shulman, Robert. *Social Criticism and Nineteenth-Century American Fictions*. Columbia: U of Missouri P, 1987.

Stout, Janis P. *Strategies of Reticence: Silence and Meaning in the Works of Jane Austen, Willa Cather, Katherine Ann Porter, and Joan Didion*. Charlottesville: U of Virginia P, 1990.

Wharton, Edith. *A Backward Glance*. 1933. New York: Charles Scribner's Sons, 1985.

——. *The Age of Innocence*. 1920. New York: Charles Scribner' Sons, 1970. 『エイジ・オブ・イノセンス』大社淑子訳、新潮文庫、一九九三。『無垢の時代』佐藤宏子訳、荒地出版社、一九九五。

——. *The House of Mirth*. 1905. New York: W. W. Norton, 1990.『歓楽の家』佐々木みよ子他訳、荒地出版社、一九九五。

Wolff, Cynthia Griffin. *A Feast of Words: The Triumph of Edith Wharton*. Oxford: Oxford UP, 1977.

石塚則子「まなざしの客体としてのリリー・バート——*The House of Mirth* におけるジェンダー・ポリティックス」『英語英文学研究』（同志社大学人文学会、二〇〇三年）七五号、四五—六五。

キャスリン・ウィーラー『〝モダニスト〟女性作家——語りの戦略——』遠藤惠子、砂村栄利子訳、八潮出版社、一九九八。

ソースタイン・ヴェブレン『有閑階級の理論』高哲男訳、ちくま学芸文庫、一九九八。

武田　貴子

マーク・トウェインのセクシュアリティとジェンダー
――『一六〇一年』を手がかりとして

はじめに

マーク・トウェインの作品には、彼自身が最後まで作者であることを否定したので幻のポルノグラフィと呼ばれる『一六〇一年』という作品がある。この作品は、一八七六年の夏、妻の実家のあるニューヨーク州エルマイラで、もちろん出版を目的とせず、ごく親しい友人のためのお楽しみとして書かれた。一八八〇年には匿名で出版され、少ない部数にもかかわらず評判を呼び、イギリスの俳優が書いたとか、ある人が書いて冗談でトウェインの作品だといっているとかうわさされたようである。一八八二年ウエスト・ポイントの陸軍士官学校で五十部の限定出版、いかにも一六〇一年当時の作品であるかのように、書体も古く、擬古調の体裁で印刷された。トウェイン自身は公には作者であることを最後まで否定したが、一九〇六年クリーブランドにある図書館の司書にあてた手紙の中で認めている。この作品を横糸に、幼年期からオリヴィアとの結婚後までの変化を縦糸としてトウェインのセクシュアリティとジェンダー観をながめてみると、どのような模様が浮かんでくるのかを見ていきたい。ジェンダーやセクシュアリティの意識がどのように表れているかというと、多くの場合、微妙に人種や階級意識や地域の文化そのものとかかわっていて、時には性的な描写が殆どない表現の中にジェンダーやセクシュアリティの意識がひそんでいたりする。『一六〇一年』だけでなく、他の作品にも言及したい。

一　『一六〇一年』

作品はタイトルが示すように、エリザベス女王時代の一六〇一年に、女王を中心に当時の名だたる紳士、淑女が集まり、その炉辺での会話を女王お付きのお酌係が書きとめたものという設定になっている。その取り巻き連は、シェイクスピア、サー・ウォルター・ローリー、ベン・ジョンソン、フランシス・ベイコンといった名士をもじった登場人物にくわえて、ビルジウォーター "Bildgewater"（船底の水垢）伯爵夫人、ボーモント "Beaumonte"（フランス語の社交界 "beau monde"）、ヘレン "Helen"（トロイの王子にさらわれる人妻の名）公爵令嬢、ディルベリー "Dilberry"（"dildge" は男性器をかたどった玩具）等と名づけられた男性五名、女性五名からなり、年齢も十五歳から七十歳までさまざまである。大きな放屁をきっかけに、話題は性器、性交、排泄物へと変わり、いずれの登場人物も当惑することもなく、赤裸々に語る。内容の一部を紹介すると、エリザベス女王が放屁の主を詮索し始めると、サー・ウォルター・ローリーが、次はもっと臭くて大きいのをして見せましょうと名乗りを上げる。そこから話はセックスに変わり、ある皇帝が一晩に十人の娘の相手をしたとか、あるいはある皇后が二十二人の性欲旺盛な騎士の相手をしたが、満足しなかったという話へと変わっていく。幾人かの登場人物の名前がユーモラスな効果を生んでいるように、ポルノグラフィといっても、エロティックというよりむしろスカトロジックとも言うべき作品で、ラブレー風の作品といえる。性的な描写が多いわけでもないが、「女性器」という言葉も使われており、「脚」という言葉すら口に出すのもはばかれるというヴィクトリア時代にはショッキングな内容だったといえるかもしれない。

二　十九世紀アメリカの性を取り巻く社会状況

なぜ、このようなポルノ作品をトウェインが一八七六年にエルマイラで書いたのか。この質問に答えるためには、作品の書かれた当時の性を取り巻くアメリカの社会状況をもう一度検証してみる必要があるだろう(Freedman chap. 6)。確かに、「お上品な伝統」と呼ばれる、性的なことはいっさいタブーとされるヴィクトリア時代であるが、それは中産階級以上の家庭という場においての話である。十九世紀はじめに起こった市場革命は、南北戦争のころには、アメリカ全土に波及していったが、性もまた商品として市場に持ち込まれたのである。最初ヨーロッパの古典的なポルノ作品を再出版していただけであったが、一八四六年『ファニー・ヒル』がアメリカで出版され、以後廉価なポルノ作品が続いた。『悪魔の文学』と批判されながらも、急速に出版数を伸ばしていく。しかし、これらの作品が家庭に持ち込まれることはなく、波止場や駅の売店、ホテルで売られ、消費されるだけである。

家庭から男性を引き離し、軍という男性の領域を大きく生み出した南北戦争は、性の商品化に拍車をかけた。安価なポルノ小説だけではなく、今でいうピンナップ写真のようなセミヌードの女性のイラスト画が流通したが、モデルとして描かれるのは、主として白人以外の女性だった。十八世紀からあった売春は、西部の開拓地のような女性の極端に少ないところや東部の都会のような男性の匿名性が保たれる場所では、十九世紀にはいるとますます盛んになっていった。たとえば、ゴールド・ラッシュに沸くカリフォルニアではネイティヴ・インディアンやアジア系の女性が売春婦となり、鉱山で働く独身男性の性欲の対象となった。一方、一八六〇年代までには、ニューヨークで六百以上の、シカゴでは、五百以上の売春宿があったといわれている。これらの売春宿は、労働者階級の男性を引きつけただけでなく、ニューヨークのような大都会には、中産階級以上の男性のための、パーラーハウスと呼ばれる高級売春宿もあった。地方から来た男性の為にこのようなパーラーハウスのガイドブックまであった。また、都会の劇場では最前席を娼婦が占め、売春の取引の場となった。中産階級以上の女性がエスコートなしでは歩けない街中を、街娼が人目をひく色で、くるぶしまでの短い丈のドレスを着て通りに立ったが、化粧と喫煙は娼婦のしるしで、一目で街娼と判断された。

十九世紀後半のヴィクトリア時代というのは、中産階級以上の家庭で、性がタブー視され、女性の純潔が重要視される一方で、アンダーワールドとされながらも、社会という公の場で、性産業が隆盛した時代でもある。中産階級以上の男性は、家庭外の男の領域で、同じ階級以上の女性の純潔を守るためという口実のもとに、性産業を通して「堕ちた女」と性交渉を持ったのである。性産業が社会的にあらわになる一方で、中産階級以上の女性の純潔はそれ以前の時代より増して強調され、「純潔な女」と「堕ちた女」は異なる階級に所属した。もちろん、「純潔な女」が上流階級で、「堕ちた女」は文字通り階級が下の女である。中産階級は、女性を純潔な家庭という領域に囲い込むことによって、下層階級との差異化、特権化を図ったのである。その結果、中産階級以上の男女にとっては明確な性のダブルスタンダードが存在することになったのである。したがって、『一六〇一年』もまた、エルマイラの妻の実家という上流家庭の場で書かれたものの、男友達のための娯楽物であり、それは男の領域だけで通用するものだったのである。この作品がウエスト・ポイントという陸軍士官学校で出版されたというのも、軍という男の領域では流通可能だったからである。さらに、男同士の中では、すなわち男の領域では、結構おおっぴらに性の話が出来たことを示すトウェインの講演原稿も残っている。『一六〇一年』が書かれた三年後一八七九年には、パリのアメリカ人クラブ（ストマッククラブ）で、「オナニーの科学に関する一考察」と題する講演を行っている。ホーマー、シーザー、ロビンソン・クルーソー、ミケランジェロ、エリザベス女王などの言葉を借りてマスターベイションの効用を語ったものである。性的なことはタブーとされるヴィクトリア時代ではあるが、男同士だけの集まりでは卑猥な冗談を楽しむ余地はあったのである。

このような十九世紀後半の一般的な性を取り巻く社会状況に加えて、トウェインが育った中西部の性を取り巻く文化状況に言及しておく必要があるだろう。トウェインが育ったミズーリ州ハンニバルはミシシッピー河沿いの開拓村で、性的なことにオブラートがかかるようなことはなく、幼いクレメンスの目前でも性に絡む事件や話が語られていたといわれている（Jones 595-616）。また、ミズーリ州は奴隷制を保有する州であったので、思春期の男の子がムラットや黒人の魅力的な女の子に性的なイニシエーションを受けるということもあったようである。実際、徒弟仲間の一人ウェールズ・マコーミックが同様の体験をしたことを書き残しているが、彼自身はただの傍観者だったのかどうかについてはわからない。いずれにせよ、トウェインは、女性との性交渉は男性のもっとも好きな地上の喜び、楽しみであるとノートブックに書き残している。中西部の野卑な環境においては、性は人間の本能、楽しみとして肯定され、東部上流家庭のように、性的なことはいっさいタブーとされることはなかった（Jones 272）。

このようなことを考慮すると、性についておおっぴらに語れる環境に育ったトウェインが、エルマイラにある妻の実家の所属する上流社会の性をタブー視する環境に息苦しさを感じていただろうということは容易に想像できることである。『一六〇一年』は、ヴィクトリア社会とはいえ、男の領域のみで通用するものであって、トウェインにとって息抜きとなるような、卑猥な冗談を楽しむ娯楽作品だったのである。

三　十七世紀イギリスの舞台設定

では、なぜ、この小品をエリザベス朝のイギリスに設定したのか、その意味を探ってみたい。もちろん、性的な抑圧のゆるい（フーコー流に言えば、性の抑圧が始まる以前の）イギリスの時代に舞台を設定することで、ピューリタン的伝統の残っている性的な抑圧の強い十九世紀のアメリカ文化を相対化することが一番の理由である。しかも権威的な人物を多く登場させることで、『一六〇一年』の時代を権威付ける、あるいは正当化を図っていると考えられる。それは、セクシュアリティの言説にからむ階級という視座を入れてみると、さらに上流階級であるエリザベス女王を取り巻く社交の場において、性がタブー視されない状況を提示することで、性をタブー視することによって特権化を図ってきたアメリカ中産階級のモラルを無化することでもある。ある地域で絶対と思われている道徳規範や行動規範が、他の地域で、あるいは他の時代においては、決して絶対ではなく、まるで異なる規範さえ存在することを示すというのは、トウェインの常套手段の一つである。

また『一六〇一年』は、物語中のエリザベス女王を取り巻く人達の会話に批判的な酒酌人によって語られている。一九三八年に出版された『一六〇一年』では、酌人がトウェインの顔に似た挿絵（図版参照）がはいり、「当時のマーク・トウェインである女王おつきの酌人の日記から」という説明が入っている。この点から見ると、トウェイン自身と思われる語り手が、ヨーロッパ文化を批判しているという風にも読むことができる。『一六〇一年』は、性的な話題がおおっぴらにされる文化や、性的な欲望が強い、動物的な人間像が描かれている作品である。特に女の性的な欲望が男に勝っていることも話題に取り上げられている。すでにのべたように、ある皇帝が一晩に十人の娘を相手にしたと語るものがあれば、対応して、ある皇后が二十二人の性欲旺盛な騎士の相手をして満足しなかったという話がされる。ここでは性的な力と権力が分ちがたく結びついている。一方、各国の性をとりあげた話の一つとして、アメリカでは男は三十五歳まで、女は二十八歳までセックスをしないと言及され、その禁欲ぶりが語られる。これは性的経験をつんだヨーロッパ人対無垢なアメリカ人という構図であると見ることができる。同時期の作家であるヘンリー・ジェイムズが、作品の中で、ヨーロッパの女性に翻弄される経験の少ないアメリカ男性、ヨーロッパの男性にかもにされる無垢なアメリカ女性をテーマに取り上げたように、性的経験をつんだヨーロッパ人と禁欲的で無垢なアメリカ人という一種のステレオタイプが当時にはあった。このような点から見ると、この作品も、性的力と権力が分ちがたく結びついた爛熟したヨーロッパ文化と無垢なアメリカ文化を対比させているのである。トウェインを髣髴とさせる、会話に終始批判的な語り手がヨーロッパ文化を批判しているように読めると同時に、

A fireside conversation with Ye Queene Elizabeth, Shaxpur, Sr. Walter Ralegh, Ben Jonson, Lord Bacon, Francis Beaumonte, the Duchess of Bilgewater, Lady Helen, and maides of honor, from the diary of Ye Queene's cup-bearer, the Mark Twain of that day.

マーク・トウェイン『1601年』挿絵（1938年版）

堅物の語り手を笑っている視点もあって、それが笑いを誘うので、この視点からすると、ピューリタン的アメリカ文化を批判している、ともいえる。

この作品の会話を仕切っているエリザベス女王は、他のトウェインの作品にも登場するが、性的な力だけでなく、政治的な権力を持ち、どちらかといえば、おぞましいタイプの女性として描かれている。トウェインには、母性的ではなく、母権的な女性への嫌悪があり、当時のクリスチャン・サイエンスという宗教団体の創始者メアリー・エディ・ベーカーも、同じようなタイプの女性に分類できるが、彼女に対する批判も手厳しい。エリザベス女王（といっても女王の像）が登場する小品に「忘れらない夜の経験」という短編がある。夜にウエストミンスター寺院を案内されて探検するという性的な言及が全くない作品であるが、この作品の中で代名詞「彼女」で語られるものが三つある。エリザベス女王の像と斑の猫とウエストミンスター寺院そのものである。エリザベス女王は人殺しの女王として描かれ、その像のもとで無邪気にくるまって眠る猫は、薄気味悪い寺院の中を巡るトウェインの心慰める伴侶となって、トウェインに抱かれる。女王と猫に表象されるのは、権力を持ったが故に非人間的な女性と心慰める伴侶となる女性という、二つのタイプの女性である。ウエストミンスター寺院にある、歴史上の数々の英雄たちの墓を見て回ったトウェインは、最後に寺院が「偉大な国家の永遠の指導者であり、正しい野心を鼓舞するものであり、名誉の守り手であり、国家の英雄たちの家であり避難所である」と語る。ジョン・ダニエル・スタールは『マーク・トウェインと文化とジェンダー―ヨーロッパを通してアメリカを視る』の中で、この作品に言及し、ウエストミンスター寺院そのものが英雄たちの「家」であると指摘し、トウェインのジェンダー観を明らかにしている。これは、道徳の導き手であり、心のよりどころであり、快適な住処である「家」である女性というヴィクトリア的女性像とほぼ同じである。エリザベス女王、猫、ウエストミンスター寺院の三つに表象された三つのタイプの女性、権力を持った女性、伴侶となる女性、家庭性を示す女性を見ていると、トウェインにとって望ましい女性とは、やはり家庭を守る伴侶となる女性である。とすれば、次に、家庭を守る伴侶であったオリヴィアとの関係において、トウェインのセクシュアリティとジェンダー観をみる必要があるだろう。

四　トウェインのセクシュアリティとジェンダー観

『一六〇一年』の中で、すでに言及したことであるが、トウェインは、アメリカでは男は三十五歳まで、女は二十八歳まで性的経験がないと書いている。これは、トウェインとオリヴィアが結婚した年齢に近い。トウェインが本当に結婚前に付き合った女性がいなかったかどうかという問題であるが、このことについて書き残しているものはない。『マーク・トウェインのラブレター』の序を書いたディクソン・ウェクター(4)は、結婚前まで性的経験がなかったのではないかと言っているが、筆者は否定的である。書かれた証拠がないからといって、そういう女性がいなかったということにはならないし、妻や社会の評判を考えて、書いたものを処分したとも考えられる。あるいは書くほどの女性とは付き合っていなかったからかもしれない。

オリヴィアと結婚するとき、トウェインの良き助言者であったメアリー・メイソン・フェアバンクス夫人に、「自分に値するような女の子が欲しいわけではない」と書き送っている (Jones 270)。トウェインは、オリヴィアが「雪のように純潔な」女性であり、自分にふさわしい女ではないと認識していた。いわば、「高望みの女」であることを十分認識していた。おそらくそれまで付き合ってきた女性は売春婦とか堕落した女性で、自分にはそういう女性のほうがふさわしいかもしれないが、自分が結婚したい女性はそういう女性ではないといっているわけである。

　このことからもわかるように、トウェインの女性観には、はっきりと「良い女」と「悪い女」という二つのタイプがあった。これは当時の性のダブルスタンダードを成立させていた、ヴィクトリア朝的女性観である。男の婚外の性交渉を許し、女性には厳しい純潔を求めるというダブルスタンダードであるが、男の婚外交渉の相手をする女性が必要であるから、悪い女性も必要なわけである。実際、トウェインが青年時代をすごした西部のゴールドラッシュに沸いた町では、荒くれ男と、女といえば売春婦、という性の構図もあったので、西部育ちのトウェインにも同様の経験があったかもしれない。このような女性は、明らかに下層階級に属する女性であった。

　トウェインは、結婚する相手であるオリヴィアに、自分より、より良い伴侶、自分を高めてくれる伴侶を求めた。オリヴィアに宛てたラブレターの中で、「わたしをより良く指導してくれ」という表現が多く見られることからも、トウェインがオリヴィアに求めたものを推察することができる。オリヴィアも最初は「愛せないけど」といいつつ、トウェインを敬虔なキリスト教徒に教化しようとする。二人の関係は最初、教え導く人オリヴィアと、導かれる人トウェインという形で始まる。トウェインは結婚によって「文明化“sivilised”」されることを願っていたといえるのである。『ハックルベリー・フィンの冒険』の中のハックは、「文明化」されることを嫌って逃げていくが、トウェインは喜んで「文明化」される。その意味で、トウェインはハックというよりトムに近い資質を持っていた。もちろん、逃げて行きたいハック的な要素もある。しかし、彼自身の生涯は喜んで「文明化」されたのである。

五　階級上昇のストラテジー

確かに、トウェインは、深窓の令嬢オリヴィアに「雪のように純潔な」女性を求めた。それは同時に、彼の属した階層よりハイクラスな女性を求めることでもあった。彼は結婚によって、階層の上昇移行を願ったのである。トウェインとオリヴィアの出会いは、この意味において象徴的である。トウェインは、一八六七年ヨーロッパ聖地観光旅行団に『アルタ・カリフォルニア』誌の特派員として参加した。この観光団は、ハリエット・ビーチャー・ストウの弟で、高名な牧師であったヘンリー・ウォード・ビーチャーとそのプリマス教会がスポンサーとなって組織された、ヨーロッパから中近東を巡る豪華観光旅行団であった。旅費の千二百五十ドルは『アルタ・カリフォルニア』が負担したが、当時『アルタ』の報酬が週二十ドルであったトウェインにとって、高嶺の花の観光旅行である。当然参加者の多くは東部の上流階級の紳士、淑女であった。豪華蒸気船クエイカー・シティ号に乗り込んだ総勢七十六人、五ヶ月十一日に及ぶ大旅行であったが、それは上流階級の人々と寝食をともにして、間近に接することのできた初めての経験でもあった。この船上で、トウェインはエルマイラ出身の富裕な実業家の息子チャールズ・ラングドンと親しくなり、青年がトウェインに見せた姉オリヴィアを描いた小画像（ミニアチュア）に一目惚れをしたというのが、その出会いである。この話には、トウェイン一流の誇張もあるかもしれないが、この旅行後、実際エルマイラのラングドン家を訪ねて、何度も求婚を断られながらも、婚約にこぎつけた。上昇志向を備えた西部の田舎者トウェインにとって、船上の上流社会は、辛辣に批判しつつも、まぶしく映ったに違いない。その上流階級の深窓の淑女オリヴィアこそ、理想の女性に見えたのだろう。

前述したように、「自分にふさわしい女の子が欲しいわけではない」と書き送ったメアリー・メイソン・

フェアバンクス夫人に出会ったのも、このクエイカー・シティ号の船上である。彼女は『クリーブランド・ヘラルド』の社主の妻で、トウェインと同じようにこの旅行の記事を書き送っていた。この船上で、トウェインは粗野な男として、多くの上品な船客の顰蹙をかったが、メアリー・メイソン・フェアバンクス夫人はトウェインと意気投合し、終生よき助言者として交友を保った。特に彼女はトウェインを東部の上流階級に受け入れられるよう、マナー上においても原稿執筆上においても貴重な相談役となった。実際、この観光旅行中にトウェインが送った記事は評判を呼び、旅行を終えてニューヨークに帰港した時は乗船前のトウェインとは異なっていた。彼はそれなりの名声を得つつあった。上流社会は、決してトウェインの手の届かないところではなくなったのである。確かにトウェインは、この結婚が決して財産目当てのものではないと自負していたし、それを手紙（一八六九年二月五日付け母宛）の中でも明言している。しかし、オリヴィアのような女性と結婚することが、上流社会に入る鍵となることをトウェインは十分認識していたのではあるまいか。たとえ認識していなかったとしても、ヴィクトリア朝的女性像を理想としてオリヴィアを求めたことは、トウェインの階級上昇のストラテジーになったことは確かである。

六　エルマイラのオリヴィア

エルマイラの環境、すなわち、結婚が鍵となって入ることのできた東部の上流階級がトウェインに与えた影響は計り知れない。東部の影響がトウェインの西部性を歪曲し、卑小にしたという見方よりは、かえって作品に普遍性をもたらし、その結果トウェインを国民的作家にしたという見方が今では優勢である。ここではジェンダーとセクシュアリティという視点からエルマイラの影響を見てみよう。オリヴィアの実家のラングドン家は、確かに上流階級ではあったが、因習的な家庭ではなかった。奴隷制に反対し、逃亡奴隷を助ける地下運動に賛同し、フレデリック・ダグラスのような黒人の奴隷制廃止運動家も歓待するような進歩的な家庭であった。それだけではなく、女性の権利運動家も招き入れ、女性の参政権運動にも理解を示した。エルマイラはニューヨーク州のはずれにある小さな町であるが、アメリカで最初の女子大学を生んだ土地柄である。その女子大創設にもラングドン家は大いにかかわっている。男女平等意識においても極めて革新的な家庭であった。トウェインは結婚前『ミズーリ・デモクラット』(一八六七年三月十二—十五日付)で、女性参政権運動家を揶揄しているが、結婚(一八七〇年)後の一八七三年の禁酒運動に関するエッセイでは、女性は男性より道徳的に優れているからという理由で参政権にも理解を示している(Branch 20:24-30)。エルマイラの環境の中で、トウェインは多くの良識と知性を兼ね備えた優秀な女性に遭遇し、男性に劣らぬ知性を持った女性たちによってジェンダー観を一新することになったのではないか。後にトウェインが、女性を男性と平等に見なしてこなかったことを人類の失策の一つにあげるまでになったことは死後出版された『地球からの手紙』の中でもうかがえる(Clemens 176)。

結婚後の一八七三年に書かれた『金メッキ時代』には、ローラ・ホーキンズという自立した女性が登場する。トウェインの作品の中では数少ない自立したヒロインの一人であるが、彼女は性的に失敗する、すなわち男にだまされるのである。ローラは南軍の将校、セルビー大佐の甘言に「結婚」するが、三月後、セルビーは妻子ある身であることを明かし、彼女を捨てる。後にワシントンでセルビーに会ったローラは、妻子と別れ、結婚を迫るが、またもだまされて、最後はセルビーを射殺する。裁判では「感情的精神異常」で無罪を勝ち取り、講演家として再出発をするが、それも失敗し心臓発作で死ぬ。詳細部分を見るまでもなく、ヒロインの結末までのストーリーだけでも、性的に失敗したヒロインにトウェインは批判的であることがわかる。当時女性の講演者は男性に劣らず多く、女性の参政権や禁酒といったテーマを取り上げ、多くの聴衆を集めていた。「雄弁のジャンヌ・ダルク」と呼ばれたアンナ・ディキンソンはエルマイラのオリヴィアの実家に招待されたこともあったし、『金メッキ時代』が舞台化された時には、ローラ役は「演壇のばら」と呼ばれたケイト・フィールドという女性講演者であった。トウェインは、このような女性講演者にも批判的であった。時に攻撃的な講演者に、クリスチャン・サイエンスの創始者メアリ・エディ・ベーカーに対する嫌悪と同じものを感じていたといえるだろう。このような女性たちは、トウェインのジェンダー・アイデンティティに脅威となるものだった。一方、オリヴィアが病弱な深窓の女性だったことはトウェインの好みだったが、それは彼のジェンダー・アイデンティティを脅かすことはなかったからである。オリヴィアは家庭で読書会を開き、社会問題や女性の自立問題を扱ったエリザベス・ブラウニングの長編物語詩『オーローラ・リー』が愛読書であったという知的な女性であった。しかし、オリヴィアが「はさみ」と正確につづれないことをトウェインが手紙の中でからかっていること（Wecter 13）からもわかるように、彼女がトウェインのジェンダー・アイデンティティを脅かすことはなかった。オリヴィアがトウェインより優位に立つのは、前述したように、キリスト教的徳目においてのみである。オリヴィアはトウェインが抱くヴィクトリア朝的女性像に合致する女性だったのである。

最後に

『一六〇一年』の最後は、好色な大司祭の誘惑をスマートに逃げる娘の話である。『一六〇一年』は、上流社会においてさえ性がおおっぴらに語られ、本能的なままの人間が肯定された社会であり、十九世紀アメリカのヴィクトリア朝的上流階級とは対極にある。同時に、その有様は、西部の粗野な社会を髣髴とさせるものである。このような好色な社会の誘惑から逃げる結末は、このような社会へのトウェインの決別とも読める。好色な誘惑からスマートに逃げる娘は、賢く性的経験を回避する「娘」であり、トウェインのジェンダー・アイデンティティを脅かすような「女」ではない。賢く、性的経験がなく、攻撃的でないという三点において、娘はオリヴィア的である。『一六〇一年』は、性をタブーとする東部上流社会に息苦しさを感じたトウェインの息抜きであったが、話の結末は、やはり、性的に放縦な社会（アメリカにおいては西部であり、下層社会）への決別であり、オリヴィアへの回帰であると読めないだろうか。

引用文献

Branch, Edgar Marquess, and Robert H. Hirst, ed. *The Works of Mark Twain.* Berkeley: U of California P, 1979.

Clemens, Samuel L. *Letters from the Earth.* Ed. Bernard DeVote. New York: Harper & Row, 1962.

Freedman, Estelle B. , and John D'Emilio. *Intimate Matters: A History of Sexuality in America.* Chicago: U of Chicago P, 1988.

Jones, Alexander E. "Mark Twain and Sexuality." *PMLA* 71 (1956) : 595-616.

Stahl, John Daniel. *Mark Twain, Culture and Gender: Envisioning America through Europe.* Athens: U of Georgia P, 1994.

Twain, Mark. *1601: Conversation As it was by the Social Fireside in the Time of the Tudors.* 1880. Intro. Franklin J. Meine. 1938. New York: Lyle Stuart, n.d.

Wecter, Dixon. *The Love Letters of Mark Twain.* New York: Harper & Brothers, 1949.

『緋文字』とホモソーシャルな欲望

山下　昇

はじめに

ナサニエル・ホーソーン（一八〇四―六四）の『緋文字』（一八五〇）をイヴ・K・セジウィックのジェンダー理論で読み解くのが小論の目的である。セジウィックの著作は、一九八五年の『男同士の絆』を皮切りに、『クローゼットの認識論』（一九九〇）、『傾向論』（一九九三）があり、ジュディス・バトラーの『問題なのは肉体だ』（一九九三）と並んで現代アメリカのジェンダー文学批評における必読書となっている。セジウィックの主たる研究対象は、二、三の作品・作家を除いて、ほとんどイギリスやヨーロッパの作家・作品であり、アメリカの作品・作家はまだ多くが論じられていない。そこで小論では、セジウィックの方法がどのようにアメリカ文学の分析に適用可能であり、どの程度有効なのかを、『緋文字』を例にして考えてみる。

一　ホモソーシャルとホモセクシャル

セジウィックのジェンダー批評の基本的立場を表明したものが『男同士の絆』である。同書はルネ・ジラールの『欲望の現象学』（一九六一）における性愛の三角形の図式という切り口からヨーロッパ文学のキャノンを読み解いたものである。セジウィックによれば、ジラールの基本的構図において重要なのは、以下のように展開される性愛の三角形を構成するライヴァル関係である。

すなわち、性愛上の対立がいかなるものであれ、ライヴァルふたりの絆は、愛の対象とふたりをそれぞれ結びつける絆と同程度に激しく強い―つまり、彼によると「ライヴァル意識」と「愛」は異なる経験であっても、同程度に強く多くの点で等価というのである。…要するに、性愛の三角形では、愛の主体と対象を結びつける絆よりも、ライヴァル同士の絆のほうがずっと強固であり行為と選択を決定する、というのが彼の見解のようだ。しかも、ジラールが言及する―ヨーロッパのハイ・カルチャーともいうべき男性中心の―小説伝統において、三角形を構成するのはほぼ例外なく、ひとりの女性をめぐるふたりの男性の競争である。とすると、彼が最も精力的に暴き出したのは男同士の絆、と言えるだろう。（Sedgwick 21）

これは言葉を替えて言えば、「[家父長制とは] 物質的基盤をもつ男同士の関係であり、階層的に組織されてはいても、男性による女性支配を可能にする相互依存および連帯を樹立、もしくは生み出す」ものであるというハイジ・ハートマンの家父長制の定義でもあるとセジウィックは解説する（Sedgwick 3）。ところでそのような性格のものであると指摘されるライヴァル関係について、さらに重要な視点をセジウィックは提供している。それはホモソーシャルという用語が「同性間の社会的絆」を表すとともに「強烈なホモフォビア、つまり同性愛に対する恐怖と嫌悪」を含み込んでいるものの、欲望という視点から見れば実は「ホモソーシャルとホモセクシャルとが潜在的に切れ目のない連続体を形成している」（Sedgwick 1）ということである。

「ホモセクシャル・パニック」という言葉で表現されるように、男同士の関係がホモセクシャルでないと断言できるものは誰もいない。男性は常に男同士の絆がホモセクシャルかも知れないという不安を払拭できないと著者は指摘する。極言すれば、男性の異性愛は自己の同性愛に向き合わないための口実のひとつでさえありうる。

フーコーの『性の歴史』（一九七六）やブレイの『同性愛の社会史』（一九八二）が明らかにするように、ホモセクシュアリティをめぐる西洋の言説が大きく転換したのが十八世紀であり、それに連動して同性愛嫌悪（ホモフォビア）が顕在化したのが十八世紀末であるという（村山　三〇九）。そうだとすれば今から取り上げる『緋文字』という作品は時代との微妙な関係にある。

『緋文字』が書かれて出版されたのは十九世紀の一八四〇～五〇年代であり、ホモセクシュアリティが道徳の問題として人々に喧伝されていた時代であった。しかし作品の時代設定は十七世紀の一六四二～四九年のことである。当時ホモセクシュアリティは社会的無意識の状態に置かれていたと言える。作品の時代設定と出版された時代との間のホモセクシュアリティをめぐる社会意識の変化あるいは落差が作品にどのような意味を与えているのかを考慮に入れながら小説を検討してみよう。

二　愛とセクシュアリティ

『緋文字』が姦通という罪とそれに対する罰をめぐる物語であるというのは自明のことである。十七世紀当時法律によって禁止されていた姦通を犯した女へスターが罰せられ、犯した罪を告白できない男アーサーは苦しみ、妻を寝取られた男ロジャーは復讐の虜となるさまが作品に描き出される。このように姦通という罪をめぐる三者三様の対応が、最後は牧師の告白と死、医者の死と遺産寄贈、ヒロインの運命受容と死として結末を迎える。最も苦しんだのは誰か、誰が一番罪深いのか、へスターは新しい女性なのか、様々な疑問がこの小説をめぐって湧き起こり、活発な議論はつきることがない。

ここではそうした議論とはやや異なった側面からこの作品を考えてみたい。それは、セクシュアリティの問題である。[1]上述したように、この作品の時代には姦通は社会に明示された事件であり、刑罰の対象とされていた。いっぽう、同じ性的な事件でありながら、同性愛は、いわば口に出せない話題であった。もちろん、人間男女による正常な性関係以外のものは「ソドミー」という言葉で呼ばれ、一律禁止されるべきものであった。同性愛のみが名指しで非難されるものでもなく、ひたすら禁忌として潜行していたと思われる。しかしこの小説が書かれた時代になるとホモセクシュアリティをめぐる言説は明示的になり、（奴隷制をめぐるのと同様に、隠すにしろ表すにしろ）人々はホモセクシュアリティに対する自らの態度を自問せざるを得なくなってくる。小説においてホーソーンが見事に奴隷制の問題に口を閉ざしているように、この問題に関しても作者はもちろん巧妙に態度表明を留保しているように見える。[2] そこで筆者はセジウィックの理論を援用して、セクシュアリティの観点から深読みをすることによって、この作品の表面には表れていない意図を読みとることとしたい。

俗耳にも「愛と憎悪は紙一重」、「愛しているからこそ憎みもする」と語られるが、『緋文字』の語り手も最終章「結び」において愛と憎悪について次のように述べている。

愛と憎しみは根底において同じではないかという主題は、観察と考察に値する。愛にせよ憎しみにせよ、その究極の発展段階では、高度の親密さと心の通じ合いが予想され、いずれもが相互にその情念と精神生活の食物を相手に求めることになる。情熱的に愛している者も、情熱的に憎んでいる者も、ともに、その対象が消滅すると寂寞とした孤独感にとらわれるものである。それゆえ、哲学的に考えるなら、ふたつの情熱は本質的に同じであって、たまたま一方が天国の光のもとで眺められ、他方が暗く不気味な微光のもとで眺められているだけのことである。精神界においては、老医師も牧師も—ともに犠牲者であったのだが—無意識のうちに、彼らの地上における憎しみと反感のたくわえが黄金の愛に変質していくのに気づいていたかもしれないのである。(175-76)

もちろんこれは語り手の解釈であるという限定つきながら、この引用が言わんとするところは、アーサーとロジャーの間には限りなく愛に近いものがあったということである。

ロジャーはアーサーが姦通の相手であったということが分かって以来、もちろん彼を憎んでいた。しかしその憎しみは上に指摘されるようにいつしか愛に変わっていった。いや、以下に述べるような理由からそもそもロジャーはアーサーを愛さざるを得なかったのだ。

三　男同士の絆

そもそもこの復讐劇の始まりから男は女を問題にしていない。姦通を犯した罪で収監されている妻ヘスターを訪ねて互いの非を認めた後、ロジャーは次のように宣言する。

「…わたしはおまえに復讐したり、悪だくみをしたりしようとは思わない。…わたしは…その男を見つけてみせる。その男を感じさせるような、共鳴力といったようなものがわたしにはある。…遅かれ早かれ、そいつはわたしのものだ!」(53-54)

「…おまえと、おまえの大切なものは、ヘスター・プリンよ、みなわたしのものだ。おまえがいるところがわが家で、男のいるところもわが家だ!…」(54)

「おまえの魂ではない」また薄笑いを浮かべて、彼は答えた。「いや、おまえのではない!」(55)

医師の憎しみの相手は妻であるヘスターではなくて、彼の所有権を侵害した男である。彼にとって妻は所有物であり、彼の復讐の道具にすぎない。そのため彼は自分の正体を世間に口外しないことをヘスターに約束させる。

このようにヘスターを黙らせるのは医師だけではない。彼女の姦通相手である牧師も同様に彼女を黙らせる。「自分たちのしたことにはそれなりに神聖なところがあったのだ」と言うヘスターを、アーサーは「お黙りなさい」(133) と制止するのみならず、「わたしたちはもう会うことはないのでしょうか?」と問うヘスターを「黙るのだ」(173) と、死を迎えるまぎわにおいてさえ叱責する。[3]

このようにヘスターを媒介とする二人の男たちは、ヘスターに対して同様の行動を要求する。当初互いが姦通された男と姦通した男であるということを知らずに、医師と患者という関係でスタートした二人の男たちの仲は、時間の経過とともに親密さを増し、「一種の親密さが、このふたりの教養ある人物のあいだに育っていった」(86) と語られるほどになる。その後二人は同じ家で暮らすことになる。

二人の関係は外見的には医者と患者のそれであり、友人同士のようである。しかし牧師は結婚するつもりもないようで、「独身を保つことが彼の教会の戒律のひとつでもあるかのように、牧師はこの種の［結婚］話をいっさい拒否した」(87)。アーサーが結婚話を拒否するのは、ひとつにはヘスターに対する愛または責任からであることは明らかである。しかしこの小説全体から見えてくるものからすれば、牧師が最も愛していたのは明らかに神であり、彼は宗教に殉じたと言ってもいいだろう。だが別な角度からアーサーの独身主義を検討してみると、そこにロジャーとのホモソーシャルでホモセクシュアル的な関係が垣間見える。アーサーとロジャーとのホモソーシャルな関係について語り手は次のように描写している。

…若い牧師に対する父性愛と敬愛の念をかねそなえた、この聡明で、経験にとみ、慈愛あふれる老医師こそ、全人類のなかで、つねに牧師の声が聞こえる範囲内にはべる最適の人物であるように思われた。(87)

神と牧師の関係が父と子のそれであるように、ここでほのめかされているのも、医師と牧師の関係はあたかも父と子のようであるということである。じっさい、ヘスターの本当の夫であるロジャーは、夫としては老齢であり、ヘスターとの間に親子ほどの年齢のひらきがあることが述べられている(53)。とすれば、法律上は妻の姦通であるヘスターとアーサーの恋愛も、見方を変えれば娘または息子の結婚のようなものである。年齢的な差や、ヘスターがロジャーを愛していなかったと言明していることから考えても、彼らの間にプリン家の財産を継ぐ子どもが生まれる可能性は極めて少なかったと思われる。しかし、ヘスターの姦通のおかげで、彼の実子ではないというものの、結果的にはロジャーは財産を子ども(パール)に残すことができたのである。

この結果をしてロジャーに苦悩がなかったとか、ロジャーの勝利だとは言わないけれど、はからずも結果としてはロジャーの抱負の一部は達成されたと見なすことができる。この作品はそこに行き着くまでのライヴァル同士の関係を執拗に描いている。

二人の関係の決定的な転換点となるのが、昼寝をしている牧師の胸を医師がはだけて見る場面である(95)。牧師の胸に何があったのかは明らかにされていないが、おそらくAの痣であろう。これが、牧師の胸に姦通の罪のしるしを発見して、医師は妻の姦通の相手が牧師であることに確信をいだく決定的な場面であるが、この場面を次のように読むことはできないだろうか。この場面は文字通りには医師が牧師の胸をはだけて罪のしるしを発見する場面だが、この場面をロジャーのアーサーに対するレイプと読むことは誤読の誇りを免れないだろうか？　もちろんこれが性器接触をともなう本当のレイプであると強弁するつもりはない。しかし十七世紀当時のピューリタン社会におけるこのような場面の表現は、口に出して語ることのできないできごとの婉曲表現、あるいは禁忌の表象であると考えることも不可能ではない。この事件に対する医師の反応は「恍惚」（96）と表現されている。

この転換点以降のロジャーの感情は憎しみと愛の入り交じったものであっただろうことは想像に難くない。むしろ自身が自覚しないうちに、憎しみが愛に変質していく過程と見るのが妥当と思われる。物語のクライマックスである「緋文字の露呈」の場面で、自ら群衆の前で罪を告白しようとするアーサーを制止するロジャーの発言と行動は、まるで息子をかばう父親のようである。

「待て、気でも狂ったのか」彼は小声で言った。「その女をどけるのだ！子供をはなせ！そうすりゃ、万事うまくいくのだ！名声をけがし、不名誉のうちに死ぬことはない！わたしにはまだあなたを救えるのだ！…」（170）

いっぽう、息途絶えようとする牧師は「あの陰険でおそろしい老人をつかわしたもうことによって」（173）自分が永劫の地獄に呻吟するのを免れた、として神の采配に感謝している。

このように作品を仔細に検討してみると、『緋文字』はヒロインのヘスターをめぐる物語というよりは、ヘスターは脇役に追いやられていて、あくまでもライヴァルの男同士の絆についての物語、まさに家父長制の物語として読者の前に立ち現れてくる。

四　ヘスターの造型

それではヒロインのヘスターは男たちによって交換されるための単なる道具に過ぎないのだろうか？　それとも一人の生きた人物として、存在感のある女性として造型されているのだろうか？　この点について少し詳しく検討してみたい。

ヘスター像の解釈を巡っては意見が大きく分かれている。例えば「アメリカ小説における最初の真のヒロイン」(Baym 62) と肯定的に高く評価する者もおれば、「ホーソーンはヘスターに同情しているかもしれないが、価値観を共有してはいない」(Bell 89) と否定的なむきもある。いずれの解釈の妥当性が強いかを次にテクストで見てみよう。

あくまでも語り手によってであるが、ヘスターは次のように三つの性格を有する者として描写されている。まず第一に彼女は強い (110, 111) 女性として提示される。別な言葉では、反抗的態度 (50)、勝ち気な性格 (55)、反抗的な気分 (63) と表現されている。生来の性格がそうであると述べられているが、衆人環視のなか、孤立無援で生きていかなくてはならない彼女の立場を斟酌すれば、外部からは当然そのように見えるのであろう。次に彼女は情熱的で衝動的 (42)、奔放な (56, 63)、官能的な (59) 女性として提示される。姦通の罪を犯すような女性だから当然そうであろうということが前提とされている形容である。しかしじっさいは彼女はほとんどの場合、地味な服装をして、大理石のように無表情である。そしてもうひとつの形容が有能（59, 110）である。このように多面的に描かれていることからも分かるように、ヘスターはたんに道具としての役割を果たすだけの存在ではない。

だが彼女の女性的側面は、森の中で緋文字を外した時に顕現するほんのひとときを除いて、小説の中では終始抑圧されている。また、彼女は一貫して母の役割を果たしており、母としてのみ存在が許されている。なお、物語冒頭でパールを胸に抱いて登場するヘスターを聖母マリアに模している場面があるが、これにはアンビヴァレントな風刺的意味あいがある。[4]

更にもうひとつの面は彼女が予言者として描かれている点である。彼女の予言者的側面は二人の人物に関係している。いずれもが宗教的異端と関連しており、ひとりは魔女と噂されるヒビンズ夫人、もうひとりは異端審問の果てに追放されたアン・ハッチンソンである。両者との関係において、ヘスターはそのいずれかになる可能性を有していた。ヘスターが魔女となるのを救ったのは子どもパールの存在であり、ヘスターがアン・ハッチンソンにならなかったのはヘスターをして次のように言わしめた思想であった。

女性の前途に立ちはだかっているのは、絶望的に困難な仕事である。まず第一歩として、社会の全組織を解体し、あらたに再建しなければならない。それから、男性の本性そのものを、あるいは本性そのもののようになってしまった、男性が長いあいだにつちかった習慣を変えねばならず、そうしてはじめて女性は正当で妥当と思われる地位を獲得することができるのである。そして最後に、他のすべての困難が排除されても、女性がこういう手始めの改革から恩恵を受けることができるようになるためには、女性自身がより大きな変化をとげなければならないのである。そしておそらく、そういう変化の過程で、そこにこそ女性の生命の真価があるところの天上的な資質は、消えてなくなってしまうことであろう。(113)

この考えの前半にはいわゆる女性解放思想の基本が述べられているが、最後の部分においては、そのテーゼを打ち消すように、そうすると女性は女性的美質を無くしてしまうと結論づけている。これは実質的に女性解放思想への懐疑である。そしてこの考えはさらに小説最後の「結び」において決定的なものとして吐露される。

年若いころ、ヘスターは自分のことを予言者として宿命づけられた女ではないかとむなしく想像したこともあったが、しかし、もうずっと以前から、神聖で神秘的な心理を伝える使命が罪によごれ、恥にうなだれ、一生の悲しみを背負った女に託されるはずがないことを知っていた。なるほど、来るべき啓示をもたらす天使や使徒は女性であるにちがいない。しかし、そういう女性は気高く、清く、美しく、しかもそのうえ、暗い悲しみによってではなく、天上的な喜びを媒介として賢明になり、かつ神聖な愛がわれわれをどんなに幸福にするかを、そのような目的にかなった人生の真の試練をへて示すことができる女性でなければならない!(177-78)

ここに明示されているのは、女性解放は必至であるがそれは将来のことであるという、漸次改良主義の立場であり、ヘスター自身はその担い手としては意識的に排除されている。

ヘスターが一連の事件と彼女自身の経験を通して、とりわけディムズデールの生と死の教訓を通して、到達したのがこの立場であるように小説は書かれている。強制されたわけではないのにふたたびニュー・イングランドの地に戻り、いったん逃避行の船に乗ったら海中に投じてしまうと二度にわたって言明している緋文字を再度みずからの意志で胸につけて生きるヘスターの姿は、アーサーの遺言を実行しているとしか解釈できないものである。いまわのきわにアーサーが残した言葉―「お黙り、ヘスター、黙るのだ」「わたしたちの破った掟―いまこうして恐ろしくもあらわになった罪!―それだけを考えておくれ!わたしは恐れるのだ!危惧するのだ!わたしたちが神を忘れたとき―わたしたちがおたがいの魂に対する尊敬をうしなったとき―そのときから、来世であいまみえ、きよらかに永遠にむすばれる希望はかなえられなくなったのではないかと。…」(173)―は、このように彼の死後も彼女を縛ったのだ。

このように見てくると、語り手はヘスターを多面性を有した女性として描き出してはいるものの、その思想と行動面においては、母であり保守的な女性に制限しているといわざるを得ないであろう。この点に関してレイノルズは、ホーソーンが当時の大衆小説の女性像や女性解放運動家たちへの反感を持っていたことを跡づけながら、「ホーソーンは当時の流行の女性のステレオタイプを変更しようとし、その手段としてピューリタニズムを使用したのだ」(184)と主張しているが、まさに正鵠を得た指摘である。

結び

以上検討してきたように、ヒロインのヘスターはそれなりに多面的な性格を付与されているものの、時代の制約と作者の意図に制限されて、この物語において彼女の豊かな人間性を全面的に開花させることはできていない。むしろこの小論の前半で見てきたように、男同士の絆の強さに翻弄されていると言えるであろう。この作品において、作者ホーソーンは、かなり率直に自己の意見を披瀝し、当時勢いを得ていた女性解放運動を横目に見ながら、家父長制支配の厳しい現実を活写したと言ってよいだろう。

(本稿は二〇〇一年六月三〇日関西大学でおこなわれた日本ナサニエル・ホーソーン協会関西研究会における発表を元に加筆したものである。)

注

1　人種の問題をこの作品に絡めて論じることも可能である。実際「ヘスター・プリンは黒人だった」という類の論文が書かれたり、発表がなされていて、議論を巻き起こしている。

2　ただし筑波大学の竹谷悦子氏によれば、『アフリカ巡航艦の日記』(一八四五)や『フランクリン・ピアス伝』(一八五二)などのノン・フィクションにおいては奴隷制に対する彼の考えが表明されているとのことである。ホーソンはアフリカ植民協会の方針に賛同している。(二〇〇一年五月の日本ナサニエル・ホーソン協会大会シンポジウム資料より。)

3　男たちがヘスターを黙らせる点に関しては、照沼かほるが詳しく分析している。また、興味深いことにヘスターもしばしばパールを黙らせる。とりわけパールが牧師のことを口にする時はきびしい調子で制止する。

4　この小説に見え隠れするカトリシズムの要素について塩田勉は、「ホーソーンは、ピューリタンのカトリック差別に対する批判を込めてヘスターを造型した」と主張している。

引用文献

Baym, Nina. *The Scarlet Letter: A Reading*. Boston: Twayne Publishers, 1986.

Bell, Michael Davitt. "Another View of Hester." *Hester Prynne.* Ed. Harold Bloom. New York: Chelsea House Publishers, 1990. 87-95.
Hawthorne, Nathaniel. *The Scarlet Letter.* New York: W. W. Norton & Company, 1988.『完訳　緋文字』八木敏雄訳、岩波書店、一九九二。
Reynolds, David S. "Toward Hester Prynne." *Hester Prynne.* 179-185.
Sedgwick, Eve Kosofsky. *Between Men: English Literature and Male Homosocial Desire.* New York: Columbia UP, 1985.『男同士の絆——イギリス文学とホモソーシャルな欲望』上原早苗、亀澤美由紀訳、名古屋大学出版会、二〇〇一。
村山敏勝「クローゼットの密林——セジウィックとクイアー批評」『文学の文化研究』川口喬一編、研究社、一九九五　三〇五——三二二。
塩田　勉「『緋文学』とカトリシズム——ヘスターは隠れカトリックだったか——」『NEW PERSPECTIVE』（新英米文学会、二〇〇一年）第一七三号、三—一四。
照沼かほる「語る男 vs. 行動する女——『緋文学』における女性を黙らせる構図」『NEW PERSPECTIVE』（新英米文学会、二〇〇一年）第一七三号、二三—三七。

押本　年眞

キング作『秘密の生活』の多民族都市ロンドン
――日本人同性愛者オサムの孤独

序

フランシス・キングの中編小説『秘密の生活』（一九九二）の終わりに近い場面で、主人公ブライアン・コウビーンの年老いた父親、アンディが呆然としながらバスの窓からじっと見るロンドンの中心部の光景はまことに多民族、多文化都市のものである。

かくも多くの人々、そしてその多くがガイジンだ。もはや彼が知っていたロンドンではない。べらぼうな街、べらぼうな、べらぼうな街だ。べらぼうなガイジンどもめ。ブライアンは多分あのべらぼうなチビのジャップのなよなよ野郎から感染したんだ。それが一番ありそうなことだ。べらぼうめ！こんちくしょう！（244）

アンディは、順調なコースをたどり勅撰弁護士にまでなった息子のブライアンが死んだのは、聞かされていた肺炎の悪化によるのではなく、実はエイズ・ウイルスによるものであったと知り驚愕した。おまけにアンディの家にいた（ほとんどの場合オッシーと呼ばれる）オサムという日本人が同性愛の相手であり、しかも公証役場で作成された遺言によりオサムが喪主を務めたこと、またオサムのみが遺産受取人であることに憤激している。引用はそういった心理状態で見たバスの窓外の光景への反応であるが、このような光景は、今日、世界の多くの巨大都市で見られるものであり、ロンドンでは一九七〇年代以降では顕著ではあるが、ありふれた日常の一こまである。

一　多民族的イギリスが含むアイロニー

しかし、アンディがこのようなガイジンだらけのロンドンに決してなじんでいないことは、引用にある品の悪いののしりや差別的な言葉からうかがえる。アンディの心の中に入ってみる前に、ののしられ心中ではジャップと呼ばれているオサムとはどんな人物か少しみておこう。フランシス・キングは短編集『日本の雨傘』（一九六四）、『税関』（一九六二）、短編集『人は放浪者』（一九八五）に収められた「間接的方法」などで日本人を描いているが、それらの作品では日本が舞台とされているのに対して、『秘密の生活』では第二部で京都あるいはその周辺で、外国からの観光客もかなり利用する旅館業を営むオサムの生家の場面を除いては、舞台は主にロンドンで、若干、ブライアンの故郷、西ヨークシャーのイルクリーとイタリアのフィレンツェが出てくるのみであり、オサムはただ一人の日本人として登場する。

さて、アンディは今や八十歳を超す元陸軍少尉の退役軍人で、「その地の教会の柱石で、その地の保守党支部の柱石」であり、総じて価値観、行動様式も保守本流的である。だが、ロンドンにさまざまの民族的、人種的背景を持つ人々が多い状況は、アンディのようなタイプの大英帝国を支えたという自負と経歴を持つ人びとによってもたらされたのではないかと示唆するアイロニカルな場面が作品中に散見される。最初に引用したバスの窓からの光景の少し前に、死んだ息子アンディと単なるハウス・ボーイと思っていた日本人オサムとの関係を知って、愕然と公園のベンチに座り込んでいる時のアンディの想いには、大英帝国を支えた軍隊で昇進しつつ長く勤務した彼の経歴、ことにイギリスに妻子を残して海外に赴任し多忙な日々を送ったこと自体が、息子ブライアンを同性愛に傾かせたのではという自責の念をふくんだ推測がふくまれている。

アンディは公園を凝視した。何日も続く日照りで芝生は茶色がかった黄色であった。可哀想な奴だ。彼らは本当には仲がよくはなかったし、決してお互いを本当に理解しあわなかった。彼自身があまりにもしばしば海外にいたり忙しすぎたので、あの子と母親がそんなにも親密になったのは自然だった。そういったことに対する典型的な例さ、と世間はいったのではないのか。(214)

このような箇所は、同性愛者の秘密の生活という、狭い興味本位にみられがちな、また、極めて個人的で社会の周縁的な題材を扱った作品に社会的、歴史的な広がりと厚みを与えている。

多民族的、多文化的イギリスはまた別の角度からも現れる。オサムがイギリスに到着してすぐに通うようになった英語学校の学生は当然、トルコ、スペインなどの諸外国から来ており、またブライアンが入院した病院にはタイ出身のインターンやスイス娘の看護士がいる。けれども、一方でこの中編小説にはサー・ブライアン・コウビーンの経歴とヨークシャーに住む彼の実家と弟夫婦の描写によって、なんともイングランド的としか言い様のない面もある。

サー・ブライアン・コウビーンはヨークシャー生まれだが、早くから学業に秀でて親元をはなれ、パブリック・スクールの名門イートンを経てケンブリッジ大学を卒業する。勤勉な努力家の要素も持つ彼は法曹界にて着実に地歩を築き、今では勅撰弁護士（クイーンズ・カウンシル）となり、一代限りのサーの称号を得ていて、まさに法と秩序の側の人物である。また彼の教養もきわめてイングランド的である。作品の比較的はじめに、アンナ・クライヴがオサムの電話での頼みに応じて、ハイゲイトの家に行った時にオサムは笑いながら彼とブライアンがどのような関係なのかいぶかるようなアンナに答える際に、ブライアンは因習的だった、型に縛られていたという。

「別の時に言いますよ。」彼は笑った。「長い話です。ブライアンはとても因習的な人です。多分、あなたは日本人はとても因習的だと思うでしょうが、ブライアンはどの日本人よりももっと因習的です。」（162）

ブライアンはイートン校に入学して二年目にすっかり信仰を失ったと書かれており、ほぼこの時期から同性愛の傾向を自覚しその傾向は終生続いた。これは同性愛が法によって罰せられていたイギリスにあっては、法律家ブライアンにとってはことに秘すべき事であった。オサムから見た場合、秘密を懸命に隠しながら職務も社交もこなすブライアンの生き方は、伝統的で、型にはまったものと感じられたであろう。

ブライアンの父アンディは、息子が同性愛者であることは知らぬままに、彼なりに息子を愛し続けた。ロンドンに見舞いに来てヨークシャーに帰る際に、ファースト・クラスの切符が十分に買える余裕があるのに、セカンド・クラスに乗る倹約振りを示すアンディは夜汽車での浅い眠りの後の早朝に、座席に身を丸めた姿勢で次のように感じる。

半ば目を覚まし、半ば夢見つつ、体は丸くして片手を顎の下におきながら、アンディは彼が愛したが、決して理解せず、共通するものをほとんど持たない、そして今ではますます稀にしか会わない息子について抑えきれない不安を感じた。過去にしばしばそうだったように、アンディは思い巡らした―― あいつは俺に本当のことを話しているのか。アンディはあの困惑した、青ざめた顔の背後に絶望を感じとった。息子は打ち明けた以上に重い病気なのか。こんな病的な考えを持つことはバカげている。そんな考えは早朝に眠れなかったまま横たわっている人にのみやってくる。(214)

しかし、このような想いは決して夜行列車による寝不足によってのみもたらされるのではない。親愛の情が無いわけではないが、互いをよく理解せず、共通のものがない親子関係は、別の箇所でブライアンの口から語られる。週末を月に一度は父親とすごすため故郷に行くブライアンは、クリスマスともなればイギリス人の多くがそうするようにヨークシャーへ一族再会のため帰っていく。その間、広い家で一人さびしくすごしたオサムは、「楽しかったか」とたずねる。

「もし君があそこで僕と一緒だったらずっと楽しかっただろう。父と僕はおたがいに好きなんだ。だが哀しく、恐ろしいことに僕たちにはなにも共通のものがないんだ。」

「僕と僕の家族みたいだ。」（傍点筆者、202）

オサムとブライアンは、家族とは共通するものが無い点で相似ている。もともと親子には世代の差があり、子が高等教育を受けたり、個性に目覚めると両者の間には親子の情は残るものの、深くは理解できず疎遠となる姿は小説にしばしば描かれるものだが、この二人とその家族もその例である。

二　オサムの孤独感の普遍性

なぜ二十四歳の時に日本からイギリスへ来たくなったのかと詮索好きな人々に時折たずねられると、オサムは首を傾げてゆっくりと次のように答えた。

「僕は…僕は自分というものを見出せると思ったんだ。」だが、彼がイングランドに来た本当の訳は、自分を見出したいというよりも、周りの者が彼に対して持っているイメージと期待から逃げ出したかったからだ。（181-182）

オサムは逃げ出したかったのだ。京都のある大学を出た後、多くの学生のように就職はせず、家業を几帳面に手伝いながらも、同性愛の傾向を自覚し、商売より絵心の方に関心のあった彼は、母と異母兄と義理の姉と一緒の生活に一種の窮屈さを感じていた。前途を考えても家業の中心は異母兄になるだろうし、共同で仕事を続けるのには困難が予想される。

イギリスへ行きたいというオサムの希望の突然の表明は、英語が現代世界に持つ位置と英語に対する日本人らしい受けとめ方により、家族にあっさりと了承される。すなわち、オサムが英語力を磨いて帰国すれば、家業の旅館業にも役立つだろうし、もし、他の方面に職を求める場合でも、有利に働くだろうと考えてのことである。オサムの内面に何があるかは、誰も思ってもみない。オサムと家族との距離は、出国の際にも顕著である。「家族が空港でオサムを見送った時、彼らは二度と彼には会わないと分かっていただろうか。オサムにはたしかに、ふたたび彼らに会うことは無いと分かっていた」(187)。

日本人は海外で相当の歳月をすごしても、結局は帰国を望む例が大半なので、出発にあたってのオサムの孤独な決意は珍しいかもしれない。だが、これは作品の最後で、ブライアンの葬儀がすんでしばらくしてからもう寒い時期に、広場を横切ろうとしたアンナ・クライヴが見かけた聖ポール寺院を描いているオサムの姿に照応する。

アンナは彼の一フィート後で、行ってオサムに話しかけて仲直りしようかと思いつつ立ち止まった。しかし、どうしてか、なぜなのか分からなかったが、常に彼にとって奇妙な国におけるよそ者である彼が自分で選んだ仕事と人生の双方に孤独に没頭している様子の激しさを感じた。彼は彼女との、あるいは他の誰とも触れ合いを望まず、必要としないだろう。

彼女は一方の側にじりじりと進み、対角線のルートをとって立ち去った。(254)

ではこの孤独なオサムのイギリスでの、これまでの歳月はどう表されているか。この点を、日本人の登場するキングの他の作品と関連させて考察することは興味深い。『秘密の生活』の際立った特徴は舞台がロンドン中心であること以外に、同性愛が正面から取り上げられている点と、オサムとブライアンの数年にわたる生活が、両者の価値観の違いや心理をふくめて描かれている点にある。[1]

キングが来日後、間もなく発表した日本人の登場する作品には、同性愛は扱われていない。キングとほぼ同じころにはじめて来日し、日本の英語・英文学界で知られるようになった詩人ジェイムズ・カーカップはブリティッシュ・カウンシルへ反感を持っていた。

作者［ジェイムズ・カーカップ］はブリティッシュ・カウンシル［英国大使館文化部］の悪口をさんざん書いている。どの国においてもそうなんだが、日本のブリティッシュ・カウンシルからは、作者は鼻つまみ者とみられている。その理由のひとつがゲイだからである。イギリスにおいても、作者は、ゲイを認めない体制を批判し続けてきたが、日本のブリティッシュ・カウンシルもまた同様である。外国に職を求めるとき、作者は、このイギリスの影響力のある機関の援助を受けることを拒否している。(倉持　一二二―一二三)

このような文章を読むと京都のブリティッシュ・カウンシルのディレクターであったキングは実に微妙な立場であったとあらためて想像できる。『日本の雨傘』から「間接的方法」まで、描かれる愛は異性愛であり、例外的な「精霊流し」を除いては、年上の英米人の女性と若い日本人の男性のカップルが登場し、二人の前途は行き詰まりを感じさせるものが多いこと、両者の会話がややぎこちなく、衝動的な愛の場面が多いことが特徴である。この時期に書かれたキングの短編で非常に味わい深いものは男女の愛を扱わない、「山羊」と「異郷の片隅」であることは、今からおもえばうなずけなくもない。

一九九二年に発表された『秘密の生活』は、イギリスにおいて性表現の規制が大幅に緩和され、同性愛そのものについても見方が寛容になった時期に発表されたものであり、キングが作家としての地歩をしっかりと固めた立場もあり、オサムとブライアンの同性愛が大胆、率直に書かれている。しかし、扱われている年代の一部と、ブライアンの職業や彼の周囲の人間関係はまだまだ、それを秘密にさせようとするので、一種の悲痛ささえはらんでいる。ブライアンは、一時は結婚した。しかし、結婚後まもなくの休暇でモロッコに旅行中、アガディールで妻のヘレンは突然死んでしまう。彼女の死は、事故死か自殺であろうが、ブライアンの生涯にいっそうの影を増す。

このように『秘密の生活』の作品全体のトーンは、たとえば一九七七年に発表された『ダニー・ヒル――著名な一紳士の思い出――』とは、大いに異なる。後者は『ファニー・ヒル』をもじった題名から推測されるようにピカレスク・ロマン風の主人公の一代記をとおして、十八世紀後半のイギリス社会上層部の性風俗を同性愛もふくめ、喜劇的に笑いにつつんで書いている。しかし、『秘密の生活』は、同性愛者の立場を社会に対して強く主張するだけの作品ではない。この作品が中篇小説としてはかなりの厚みがあるのは、人間は堅実で、世間的には立派な生活を送る人々であっても秘密を持つことがあること、親しい人が亡くなった後の深い孤独感、空虚感を書き込むことによって、ロンドンに生きる異邦人で同性愛者のオサムの生き方にも普遍性を持たせたためである。

三　アンナとブライアン

オサムをとおして見えてくるものは、イギリス社会が外から来る者に対して持つ相当程度の高い開放性、寛容さと、逆にある程度以上には決してよそ者は入ることのできぬイギリスがあることである。作品の冒頭で、オサムからの電話を受けるアンナ・クライヴは、前者の要素より登場する人物であろう。

ホランド・パークのあたりを子供を連れて散歩している時に、アンナは絵を描いていたオサムに声をかけ親しくなっただけであるが、ブライアンの亡骸の安置された広い邸宅の孤独感、圧迫感に耐え切れないオサムの頼みに応じて、夕方の忙しさをやりくりしてハイゲイトにある家まで車で行く。そして、オサムからブライアンとの関係を打ち明けられ、彼の孤独感、喪失感を理解し、慰める。この直後に、帰宅の途中、ハイゲイト・ヒルで未婚であった二十三年前、売れない作曲家ジャックと約二年間、不倫の関係にあった秘密の日々を思い出し、車を運転しながら明確に意識するともなくその家を探し出してしまう。このシーンは、キングの作品でしばしばみられる、事物の外部や人物の行動を外から書いているかにみえて、いつのまにか記憶、連想をからませて作品中の時間が急に変化してゆく技法が巧みに使われている。今では全く無関係な人々が住んでいるその家の前で、アンナは、思い出が凝縮されているその家に、ジャックの死後もはや入ることができなかったこと、家は圧倒的な拒絶感、空虚感をもって建っていたことをあらためて思い出す。

アンナ・クライヴとオサムは、秘密についての感覚でも共通した面がある。かって、アンナは恋人のジャックが重病になった時、入院予定のロイヤル・フリー病院には見舞いにきてもいけないといわれた。実質上、生活を支えている、ジャックの妻で看護婦のジーンがいるためである。若いアンナはあまりにも全てのことが秘密であることに耐え切れない思いがする。しかし、ジャックの反応はすこし違った。

「私たちのことがそんなに何でも秘密でないといけないなんて、大嫌い。」
彼は笑った。「おや、僕はどちらかといえば秘密は好きだよ。おもしろいから。」
「おもしろいですって?」(173)

これは、オサムとブライアンが二人の関係を秘密にしておくことについて、両者の受けとめ方がかなり異なることと共通している。たとえば、休暇でイタリアのトスカニーへ行った時でも、小侯爵夫人が開くパーティーには、ブライアンだけが出席する。ブライアンの警戒心は強い。しかし、オサムはイギリスではともかく、休暇中のイタリアでさえこうなのかと思う。それでいて、ブライアンは同性愛者のアメリカ人たちと一緒にレストランへ出かける。人種によって差があるのだ。アンナが恋人ジャックのことを、妹、母、フラットを共用する友人につい話してしまったように、オサムもまた、秘密を守り続けねばならぬことに、内心では不満だった。しかし、ブライアンは弁護士から高位の判事に任命される可能性も狙っている。

「いつ私は判事になるかもしれないんだ。私は、非常に、非常に慎重でなければならないんだ。注意して。誰も私たちのことを知ってはいけない。分かったね。」

「分かったよ。誰にも言わない。」

「いい子だ！　だが、それ以上なんだ…私たちは人前で一緒に見られてはいけない。分かるだろう。友達や同僚への説明が厄介になる…もし、…。」

…

「私だって秘密は大嫌いだ。だが、失うものがあまりなしで秘密を明かすのと、そうでないのでは、まったく…。」

「秘密はいいことだよ。」でも、その時ですらオサムはそうは信じていなかった。(197)


ここには、法曹界での上昇志向をなお持ち続け、同時に演劇や音楽にも深い趣味を持ち、社交を楽しむイギリス中産階級上層部の教養ある紳士、サー・ブライアン・コウビーンの世界があり、それはオサムが決して入っていけない領域であることが示唆されている。もうひとつの、オサムが全く受け容れられない領域は、ブライアンの肉親のいるヨークシャーの故郷であった。

四　葬式ではなく結婚式

ブライアンの遺言により、唯一人の遺産相続人で喪主を務めることになったオサムは、頼れる知人が少ないので、告別式でブライアンが好きで死の直前によく聴いていたバッハの曲を弾いてくれる人を探してもらえまいかとアンナに依頼し、あわせて式に参列してくれるようにも頼む。アンナはロイヤル・アカデミー・

オブ・ミュージックの学生である娘のジョアンナが、最近バッハの第六組曲序曲が上手に弾けるようになったと喜んでいたのを思い出し、やや難しい年頃の娘に頼み、承諾を得る。

伝統的な宗教色のない告別式では、ブライアンの友人によるトマス・ハーディの詩「私が出て行ったあと」の朗読やバッハの無伴奏組曲が宗教でない宗教といった効果をあげ順調に進む。しかし、式の最後にオサムが喪主挨拶をする時に強烈な自己主張をする。もっとも大勢の人前で英語で複雑なことを述べるのは負担であろう彼は、ブライアンが生前に朗読してくれたことがあるアウグスティヌスの『告白』の一節を読む。[2]

「…私は他の人間が生きていることに驚きました、なぜなら死ぬべきでないかのように私が愛した彼は死んでいるから。私は彼の他の半分にすぎないので、彼が死んだ時に私が生きていることに驚いた。…というのも彼の魂と私の魂は二つの身体にあるひとつの魂と感じてきました。したがって、生は私には恐怖でした。なぜなら私の半分だけが生きることを嫌悪したからです。また、それゆえに、私がかくも愛した彼が全て死んでしまわないようにおそらく死を恐れました。」(251)

この朗読の間に、参列者には動揺がひろがり、アンディは顔面蒼白になり、何かに祈るように跪く。オサムが「皆様、ご参列ありがとうございました」と謝辞を締めくくった時、アンナは突如次のように感じた。「これは葬式ではなく結婚式だったんだ。」オサムは、彼の存在と、彼とブライアンの仲を人々に認知させたかったのである。

告別式の後、ほっとしているオサムをアンナたちは家での昼食に誘う。車中で、オサムはジョアンナの演奏を誉め、感謝する。アンナが参列者が多かったことを述べるとオサムは言う、「あんなにも沢山のブライアンの友人が。だが、僕は誰にも会ったことがなかった。誰一人、ブライアンのオッシーが存在することを知らなかった。奇妙だ。とても奇妙なことだ」（252）。これは、積年の感情を吐露したものと言えよう。

結び

だが、作品は単純に同性愛者の立場の擁護には終わらない。食後のコーヒーを飲んでいる間、オサムが告別式で言ったことをどう思うかとたずねるとアンナは迷い、躊躇しながらも、一種の間違ったことだとおもう、なぜなら告別式は生きている者よりも故人の思いを尊重すべきで、故人はオサムとの関係を永遠の秘密にしておきたかっただろうからと述べる。おそらく、もっと肯定的な反応を期待していたオサムは、信じがたい気持ち、嫌悪と憎悪の表情をうかべクライヴ家を去っていく。アンナの言葉は、社会常識に富み、中央官庁のエリート公務員の四十代の妻である女性からは当然とみることができ、同時に彼女の限界を示していると言えよう。

オサムを急いで追いかけた娘のジョアンナの反応は異なる。「あなたはすばらしいと思ったわ。本当に。とても―とても勇気がある！　あの、みんな気取った彼の同僚や家族を叱りつけて！　ああ、すてきよ、すてきよ。そういうあなたもすてきよ。」これに対し、オサムは「ありがとう！　ありがとう！　僕たちは同じ世代で、お互いに理解するんだね」（253-254）と答える。ジョアンナは、イギリスの若い世代を表している。二人は同世代の者として共感を覚える。けれども、二人の仲はそれまでである。オサムが同性愛者であるからであろう。しかし、それ以外にこの中篇小説で毎年夏に八週間ロイヤル・アルバート・ホールで開催されるプロムナード・コンサートが二回扱われていることに注目したい。ジョアンナはBBCから流れるこのコンサートを聴き、また会場にも出かけている。このプロムナード・コンサートは芸術性の高いものだが、イギリス帝国主義の絶頂期に始まり、最終日には帝国讃美のお祭りとして、ユニオン・ジャックを振りながら『ルール・ブリタニア（ブリタニアよ、統治せよ）』を全員で大合唱して幕を閉じることでも知られている（佐々木　二五七―二五八）。ジョアンナの一面が推測できよう。[3]

一方で、キングは日本の歴史、日本人にも鋭い見方を書き込んでいる。オサムが一時同棲していた労働者階級のイギリス人ピートの口をとおして、ピートの以前の友人が第二次大戦で日本軍の捕虜となり虐待されたことを語らせている。ピートに続けて「いいかね、俺はそれで君をとがめているわけじゃない。父親たちの罪を子にむけるわけにはいかないから」（189）と語らせて、和らげてはある。しかし、『税関』でのオーストラリアで捕虜になった時の悪夢を繰り返し思い出す登場人物、日本軍の捕虜になりながら戦後、京都の大学に再度勤めるイギリス人教師の「日本の雨傘」のエヴァン・ワレスと同様に、キングはこの作品でも日本軍の捕虜になったイギリス人を登場させる。

『秘密の生活』で、オサムが孤独なのは、ある程度異郷の大都会に生きる者の必然であり、同性愛者であるからだが、大英帝国の旧植民地から移り住んだ者の多い多民族都市ロンドンにおける、アジアの国でありながら帝国主義的進出を企てた国日本から来た人間の微妙な立場も、与っている。

（本稿は二〇〇一年日本フランシス・キング協会総会［二〇〇一年十一月十七日、同志社大学にて開催］において、講演として述べた内容に加筆したものである。）

注

1　イギリスにおける同性愛と文学と法秩序についての歴史的考察、および詩人で日本に長く住んだ同性愛者のジェイムズ・カーカップについては、立石と倉持の論を主に参考にした。

2　オサムが朗読する『告白』の部分は拙訳。アウグスティヌスが若き日に親友を失った悲しみを述べた箇所、第四巻第四章を参照した。

3　大英帝国の歴史と現在のイギリスにも残る帝国意識をアジアの諸国に対し帝国主義的にふるまった日本と比較したものに木畑洋一の論文、プロムナード・コンサートが持つ帝国意識を再生産する働き、大英帝国の記念碑的性格については佐々木雄太の論文がある。

引用文献

Hardy, Thomas. "Afterwards." *The Complete Poems of Thomas Hardy*. Ed. James Gibson. 1976. London: Macmillan, 1981. 553. 森松健介訳「私が出て行ったあと」『トマス・ハーディ全詩集』Ⅱ　中央大学出版部、一九九五。一一四―一一五。

King, Francis. *Danny Hill, Memories of A Prominent Gentleman*. London: Hutchinson, 1977.

——. *One is a Wanderer*. London: Hutchinson, 1985.

——. "Secret Lives." *Secret Lives: Three Novellas*. London: Serpent's Tail, 1992. 161-254.

——. *The Japanese Umbrella*. London: Longmans, 1964.『日本の雨傘』横島昇訳、河合出版、一九九一。

——. *The Custom House*. London: Longmans, 1961.

アウグスティヌス『告白』山田晶訳、シリーズ「世界の名著」、中央公論社、一九六八。

木畑洋一「イギリスの帝国意識―日本との比較から」『大英帝国と帝国意識―支配の深層を探る―』木畑洋一編「ミネルヴァ西洋史シリーズ」、ミネルヴァ書房、一九九八。一―二五。

倉持三郎「ジェイムズ・カーカップの同性愛と詩」『現代イギリス文学と同性愛』、「二十世紀英文学研究シリーズⅤ」、二十世

紀英文学研究会編、金星堂、一九九六。二〇六―二二四。
佐々木雄太「イギリスの戦争と帝国意識」『大英帝国と帝国意識』二三七―二六三。
立石弘道「同性愛・文学・法―抑圧と解放」『現代イギリス文学と同性愛』一―三六。

斉藤　延喜

もうひとつの「眼球譚」

――『ジェイン・エア』

一

ジャック・ブロスの『物の世界』のための序の冒頭で、バシュラールは次のように言う。「夢想することと、見ることはほとんど一致することがない。あまりにも自由に夢想する者は見る眼を失い――自分の見たものをあまりにも明確に描きだす者は深奥の夢想を失う。…本書はこの二つの力のあいだの絶えざる葛藤である」（二四八）。しかし、バシュラールは、「見ること」と「夢想すること」とのあいだの「絶えざる葛藤」よりは、むしろ、葛藤の果ての大いなる和解の時、愛の瞬間についてこそ語っている。ブロスの「純粋な記録的視線」は「あまりにも執拗にみつめる結果、事物に自分自身の生命の一部をあたえてしまわずにはいない。…彼には、事物たちが見られることに満足し、すすんでみつめられたがっているように思えるまでになる」（二四九）。ただ純粋に事物を見ることだけを望んだ眼の中で、事物はいつの間にか、「馴染みの着古された衣装を脱ぎ棄て」、その「存在の深奥」の真理を語りだす「物＝夢想、二重に特殊化された物と夢想」（二五〇）となる。そして、可視性の「果樹園」（二五〇）の中で、眼と事物はその愛を成就する。

愛―エロティシズム―の成就とは、もうひとりの眼の思索家にとっては、眼球を剔り出すことに他ならない。バタイユの『眼球譚』（一九二八）の起源にあるのは、彼の梅毒麻痺患者で盲目の父の「じっと虚空を見つめる、うつろな大きな眼」（77）である。事物なき虚空と光なき眼球との「交合」の中にこそ、自らの「存在の深奥」の真理があるのだと、彼は確信する。「盲目（完全な盲目）になってから父に孕ませられた私には、オイディプスのように自らの眼を剔り出すことができない。オイディプスのように私は謎を解いた。私以上に、その秘密を解きあてた人間はいない」（77）。その秘密とは、「『良心の眼』と『裁きの森』こそ永劫回帰の実体」であり、「呵責のこれほど絶望的なイメージ」は存在しないこと、それに耐えうるのは「恐るべき誇り」だけであること（76, 78）である。

かくて、バタイユの『眼球譚』―眼の歴史・物語―は、眼に対する憎悪と凌辱の歴史・物語となる。神の光を失った人間の精神が肉体というモノになるのと同様に、視力を失った眼は眼球というモノになる。永劫回帰とは、救いの可能性に見棄てられてあることであり、救いを拒絶する「恐るべき誇り」の証しである。存在の自己肯定は、「死に至る愛」であるところのエロティシズムの中にしかない。神なき世界のオイディプスであるバタイユは、この処女作では、自らの真理と運命の在りかを探求するかのように、眼に対する執拗な凌辱を反復する。反復は、バタイユ自身の言葉によれば、「暗合」によって、あるいはバルトによれば、「隠喩」によって、水平的に―超越性へと向かう垂直軸をもたない、「あらゆるものが表面に存在し、何の階層性もない」（123）二次元の世界で―繰り広げられる。眼球は、その形態と色によって、玉子となり、牡牛の睾丸となり、また、バタイユの盲目の父の排尿時の「目つき」、その「白い目玉のイメージ」(72)によって、尿と連想づけられる。このような純粋な表面において、白いミルクの上の猫と女性は同義であり、皿の上の牡牛の皮をむかれた睾丸と、聖杯の中に注ぎ込まれた尿と、若きカトリック告解僧の死体から剔り出された眼球は同義である。この「意識の破壊点」(71)において見える永劫回帰の風景―人間の可視性の世界―とは、「天も地も黄色一色で塗りつぶされた、私の目には太陽の光で満たされた巨大な溲瓶のように見える土地」(67)でしかありえない。

バタイユの『眼球譚』は、人間の眼をめぐる歴史の上のひとつの到達点である。彼の描いた眼の歴史・物語が隠喩の反復としてしか「歴史」を語っていない点において、皮肉にも、それは、人間の眼の歴史の廃絶に向けた、「歴史の終焉」と「永劫回帰」に捧げられたひとつの祈りにも似た宗教性を獲得する。それは、ひとつの、終末への意志の表れである。彼の試みをより深く理解するためにも、彼が終わらせようとした人間の眼の歴史を、まさに独力で、そのひとつの起源において始めようとした、もうひとつの眼球譚を辿りなおすことも、決して無駄ではないだろう。

二

シャーロット・ブロンテもまた、彼女の眼球譚である『ジェイン・エア』(一八四七)を、いわば、彼女の盲目の父の眼の前で書いた。白内障のために「何も見えぬ眼でまっすぐ前を見つめる、白髪の盲目の老人」(Gaskell 301)となった父パトリックのため、ブロンテは眼科医を探し、白内障摘出の手術を受けさせる。

その間、「絶望の悪寒」（305）が彼女の世界を暗く閉ざしてゆく。「眼に眼帯をして、暗くした部屋のベッドの中で寝起きする」（304）父、才能と人生を無駄に費やし「呵責の黒い影」（305）に襲われる兄、出版社から次々と届く処女作『教授』出版拒否の知らせ、そして、ブロンテ自身の極度の近視。ブロンテの眼球譚は、盲目の只中で、そして盲目に抗して書かれてゆく。「私の視力は弱すぎて書くことができません。―たくさん書けば、私は目が見えなくなってしまうでしょう。この視力の弱さは私にとって恐ろしい障害です」（Gezari 61）。迫りくる暗闇の中で、「明瞭な、判読できる、精妙に跡付けられた文字を書くこと」、「想念の真実なる鏡」（Gaskell 307）となる言葉を見出すこと、そのために、ブロンテは、眼を閉じて、書く。「今の私の様子を見たなら、ウィギンズは書記狂だとか言い出すことでしょう。…どうして私が眼を閉じて書いているのかと大いに訝りながら」（Gezari 61）。彼女が眼を閉じるのはよりよく見るためである、そしてそこに見えたものを書き記すためである。彼女の眼差しは内奥へと向かう、彼女の可視世界は精神世界となる。その精神世界をこそ、言葉は可視世界の真実として、まさに見えるものとして描きださねばならない。それは、同時代のドイツの画家フリードリッヒの方法論と同じものである。「あなたの肉体の眼を閉じなさい、そうすれば、あなたの精神の眼には、自分の絵が見えてくるでしょう。そうしてから、あなたが暗闇の中で見たものを日の光のもとにもたらしなさい、そうすれば、それは他の人々に対して外側から内側へ向かって作用してゆくでしょう」（Alexander and Sellars 121）。

眼を閉じて見られたものはひとつの夢想にすぎない。しかし、それは、可視性という表面に隠されている内奥の真実についての夢想である。容貌、外見、社会的身分といった個々の人間の不透明な肉体性の背後に、精神の純粋な永遠の真理を探究する凝視である。ここでは、一体、何が何を見ているのだろうか。見つめる

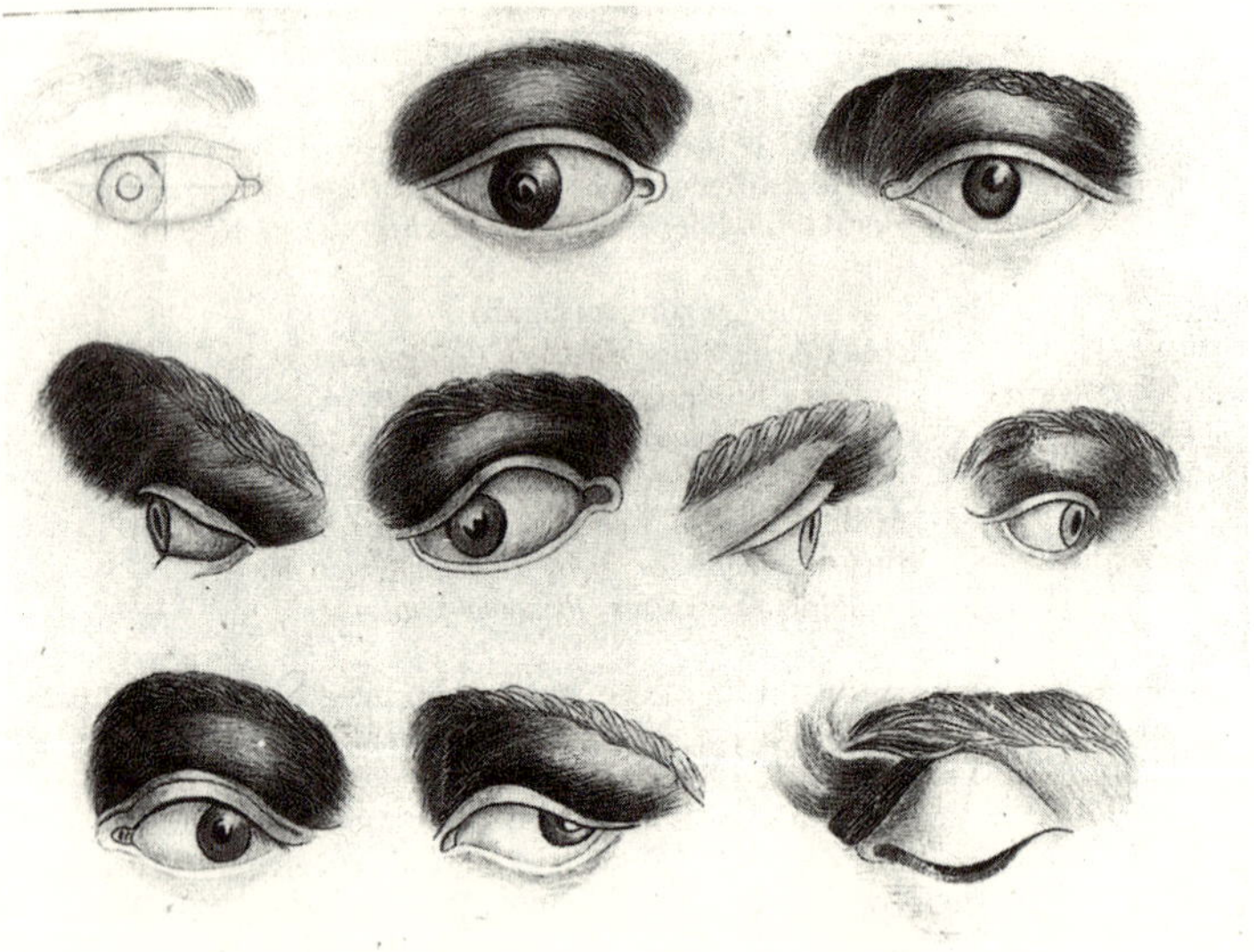

シャーロット・ブロンテ『眼の習作』(1831)

眼は、可視的肉体のヴェイルを引き裂いて、真実を直視する精神の眼でなければならない。見つめられるモノもまた、肉体の壁にうがたれた唯一の窓であり、精神の住まう内面世界へ導く唯一の道標である、眼でなければならない。見つめ合う二つの眼。見つめる眼の手前には、見えるものの真理の探求への意志があり、見つめられた眼の奥には、魂の真情の現出がある。肉体という暗き独房の中に囚われたふたつの内面性、ふたつの眼は、互いに見つめ合うことによって、互いの瞳の中に、自己と他者の深く隠されていた真実を発見する。お互いの魂の秘められた真実を同時に発見し、共有し、ひとつの真実として共に生きること—それは、眼による、眼のための、愛の成就に他ならない。

見ることは夢想することである。夢想することは、夢想されたにすぎないものを見えるモノとして、その可視性の真実として、見ることである。そのようにして見られたものは、肉体の眼で見られていたモノを克服し、凌駕し、征服してしまう。このような眼のドラマ——真理と愛を探求する眼の歴史・物語——を、シャーロットは『眼の習作』（一八三一）と題された一枚のスケッチに残している（図版参照）。人相学や骨相学は、ここでは、眼の形態学へと還元されている。これらの様々な眼の形態の背後に、魂の様々な真実が夢想されている。見る者の眼は、これらの見られた眼の内奥へと突き進まなければならない。しかし、それが可能なのは、これらの見られた眼が既に、その背後の魂の隠しきれない真実を明白に表現してしまっているからである。愛、誠実、正義、悲しみ、悪意、猜疑は眼の表面に現れ出ている。隠蔽や偽装、直視からの逃亡の意図さえも、明白な文字のように判読されてしまう。もちろん、シャーロットがこれらの形態＝文字を書く前には、それは一枚の白い紙にすぎなかった。彼女は、人間の可視的世界の中で、彼女が夢想によって読みえた限りでの魂の形態＝文字を、紙の上に、誰にも見えるものとして描いたのである。

『眼の習作』は『ジェイン・エア』における眼球譚にもっともふさわしいエンブレムである。事実、この小説の冒頭に描かれた二つのエピソードは、小説言語への『眼の習作』の翻案であると同時に、ジェインの眼の歴史・物語の開始を告げている。リード家での冷淡な扱いに耐え、沈黙を強いられた孤児ジェインは、自らのために、空白——白紙——をしつらえ、そこに絵を見つめ読みとることによってそれを「描いて」ゆく。彼女は、食堂の出窓——「二重の隠れ家」(8)——に引きこもり、ビューイックの『英国鳥禽史』の図版に見入る。左手の出窓の「透明な窓ガラス」の外には「霧と雲の青白い空白」が広がり、「深紅の帳の襞が右手の視界をさえぎる。」そして、ビューイックの本文は「白紙」同然に飛ばし、暗示に満ちた挿絵にひたすら彼女は見入る。「どの絵も物語を語っていた。私の未熟な理解力と不完全な感情にはしばしば不可解なものであったが、しかし、常に汲めどつきぬ興味に満ちていた」(9)。しかし、空白の中に自ら閉じ込もり、いわば内側から絵を読み書きする彼女の幸福は、直後に、反転し、今度は、空白の中に閉じ込められ、外側から他者によって、そして何よりも、自らの「未熟な理解力」と「不完全な感情」によって、自我という白紙に形もなく判読不能な書き込みをされてしまう恐怖を体験する。

反抗への懲罰として、ジェインは叔父の遺体の安置室でもあった、厳重な「牢獄」である「赤い部屋」に閉じ込められる。彼女が座らせられた椅子の「右手には高い黒みがかった衣装タンスがあり、ほの暗い、きれぎれの光線が、その鏡板の光沢をさまざまに変化させ」、「左手にはカーテンをおろした窓があり、そのあいだの大きな姿見が、寝台や室内の空っぽな荘厳なたたずまいを映していた」(14)。その姿見の中に、「幻想の洞窟の奥」に、ジェインは、自らの像を見いだすことができない。「魅入られたわたしの瞳は、知らず識らずに鏡の底に引きよせられた。」そこに彼女が見いだしたのは、「見知らぬ子供の姿」である。それは、「すべてがじっと動かぬなかで恐怖に光る目を動かしている本物の妖女そっくりであった。ベッシーのお伽話に出てくる…妖精とも小鬼ともつかぬ小さな幽霊のように見えた」(15)。ジェインの自我は、入り乱れた様々な像に分裂し、幻想化してしまう。「反逆奴隷」の義憤、度し難い無知と盲目的な激情、故郷を奪われた永遠の流離の「異人」、癒しがたい悪ゆえに辱めと孤独のうちに死すべく定められた者。「ほの暗く光る鏡に魅入られた目を向けた」彼女は、復讐者として蘇ってくる叔父の亡霊を見る。しかし、「虐げられた者たちの恨みを晴らす」はずのその亡霊は、彼女自身を罰するために「あの世から送られてきた幻の前触れ」(17)かもしれない。その時、ジェインは恐怖の叫び声を上げ、やがて失神してしまう。

視覚像の欠落およびその過剰への恐怖こそ、ジェインの「眼球譚」を駆り立てる動力学である。見られるものがどこにもない白い空虚、そして、見られるべきものがひしめき、錯綜し増殖してしまう暗い洞窟、何も描かれていない白い紙と、何ひとつ定かに見分けることができない眼球の中の闇。ジェインは「深紅の帳」に護られた出窓から引きずり出され、「赤い部屋」に閉じ込められる。この二つの赤が、血液によって養われた彼女の網膜の色―幸福と恐怖の色調―であるならば、彼女は、そのような彼女自身の眼の中に留まることは許されず、そこから「出してくれ」と叫ぶのである。彼女は、彼女の眼の幼年時代から脱出することを求める。外部世界にあるもの―とりわけ、他者の眼そのもの―を直接に観察し、見つめ、読むことを望み、そして、そのように読んだ他者の眼によって見つめ返されることを望む。彼女の生きた眼が対象である他者の生きた眼の真実を見分け、そして、その他者の眼によって生かしめられることを欲する。見つめ合うふたつの眼の幸福、これこそ、ジェインの眼の歴史・物語がめざす目的地である。

ジェインにとっては、見ることは生きることである。「人は平穏な生活に満足すべきである、と言ってみたところで、無益である。人間は活動を持っていなければならない。もしそれを見つけ出せなかったら、自分で作り出すにちがいない」(114)。人間にとって、「平穏」とは停滞であり、不動であり、死である。「落ち着きのなさ」とは運動であり、躍動であり、生そのものである。従って、彼女の「心の目は眼前に浮かぶ輝かしい幻想」に注がれ、「内心の耳」は「決して終わることのない物語―わたしの想像が生み出し、果てしもなく語り続けている物語」(114)に傾けられる。ローウッドで彼女は「あたりがすっかり底知れぬ深い淵であることに気がついた。私の心は、立っている一点―現在を感じた。その他はすべて形なき雲と空虚な深淵であった」(82)。ローウッドの教師となった彼女は、この地上において外部世界を夢み、現在において未来を求める。「牢獄の庭か流刑地」のような場所に閉じ込められたと感じる彼女はひたすら窓の外を、水平線の彼方を、「わたしが征服したいと思い焦がれたところ」を夢見る(89)。この欲望を、ジェインは自由への渇望と理解する。しかし、むしろ、それは「漠然とした空間」の中での「変化と刺激」への渇望であり、それさえ約束されるならば、それが「新たなる隷従」(89)であってもいっこうに構わない。彼女の眼は、対象への「隷従」をこそ欲望する。ソーンフィールドに職を得た後も、彼女は、「変化のない、あまりにも静かな生活の目に見えぬ足枷」を耐え難く思い、彼女の目と心は「日の光の差さない小部屋でできた灰色の洞窟」である館から逃亡するかのように、「不安な競争のはげしい生活の嵐」(122)を渇望する。

空白と混沌の間に、見えるものの欠如と過剰の間に、ジェインは、眼と対象との一対一の出会いを、見つめあい、見つめ返されあう二つの眼の交感を探し求める。しかし、眼と対象はどのようにして出会うことが可能なのであろうか。ヘレン・バーンズは不可視の「父」と「故郷」を見ようとして命を棄て、セント・ジョンは、光り輝く神の光の背後に自らの眼を隠してしまう。「ヘレン・バーンズは私の目には見えない光のもとにものごとを考えているのだ」(15)とジェインは言う。「白昼夢」の中でヘレンの「視線は内部に向けられ、心のなかへ没し去っていた。目前にある現実的なことがらではなく、きっと過去の世界を、何か追憶しているにちがいない」(15)。眼前の現在から失われた幻想の過去へ向けられたヘレンの夢想する視線は、来るべき敬虔なる幻想の未来へと反転する。信仰によって辱めに耐え、復讐を思わずに、「わたしは、時の果ての方を見つめながら、心安らかに生きている」のだとヘレンは語る。しかし、彼女の信仰の眼差しは、ブロックルハーストの監視と圧制、偽善と偽装に眼をつぶり、人生という牢獄からの究極の解放としての自らの死を渇望する眼差しに他ならない。

他方、セント・ジョンの目は、「真意を測ることが困難な目であった。彼は、その目を、自分の心を表す代理人としてよりも、むしろ、他人の心を探る道具として使用しているように見えた」(364)。彼の目は対象―ジェイン―を見定め、射すくめはしても、決して、対象から見つめ返されるために、己の真実を明かしたりはしない。彼の「硬く冷たい」(413) 青い目は「ガラスのように明透」(416) で、「ひどく鋭く、しかも冷たく…気味が悪い」(418)。彼は患者の病いを「科学者の目をもって見つめる医者」(421) であり、「聖なるものを明らかにする」(430) 聖職者なる彼が明らかにするものは、神の意図ではあっても、彼自身の人間の魂ではない。彼は「黙示録」を読み上げ、地上を照らす神の栄光を讃え、神の子羊こそその光である (439-40) と宣言する。この「神を示す者」(441) の絶対的な眼差しによって、ジェインの視る力はほとんど征服されてしまう。彼女はもう動くことも抵抗することもできなくなる。「不可能が―セント・ジョンとの結婚―がたちまち可能になろうとしていた。すべてが、まったく一変しようとしていた。… [信仰による] 平安と祝福のためには、この世のあらゆるものを一瞬のうちに、犠牲にしてもよいというかのように思われた。暗い部屋が幻影に満たされた」(441)。

ヘレンとセント・ジョンが体現する超越的な視の専制からジェインを護るのは彼女の盲目であり、彼女の明察である。ヘレンは、「この地球の他に、人間たちの他に、目に見えない世界があり、魂たちの王国がある…。それらはわたしたちをみつめている」(72) と言い、セント・ジョンは、「神の見たもうところは人間のとはちがう。神の御意に従うほかはない」(436) と言う。ヘレンの「目に見えない世界」を、セント・ジョンの「神の見たもうところ」を、ジェインは見ることができない。しかし、セント・ジョンの見る神の光が彼のロザモンドへの愛の眼差しの禁欲的な封殺の裏返しにすぎないこと、ヘレンの不可視の神の世界が彼女に対する周りの人間たちの盲目の結果にすぎないことをジェインの地上的、人間的な眼は見抜いてしまう。「人間本性のなんという不完全さ!　どんなに澄み渡った惑星の表にも、これらのしみはある。スキャチャード先生のような人の目は、このような仔細なアラは見ることはできても、みなぎる球体の輝きには盲目同然なのであろう」(70)。周りの人間たちは、ヘレンの「球体」―眼球―の輝きを見ることができない、だからこそ、ヘレンには「球体」―地球、地上の人間世界―の輝きが見ることができないのである。ヘレンは、他者の盲目の犠牲者として、自らの盲目のうちに死んでゆく。

この地上において、二人の人間の眼は、ジェインの眼とロチェスターの眼とは、どのように出会い、見つめあい、その愛を成就させることができるだろうか。二人の眼の間に繰り広げられる眼球譚、見るものと見られるもの、明らかにするものと遮るもの、啓示と隠匿、洞察と偽装、との間の戦い、眼を舞台にした透明と障害のドラマ、これこそ、ジェインが渇望する「不安な競争のはげしい生命の嵐」、ジェインの眼球にとっての、生の真実である苦悩と歓喜に満ちた、いわば「嵐が丘」に他ならない。

ジェインにとっては生きてあることの証しである眼の欲望によって、すべては始まる。「私は見る力を渇望した。…自分が信ずるものをこの眼に見てみたいと私は願った」(114)。彼女はロチェスターをひたすら見つめる。「自分が見られることなしにじっと見ていられるとわかるやいなや、私の目は彼に釘付けになった。私は見た、そして見ているということに鋭い歓喜を、いとおしくしかも切ない歓喜を感じた」(183)。この眼の歓喜こそが、見られたものを美しいものとして網膜に焼き付け、恋焦がれさせるのだ、と彼女は告白する。「まことに、『美は見つめる者の眼の中にある』のである。…彼は、私を見ることもしないで、彼を愛するようにさせたのだ」(183-4)。彼女の眼は対象を愛する。むしろ、彼女の視力―眼の生命力―こそが、見るべき対象を産み出し、自らの生命を与え、それを愛すべきものとして、つまり、見つめるべきものとして、自らの前に差し出すのである。彼女の眼の力学圏の中へ、そもそもロチェスターはどのように登場しただろうか。「月が空に昇り、雲のようにほのしろく、しかし時折光り輝く」時、近づいてくる一頭の馬の蹄の音とともに、ジェインの心の中の「光陰入り乱れたありとあらゆる空想」の只中、「夕暮れの中にたち現れてくるのを彼女の眼がじっと待ち受ける」さなか、ベッシーの物語に出てくる北イングランドの精ギトラッシュの顔そっくりの表情をした、「不思議な、犬とも思えぬ眼差しをした」一匹の犬の後に、一人の騎手として、ロチェスターはジェインの前に現れる。そして、「浅黒い顔、険しい風貌、垂れ込めた眉」、「怒りに満ちた、しかし今はおとなしくしている眼と皺を寄せた眉間」をもったひとりの旅人として、消え去ってゆく(117-9)。ロチェスターは、幻のようにジェインの眼の前に現れる。そして、彼は、ひとつの像として彼女の眼球の中に棲みはじめる。

ジェインもまた、ロチェスターの眼の中に、ひとつの幻像として焼き付けられる。彼女との最初の出会いのとき、馬に魔法をかける妖精のことを思い出した(127-8)と、彼は述懐する。寝室放火事件でジェインに救われた夜に、ロチェスターは彼女に言う、「いつか、なにかで、君は私のためになってくれるだろうとは分かっていた。最初に会ったとき、君の目を見て、そのことは見てとれた。君の目の表情そして笑みが……私の心の奥底まで喜ばせたのも当然だ。生まれついて引き合うものがあると人は言い、自分を護ってくれる妖精のことも聞いたことがある。―信じられぬお話にも少しの真実はあるのだ。」そのとき、「彼は私をじっと見た。口をついて出ようとしている言葉がまるで眼に見えるようだった」こと、「いつにない力が彼の声にこもっていた、いつにない炎が彼の表情にあった」ことを、ジェインは見逃さない。しかし、その晩、彼女の心の中では、「胸騒ぎの荒波が歓喜の大波にかぶさるように押し寄せてきた。…良識が狂喜に抗った、判断が激情を諌めた。熱にうなされて眠りもできず」夜を明かした(159)と、彼女は告白する。ロチェスターとジェインの眼は互いを見つめはじめる。互いの視覚像は、すでに、あらかじめ、幻像として—妖精として、目に見えるかのような言葉として、言葉にならない歓喜と胸騒ぎの炎として、一つの夢あるいは予感として—互いの眼の中にある。しかも、その幻像は、見えるもの—肉体、美の基準、社会的立場、個人的秘密—の背後にある真実として、真実の光源としてたち現れ、その光像に二人の眼は魅せられたように見入ってしまうのである。真実は現出し、透明が二人の眼を直接に限りなく近づけてゆく。

しかし、やがて、様々な障害が、ジェインとロチェスターの見つめ合う眼差しの間にさしはさまれてくる。かくて、透明と障害の闘いが、愛と疑いの嵐が、二人の眼球の中で、一幅のキアロスクーロのように展開する。相手を正しく見るためには、己は見られてはならない。しかし、歓喜は己の真実を見つめられることにこそある。しかし、見つめられた真実がつねに、愛の真実である保証はどこにもない。かくて、観察と顕示、偽装と告白、騙し絵と信念の光との間のゲームが、—二人の眼の命運をかけた歴史・物語が—開始される。

ロチェスターはジェインが「精神の眼で見たもの」を「具現化」した素描スケッチ—難破船、ある婦人像、極地の氷山—を仔細に検閲する（131-32）。彼女は、自画像とミス・ブランシュの想像的肖像画を描き、見比べることで、自分の高まりそうな感情に「健全なる懲戒」を加える（170）。彼は「婚約者」であるブランシュを館に招き、「上流階級」のありのままの姿を誇示する。ジェインは、物陰の監視塔の中から、「優れた人相学者」を自称するブランシュが、きらびやかな衣装と社交界用の会話術しかもたない—「人相学者」が人相の背後に見つけるべき真実の深みである人格をもたない—人物であること、そして、そのことを彼自身が知っていることを、見抜く（195）。彼は、観客のための、「結婚」と「牢獄」の無言劇—ポーズとジェスチャーからなる見世物—によって、図らずも、己の真実を暴露してしまうが、そのことに彼女は気がつかない（191-93）。彼は、ジプシーの手相見に変装してジェインの真実を引き出そうとし、彼女はその手相見の語る自分自身の真実の正しさに、「夢の中にいるように、…目に見えぬ妖精が何週間も私の心臓のそばに座り、その動きを観察し、鼓動のひとつひとつを書きとめていた」（209）かのように感じる。彼は、自分が結婚した後は、アイルランドへでも行けばいいだろうと言ってジェインを突き放すことで、彼女から、「私は慣習とか世間の約束事とか、死すべき肉体とかを通してあなたに話しているのではありません。私の魂が、あなたの魂に語りかけているのです。共に墓を通り抜けて神の前に等しき者として立つように—実際、今、私たちがそうであるように」（266）という離別の苦悩を語る言葉を、つまり、愛の告白を引き出す。その彼女の告白に呼応するかのように、彼は、「私に等しき者がここにいる、私に相似たるものが」（267）と告げ、結婚を申し込む。この時、暗がりの中で、ジェインにはロチェスターの顔が見えず、雷が栗の木を二つに裂こうとも、それでも、二人の愛は成就したかのように見える。

しかし、ロチェスターの演出したジェインとの結婚式という無言劇は、その婚姻に「障害」のあることを宣言する弁護士によって破綻してしまう。ロチェスターは、己の隠された真実である屋根裏部屋の狂女をジェインに見せる。その生ける真実が、叫び声をあげ、彼のベッドに火を放ち、ジェインの花嫁のヴェイルを引き裂いたという現実を、巧みな修辞によって—ジェインの思い違いとして、悪夢として、神経の高ぶりとして—説明し消し去ろうとしてきた真実を彼は明かす。さらに、彼は、自身がひとつの暗闇の—財産相続を巡る彼の父と兄の隠蔽の、そしてジャマイカ生まれの狂女の獣のような「血まみれの目つき」（324）の—無辜の犠牲者であるかのように自己を演出し、二人の今や証された愛の名において、ジェインを彼の愛人として架空の地に住まわせることを提案さえする。ジェインの眼には、「空無のなかに溶け去った幻の花嫁」が見え、「昏睡したような夢」から覚め、彼女を凝視するひとつの白い人間の姿をした者が「誘惑から逃れよ」と語るのを聞く（337）。ジェインは「展望」（309）を失い、彼女の「両眼はおおわれて、閉ざされ」、「光を失った」彼女の眼は、「見分けもつかぬひとかたまり」の波に呑み込まれ、「深き海」の底へ沈んでゆく（310-11）。彼女の「どんよりとした眼は薄暗い霧の景色の上をさまよう」（348）。しかし彼女の眼の前に、「かすかな、しかしゆらめきもしない」ひとつの明かりが、彼女の「残されたただ一つの希望」である光が現れてくる。真っ暗闇の中に「ほのかに光る白きもの」——柵——が見え、つたに「びっしりとおおわれたわずかな隙間」から「友愛に満ちた一条の光」——窓の明かり——が見えてくる（349）。こうして、彼女はムーア・ハウスにたどり着き、そこでセント・ジョンと出会うのである。

　もちろん、ロチェスターとジェインとの間の眼をめぐる戦いは、ジェインの輝かしき勝利によって幕を閉じる。ついに完璧な透明が幾多の障害を克服する。この完璧な透明は、しかし、二人の眼の間の障害が取り除かれ、曇りが晴れたことの結果ではない。むしろ、それは、一方の眼が視力を失い、他方の眼が二人のための視力を独占した結果であり、一方の眼が他方の眼を征服した結果である。透明による愛の成就が、距離を廃絶して一心同体を実現するとすれば、征服による愛の成就は、近さそのものの廃絶によって、いわば、一心同眼を実現したのである。一方の眼の盲目ゆえに他方の視力はひとつの絶対的な眼差しとなる。ジェインは次のように高らかに勝利を宣言する。「ロチェスター氏は、私たちが結ばれた後はじめの二年間は盲目のままだった。おそらく、この事情が私たちを互いにかくも近づけ、きつく結び合わせたのだろう。というのも、その間、私は彼の視力であったからだ。…文字通り、私は（彼がよく口にしたように）、彼の瞳だったからである」（475）。彼女は、己の征服を「近さ」として謙虚に表現する、ちょうど、ロチェスターに代わって、自然の風景や世界を見ることを喜びに満ちた「奉仕」と呼ぶように。同様に、彼は、ジェインによる征服を救いだと感じる。セント・ジョンの言葉を繰り返すかのように、彼は「神の見たもうところは人間のとはちがう。人間よりも遥かに明瞭に神は見る。神の判断は人間の判断とは違い、遥かに賢明だ。私のしたことは間違っていた。…私の運命には神の手が働いていることが徐々にはっきりと見てとれるようになってきた」(470-71)と言う。ロチェスターは神の正義の前に敗北を認める、ゆえに、良心の人ジェインは彼を憐れみ愛するようになる、かのように見える。しかし、セント・ジョンの「神」が彼自身の屈折した支配欲に他ならなかったように、今や盲目のロチェスターがその前に跪く「神」とは、ついに二人の眼を独占支配したジェインその人なのである。今や、窓辺に座り、見ることを渇望し、見えたものの幻像性に苦悩するのはロチェスターである。「何もせず、何も予見せず、日に夜をついで、…私のジェインを再び見たいという狂おしい欲望を感じた。そう、彼女が蘇ってくることを私は渇望した、私の失った視力の回復よりももっと強く」(461)。

ひとりの人間の眼が神のような絶対的な眼差しを獲得する。それはどのようにして可能なのだろうか。『ジェイン・エア』は、人間の眼の欲望を叶えるものをこそ、「神」と呼ぶ。ジェインは「信じたものを私は見たいと願った」(114)と語っていた。しかし、彼女の眼球譚が明らかにしているのは、彼女は見たものを信ずる、見る欲望を信じ、真の欲望は実現されねばならないということを信じる、ということである。盲目のロチェスターがある月夜、開け放った窓辺に座っていると、彼の「心の願いの始まりであり終わりである願いが、口をついて『ジェイン！ジェイン！ジェイン！』という言葉になって、自ずと漏れ出た」(471)。この魂の真の渇望の声は、聞かれなければならない。さもなくば、「神」はもうどこにも存在しないだろう。

彼の声を、ジェインは聞く。神顕者セント・ジョンの「誘惑」の前にくず折れそうになり、「道を示したまえ」(442) と神に祈るジェインの耳に、ロチェスターの声は聞こえる。彼の声を神の声のように聞きとる能力によって、聞きたいという願望の真実さ故にそれは聞かれなければならないと信ずる力そのものによって、彼女は最終的に、聞こえることを可能にする超越的な絶対者、つまり、神になるのである。

かくて、ジェインの眼による神政政治は完成する。彼女の眼による視の体制を確立したのは、もう一つの眼、物語作家シャーロット・ブロンテの文学的な視の体制である。ジェインを呼ぶロチェスターの声が彼女に聞こえるということ、そのことを己の文学世界の真実と信ずる力が、ブロンテの小説世界を支える力学の要である。それは決してゴシック小説の伝統の残滓ではなく、『アングリア』以来の幼児じみた夢想癖の名残でもない。ブロンテは、ロチェスターの声は聞こえなければならないと信じた。さもなくば、ロチェスターの「美」は、ジェインの「正義」は、—つまり、この物語は—存在することさえできなかっただろう。『ジェイン・エア』は、ジェインの眼の歴史を見つめるブロンテ自身の眼の歴史でもある。そこに記されているのは、ジェインとブロンテが見ることができたもの、見たいと渇望したものである。それ以外は、空無の中に消し去られる。ブロンテの眼には、ミス・ブランシュもバーサも見えなかった。社会階級の実在性も、狂気の実在性も、ブロンテは見ることができなかった。社会的衣裳の純白と精神の屋根裏部屋の暗黒、内奥をもたない純粋な表面と表面に現れることができない恐るべき深部。それらは、いずれも、ブロンテにとって、透明の最終的な勝利のための単なる障害にすぎなかった。片付けられた不可視の者たち—一方は富と階級と美貌のために、他方は植民地支配と狂気と火のために。

『ジェイン・エア』はジェインの視の体制の確立によって終わる。しかし、この永遠の体制が完成した時、人間の歴史も終わってしまう。ブロンテは、ジェインの眼球の歴史・物語を永遠に継続しようとした。ミス・ブランシュは排撃され、バーサは消去され、ジェインは結婚し、イングランド中央部のファーンディーンに彼女の幸せな城は築かれた。ここで、ジェインの眼球譚は終わるはずだった。しかし、彼女の眼は己の生命そのものである運動を、つまり歴史・物語を止めることを許さない。ファーンディーンは「陰鬱な森」に囲まれ、「人の住む気配も地所のある様子も目に見えず」、「どこにも開けていなかった」(453)。だが、ジェイン=ブロンテの眼の渇望は果てしがない。ブロンテが父をそうしたように、結婚後ジェインはロチェスターに「高名な眼科医」の診断を受けさせ、片方の眼の視力はなんとか回復する。彼らの第一子は夫の「眼を受け継いだ」と彼女は満足げに報告する(476)。しかし、彼女の眼はさらに彼方を見ることを欲望する。彼女が己の眼球譚の果てに見るものは、ロチェスターでも、名前も与えられぬ長男でもなく、セント・ジョンである。独身のまま、インドの地で、「彼の民族のために働き、……障害となる宗教や階級の偏見を巨人のようになぎ倒す」セント・ジョンをこそ彼女は夢想する。彼は「高邁なる精神の主」であり、「子羊の最後の偉大なる勝利」のために戦い続ける「善良なる信仰篤き僕」だとジェインの眼には映る。死の恐怖が彼の「最後の時を暗くすることは決してないだろう」とジェインは確信する。ヘレン・バーンズにとってと同じように、彼にとっても、死とは、「主」のもとへ「帰る」こと、そしてその永遠の生を真に生き始めることに他ならない(476-77)。

かくて、愛を探し求めるひとりの女の眼球譚は、帝国を建設するひとりの男の眼球譚として永遠化される。ジェインの眼はセント・ジョンの眼に接合され包摂される。彼女の眼が彼の眼によって征服されたのではないか。彼がそのために戦う「民族」とは、イングランド中央、森深きファーンディーンの住人に他ならないからである。ジェイン自身の眼の歴史―自伝―が何故、他者の、遥か彼方の地から届いた手紙の一節の引用で終わるのか。未来を夢見た眼の歴史が現実に完成し、終わった後にも、まだ見る欲望に突き動かされる眼は、今度は、遥か彼方の空間について夢想し始めてしまうからである。階級の違いを克服した愛国主義者の眼は、民族と宗教の違いを「克服」する帝国主義者の眼へと変質し、増殖する。見る欲望が生きる欲望に他ならない以上、生き続けるためには、見つめ続けなければならない。そして、何も見るべきもののない空白―白地図―の前で、何かを、たとえば帝国を、夢想しなければならない。ジェインはセント・ジョンを夢想し続け、ブロンテは、ジェインの眼球譚が決して終わらない永遠の歴史・物語であると夢想する。ジェインと同じように、ブロンテ自身もまた、「信じたものを見る」ことを願い続けたのである。

三

「ニーチェの底知れぬほど深い視力喪失」(『無頭人』一六八)を褒め称えて、バタイユは、あらゆる眼球譚の不可能性を次のように高らかに宣言する。「あちこちに、恐らくすぐさま私の眼を失明させる爆薬が存在する。これらの目は自らを破壊することのない諸対象をあくまで求めると考えて、私は哄笑する」(二三二)。人間の眼の歴史・物語を不可能にするのは、時間そのものである。「私は血まみれになり、打ちひしがれ、しかし変貌させられ、世界に同意する自分を、耐えず殺害し、絶えず殺害される時間の餌食であると同時にそのひとつのあぎとのように思い描く」(二三二)。ニーチェを盲目にした「時間」とは、万物流転の哲学者ヘラクレイトスが示した「あらゆる見せ物のなかでもっとも壮大な見せ物―破壊する時間の戯れ」(六二）である。この見せ物のなかにニーチェは「神の死」を見、「永劫回帰の恐怖に満ちたヴィジョン」を見た（六三、六二）。眼球を爆破すること、それは頭を爆破することでもある。永劫回帰が「超人」の到来をニーチェに告げたように、眼球譚の不可能性は「無頭人」の到来をバタイユに告げる。「人間は、自分または神が、それ以外の事物を不条理ではなくするのだという考えを、退けることができる。ちょうど囚人が監獄から脱出するように、人間は自分の頭から脱出した」（一一二）。バタイユが雑誌『無頭人』を創刊した一九三六年頃、神のようなひとつの眼と頭部をもつ自分こそが不条理の世界に条理をもたらすことができるのだと称する者たちが輩出した。ファシストたちである。彼らは、自らが民族の、そして人類の歴史・物語を統制し、よって、輝かしき条理の帝国を建設するのだと宣言した。このような状況の中で、バタイユの『無頭人』は、ファシストたちの手からニーチェを救出するために創刊されたのである。

ニーチェの教義は何ものにも「奉仕」しない、決して「奴隷化」されえない、とバタイユは言う。「反ユダヤ主義やファシズムであれ、社会主義であれ、存在するのは利用＝有用化の原理だけである。ニーチェが語りかけたのは、利用されることに肯んじえない自由な精神に対してである」（三三）。頭部なき人間──不条理としての実存、歴史の不可能性としての永劫回帰──という理念は、首長なき共同体という理念に対応する。「頭部の双数性あるいは複数性は、同じひとつの運動のなかで、実存の無頭的性格を実現しようとする。というのも、頭部が原理そのものとしているのは、単一性に還元することであり、世界を神に還元することだからである」（七四）。従って、「一人の首長によって築かれるカエサル的統一性の対極にあるのは、悲劇の執拗なイメージによって結ばれた首長なき共同体である。生は人間が集団として生きることを要請するが、人間を集結させるのは一人の首長か一つの悲劇なのだ。頭なき共同体を求めることは悲劇を求めることなのだ。つまり首長を死なしめること自体が悲劇なのである」（一六六）。人間を結びつけ共同体を形成する力を愛と呼ぶならば、そのような愛はつねに、死に至る愛なのである。バタイユのこのエロティシズムの概念によって、『眼球譚』と『無頭人』は深く結ばれている。「死を前にした歓喜の実践」という一節においてバタイユは言う、「私は、宇宙が光の鏡にすぎないのと同じように、死の鏡以外のものであることをやめるのだ」（二三〇）。眼球なき人間、首長なき共同体。バタイユが爆破しようとしたすべて──真理を事物の背後に探し求める眼差し、理性と道徳の神話によって不条理を征服しようとする人間、愛の光によって地球全体に広がるひとつの王国を建設しようとする意志──が、ブロンテの「眼球譚」の中にすでにある。バタイユによってそれらが爆破されるのにかかった時間、それこそが、人間の眼の歴史全体の重要なひとつの時代をなしているのである。

引用文献

Alexander, Christine, and Jane Sellars. *The Art of the Brontës*. Cambridge: Cambridge UP, 1995.

Barthes, Roland. "The Metaphor of the Eye." Bataille, *Story of the Eye*. 119-127.

Bataille, Georges. *Story of the Eye*. Trans. Joachim Neugroschal. Harmondsworth, Middlesex: Penguin, 2001.「眼球譚」『マダム・エドワルダ』生田耕作訳、講談社文庫、一九七六。

Brontë, Charlotte. *Jane Eyre*. Ed. Margaret Smith. Oxford: Oxford UP, 1980.『ジェーン・エア』大久保康雄訳、新潮社、一九五三─四。

Gezari, Janet. "In Defense of Vision: The Eye in *Jane Eyre*." Chap. 3 of *Charlotte Brontë and Defensive Conduct: the Author and the Body at Risk*. Philadelphia: U of Pennsylvania P, 1992.

Gaskell, Elizabeth. *The Life of Charlotte Brontë*. Ed. Alan Shelston. Harmondsworth, Middlesex: Penguin, 1975.

ガストン・バシュラール『夢みる権利』渋沢孝輔訳、ちくま学芸文庫、一九九九。

ジョルジュ・バタイユ『無頭人』兼子正勝他訳、現代思潮社、一九九九。

II

誘う言葉／企む語り

石崎　一樹

「作者」による小説
――ジョン・バースの『レターズ』

はじめに

一九八〇年に発表された「補充の文学」において、当時「ポストモダニスト」と呼ばれていたジョン・バースが、「ポストモダニスト」が意識すべき読者について述べているが、ここにメディア・リテラシーについての問題意識を喚起させる箇所がある。

私が理想とするポストモダン作家は、父母である二十世紀のモダニストや祖父母である十九世紀のプレモダニストを単に拒絶することもなくあるいは単に模倣することもない。彼は二十世紀の前半を自らのものとしているのであって、背負わされているのではない。道徳的・芸術的単純さ、技巧における見かけ倒し、広告業界的な金銭ずく、欺瞞や極度の愚直さなどにおちいることはないが、（私の定義によれば）ベケッ

> トの『無のためのテクスト』やナボコフの『青い火』のような後期モダニストの驚くべき作品に比べてデモクラティックな魅力をもつフィクションを目指す。彼はジェームズ・ミッチェナーやアーヴィング・ウォレスの読者を喜ばせるために書こうとは思わない。本を読まない大多数のテレビ中毒者については言うまでもない。(*Friday* 203)

小説がいかに現代的でありえるか、という問いをバースが常に抱えていたことを伺わせるが、「補充の文学」に先立つこと十三年前の「枯渇の文学」においては、「技巧において現代的であることは作家にとって全く重要でない条件である」というソール・ベローの所見を肯定しながらも、「にもかかわらず、この重要ではない条件は本質的なものである」(*Friday* 66) と条件を付け加えていた。彼にとって技巧的に「現代的である」ことは小説が持つべき重要な特性の一つであった。この認識は一九七九年に出版された『レターズ』において端的に表れている。

　しかし、メディア社会に生きるわれわれが「本を読まない大多数のテレビ中毒者」を相手にしないというバースの宣言によって否応なく気づかされる問題は、彼が力点を置いた小説の芸術的「現代」性の追求にかかわるものではもはやない。むしろ重要なのは、現代の消費型資本主義社会において映像メディアに包囲されているわれわれの、小説の受容にかかわる問題である。メディア・リテラシーという視点から考えるとき、小説がいかにして映像文化に対抗あるいは共存できるか、という問題は看過できない。高級な芸術性に訴えかけるのか、万人に理解できるものにするか、というジレンマのなかで、バースの出す答えは「ポストモダン作家は高級芸術クラブを越えて、高級芸術のプロに向けて書き、彼らを喜ばせることを望むべきである」

(*Friday* 203) というものであり、これはわれわれがメディア・リテラシーの文脈で小説の存在価値を問う際に非常に示唆的なものとなる。このことを考えるとき、様々な筋書きが絡み合いながら展開する『レターズ』における、バース自身の小説の映画化に関する筋書きは興味深い。この筋書きは、実在の作家を連想させるアンブローズ・メンシュと映画監督レジナルド・プリンツを軸に展開する。本論の目的は、トーマス・B・バイアーズが「家父長的物語」と呼ぶ映画『フォレスト・ガンプ』を参考にしながら、『レターズ』に見られる倫理性とそれに基づくバースの物語記述の今日的意義を、映像メディア対文字文化という対立構造を通して探ることである。

一　物語記述と目に見える暴力

『レターズ』が扱う時間は十六世紀から現在までと幅広い。バースはこの包括的な物語を語るために書簡体の形式を採る。七人の人物がそれぞれに出し合う八十八通の手紙がテクストとして使用されているが、五人は『レターズ』以前のバースの作品に登場する物語の主人公、重要な登場人物、あるいはその末裔であり、あとのふたりは初登場のレディ・アマースト、そして「作者」である。この「作者」は、現在、書簡体小説を書くことを計画しており、その小説の作成に協力することをこれら六人の人物に求める。この小説が『レターズ』というわけである。バースは、『レターズ』の目的は、多くの歴史小説のように歴史的事実に「ついて」語ることではなく、「人間の生活体験、その幸福と悲惨」を描くことであるとし、しばしば誤読されながら今では一般化したと思われるポストモダニズム的歴史解釈について述べている。

アリストテレスは歴史家と詩人の違いを説明した歴史上最初の作家だが、彼は『詩学』の中で言う。歴史家は物事のありようを伝えるのに対し、詩人は物事がどんなふうであり得たか、または理念上どんなふうであるべきであったかを伝える、と。多くの公的な歴史における問題は、この有名で便利な区別に従えば、それが詩であることである。こうであったらよかったと、そのスポンサーが望む方法で伝えるのだ。「歴史とは勝者のプロパガンダである」、などなど。そうして多くの歴史小説における問題は、「事実」をそのまま伝えることに気を遣うことで―歴史文書ではそうなっているが―芸術的真実が失われることである。データは正しいかもしれないが、登場人物の心や頭や魂がハリウッドに由来しており、人間の歴史に由来していないのだ。[1]

「芸術的真実」としての「歴史」を語る『レターズ』では、単純な象徴性を帯びた描写がしばしば見られる。例えば、アンブローズ・メンシュとレディ・アマーストの結婚に至るまでの愛憎の物語では、アヴァンギャルド小説家のアンブローズ・メンシュがバースの「分身」的性格を与えられ、片やレディ・アマーストは著名な小説家との愛の遍歴を経ているのだが、この二人の結婚によって前衛と伝統の「統合」が見え見えの象徴性の内に成就されるのである。[2]この「統合」の問題に関してバースは「枯渇の文学」発表当時、「個人的には伝統的な線に沿って反抗したがる性質なので、ほかの大勢の人たちができないやり方、つまりすばらしい審美的な着想や霊感もそうだが専門的技術や芸術的技巧といったものを好む傾向にある」(*Friday* 65-66)という態度を示していた。バースにとってはこうした態度も一つの「反抗」の形なのである。

「枯渇の文学」が発表された当時はベトナム反戦運動とそれにともなう学園紛争が盛んであったが、当時を振り返るバースの感慨にもこの「統合」を準備する二律背反が見られる。十七年後にこの小論が再録されたとき、「今それを読むとページの余白に催涙ガスの匂いがするし行間には破裂のこだまが聞こえる。その緊急性は過去のものになった。今では私を不快にさせる少しインチキくさい皮肉のこもった調子がある」(*Friday* 64) という前書きをバースは添えた。この醒めた眼差しは『レターズ』にも表れていて、バース(「作者」ではない) のお気に入りのキャラクターであるレディ・アマーストは、大学で引き起こされる破壊行為への嫌悪をあらわにする。マーシーホープ州立大学の事務局長代理である彼女が、いつもはそりの合わない秘書シャーリーの意見に同意し、「作者」宛ての手紙に次のように書く。

シャーリー・スティクルにとっては厳しいご時世です。彼女には理解できないんです (全く理解できないのは私も同じですが)。コロンビア大学を襲って手当たり次第にぶちこわし、イリノイ大学から盗んだ絵画の受け渡し金を要求し、ブラウン大学やニューヨーク市立大学の学長の辞任を迫り、コーネル大学では武装略奪を行い、そしてマーシーホープ州立大学を多かれ少なかれ脅かしている学生達が、なぜ放校処分も受けずベトナムに大急ぎで送られることもないのか。拷問にかけたほうがいいと彼女はいいますが、そんなことはもっとありそうにないです。(*LETTERS* 206)

一方で、登場人物の「作者」はそのような彼女の手紙に共感することもなく、むしろ疎ましく感じているのだが、バース自身は自分の過去の言葉を不快に感じていながら、「実を言うと、七〇年代後半から八〇年代にかけての実習生向けセミナーにはあった『新しいことをやってやろう』精神がないのを寂しく思う。教室一杯に若い伝統主義者がいるのは、教室一杯に若い共和党支持者がいるのと同じぐらい気が滅入ることだ」（*Friday* 64）と述べ、その時代の生き生きとした精神が薄れたことを嘆いてもいる。バースは、若気の至り的行為を容認も否定もする。こうした二律背反の落ち着くところは、レディ・アマーストとメンシュの結婚で示される前衛と伝統の「統合」にみられるような、その見え易さゆえに読者の感情移入を拒むかのような象徴性においてである。

興味深いのは、『レターズ』において「ソフォモリック」という語が用いられていることである。「作者」はバースの小説『やぎ少年ジャイルズ』を「ソフォモリック・アレゴリー」であると言う。[3] 彼によると、世界を大学に見立てて六〇年代の学生運動の混乱を戯画化・風刺し、「超越的パロディ」に仕立て上げることがこの小説の目的であった。[4] そして『レターズ』においても過去を取り込みながら「超越」を目指すが、あたかも過去の試みがソフォモリック（生意気）であったと言うかのように、『レターズ』における「超越」は限定されたもの、つまり、歴史はあくまで個人をあらしめるものであるとする。バースはこれをオウム貝の貝殻の比喩を用いて説明している。

『レターズ』の基本テーマのひとつが「単なる繰り返し」対「再演」である。［貝殻の］らせんは円を再演するが、正しい方向に進めばその螺旋は外に開いている。オウム貝の一番新しい小室はその前の小室のオウム返しになっているが、単に繰り返しているのではなく、そしてそこに貝が住んでいる。貝はその歴史を背負っているが、実際、その歴史は彼を沈める重りではなく「私的浮遊装置」なのだ。（*Friday* 170）

バースの試みは、合衆国の大きな歴史の間に、少なからず皮肉で醒めた視野からではあるが、過去の「ソフォモリック」な自己とその時代を取りまいていた「ソフォモリック」な社会を最終的には否定せず取り込み、自らの作家としての生を単に繰り返すのではなく、再演しつつそれを越えていくことである。この試みをバースが「野心」(*Friday* 170) と呼ぶのは、それほどに彼の試みの実効の可能性は低いということかもしれない。さらに現代においては、このことが「野心」たる理由は別に存在する。それはこの方法が次の疑問に答え得るかどうか、という点においてである。それは「ソフォモリック」な社会が表面的に見せていた、レディ・アマーストが嘆いていたような暴力性を暴力として喧伝することで、自身の存在を覆い隠す真の暴力性の在処を明らかにすることは可能であるのか、という疑問である。

二 「作家」対「映画監督」

『レターズ』における重要な筋書きに、バースの小説の映画化に関するものがある。これが示唆するのは、歴史・伝統の忘却が、絶対的なものを志向する情念によって促される、ということである。この情念は、映画監督としてこの筋書きに登場するレジナルド・プリンツによって示されている。彼は「ワーク・イン・プログレス」、つまり『レターズ』も含めたバース作品の映画化を計画している。アーサー・モートン・キングというペンネームを持つメンシュが言語を駆使するタイプであるのに対し、プリンツは文字言語を軽蔑している。プリンツの話す声は「ほとんど聞き取れず、常に、省略や、肩をすくめることや、頷きや、口ごもりや、前提を持たない結論や、ダッシュや、省略符号の中に」ある(*LETTERS* 218)。そして彼は「この映画が『アメリカ独立革命を修正』し『無声映画の視覚的純粋性に戻る』」(*LETTERS* 223)ことを目指すのである。『レターズ』をいわゆる「メタフィクション」として見た場合、登場人物のプリンツが現実の作品である『レターズ』の映画化を意図している、という構造は、読者の存在論的な位置をゆるがせにするために作者が用意した戦略である、などと言うことも可能である。ただ、後に作者のオーソリティーの問題について言及するが、あくまでプリンツの映画製作の筋書きは『レターズ』という現実の作品の下部構造であるという当然の事実は忘れてはならない。

プリンツの情念が端的に表れるのが、この映画でのクライマックス、国会図書館の破壊においてである。彼は一八一二年のワシントン炎上の再演をこの破壊によって代理的に表現しようとするのであるが、特定のシナリオやセットを設定しない、ハンドカメラによる撮影や街頭録音によるシネマ・ヴェリテの手法を用いて、国会図書館を破壊しようとする。つまり彼は、彼の憎悪の対象である文字を多数収蔵する場所、「神々しい文字の都市」としての図書館をどさくさ紛れに破壊しようとするのである。彼がモチーフとしているのは、ジョージ・コックバーン将官が、彼をこき下ろしたニューイングランドの諜報機関の印刷機と、アルファベットの大文字のCの活字箱を破壊し燃やしたとされる史実である。

このようなプリンツに請われてメンシュは映画製作に協力するが、彼らの性質の本質的な相違は明らかである。「作者」はメンシュを「分身」あるいは「審美的良心」(*LETTERS* 653)であるとしているが、「作者」による幕合的な手紙におけるメンシュの夢とも「作者」の夢ともつかない描写は「分身」としてのメンシュの在り方を端的に表すものである。ワシントン陥落のシーン、つまりプリンツの映画で言えば国会図書館の破壊を意図したシーンの撮影中に表面化したメンシュとプリンツの争いには「映像と言葉の戦争、または映画監督と作家の戦争」(*LETTERS* 662) という大げさな名称が与えられ、史実にある戦争との対比において滑稽化される。プリンツは本棚もろともメンシュを倒すことを試みるが、メンシュはそれをかわし、逆に「リチャードソンの小説ほど正確なミサイルにはならない」と知りつつ、歴史辞典の一冊をプリンツに投げて応戦し、すぐさま燃えている枠張りでプリンツをたたきのめす (*LETTERS* 663)。ほどなくして「映画監督と作家」の戦いは一応の決着をみる。

　興味深いのは、小説の映画化に先立って、プリンツに映画化の話をもちかけられた時の心境について語る「作者」である。彼自身は、プリンツの非言語による手法に少なからず興味を抱いている、というのである。『びっくりハウスでさまよって』の映画化の許可をプリンツに求められ、この作品の語りを視覚的に表現することが不可能なものであることを「作者」は告げるが、彼にとっての審美的良心とは正反対の存在であるはずのプリンツの仕草に説得力を感じ、「自分でも驚いたことに、言語道断の、憂うべきでさえある考えに賛成」(*LETTERS* 190) し、映画製作の様子を伺うことに決める。プリンツに象徴される映像の魅力に「作者」でさえも無関心ではいられない、というように。ただ、「プリンツは映画製作を実行 (execute) するだろう…死刑を宣告された男が死刑執行人を信じねばならないように私は彼を信じている」(*LETTERS* 190) という「作者」の言葉はやはり、プリンツとの争いの顛末を暗示もしているし、何より、最終的には決してプリンツの魅力に取り込まれることのない、この時点での「作者」のアンビヴァレントな態度を示すものでもある。

三　歴史の忘却への抵抗

『モダン・フィクション・スタディーズ』の一九九六年夏号に掲載された、映画『フォレスト・ガンプ』に関するトーマス・B・バイアーズの論考は、この映像対文字の問題をより現実的な位相において浮き彫りにする。一九九五年にオスカーを受賞したこの映画の筋書きは、フォレストという幾分シンプルな青年が、対抗文化の時代を生き、ベトナム戦争を経験し国民の英雄になり、事業を成功させ、最後はエイズを病んだ恋人との間にできた子供を、その恋人の死後、父親として育てる、というものである。バイアーズが呼ぶところのこの「家父長的物語」においては、対抗文化への否定的な態度が見て取られることが指摘される。プロデューサーの一人スティーブ・ティッシュの、この映画は政治的ではないし保守的な価値にかかわるものでもない、という弁明にもかかわらず明らかになるのは、当時の下院議長ニュート・ギングリッチが「これは保守的な映画であり、対抗文化が人間とその基本的価値を破壊したことを再確認するために観客はこの映画を見に行く。素朴で善良、上品でロマンティックでいる方がずっといい」と表現した、その保守的な傾向である（420）。

バイアーズは、この映画における対抗文化に関する表象にはその本質的な側面が描かれていない、と指摘する。確かに、ジョン・F・ケネディ、ロバート・ケネディ、ジョン・レノンの暗殺、ロナルド・レーガンの暗殺未遂については、彼等は単なる狂人が撃った弾丸の犠牲者であり、ひいては狂った世界の犠牲者として描かれている。さらにあからさまなのは、マルコムXやキング牧師などの政治的影響力を持つ黒人指導者について全く言及されていないことである。バイアーズの言葉でいえば、この映画においては、反動的な修正主義が対抗文化としてひとまとめにする全ての事柄が、ロマンスの成就や父親の再生産や伝統の継続への障害になるものとして排除されるのである。問題は、この映画が楽しめる映画である一方で、特定の歴史的主題を記憶する代わりに実際にあった民衆の闘争を記憶から消す、というその潜在的な力のありようである。[5] これを考慮し、彼はその論考の最後で我々に一つの示唆を与える。それは「真の歴史性」への渇望を放棄しないことである。ここで浮上するのがメディア・リテラシーの問題である。大量消費されることで収支を合わせる必要があるハリウッド映画においては、観衆にとって理解しやすいナラティブが用いられることが求められる。バイアーズが示唆するのは、そうした理解しやすいナラティブを受け入れつつも、観衆には「真の歴史性」への問題意識を喚起するに足る知識を身につける機会が必要である、ということである。

『フォレスト・ガンプ』が消費型資本主義社会の論理を補強するメディアによる作品のひとつであるとすれば、「真の歴史性」への見通しを可能にするメディアは、この論理に対抗し、「理解しやすい」ナラティブがもたらす危険性を明らかにする必要がある。つまり、歴史の忘れられた、もしくは意図的に削除された部分、そしてそのような行為の主体の存在への気づきをもたらすものである必要がある。バースの物語叙述法がこのような役割を果たしうるのか。このことを考える手がかりとして、バースの作品におけるオーソリティーの問題について見てみたい。

四　オーソリティーの在処

歴史記述に関する先のエッセイにおいて、バースは『レターズ』について次のように述べる。

[『レターズ』は]多かれ少なかれ「歴史的な」フィクションであり、それに相当するだけの調査をしたが、それは歴史家がするようなものではなく、小説家はそのような冷淡な人たちとは対照的な存在である。この小説の表面には私がこの地域の歴史について知っていたことと忘れてしまったことの九分の八がはっきりと見えるし、それは作者をいかなる権威者にすることもなく想像的な目的のために役立つのである。

(*Friday* 181)

ここでは歴史的記述に関する自分自身の権威的なあり方を否定しているが、一方で、例えばこのエッセイの直前にあるインタビューにおいては、「穏やかにいえば」「速記録を見直す」という言い方で、インタビューを著者自身の手によって見直すことを要求していることを明言している。[6] この、オーソリティーに関するバース自身のアンビヴァレントな態度は彼の小説においても考察の対象として表れる。

『やぎ少年ジャイルズ』以降特に顕著になる「入れ子構造」などと呼ばれるバースのいわゆる「メタフィクション」的手法は、テクストについての読者の理解を裏切り続けるものであった。そのオーソリティーの措定を困難にすることで読者は現実の虚構性に気づき存在論的不安を抱くわけである。[7]『レターズ』でもこうした手法については基本的に同じだが、この作品に登場する「作者」は幾分幅を持った存在論的立場を与えられており、その中には登場人物としての「作者」ではなく、バース本人に近い存在としての「作者」が確認できる箇所がある。他の手紙が登場人物の間でやりとりされている中で、「作者」は「読者」に対する手紙を二通だけ書いている。全ての手紙にはそれが書かれたとされる日付が記されているが、バースが「実際に」小説を書き始めた日と書き終えた日の二通の手紙の日付は二重引用符で括られている。その手紙にはその日を巡る事件が列挙されているのみである（*LETTER* 42, 771）。もちろん、この日付の扱い方に関しても、それが作者バースの声によるものであると断言できる証拠はあるはずもなく、この限りでは「信頼できる」語り手によるものとはいえない。ことあるごとにバースは歴史による権威付けを否定しているかに見えるが、しかし、我々はこのふたつの手紙において、読者を裏切らない語り手としてのバースの存在を、歴史を通して読みとれるのではないだろうか。

『レターズ』においては特定の書き手が広範な歴史的時間を包括する叙述を残している。なかでも『酔いどれ草の仲買人』に登場した自称「桂冠詩人」エベニーザー・クック、そしてヘンリー・バーリンゲーム三世の末裔の物語を描くことで一八一二年戦争をめぐる歴史記述を開陳していくアンドリュー・バーリンゲーム・クック四世と六世は、再びあからさまにではあるが、歴史という概念そのものと象徴的に結びつく。クック四世が彼の先祖と「今」起こっている戦争とのかかわりについて史実を織りまぜながら一八一二年の時点で書いている手紙を示し、さらにその子孫であるクック六世がその手紙を読み解きつつ現在に至るまでの歴史を開陳するというのが『レターズ』における物語記述の一つの形態である。読者が彼らを象徴的に受け取ることを可能にするのはレディ・アマーストのクック六世に対する認識の変化である。アマーストは当初、クック六世の三文詩人として側面を強調していたが、彼の映画への関与について彼女が「クックと『歴史』が同意しているのです。十分でしょう」（*LETTERS* 664）と述べるとき、歴史による承認を行う人物としての彼の重要性が際立つ。このコメントは、先にも述べた映画撮影中のプリンツとメンシュの小競り合い、「映画監督と作家の戦争」の結末においてアマーストにより述べられる。この「戦争」のため映画撮影は頓挫することになったが、このときプリンツは眼鏡を失い頬に傷を受け、メンシュは手首の骨を折る。プリンツは視るための道具を、メンシュは言語を記述するための体の機能を部分的に失う。映画の撮影は頓挫したが、メンシュは右手を折りながらも左手のみでクックのタイプライターを使い『レターズ』のテクストの一部になる手紙を書く。メンシュは片手の機能を失いながら、クックのタイプライターを使い文学テクストをつくり出しているのである。

『レターズ』において他の手紙とは際立って性質の異なる「作者」の手紙では、作品中でその手紙が書かれたとされる日の出来事と、バースが実際にそのテクストを書いている日の出来事の両方が読者に知らされる。性質が異なるというのはつまり、少なくともこの二通には歴史的事実のみがある、ということだ。もちろん、そこにおいても完全な歴史は描かれ得ない。あるのは、ダウ平均が上がった、テロがあったというような歴史的事実・事件の不完全な羅列である。しかしながら、忘却や意図的な削除が歴史記述において避けられない条件であるとしても、そのことへの気づきを可能にするために、物語は常に歴史の承認を得ねばならないという意味で、『レターズ』における相対化の中に見え隠れするオーソリティーの措定は、歴史記述のこうした側面を喚起させるものであり、このことで逆説的にありのままの歴史、「真の歴史性」の追求が試みられる。そしてこれを追求していると思われるのは、「作者」という名の登場人物を通して巧妙に見え隠れする小説家ジョン・バースである。

小説もほぼ終わろうとする時に、レジナルド・プリンツとクック六世の予想されなかった死が読者に突然に告げられる。映像メディアの象徴であるプリンツと歴史の体現者であるクック六世の死は、文学の作者としてのメンシュがこの両者に対して優位に立つ状況を示しているとも取れるが、彼らの唐突な死は、トム・ルクレアが「作家による帝国主義」と呼ぶような『レターズ』の側面を示してもいる。ルクレアは、システム理論を基盤に据えた論考、「過剰・マスタリー・システム」の中で『レターズ』を「マスターワーク」の一つであるとする。[8] 七七二ページに亙る小説にまとまりを与えているのは、作品の構成を決定づけるカレンダーの仕掛けであり、この遊びに注目することで、我々は芸術作品の「マスター」というバースのあり方を規定し、『レターズ』を審美的考察に引き込むことができる。[9] しかし一方で、『レターズ』においては合衆国の歴史に見られる政治的謀略が仔細に描かれ、最後には策謀に巻き込まれて突然の死を遂げる登場人物が描かれることで、小説内部における暴力性が、静かにではあるが、より一層際立ち、我々はそこに倫理的な価値判断の契機があることに気づくのである。プリンツとメンシュが受けた傷、そしてプリンツやクックの死によって思い起こされるのは、肉体的な痛みを伴う傷をもたらす暴力であるとともに、他者を忘れ去ることの暴力でもある。

カレンダーの仕掛けなどの込み入った遊びに裏付けられた『レターズ』の自己超越的パロディとしてのあり方は、描かれる人物や事物への読者の客観的な眼差しを規定するものである。プリンツとクックの死については、最終章のレディ・アマーストの手紙において、彼女の視点で客観的に語られる。彼女のほとんど躁病的といえる語りの中にあって、この二人の死の報告は比較的淡々と行われる。彼らの死の生々しさを伝える手がかりはほとんど剥奪されている。しかしあえてここで今一度、肉体へとふるわれる暴力に目を向けることによって見えるのは、そうした暴力を行使する主体の存在であると同時に、恐らく肉体性をそぎ落とすことによって超越性を標榜していたメタフィクションにおける、肉体性の残滓ではないだろうか。思えば、バースが「ある虚無的な喜劇」と呼ぶ彼の最初の小説『フローティング・オペラ』に見られたのは、徹底したニヒリズムであった。主人公のトッド・アンドルーズは、彼の心臓病がいつもたらすかわからない死を意識し、成就しない自殺の計画を企てた。カレンダーを用いたフォルマリズム的手法に起因する『レターズ』の構造上、レディ・アマーストがクック六世の死の報告を行う手紙の後に位置する彼自身による生前の最後の手紙は、読者にとっては彼の「死後に著される」手紙となり、彼の不在を際立たせる。バースの一見醒めた、時として軽やかに見えるテクストは、徹底したニヒリズムを通過したうえに成り立っており、その背後には死の影が漂う。

結び

フォレスト・ガンプはベトナムでババという黒人青年の友人を持つ。ババは被弾し戦死するが、今はの際に彼は「なぜこんなことになったんだ?」と彼を抱き抱えるフォレストに問いかける。しかしフォレストはババの「なぜ」に対し「撃たれたんだよ」という同語反復的な返答をする。このシーンに象徴されるが、『フォレスト・ガンプ』においては、ベトナム戦争に参戦した多くの黒人兵の死の理由や反戦運動の記憶が抑圧されており、この意味でフォレストの語る歴史は十分に理解され得ない、包括されることのない歴史になる。観客は、肉体性に立ち返るときに、ババの苦痛を感じとる感受性、そしてその苦痛から逃れない感受性を持つ。これはあるいはフォレスト自身も観客も共に持ち得た感受性であろう。しかしさらに必要なのは、フォレストがあからさまに示すことのなかった、暴力を行使しうる主体であることを認識しつつ他者への眼差しを持つことの、あるいは、ハリウッド映画のような表現形態が描ききることのない他者の歴史を記憶することの試みである。

プリンツとの争いにおいて、メンシュは次のように語る。

彼［「プリンツ」の軽蔑が特別に個人的なものでさえないことを悲しむべきではないのか、あるいは悲しむべきなのか。彼が攻撃しているのは「塔の中の変わり者、アンブローズ・メンシュ」ではなく「アーサー・モートン・キング」である、ということを私はもっと面白がるべきなのだ。リテラシーへの敵対心（欠如）から、プリンツは彼を視覚的イメージに敵対する書かれた文字の、つまり「文字」対「映像」の体現者であると勘違いしている。彼が実行に移そうとしているのは、「文学」という領域に対する私自身が現在挑んでいる戦いを茶化したものと同じものであることが、そして我々が戦友であり、同志であり、兄弟であることが、彼にはわからないのだろうか。（*LETTERS* 333）

この時メンシュは前衛的小説家として「アーサー・モートン・キング」というペンネームを使っていた。ここにおいて彼は敵対するメディアに対する寛容さを示している。そしてこの後、レディ・アマーストとの結婚により、最も有名な黒人指導者の名前を連想させるペンネームを葬り、「偉大なる伝統」との「統合」を果たし、文学の体現者としてさらに大きな役割を持つことになる。「なんらのオーソリティーに関わるものではない」というバースの言葉とは裏腹に、究極的にはオーソリティーの行使に依ってのみ生み出される文学テクストのあり方が「作者」によって示された『レターズ』においては、メンシュによって示される寛容さも、もはや偽善的なものとして映る。しかしアンビヴァレントな態度を通してかいま見える偽善者としての振る舞い、あるいは、偽善者として見られることを敢えてよしとする振る舞いを通して読者が読みとるのは、肉体性の見えにくい構造物から、敢えて肉体性を読みとることにより、歴史の忘却は避けられないことはわかっていても、それを意識化する行為が必要である、ということである。これは今日における「メタフィクション」の読みの看過できない側面である。

注

1 *Friday* 190. エッセイのタイトルは "Historical Fiction, Fictitious History, and Chesapeake Bay Blue Crabs, or, About Aboutness" であるが、この中でバースは *LETTERS* を 'Fictitious History' と呼ぶ。

2 Gerald Graff は "Mensch's courtship and marriage of Lady Amherst represents among other things the 'transcension' of literary opposites, a merger of the experimental novel and the Great Tradition."（151）と述べ、*LETTERS* の含意は、文学の豊穣さはこうした "fusion" からのみ生まれるものである、とする。このことについては Schulz や Harris も参考にされたい。

3 Walkiewicz 65. Walkiewicz はこの作品をノースロップ・フライに倣い「メニッポス的諷刺」（"Menippean Satire"）であるとしている。

4 "sophomoric allegory" としての『山羊少年ジャイルズ』への言及は以下の通りである。"[T]he 700-plus pages of *Giles Goat-Boy* have surfeited their author with that particular vein of 'transcendent parody' and (literary, of course) sophomoric allegory"（*LETTERS* 531-2）.

5 『フォレスト・ガンプ』の面白さについて Byers は、強大な秩序の力に由来するものであるとして、次のように言う。"Against that power, we must not surrender the aspiration to what [Frederic] Jameson calls 'genuine historicity.' For when, as in the Newt Hollywood, history is written by power alone, it becomes just the opposite of Forrest Gump's proverbial box of chocolates: we always know what we are going to get"（439-40）.

6 *Friday* 172. 対話形式のインタビューにおいて、"Even so, you'll want to review the transcript?" という質問に対しバースは "To put it gently." と答えている。

7 Waugh は『レターズ』に関するBarthの発言を引用した後に次のように述べている。"Our statement about literary-fictional characters can be verified only by consulting the statements which have brought them into existence.

Metafictional novels continually alert the reader to this consequence of the creation/description paradox”（92）.

8　ルクレアによれば、「マスターワーク」とは「大小の領域における権力、勢力、権威」についての小説である（LeClair 5）。

9　「作者」によって、カレンダー上にかたどられた“LETTERS”の文字が“An old time epistolary novel by seven fictitious drolls & dreamers each of which imagines himself factual”（*LETTERS* 769）という文で構成されていることが説明される。

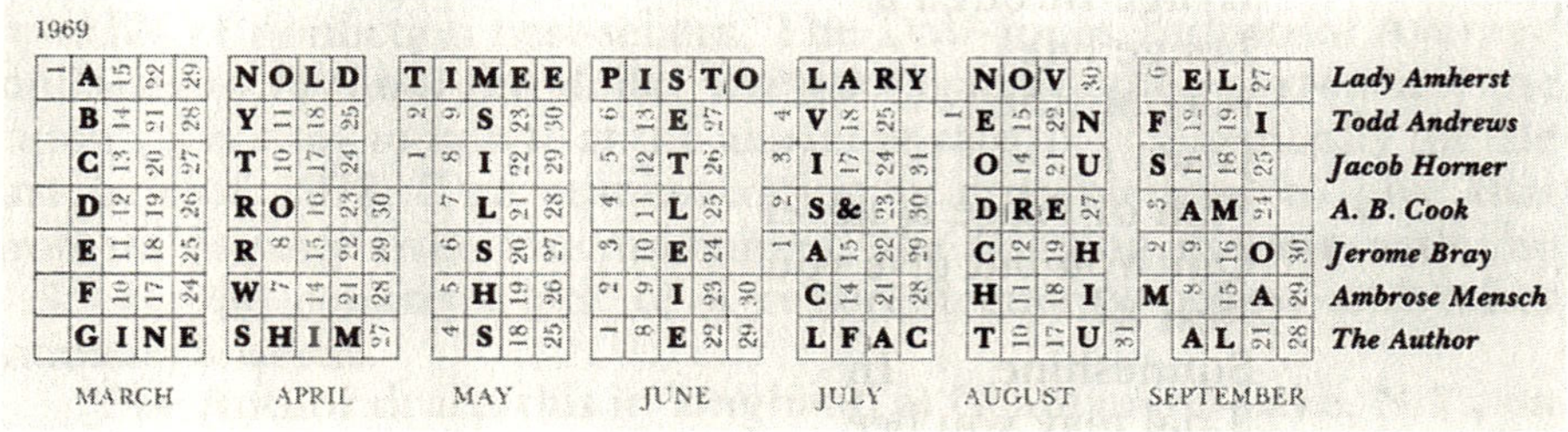

引用文献

Barth, John. *The Friday Book: Essays and Other Nonfiction.* New York: G. P. Putnam’s Sons, 1984.

——. *LETTERS.* New York: Fawcett Columbine, 1979.

Byers, Thomas B. “History Re-membered: *Forrest Gump,* Postfeminist Masculinity, and the Burial of the Counterculture.” *Modern Fiction Studies* 42.2（1996）: 419-44.

Graff, Gerald. “Under Our Belt and Off Our Back: Barth’s *LETTERS* and Postmodern Fiction.” *Tri-Quarterly* 52（1981）:150-65.

Harris, Charles B. *Passionate Virtuosity: The Fiction of John Barth.* Urbana: U of Illinois P, 1983.

LeClair, Tom. *The Art of Excess: Mastery in Contemporary American Fiction.* Urbana: U of Illinois P, 1989.

Schulz, Max F. Schulz. “Barth, *LETTERS*, and the Great Tradition.” *Genre* 14（1981）: 45-115.

Walkiewicz, E. P. *John Barth.* Boston: G. K. Hall, 1986.

Waugh, Patricia. *Metafiction.* London: Methuen, 1984.

坂本　季詩雄

抽象化されるウォーレス・スティーヴンズの人物像

ウォーレス・スティーヴンズは自作の詩「現代詩について」のなかで、「詩は生きたものでなければならず、その場の話し言葉を学ばねばならない。／今の時代の男性と向かいあい、女性と／相見えねばならない」（加藤、酒井　九六）[1]と述べている。彼は生涯にわたり男性、女性を作品中に登場させている。詩人が描こうとするのは男性像、女性像を通して抽象化した自らのイマジネーションの世界である。詩人にとってのリアリティーはその世界のなかで創造される。そして、そのイマジネーションによって描かれる詩論のための詩、メタ詩を紡ぐのである。

この論では、スティーヴンズが物事を抽象化するため、現実と想像力を用いて彼の作品中に登場する人物のイメージをどのように作りあげたのかを考察し、言葉と現実の関係を男性像、女性像に表象するため、詩人がどのように関わったのかを示す。さらに彼が男性、女性により抽象しようとしたイメージが、性別のみならず、人種、民族、国籍などという既成の境界を越えた発想へもたどり着き得たことも指摘したい。

詩人は、「過去の遺産を我々は常に利用することが出来る。それらは現在と将来に完璧なものを生み出すための源泉として常に新鮮で強力なものでなくてはならない」[2]と述べている。作品の中でも過去の神話、伝説、文学などを利用することがしばしばある。ここで取り上げるのはアフロディーテ＝ヴィーナス像をモチーフにした作品である。アフロディーテ像は豊穣と再生の女神とされ、裸体の彫像として現れるが、紀元前七世紀頃からはイオニア風キトンをまとう姿に変わる。前五世紀には高貴で厳正な姿として表現されるが、同世紀末には薄衣に包まれた裸体の女神像として表わされる。前四世紀以降、官能的喜びを表現する自由奔放な姿として地上的な美のなかに表されるようになる。

この裸婦像をモチーフにした「みすぼらしい裸婦春の航海へ」では、詩人は過去の遺産をうけつぎつつ、自らの想像力により自分の生きる時代にふさわしい像を創造する。

海にでるとはいえ、そこは
貝殻に乗って古風に行きはしない。
手近な海藻に乗り、
きらめきの上を音もなく滑って行く、
波になったように。

彼女もまた不満の人、

辛い港はもううんざり、
遠くの外洋の内懐にとどろく
海原に心焦がれ、
腕に紫のうすぎぬをまとうのが望みだ。

風は彼女の手や
濡れた背中に吹きつけて
彼女をどんどん先へやる。
彼女は雲をかすめながら
海の上を旋回する。

とはいえこれは、大急ぎと水の輝きが織りなす
貧相な滑りぶりだ、
彼女の踵の泡立ちも
後日やって来る金色勝る裸婦が行くときのようにはいきはしない。
海緑色の壮観の中心さながら、

運命の下働きとして、

一層緊迫した凪の中、
真新しい激流を横切り
引き返すことの許されない道を、止まることなく
行くときのようには。（加藤、酒井　一三―一四）

アフロディーテの女神像は、時代により変遷してきた歴史を持つ。この作品に登場するアフロディーテ＝ヴィーナスとおぼしき裸婦像は貝に乗ってではなく、浜辺に打ち寄せられた海藻に乗って船出する。古典復興が求められたルネサンス期の十四、五世紀には、ボッティチェリが、貝に乗って西風に吹かれるヴィーナスの様子を『ヴィーナスの誕生』に描いている。またこの船出はアルカイック式でないと語り手は言うのだが、アルカイック期とは紀元前七世紀後半から紀元前六世紀末のことを指すので、その頃に図像化された女神の姿とも、この作品の裸婦像は異なっているといえよう。つまり作品が書かれた一九一九年の時点で、詩人は新たな女神像の創造を試みているといえるだろう。アフロディーテ像を重ねはしても、この裸婦像を「みすぼらしい」と形容することにその意図をくみ取ることができる。さらに第一次世界大戦では、近代科学によって発明された兵器が大量殺人、大量破壊のために用いられた。西洋文化の誉れが自らを傷つける結果を招いたことに、ヨーロッパの知識人は衝撃を受けた。西洋文化が基盤としてきたギリシャやローマの文化への懐疑心が広がる時代に、この作品は書かれている。ここに創造される裸婦像は、西洋的伝統をあえて振り払い、新たなアメリカ的創造力により遡創造《ディクリエイト》[3]されねばならないのだ。

裸婦像をアフロディーテたらしめるために、古来何人もの芸術家がそれぞれの時代と文化に身をさらし、

独自の形象を創造した。創造に携わった芸術家達は、同じテーマ、アフロディーテ像を繰り返し利用しながら、異なる表現を作品として遺してきた。スティーヴンズもこれらの芸術家達と同様に、一九一九年という時代とアメリカ文化という現実に取り巻かれて、独自の裸婦像を創造しようとしているのだ。

　裸婦像が内包する意味を持たないことが、なんの変哲もない音もなく寄せる波にたとえられることからわかる。しかし第二連では、この状態に飽きたらず、裸婦像は自ら新たな意味づけを熱望する。第一連での裸婦像の静的な描写とは対照的に「遠くの外洋の内懐にとどろく海原」の動的なエネルギーを手に入れようとする。

　この裸婦像にとって海岸は好ましい場所ではないことが「辛い港」の表現に見てとれる。そして、言葉として表現される以前の自然、つまり現実そのものを意味する荒々しい外洋への船出を熱望する。ところが、理性のたまものである言葉で表現され、内包する意味を持つまで裸婦像は曖昧模糊とした存在でしかあり得ない。沖へと進み季節のように円環する航路へ入り、雲に触れるくらい巨大で、すべてを支配するような存在となっても、この航海は不十分なフィクション、「貧相なすべりぶり」にすぎない。それゆえに裸婦像は、生命の始まる春から、エネルギーが最高潮に達する夏まで航海を続け、「後日やって来る金色勝る裸婦」となる将来的可能性にかけるのだ。しかしこれは『ミロのヴィーナス』やボッティチェリの『ヴィーナスの誕生』のように美術館に所蔵され、美術史的に確固とした地位を確保することを意味するのではない。

　光り輝く裸婦像となるためには、「真新しい激流」を越え、「引き返すことのできない道を、止まることなく」航海し続けねばならない。この旅が矛盾に富むことは、「いっそう緊迫した《インテンサー・》凪《カーム》」のオクシモロンに表されている。それでもより輝きを増した裸婦像になるためには、女王のような支配者となるのではなく、つねに「運命の下働き」でなければならない。輝きを増すよう切望し続けねばならないからだ。つまり内包する意味を獲得し、定点にとらえられてはならないのだ。表現を与えられても、それをすりぬけつづける、つまり遡創造《ディークリエイト》するエネルギーを持たねばならない。裸婦像がただの「金色《ゴールデン》」ではなく、「金色勝《ゴールデナー》る」と形容されるゆえんはここにある。

このように女性の形象を創造力の活動の中心点とすることにより、とらえどころがなく、確固とした権威を帯びず、それゆえ留まることのないエネルギーを手にすることで、スティーヴンズの詩は創作される。さらに、つぎの「平凡な女たち」では、精神が閉塞感から解き放たれる状態、そしてもとの閉ざされた状態へ戻ることが、夢想的なイメージで描かれている。

その時、貧困から彼女たちは立ち上がった、
ドライカタルから、ギターへ向かって
彼女たちは素早くうつろった
王宮の壁をすり抜けて。

彼女たちは単調さを後ろに放り投げ、
自分たちの望みから方向を転じ、
冷淡に、彼女たちはつめかけた
夜の広間に。

ニスを塗った仕切る小部屋がそこにひしめき
ゼイ、ゼイ、ゼイ、ゼイとぶつぶつ言う。
月光が
ジランドールをかすめとる。

彼女たちの着る冷たいドレスは、
出窓の退屈な靄の中で、
穏やかだ
彼女たちがもたれかかり覗く時、

窓枠からアルファベットを、
ベータのｂからガンマのｇを、
傾いだ渦巻きを
知ろうとして

天国と荘厳な手書き文字の。
新婚のしとねについて読んだ。
ティ・リ・ロー！

彼らは時間をかけて読んだ。

やせたギタリストが
来る日も、来る日も、来る日も低音の弦をつま弾き。
月光が
砂で覆われた床を照らす。

髪飾りはくっきりと見え、
ダイヤモンドとサファイヤのカットが、
庶民の扇子のスパンコールが
くっきりと見える！

焦がれる情熱が徐々にしみこみ、
強力な発声が、
一様に償いを叫んだ
蝋燭の芯の広間に。

その時、彼女たちは欠乏状態から抜け出し、

乾いたギターから喉の痛い状態へと変化し、
王宮の壁を
すり抜けていった。（坂本試訳）

登場人物は複数の女性である。まず語り手は彼女たちの精神を、「のどの炎症」を起こしている状態と描写する。彼女たちは権威や彼女たちを抑圧する父権的体制を象徴する「王宮の城壁」の中に囲い込まれており、自由や美しい声を奪われ、セクシャルな表現のできない状態である。王などの特定の男性の視線を受けることだけしか許されないことに不満をもつのかもしれない。彼女たちの精神は「欠乏状態」に陥り、「単調さ」が支配する日々を送っている。

このような父権的体制のもと精神沈滞の状態から逃れるために、彼女らは音楽的状態を意味する「ギター」を欲望する。時は夜で、彼らの集う「夜の広間《ノクターナル・ホール》」には月光が射す。この空間は女性が集まっているだけでなく、女性的属性で満たされている。「ノクターン」はラテン語で「夜の」の女性形名詞用法を語源としているし、当然、夜を思わせる瞑想的雰囲気のロマン派的楽曲も想起させる。また古来月は女性の属性と結びつけられてきたし、ギターの形状は女性の身体を連想させる。仕切られた小部屋空間で、のどをやられ「ゼイ・ゼイ」としか表せなかった彼女たちは、新たに獲得した広がりのある「夜の広間《ノクターナル・ホール》」において、ギターの響きを手に入れ「d＝レ」の音、またはギターでいえば第四弦の開放弦の音を暗示する「来る日も来る日も《ア・デイ・ア・デイ》」という表現を手にする。

するとこの空間に女達のセクシュアリティーが溢れ出し、幻想が展開する。「結婚のしとね」の物語を彼女たちは紡ぎ出す。ここで窓枠から彼女たちがのぞき見るギリシャ文字の二番目と三番目の文字、ベータとガンマは音階のシ（b）とソ（g）を表すともいえるだろう。明確な意味づけを避けようとして、意味よりも音との結びつきを求めるスティーヴンズがよく使う表現である。ギリシャ文字の最初にくるアルファは、この空間を作りだしている要素の一つである月に対応しているので、月の光が彼女たちの想像力を生み出す起点となっていたことと結びつけられる。音楽にまつわるこれらの曖昧な表現は、音符と同じように概念的意味から自由で、自律していてそれ以上の意味を示すことがない。それゆえに、コンテクストを持たないことにより、多様な意味の可能性を持つ言葉でもある。さらに、一つの単語ではあるが、ここで示したような重層的な意味が読者のなかで響く構造にもなっている。こういった音楽的状態は人間の形象を生み出すときにも見られるのではないだろうか。

冷たいドレスを身につけ、靄の中にいるような退屈でもうろうとした精神状態は、ダイナミックなエネルギー、「天と天国の文字で書いた傾いだ渦巻き」を獲得する。それは喜びの声、あるいは弦の音「ティ・リ・ロー」が発せられることでもわかる。こうして月光の射す「夜の広間」は砂浜へと変化する。女達がつける髪飾りのジランドールを彩るダイヤ、サファイア、扇のスパンコールも「はっきりと」輝き出し、「力強い発声」となる。この新たに獲得したエネルギーは渦巻きとされるので、中心を持つある程度安定したものであるように思われる。読者にとって、あるいは詩人にとっても、女達のとらえどころのない欲望をなぞることにより、新たなアーティキュレイションを獲得することになるのだ。

ここでも刺激的な状態、表現は永続しない。最終連では「その時、彼女たちは欠乏状態から抜け出し、／乾いたギターから喉の痛い状態へと変化し、／王宮の壁をすり抜けていった」と、ギターの音色は潤いのあるものから干からびたものへと変わっていくので、獲得したダイナミックな表現が惜しげもなく捨てられると暗示される。まるで渦が中心にもつ目のようにはっきりしたエネルギーが、一瞬の後、雲散霧消してしまうかのようである。

女性のセクシュアリティーが産み出した表現は、詩人や読者にとって魅力的である。渦のように固定されず、無意識下の混沌状態に中心をもたらしたかと思うと、消えて再び混沌とした状態がもどってくる。スティーヴンズにおいては常に新たな表現を創り出す空間として、女性の表象が使われると言える。[4] 一方、男性の表象はいったいどのようなものなのだろうか。

女性性の空間で産み出されるものが、とらえどころのない幻想的で形式にとらわれないものであったのに比べると、男性性は論理の枠組みといえる。

「解き放たれたばかりの男」では、男性性は原理や原則という論理の枠組みにとらわれていることが、そこから自由になる必要があることを示すことにより逆説的に語られる。

世界を描写する古びた言葉に倦み疲れ
今しがた解き放たれたばかりの男は六時に起き
寝台の端に腰掛けて言った。
　　　　　　　　「この風景には
一つの原則がありそうだ。とはいえ真理から
逃れ出たばかりで、朝は色と靄。

それで充分。瞬間の雨と海、
瞬間の太陽（ぼやけて見える強靱な男）、
それがこの風景の原則の不意を打つ。彼と
彼のなせる業は疑うべくもない。原則を持たない男のように
彼は靄の中で沐浴する。彼の放つ光が——
いや、その光の放ちようなのだ。寝台に休んでいる学者たちや
その上に起きている学者たちの上に昇る、
その輝きようが……」

と解き放たれた男は言った。
それは太陽が部屋に射すその射しようだ——
あることの描写を抜きに在ること、
起き上がる刹那、寝台の端で、在ること、
蟻のごとき自己が、生命の唸りを響かせる
一頭の雄牛に変えられること、一人の学者から
一頭の雄牛に変えられること、立ち上がる前に、
その変化が、そしてその雄牛のような身悶えが
太陽の力である力から来るのを知ること、
それをじかに感じるにせよ、太陽から受けるにしろ。

それが彼の自由の在りようだった。自由はこうして来たのだった。
戸外の樹々の重要さ、
樫の葉の新鮮さ、それが樫の葉であることよりも
そう見えていることの重要さだった。
それは全てのものが一層現実味を帯び、彼自身
現実の中心にいて、それを見ていることだった。
それはすべてのものが脹らみ燃え輝きそれ自身大きく在ることだった。
絨毯の青、〈平凡な愛らしさを蔑む男〉
ヴィダールの肖像画、椅子。（加藤、酒井　八七—八九）

この作品に登場する男性は、「この風景には一つの原則がありそうだ」と言い、従来の思考法の枠組みに捕らわれてきたことが表明される。しかし新たな考え方を手に入れることで自由になる。その時彼の目の前の朝の光景は、光と靄だけで構成される。モネが『積みわら』の連作などで追求したような、絶えず変化する光と雰囲気の印象に男は心を奪われる。

詩人は思考法の自由を得ることを、博士から雄牛への変化で表現している。知の体系化「原則」をもたらすのが博士であるなら、知の体系に組み込まれていない世界に属してるのが雄牛だ。知は「語る」ことにより体系化される。朝の光とそれが浮き上がらせる色彩と靄は言葉をもたない現実だ。その現実を前にして彼は新たな世界認識の「光」を手に入れる。小さな蟻のような取るに足らない自己から、力強く野性的な雄牛

的自己へと姿を有機的に変える原動力が光をもたらす太陽から来ることを男は知る。「その変化が、そしてその雄牛のような身悶えが／太陽の力である力から来るのを知ること。」

彼の思考を形成し、彼以前から存在する「原則」によって作り上げられた「世界を描写する古びた言葉」は、自身の存在の意味を彼にもたらしてきた。ところが、朝日の降り注ぐベッドの端に座る男が目覚めた時、以前とは異なる新鮮な世界認識を獲得する。そして、これまで述べてきた作品と同じく、それは一瞬獲得した新鮮さに過ぎない。太陽が高くなれば朝日の中の色彩と靄は消え去る。だから現在の彼は「表現を与えられていない存在」として、就寝中に見る現実の影としての夢と、日中のはっきりと覚醒した精神で見る世界像の中間の移ろいやすい世界に産み出されているのだ。そのような彼にとって、樫の木の存在という現実そのものより、樫の葉の「新鮮さ」という現実の相貌自体が重要視されるのだ。「戸外の樹々の重要さ、樫の葉の新鮮さ、それが樫の葉であることよりもそう見えていることの重要さだった。」彼にとっての現実とは心の中に広がる光景、つまりイマジネーションである。イマジネーションは肥大し燃え上がる現実をつくりあげ、その中心に男は位置している。自由を追求することにより幸福を手にしているのだ。つまり、この自由とそれがもたらす幸福とは「文学に限らずどんなものにおいても、自由への絶えざる欲求が芸術となる。あるいは人生での自由への欲求となる。この欲求は非論理的なものだ。非論理的なものが非論理的なものを追求することになる。これを突き詰めることが出来れば、たいへん幸せな状態になる」（*OP* 231）というものなのだ。

スティーヴンスの作品では、女性性は実態を持たないエネルギー、言葉になる以前の無意識、夢である。だからそこに理論化された意味をくみ取ることは難しい。それに対して男性性は論理の枠組みとして、女性性が詩の中に持ち込むエネルギーを実体化する働きを主に担っている。この二つの性質は全く別個に機能するというわけにはいかない。この矛盾する二つの性質が一つの作品の中で、どのように融合されるのか「瞑想としての世界」の中に見る。

私はヴァイオリンの練習や旅行に多くの時間を費やしてきた。だが作曲家にとって本質的に欠かせないつとめである瞑想は、片時もこれを怠ったことがない。昼夜を分かたず、不断の夢を見てきたのだ。

ジョルジュ・エネスコ

東から近づいてくるのは、あれはユリシーズ、
果てしなき冒険者だろうか。木々は繕われ
あの冬は洗い流された。水平線に何者かが身をもたげ
やってくる。火の形をしたものがペネローペの更紗の窓掛けに
近寄ってくる、ただその荒々しい現れに
彼女の住む世界は眠りから覚める。
彼女はもう長らく、取り乱さずに彼を迎える我が身を作りあげてきた、
彼女が想い描く彼女のための彼自身の伴侶として―

礎深き住処に護られた愛しい友同士の二人。

彼女の瞑想より大きな、人間のものならぬ瞑想の
欠くことの出来ない業である樹々の繕いはすまされていた。
夜、犬たちのように彼女を見張る風はなかった。

独りで帰ってくる彼に持ち帰れないものは、何もいらなかった。
心を奪うような土産などいりはしない。彼の腕が首飾りになるだろう、
そして腰帯に、それが求め会う二人の最高の賜物。

けれどユリシーズだったのだろうか。それともただ枕の表の
日の温もり―思いは心臓のように身内に鼓動し続けた。
両者は絡み合って鼓動し続けた、夜が明けたばかりなのに。

ユリシーズであり、ユリシーズでなかった。だが確かに出会ったのだ、
友と愛しい友と惑星の励みとが。
彼女の裡でその粗暴な力は決して衰えはしなかった。

彼女は髪に櫛を入れては独り言ってみるのだった。
彼の名を辛抱強く一語一語繰り返し、
あんなにも絶えず近づいてきていた人を片時も忘れることなく。(加藤、酒井 一八〇一八二)

「瞑想としての世界」では留まることのない創造力が男女の関係の中に表現されている。この作品の文頭には、ルーマニア生まれで、歌劇『オイディプス王』の作曲者ジョルジュ・エネスコ(一八八一―一九五五)の言葉がフランス語で掲げられている。[5] エネスコは長い旅を続けてきた。その間、夜昼留まることのない夢を見続けて、瞑想は止まることはないという内容である。

『オイディプス王』はアイスキュロス、エウリピデスらにも同じ題材を扱ったものがあるが、ソフォクレスのギリシャ悲劇が最も有名である。この悲劇の元になった伝説には、多くの民間伝承のモチーフが組み込まれている。捨て子、害獣退治、婿となる条件となる謎解き、建国神話にまつわる近親相姦などがそうである。また「瞑想としての世界」でモチーフにしているのは、ホメロス作、古代ギリシャの英雄叙事詩『オデュッセイア』である。「瞑想としての世界」は一九五二年に書かれたが、その三十年前の一九二二年ジェイムズ・ジョイスは同じ物語をモチーフに『ユリシーズ』を発表している。この中でジョイスは物語そのものの他、『ハムレット』『さまよえるユダヤ人』など様々なものをパロディー化している。これと同じようにスティーヴンズも空虚と混沌に秩序を与えることがこの作品でできているのだろうか。

この物語の主人公ユリシーズはトロヤ落城後、十年にわたって諸国を放浪し数々の冒険を経験し、トロイ戦争へ出征後二十年を経て、ようやく妻の待つイタケへ帰り着く。一方、妻は夫の留守中、幾人もの求婚者に言い寄られ続ける。

スティーヴンズの作品では、夫の帰還を想像の中で思いめぐらしている妻の姿を描いている。妻の名前はギリシャ語で「機織り」の意であるペネローペである。夫の不在中、多くの男達に求婚されたペネローペは、現在織っている織物を完成したときに彼らの申し出を受けることを約束する。しかし夜になるとその日に織った分をほどいてしまうので、いつまで経っても織物は完成しない。同時に男達の希望も叶えられない。

このように織物（テキスト）を織り続ける女の実際の行為と、帰らぬ夫のことを瞑想するという精神的な行為を並列させてスティーヴンズは作品を構成する。彼女の物語は夫が帰るまで織ってはほどかれ、織り直される織物でもある。夫の帰還を待つ間に、彼女は瞑想の中に理想化した夫を描き、また自分の自己をも理想化した妻の姿として描く。その結果、今や彼女の心の奥底には理想化されたカップルがいる。

彼女の瞑想世界は、外部世界とも呼応している。彼女の瞑想の中で夫は東方からやってくる太陽と同一視される。太陽は自然界の木々に命を吹きこみ、凍てつく冬を解消するエネルギーである。同時に光となってペネローペに届いたユリシーズの野蛮な力のせいで、彼女の住む沈滞した精神世界を目覚めさせる。自然という外部世界は四季の巡りをもたらす。妻の元を離れていったユリシーズも、過去の英雄神話にあるような様々の冒険と不思議な巡り合わせという定番コースをたどった後、同じように彼女の元へ戻ってくるのだ。

超人的な瞑想を続けることで、彼女は心の中に夫との一心同体と言える関係を作り上げる。「思いは心臓のように身内に鼓動し続けた。／両者は絡み合って鼓動し続けた。」彼女の心の中には夫の「粗暴な力《バーバラス・ストレングス》」が脈動する。この力強さは言葉で言い表しがたいものであることは、「バーバラス」（ギリシャ語源で言葉の分からない）という形容詞が示している。そしてそれをエネルギー源に妻は線状的につながったテキストを織り続ける。言葉で言い表しがたいエネルギーは脈絡を持たないが、テキスト化されることで物語へと構造化されていく。夫婦は心の中で一つになって鼓動する想像力の源となる。しかも心の中の名付けがたい欲望が消滅しないことが、ペネローペが求婚者を拒絶するために織り続ける行為として外部の者へ示される。「スティーヴンズにとって欲望は常に非文明的《サヴィッジ》であり、荒々しい。心の中を覗くことや、故郷へ戻ることで、欲望がゼロの状態の時、その都度新鮮なスタートを切ることを意味する」(Vendler 30) という、ヘレン・ヴェンドラーの欲望の暴力的な力についての発言は、非論理性と論理性とが、「ディクリエイション」から「リクリエイション」という破壊と創造の過程が循環的に繰り返されることをうまく示している。

この作品で描かれる世界はあくまで天上的な世界である。現実世界とは異なる瞑想としての世界である。フランク・レントリッキアの「ペネローペの世界は想像の内なる時間である。この世界は瞑想の対象ではなく、瞑想としての世界なのだ」(243) という発言に私も同感する。ペネローペが描く世界は想像上の世界であり、決して現存しないナルシスティックな世界である。しかしスティーヴンズが最も表したいのはその世界についてではなく、比喩的に創造の過程を描き出すことなのだ。言葉以前の混沌が秩序づけられ言語化される過程が描かれているのだ。しかも瞑想は終わることなく言語化され、そして再び非テクスト化されては混沌としたエネルギーを帯び、言語化され、秩序へと向かうことを繰り返す。

女性のモチーフは言語世界を混沌化させるが、男性詩人スティーヴンズはそれを利用しながら混沌を作品へと言語化しているといえる。フェルドマンの「スティーヴンズは女性性を通じて女性性や男性性を乗り越えることで、モダーンな美へと到達しようとする」(187) という発言は、より抽象的な概念へと詩人が向かおうとする際の方法論を示唆する。そして、男性性と女性性は「メイジャー・メン"major men"」へと抽象されることで「モダーンな美」を達成するのではないだろうか。

メイジャー・メン――

これは違うものだ。彼らは実在を超越した
実在から作られた人物だ。
彼らは人間から作られた虚構の人類だ。
彼らは人間だが、人工的に作られた人間だ。
彼らは存在を確証できない無である。（坂本試訳）

この「メイジャー・メン」は虚構や無から作られている。人類の総体といえるが、それゆえに国籍、人種、民族、性別を「超越」した人物の象徴なのである。「メイジャー・メン」が「至高の虚構への覚え書き」という詩の中に登場したときには、惨めな現実を映画の中で独自の方法によりノンセンス化したチャップリンとおぼしき「古いコートを着て、だぶだぶのズボンをはいた男」や、牧歌的思想が消えたことを暗示するような「死んだ羊飼い」や、聖堂参事会員で規律や戒律を具現すると同時に現代文明に不可欠な頭痛薬を一体化した「キャノン・アスピリン」や、族長の「マッカラー」や、豊穣の世界「青い世界」を表象する「肥えた少女」などへと変化する。その過程で様々な性質、時には対立するような性質を帯びるが、しだいにイメージが撚り合わされてゆき、読者はそれぞれの要素のちがいを見出すよりも、総体的なイメージとして捉えようとする。こうした様々な要素を撚り合わせた総体として「メイジャー・メン」が生み出される。人間の要素を高度に抽象化した「メイジャー・メン」は音楽性を帯びているかのごとく、翻訳不能と思われるし、あるコンテクストにおさまるまでは様々な意味を持つ可能性をあたえられている。
「現代詩について」で現代詩の使命、あるいは詩人としての自分のあるべき姿を詩人は語っている。

現代詩は
新しい舞台を立てねばならない。その舞台に立ち、
それから、飽くことを知らない俳優のように
ゆっくり考え深く、
耳の中——精神のいとも繊細な耳の中で、
その耳が欲していることを厳密にたどり、
それが聞こえてくると、二人の人間の一つの気持、
二つの気持ちが一つになったような気持ちとなって
表現されたそれ自身に耳傾けるような
言葉を、語らねばならない。(加藤、酒井　九六)

「新しい舞台」とは西欧世界で伝統的に用いられてきた二項対立的概念を基盤としない舞台であろう。二項対立をヘーゲル的に止揚することが求められる。詩人の作品の男性像、女性像の象徴するものが「二人の人間の一つの気持ち」となり、性別、国籍、人種、民族、年齢を超越した「メイジャー・メン」へと止揚さ

れていくのがスティーヴンズの作品における男性像と女性像なのである。

注

1 ウォーレス・スティーヴンズ『ウォーレス・スティーヴンズ詩集――場所のない描写』、九六。以下にこの稿で取り上げる作品を示し、Wallace Stevens, *The Collected Poems of Wallace Stevens* 中の掲載ページを略号*CP*の後に示す。"Of Modern Poetry" (*CP* 239-40), "The Paltry Nude on a Spring Voyage" (*CP* 5-6) "The Ordinary Women" (*CP* 10-12), "The Latest Freed Man" (*CP* 204-5), "The World as Meditation" (*CP* 520-21), "Paisant Chronicle" (*CP* 334-35), "Notes toward a Supreme Fiction" (*CP* 380-408).

2 Wallace Stevens, *Opus Posthumous*, 212. 以下この著書からの引用は*OP*と略記し、ページ数を本文中に掲げる。

3 *The Necessary Angel: Essay on Reality and the Imagination* においてスティーヴンズはシモーヌ・ヴェイユのdecreationという考え方を取り入れて次のように語る。「ディクリエイションとは創り上げられたものから未だ創り上げられていないものへと遡行することである。一方ディストラクションは創り上げられたものを無にかえすことである。モダンな時代のリアリティとはディクリエイションから生み出される。この意味において我々が新たに発見することは我々の能力の重要な兆しとなる」(175-76)。

4 *Revolution in Poetic Language* において、クリステヴァは言葉以前の無意識の存在する場所、前エディプス的、前言語的なセミオティックな領域をchoraと名付け、その曖昧性について次のように述べいてる。「記号的なコーラは主体が生まれ、否定される場所のことだ。主体を創り上げる動と静の過程の前に、主体の統一性が失われてしまう。動と静の過程を否定性とよび、主体を評価する行為としての否定と区別する」(28)。このchoraは父権的な言語や制度から抑圧された母性原理とされている。プラトン的な固定概念化された二項対立を基盤とする思考法から、秩序をゆるがすベルクソン的流動状態の混沌への移行という、スティーヴンズも含めてモダニズムに関わった芸術家達が目指した方向性と共通の概念が含まれていると思われる。

5 *Gender on the Divide: The Dandy in Modernist Literature* において、フェルドマンは、フランス語の多用はスティーヴンズの作品にはよく見られるが、この点について「フランス語を使うことでスティーヴンズは別人格の主体となることができたのだ。それはフランス高踏派的な主体に彼が共鳴したからではなく、現実の自分自身から逃れることができるから、『ゲリラ的な自分』、男性アメリカ人で、ヘゲモニックな自己から逃れることができた」と述べている(199-200)。外国語を使うことは、男性性を回避させるとは言い過ぎのように思うが、アメリカ人としての自分の枠組みを乗り越えることが可能になるという指摘には賛同できる。言葉と精神の繋がりを真摯に見つめれば、言葉の違いは精神性の違いをあらわす、あるいはその逆も正しいと信じるからだ。

引用文献

Feldman, Jessica R. *Gender on the Divide: The Dandy in Modernist Literature*. Ithaca: Cornell UP, 1993.

Kristeva, Julia. *Revolution in Poetic Language*. Trans. Margaret Waller. New York: Columbia UP, 1984.

Lentricchia, Frank. *Ariel and the Police: Michel Foucault, William James, Wallace Stevens*. Madison: U of Wisconsin P, 1988.

Stevens, Wallace. *The Collected Poems of Wallace Stevens*. New York: Knopf, 1982.『ウォーレス・スティーヴンズ詩集――場所のない描写』加藤文彦、酒井信雄訳、国文社、一九八六。

——. *The Necessary Angel: Essay on Reality and the Imagination*. New York: Knopf, 1951.

——. *Opus Posthumous*. Ed. Milton J. Bates. New York: Alfred Knopf, 1989.

Vendler, Helen. *Wallace Stevens: Words Chosen Out of Desire*. Knoxville: The U of Tennessee P, 1985.

ジェフリー・J・フォークス

群衆と個

――『響きと怒り』における創作行為への促し

はじめに

『響きと怒り』執筆当時のフォークナーがどのような心的状態にあったのか、この点を再現してみようとするならば、手がかりとしては出版者ホレス・リヴライトや代理人であったベン・ワッソンらに宛てた書簡群があるだろうし、また一九三三年に執筆された序文の草稿や四五年秋にヴァイキング・ポータブル・ライブラリー版のために書かれた「付録」(the explanatory appendix)も役立つだろう。一九二七年十月から翌三月までの間にリヴライトに宛てた書簡からは、第三作『サートリス』脱稿に目鼻がついた期待感がこの時期に高揚感といえるほどに高まっていたことがにじみ出てくる。十月十六日付けでリヴライトに宛てた手紙では「畢生の作品といえる書物をものにしたし、これに比したらこの作以外は児戯に等しい」(208)とまで述べ、同封した印刷業者への指示書きには題名のデザインとジャケット装丁を念頭にした素描を用意までして、みずからの思うところを反映させようと意気込んでいる。この高揚した心情は、この第三作が信頼していた出版者から拒絶されるのを境に挫折感と自棄に転じていく。この拒絶を受けて傷心と断念の状態で書き送った同年十一月三十日付けではこう記されている。「この書物こそ、私を作家として名を立ててくれる作品だといまでも信じている」(209)。この時点でのフォークナーは筆が向かえば執筆を続けることを表明しているのだが、書簡からうかがえるのはそれとは裏腹な調子、手紙が湛える静謐な厳粛さとでもいえるものである。ニューヨークの出版業者や批評家たちの「群れ」の手で犠牲となって遺棄され孤絶したわが身——この心情をこめてフォークナーは再び作品を世に問うことを潔しとせず、という自らの告発の思いを重ねているのである。[1]

三ヵ月ばかりが経過した翌年の二月半ばから下旬に、フォークナーは憤懣やるかたない調子の手紙をリヴライトに送って断筆も辞さぬまでの思いを吐露している。「書くことなんぞもう食指も誘わぬ、あなたがた出版業界の面々に先にお送りした拙著などものの数にも入らぬと決め付けられた今となっては」(209)。三月初旬になって再びリヴライトに宛てた書簡中に、フォークナーは現在取り組んでいる原稿の執筆状況を告げているが、あくまでおおざっぱな見込みにとどめている。すなわち春には書き終えられそうに見込んでいる新しい小説であって、「あなたがたのお気にいるであろう」とほのめかすのみである(210)。フォークナーが「バーマ伯母さん」と呼んで親しんだウォルター・マクリーンの夫人に宛てた手紙では『塵の中の旗』の草稿を推敲するのに倦み疲れたと述べ、「ほぼ毎日原稿を幾枚か火にくべては書き直し、今では筋立ても辻褄が合わなくなってしまった」(211)とこぼしている。一九二九年二月十八日付けアルフレッド・ハーコート宛ての書簡では先にハーコートが迷うことなく出版を拒んだ『響きと怒り』の原稿に触れて、こう書いている。「異論はない。どこかが出版してくれるだろうとは思ってもいなかったし、どこかの出版社へ託してみようという定かな見込みを立てていた訳でもなかったのだから」(212)。

『サートリス』の不評にともない今後の出版を確保していく望みを絶たれたことだけとっても絶望に陥るに十分であったが、くわえて養わねばならぬ家族への責務がますますのしかかっておのれの作家としての将来を駄目にしてしまうのではないか、という不安が悩みを深めていった。全国に広がる読者層を獲得しようと願ったのにその機会を永遠に逃してしまったのではないか、という怖れの念はまさに最悪の時期にフォークナーをとらえたのだった。すなわち彼がエステル・オールダムと二人の子供たちに対する物心両面での絆を深め、さらには多人数を抱え込んだ大所帯を養っていかねばならぬ、という気概が漠然とした思い以上に確かなものになっていったこの時期のことであった。夫コーネル・フランクリンと別居したエステルは、一九二七年一月にオックスフォードに帰ってきている。それから二年半の年月、フォークナーは「慕う心を秘めた若者」の役割を引き受けるが、『響きと怒り』に取りかかったその年の春には彼らの間は「のっぴきならぬ状態」(Blotner 212) に立ち至ったとされる。二人の懇ろな仲が口の端にのぼる中、フォークナーは家庭を養うことも覚束ないままにエステルとの結婚を選ぶほかなくなる。養うべき家族は自身に加えて十二人を超える所帯となった。

エステルとの絆ゆえに引き受けねばならなくなった負担に加えてフォークナーの心をふさいでいたより大きな要因と考えられるのは、家系にまつわる精神的外傷の重荷であって、それは遊民の自由を手放して家長としての責務を引き受けねばならぬ立場に急転していくわが身の理不尽さをいやがうえにも倍加させていったに違いない。フォークナーの一族はかつての旧家であったが父マリが当主となる頃には凋落し、地域の大学の雇われ事務職で糊口をしのぐに至る。生来教養人としても政治家としても器ではなかった父マリの場合ならば、この地位にあっても過不足はなかったであろう。その父に対するフォークナーの憤りの思いは痛烈なものであったが、それよりももっと心悩ませたのは母との関係であった。母の厳しい眼差しのもとにあっては、たとえ当面のものではあったとしても、自らの芸術家としての挫折は自分が侮蔑している当の父の姿と重ねあわされてしまうのだった。

一

このように様々に絡み合った深い不安の中にあって、それらに色づけられながらも形を与えられていったのが『響きと怒り』の執筆であった。三〇年代初頭になって書かれた小説への最初の「序文」をみてみるならば、この時点に至って自分が抱え込んでいた深い挫折感が小説に投影されていることを作者自身が自覚していたと思える。まさにそれは想像上の「死」の状態にある自らの姿の形象として投影されているのである。小説を流れる犠牲の主題に自伝的色付けがなされていると作家が認識していたことは、出版業界によるいわれなき扱いをこうむった思いとつのっていく家族への責任感双方が作品テキストに転移されていった過程をほのめかしているあたりから読み取れる。「序文」でフォークナーは、キャディ・コンプソンを「自分の寝室の窓を覗き込む」ように造型した、と述べ、また小説を「この身とともに死を迎える」類のものとして書いた、としている（224）。すなわち彼は作中の中心人物を自らの想像上の死を看取る者として構想し、この感情移入力にたけた立会い者の造型をもって自らの死と重ね合わせていたのである。この中心人物はまた作家の死の状態に立会い、慰撫を与えるがゆえに、批判する資格もないはずの出版業者たちの群れによって放たれた棘の痛みを癒してくれる。群れとは自分の代理人ベン・ワッソンが前作を回覧した相手であるリヴライトやハーコートらの一党である。前作の拒絶から六年が経過しても、フォークナーが拒絶から受けた失意は深い痛みをともなった記憶であったし、「序文」の構図からしても彼の痛みはにじみ出ている。キャディを自らの葬列の立会い者として造型することで、彼の孤立感は癒される。エリアス・カネッティが説く枠組みにあてはめるならば、彼女は「哀悼の群れ」の起源、犠牲にされた供物としての作者に捧げられた支援の起源を表象するのである。

キャディが死を迎える作者に立会い慰めを与える存在、親密で裏切ることのない「妹のような死《リトル・シスター》」とフォークナーが別の箇所で名づけているような存在として造型されたとするならば、クウェンティン・コンプソンもまた作者が抱え込んでいた悩みから生み出された造型とみなせよう。フォークナー研究者の多く、たとえばクレアンス・ブルックス、ルイス・D・ルービンやジョン・T・アーウィンらによってクウェンティン・コンプソンと作者との間の類似性について言及されてはきたものの、この類似性の正確な把握はいまだ十分になされてはいない。カネッティの枠組みにのっとるならば、自閉と被虐的な自己処罰に陥っていくクウェンティンの境位は、家族、人種そして信仰をめぐる緊張を抱え込んでいた作家の極度の心理的負荷が生み出した分裂をはらんだ反応であったといえよう。「拒絶症と精神分裂病」と題された章でカネッティは、分裂症的人格を「命令に規定された」人格ととらえている（下　六六―七一）。そのような人格がみせる反応は命令されたことと正反対のことを行なったり、なんらの行動をも取らなかったり、あるいは自動人形のごとくに反射的な行動で命令を実行してみたりして、いずれにせよ命令の実行を回避しようと努めるのである。

分裂症患者固有の「(他者との)接触欠落」は彫像の石化を思わせる頑固さの観を呈するのだが、時には逆に命令を迅速かつ完璧に実行しようとする「暗示奴隷根性」(下　六八)という対極に一転していく。分裂病患者のこの反応を勤務中の兵士と類比してみることができる。両者はともに、軍務上の不服従ないし義務放棄に対する普遍的な処罰が処刑にほかならぬことを意識しながら、柔軟さを欠いて硬直した状態で命令が下るのを待ち受けている。カネッティによればさらに、「極端な被暗示性の状態にある精神分裂病患者は群衆の一員のように振舞う」(下　六九)にもかかわらず、その群衆から切り取られてひとりきりなのである。まさに分裂病的想像力は群衆に取り囲まれた状態にあるのだ。自らを群衆の一員と意識しながら同時に肉体的にも社会的にも孤立した存在であるとも意識する、というこの相反した心的経験をとらえてみれば、精神分裂病患者に固有のがんじがらめに硬直した状態を理解することが可能になる。この状態にあるとき、患者は自分を縛る「一切のものから脱出して」群衆の只中に加わることによってはじめて命令が放つ棘から解放されるが、患者にとってはこの群衆参加は幻想に過ぎないものとなる(下　七〇)。カネッティは続けて述べる。

さまざまの命令の棘を刺しこまれ、それらの棘のために窒息しそうな精神分裂病患者以上に、群衆を必要としている人間はいない。かれは群衆を外部に見出すことができないのであり、したがって、かれは自分の内部の群衆に身を委ねるのである。(下　七一)

フォークナーのテキストに戻れば、クェンティン・コンプソンほどに「命令の棘」を深く秘めながらそれを他者に委ねるすべを奪われた人物像はみあたらない。大方の読者にはクェンティンの受動性であるとか性的不能性と受け取られている側面は、ひとつの解釈のレヴェルではいわゆる「南部的礼節《サザン・オナー》」であるとか「紳士」にふさわしき物腰などの文化概念から説明されもしようが、ここでは彼自身が幼少時から青年期にわたって蓄えてきた棘を他者にうけわたすことを拒む姿勢としてとらえることができよう。この心理的な行動拒否にとって唯一の例外と思えるのはクェンティンの相姦幻想であろうが、想像の中でのこの近親姦タブーの侵犯においてもなお彼が果たそうとしているのは、家族関係に発する棘と命令をこの幻想の中に移し変えようという試みでしかない。そうではあってもクェンティンの自己破滅的な性向はあらたなる棘を招く結果となる。たとえば相手が腕の立つ拳闘選手と承知の上でジェラルド・ブランドを挑発する行為がその例であるが、この自己処罰的な性向を父コンプソンよりも鋭く見抜いているルームメイトのシュリーヴ・マッケンジーの言によれば、「自分を傷つけるのは［彼］の本性」なのである。

二

『響きと怒り』の執筆過程でフォークナーは自らの芸術的死という命題に心を奪われていたのであって、クェンティンとキャディの造型はかたや行動不能の状態を体現する作中人物、それに対するに慰撫を体現する人物造型にこの想像の死の意識を転化していく試みであったといえる。いまひとりフォークナーの無力感を投影された人物といえば、ベンジャミン・コンプソンだ。カネッティの枠組みにあてはめるならば、コンプソン家の心的秩序の中でベンジーが置かれた位置づけは身代わりの生贄《スケープゴート》ととらえうる。彼を生贄の位置に配しようとするディルシー・ギブソンのみならず、コンプソン夫人のごとくにそのような位置づけに自分が関与していることを認めようとしない人物にとっても、ベンジーは一族の支配秩序を維持していくに不可欠の存在なのである。儀式的犠牲者の相貌は一連のイメージを介してベンジーに付与されている。小説の冒頭近く、ラスターは「仲間の一匹が今朝殺されたので豚たちは悲しがっている」(3)と語るが、この屠りの日はキリストを思わせるベンジーの三十三歳の誕生日ということになっている。さらには、植生神話と生贄表象と結びついた古典的神話像であるアドニスを想起させるかのように、ベンジーもまた州立精神病院という地獄に落ちて再生までの季節を過ごす。カネッティが身代わりの生贄全般について述べるごとくに、周囲の人物たちにとって「死んでいった者はその死を嘆き悲しむ者たちのために死んだ」のであって、その死に関わりをもった人間たちにとって犠牲者は死ぬべきではなかったのだ、という思いがいつまでもつきまとう。復活祭礼拝においてシェゴッグ牧師が子羊の血の「記憶」を呼び起こした際に会衆が示した強い感情的反応は、一同が犠牲という暴力をもはや行使しなくなってしまったからというよりは、自分たちがいまだ生贄に関与しているという思いから生じたものなのである。小説のこの時点において、芸術家としての自らの排斥感と犠牲者化の意識を起点として発展させてきた群衆と権力をめぐる想像的省察を、フォークナーは論理上必然的な結論へと至らせている。すなわちそれは、社会の構成員がひとしなみに身代わりの犠牲者迫害に関与している、という結論である。『サートリス』の失敗に始まる苦渋に満ちた一九二七年の秋の時期に、フォークナーはホレス・リヴライトの中に彼自身にとってのユダの相貌をみとり、さらに理解されず地域に埋もれる宿命を負った天才に関心を示さぬポンティス・ピラトたちを出版業界の面々に認めたのである。

三

作家として自己を形成する過程にあって中央の文壇に拒まれ、表現を封殺されたと感じていたこの時期に、フォークナーは悼みの対象としてのわが身が置かれた状況に強力に働きかけている行為主《エージェンシー》の存在を感じ取っていた。それと同時に、その中で生き残りを果たして状況への関与をわが手に取り戻したい、という心理衝動に表現を与える術をも模索していたに違いない。その意味ではクェンティンにとって、ということはフォークナー自身にとってということだが、とりわけ意味ある位置づけを与えられているのは、作品の舞台となるケンブリッジの住民中でももっとも際立った存在であるディーカンであって、この男は何世代にも渡るハーヴァードの南部出身学生に雇われている身でありながら大いに影響力を及ぼす「執事」とされている。サディウス・M・デービスが書いているように、南部からやってきた新入学生をにこやかに迎え入れては滞在中にいやおうなしに僕から主人の座へと変貌してしまうことで「ディーカンは生き残りの術として順応のわざを身につけてきた」のである。この変貌の過程において、アフリカン・アメリカン文化伝統におけるトリックスターを模倣するかのように、この男は「命令の棘」を他人に転嫁することで自らそのような棘を背負うことから無縁であり続ける。ディーカンとその係累たちはニュー・イングランドという階層社会の内部に適応を果たす過程のただなかに身を置いているのであるが、周辺僻地社会の中の零落した「紳士」階層出身であるクェンティンや彼と同郷の野心に満ちた作家であるフォークナーは、この階層社会から排除された存在なのである。何十年もケンブリッジに住み着いて、ディーカンはこの地で一家をなして娘を嫁がせ婿も市の行政要員の座につかせるばかりか、自らもボストンで催されるすべてのパレードの貴賓を務めるまでに至っている。いうまでもなくパレードはカネッティの類型に照らせば、永続と生き残りを含意する類の儀式的祭列なのである。

　だがディーカンに対してクェンティンが抱く関心は、北部の階層社会においてしかるべき地位を占めることへの憧憬にとどまらぬものを感じさせる。ディーカンが幾世代にも渡って南部出身学生と関わりを保ちながらハーヴァードに存在し続けた、というこの事実がクェンティンを惹きつけるのである。すなわちクェンティンが執着しながらも呪縛されている祖先たちが「爺さんの」魚などの象徴群に体現されるとすれば、ディーカンはこれらの象徴と重なり合っていく。デービスの洞察に満ちた解釈にしたがえば、小説においてディーカンはクェンティンの分身として機能するが、さらに言えば「クェンティンの白い世界には欠落しているもの」にフォークナーが形を与える存在としても機能している。クェンティンが魅惑されているのはディーカンの黒人でありながらかつ南部人としての成功なのである。ちょうどトリックスターのように彼はみずからの犠牲の山羊としての属性を武器に転じていくのだが、メタフィクション的レベルでいうならばこれこそがそのディーカンが登場する小説においてフォークナーが取り組もうとしている企みなのである。自らの姿を変貌させる術に身を守られるがゆえにいかなる場でも動じることのないディーカンには、幻想としての万能の感覚が投射されている。クェンティンが直感しているように、この男は在ケンブリッジのあわれな「若者勢」との関係においては僕であるよりは傭兵のごとき存在、さらには用心棒のごとき存在となる。いかなる文化的役割を果たすべきかを感じとる鋭い嗅覚によってディーカンは中央の経済情勢の只中で安定し見入りの良い地位を掴み取ってきたのだが、この適応の手際こそが挫折した一地方作家フォークナーには備えることが出来なかったものなのである。

　同様の事情はディルシーの造型についてもみられ、ディーカンに似て彼女もまた、当時希望に満ちた状態にあったとは言いがたい作家が羨望の気持ち、さらには恐れさえ抱いて眺めたであろう強靭さと統率力を体現している。クェンティンに対してディルシーが心理的支配力を発揮していることは、ジェンキンスが示唆しているように、「自分の自殺願望をめぐってクェンティンが罪障意識を抱くのはディルシーが関わってくるときだけ」(159)という点からもうかがえる。同様の響きを感じとれる言葉使いは、ディルシー像を造型する際に一部素材となったとされるキャロライン・バーへ捧げられたフォークナーの「頌徳の辞」にみられ、ここで際立たされているのは彼女の「統率力」と「道徳的教訓」の体現者としての感化力である。後にヴァージニア大学において自作に言及した際にフォークナーはこう述べている。小説のディルシーは「功をなしたいという人間の願望はやがて色あせ、萎え果てていくだろうが、それに至るまでのはざまで黒人という存在、黒人という人種に身近な実現への回路が見出されるようにと、しっかりと取り仕切り、何の報いも求めることなくしっかりと取り仕切り続けてくれるのだ」(Jenkins 175に引用)。

サディウス・M・デービスは小説において黒人と白人が形作る心理的関係を分析する中で、ディルシーについて「倫理、価値観、意味の混乱」に抗う「疑いなく尊敬に値する人物」(109)と捉えている。この解釈にしたがえば、ディルシーは白人たちをとらえる虚無主義に取って代わるものとして「黒人の側から提示された可能性を体現する人物」となろうし、黒人教会での礼拝を場として共同体が共有する経験は小説に肯定的な方向性を与えているということになろう(108)。多くの批評家たちと同様にリー・ジェンキンスもまた、ディルシーを道徳規範の提供者とみ、彼女は「人間の生に尽くす僕であって、人間としての責任と人間性とはいかなるものかをいま一度目に見える形で取り戻そうと万人のために務める、人道への無私なる奉仕者」(162)であるとする。この解釈ではディルシーは過度に理想化された人物像となってしまって、彼女は「自らその奉仕を受け入れて自らの犠牲者化に進んで手を染める犠牲者」であり、子供たちや孫たちにまで奉仕の徳を説き聞かせる存在となってしまう。

ある種の原理論的な倫理観を生き残りのために不可欠な術として身につけて他者のために手を尽くす私心なきアフリカン・アメリカン女性としてディルシーを捉えるならば、デービスやジェンキンスのディルシー「擁護説」は首肯するにたりよう。しかしながらこのような理想化された解釈は、「人間の生への奉仕者」たる存在からさらにそれ以上のものに発展していこうとするこの女性の可能性を見落としてしまうように思える。事実、彼女に潜在しているこの発展の可能性は、たとえば復活祭礼拝の後に訪れる幻視者的洞察や彼女がしばしば他者の死をみとることとなる事実、さらには磔刑物語の原型において彼女が暗黙のうちに引き受ける罪を負った人間たる役割などを通して小説中で再三示唆されている。ディルシー・セクションのクライマックスとなっているのは、まさにカネッティのいう生き残った人間が自己保存の次元を超えた深み、他者との競合を介した生き残りの営為がはらむ限界がくっきりと見えてくるような自己洞察の深みへと変容していく経験なのである。この変容の経験に劇的肉付けを与えるために、ディルシー自身の経験に本質的な変化が生起しなければならぬ。言い換えれば、ディルシーは規範的人物像としてよりも欠陥をはらんだ、しかしそれゆえに劇的変貌の可能性を備えた存在として捉えられねばならないということである。

復活祭の日、灰色の朝まだきにディルシーが小屋から顔をのぞかせたその時からフォークナーが際立たせているのは彼女の支配力と不死身さであって、それはディーカンに備わるものと同様に、作家自身が直面していた無力化の状況とは異質な、他を凌駕しうる姿勢であった。「その風合いと実体両面においても忠節さ」(Davis 103)を体現してディルシーは「横合いから身体に突き刺さってくる」「有毒の微細粒子」の集積に面と向かって立つ。これはまさに軽薄ではあっても小うるさい群衆をものともしない頑なな廉直さゆえの力強さ、という彼女の心的状態にぴったりと相応しいようにと同情こめて設定された情況の例であろう。「ディルシーは世間とのやりとりに関わる日常的な側面を多くの場合超越してきた」とデービスが述べるように、彼女は家族や共同体とは身を分かって教会へと向かっていくのであるが、カネッティの見方をあてはめるならば、この「超越の状態」こそ「生き残った者」の誇大妄想と言えるのだ。すなわちそのような「生き残った者」の想像力の中心を占めているのは、自分以外に生き残っていくであろう他者たちがいるかも知れぬという可能性への偏執であって、ディルシーの言葉では「最初で最後」であることを越えて時間の果つる時に至るまで唯ひとり勝ち誇って生き残り見届けることへの偏執である。もしディルシーを範型的人物として造型されたとみなすのならば、「子羊の血」における人類万人の罪をめぐるシェゴッグ牧師の復活祭の日の説教に彼女が強い情緒的反応を示すのはどう説明しうるのか。コンプソン一族の凋落への悲しみに彼女が涙している、と想像すべきなのだろうか。むしろシェゴッグ牧師が取り上げた聖句を彼女がもっと自分に引き寄せて理解していたのであって、彼女がキリスト受難という復活祭の物語り祖型に自らの描いてきた人生の軌跡を重ねていた、と考えるほうが的を射ていよう。キリスト教信仰の核心にあるテキストに自らの生をなぞることで、人間の手による専制の大いなる品級の中に組み入れられたささやかなる専制者として自らが負うべき罪を露わにしたのであり、聖なるものとの儀式的交わりを通して慰撫を見出したのである。

カネッティの説く枠組みはディルシーとジェイソン・コンプソン四世が繰り広げる家庭内対立にも当てはまり、同一所帯内での権威獲得を目指した抗争として説明しうる。この点に関しては、ディルシーの造型の意義を解釈したルイス・P・シンプソンの議論を「生き残る者の終焉」をめぐるカネッティの論議と比較してみるのも有用だろう。「終焉」は人類が「憚るところなく命令を直視し、命令からその棘をぬきとる手段を見つけ」だしたその時にのみ訪れるのである（下　三一三）。シンプソンが復活祭礼拝に対してディルシーが見せる情緒的反応がはらんでいる重要性と解釈したものがまさに権力の隠された機構が露わにされるこのような瞬間なのであって、ここで神話的意識と歴史的意識の対立をもっとも円滑に架橋しうる人物となっているのはディルシーなのである。シンプソンは書いている。

ディルシーに体現されているフォークナーの忍苦の形而上学にしたがえば、神話的意識の残存と歴史的意識の支配力の双方が一つとなるのは、人間の精神の自らとの葛藤という終わりのないドラマにおいてなのである。フォークナーが現代人の神話を求めているのはこのドラマの中においてこそなのである。このドラマの中心舞台となるのは歴史的個の形成に向けた人間の苦闘ではなく、人間に備わる自らの自然本性を担い続けうる普遍的能力であり、善とともに悪をもなしうるこの本性を担い続ける営み、そして歴史によって規制付けられた状況に閉塞された自己を克服しうる可能性にこそ存するのである。(134)

復活祭礼拝の象徴に刻印されシェゴッグ牧師の説教にこめられているのは、まさにこの「自らの本性を担い続ける能力」なのであり、歴史による「閉塞状況」の「克服実現をめざす」営為なのである。儀式化された礼拝と明確な言葉による説教の過程においてのみ、ディルシーは犠牲の儀式秩序における自らの役割を意識化することが出来るのである。

四

ディルシーがコンプソン家における支配権威を手中に収めんと図る存在であるとすれば、それに対して生き延びを図る存在の究極例は他でもなくジェイソン・コンプソン四世に見出せよう。虚構人物としてのジェイソン・コンプソンの造型にはフォークナー自身が同様に抱いていた敗北と憤懣の感情が投影されているし、また母が息子に課した作家としての責務の観念をめぐる反抗と罪障感双方の抑圧された心的動因を垣間見せてもくれる。作家とこの登場人物両者の間に見出せる一連の具体的照応をみれば、フォークナー自身の私的状況と彼が生み出したうちでももっとも極端に自伝的でありかつその自伝性を抑圧されたこのペルソナの間の対応関係がわかるだろう。ジェイソンがウォール街の「仲間内」を弾劾したのと同じく、フォークナーもニューヨークの出版者たちの処遇に憤りを露わにしたし、ジェイソンが一族の名誉を重荷としつつも守ろうとしたようにフォークナーもまた、フォークナー家の名声に対して生涯、反逆と拒否と肯定のない交ぜになった複雑な姿勢を抱き続けた。ジェイソンが湛えるブラック・ユーモアを創りあげその矛先を自身の痛ましくも無力な境遇に向けさせることを通して、フォークナーは自虐的にではあっても満足のいく仕方で自らのこの創造行為に大いなる喜びを見出していたのかもしれない。

おそらく愛する祖母ダンマッディの死にさかのぼる幼かった時期よりこのかたジェイソンが営んできた行為の多くは、他者の犠牲を代価として自らの心理的生き残りを果たすための行為という意味において、象徴的次元でも現実においても死の恫喝であったといえよう。王のごとくとはとてもいえぬジェイソンに王権を思わせる属性が結びつけられているのは皮肉であるが、そのひとつの属性は全能である。ジェイソンが自らを結びつけているヘロデ王や将軍たちなどの歴史上の存在は、その配下にある者たちの生殺与奪の権限を手中にした人物たちであったことを思い出そう。「アメリカ人である権利」を移民やユダヤ人たちの手から怠ることなく守り抜こうとするジェイソンの極めて排他的なアメリカ公民感覚も、「残されたわが身内ももはや残り少ない」(116) ということを想像力を介して認識していたからとみなすことができよう。カネッティが描く誇大妄想的生き残り者の類型と同様に、ジェイソンの願望幻想はつねに自らの自負を貶める矮小な次元においてしか形をとらないものの、その彼が心惹かれているのは犠牲者たちの群れを殺戮してしまう願望なのである。小説のある箇所で、彼はヨクナパトーファ郡庁舎を冒涜してきた鳩や雀などためらうことなく毒殺すべき、という思いを浮かべる。このようなジェイソンの象徴的殺戮行為はその果てに性と身体へのかかわりにも及んでいく。ベンジーの去勢を彼は文字通り肯んじるのだが、比喩的にいえばジェイソンはもっと広い範囲に及ぶ人々に去勢をもたらそうとしているのであって、その中には彼が「去勢されたほうが」ためになるとみなしているキャディやその娘クェンティンも含まれる。ジェイソンは本能的に弱者ないし弱みを負って見える存在を侮蔑したり支配下に収めようとする。たとえば庇護のもとにある姪、妹キャディ、「女友達」のラベルナなどとともに老ジョブであって、その名が聖書のヨブおよび現代の労働者(ジョブ)双方を連想させるところからもうかがえるように、これらの人物たちは他者によって発せられた命令の棘を深く耐え続けてきた存在なのである。ジェイソンの誇大幻想をその基層において方向付けているもの、おそらく究極的な促しとなっているものは終末論的な時間感覚と言えるものであって、ジョン・D・アーウィンが小説における反復と報復儀式の連鎖の根幹にあると位置づけた滅びの不安《モータル・アングザイアティ》なのである。自分が「時間を使い果たしてしまう」のではないか、費やされていく時間に「追いつかなくてはならぬ」のではないかという不安の果てに、彼は自らの死をこの眼で看取ることに立ち至るのであるが、この自らの死こそが小説を通して彼が抗いながらも同時にそれに向かって収斂し続けていったものなのだ。滅びを定めたその宿命自体を出し抜いて封じ込めようとするオイディプス的存在の常として、ジェイソンは自らと他者双方に向かって死の脅かしをみせつけまた世の終わりの時を予兆させることで、死がはらむグロテスクな不条理を弄ぶ（185）。この点ではジェイソンは、ひとたびその「支配」が覆された状態に置かれるならば、彼同様に他者から疎外された状態にありながら自らをすでに死んだ存在として思い描いていた長兄クェンティンと似た相貌を見せる。

おわりに

『響きと怒り』は、エリアス・カネッティが説く構図によるならば、社会のより強力な構成員との力関係において個人が背負い込む命令の棘をそれぞれがいかに軽減しようと努めるか、という物語りとして読むことができよう。ウィリアム・フォークナーは個人が犠牲者と転じていく過程を身をもって深く見つめざるをえない状況の中にあってその初期の傑作を書き、そして結果としては象徴次元での自らの死への下降を書きとどめることとなった。クェンティン、キャディ、ベンジーそしてジェイソンのコンプソン一族、さらにはディーカンとディルシーを加えた虚構の人物群を通して、フォークナーは作家としての自らの死にともなうさまざまな心理的葛藤を見据えるための方法を探り求めた。この傑作を自伝的側面から読んでみることは、地域文化の中で孤立しかつ出版者や批評家たちが形作る中央の文化からは誤解されていた作家という自らの位置をフォークナーがいかに捉えていたか、この点について多くを明らかにしてくれる。フォークナーは

『響きと怒り』の主要人物たちに自らの喪失の感覚を分与することで、想像力における自己の死を創作行為へと促す行為主《エージェンシー》に転じたのであった。死と生存が複雑に絡み合った結構を小説に与えることで、自らの絶望的な挫折の思いから発したものを深みと洞察に満ちた小説へと変容させる営みにおいて、フォークナーは勝利を手にしたのであった。

注

1　書簡や手稿類にフォークナーが残している発想や言葉使いは、死と死にいくことをめぐってエリアス・カネッティが提示している群衆の儀式行動と意識についての観念に似通っている。本稿ではカネッティの『群衆と権力』に多くを依拠するが、とりわけその中でも「生き残り者」をひとつの意識、現実のものであれ象徴次元においてであれ他者たちからなる群衆を犠牲にすることを介して自らの生存を図ろうと試みる意識のあり方、と捉えるカネッティの着想が中心となる。キリスト教における磔刑神話を先取りした形の近東宗教教団を一例として多くの文化においてこのような破壊的な生存儀式が存在することをカネッティは指摘している。

引用文献

Blotner, Joseph. *Faulkner: A Biography*.[One-Volume Edition]. New York: Random House, 1984.

Canetti, Elias. *Crowds and Power*. Trans. Carol Stewart. New York: Farrar Straus Giroux, 1984.『群衆と権力』岩田行一訳、叢書ウニベルシタス、法政大学出版局、一九七一。

Davis, Thadius M. *Faulkner's Negro: Art and the Southern Context*. Baton Rouge: Louisiana State UP, 1983.

Faulkner, William. *The Sound and the Fury. An Authoritative Text, Backgrounds and Contexts, Criticism*. Ed. David Minter. New York: Norton, 1987.

Jenkins, Lee. *Faulkner and Black-White Relations: A Psychoanalytic Approach*. New York: Columbia UP, 1981.

Mortimer, Gail L. *Faulkner's Rhetoric of Loss: A Study in Perception and Meaning*. Austin: U of Texas P, 1988.

Polk, Noel. "'The Dungeon was Mother Herself': William Faulkner: 1927-1931." *New Directions in Faulkner Studies: Faulkner and Yoknapatawpha, 1983*. Ed. Doreen Fowler and Ann J. Abadie. Jackson: UP of Mississippi, 1984.

Simpson, Lewis P. "Yoknapatawpha & Faulkner's Fable of Civilization." *The Maker and the Myth: Faulkner and Yoknapatawpha, 1977*. Ed. Evans Harrington and Ann J. Abadie. Jackson: UP of Mississippi, 1977.

（Jeffrey J. Folks, "Crowd and Self: William Faulkner's Sources of Agency in *The Sound and the Fury*" 林以知郎訳）

吉田　加代子

ヘンリー・ジェイムズの『悲劇の美神』における技法

序

ヘンリー・ジェイムズの長篇小説『悲劇の美神』[1]は、女優ミリアムと彼女の才能を高く評価する人々とが関わりを持つことで生じた、それぞれの人生の生き方の問題をパリやロンドン等を舞台にして描いている。作品に関しては様々な観点があり、ライオール・H・パワーズは、ニックとナッシュの比較からジェイムズの劇作家への転身の意図が語られているとしている。また、マイケル・アネスコは、序文で述べられている「芸術と世俗世界の単純な二分法」という見方をそのまま受け入れるのは誤った解釈をすることになり、「一貫して現実的なものにされている生命力」を作り出している「譲歩」が重要であると論じている（138-39）。ウィリアム・ストームは、ミリアムの存在は、他の主要人物と共に当時の「劇場に関する作者のジレンマ」を論議するためにあり、作者の演劇芸術観を描いているとしている（140）。拙論では、この作品の核となり、筋を進行させているのは女優ミリアムであるが、作品の骨子となって作品を構成しているのは、ピーター・シェリンガムとニック・ドーマーで、この両者による人生の模索の過程が描かれていると捉え、特にピーターの模索の過程に重点がおかれていることを考慮して考察する。

このような構成になっている理由は、この作品の序文の「一つだけの場面では余りにも見栄えのしない出し物」（八七）という記述から推測できる。つまりミリアムとピーターの関係をより複雑なものにし、作品の主題を深く、かつ効果的に掘り下げるために、ニックとジュリアの関係を設定していると考えられる。

この作品の主題は、芸術に深く関わろうとする人間が、芸術と政治という接点の希薄な社会活動の狭間で、自己矛盾や自己欺瞞を解決していく過程における断念と真の自己実現であるが、これを登場人物の地理的位置、及びその位置の変化という設定を用いて、読者に対する動的な印象と静的な印象を絡め合うことで効果的に表現している。

具体的には、パリやロンドン、中南米と行き来するピーターの揺れ動く動線と、筋の展開の早い段階でロンドンに定着するニックの静止した点を交錯させることで、自己矛盾で揺れ動くピーターの心境に対する早期に自己欺瞞の解決を図ったニックの影響を図式的に描き出している。つまり、ピーターの地理上の振幅の線がニックの静止点と交わるごとに、ピーターは彼から影響を受けている。以下においてこの手法による主題の展開方法について論じていく。

一　同じ出発点——パリ

ピーターとニックは、最初は同じ地点パリにいる。この最初の段階で、二人が同じ地点にいる意味は、一つには現実的な人生における基本的な外的要素である職業選択について、国政に関与する同種の範疇の職業で活動することを明確にしているものである。

しかし、またこの同じ位置は外面的な職業選択の類似性だけではなく、二人が抱えることになる内面的な問題の近似性も示している。ミリアムとの遭遇が引き起こす問題である。ピーターとミリアムとの関わりでは、趣味の範囲内での演劇に関する興味と一人の女優に対する個人的関心が混在する。ミリアムに出会うまでのピーターの演劇に対する姿勢は、深い関心を持っていても、批評家的な客観的な立場を取るものである。しかし、ミリアムとの出合いでそれに変化が生じている。初めて彼女の演技を見たときは、彼女の失敗に終わった演技の中に、彼女の優れた資質を客観的に見抜いている。しかし、一方で、そのようなミリアムが女優になるために支援するうちに、演劇芸術の支援者という立場で、一人の演劇人としてミリアムを見るのではなく、一人の女性として彼女を見る主観性の強い感情が表面化してくる。彼は、このような心情に傾いてきたことを、「その種のことは外交官の優雅な装身具」(7:215) と考えて正当化しようとしている。しかし、結果としてピーターは外交官としての立場を保持しなければならないという意識と、女優志願の女性を愛するという強い主観性の入り交じった演劇への傾倒に陥り、自己の中に矛盾を抱え込む。

また、ニックの方は、政治家を選択することで断念した絵画芸術への潜在的願望が現れる。パリでジュリアに国会議員の補欠選に出馬する意志を伝えた後に、ミリアムを見てモデルにしたいと思っている。政治活動にしか人生の意味を認めないジュリアに絵画芸術をにべもなく否定された後にも、やはり、モデルのことを考えている。彼にとって政治家になろうとするのはやむを得ない現実的必要性、あるいは現実の強制であり、彼の妥協である。彼がもっとも関心を持てる対象は絵画製作に変わりない。ニックはパリで自分自身に対する欺瞞を作り出している。

二　ニックの静止点―ロンドン

以上のように、二人はパリでそれぞれ問題を抱えるようになったが、ニックはこの問題をピーターと比較して、早い時期に解決し始め、自己欺瞞の状態から抜け出している。そして、彼がスタジオに住んでロンドンという地点に定着することは、人生の進路に関する決定ということでの彼の心理状態の安定を象徴している。

補欠選挙の勝利直後に、すでにこのニックの新しい進路が欺瞞であることを、田園風景を画家の目で見ていることが示している。また、政治家としての地歩を固めるためにジュリアが取り仕切る社交生活に堪え難くなり、そのような自分を役不足の「喜劇役者」(8:8) に例え、冷笑的、傍観者的に見て、政治家としての生活に自己投入をしていない。またジュリアに彼はロンドンのスタジオで「魂を持つ」(8:11) ことができると言って、彼の精神にとって本当に必要なものは絵画であると伝えている。

しかし、この欺瞞は短期間で打ち破られ、彼は真の自己を快復していく。彼がミリアムをモデルにしたことをジュリアが発見し、彼女が「私は芸術は嫌いだわ…」(8:72) と言うことで、政治家とその後援者及び婚約者という関係は破綻し、欺瞞である必要は完全になくなる。彼女が知らないうちに女性のモデルを描いていたことに対する嫉妬より、政治家としての活動を避け芸術活動を選ぶニックと、政治活動に人生の目標を置いている彼女との違いが明確になったことで、彼女によってニックは芸術選択の機会を与えられている。さらに、この時点でニックが政治家への道の復活を考えることなく国会議員を辞職することは、ジュリアとの愛を結婚で実現することを断念し、彼が人生の選択に偽りを持ち続けることなく、絵画芸術で真の自己実現を果たそうとしていることを意味する。このような期間に、あえて彼が国を離れることなく、主としてロンドンに、それもスタジオに居続ける静的状態は、彼の心理が固定する方向を表している。

三　ピーターの動線

一方、ピーターの自己矛盾の問題は、演劇芸術を体現することのできる素質を持つミリアムへの愛情が発端となって、最終的には外交官職を選択するか、それとも演劇芸術を選択するかというまでの過程に表れている。そこには人生に於ける自己実現に関する芸術の意義という問題が関わっている。

先に述べたように、ピーターとニックが共に居た最初のパリの地点では、二人は自己実現の方法に関しても、また、その後直面していく問題の萌芽が存在することも共通している。

こうした状態のパリから、ピーターの地点はロンドンに移る。パリにいるミリアムから離れて、彼は彼女との関係から生じる葛藤を解決しようとする。彼女を私有化する個人的な感情を理性的に抑えて、演劇芸術家を目指す彼女を認めようと相克を繰り返す。

パリを発った直後、ドーバー海峡で、「最初から彼女を愛していた」(7:232)とはっきり気付くが、「彼女の成長を止めるのは愚かな行為であり利己的なものだ」(7:317-18)と考えて、自己の感情を抑えようと努力している。そして、また、ロンドンの劇場にミリアムが出演できるよう奔走して交渉している。つまり、ミリアムを演劇芸術を具現化する存在として、客観的な立場で見ようとする意識を強く持とうとしている。そして、演劇への強い関心と職務との関係については、「その愛着心が職務にさしさわるならきっぱり断ち切らねばならない」(7:315)と考え演劇芸術への深い傾倒は意識しているが、それが女優に愛情を抱くことで、彼が本分とするところの外交官の職務に影響を及ぼすものであれば、断念しなければならないという意識を強く持っている。演劇芸術と外交官職とを対比すれば、迷うことなく彼は外交官職を重要なものとみなしている。

以上のようなミリアムと外交官職に関する彼の意識は、ミリアムに対する想いを鎮め職務に徹するということであり、ロンドンに到着した直後に転任あるいは遠隔地赴任を希望したことがその意識を具体化している。

次に、彼の動線はパリに動く。ここでは、演劇芸術の批評家的立場を意識的に堅持しようと努め、ミリアムに対して客観的であろうとする。しかし、結局彼女に対する想いが理性的な考えに勝り、女優になることを止めさせ結婚しようとすることで、芸術家を目指そうとする彼女の野心を認めようとせず、彼女に具現化されることになると予測する芸術を独占することを選んでいる。

ここでは、ロンドン行きを勧めてミリアムに対して客観的な態度で接しようとするが、彼女の演技力の進歩は、彼に理性的に決意したことを完全に忘れさせ、主観的なものである感情が彼を翻弄する。成長したミリアムの演技力が世間に知れ渡って、女優として活躍する前に、彼女を彼の世界に閉じ込めてしまうという利己的な反応を彼は示す。彼は彼女の優れた演技を見て以下のように思っている。「才能を確信すると彼女が一層知的に見えるばかりだった。であるのに、彼女をくだらないと思うときがあった」(7:336)。芸術的演技に到達した彼女を高く評価する反面、半ば自暴自棄的な心境になって、彼女を無意味に非難している。要するに、このような心理は、潜在的な意識の中で彼が望まない方向に彼女が進んで行くことに対する強い不満があることを示している。それが、現実に表面化したものが、矛盾した心理状態のままでの求婚である。彼は彼女に向かって、「君の仕事は芸術生活だ！」(7:373)と叫びながらも、「他の人のためでなく、僕のために君が必要だ。今、まだ間に合う内に、どうかなる前に」(7:373)と言っている。結局、彼は、彼女の才能やその社会的意義を充分に理解しながらも、自己矛盾の中で、自らの情熱に負け、主観的態度を優先させて彼女を独占しようとしている。

ここまでのピーターの、ミリアムのいるパリから離れてのロンドン行き、ロンドンからまたミリアムのいるパリ行きの動線は、ミリアムを演劇芸術と捉えるか、愛の対象と捉えるかという彼の心中の相克を表すものである。また、ピーターの矛盾の中で表面化した利己的な感情に対して、「女優の夫」(7:373)という次の問題が出される。これは、ピーターが外交官職の価値と同等の価値を演劇芸術に認めることを要求しているものである。

四　ニックの静止点とピーターの動線の交差

ミリアムがロンドンに行った後、ピーターはジュリアから彼女がニックのモデルになっていることを聞くと、ロンドンに急行して再び動線を描く。そして、今回の動線は政治より芸術の選択を決意して、そのことを象徴する静止点にいるニックに接触している。この動線と静止点の交差で、ピーターはニックから心理的影響を受ける。ニックのスタジオで彼はビディから彼の様子を聞きミリアムの肖像画を見て、彼に会ったのと同様と考えられる結果を得ている。

パリに留まっているときは、外交官職に専念して、ミリアムに対する恋慕を抑制し、忘れようと努力し成功していた。しかし、嫉妬心や猜疑心でロンドンに急行し、彼女に会い、肖像画を見ようとする行動は、結果として、その努力の不首尾を示している。また、ニックが絵画製作という芸術活動のために議員を辞職し、政治から離れることを聞き衝撃を受けている。つまり、ニックの決意と彼がとった行動は、彼の分身とみなすことのできるビディが彼の考えを代弁しているように、「誰も彼をも喜ばせることはできないわ。死ぬまでに自分を少しは喜ばせなくては」(8:108) という、自己本位な考えではあるが、自分の人生を自分らしく生きる、自分の気持が納得した状態で生きるということを意味している。ニックの場合は、真の自己実現をするために、芸術に生きるということである。ピーターはこのようなニックを知って、「突然頬をなぐられた」(8:109) ような衝撃を受け、彼の行為は、「あらゆるピーターの論法を卑小なものにした」(8:109) という印象を受け、「叱責であり挑戦である」(8:109) と感じている。なぜなら、ミリアムと結婚すること自体は「少しは自分を喜ばせる」(8:108) ということであるが、演劇芸術を目指し女優になってしまったミリアムに結婚を承諾させることは、辞職して女優の夫の立場に立つという不可能な断念が必要な行為だと思い込んでいたからである。そして、そのような問題は、ニックが自分自身に素直に生きるために政治より芸術を選択したことを考えれば、挑戦できる問題であることに気付かされたからである。

この時点では、位置の定まらないピーターが移動を繰り返して、ニックの画家としての位置を定めた静止点と彼の動線を交差させ、その結果、ニックの選択を知り、閉じ込めていた自己の感情の解放を肯定することが可能であると納得するに至る。つまり、ニックの影響を受けて、今まで抑圧していた女優ミリアムに対する情熱を解放することになるのである。ただこのとき、ピーターの意識に明確にあるものは、老政治家カートレットと同様に、紳士の仕事は政治という考えであり、ニックが芸術を仕事として選んだようには、その考え方を変えるという可能性は意識のどこにも存在しない。あくまでもこの固定観念の中で彼はミリアムを愛している。

ピーターが外交官としての立場か女優への愛かという葛藤から解放されると同時に、ニックやガブリエルに対する嫉妬心や対抗心も強まり、抑圧されていた感情が表出している。しかし、一方では、ピーターは職務に専念して、このような情熱による混沌とした状態を解決しようという意識は持ち続けている。そのために彼は遠隔地赴任の決心をしている。また、それを決意したときの彼の心理は以下のように描かれている。「…僕が自分の仕事をやり抜き英国の利益を守るという方法で僕の勇気を示そう。ニックが壁を飛び越えたのなら、僕は川を跳んで渡ろう。…このように彼は人の感性の度合いはその人の態度にあると考えて自分を正当化した」(8:219-20)。ニックが「壁」を飛び越えるというのは、彼がジュリアとの愛と生活の保障を断念し、政治から芸術に転向して自己の内的欲求と現実生活を一致させるという方法を採ったことである。しかし、ピーターは彼とは違って、愛という感情を優先して彼が自己実現の手段と思い込んでいる人生の外的要素である職業を変更するのではなく、あくまでも現在の職務を果たそうと考えている。そして「川」を跳んで渡るというのは、ミリアムを言葉で説得するのではなく、女優になってからのミリアムが提示した求婚の条件である栄達という結果を現実の行動で出して、彼女に承諾させ結婚するということである。

要するにピーターはニックの決断の影響は受けたが、それはあくまでも葛藤を解決する勇気に関するものである。彼自身も挑戦しようとしているが、ニックにとっての芸術、ミリアムにとっての芸術といったような、彼らが深く関わっている芸術それ自体は考慮していない。ピーターの人生の基盤として意識の根底にあるのは外交官職である。

次にピーターの動線がニックの静止点と交差するのは、ミリアムの二作目初演の前に彼がニックのスタジオを訪れたときである。今回はニックとビディから芸術の意義や価値について聞かされる。このことがピーターの意識に入り込むことで、彼の心理に再び大きな変化を引き起こし、彼が考慮することのなかった固定観念となっていた外交官職と芸術とを対照させて考えるところまで到達する。

ニックはピーターに彼が絵画芸術を選んだ結果としての心境を以下のように語っている。「僕は結局のところ人生で大きな利点を持っているよ。…自分が何をしたいか分かっていることだ。それが全てだよ。…今それを手に入れた。そしてそれは他のないものを補ってくれる」(8:278)。自分のしたいことが分かっている。すなわち、自分の人生を実現していく方法を知っている。このことは、他に手に入れることができないものがあっても、精神面でそれを埋め合わせてくれるものがあるということである。

また、ビディは、芸術が人々にとって、社会にとってどのような意義があり、政治と比較してどのようなものであるかを説明している。

「すぐれた芸術作品を描くことで、他のことと––例えばお父さまがなさってたことと同じように立派なことができるのだとはお思いにならない？　芸術は人々が幸せであることや偉大であることに必要だとはお思いにならない？　男らしくて立派だとはお思いにならない？…芸術家は他の人達と同じように社会の優れた一員だとお思いにならない？」（8:288）

芸術は人々にとって重要な意味を持つものであり、芸術家も他の職業の人々と同様に存在意義があると語っている。

しかし、この時点ではピーターは、ニックが芸術を選択したことに対して、「それはいささか退屈みたいだ」（8:278）と答えている。また、ビディの芸術の意義や芸術家の存在意義についての説明に対しても真剣に答えていない。しかし、ここでの影響は、ピーターがミリアムの初演を見た後に現れ、現実的な形をとる。

初演の直後に、ピーターは最終的に一年間の考慮期間付きで外交官を辞して女優の夫になる条件を受け入れる。このことで彼が大前提とし、固定観念にもなっていた彼の社会的地位と芸術が対等のものであると譲歩できる可能性が現れてきている。

ミリアムの成功した演技は批判の余地がなく、彼は彼女の可能性をここまでには評価してはいなかった。女優であるよりも、大使夫人になる方が彼女の人生において価値があると考えてきて求婚してきていたが、今回は彼女の力量を充分に認めた上でなおかつ求婚している。しかし、彼の意図は相変わらず外交官職の意義と価値を優先させ、彼女の女優としての才能を独占しようというものである。

しかし、ミリアムは演劇芸術の重要性を主張し、芸術自体が外交官職と同等に社会において意義あるものと主張している。「私のためにいいことをするのだという口実のもとに、一生私の人生を閉じ込めないで」(8:349)とか、「あなたは私達はとても価値のある仕事をしていると思ってらっしゃる、それなのにあなたが本当に私達の味方になっているということを全く人々に分ってもらおうとなさらない」(8:350)と言って、演劇芸術の体現者である女優の活動を止めることは考えていない。そして、演劇芸術に価値を認めているのならば、それを支持する立場に立ってほしいと要求している。また、彼が、大使夫人の地位と女優の夫の地位は同等でないと考えていることに対しても、彼の演劇芸術の価値に関する考えが一貫しているなら、女優の夫の地位も「あなたにとっては誇らしい地位」(8:343)と考えるはずだと反論している。

ピーターは、このようなミリアムの考え方は、ニックやビディの主張と同様のものであると気付き、自分の考えがミリアムとも、ニックとも、ビディとも違っていて、「彼は自分の考えが単に事態が複雑化するだけの…ものに影響されているのを感じた」(8:355)とあるように、修正しなければならないことに気付く。ミリアムの芸術の意義や価値の主張は、ニックのスタジオで聞いたニックやビディの主張と同様である。ピーターはミリアムという当事者だけでなく、ニックやビディという第三者の立場の者からも共通する考え方を聞かされ、そのような価値観が存在することを知らされている。そのため、ここでのミリアムの主張が客観性を帯びることになる。

結局、ピーターはその客観性のために譲歩して、一年後に彼女の条件を受け入れる求婚を提案する心境になっている。これは初めて彼の信念である外交官職が、彼の人生において、社会において絶対的なものでないことを認めようとしていることを表す。スタジオでニックの静止点とピーターの動線が交差して、ピーターは芸術の社会における意義や価値を知らされ、その知識が、ミリアムの演劇芸術の社会における存在意義についての主張を、すなわち、彼女が結婚しても女優を選択するという主張を彼が受け入れられる素地を作り出している。

最後にピーターの動線とニックの静止点が交差するのは、ピーターがイギリスと中米の往復という大きな動線を描いて帰国し、ロンドンの劇場でニックに出会ったときである。このとき、ピーターは考慮期間を経て、ミリアムの演技力を確認した上で、条件を受け入れて外交官を断念し結婚する決意をして中米から帰国したと考えられる。また、この動線の長さは、彼の変化の大きさを表している。

しかし、ピーターが劇場でニックに出会い、彼がミリアムの結婚を知らせたということは、ニックのピーターへの影響という点から考えると象徴的な意味がある。画家として絵画芸術により直接的に自己実現を果たそうとしているニックが、ミリアムの演劇芸術支援というピーターの芸術での間接的な自己実現に、ピーターと芸術との関わりの限界があることを示していると考えられる。ピーター自身は俳優にはなれない、自らが芸術の表現者にはなれないという限界である。

結論

ニックに事実を知らされた後、ピーターはパリへ去り、短期間の滞在でロンドンに戻るという動線を描いている。ミリアムへの愛で生じた自己矛盾は、彼女の条件、すなわち政治と同様に芸術の社会的存在意義を認めるという意識の変化で一応解消したが、その解消は結婚という現実的な形態を取っていない。そしてロンドンの現実から離れ、再びロンドンでニックを介してビディに会い、芸術家であるとする彼女と結婚している。ピーターの自己矛盾を表して揺れ動いてきた動線は、ロンドンでの結婚で終着点に辿り着いている。ここでの彼の終着点はニックの静止点と一致している。ニックがピーターにビディの住所を教えたことは、彼がピーターにその終着点を与えたものと考えることができる。

結婚か芸術かとピーターに問われて、即座に芸術と返答していたビディと結婚した意味は以下のように考えられる。ピーターはミリアムの条件を受け入れ外交官職を辞すと決意したときに、その職務が彼にとって絶対的なものであるという固定観念から解放されている。また、ミリアムが結婚したことで、「のぼせあがり」(8:438)はおさまり、「平穏」(8:438)に戻ったということは、彼の職務に対する考え方と同様強固に存在していた彼女への情熱から解放されているということである。この職務と情熱を絶対視していたことが、すなわちミリアムが例えるところの「強欲の神」(8:312)が、彼の自己矛盾の原因であった。そして結果として、彼に彼の属する階級の男性の仕事とみなされてきた国政に関わる仕事と芸術とを相対的にとらえる素地が、柔軟性ができたのである。ビディとの結婚はこのようなピーターの内的変化を象徴するものである。

ニックの主張である「死ぬまでに少しは楽しまなくては」(8:108)という言葉の意味は、ピーターのように国政に関わる仕事が絶対的に意義や価値があるためにそれに従事するという考え方と異なり、国政も芸術も、それぞれを各人にとって人生における最良の自己実現の方法とみなす相対的な思考であり、その思考にピーターも到達したということである。

この作品は、登場人物の動線と静止点を交差させることで、静止点にいる人物の思考が動線上にいる人物に様々な影響を与え、最後には、双方の人物の価値観の共通性を描き出しているものと考えられる。

注

1　作品からの引用は執筆者の試訳である。原典の巻数と頁数は、引用文直後の（　）内に示す。

引用文献

Anesko, Michael. "Friction with the Market." *Henry James and the Profession of Authorship*. Oxford: Oxford UP, 1986.

James, Henry. *The Tragic Muse*. Fairfield, NJ: Augustus M. Kelley, Publishers, 1976. Vols. 7 and 8 of *The New York Edition of Henry James*. 24 vols.

Powers, Lyall H. "James's *The Tragic Muse*–Ave Atque Vale." *Henry James: Modern Judgements*. Ed. Tony Tanner. Nashville: Aurora Publishers, 1969. 194-203.

Storm, William. "Henry James's Conscious Muse: Design for a 'Theatrical Case' in *The Tragic Muse*." *The Henry James Review* 21 (2000): 133-50.

ヘンリー・ジェイムズ『ヘンリー・ジェイムズ「ニューヨーク版」序文集』多田敏男訳、関西大学出版部、一九九〇。

中井　紀明

蘇る編集者ディキンスン

――ファシクル――

はじめに

エミリー・ディキンスンが「自選」草稿詩集を残していたという事実はこの詩人に興味を持つ者たちには感動的なことである。我々が知っていたのはせいぜい次のような事実である。つまり、(一) 詩人が亡くなった後に千八百篇近い詩が残っていたこと、(二) この事実に驚いた近親者がいくつかの詩集を出したがそれらは詩人自身が書いたままのものではなかったこと、(三) 良心的な本文校訂を受けた詩集が出たのはようやく一九五一年のことであったこと、さらに、(四) 彼女は生前、当時の著名な批評家たちに出版を打診して、無理だろうと言われていたこと、(五)「出版」という考え自体に否定的な詩を彼女が残していたこと。しかしR・W・フランクリンの努力によって『エミリー・ディキンスン草稿詩集』が一九八一年に出され、後世の研究者がファシクルと呼ぶ、二十前後の詩群よりなる「詩の束」が四十も束ねられていたこと、さらに準備中らしきセットと呼ばれるものが十五束存在していて、「詩人・編集者」エミリー・ディキンスンが自選詩集を準備していたらしいことを読者は知らされる。さらに一九五一年のジョンソン版全集より精緻な全集が一九九八年に出版されるのに伴って、個々の読者・批評家の都合のよいように文脈化される、根無し草のような存在だった、いわばアンソロジー・ピースとしての彼女の詩群が、詩人自身の意図の軌跡としての文脈を持つ可能性があることになった。彼女の詩群を読者・批評家の自由に使える単なる「点」から、詩人の強力な意図を内包し「詩人」自身が「編集者」となって線引きした点「線」として見直す作業の可能性・必要性に研究者は気付き始めたのである。彼女の個々の詩を点として自身の論点に合うように批評家がなぞっている論文・研究書はたくさん出ているが、『エミリー・ディキンスン草稿詩集』の四十のファシクル全体と未編集と思われる十五のセットと呼ばれる束についての詩人の意図を探った包括的な研究書は一冊も書かれていない。そもそも活字の「ファシクル」詩集自体が存在しないのである。多くの研究者・批評家は詩人が散逸を恐れたのと整理のために単に年代順に並べたものであると考えて、「自選」詩集としての意義を考えようとさえしない。

テクストを読むということは作者の意図を読者が推測して作り上げるということである。ファシクル一というテクストの意図を百四十年後の読者として読み取ろうとしながら、個々の詩を結ぶ「線」を編集者ディキンスンは読者の読みを誘導するために敷設しようとしているという事実に、私は気付いた。ファシクル一は二十二の詩を単に年代順に並べたものではない。一つの大テーマとそれに関連のあるいくつかの小テーマ群を絡ませながら話が展開されるように編集者ディキンスンによって並べられている。少なくともファシクル一について言えば、彼女を理解してくれるであろう後世の読者に向けて自選詩集を彼女は「出版」していたのである。その彼女の期待した後世の読者の一人として私は私自身の読みの体験を観察・考察することによって、本文校訂とは違うかも知れない、詩人・編集者の意図を復元しようと試みた。本稿の目的は、詩人エミリー・ディキンスンの編集者としての活動の跡がファシクル一には見られることを示すことである。ファシクル一のテクストを読みながら作者の意図を推測していったが、編集中のディキンスンがここに蘇ってくることを狙っている。

ファシクル草稿群の写真を詳しく見ていると分かることであるが、ダッシュなのかコンマなのか、大文字なのか小文字なのか判然としない箇所がいくつも出てくる。これらの箇所を全て決定して詩全体、ファシクル全体への解釈上の影響を考えることは私の能力を超える。しかし各ファシクルの中で並んでいる順番はすべて詩人の意図通りである。またディキンスンも「印刷」された、「出版」された書物を読んで育っていた。読むということは、我々にとっても彼女にとっても、活字を読むことであった。将来草稿が活字化されることを彼女は希望していただろうが、自らがしっかりと束ねていた草稿が写真版で出版され、ダッシュの長さがどうだとか、ダッシュが上向きか下向きかということが問題にされるとは予想もしていなかっただろう。精密な「原作者の意図復元」という地味な作業を繰り返した二人の学者・本文校訂者（ジョンソンとフランクリン）のテクスト群を私なりに比較検討してみたが、ファシクル一を読む限りどちらのテクストでも大きな違いはなかった。『ディキンスン　ファシクル全詩集』といったファシクルの版がない以上、私たちはそれぞれのファシクルを自らで編みださなければならない。私のコンピューターの中には *The Complete Fascicles and the Sets* というファシクル研究者待望のタイトルがあるが、これは Paul P. Reuben Website から取得したジョンソン版の詩群にフランクリン版の該当部分をいわば「上塗り」して『ファシクル全詩集』としたものにすぎない。この作業にかなりの時間を取られて、写真版草稿詩集を参照してフランクリンの「活字化」「読み」「解釈」の全てを検討する段階までには至っていない。確かにテクストの確定は何よりも大切なことで、ダッシュかコンマかハイフンか決めなければならないが、私にとって今もっとも重要に思えることはファシクルの詩群を個・点を越える線、つまり「詩集」として読むことである。このことに比べればダッシュが上を向いてようが下を向いてようがたいした問題ではない。二人のテクストを比較し、草稿写真と較べて少々手を加えれば彼女の自選詩集は出来上がる。意味ある「自選」詩集としてこれを読むことができるかどうかをまず検証することこそが、二人の本文校訂者の労に報いることである。本稿で、ファシクル一は堂々たる詩集であると私は確認したつもりでいる。詩自体により入り込んだ本文校訂は「読者」が引き継がなければならないということも読者は自覚しなければならない。詩集としての読みの体験を積み重ねるにつれて「本文校訂者」が見逃した問題を「読者」が発見・解決することもありうるのである。

一　『詩集』の冒頭部としてのファシクル一

ファシクル一はこの草稿詩集の最初のファシクルとして注目される。最初のファシクルとして彼女の「編集」作業がもっとも頻繁に繰り返された可能性があり、その結果、詩人・編集者の意図がもっとも徹底しているかもしれないからである。本稿では紙数の制限があるために、(一)最初と最後のそれぞれ四つの詩を詳しく分析し、(二)全ての詩についてテーマ・題材を簡潔に述べ、(三)最後にファシクル一の全ての詩がテーマ・題材の面で統一されているということを論じていく。編集者としてのディキンスンがここから浮き彫りにされてくるのを私は狙っている。

まず一番目の詩を読んでみよう。（詩の前の□の中の番号はファシクル内での順番、次の数字はジョンソン［ジ］版の番号、（　）内の数字はフランクリン［フ］版の番号である。以下個々の詩に言及するときは例えば[1]とのみ記すことにする。）この詩はジ版では一つの詩であったが、フ版では三個の詩として扱われている。私は以下に述べるような意味で、ジ版のようにまとまった一つの詩として扱うのがよいと考える。

[1] 18（21・22・23）

The Gentian weaves her fringes —
The Maple's loom is red —
My departing blossoms
Obviate parade.

A brief, but patient illness —
An hour to prepare,
And one below, this morning
Is where the angels are —
It was a short procession,
The Bobolink was there,

リンドウは先端部を織り—
カエデの織機が赤く染まる—
私の去り行く花々で行列は不要

短いがしぶとい病魔—
一時間の準備で
今朝この地にいた者が
もう天使のいるところにいる—
それは短い葬列だった
コメクイドリが参列し—
一匹の年老いた蜂が告別の辞を述べ

An aged Bee addressed us,
And then we knelt in prayer —
We trust that she was willing,
We ask that we may be.
Summer — Sister — Seraph!
Let us go with thee!

In the name of the Bee —
And of the Butterfly —
And of the Breeze — Amen!

それからひざまづいて私たちは祈った—
彼女は自ら進んで逝ったと私たちは思う
私たちもそうあれかしと思う
夏—姉妹—天使！
汝とともに我らも行かん！

蜂と—
蝶と—
そよ風の御名によって— アーメン！

この詩で執拗に繰り返されるのは擬人法である。リンドウが「機織りをし」、花々は「立ち去る」。夏が「病に罹り」、「逝き」、一時間の準備を経てもう「天国に行っている」。「亡くなった」夏の告別式には、人間かどうか正体不明の「私たち」と共に鳥が「参列し」、蜂が「告別の辞を述べる」。「蜂と蝶とそよ風の御名によってアーメン」という言葉で終わるこの自然界の「葬送の儀式」を夏が「受け」ている。人間でない可能性が高い「私たち」の一「人」が、この様を英語で詩として「書き留めている」。

この徹底した擬人法は何を意味するのだろうか。人間の葬送儀式の単なるパロディーとは私にはとても思えない。また最後の「蜂と蝶とそよ風」の「三位一体」が「神と子と聖霊」に似た何か重要な神学的な意味を持つものだとも思えない。人間と人間でないものを近づける、突飛といってもよいくらいの擬人法を徹底することで、人間界と自然界とのとてつもない隔たり、遠さを詩人は逆説的に表しているのではないだろうか。宗教に絡んだ人間の葬送「文化」がここで自然の一季節の「死」に適用され、その適用自体のありえなさが浮き彫りにされ、その浮き彫りによって自然界におけるいわゆる「死」と人間の死の厳然たる違いが浮かび上がってくることを詩人は狙っているのである。

次に[2]を読んでみよう。

[2] 6 (24)

Frequently the woods are pink —
Frequently, are brown.
Frequently the hills undress
Behind my native town —
Oft a head is crested
I was wont to see —
And as oft a cranny
Where it used to be —
And the Earth — they tell me
On it's Axis turned!

しばしば森はピンクに染まったり—
茶になったりする
しばしば私のふるさとの町の背後で
山は裸になる—
また上のほうがとさかのようにきれいになり
私はよく見とれたものだ—
また今はもうない下の谷間の美しさにも
同じぐらい見入ったものだ—
そしてこの大地は、人の話によると
軸で回っているという!

Wonderful Rotation!
By but *twelve* performed!

すばらしい循環！
たった「十二」で一回りとは！

[1]では極めて回りくどく述べられていることが、この[2]ではほぼストレートに述べられている。つまり自然界の時の流れには「死」はありえないということである。春夏秋冬は「しばしば」起こることであり、自然は十二ヶ月で四季を繰り返す。自然の時は「循環」していて、決して「失われる」（死ぬ）ことはない。自然界のこの時の流れ方に対して、人間は羨望を込めて「すばらしい循環！」と言わざるをえない。人間の時の流れ方とは違う時の流れ方が自然界に存在していることを詩人はここで指摘している。

次は[3]である。

[3]
19（25）

A sepal—petal—and a thorn
Opon a common summer's morn —
A flask of Dew — A Bee or two
A Breeze — a'caper in the trees —
And I'm a Rose!

ある普通の夏の朝
萼片、花びら、棘それぞれ一個—
フラスコ一杯分の露—蜂一、二匹—
そよ風—木々の間のざわつき—
そして私はバラ！

[3]で述べられているのは自然（バラ）の即物的存在である。[1]の擬人法での語りを否定するかのように、

バラの存在にまつわる様々な物・事（「がく」「花びら」「とげ」「普通の夏の朝」「たっぷりの露」「蜂が一、二匹」「そよ風」「木々の揺らめき」）が列挙されて、これがバラの存在だと指摘する。最後に「そして私はバラ！」と語るが、これは擬人法と言うよりは、バラの存在はこのような魂とか精神を欠いた、物としての存在であるという主張であろう。この[3]は明らかに[1]の擬人法を意識して書かれている。[1]の登場「人物」、蜂もそよ風もここでは「人」ではない。

次は[4]である。

[4] 20（26・27）

Distrustful of the Gentian —
And just to turn away,
The fluttering of her fringes
Chid my perfidy —
Weary for my —
I will singing go —
I shall not feel the sleet — then —
I shall not fear the snow.

Flees so the phantom meadow

リンドウを信じないで—
立ち去ろうとしていると
彼女の周辺部がざわざわして
私の不信をなじった—
私の—に嫌気を感じて—
私は歌いながら行こうと思う—
その時、みぞれをつらく感じることも—
雪を恐れることも私にはないだろう

息も絶え絶えの蜂の目の前には

Before the breathless Bee —
So bubble brooks in deserts
On Ears that dying lie —
Burn so the Evening Spires
To Eyes that Closing go —
Hangs so distant Heaven —
To a hand below.

幻の草原が逃げていき—
死にいく者の耳元にも
砂漠の小川が音を立てて流れる—
まさに閉じんとしている目には
夕陽に染まる尖塔が燃えるよう—
地上でそれを掴もうとする手には
遠い天国はこのようにぶら下がっている—

[4]では季節は冬に入ったかのような時期であろうか。秋の花であるリンドウももう終わりを迎えたかのようである。冬なのだ、みぞれとか雪の季節だ、自然が白装束をまとって死ぬときだと思っていたら、リンドウの先端部が動いて、まだ生きていると主張する。このまだ秋だという主張に詩人は秋という季節の執拗な生命力に驚き、感動し、勇気付けられている。

フ版では[4]は二つの詩に分けられているが、このフランクリンの判断は正しいのではないか。フ[26]番でつかのまの自然の死の延期を楽しんでいたのだが、フ[27]番では蜂と人間は死ぬからである。死を迎えた蜂と人間に幻覚(「幻の草原」、「砂漠の中の小川」、「暗闇に燃え上がるように浮かぶ尖塔」)が訪れている。これらの幻覚と弱い人間に「天国」願望が忍び込んでくる様とが似ているというのだろう。遠い「天国」を求めそこへの梯子を掴もうとする人間の手に向かって、「天国」は人間の幻覚にすぎないのではないかと語り手は言うのである。

二　ファシクル一後半部

次に最後の四つの詩に移ろう。まず[19]である。

[19]
33（9）

Oh if remembering were forgetting—
Then I remember not!
And if forgetting, recollecting,
How near I had forgot.
And if to miss, were merry,
And to mourn were gay,
How very blithe the fingers
That gathered this, Today!

あー、もし覚えていることが忘れることならば——
私は覚えていない
そしてもし忘れることが思い出すことならば、
私は忘れてしまっていたといって良いだろう
そしてもしいなくて寂しいということが楽しいことであり、
そして悼むことが愉快なことであるなら、
なんとまー今日これを摘んだ指は幸福なことだろう

循環するが故に時の流れに何ら抵抗することがない自然、簡単に忘れ去られてもすぐ春と共に復活する自然。このような自然の存在と違って、人間は時の経過に抵抗しようとする。時の経過は「死」への接近だからだ。死者を弔った人間は、自らの死への接近を感じながら、自分を見捨てて逝った者が残した思い出の切なさに耐えつつ、苦悶しなければならない。人間の「記憶する」能力は、「喪失」にまつわる思い出をいつまでも保持しなければならないようにしている。この能力は人間の運命である「喪失」への対抗策であると同時に、人間の苦しみ・悲しみの源泉でもある。これは自然には与えられていない人間特有の、時に悲しみにも繋がる能力である。逝った者への手向けの花を摘む残された者（18、19）は、まさにこの人間的な能力を不幸にして与えられているが故に、この生死の別れと格闘しなければならない。

次に20の詩を読んでみよう。

20 4（3）

On this wondrous sea —sailing silently—　この不思議な海を—静かに滑っていく—
Ho! Pilot, Ho!　おーい、水先案内人よ、おーい！
Knowest thou the shore　知っているかね
Where no breakers roar —　荒波も騒がず—
Where the storm is o'er?　嵐ももう来ない岸を？

In the silent West　静かな西部では
Many—the sails at rest—　たくさんの帆船が憩っている—
The anchors fast　錨をしっかり降ろして
Thither I pilot thee —　そこに案内してやろう—
Land! Ho! Eternity!　ほら、陸だ、永遠だ！
Ashore at last!　ついに上陸だ！

このファシクル一で面白いことの一つは、「天国」へは海から行くことになっている詩が[11]、[16]、そしてこの[20]と三つも入っていることである。「荒波」とか「嵐」というのはもちろん人生を訪れる逆境や苦悩であるが、天国は逆境や苦悩を通過してたどり着くものという考えであろう。「静かな西部」というのは死者の国だろうか。嵐がもう訪れることのない「永遠」と呼ぶ陸地は天国であろう。逝った者たちが行ったであろう天国への興味は残された人間の複雑な気持ちの中に確実に存在する。

[3]に登場したバラの花が最後の[21]、[22]に意味ありげに登場してくる。物質としての存在しかない[3]のバラが[21]では女王や有徳の士や武人の誉を讃えることになる。自然界の花が有為転変の激しい世界を成功裡に生き延びた人間を癒すのである。運命の過酷さに苦しめられる人間は、心を持たない自然界のバラの中に「騎士道」や「慈悲」そして「公正」を読み込むことになる。

[21] 34 (10)

Garlands for Queens, may be —	たぶん女王さまたちの花飾り—
Laurels — for rare degree	魂か武力のまれな称号のための月桂冠
Of soul or sword—	あー、ただ私を思い出すためだけに—
Ah — but remembering me —	あー、ただあなたを思い出すためだけに—
Ah — but remembering thee —	騎士道的自然—
Nature in chivalry —	慈悲の自然—

Nature in charity —
Nature in equity —
The Rose ordained!

公正な自然—
バラは任命された

最後の詩を読んでみよう。

22
35 (11)
Nobody knows this little Rose —
It might a pilgrim be
Did I not take it from the ways
And lift it up to thee.
Only a Bee will miss it —
Only a Butterfly,
Hastening from far journey —
On it's breast to lie —
Only a Bird will wonder —
Only a Breeze will sigh —
Ah Little Rose — how easy

誰もこの小さなバラを知らない—
これは巡礼者かもしれない
私は路上のこのバラを摘んで
あなたに捧げたのだろうか
蜂だけがバラがいなくなっているのに気付くだろう—
遠い旅からこのバラの胸の中で休もうと—
急いで帰ってくる—
蝶だけが—
鳥だけがいぶかしがるだろう—
そよ風だけがため息をつくだろう
あー小さなバラよ—なんと容易なことか

For such as thee to die!

あなたのような存在が死ぬことは！

[1]の登場人物（蜂、蝶、そよ風、鳥）が、バラの「死」に再登場するが、もうここでは人間の死に際して行われる仰々しい「葬送」の儀式は想定されない。バラはまた春と共に「戻って来る」ので、「バラが死ぬ」ということはないからである。死に意味づけ（葬儀、天国）をしようとする人間と、春と共に再生するという理由で「容易な」ものになっている自然界の「死」が対比させられている。ただ簡単に「消えて」いくだけの自然界の単純明快な「死」が人間の「死」との対比によって、詠嘆の思いで綴られている。人間の「死」は「喪失」であるが、自然界の「死」は「再生」に繋がる。時が一方向にしか進まないが故に「死」から戻ってきたり、「死」を克服したりすることができない人間存在。喪失が宿命となっている人間が、時が循環しているが故に死を絶えず克服する自然の仕組みと対比させられている。バラの死を「容易だ！」と叫ぶのは愛する人の死を見せつけられ、その悲しみに苦しめられてきた人間である。

三　見えてくる統一性

ここで詳しく読めなかった残りの詩も含めた各詩の題材・テーマ一覧を作り、このファシクルに統一性があるかどうかを検討する。この検討によって、ディキンスンが詩人としてだけではなくて、編集者として活動したことを示す痕跡を、このファシクル一の全ての詩を概観することで確認できる。

1 夏の「死」とその葬儀（人間の「死」と自然の「死」との違い）
2 毎年「春夏秋冬」を繰り返す自然（「死」がない自然）
3 物質としてのバラ（心を欠いているバラ）
4 （前半）自然における「死」（冬）の一時的延期／（後半）人間にとっての「死」と「死」を免れない人間がすがる天国
5 賭けとしての人生を賭博師として生きる人間（安定した循環する時の中に住む自然との対比）
6 「喪失」が存在しない自然
7 「私」を捨てて逝った裏切り者へのすさまじい怒り（人間につきまとう「喪失」への激しい恨み）
8 逝った者の行き先（天国）への関心・憧れ
9 自然の美しさ（逝った者が行った天国の美しさに負けないこの地上世界の美しさ）
10 自然の可憐な花の存在
11 天国の想像
12 自然世界の自慢
13 天国へ行く友人との別れ
14 一輪の雛菊の「死」、天国へ行った雛菊
15 なんら悪事を犯していないのに、運悪く惨めな死に方をする不条理
16 「勇んで」天国に登場してくることになる遭難した船
17 自然界を流れる時の可逆性

18　死者の思い出に浸り、悲しむ人間を癒す自然の花
19　いつまでも死者の思い出に浸る人間
20　嵐が襲うことはもうない、死者の赴く天国
21　人間の一生の節々で人間を彩るために使われる自然の花（バラ）
22　さりげなくて簡単な自然界の「死」

このリストは一見すると雑多で、このファシクルには雑多なテーマしか並んでいないように見える。しかし雑多に見えるものが結局「自然と人間にとっての［死］」というテーマに収斂することが見えてくる。この大テーマを各詩の小テーマに従って具体的に物語れば次のようになるだろう。

死は自然と人間にとってでは意味が違う。自然にも「死」がある（1・14）。しかし自然の「死」は死ではない（22）。自然は春と共に生き返るからである。自然は春夏秋冬を繰り返す（2）。また時に一時的に逆戻りさせることもできる（4・17）。だから各季節ともそれぞれに充実している（6・9・10・12）。自然に存在する物は物質だけからなる（3）。つまり、自然には心がないから悩み・苦しみがなく（14）、悲壮感がない（6・22）。だから心があって有為転変の激しい一生を送る人間を癒すことになる（2・3・4・9・10・12・14・18・19・21）。

人間にも、自然と同じように、死がある。しかし死んだ人間は、春と共に死（冬）から戻ってくる自然と違って、決して戻ってこない。循環して戻ってくるのではなくて、一方向に不安定に進む「時」（5・15）。人間にとって死は永遠の喪失なのだ（7・13・19）。この苦しみを和らげるようにと、人間は死者を儀式で

「天国」という死後の世界へ送り込む（4・8・20）。また死者が逝ったという天国へ思いを馳せる（8・11・16）。しかし思い出を生み出す記憶能力が悲しみをいつまでも残し、残された者を苦しめる（18・19）。

共通の大テーマによって全ての詩がつなげられている様から見ても、また同じ言葉やイメージ群が繰り返されてそれぞれの詩が頻繁につなぎ合わされていることからも見ても、ファシクル一の中には、個々の詩を清書した詩人ディキンスンだけではなく、二十二の詩群を有機的につなげて、うらやましい限りの自然を背景に人間が人間の運命を生きざるを得ない様が編集者ディキンスンによって浮き彫りにされていることが分かる。

おわりに

このような編集者の存在が他の三十九のファシクルにも見られるのだろうか。今は断定的なことは言えない。本稿執筆に入る一ヶ月前まではどのファシクルを読んでも何の共通のテーマとか統一性などを見いだすことが全くできなくて、ファシクルは単に時代順に並べたものだという大方の意見が正しいように私にも思えた。編集者ディキンスンは極度に過酷な要求を将来の読者に求めているらしい。並の読者が並の読みを繰り返しても、ただ時代順に無造作に並べられているかのようにしか見せていないからである。本稿で主張したことは本稿を書き出して初めて思いつき、見出したものである。「書く」という行為はさすがに「考える」行為だった。次はファシクル二に編集者ディキンスンが垣間見えるかどうかを考える必要がある。その次はファシクル三だ。

いま試みにファシクル一を読み直しているのであるが、私はこのファシクル一論を書きながら、じつはファシクル二への期待の地平線を描き上げてもいた。この期待の地平線は実際のファシクル二のテクスト群に裏切られ続ける予感がしている。私が展開したファシクル一の「編集方針」に沿うような詩群が期待どおり並んでいるようにはとても思えないという壁に早くもぶつかっている。私が私のファシクル一論で「作り出した」彼女の「編集方針」はでっち上げだったということになるのだろうか。あるいは、この期待の絶えざる修正が詩人・編集者の新たな動的な姿の出現なのかもしれない。

新しいファシクルに入るたびに、それまでの全てのファシクルの読み体験とその考察（それも、論文にまとめるという最高度の「考察」）を経なければならないようである。まず各ファシクルを一個の独立した章として読んでみなければならない。本稿で提示した見解は、全てのファシクルに編集者ディキンスンの目が行き届いているかを確認するまでの仮説にすぎない。その時までは各ファシクルの各詩を部分とし各ファシクルを全体とし、部分と全体の「解釈学的循環」を繰り返し、また各ファシクルとファシクル詩集全体との「解釈学的循環」も視野に入れなければならない。

本稿でファシクル一には明確な編集方針があったことはほぼ示し得たと考えるが、ファシクル詩集全体にディキンスンの目配りが徹底していたのかどうかは時間のかかる深い読みを体験する必要があるだろう。有名なアンソロジー・ピースである「時計が止まった」（ファシクル十二）とか「死んだときに一匹の蠅がブーンとうなるのを私は聞いた」（ファシクル二十六）、などが各ファシクルの中で編集者・詩人によって何らかの文脈を与えられ、今までとは違った姿が見えてくるのだろうか。ディキンスンについての膨大な研究に確固とした詩人・編集者の明確な編集方針の解明がどのような光を投げかけるのだろうか。考えるだけでもわくわくするような知的冒険がディキンスン研究者を待ち受けている。

引用文献

Franklin, R.W., ed. *The Manuscript Books of Emily Dickinson*. Cambridge, MA: The Belknap Press of Harvard UP, 1980.
——., ed. *The Poems of Emily Dickinson*. Cambridge, MA: The Belknap Press of Harvard UP, 1998.
Johnson, Thomas H., ed. *The Poems of Emily Dickinson*. Cambridge, MA: The Belknap Press of Harvard UP, 1955.
Paul P. Reuben Website. http://www.csustan.edu/english/reuben/home.htm#top.（Dec. 22, 2002)

藤井　加代子

ミュリエル・スパーク作『援助と幇助』

――テーマと形式における「二重性」

はじめに

二十世紀を締めくくる年、二〇〇〇年に発表されたミュリエル・スパークの二十一冊目の小説『援助と幇助』は、一九七四年にロンドンで現実に起きた取り違え殺人事件の犯人とされるイギリス貴族を題材にした物語である。第七代ルーカン伯爵はプロのギャンブラーで羽振りのよい生活を送っていたが、実際は借金の泥沼にあり、体面保持のため妻の財産を奪うべく妻の殺害に及ぶ。しかし彼女に背格好の似た子守の女性を間違えて殺害し、妻にも重症を負わせた。貴族による殺人事件として、イギリス人の間にセンセーショナルな関心を引き起こした。彼はその殺人現場から被害者の血糊のついた服のまま逃亡し、生死も不明であるが、ルーカン家の相続手続き上、一九九二年に公に死亡が認められた。貴族による労働者階級の女性殺害事件、取り違え殺人、殺人犯の逃亡を「援助と幇助」したと推測される友人たちの存在など、この事件にはスパーク好みの素材が多く含まれている。既にこの事件とルーカン伯爵に関して、ルポルタージュなど相当数の本が出版されているし、[1]インターネット上にも多量の情報があり、ルーカン伯爵公式サイト[2]や離婚したルーカン伯爵夫人の反論釈明のサイト[3]まで用意されている。スパークは作品の題辞で、彼に関する「仮説」に基づいて小説を書いたと述べている（Spark, *Aiding and Abetting*）。[4]彼に関して報道された様々な事実、デマ、憶測や仮定といった情報を読み、小説という形で彼女なりのテクストを彼に関する既存のテクストに新たに付け加えたといえる。

スパークの作品の顕著な特徴の一つは、「二重性」（"duplicity"）にあると考える。一九五七年に発表された彼女の最初の小説『慰める者たち』が、既にテーマと形式の両面においてその特徴を示している。カトリックに改宗したばかりで、精神的に不安定な主人公の小説家が、自らの作品のプロットに難渋する物語が、実はより大きな物語の一部にしか過ぎず、その物語のプロットを仕組む存在を彼女自身が認めることで、初めて自己及び小説家として自立が可能になるという物語である。マルコム・ブラッドベリーはスパークのこの特徴を、「作者、小説及び物語の世界を試している巧妙な構想を練る人《プロッター》としての神、あるいは摂理《プロヴィデンス》の意識の存在」（298）と述べている。従って作品のプロットは、登場人物の運命（摂理）と重なり合うという「二重性」が生じ、それがスパークの作品の祖形となり、これ以降の多くの作品で繰り返し取り上げられることになる。またこのスパークが愛好する「二重性」とは、他のテクストとの関係性の網に自身のテクストを編みこみ、意味の多義性を可能にするという、いわゆる「間テクスト性」を意味している。スパークは小説を書くにあたり、先行の物語との関係の中で彼女の物語を成立させる状況を意識的に創造してきた。現代では間テクスト性は、文学批評の用語としては珍しくもなく、既に多用された用語ではある。

しかしながら高度情報化時代を迎え、これは単なる文学の批評用語ではなくなり、私たちが日々生きている現実となったといえる。現在、この用語が主にクリステヴァによって導入された一九六〇年代には想像もできなかったほど、文学に限らずあらゆる分野で、相互関連性や相互依存性から成立する状況が出現し、私たちは日々それを体験している。九〇年代に私たちの生活の一部になった「世界広域網」(ｗｗｗ)の存在は、この現実世界の変化をよく表している。世界をコンピューターによって蜘蛛の巣状に連結するというこの体系の発想そのものが、間テクスト性の概念を体現している。つまり私たちが発想するように、一つの情報が別の情報にリンクされ、広域のネットワークが世界を覆っている。因みに小説の題材となったルーカン伯爵は、イギリス人以外には馴染みが薄く、以前ならば調べるのにてこずったであろうが、インターネットで"Lord Lucan"を検索すると、多くの情報を即座に得ることができる。それらの一つのサイトにアクセスすると、そこにリンクされた別のサイトに容易に新たな情報を求めにいくことも可能だ。検索結果の中には、スパークのこの作品も含まれていて、彼女のテクストは別のテクストのネットワークのなかに編み込まれていることがわかる。つまり、スパークのテクストは、他の彼に関するテクストに準拠して、それらのテクストが形成する網目の一部に織り込まれた状態、つまりテクストの間の間テクスト性をｗｗｗで目の当たりに確認できる。一方スパークの作品内には、コンピューター画面に示されない、テクスト内の間テクスト性の問題もあり、本論ではこのテクスト内の網目の方を取り上げることになる。[5]

一　スパークと「二重性」

「二重性」は、まず登場人物に反映される。謎のルーカンを追う作者は、[6] 彼にダブルの存在を与えるだけでなく、もう一組のダブルであるパッペンハイムを絡ませる。この設定は、二組の双子が登場するシェイクスピアの『間違いの喜劇』と平行関係にある。また、パリで開業する精神分析医ウルフ（実はパッペンハイム）の診察を受けるルーカンは、自らの秘密の過去を「イギリス（人）の話」(1)と語る。[7] ルーカンの殺人事件が「イギリス人」(1)の物語であることは、イギリスの民話である「ジャックと豆のつる」や伝承童謡マザー・グースのある唄を想起させる。スコットランド人のスパークには、この「イギリス人」の物語は格別な感興を与えることだろう。また、彼は賭博と人生を取り違え、自分の人生のみならず他人の生命・人生までも、自分の都合で操る傲慢な態度をとり、その結果彼自身が人生の勝負の敗北者になり罰を受ける。作品の最後で彼の運を司る存在が前景化され、読者はそこに別のテクストを書く大いなる存在に気づくことになる。このように『援助と幇助』を概観してみると、このテクストがイギリスの民話とマザー・グースや、シェイクスピアや聖書、つまりイギリスの文化の深層を成す重要な三つのテクストに依拠していると考えられる。それらの先行する三種類のテクストとの間にリンクを張り、意味を重層・拡大・転化する形式が、スパークの愛好する「二重性」の技法である。その技法を用いて、作者は「ダブル」(分身)をもつ人間のアイデンティティの問題を提示する。つまり、この作品は間テクスト性というダブル（複数）のテクストから成り立ち、人間のダブルの問題を取りあげる「二重性」についての物語である。形式（メディア）も内容（メッセージ）も「二重性」を扱い、それらは互いに不即不離の関係にある。

文学における間テクスト性の問題は、ジョン・バースのエッセイ「尽きの文学」（一九六七）に尽きるといえるほど十分に、実作者の立場から論じられている。二十世紀も終わりに近づき、時代の究極感と長い文学の歴史を経て、小説の可能性が出尽くしたという文学的状況下では、現代作家の小説は必然的に先行するテクストに注釈を施すテクストになる、と述べている（62-76）。カトリック信者であるスパークにとって、先行するテクストの究極には、「絶えず見張っている操作する人《マニュピレーター》」（Spark, *The Bachelors* 209）、大いなる作者が存在する。西欧の宗教伝統では、神は二冊の書物である聖書と自然の書の源泉とみなされてきたが、一方人間である著者は、作品の起源とみなされてきた。前述したように、スパークはデビュー作でこの伝統的見解、つまり作品の起源としての著者の絶対性を否定した。「起源」としての作家の存在を否定するところから、スパークの小説家のキャリアは始まったといえる。以後彼女の作品には、繰り返しこのテーマが現れ、最新作『援助と幇助』でも取り上げられる。半世紀近い作家生活を通して、彼女がこのテーマを繰り返し取り上げた事実は、これが単なる修辞的技巧ではなく、スパークにとり本質的形式であり、信仰告白に似たものであることを示している。本稿ではこの本質的形式である「二重性」が、この作品でどのように用いられ、いかなる意味を提示しようとしているか考察する。

二　イギリスの民話とマザー・グースや『聖書』との「二重性」

最初に、スパーク自身が『援助と幇助』の中で「二重性」（"duplicity"）という言葉を使用しているので、その言葉の作中の意味の確認から始めたい。ルーカンは逃亡のため、友人の知恵で「ダブル」を隠れ蓑として用いることになるのだが、この二人一役の存在状態を「二重性」（"duplicity" 125）という言葉は示している。また、二人のルーカンズ（本人とその分身）が治療を受けに来る椿事に見舞われる精神分析医ウルフは、二人の判別ができずに困惑し、「要するに彼ら二人は "a double proposition" だ」（125）と考える。"proposition" には「人物」と「命題」という二つの意味がダブらせてありそうだ。つまり分析家にも判別できない二人のルーカンズは、互いに「ダブルの存在」であると同時に、「真偽＝本人とダブルの区別が不明の命題」を意味していると思われる。しかしその二人とは異なり、判断力を有するウルフにとり、本人と分身の区別に関係なく、両者とも「単なる骸骨、ペテン師、…生きる屍」（124）に過ぎない。[8] "duplicity" の語義の一つ「ペテン」が二人に反映している。

由緒あるイギリス貴族でありながら、「ペテン師の生きる屍」と見なされたルーカンは生来の賭博師で、仲間たちからラッキー・ルーカンと渾名されたが、実情は賭博の借金が原因で、暗闇で誤って子守を撲殺してしまう。彼女から夥しい量の血液が流れたことが、作中何度も繰り返し言及される。彼の旧友によりその殺人事件は、「普通の殺人や銃撃事件ではなく、恐ろしい血みどろの虐殺」（65）と、凄惨な流血事件であったことが強調される。後に触れることになるが、もう一組のダブルの存在であるパッペンハイムの体に塗り付けた血による聖痕の詐欺事件といい、この作品では「血」は重要な「メッセージ」を内包すると同時に、異なるさまざまな事象を繋ぐ「メディア」でもあるという二重の役割を担っている。殺人者がいかに巧妙に逃げ続けようとも、一旦流された血は止まることなく、罪人を追い続けるというメッセージが、子守（リヴエット）の遺体の入れられた袋から染み出る生々しい血のイメージで暗示さる。「企み《プロット》は、サンドラ・リヴエットの死体が入れられた郵便袋から血が染み出るように、全ての縫い目から染み出る」（120）と。またルーカンはその手だけでなく、体や記憶に血が染み付いてしまったことが、シェイクスピアのソネット（百十一番）から引用された「染物師の手」に例えられる――「私の本性も染物師の手のように、おのが仕事場の色にそまることとなったのだ」（四八）。[9] 血を恐れるのはダブルの方であるが。

「イギリス人」と「血」の組み合わせは、最もよく知られているイギリスの民話「ジャックと豆のつる」とマザー・グースに共通して登場する、

取って食うぞ、取って食うぞ――
イギリス人の血が臭うぞ、臭うぞ
生きていようと、死んでいようと
骨を粉にしてパンにしてくれるわ[10]

という不気味な唄を連想させる。殺した女性の血糊を付けたまま逃亡したイギリス人ルーカンの行く末を、暗示する唄である。「イギリス人の血の臭い」を伝って追いかけ、「生きていようと、死んでいようと」（ルーカンは未だに生死不明）、「骨を粉にしてパンにする」と歌っているのは、空に住む巨人である。取り違え殺人を犯したルーカンは、作中結局取り違えられて殺され、アフリカの原住民に食べられてしまう。イギリス貴族（Lord）に憧れるアフリカの酋長の三人の息子たちに、“Lord”（伯爵）は“Lord”（主）の血と肉のごとく饗され、アフリカに三人の原住民の貴族（“Little Lord Lucans”）が誕生する（181）。カニバリズムの犠牲になったLord Lucanの“Lord's supper”は、このように「主の晩餐」のパロディとなっている。「ジャックと豆のつる」の巨人に追われるイギリス人は「パンにする」と脅されるが、ルーカンは犠牲の羊のごとくロー

ストされて食べられる。（彼の好物がラムチョップであるのも皮肉だ。）パンも犠牲獣も、キリストと分かち難く結びつけられている。これは同じくイギリス貴族がアフリカのある種族のカニバリズムの犠牲になる、イヴリン・ウォーの『黒いいたずら』（一九三二）の最後を髣髴とさせる結末であるが、スパークのブラック・コメディには、ウォーの結末の黒いいたずらに欠如した、最も神聖なものの嘲笑的戯画化から生じる強烈な毒気がある。

　またマザー・グースの中には、イギリスの過去の悪しき習慣であった「妻の売買」に纏わる妻の虐待が主題の唄がある。例えば、「ディッキー・ディルバーという夫が、妻を杖でなぐって背骨を折り粉屋に売り、その粉屋は彼女を川に投げ込んだ」（強調筆者、藤野　一一七）という残酷な唄がある。他にも妻が殴られる歌詞がいくつか見受けられる。ルーカンも妻を殺害するのに鉛の棍棒を用意し、それで子守の女性と妻を殴打したという。従って作者は彼を妻を虐待する夫の一般的呼称「妻を打つ夫《ワイフ・ビーター》」でなく、「妻を杖でなぐる夫《ワイフ・ケイナー》」（114）と呼ぶ。その呼称には、前出のマザー・グースの唄が木霊する。また妻により彼は性的サディストであったことも明かにされた。シェイクスピアは『喜劇』の舞台をエフェサス（聖書ではエフェソと表記）に設定したが、聖書の「エフェソの信徒への手紙」には、妻と夫の関係を扱う章があるように、その劇のテーマの一つは、妻と夫の関係である。そのシェイクスピアの作品に平行関係を設けたスパークの作品も、妻と夫の関係がルーカン夫妻を通して取り上げられている。しかし聖書とシェイクスピアは、妻に夫に従順であれと説くが、スパークの取り上げた夫はマザー・グースの残酷な唄に出てくるような夫で、撲殺されかけた妻に従順を説くのは無理というものだ。

三　シェイクスピアや『聖書』との「二重性」

『喜劇』では、生き別れになった双子の兄弟と、彼らのそれぞれの召使である双子の兄弟の二組の双子が登場し、その外見の類似故に起きる取り違えの喜劇的状況が、繰り返し発生して観客を楽しませる。スパークは元来分身のテーマ、「二重性」を好んで取り上げてきた作家であるが、『援助と幇助』では『喜劇』を換骨奪胎し、二組の分身をもつルーカンとパッペンハイムを登場させ、シェイクスピアの『喜劇』の状況にダブらせながら、異なる現代社会の諷刺的戯画を描く。シェイクスピアの『喜劇』は、単なる取り違えによる愉快なだけの笑劇にとどまらず、外見の類似から起きる取り違えが、取り違える周囲の人間と取り違えられる当人に、人間のアイデンティティについて漠然とした不安を感じさせるという、極めて現代的テーマを孕んでいる。一方、ルーカンとパッペンハイムの物語は、形而上的なアイデンティティの問題を、分身を自らの犯罪隠蔽に利用するという悪の手段に貶め、それにより一層それらの人物の偏執狂的自己中心性や、またその種の人間を生み出した現代社会を諷刺する。スパークはこのように、『喜劇』との間テクスト性を有効に用い、現代人の笑劇的であると同時に悲劇的な状況を描いている。

次にその点に関し『喜劇』と比較しながら、もう少し詳しくみておきたい。嵐で幼児のときに生き別れになった双子の兄弟アンティフォラスの弟は、十八歳になると同じく兄を奪われた双子の召使の弟を連れて、シラキュースを発ち兄捜しの旅に出る。エフェサスの町に辿り着いた弟は、しばらく未知の町を見物することにするが、心から楽しめない。兄捜しの端緒に着いたばかりの彼は、「一滴の水」にしかすぎない自分が、「大海原にもう一滴の仲間を捜し求めて飛びこんだはいいが…形を失うのだ」(1.2. 35-40) と、兄の探求が自己喪失に繋がることを既に予期している。彼はこのように物思いに沈むタイプの人間として描かれる。対照的に兄は、娼婦を囲い妻を苦しめるような人間である。妻もそのことで夫を問い詰めるので、夫婦関係は悪化する。弟が危惧したように、エフェサスに着くや否や、彼はこの町の怪しげな雰囲気を感じ取っている。

この町は詐欺かたりでいっぱいだという、
目をあざむくすばしっこい詐欺師、
心をまどわす邪法の祈祷師、
からだをかたわにする魂殺しの魔女、
姿を変えたペテン師、おしゃべりのいかさま師、
その他もろもろの悪徳のやからが住みついているという、
とすれば、一刻も早くここを立ち去るほうが賢明だ。（1.2. 97-103）

ここに描写されるエフェサスの町は、スパークが描く現代社会の特徴と重なる。『援助と幇助』では、パリやロンドンを中心にヨーロッパの都市が舞台となるが、これらの二十世紀世紀末の都市には、二千年近くも前のエフェサス同様に、詐欺師、祈祷師、ペテン師などに加え、殺人と殺人未遂で指名手配中の「悪徳のやから」が住んでいる。スパークはシェイクスピアの描く腐敗したエフェサスに現代社会をなぞらえているようだ。

間テクスト性を自ら十分利用したシェイクスピアは、この作品の大筋を紀元前三世紀から二世紀にかけて活躍したローマの喜劇作家プラウトゥスの『メナエクムス兄弟』から借用した際に、場面の設定をエピダム

ヌスからエフェサスに変更している。この変更について『喜劇』の編者は序文と脚注で、聖書の「使徒行伝」十九章に描かれているエフェサスが、悪魔がはびこり、魔術師や祈祷師の跋扈する町であった点に彼は注目して、変更したのではないかと述べている（xxix, 17-18）。[11] 二十一世紀を生きる現代人は、そのようなエフェサス以上に悪徳のはびこる社会に生きている事実を、スパークは読者に気づかせる。同時に聖書の時代、シェイクスピアの時代、そして現代と併置し共通項を抽出することにより、人間の社会が基底部において不変である事実も示している。

四　スパークの分身

スパークは『喜劇』の設定を借用しながらも、二組の分身を有する人物たちに、新しい分身の物語を展開させている。スパークの分身は、十九世紀以来さまざまな小説家により描かれてきた分身と比較してみると、その違いが際立つ。十九世紀の欧米文学には、分身が頻繁に登場するようになったが、その背景には都市化に伴う、「私」というものに対する意識の鋭敏化があったと思われる。例えばドストエフスキーの『地下室の手記』（一八六四）では、主人公は「あまりに［自己を］意識しすぎるのは病である」（十一）と、十九世紀半ばに既に看破している。彼は何か行動をとろうとすると、「自分の内部に、まるで正反対の要素」（八）が、彼を捉えて離さないのを強く意識し、その原因を自意識の過剰とみなす。この自意識の自己言及的パラドックスが、地下室の男に固有のものではなく、十九世紀の都市生活者にある程度普遍的なものである点を指摘する。「この不仕合わせな十九世紀に生まれ合わせ、しかもその、地球上でもっとも抽象的で人為的な都市であるペテルブルグ…に住む」（十二）ことは大きな災難で、知的人間は過剰な意識に苦しむ、と地下室の男は毒づく。このようにドストエフスキーは、自我に呪縛された現代人の精神的特徴を見事に捉えた。『手記』の二十年近くも前に、彼は標題そのものが『二重人格』（一八四六）である作品を発表したが、主人公ゴリャードキンは自己の分身に苦しめられ発狂する。現代人の鋭敏な自意識は、自己の分身をいくつも生む結果となった。

二十世紀を生きるスパークの登場人物とその分身に目を転じると、事態はかなり異なる。犯罪者ルーカンの分身、ロバート・ウォーカーはルーカンの「ドッペルゲンガー、もう一人の自己」（127）と呼ばれるが、逃亡を幇助する友人からの贈物である。同じく犯罪者であるパッペンハイムの分身、ヒルデガルト・ウルフも、犯罪隠蔽のための存在である。『ミス・ジーン・ブロウディの青春』の主人公ブロウディは、彼女と同郷の作家スティーブンソンの有名な分身の物語、『ジキル博士とハイド氏』のモデルとなったといわれている、実在の二重人格者ブロウディと同名である。ジキル博士の分身ハイドは、立派な紳士の抑圧された自己の影と考えられるが、教師ジーン・ブロウディは独裁者的エゴの持ち主で、若く可塑性の高い女生徒を、次々と自己の分身に仕立てあげようとする。『ペカム・ライの唄』の主人公Douglas Dougalは、その反復的名前の響きから、同じく分身のテーマを扱うポーの「ウィリアム・ウィルソン」の主人公を想起させる。しかし、William Wilsonの分身が当人の良心として機能するのに対し、Douglas Dougalの場合は、本人も分身も徹頭徹尾悪の存在である。ワイルドの『ドリアン・グレイの肖像』でも、分身が主人公の良心の役割を演じたり、自己の魂の抑圧部分を演じたりする。一方謎のルーカンは、単なる「唾棄すべき俗物」（63）で「生来の悪党」（126）であるとわかり、無意識や下意識の人間存在の深層領域が分身化するような人物ではない。パッペンハイムは彼に比較すると頭脳明晰で、且つ合理主義では説明できない人間の神秘的要素に関心が深く、彼より複雑な人間ではあるが、自己の目的のためには法を犯しながら罪責感を欠く人間で、ルーカンと同根である。わけてもルーカンの分身を長く演じ続けたウォーカーが、現代の分身の変質をよく例証している。彼は長期の分身生活により、本当の自分がわからなくなり、その結果アルバイトのサンタクロースの扮装がぴったりと身に添う、トラジコミカルな人間である。アイデンティティが欠如し、何にでもなってしまうのだ。つまりスパークの描く分身は、過剰な自意識や強力な倫理観の抑圧から生じた十九世紀的な分身とは異なり、空疎な自己意識やその完全な欠如、または逆にエゴマニアといった二十世紀特有の人間的特徴の産物なのである。

以上、スパークはシェイクスピアの『喜劇』の設定に自作を重ねてずらし、新しい分身の物語を展開させていることがわかる。ルーカンは本国で死亡宣告が公布された結果、生きながら死者（生きる屍）となり、精神分析医の治療が必要となる。一方彼の分身役ウォーカーも長年の分身生活の結果、自己喪失に陥り分析医の治療を求める。それは分析医の過去の犯罪につけこみ金をゆする目的も兼ねるのだが。二人のルーカンが診察を受けるパリで高名な分析家ヒルデガルト・ウルフも分身で、実の名をビーティ・パッペンハイムという。彼女は貧困家庭出身の聡明な女性で、あまりの経済的逼迫に耐えかねて、自らの想像力を駆使し毎月の経血の利用を思いつく。その血液を身体に塗り聖痕の出現として、自らを「ミラノの聖痕の聖女」(23)と称し、神秘力で人々の苦しみを治癒すると触れ回る。多くのカトリック信者が彼女の神秘的治癒力を信じ、寄付が各地から届けられる。悩める人々の弱みにつけこむ詐欺が、血液検査で発覚すると、ドイツからパリに高飛びし、新しい名前を捏造して分析医として成功を収める。現代の都市にはエフェサス以上に精神を病む人々がいて、精神分析治療を必要とする人に事欠かないからだ。

更に「二重性」は重層化される。作品の題辞にあるように、ルーカン同様パッペンハイムに関しても先行テクストが存在する。それはバーサ・パッペンハイムというウィーン出身の女性であると思われる。この実在の人物にもダブルがいたという入念さだ。パッペンハイムにはアンナ・オウ（Anna O）なる分身がいて、ヒステリー症状に悩まされ、フロイトの同僚ヨセフ・ブルーナーの新しい治療を受け回復したという、ヒステリー症の研究では有名な女性である。患者が自由に症状を語るその方法を、彼女自ら「お話療法」と名づけて、フロイトの心理分析理論を生み出すきっかけとなったという。（作中ではその療法はウルフにより、患者ではなく医師による「お話療法」に逆転し揶揄される。）彼女はその後ヨーロッパで、人種と性の二重の差別に苦しむユダヤ人女性のための戦闘的フェミニストとなる。[12] この両者の特徴を一人二役のパッペンハイム／ヒルデガルトはよく受け継いでいる。

罪の隠蔽のための偽名ヒルデガルトにも先行するテクスト、その名の所有者の人生というテクストがある。ドイツの中世ヨーロッパ最大の幻視者の聖女「ビンゲンのヒルデガルト」が連想される。彼女はその神秘的幻視能力で多くの病人を癒したという（種村　二六四―二八六）。また、彼女の姓のウルフ―「狼」―は「狼男」を連想させるが、「狼男」も分身のテーマにつながる。東ヨーロッパに伝わる「狼男」の民間伝承では、それは必ずしも男性とは限らなかったという。月夜に突如として人間から狼に変身し、その獣性を露見し人を襲う様は、理性のみに集約できない人間の別の一面を示している。このように分身であるヒルデガルトの姓ウルフが、さらに分身と結び付けられる「狼」であるのも興味深い。彼女は分身を意味する人形を用いる「黒呪術」や「ヴードゥー」にも、異常に強い関心を抱いている。

おわりに

以上のように『援助と幇助』に登場するダブルの存在を検討してみると、入念にダブルの存在やテーマが入れ子状に組み込まれていて、本当の自己、源泉としての自己という観念が怪しくなっていく。ダブルは犯罪隠蔽に利用される存在であり、シェイクスピアや十九世紀の作家が追求したアイデンティティの問題が、人間存在のいかがわしさへと貶められる。一九七〇年に発表された『イースト・リバー沿いのホットハウス』では、物質的に繁栄したニューヨークを現代の煉獄と見立て、そこに住むエゴイストの人々は、世俗への執着と信仰の欠如ゆえに苦しむ「生きる屍」と見なされた。同じく「生きる屍」のルーカンは、まさにその煉獄に住む現代人の一人である。『援助と幇助』でもルーカンのような人物を生んでしまった現代の「幻夢のような未熟な文化」(120)を作者は嘆いていて、作品の眼目の一つは、この未熟な現代の文化風土の描出にあると考えられる。

自分の都合で妻の命を簡単に奪う現代の未熟な文化の産物であるルーカンは、逃亡後もその傲慢な性格を変えることなく、次は邪魔になった自分の分身の殺害を計画する。賭博師ルーカンにとり他者の存在は、賭博のカードと同じであり、勝負の策──「プロット」──を練るように、他者の命を扱う。彼の賭博師としての自信が、彼に次の事実を忘れさせてしまったのだった。つまり、「賭博では最終的にはそれが誰であれ、賭元が勝利を収めるというよく知られた普遍的事実」(132)を。賭博師にとりこの世が賭博部屋であるならば、彼にとり賭元は、賭博部屋の主、神のような存在であるといえる。しかしながら、ルーカンは最後まで自己のみならず、他者の命まで操れる力を持つと傲慢にも思い込み、自らの命を失う。ラッキー・ルーカンは、最終的に賭元が「運命《ラック》」を握っていることを忘れていたのだった。こう考えると初めて読者は、その彼の運命を操る賭元とは誰なのか、という疑問に直面する。ルーカンの自己中心的な粗雑な「計画《プロット》」は、最後に全権を掌握する存在により、彼の「運命《ラック》」に収斂される。つまり彼の稚拙な「計画《プロット》」は、彼の運命を司る大いなる存在の「摂理」に吸収されてしまう。意のままにカードを操れると思っていたルーカンもその賭元からすれば、取り仕切るカードの一枚に過ぎないことを読者は知り、ルーカンの結末が自分に逆流するかのように感じることになる。

　全ての作家は先行するテクストの翻訳者であり注釈者であると主張し、自らもその文学観に基づく作品を多く書いたボルヘスは、この種の結末に読者が感じる落ち着かなさの原因を、形而上的な問題に求めている。この作品の「逆流構造」（七四）は、自らのテクストの作者であると思っていたルーカンが、別の作者のテクストの登場人物の一人に過ぎないのならば、「［彼の］読者であるわれわれが虚構の存在であることもあり得ないことではない」（七四）ことを示唆し、読者に実存的不安感を突きつけるのである。『援助と幇助』は、ルーカンのみならず読者も虚構の存在で一冊のテクストに記される存在である可能性を、最後に示唆するメタフィクションの形式を呈することになる。ただし、この形式はスパークにとり文学形式に止まらず、人間存在の在り方そのものを示している。

　カトリック信者であるスパークにとって、血の臭いのする「イギリス人」を追う「賭元」や「天空の巨人」とは神であろうし、彼女自身信仰と文学のスタイルの関係について次のように語っている。

わたしは［小説の］スタイルに強く惹かれる。…技法に関してどれだけでも話すことができる。…カトリックの信者になるまで、自分自身のスタイルを見つけることができなかったが、それは気にかける必要もなかったし、そのための保証が必要だ。ある意味で、スタイルに関し最重要なのはそのことだ。…わたしは摂理を大いに信じている。（Hynes 27）

スパークは小説家にとっての技法の重要性について語っているのだが、カトリックに改宗したことが、小説技法の確立に至った経緯を述べたすぐ後に、「摂理」を大いに信じていると語っているのに注目したい。小説を書く行為は、極めて個人的な営為であり、技法に作家の個性が発揮されるとの伝統的な見解からすると、彼女の意見はパラドックスである。技法が個性の発露であると同時に、既に別の作者に仕組まれた計画の一部であることを示唆している。ルーカンの滑稽にも悲惨な最後は、摂理を信じるスパークの彼に関する新たな「仮説」といえよう。その新たなテクストは大きなテクストに吸収され、「二重性」は唯一絶対の存在により最後に解消され「一元化」されることになる。この作品が相互関連を持つ「エフェソの使徒への手紙」（特に四章）では、いかなる環境に育った人もキリストにあっては「一つ」に集められるという教義が強調されていて、スパークは「二重性」の究極的な解消をそこに求めていると思われる。

注

1 Nov. 7th, 2002. The Lucan Review:Lord Lucan Media（Books and TV Programmes）〈http://uk.geocities.com/lucanreview/books.html〉.

2 Sept. 12th, 2002. The Official Website for the Missing 7th Earl of Lucan〈http://www.lordlucan.com/〉.公式サイトと称しても、その管理者は匿名であり、Lord Lucan（Richard John Bingham）をミドル・ネームのJohnと呼ぶ関係の人であること以外不明である。

3 Sept. 12th, 2002. Official Website of the Countess of Lucan〈http://www.ladylucan.co.uk/index1.htm〉.

4　以下、この作品の引用はすべてこの版により、頁数だけを本文中の括弧内に示す。

5　Cf. Apostolou. スパークの作品に共通する "play quality"（軽み）を、"intertextual games" の視点から分析する。

6　スパークは最新のインタビューで、この作品が特別に好きであること、作品のテーマが "the notorious Lord Lucan" にあると述べている。Cf. McQuillan, 2002, 229.

7　"an English story"の "English" は「イングランド（人）の」と訳すのが正確であるが、他の事柄との整合性を考え、「イギリス（人）の」と表記した。後出の "Englishman" に関しても同様である。

8　シェイクスピアの『間違いの喜劇』から一部省略して引用されている。"a mere anatomy, a mountebank... a living-dead man." Cf. *The Comedy of Errors* 5.1.239-42 . 日本語訳は、小田島訳を用いた。以下『間違いの喜劇』は本文中『喜劇』と省略する。

9　百十一番のソネットの五—六行から一部省略されて引用されている。"My nature is subdued/To what it works in, like the dyer's hand." Cf. Shakespeare, William. "Sonnet No. 111." 67. 日本語訳は、高松雄一訳を用いた。

10　"Fee, fi, fo, fum, I smell the blood of an Englishman: Be he alive or be he dead, I'll grind his bones to make my bread." Cf. Briggs, 26. 日本語訳は、河野一郎編訳を用いた。

11　それらの悪徳の輩以外にも、聖書とシェイクスピアのエフェサスとスパークのパリには、揃って金細工師が登場するという共通性が見受けられる。

12　Bertha Pappenheim/Anna O. については、次のウェブサイト参照。Sept. 12th, 2002.〈http://www.reninet.com/onura/freud.html〉. Sept. 12th, 2002. In These Times com〈http://www.inthesetimes.com/〉.

引用文献

Apostolou, Fotini E. *Seduction and Death in Muriel Spark's Fiction*. Westport, CT: Greenwood Press, 2001.

Barth, John. "The Literature of Exhaustion." *The Book of Friday*：*Essays and Other Nonfiction*. Baltimore: The Johns Hopkins UP, 1997.

Bradbury, Malcolm. "7 Crossroads—Fiction in the Sixties: 1960-1969." *The Modern British Novel 1878-2001*. Revised ed. London: Penguin Books, 2001.

Briggs, Raymond. *The Mother Goose Treasury*. Tokyo: Yohan Publications, 1986.『イギリスの民話』河野一郎編訳、岩波書店、一九九一。

Hynes, Joseph, ed. “My Conversion.” *Critical Essays on Muriel Spark*. New York: G. K. Hall, 1992.
McQuillan, Martin, ed. *Theorizing Muriel Spark*. New York: Palgrave, 2002.
Poe, Edgar Allan. “William Wilson.” *Poetry and Tales* . New York: the Library of America, 1975.
Shakespeare, William. *The Comedy of Errors*. The Arden Edition of the Works of William Shakespeare. Ed. R.A. Foakes. London: Routledge, 1988.
——. *Sonnets*. Ed. Takuji Mine. Tokyo: Kenkyusha, 1973. 『ソネット集』高松雄一訳、岩波書店、一九八九。
Spark, Muriel. *Aiding and Abetting*. London: Viking, 2000.
——. *The Bachelors*. London: Penguin Books, 1988.
——. *The Ballad of Peckham Rhy*. London: Penguin Books, 1988.
——. *The Comforters*. London: Penguin Books, 1989.
——. “My Conversion.” *Critical Essays on Muriel Spark*. Ed.Joseph Hynes. New York: G.K. Hall , 1992. 24-28.
——. *The Hothouse by the East River*. New York: The Viking Press, 1973.
——. *The Prime of Miss Jean Brodie*. London: Penguin Books, 1987.
Stevenson, Robert Louis. “Dr Jekyll and Mr Hyde.” *The Complete Short Stories*. Vol. II. Ed. Ian Bell. Edinburgh: Mainstream Publishing, 1993.
Waugh, Evelyn. *Black Mischief*. New York: Back Bay Books, 2002.
Wilde, Oscar. “The Picture of Dorian Gray.” *The Portable Oscar Wilde*. London: Penguin Books, 1976.
『聖書　新共同訳』日本聖書協会、一九九三。
種村季弘『ビンゲンのヒルデガルトの世界』青土社、一九九四。
藤野紀男『グリム童話より怖いマザーグースって残酷』二見書房、一九九九。
フョードル・ドストエフスキー『地下室の手記』新潮社、一九九四。
——『二重人格』岩波書店、一九九四。
ホルヘ・ルイス・ボルヘス「『ドン・キホーテ』の部分的魅力」『異端審問』中村健二訳、晶文社、一九九一。

金谷　益道

新しい時代の「破壊の音」

――ヴァージニア・ウルフの「ベネット氏とブラウン夫人」

はじめに

ヴァージニア・ウルフは「ベネット氏とブラウン夫人」において、アーノルド・ベネット、H・G・ウェルズ、ジョン・ゴールズワージーといった「エドワード王朝作家」に対する批判を繰り広げている。ウルフは以前ベネットの「小説は衰退しているのか?」という評論の中で攻撃されており、「ベネット氏とブラウン夫人」においてそれに対する反論を展開しているわけであるが、同時に彼女の理想とする創作プロセスも明らかにしている。ウルフはその中で、小説においては「リアル」な登場人物を描きあげることこそが肝要であり、「新しい小説家たち」のリーダーであるウルフはこの点で失敗している、というベネットの主張("Is the Novel Decaying?" 88)を特に問題視し、ベネットをはじめとする「エドワード王朝作家」たちは、主張とは裏腹に、真に「リアル」な人物を作り上げてはいないと指摘し、創作理念と実践との分離を暴いている。以下、ウルフと同時代の「ジョージ王朝作家」やモダニズム作家たちの追求した創作理念とはどのようなものであったか、彼女が先駆的に明かそうとしたリアリズム小説の欺瞞とはいかなるものであったか、といった点を中心にして、「ベネット氏とブラウン夫人」を読み解いていきたい。

一　「リアリティー」と文学上のしきたり

ウルフのベネット批判は、彼の描く人物は実際に「リアル」なのではなく、ある手段を用いて「リアル」だと読者に感じさせているだけだ、という主張を中心にして行われている。ウルフはベネットの作品において「リアル」だと読者が感じるものの正体を明らかにするために、ベネットの同名タイトルの小説のヒロイン、ヒルダ・レスウェイズが「リアル」であるとどのように彼が読者に感じさせるかを細かく分析している。ウルフはベネットが初めの数ページの後、ヒルダではなく彼女の寝室の窓から見える家並みや、彼女の住んでいる家に関して長々と描写していることに着目している。ウルフは、現実生活において女主人役が見知らぬ客人と先ず天気の話をするように、文学においても「作家と彼の未知の読者間の距リを橋渡しするなんらかの手段」（「ベネット氏とブラウン夫人」二二五）が必要とされてきたと述べている。ベネットが窓の外の家並みやヒルダの家を描写したのも、家屋敷こそ彼にとって作家と未知の読者との間を橋渡しする手段である「共通の出逢いの場所」（二二五）であったからだ。

ウルフが指摘した「共通の出逢いの場所」こそ、リアリズム小説が読者に提供しようと腐心したものであることは、特にポストモダンの時代になって現れた多くのリアリズム小説の分析を見ると明らかである。リアリズム小説を読むという経験に特徴的な事は、「安心感」を感じることであると、キャサリン・ベルジーは指摘しているが(51)、リアリズム作家は、この「安心感」を与えるために、読者が慣れ親しんでいる既知のものを登場させるという手段をとってきた。この読者が「あぁ、あれだ」と認識できる既に見知ったものとは、例えばロンドンの街並みや気候といった現実世界のことばかりではない。読者が以前に読んだ作品の中で出会ったことのある、フィクションのみに登場する世界やフィクションの常套手段も、読者に「安心感」を与える既知のものとなる。ウルフがベネットの作品で指摘した、『ヒルダ・レスウェイズ』の冒頭の家屋敷の冗長な描写こそ、この読者を安心させるフィクションの常套手段であったのだ。

家屋敷は、ロラン・バルトが『S/Z』で指摘した「読み得る」、「古典的」なテキストの中にある「テキストがたえず参照する知識や知恵の…コード」(二一二)の役割を果たしているといえる。読者はそれを既に別の作品で読んだことがあるので安心するわけであるが、「別の作品」とは、「何千というヒルダ・レスウェイズ」(「ベネット氏とブラウン夫人」二五)が家屋敷の描写により世に送り出されたとウルフも述べているように、ベネットの作品のみならず他の多くの作家の作品も当然含まれる。この多くの作家が使用してきた、読者を安心させる既知の「文学上のしきたり」(三〇)―ここでは家屋敷の冗長な描写というフィクションの常套手段―こそが、ヒルダが「リアル」であると読者に感じさせるものの正体であったのだ。

既知のものを与えておけば「リアル」なものだと感じさせることができる―このリアリズム小説の戦略をウルフは看破していたわけであるが、読者に「リアル」だと感じさせる以前に出会ったことのある既知のものは、先に述べたように、現実世界に見出せるものばかりである必要はない。ウルフは、リアリズム小説においてはフィクションの世界でのみ通用するような明らかに人為的な「作りもの」でも、読者に「リアル」

感を与える既知のものに充分なるのだということを、次のところでほのめかしている。

さて大衆とは不思議な旅の道連れです。英国では大衆は暗示にかかりやすい、すなおな人たちです。一度その心をとらえると、いわれたことを何年間も盲目的に信じてしまうのです。もし大衆に自信たっぷりに「女性には皆しっ尾があり、男性の背中には皆こぶがある」と言うとしますと、彼らは実際、女性にはしっ尾が、男性には背中にこぶが見えるようになり、「馬鹿な。猿にはしっ尾があり、らくだにはこぶがあるが、人間の男女には頭脳と心があり、考えたり感じたりするのだ」と言うと、それが大層革命的で、おそらく不都合だと考えてしまいます。大衆にはそれがへたな冗談に思われ、おまけに不都合なものに見えるのです。（二一八）

ここでウルフは、「女性には皆しっ尾があり、男性の背中には皆こぶがある」という現実世界の中では受け入れられないことも、何年間もフィクションの世界で言われ続けると、読者／大衆に受け入れられ安心感を与えることができるのだということを示唆している。ウルフはまた、同じようなことが、「文学上のしきたり」が読者に及ぼす影響についてもいえるのだ、ということをここでほのめかしているようである。ことばによる現実世界の忠実な模倣を標榜したリアリズム小説であるが、実際には、その真実性はあくまでフィクションの世界でのみ有効である「文学上のしきたり」に依拠したものに過ぎないのだということをウルフは見抜いていたのである。

しかし、この多くの読者／大衆が求める既知の「文学上のしきたり」も使用されすぎると色々と問題が生じてくる。ウルフはエドワード王朝作家の「しきたり」はもはやいつまでも続く「安息日の厳粛な礼拝」（三一）のように退屈なもので、「作家と読者の間の意思伝達の手段でなくなり、かえって障害、妨害」となっており、「作家と読者がもっと心おどる友好関係を持つにいたる前奏曲」（三〇）が必要な時期に来ていると述べている。ベネットの家屋敷の描写が「障害、妨害」になり、作家と読者の間に「心おどる友好関係」を与えられなくなっている理由が、単に読者がその描写に飽きたというものであれば事態はまだ深刻ではない。もしこういった「文学上のしきたり」が小説における虚構性の隠蔽の「障害、妨害」となれば、リアリズム小説にとって致命的な事態が訪れることになる。読者に安心感を与える「文学上のしきたり」も何度も使われると、小説そのものが人為的な「作りもの」ではないかと読者に疑われ始める時が来るであろう。ウルフも、エドワード王朝作家の「文学上のしきたり」が今やもはや「あまりにも作りもの」（三〇―三一）のように映るようになっていると述べているように、「文学上のしきたり」が小説の虚構性を気づかせる要因になりかねないことを認識していたようである。「リアリティー」の幻影を維持するためには、「しきたり」は読者に「信じられないほど奇妙で不自然でこじつけと思われないような」（二六）ものであり続けなければならないのだが、この「あまりにも作りもの」ということばは、エドワード王朝作家の「しきたり」、または「道具」（二四）が耐用年数に達し、ウルフのようには鋭敏でない読者／大衆でもその幻影に気づく時期が迫ってきているのだ、という警告のようにも聞こえる。

二　「リアル」な人物を描くには

ウルフは、ベネットは「文学上のしきたり」を用いて「リアリティー」の幻影を作り上げているに過ぎないことを指摘したわけであるが、それではウルフは「リアル」な人物はどのようにすれば描けると述べているのであろうか？　ウルフはリッチモンドからウォータールーまでの汽車に乗り合わせた「ブラウン夫人」と彼女が呼ぶ年配の女性との出会いを例に取り、説明を繰り広げている。ウルフは汽車の席に腰を下ろすや否や、この見ず知らずの女性に関して次のようなことが「さっと心に浮んだ」と述べている。

彼女はすり切れた身なりながら清潔な老婦人で、その極端なまでの小ぎれいさは—何から何までボタンできちんと留め、結び、繕ってあり、磨き上げられています—かえってぼろや汚れよりも赤貧を物語っています。彼女には何かつきつめた様子がありました—悩み、心配している様子が。しかもその上彼女は極端に小柄でした。彼女の足は、小さな綺麗に磨いた深靴をはいていましたが、ほとんど床にとどいていません。彼女には養ってくれる人がない、自分で決断をしなければならない、何年か前に捨てられたか、未亡人になって、苦しい悩みの多い生活を送り、おそらく一人息子を育てたのだが、彼は多分この頃までには悪の道に走りかかっているのだろうと私は感じとりました。（一〇）

ここでウルフはブラウン夫人の身なりの観察をもとにし、自由な空想を繰り広げているわけではない。ウルフはこのような「印象」を作り上げているのは、自身の観察力や推理力ではなく、あくまでブラウン夫人の方だと次のように主張している。「彼女が投げかけた印象は圧倒的でした。まるですき間風のように、ものの焼けるにおいのように勢いよく押し寄せて来ました」（一三）。ウルフによると、作家の仕事は自身の想像力を駆使してブラウン夫人を描くことではなく、ブラウン夫人が自動的に作家に与える「印象」を忠実に再現することにあるのだ。「ここにブラウン夫人がいて、他人にほとんど自動的に自分についての小説を書き始めるように仕向けているということです。すべての小説は向いの隅に坐っている老婦人から始まる、と私は信じます」（一四―一五）。

ウルフは、ブラウン夫人の与える「印象」はイギリス、フランス、ロシアといった作家の国、また作家の生きた時代や気質によっても変わってくるであろうと述べている（一五―一六）。「印象」というものは作家によって異なるものだとほのめかしているここでのウルフは、作家の受ける「印象」の中に作家の独自性や主体性を大いに認めているように見える。しかし、「現代小説論」でも述べているように、ウルフは、あくまでも人物が投げかける「印象」を手を加えることなく忠実に転記することを作家の責務だとしている。「われわれの心に落ちてくる微小分子を、落ちてくる順序どおりに記録しよう、見たところいかにまとまりがなく一貫性がなくても、一つ一つの光景あるいは事件が意識に刻みつける模様をたどってみよう」（"Modern Fiction" 161）。この忠実なる模倣を目指すミメーシス的描写において、作家は創作プロセスにおいて自身の想像力や構成力を働かせるのではなく、忠実な転記者になることに努めなければならないのである。

創作プロセスにおける作者の意識的なコントロールの否定は、時に作者の選択、構成をウルフ同様に疑問視し、ミメーシス的描写を追求したヘンリー・ジェイムズにも見られる。ジェイムズは「小説の技法」の中で、「多くの人が小説のことを人為的、人工的な形式と考え、創意工夫の産物と見なし、その役割は私たちの周囲にある物事を変えたり、並べ変えたりして、因襲的で伝統的な型の中にはめこむものとしている」（一一〇）ことを嘆いている。これは、最近の小説では、描き出すべき人生に対して変更、並べかえなどの作者の意識的関与が積極的に行われており、そのため「因襲的で伝統的な型の中に」はめこまれた人為的構築物であることを露呈してしまっているような作品で小説界はあふれかえっている、ということである。「肝心なのは率直に印象を受けとることのできる能力」（一一一）だと主張するジェイムズは次のようにも述べている。「小説が提供するものの中に並べかえられていない人生を私たちが見ることができれば、それだけ私たちは真実にふれていると感ずる。逆に、並べかえられた人生をそこに見るとすれば、それだけ真実の代行物、妥協物であり因襲的なものによってうまくはぐらかされたと私たちは感ずる」（一一〇）。

「すべての小説は向いの隅に坐っている老婦人から始まる、と私は信じます」と述べているように、ウルフにとって忠実に転記すべき「印象」を与えてくれる人物こそが創作の源であるべきなのに、エドワード王朝の小説家たちはブラウン夫人を見ようとしなかったのである。

彼女はそこに坐っているのに、エドワード王朝の小説家は一人として彼女を見さえしないのです。彼らは力強く、さがし求めるように、同情をこめて窓の外を見たのです—工場を、ユートピアを、車輛内の装飾や坐席の布張りをさえ見たのです、が、彼女や人生や人間性は一度も見ませんでした。こうして彼らは彼らの目的に合った小説作りの技法を発展させたのです。（一二四）

エドワード王朝の小説家の「目的」とは、作家・読者間の「共通の出逢いの場所」を「文学上のしきたり」

により提供することにあったわけで、彼らは、「リアル」な人物を描きあげることこそが肝要と主張しながらも、人物をただの一度も見たことがなかったのである。

　ウルフは、エドワード王朝の作家たちの欠点は「ものごとの組立てに過度の重点を」置いてしまったことだ（二七）と述べているように、「しきたり」を作品に導入しようといった作家の意識的な媒介を批判した。ベネットの評論を見てみると、彼はウルフとは正反対に、彼女の否定するような作家の巧みなコントロール能力を良い小説の必須条件と考えていたようである。ベネットは『ユリシーズ』に関する評論の中で、ジョイスを「時には目もくらむほど独創的だ」（"James Joyce's *Ulysses*" 215）と評価してもいるのだが、その作品は小説というより「速記録」のようなものだ（215）と厳しく非難している。「速記録」という指摘はモダニズムの時代の作家の多くが提唱した作者の選択、構成を介在させないミメーシス的描写をうまく表現しているが、「どうあっても選択などすまいと決心している」（215）ジョイスの創作態度はベネットには耐えがたいものであった。「若い作家たち」という「ベネット氏とブラウン夫人」に対する反論を行った評論の中では、『ジェイコブの部屋』にも『ダロウェイ夫人』にも「構成を施した痕跡や、クライマックスに向けて調整された物語の進展」は見られず、「論理的構成は欠け、主題（もしあるとすればだが）に対する集中を欠いている」（"Young Authors" 219）と厳しくウルフの作家側のコントロールの欠如を非難している。このようなあからさまな作家の意識的な技巧を重要視した姿勢は、小説で大事なのは真に「リアル」な人物を作り出すことではなく、読者に「リアル」だと感じさせる幻影を与えられるような人物を技巧により生み出すことなのだ、という理解をベネットは持っていたのかも知れない、と思わせるのに充分な気もする。実際に彼は、ウルフが反論した「小説は衰退しているのか？」の中で、「登場人物がリアルに思われなければ、小説は本物だとは思われない」(傍点筆者、"Is the Novel Decaying?" 87) とも述べている。つまり、ベネットは、人物は「リアル」であらねばならないという創作理念ではなく、小説は虚構のものであるから、読者に「本物だ《トゥルー》」と思わせるために、人物を「リアル」だと思われるように作り上げなければならない、という創作理念を持っていた作家であったのかも知れない。もしそうであれば、ウルフが糾弾しようとしたベネットの提唱する創作理念とその実践の間の相違は最初から存在しなかったことになるのだが、いずれにせよ、ウルフにとって、ベネットは創作の基盤を作家の意識的技巧に置き、「リアリティー」の幻影しか与えようとしなかった、自分には容認できない作家だったのである。

三　新しい創作理念に向けて

話をウルフの創作理念に戻そう。ウルフは「リアル」だと思わせる人物を作り上げることではなく、真に「リアル」な人物を描き出すことを目指していたのである。それでは何故ブラウン夫人から受ける印象を忠実に描けば、「リアル」な人物が描き出せるのだろうか?　ウルフにとって、ブラウン夫人は永遠に変わらない「人間性」を与えてくれる存在なのである。

車輛の隅に彼女は坐っています——その車輛はリッチモンドからウォータールーに走っているのではなくて、英文学の一時期から次の時期へと走っているのです、なぜならブラウン夫人は永遠だからです、ブラウン夫人は人間性だからです、ブラウン夫人は表面だけ変わってゆきます、そこに乗り込んで来たり降り

ていったりするのは小説家です。(二四)

このように、ウルフにとって、人物が与える「印象」を忠実に再現する目的とは、永遠に変わらない普遍的な人間性を描くことにあったのだが、この普遍的な人間性は、作者、読者も含めてどの人間にもあるものだから「リアル」なものであるのだ。ブラウン夫人のみにある性質ではなく、作者、読者、他のどの時代のどの地域の人間にもある普遍的な人間性を描くことが目的であるので、ブラウン夫人以外の人物も人間性を見出す対象となる。ブラウン夫人は「無限の可能性と、はてしない多様性を持つ老婦人であり、どこにでも姿を見せることができ、どんな服でも身にまとい、どんなことでも言い、なんでもできる」人物であり、「それによって私たちが生きている精神、生命そのもの」(三四)であるのだ。

「ベネット氏とブラウン夫人」において、ウルフは「リアル」な人物を描けないというベネットの批判からジョージ王朝時代の作家を守ろうとしたわけであるが、彼らもウルフが理想とする創作プロセスを完璧に実行できていたわけではない。ウルフによると、E・M・フォースターやD・H・ロレンスの初期の作品は、ウルフの追求する創作プロセスを目指そうとしていたが、同時にエドワード王朝時代の作家の「しきたり」、「道具」を捨てる代わりに使おうと試みてもいたのである。

彼らは妥協しようとしました。ある性格のもつ特異性やその存在意義について彼らが直接感じとったものを、ゴールズワージー氏の工場法についての知識と、ベネット氏の五つの町についての知識とに結びつけようとしました。やってはみたのですが、ブラウン夫人と彼女の特性についてあまりにも鮮烈で圧倒的な

感じを持ったので、あまり長くその試みを続けられなくなりました。（二一九）

一方でブラウン夫人が「束の間のものにせよ、この上ないうっとりするような彼女の魅力をちょっと見せて小説家に助けを求め」、他方では「英国の大衆」からエドワード王朝作家の「しきたり」や「道具」を見せろと要求される（二一九）という板ばさみの状態に置かれたジョージ王朝の作家の作品から一番よく聞かれた音は、「こわれる音、落ちる音、くだける音、破壊の音」といった「憂鬱な音」（三二〇）だったとウルフは記している。

ウルフの追求する創作プロセスは、作家が「しきたり」、「道具」の破壊、「リアリティー」の幻影をもたらすものの破壊を試みたジョージ王朝以前にも見られたことは、「トマス・ハーディの小説」の中で伺うことができる。ウルフはこのエッセイの中で、チャールズ・ディケンズ、サー・ウォルター・スコット、トマス・ハーディを「無意識の作家」と呼び、「突然、しかも自分の同意もなしに波にさらわれ、前方に押し流されるように見える」（一七六）タイプの作家であると述べている。（ちなみに、これとは反対の、「生れた時から万事意識している」、自分の「才能が生み出す利益を最大限に活用するだけでなく、創作活動の最中にその特性を操縦する」［一七六］ことのできるタイプの作家の代表としてウルフが挙げているのはヘンリー・ジェイムズとフローベールである。）ウルフによると、ハーディの作品で「驚くべき美と力」を持った箇所というのは、こういった「私たちには予告できないし、彼にも制御できないように見える力が突然湧いて」くる瞬間に描かれたものである（一七六）。ウルフはハーディの『ダーバヴィル家のテス』の第五版への序文の中の「小説というものは一つの印象であって、議論ではない」（5）という主張に感銘を受けているようで、作者は小説の中で意識的に教訓や自分の世界観や哲学などを表明するのではなく、無意識の状態でただ「印象」を記録するべきだという考えに賛同を表明している。しかし、ハーディは「最好調にある時は私たちに印象を与え、最低の時は議論を提供している」（一八五）と指摘しているように、ウルフの目から見ると、「無意識の作家」たちは残念ながら「波にさらわれ、前方に押し流される」無意識の状態を一貫して保つことができなかったのである。

このようにフォースターやロレンスといったジョージ王朝初期の作家、またそれ以前の作家の欠点をウルフは指摘していたのだが、決して自身の創作プロセスが完成された完璧なものであるとは思っていない。ジョイスやT・S・エリオットたちも含めて、ウルフは今「失敗と断片の時期」（「ベネット氏とブラウン夫人」三三三）にいると述べている。ウルフは、ジョイスの『ユリシーズ』からは「呼吸をするためには窓を壊さなければならないと感じている必死の人間の、意識し計算した猥雑さ」を感じ、「あり余ったエネルギーとか野生が溢れ出たものではなくて、新鮮な空気が欲しい男が決心して公共的精神をもってした行為である時」、その猥雑さは結局「退屈」なものでしかなくなると述べている（三三一）。このような彼女たち以前の作家が頼りにした「しきたり」、「道具」を叩き割ろうとする「斧の音」（三三三）が聞こえ始めた時代にあって、人物が与える「印象」を忠実に記録する創作理念を実行することはまだ完全にはできないと、ウルフは弁明している。エッセイの最後でウルフは「今この時点で」、ブラウン夫人の「完全な、満足すべき表示」を期待せず、「発作的な、難解な、断片的な表示、出来そこないで我慢して」欲しいと読者に懇願している（三三四―三三五）。しかし「私たちは今まさに英文学の重大な時期の一つが生れる瀬戸ぎわにいる」（三三五）と述べているように、自分の追求する創作理念を完全に実現できる時が近づいていることを暗示している。それが可能になるのは、「私たちが決して絶対にブラウン夫人を見捨てないと決心がついた時はじめて到達できる」（三五）と述べているように、以前の作家が頼りにした「しきたり」、「道具」を完全に捨て去り、人物に集中した時であるのだ。

結び

最後に、この新たな創作理念に従い作られた作品も一つの「しきたり」を作り出してしまうことについて触れてみたい。ジョージ王朝作家の作り出す、長々とした家屋敷などの描写で始まらない新しい作品が読者に大いに受け入れられると、その部分は、読者がエドワード王朝作家に対して行ったように、「作家のそばに坐りこんで、大勢で声をあわせて」（二八）求める「しきたり」となる。「普遍的人間性を描いている」と誇らしげに主張しても、その中身を入れる「小説」という「型」は絶対に必要となるのだ。そして「型」は必ず「しきたり」を作り出してしまう。エミール・ゾラに関するエッセイの中で、ヘンリー・ジェイムズは「形式」というものを持たざるを得ない小説の宿命ともいえるものに関して次のように述べている。

> すべての芸術上の約束事と闘い、それ全体に挑みながら、ゾラは、一群の彼自身の約束事を作り出すのを避けられなかった。というのは、十分な約束事の集まりなくして、その助けによって単純化し可能ならしめることなくして、どのように彼は彼の大きな船を港に導くことが出来ただろうか。芸術は常に約束事を喜んで受け入れ、それで生きているのである。しきたりなくしてはどんな種類の形式も不可能だ。問題は、

どの特別な形式を私たちが用い、どれと戦って、特別の形式に達するかである。（「エミール・ゾラ」三一〇）

ウルフも、「作家と読者がもっと心おどる友好関係を持つにいたる前奏曲として、共に受け入れる礼儀作法」（「ベネット氏とブラウン夫人」三〇）が自分たちの時代には新たに必要だと述べているように、自分の追求する創作理念により生み出したものが、作家と読者との間を橋渡しする「共通の出逢いの場所」という「しきたり」となることは認識しているようである。しかし、ジェイムズのような、逃れることのできない「しきたり」に対する悲観的ともいえる諦めは「ベネット氏とブラウン夫人」からは感じ取ることはできない。自分の生み出したものが「しきたり」になるという認識があるにもかかわらず、ウルフが、自分の作品がやがてエドワード王朝作家の作品のように「作家と読者の間の意思伝達の手段でなくなり、かえって障害、妨害」になるという危惧の念をこの時抱いていなかったのは、この創作理念は、彼女にとってはそのような憂いを忘れさせるほど新鮮なものだったということであろうか。

引用文献

Belsey, Catherine. *Critical Practice.* 1980. London: Routledge, 1996.

Bennett, Arnold. "Is the Novel Decaying?" Hynes 87-89.

——. "James Joyce's *Ulysses.*" Hynes 211-17.

——. "Young Authors." Hynes 218-20.

Hardy, Thomas. *Tess of the d'Urbervilles.* Ed. Juliet Grindle and Simon Gatrell. Oxford: Oxford UP, 1988.

Hynes, Samuel, ed. *The Author's Craft and Other Critical Writings of Arnold Bennett.* Lincoln: U of Nebraska P, 1968.

Woolf, Virginia. "Modern Fiction." *The Essays of Virginia Woolf.* Ed. Andrew McNeillie. Vol. 4. London: Hogarth P, 1994. 157-65.

ヴァージニア・ウルフ『ヴァージニア・ウルフ著作集　7　評論』朱牟田房子訳、みすず書房、一九七六。

――「トマス・ハーディの小説」『ヴァージニア・ウルフ著作集　7　評論』一七三―八九。

――「ベネット氏とブラウン夫人」『ヴァージニア・ウルフ著作集　7　評論』五―三五。

ヘンリー・ジェイムズ「エミール・ゾラ」海老根静江訳『ヘンリー・ジェイムズ作品集　8　評論・随筆』二八三―三一二。

――「小説の技法」岩元巌訳『ヘンリー・ジェイムズ作品集　8　評論・随筆』九二―一一八。

――『ヘンリー・ジェイムズ作品集　8　評論・随筆』工藤好美監修　青木次生編、国書刊行会、一九八四。

ロラン・バルト『S／Z　バルザック「サラジーヌ」の構造分析』沢崎浩平訳、みすず書房、一九七三。

ワイルドの言葉遊び
——『まじめが肝心』

塩尻　恭子

一八九五年一月三日、ヘイマーケット劇場でワイルドの『理想の夫』を観たショーは「ワイルド氏はありとあらゆるものと戯れる。ウイット、哲学、ドラマ、役者と観客、演劇そのものと遊ぶ」(9)と、少々当惑しながら褒めたが、『まじめが肝心』[1]に関しては、放蕩が過ぎて劇作家としては駄目になったのかとさえ言っており(T 42)、遊びに対するショーの寛容度は『理想の夫』止まりであった。ワイルド自身ファースとして『まじめ』を執筆し、「些細な劇」だと何度も言っている。出獄して初版の準備をしていたときには、余りにもふざけすぎだから世間は今の自分の手からは受け付けないのではないかと心配した(CL 1124)。しかしその後のワイルド再評価のなかで、『まじめ』の批評の主なエネルギーは単なる遊びではないと論証することに注がれ、おのずと遊戯の部分はおろそかにされてきている。ファースより喜劇、喜劇より悲劇が二十世紀後半になるまで重要視されていたが、同じ価値観がこの素晴らしく愉快な劇に対する批評態度にも見受けられる。

ワイルドが当時の世相、特に偏狭な道徳に対して批判的であり、社会・文化戯評を巧みに作品に組み込んだことは常識になっている。特に近年はゲイの殉教者、圧迫されるアイルランド人としてのワイルド像が強調され、時の権力に対するラディカルな「転覆的」意図が作品にこめられているという見解が広まっている。しかし新しい動向として、ガイとスモール共著『オスカー・ワイルドの職業』に代表されるような、プロの劇作家としてのワイルドや彼が置かれた経済、文化的市場に関する研究が進み、その一環として彼がいかに柔軟に、あるいは日和見主義的に、その時々の観客を喜ばせる商品を制作しようとしたかが明らかにされ、娯楽品としてみる視点も必要だという意見が出てきた。こうして『まじめ』の批評は振り出しに戻った観がある。[2]

ここに至って改めて『まじめ』の台詞の言葉づかいに戻ってみることに意義があるのではなかろうか。全ては言葉から始まっており、特にワイルドの作品はそうである。本稿では『まじめ』の言葉遊びに焦点を絞る。

ワイルドの言葉遊びと言えば、彼のダンディに特徴的な言葉、エピグラムが注意を引いてきた。駄洒落の域を出ないものから鋭い世相観察に基づくパラドックスまであり、一様ではない。レディング監獄からダグラスに宛てた手紙でワイルドは全盛時代の自分を回顧し、「私は全てのシステムを一つの句に、全存在を一つのエピグラムに約言した」と言っているが（CL 729）、ここには彼の自己劇化癖が窺える。言えることは、エピグラムは彼の傲慢なまでに自己顕示的な言葉の戯れで彼の商標の役を果たしたということと、社会性が強いということだろう。既存の知識・文から引用し、それと折衝する。既成の概念・言い回しを出発点として観客にある期待を抱かせ、それに予期せぬ捩り、逆転を加えて効果を生むが、観客が素材の文を認知できなければ不発に終わる。社会に留まる反抗児ダンディの立場を反映してか、そのエピグラム風の台詞は破壊的であるが既成の素材に依存し、言葉のスタイルに注意を向けさせると同時に意味・内容の逆転や反転の面白さにも強調を置く。そして自己充足的で孤立、閉鎖的な形態をとることにより、その「侵犯」に対する反撃から身を守るとともに、架空現実におけるダイアローグの円滑な展開の足を止める。

エピグラムはこうして既存材料の借用から出発する。様々な断片的な文の形で社会に存在する思考・感情の型を予期せぬ形で逆転、転覆させ、様々な種類の笑いを呼ぶ。だから『まじめ』以前の三喜劇ではそれなりの劇的効果を生む大切な手法であった。これらの作品は陳腐な問題劇の筋書を骨格とし、筋を進める台詞には当時流行ったメロドラマに見られる価値や前提概念を構築する言葉の断片が多い。個人の激情の表出かと思われがちな台詞も、人物の心理に根ざしたものではない。それ以外は線的プロット展開とは直接の関係がない会話であり、その大半は社会に存在する様々な精神構造に対応する言語スタイルが誇張され固定されたものである。こうして登場人物たちは社会が造った情緒と精神の諸型を背負ってワイルドの思想劇に参加する。この言語環境だからパラドックスを伴う彼のエピグラムは効果を発することができた。

ところが『まじめ』になると、感傷的メロドラマのプロットと台詞は、プリズム女史を母親と間違えたジャックが一気にまくしたてる台詞「未婚の母！　ひどいショックを受けたことは事実です。でもとどのつまり、苦しんできた人に石を投げる権利が誰にあるだろうか？　後悔しても愚行は拭いされないものなのか？男と女でなぜ掟がちがうのか？　お母さん、許してあげます」(3. 406-10) に詰め込まれて処分される。また主要人物すべてがダンディであるこの劇からアルヴィン・レッドマンがエピグラムとして収録する台詞の数は、四喜劇中もっとも少ない。『なんでもない女』の三分の一、『理想の夫』の二分の一ほどである。明らかに『まじめ』の劇言葉にはそれまでの喜劇に見られない言葉の動きがある。それを本稿ではファース的と呼ぶことにする。

『まじめ』に言葉のファースを見る批評は既にあるが、それは「水銀のように機敏な会話」や「無関係な概念同士を臆面なく、時にははっとさせる奇抜さで結びつける」という程度の指摘であって、充分ではない。作品全体の特徴としてよく挙げられるのは「形式の支配」[3]であり、W・H・オーデンの比喩を借りると「言葉のオペラ」(136) という側面が、従来から強調されてきた。人物、状況、会話の対称的設定、音楽的構成と様式化を指す比喩としては適当である。しかし、『まじめ』の言葉はもっと「些細な」遊びを展開する。オペラというより落書きだ。あまりにも馬鹿げてみえるから批評の対象にされてこなかったのであろうが、この要素が『まじめ』をあの軽妙な喜劇に仕上げている。(Bermel 113)

ファースとは、抽象性を帯びるまで現実離れしたアナーキーの世界の提示であり、雪だるま式に緊張が高まり、採用する形式、技法に対する自意識が強いジャンルである。ラッセル・ジャクソンがニュー・マーメイズ版の序文で言うように、『まじめ』には「ファースが連想させる暴力的な動きが殆どない」(xxxi) が、それもそのはず、この劇ではファースのもつディオニソス的混沌のエネルギーが爆発する場は、言葉である。そしてやんちゃな言葉が戯れるのはイギリスの諸制度、ひいてはブルジョア社会に秩序を与える精神的、感情的、道徳的了解事項だけではない。自分自身とも戯れる。

『まじめ』の動きに非現実化という名を与えたのはイーアン・グレガーである。彼が言うように「プロットが現実の方向に動き出すように見えると台詞がしゃしゃり出て、ファンタジーに作り変える」(T 122) としても、いかに変えるのであろうか。グレガーは言葉においてはパラドックス、プロットにおいてはファースが非現実化を促進すると説明するが、それでは不十分である。むしろ台詞自体が非現実化現象を起こすのだ。リアリズム演劇の台詞は模倣的である。話者の「性格」や機能とその場の状況に合うように聞こえる「自然な」会話を構成し、劇世界、ひいては観客の生活の場に存在するものを指しているというイルージョンを保持しなければならない。『まじめ』の台詞は機会さえあればこの分かり易さの責任から、何かを指示し「意味する」ことの義務から逃れようとする。『まじめ』が生むユーモアの構成上の源は、演劇及び言語におけるリアリズムと非現実化の動きのあいだの緊張関係だと言えるだろう。

言葉が行儀作法を守らず人物や状況から遊離したり、常識的な単語の範疇や結合法に反したり、逆に伝統的な統語法に機械的に従って「非人間的に」なると、私たちは突然、劇世界の現実、言葉の「意味内容」から引き離され、言語そのものに、その形に注意を向ける。言葉が謙虚な透明性を捨て、不透明な物体に変わり自己主張しだす。台詞の足が登場人物や状況という地盤からひょいと離れて宙に舞うとき、台詞が言語に備わる形の勢いで突っ走るあまり慣習的な連結法から逸脱したり常識的で「人間的な」意味機能を失うとき、その言葉はファース性を帯びる。『まじめ』においてはこれが色々な単位—語、句、独立節、一人物の一回の発話、複数の人物間の通称「会話」—で起こっている。

単語レベルでは次のセシリーの台詞が面白い。アルジャノンが、彼女の傍にいたいけれど「ロンドンで仕事の約束があって、どうしても…すっぽかしたいんだが！」と言うと、彼女は「ロンドン以外のところではすっぽかせないの？」(2. 135-8) と聞き、場所を箱や靴のような具体物を指示する概念として扱っている。「ロンドンと同じようなところは他にもあるのに、どうしてロンドン以外ですっぽかせないの？」「同じような箱があるのに、なぜわざわざ古い箱を使う必要があるの。別のを使えばいいじゃない。」セシリーの台詞のユーモアは「すっぽかす」という単語で高まる。もしこの代わりに「守らなきゃ」のような建設的、肯定的な語がきたら、ここまでおかしくはない。彼女の言葉は道徳的義務や単語の分類体系を無視して、無邪気で無責任なノンセンスへと向かう。

カテゴリー枠を破る言葉は、社会の「秩序にかかわる諸概念が異常発達した分野」(Parker 179) で用いられたとき圧倒的な破壊力をもつ。ワイルドは社会で重要視、神聖視される概念の指示語をその特権の座から引き下ろし、より平凡な語とごちゃ混ぜに使う。ジャックが両親を「なくした」というときのブラックネル夫人の有名な返答―「片親をなくすのは不運とみなすこともできるけれど、両親ともになくすのは、そりゃ不注意みたいね」(1. 538-40) ―では、「なくす」という動詞が「鍵」や「ペン」と同列に「親」を扱っている。アルジャノンとジャックの洗礼談義の場では、アルジャノンは、「既に洗礼を受けている」アルジャノンより自分のほうに優先権があるとジャックが主張すると、「でも、もう何年も受けてないからな」(2. 867-8) と反論する。つまり洗礼を食べ物、本、旅行など、気が向いたときに反復するものとして扱っているのだ。こうしてワイルドはさりげなく「親」や「洗礼」という語に山積した意義を剥ぎ取る。これは既存の権威や差異体系からの解放という、喜劇やファースに特徴的な効果を生むが、瞬間的に悪さをしてのける言葉の与える快感は、冒涜にまつわる後ろめたさを伴わず、カラリとした解放感となる。

『まじめ』の言葉のまた一つの特徴は、わかり易い意味を壊してまで自己反復する癖である(以下強調は筆者)。アルジャノンはジャックがグウエンドレン用のバターつきパンを遠慮なしに食べるのに抗議して言う。「もう彼女と結婚してるみたいな振舞だ。君はもう彼女の夫になったのじゃないぜ」(1. 94-6)。馬車を待たしていると告げにきたジャックの執事メリマンにアルジャノンが「来週、同じ時刻に来るように言ってくれ」と言うと、セシリーが口を添える。「ジャックおじさんはとても怒られてよ、もし来週まで、同じ時刻に、あなたがいらっしゃるとわかったら」(2. 449, 451-2)。この種の機械的反復の傑作は、多分、次の場面であろう。グウエンドレンが来ていることに気がついていないアルジャノンに、セシリーが「この若いご婦人と」婚約しているのかと問う。「どの若いご婦人と? おお! グウエンドレン!」とアルジャノンはびっくり。間髪いれずにセシリーが言う、「そうよ! おお! グウエンドレンと。あの、つまり、グウエンドレンとよ」(2. 740-2)。セシリーの台詞は現実状況の牽引とそれからしばし自由になる言葉のあいだの葛藤をみせて興味深い。言葉の世界から舞台上の現実への一種の楽屋落ちであり、喜劇的効果をもたらす。

言葉の悪戯を端的に見せる少し長めの単位として、ジャックがセシリーとグウエンドレンにアーネストが架空の人物だと告白せざるをえなくなる場面(2. 771-8)をみよう。

ジャック(ゆっくりと、ためらいながら)…ぼくにはアーネストという弟はいないんです。弟はひとりもいません。生まれてこのかた弟を持ったことは一度もなかったし、これからも弟を持つつもりなどまったくありません。

セシリー(驚いて)弟はひとりもなし?

ジャック(快活に)ひとりも!

グウエンドレン(きびしく)どんな種類の弟も決して持ったことないんですか?(“Had you never a brother of any kind?”)

ジャック（愉快げに）決して（“never”）。どんな種類のでさえも（“Not even of any kind.”）。

情報提供はジャックの最初の文で充分であるが、第二文は「アーネストという弟」という句のもつ意味的曖昧さ、つまり別の名の弟ならいるのかという疑問の余地を除くために付加されている。これに現在、過去、未来という時制の練習が続く。言葉は自分の形式を意識してその規則自体に追い立てられて進むが、その場にいるどの人物もその「不自然さ」を意識しない。この上なくばつの悪い場面であるはずだが、現実からの遊離に成功したジャックの言葉は軽い調子を帯び、「ひとりも！」と答える時のト書きは「快活に」となる。グウェンドレンの詰問はノンセンスの度合いを高める。背が高い、低い、若い、年取った、などの直接描写的形容詞はここには合わない。「背が高い種類の」とか、「年取った種類の」弟という言い方は、まずしないだろう。ここでジャックが「決して。どんな種類の弟も（持っていない）（“None of any kind”）」と応えたとしたら、それでも彼女の質問と同程度におかしい。もし、「決して。最悪の種類の弟でさえも（持っていない）」と言ったとすれば、そう面白くない。兄弟について違和感がないのは価値判断的な形容詞だから。このやりとりでノンセンスが頂点に達するのは、副詞の“even”が形容詞“any”に付着するときである。この二者を結合すると、“any”を「よい」とか「わるい」などの一般の形容詞と同列に扱うことになり、言葉の分類法をまたまた混乱させてしまう。さらに“any”は完全に無差別的、非判断的形容詞である。他方、“even”はその次にくる語に強勢を置くことにより、それを特定化、極限化する副詞である。こうして、英語の文型練習のようなジャックの台詞で私たちの注意を言葉そのものに向け、数秒のあいだにノンセンス度を高め、最後に、水と油の関係にあるこれら二語を不意に連結して、次の瞬間大気の中に消滅させる手は、いかにもファース的である。"even of any kind" の組み合わせにワイルドはよほど満足した様子で、三幕二三六―七行で再度使っている。

このような言葉遊びが個別に散在するだけの劇であるなら、『まじめ』はショーの不興をかって当たり前である。ケリー・パウエルによると当時のファースは単なる身体的どたばたから言葉の面白さを売り物にするようになり、それが受けていたというから、ワイルドもその路線で観客を釣ろうとしたのであろうが、しかしこの劇はそれだけではない。ワイルドは言葉がいたずらし易い場を劇全体に作っている。「アーネスト」という語を使って。その結果、この作品世界ではいくら言葉が暴れても、いとも「自然」に感じられることになる。

リアリズムというのは、生活の場で私たちが必然的にとる心の構え、生活に必須の態度である。リアリスティックな言語感覚によると、言葉は生の現実や観念に一対一の関係で直接結びつき、観念はまた現前するもの事に結びつく。これを公認の前提とする概念が「固有名詞」であろう。同一種類に属す他のものから区別するために、そのものだけにつけた名。これが個人名の場合、他には同じ人間が存在しないという個別性、固有の主体性をもつ自己に対する信念と表裏の関係にある。二十世紀後半から固有名は固有でないという認識が欧米哲学の基礎を揺るがせてきたが、ワイルドはそれを先取りして、『まじめ』のファース的状況の中心に固有でないことを露呈した固有名を置く。「アーネスト」という語は劇中の他の言葉に率先して、リアリズムの約束事に違反し、日常的言語感覚の根拠のなさを暴露し、私たちと言葉の関係のアブサードな在り様を意識させる。

ワイルドがアーネストという名を選んだのは、同音異義語の抽象名詞・形容詞が指す属性がまじめ、真剣という当時のイギリス社会で非常に尊重された性向であるという点で、彼の社会風刺に最適であったからであるが、言葉、特に「名」の問題を中心に据える意味で、必要かつ効果的な選択であった。言葉の働きの中でもっとも私たちの世界を作ってくれるのは、指示と記述機能であろうし、J・L・オースティンの言う行為遂行機能もこれらの機能あってのことだろう。「名」とその言及対象との緊密かつ定常的であるべき関係のたがを外すことにより、ワイルドは言葉遊びの自由な空間を作ろうとする。

第一幕でアクションが盛り上りを見せる場面の一つは、「僕はアーネストじゃなくてジャックなんだ」(158) という発言でジャックがアルジャノンを驚かすところから始まる。アルジャノンは煙草入れに刻まれた文句「セシリーから［…］ジャックおじさんへ」を手繰って追及する。「だが、おばさんがなぜ、君をおじさん呼ばわりするんだね。」この名前へのこだわりが序曲となって、次の重要なやりとりへと進む。アルジャノンは、今までアーネストだと思ってきた男とその名前を分離することに必死に抵抗する。「君はいつだって僕にアーネストって名だと言ってたじゃないか。僕は君をいつもアーネストだと紹介してきた。君はアーネストという名に応えるじゃないか」(159-61)。こうして理由を列挙すればするほど、彼の説得力は減じるわけだが、実際、ある名が人に付着するためには、アルジャノンの方法、つまり反復しかない。

固有名詞はその言及対象に固有であるという前提で使われるが、皮肉なことに記号としての言語とその指示対象との関係がもつ恣意性の最良の例でもあろう。人名はその人を指すだけであって、「表現」も「意味」もしないし、その人に付着する必然性もない。それなのに、当初の個別具体性から抽象化し類概念を指すようになる普通名詞とちがい、固有名詞はその人に固着し、はてはその人自身になり代ることすらある。動転するアルジャノンを使ってワイルドは、言語は生の現実や存在に一対一で結びつくものだという私たちの幻想を暴き滑稽化する。

さらにアルジャノンはこう言う。「君は名前がアーネスト（"Ernest"）であるかのような顔をしている。僕が今まで会ったことのある連中のなかで最もアーネスト（"earnest"）に見える人だ」（1. 161-2）。たたみかけるようなこの二文は、言葉と指示対象の密着を求める私たちの欲求をさらに誇張して戯画化する。アーネストという名前とその保持者を、そして形容詞・抽象名詞の「アーネスト」がまじめな性向を示すためにさらにその人とまじめさを、一致させてしまう癖である。また「アーネスト」という語を聞いたとたん、私たちの脳裏では音声と意味領域のあいだに振動が始まり、加速し、止まらない。作者は一つの意味への凍結に抵抗する力が書き言葉より話し言葉に強いことを利用して、認識論的不安定感、不確実性、アイデンティティ欠如という作品の基調設定をしている。

ワイルドはアーネストという名に裏打ちを徹底して拒否する。この名はジャックが快楽を求めて町にくるとき、アルジャノンがバンバリーしに田舎にいくときに利用する名であって、形容詞・抽象名詞の「アーネスト」が示す性質とは縁もゆかりも無い。また、ジャックが最後に自分の名がアーネストであることを確かめるという解釈が普通だが、ワイルドはそのような落着に満足する作家ではない。第一に、ブラックネル夫人が「長男だから当然、父親の洗礼名を受け継いだ」（3. 446-7）と言うが、慣習であったとしても例外は当然、当時存在した。さらに作者はジャックの父親にアーネスト・ジョンという厄介な洗礼名を与えるから、ジャックが父親の名を受け継いだとしても、かならずしもアーネストと呼ばれていたことにはならない。ジョンかジャックだったかもしれない。しかも固有であるはずの人名が父親から息子に移っており、借用、「引用」可能である。[4]

こうしてワイルドは「アーネスト」という語が言及する人なり属性なりと舞台の現実を呼応させることを拒否する。ところがアルジャノンは「アーネストな」顔とはどんな顔かを知っているようだし、セシリーとグウエンドレンはアーネストという名の男がどんな男か承知している様子だ。この劇世界では、風聞すなわち「真実」であり、「事実」にすらなる。ブラックネル夫人に尋問された後でジャックはこうぼやく。「あんなゴルゴンにはお目にかかったことがない。ゴルゴンってのがどんなものか本当のところ知らないが」、あの人は「間違いなくゴルゴンだ」(1. 605-7)。この台詞のユーモアは、ゴルゴンがどんなものか知らないという言葉を添えることにより、言葉と現実について私たちがもっている思考癖を意識化させるところからくる。ワイルドは『虚言の衰退』で言う。人はよく日本、日本というが、「日本はそっくり作り物だ。そんな国などないし、そんな国民もいない」(315)。この癖を極端に誇張したのがグウエンドレンとセシリーのアーネストという名に対する思い入れである。その名でありさえすれば念願の男性だという。「理想の時代」(1. 392)のスローガンが二人の女に熱い衝動と切なる思いを抱かせる力を名前に与える。ジャックとセシリーの田舎でもこの名は一人歩きして、ジャックの「ふしあわせな弟」、あるいは「ふしあわせな若者、彼の弟」(2. 25-8, 83)と命名される。さらにこの長ったらしい名もジャック・アーネストにだけ付着するのではない。三幕終わりでは指示対象をアルジャノンに移す(423-25)。

ジャックの煙草入れにまつわる混乱の場に戻ろう。「アーネスト」という二つの同音異義語をアルジャノンが反復使用することにより、舞台上でも私たちの脳裏でも動揺が加速するのであるが、それに加えて今度はジャックが、さりげなくこう言ってのける。「あのね、僕の名は町ではアーネスト、田舎ではジャックなんだ」(1. 168-9)。この直後、彼は一方が「本名」でもう一つは「偽名」だと「よくわかる」説明をして安心させてくれるが、最初にこの台詞を耳にした時は衝撃的だ。人はどこに居ようと一定の名前をもつものだという常識を破るからである。二つの固有名詞が普通名詞のように行動しているとも言える。例えばりんご。英語圏ではアップル、フランスではポム、イタリアではメイラ、スペインではマンサナであり、同じ日本国内でもぶりは東京と大阪で名が違う。「町ではアーネスト、田舎ではジャック」という句は、一幕だけで四回反復されるから（168, 184, 202, 640）、私たちの注意を対句自体に集中させることになり、ジャックのリアリスティックな説明にもかかわらず、滑稽であると同時に足場喪失のような不安と違和感を持続させる。このように名と指示対象の間に実は存在するが私たちが認めようとしない間隔を劇化することにより、ワイルドは彼の劇言葉全般に指示義務から自由な場を作ってやっているわけだ。

『まじめ』はこうして、先行する三喜劇の延長線上にはあっても、まったく新領域のドラマになった。制度化が「自然らしさ」や「事実性」を対象に与えることを知るワイルドの意識は、先の三喜劇においては思考感情の型に主として向けられたが、この劇ではむしろ、言語と私たちの無意識な言語観に向けられる。彼の興味の中心が、人と社会の関係における言語から人と言語との関係、さらには言語が生む、あるいは言語に内在するノンセンスに移ったとも言える。この変化が『まじめ』に初期イオネスコ的な言葉のファース[5]の特徴を帯びさせ、劇言葉にメタ言語的属性を付与したのである。

この先にワイルドは何らかの目標を設定していたのか。言葉のファース、メタ言語の傾向をもつ劇言葉を通して何かを達成しようとしたのか。リアリズムが保証するかに見える存在の堅固さに揺さぶりをかけ、言葉の外にも奥にもその指示対象がない可能性があると示唆する以上に、何かを伝えようとするドラマなのか。そうではないと思う。そこまで追求してワイルドは、くるりと踵を返し、この不確実性を楽しみ、言葉の遊戯を楽しみ出す。社会戯評も入れながら、それからも解放されていたずらする台詞を書く。だからこの劇はショーと並んでイギリスにおけるイプセン支持者であり芝居通であったウイリアム・アーチャーに、「砂漠にみるオアシスの蜃気楼」のように「近づくと触れることもできない」（T 66）批評家泣かせの傑作だと絶句させながら、売れる商品であり得たのだろう。

注

1　『まじめが肝心』のテキストとして採用したラッセル・ジャクソン編のニュー・マーメイズ版はワイルドが最後の目通しをした一八九九年の初版に基づいているが、ジョージ・アレグザンダーの指図で三幕ものに短縮される以前の『まじめが肝心』には言葉の遊びがもっとあったようだ。ゆえに、この作品の多様なテキスト間の差異は本論には直接関係がない。以後は『まじめ』と省略し、この版からの引用は本文中に幕と行数をカッコ内引照する。テキストの翻訳は鳴海四郎と西村孝次の訳を参考に、私がした。日本語では原文の言葉の綾が出づらい箇所だけ、かっこ内に該当の英語を記した。なお、ワイルドの著作名の日本語訳、及び登場人物名の表記は『オスカー・ワイルド事典』に従った。

2　第二次大戦以後、特に一九七〇年代以降のワイルド批評の動向は、イーアン・スモール著の二冊に詳しく概観されている。

3　『理想の夫』に登場するゴーリング卿の執事フィップスにト書きで与えられた形容。

4　命名とは権力行為であるというレヴィ＝ストロースの視点を借りると、また違った読みができる。アーネストという名は体制的価値観がそのかす名であり、それを二人の娘たちは鵜呑みにし、男たちに圧力をかける。ジャックもアルジャノンも、それならと自己命名を試みるが、最後にジャックにわかることは、アーネストという名は父親のもので、しかも軍隊という権力が規律規制保持のために編んだ登録簿に整理されており、管理体制の一部としてこの名が既にあったということ、そこから知らずに自分で引用していたということ、自己命名などできないということである。ワイルドがアーネストという名がジャックの「本当の」洗礼名であると断言していないということは、アイロニーを強める効果として二義的重要性しかもたなくなる。

5　『禿げのソプラノ歌手』と『レッスン』参照。これら二作品においてイオネスコは、言葉の解体を音素レベルにまで推し進める。その点でそこまではいかないワイルドとは違うが、彼らは同じく、言語の性格や動きそのものに焦点をあてた哲学的ファースを書いた。

引用文献

Auden, W. H. "An Improbable Life." *Oscar Wilde: A Collection of Critical Essays.* Ed. Richard Ellmann. Englewood Cliffs, NJ: Prentice Hall, 1969.

Bermel, Albert. *Farce: A History from Aristophanes to Woody Allen.* New York: Simon and Schuster, 1982.

Austin, J. L. *How to Do Things with Words.* Ed. J.O. Urmson and Marina Sbisa. 2nd ed. Oxford: Clarendon P, 1975.

Gregor, Ian. "Comedy and Oscar Wilde." *Sewanee Review* 74（1966）: 501-21; Tydeman 111-26.

Guy, Josephine M., and Ian Small. *Oscar Wilde's Profession: Writing and the Culture Industry in the Late Nineteenth Century.* Oxford: Oxford UP, 2000.

Parker, David. "Oscar Wilde's Great Farce: *The Importance of Being Earnest.*" *MLQ*（June 1974）: 173-186; Tydeman 166-79.

Powel, Kerry. *Oscar Wilde and the Theatre of the 1890s.* Cambridge: Cambridge UP, 1990.

Redman, Alvin, ed. *The Epigrams of Oscar Wilde.* London: Bracken Books, 1995.

Shaw, Bernard. *Our Theatres in the Nineties.* Vol. 2. London: Constable, 1932.

Small, Ian. *Oscar Wilde Revalued: An Essay on New Materials & Methods of Research.* The 1880-1920 British Authors Series. No. 8. Greensboro, NC: ELT Press, 1993.

——. *Oscar Wilde: Recent Research.* Greensboro, NC: ELT Press, 2000.

Tydeman, William, ed. *Wilde: Comedies.* Casebook Series. Macmillan, 1982.（Tと略称）

Wilde, Oscar. "The Decay of Lying." *The Artist as Critic: Critical Writings of Oscar Wilde.* Ed. Richard Ellmann. New York: Random House, 1969. 290-320.

——. *The Complete Letters of Oscar Wilde.* Ed. Merlin Holland and Rupert Hart-Davis. London: Fourth Estate, 2000.（CLと略称）

——. *A Woman of No Importance.* Ed. Ian Small. The New Mermaids. 2nd ed. London: A. & C. Black; New York: W.W. Norton, 1993.

——. *An Ideal Husband.* Ed. Russell Jackson. The New Mermaids. London: A & C Black; New York: W.W. Norton, 1993.

——. *Lady Windermere's Fan.* Ed. Ian Small. The New Mermaids. London: Ernest Benn Ltd.; New York: W.W. Norton, 1980.

——. *The Importance of Being Earnest*. Ed. Russell Jackson. The New Mermaids. London: Ernest Benn Ltd., 1980. 鳴海四郎訳『オスカー・ワイルド全集』第四巻、出帆社、一九七六、西村孝次訳『オスカー・ワイルド全集』第二巻、青土社、一九八一。

『オスカー・ワイルド事典』北星堂、一九九七。

石井　重光

『トリストラム・シャンディ』における語りの原理としての生（性）と死

はじめに

語り手のトリストラム自身が「散漫滅裂」（1, 13, 39）と評する彼の〝生涯と意見〟。[1] しかし彼は、散漫滅裂に陥りがちな本筋と脱線の絡み合いについて、「この私の著作の仕組みはまことに無類独特のものになっております。…一言でいうならば私の著作は、脱線的にしてしかも前進的——それも同時にこの二つの性質を兼ね備えているのです」（1, 22, 80-81）と鼻高々に自己宣伝する。「脱線は、争う余地もなく、日光です。—読書の生命、真髄は、脱線です」（1, 22, 81）と言い、「入神の妙技」（1, 22, 80）を込めて脱線を繰り返しながら、いつ終わるとも知れず語られていく〝生涯と意見〟は、第一巻冒頭に掲げられた「行為にあらず、行為に関する意見こそ、人を動かすものぞ」というエピクテタースの言葉どおりに、本筋たる彼の生涯についての語りはほとんど進まず、彼が誕生するのは、やっと三巻目になってからである。シャンディ一家の逸話、鼻や頬髯の物語、彼のフランス旅行記、叔父トウビーの恋愛などをはじめとする多種多様な事が脱線として語られ、語りの大部分を占める。本論は、その語りを支える原理の一つとして〝生(性)〟[2]と〝死〟を見出し、その本質を明らかにしていく。

多くの研究者が以下の二点、つまりスターンが極めて自意識的な作家であるという事、そして一生を通じて病弱で、ケンブリッジに在学していた頃から喀血を繰り返していた事実から、『生涯と意見』に彼の生涯の反映を見出してきた。本論においては、スターンの個人的な事実が作品に反映しているという事は一般に認められているものとして、改めて個々に論及することはしない。

一 「アブ・オボ」(「卵のはじめから」)

トリストラムは、「人の身の上に関することなら、はじめから終わりまで細大もらさず、どんな秘密でも打ち明けてもらわないとどうにも落ち着かない」(1, 4, 4-5)読者のために、身の上を語り始める。しかしそれは厳密な意味で身の上ではなく、身の上になる以前からである。まさに「卵のはじめから」(1, 4, 5)で、自身が妊娠されるその場面からだ。当然それはトリストラム自身の記憶によるものでなく、叔父トウビーから聞き知った事の物語化である。さらにトウビー自身は、まさに当事者であるトリストラムの父ウォルターから「しばしば」(1, 3, 4)その場面の話を聞かされていた。

どんな秘密でも知りたがる読者の為にと言って、暗に読者の覗き見趣味、特に性に関する覗き見趣味を揶揄しているのだが、実はトリストラム自身の覗き見趣味を告白していることに他ならない。さらに以下のわざとらしく勿体ぶった語り口は彼の性的露出趣味の表れである。

「ねえ、あなた」私の母が申したのです。「あなた時計をまくのをお忘れになったのじゃなくて？」――「いやはや、呆れたもんだ！」父はさけびました。さけび声はあげながらも、同時にその声をあまり大きくしないように気をつけてはいました――「天地創造の時このかた、かりにもこんな馬鹿な質問で男の腰を折った女があったろうか？」え？　何だって？　君のおやじさんは何て言ったんだって？――いえ、それだけです、ほかには別に何とも。(1, 1, 2)

彼は、父ウォルターの名前理論にまつわる脱線に踏み入る時、「私はこの際、もうすこしこの点をご説明申し上げたいと思うのですが、考えてみれば私も、名前をつけてもらう前にまず生まれておかねばなりません。思うにまかせないのが残念です」(1, 19, 64) と嘆いてみせるが、生まれる前にはまず妊娠されなければならないという生物学的な事実を確認しておきたいのである。「何でもかんでも下品な、――肉欲めいた文章でないと受け入れられない」(1, 20, 66) 読者のことをわざとらしく嘆いてみせながら語る「ソルボンヌの博士たちに提出せられたる覚書」の脱線において、彼は、精神的誕生としての洗礼の問題を退屈至極に論議するカトリックの博士たちをからかって、「結婚の式がすんで、肉体結合の式はまだという時に、精子の小人を全部一網打尽に、やみくもに注射で洗礼を施したら、このほうがもう一つ簡単でもう一つ確かなやり方じゃあるまいか」(1, 20, 69-70) と言う。彼にとって、結婚、性生活、妊娠、出産という一連のプロセスは、精神的云々というより、生物学的な、そして形而下的なものなのである。[3]

「主の紀元千七百十八という年の、月は三月、第一日曜と第一月曜にはさまれた夜」（1, 4, 6）の父と母の房事から語り起こすトリストラムは、自分を取り上げてくれる未亡人の産婆の事を語り、さらに、その未亡人に正式な開業許可を取らせるために骨を折るヨリック牧師へと話を進めていく。冗談、からかい、感傷を込めた語り口で、ヨリックがその未亡人のために一肌脱ぐことになった経緯、彼の馬の話、その家系、彼の性分や人柄、「きわめて世事にうとい」（1, 11, 29）性格を語ると、トリストラムは、その性格が招いた「悲劇的最期」（1, 11, 29）を一気に語りきり、ヨリックはすでに鬼籍にある事を明らかにする。

ヨリックは今〇〇〇教区の、自分が管理した墓地の片隅に眠っています。――その上には何の飾りもない平らな大理石の石がおいてありますが、これはその友ユージニアスが、遺言執行人たちの許しを得て、友の墓の上においたもので、そこには、墓碑銘と挽歌と二つの役目をかねて、次のような三語が彫ってあるだけです。

ああ、あわれ、ヨリック！（1, 12, 35）

そしてその後に、真黒なページを二ページ挿入する。

この語りのスピード感には、死（神）の訪れがいつになるのかを人は予知できず、またその時には、訪れは迅速なものなのだというトリストラムの思いが読み取れる。第三巻でマーブルページの意味を説明するついでに、真黒なページについて彼は次のように解説する。「それはちょうど、世間の人たちがあれだけの賢こさを持ち寄っても、いつかの真黒なページの暗黒のヴェールの下に今なお謎のごとく隠されたままになっている、無数の思想やら行為やら真理やらを、ついに解明できなかったのと同じことなんですよ」(3, 36, 268)。彼は、人の一生は一寸先は闇であるということを知り、死後のことは、生きているうちに経験した事、思惟した事の全てをつぎ込んでも、知的にも感覚的にも具体的に理解する事はできないという不可知論的シニシズムを示す。「ああ、あわれ、ヨリック!」という溜息は、そのシニシズムの吐露そのものである。

彼がシニシズムに浸るのは、「ああ、あわれ、ヨリック!」と溜息するその時だけで、すぐさま田舎産婆の手を借りて生まれることになる経緯の説明にとりかかる。何故なら、彼女は「何といっても、いざ必要となったら、なしではどうにもすまされぬお人」(1, 13, 39) だからだ。人は、ある瞬間にはそのようなシニシズムに浸りながら、次の瞬間には平気で別のことを計画したり、他のことを気に病むものである。さらに言えば、人が死について思いを巡らし、人間はいつかは必ず死すべき存在であると考えていても、それは、自分もいつ何時何かの不慮の出来事によって死ぬかもしれないという事を意識する事とは別なのである。

トリストラム自身、『生涯と意見』を語り始めた時点においてさえ、「フランダースで風に逆らってスケートをしたときにとっつかれた喘息のおかげでほとんど息を吸いこむこと」(1, 5, 8) ができないという健康状態である。その時彼は四十歳になっていて、これから語ることになるほとんどの登場人物の死を看取り、その葬儀に出るか喪主を務めていたはずである。ホルツが指摘するように、『生涯と意見』の中で死に直面しているのは彼自身であり、死に関する様々な言説を弄ぶ父ウォルターも、ウィリアム王の為に戦った叔父トウビーも死に直面する事はない (129)。しかし、彼自身は、『生涯と意見』の「全体の完成などはまだまだ遠い先のことと言わねばなりません」(1, 14, 42) と思い、毎年二巻ずつ執筆出版し、「四十年」(1, 22, 82) くらいは続けていこうと考えている。彼にとっても、人の死にめぐり合い、死に思いをめぐらせる事と、自分がいつ何時死ぬかもしれぬ存在であると意識する事は、別物なのだ。

自身の生物学的始まりである両親の房事から語り起こすトリストラムは、生の社会的な始まりを手助けする産婆のエピソードを介して、ヨリックの死を語る。以降彼の語りは、脱線の中、本筋の中で、軽い言及も含めて、生（性）と死を語り継ぎつつ進んでいく。

二　死への反抗

彼は、結婚契約書に基づきロンドンではなく田舎のシャンディ館でお産をする事を一方的に決めた後の父ウォルターの心配を語る。それは、「万一にもシャンディ館での出産で妻や子に何かの禍が起ることにでもなれば、二重の悲しみに自分が押しひしがれることになる」（1, 18, 51-52）というものである。ここには、ウォルターの自己防衛的なエゴの他に、子供を失った場合の悲しみがあり、出産時の母子の死亡率の高さという十八世紀の社会的状況も反映されている。出産は生命を生み出すばかりではなく、母子ともに死にさらす危険性を孕んでいた。実際に難産となり、仮死状態で生まれるトリストラムの出産を予感させる。

ウォルターは「ゲラゲラ笑い」（1, 19, 57）されるか、「荒唐無稽と一言できめつけられる」（1, 19, 57）ような考えを数多く生み出すが、その一つに、名前の良し悪しの説がある。父が最も忌み嫌ったトリストラムという名前が、洗礼を執り行った副牧師の思い違いにより、はからずも自分につけられてしまうという不運を、運命のこれ以上はない悪戯であると「亡き父の遺灰にかけて」（1, 19, 64）トリストラムは呪う。「少々癆咳の気」（3, 24, 249）のある父は、彼が生まれた時既に「五十歳と六十歳のまん中どころ」（1, 4, 6）で、彼が『生涯と意見』を語り始めたのが四十歳の時であるので、彼は比較的若い頃に父の葬儀を喪主として出しているはずである。以下このようにしてシャンディ一族と、一族に連なる人々の生死を見ていくと、トリストラムが『生涯と意見』を語り始める時には、そのほとんどが既に他界しているのがわかる。

一族の恥である大伯母ダイナーのことで、ウォルターとトウビーの間に諍いが起きた時に、トウビーは、「神さまのために、…ぼくのために、またわれわれみんなのために、お願いだから兄さん、どうかこの伯母さんの話と、ついでに伯母さんの灰も、平和に眠らせて上げて下さい」(1, 21, 77) と兄に向かって叫ぶ。この大伯母が馬車の御者と結婚したのは、トリストラムが『生涯と意見』を語り始める六十年ほど前の事で、彼女はトリストラム誕生の前後頃に亡くなり、彼はその葬儀に母に抱かれて出席していたかもしれない。同じく一族のエピソード程度の関心をもって語られるのは、トリストラムの大叔父ハモンド・シャンディである。ハモンドは、一六八五年のモンマス公の反乱に身を投じて「非業の死」(3, 10, 198) を遂げているので、トリストラムとは全く面識がない。トリストラムは、大叔父の非業の死と「引き結び」(3, 10, 197) をいつか語ると約束するが、その約束を果たさずに『生涯と意見』を語り終えてしまったので、その内容は永遠の謎のままである。しかし、モンマス公の反乱、非業の死、引き結びの三点を合わせて考えるなら、大叔父は大義の為に猪突猛進したが、あまりにもあっけなく亡くなってしまったという事を語ろうとしたのかもしれない。ハモンド以上に更にそっけなく扱われるのは、彼の母である。彼女は、『生涯と意見』の中でただでさえ影が薄いのに、その死は「さばきのしとね」のエピソードの中で「母は絶対にそれ［質問］をしませんでした。──早い話が、とうとうこの世界を辞するときまで、自分の住む世界がまわっているものかじっと静止しているのかを知らぬままに辞去してしまったのです」(6, 39, 569) と語られるにとどまる。以上の三人については、トリストラムとの関係性の低さが、そのまま三人の死への関心の薄さに反映される。ダイナー大伯母、ハモンド大叔父、そして母の死に対する関心の薄さに対して、トリストラムが万感の思いを込めて語るのは、叔父トウビーとトリム伍長である。彼は、父が諸家の説を自家薬籠中のものとし、それを補強するためにさまざまな文書を集めたと説明する箇所で、突然、前後関係の照応もなく亡きトウビーの霊に語りかける。

ああトウビー叔父さん、私があなたの善良さに対して当然ささげるべきささげものを、一度こっきり、はっきりとささげることを命ずるのです。…　—どうぞ平安と愉楽とが永遠にあなたの頭上に宿りますように！…
　私のふところに、草刈人夫に払うべきシリング銀貨があるかぎりは…　—シャンディ家に一ルード半の地所のあるかぎりは、親愛なトウビー叔父さん、あなたのお城は絶対に破壊など致させません。(3, 34, 265)

さらに、ボーリンググリーンで立ち働くトリムを語ろうとして、亡きトリムへの熱い思いを語る。

あなた方善良の人士がたは、なにとぞ伍長の墓の草でも抜いてやって下さい…　—ああ、伍長君！　今、君が生きてさえいてくれたら—今なら私も君に晩餐をご馳走したり庇護を加えたりして上げられる—今ならどんなにか君をいとしんでも上げるだろう！　君のすきだった鳥打ち帽も、朝から晩まで、週のはじめから終りまで、かぶらせて上げようし―それがすり切れて来たら、同じような品の二つや三つ、買って上げようものを！…　―君はもういないのだ。―星から出て来た君の魂はふたたび星の世界に飛び去ってしまった―君のあの暖かかった心臓も、その親切で蔭日なたのなかった血管ともども、谷間の土くれに化してしまったのだ！（6, 25, 544-545）

トリストラムは、父母、敬愛する叔父、叔父の従者、大伯母、大叔父、それに、次に述べる実兄を失い、彼らの死と自身の『生涯と意見』を語る。残った身内がいない状況で身内の物語を語る彼の孤独は、どんなに近しい身内、友人、知己がいても、人は自分一人で死んでいくしかないという事実の反転像的状況を反映している。

ウォルターは、「人間の死というものが魂が肉体から離れ去ることと定義してよいならば」（2, 19, 174）として、人間の肉体のどこに魂があるのかを論じるのだが、以下、トリストラムが死の定義、意味を語るところを考察していく。

実兄ボビーは、彼が生まれた年の春にウェストミンスター校に入学しているので、彼とは十二、三歳程度の年齢差があると思われる。トリストラム誕生の翌年、ダイナー大伯母の遺産で兄を大陸に行かせようとウォルターが計画を練っている最中にその死を知らせる手紙が届けられる。このエピソードについて、多くの研究者が、以下の諸点をめぐり様々な解釈を提示してきた。つまり、過剰な知識に自縄自縛するウォルターの死の言説化。トリム伍長の杖と帽子のシンボリズム、奉公人を前にしての演説と兄トムの死への言及。スザナーの頭に浮かぶトリストラムの母の「着古しの緑色の襦子の夜のガウン」（5, 7, 429）とレース飾りのついた帽子に隠された性的比喩、そして奉公人たちの死に対する反応である。しかし、ひとりボビーの死を巡り、様々な解釈を生み出す様々な反応がある事を全体的な視点から見れば、死が持つ普遍的で、それ故に見落とされがちな意味が見えてくる。

ボビーの死は、本来さまざまに解釈されうる余地はないはずだ。死は、そもそも生物学的に死体そのものだ。[4] しかし、それはまた人間的に極めて観念的な知識であり、そして感情となる。ボビーの死を知って、シャンディ家につながる人たちがみせる様々な反応が示し、研究者の多様な解釈が逆に炙り出してくれる事は、死それ自体に実質的な違いはないが、死は、それを取り巻く人たちによって様々に見られるという事である。またそれは、死とそれを見る人の平均的日常性の関係により決定されるのだ。

人は死を様々に見るが、その実、死そのものを向うに押しやって生きている。〝彼が死んだ〟という事実から、〝私が死ぬ事を知る〟ように宗教は諭し、促すが、ごく平凡な日常を生きる者にとっては、一瞬であってもそれを意識化するのは非常に困難な事だ。それは、ボビーの死を知ったオバダイアーと下女のやり取りにはっきりと示される。

　わが家にふとっちょの愚かな下働きの女がいました―愚鈍さをあわれんで父が家においたのだと思います―秋の間ずーっと水腫に苦しんでいました。―坊ちゃまは死んだ！　オバダイアーが言いました―死んだにまちがいないわい！―私は死んでいない、愚かなこの婢がいいました。(5, 7, 430)

この下女は、死を普遍的な事として意識しない。彼女にとっては、ボビーも〝私〟も死すべき同類であるはずなのに、〝私〟は離れて在る。〝私〟には、死は主体の絶対的否定として経験される事、つまり、どこまでも個人的な事である。サッカレーやデフォーが指摘するスターンの非宗教性、非キリスト教的感性（Watkins 116）をトリストラムのこの語りを通して見出すことは可能だが、それ以上に、トリストラムの、そしてスターンの死に対する深い理解を見出す事ができる。

死の理解の深さは、ル・フィーヴァー中尉の死のエピソードの中にも見出す事ができる。普通このエピソードは、以下の二点、つまり場面の感傷性とそれを打ち消す臨終の瞬間の冗談的な描写を通して理解される。しかし、そのうちの後者は冗談であるという解釈では済まされない深い意味を持っている。トリストラムの冗談混じりとされる描写はこうである。

> 生気はあっという間にふたたび引きはじめました—眼のもやも、もとにもどりました—脈がみだれました—とまりました—また打ちました—トントントンと打って—またとまりました—また打った—またとまった—もっと書きつづけましょうか？—〈いえ、もう結構です〉（6, 10, 513）

「生気はあっという間にふたたび引きはじめました—眼のもやも、もとにもどりました—脈がみだれました—とまりました—また打ちました—トントントンと打って—またとまりました—また打った—またとまった」というのは生物学的観点から見た死だ。顔色を失い、目が曇り、心臓が止まる。これにより人は医学的に臨終とされる。しかし、語り手として脈を取るために中尉の手首を握り続けるトリストラムは、死を宣告しない。彼は、死の承認を読者に求める。「もっと書きつづけましょうか？—〈いえ、もう結構です〉」。死は関係断絶の承認であり、承認によって死は成り立つのだ。[5]

ル・フィーヴァー中尉の死を語り、トウビーとトリムを追悼し終わると、彼は、大いに逸脱して自身の大陸旅行へと進んでいく。父と同じく肺病を病むトリストラムは、訪れた死神をまこうとする。「じっとしていること、あるいはノロノロと進むことは、つまり死であり地獄に落ちることだ」(7, 13, 593) と、「世界の果てまで」(7, 1, 577) 一目散にずらかってしまおうというのだ。彼は、それまで他人の死を語り続けながら死神の影に怯えてきたが、大陸旅行のエピソードでは、死神相手の悪ふざけが目立って多くなる。世界の果てでは、神様にお祈りして死神の「首の骨をぺし折ってもらおう」(7, 1, 577) とか、北に行けば「死神の奴と真正面からご対面」(7, 2, 578)、死神相手に「浣腸」(7, 12 591) といったふうである。モンルイユのジャナトーンについての「おんみの肉体には変化の原理が内在しているし、それにうつろいやすい人の身にはどういう偶然が作用しないでもないことを考えると、私はおんみの一瞬さきにさえ責任はおえない」(7, 9, 589) という生の中の死を憂う言葉の後には、彼独特の悪ふざけが続きダイナー大伯母の絵姿、ジャナトーンにふられた話にまで脱線していく。肺病に良いというミルクコーヒーを飲みながら旅を続けるトリストラムは、徹底的に死神を虚仮にする。当時肺病を治療する技術はなかったから、人もトリストラムもただそれを運命として受け止めるしかなく、それと闘って勝とうとはしない。ただトリストラムは、死神を強く意識化し、弄ぶ事により反抗しようとする。彼は、第九巻で余命の儚さをジェニーに向かって嘆いて、「――ああ、天よ、われわれ二人に慈悲をたれたまえ!」(9, 8, 754) と訴えるが、その直後に、「このさけびを世の人たちが何と考えようと――わたしはそんな思惑にははなもひっかけないつもりです」(9, 9, 755) と宣言し、この行を章として独立させて強調し、死のセンチメンタリズムに反抗する。

トリストラムは、多くの近しい人たちの死を看取り、考察する。そしてあえて強く死を意識化することにより、それに反抗する。死への反抗は生への執着、希望に結びつくはずだが、彼の語る生と性は、中途半端なものに終わってしまう。

三　コックとブルの話、むすび

一七一八年十一月五日、九時間程もかかった難産の末、トリストラムは仮死状態で誕生する。しかもこの時、スロップ医師が鉗子を使った為に鼻が潰れてしまう。鼻は顔の中心にあるので、トリムの言葉を借りるなら「からだの主要部分」(9, 31, 803) にある性器との類推が働く。「スラウケンベルギウスの物語」や、「トランプの、クラブの一」(3, 32, 259) のような鼻をした彼の曽祖父のエピソードが示すように、鼻は明らかに性器、もしくは精力のシンボルとなる。誕生した時点から鼻の潰れた彼の性は曖昧である。その曖昧さは、彼が五歳の時の〝窓枠事件〟により、性的不能に変わる。「何も残っていないわ」(5, 17, 449) なのだ。しかも手当てをしたスロップ医師が大げさに吹聴したので、「すべての人の口の端に、『可哀そうにシャンディさんの坊ちゃんは、**********ええ、そりゃもう根こそぎ』などと取り沙汰される始末」(6, 14, 521)。彼の不完全な性は、ジェニーとの関係を不完全かつ不透明なものにする。

—ねえ、いとしいジェニー、ひとつ私に代わって皆さんにお話し申しておくれ、当然のことながら男子たることに誇りを抱くこの私が、男子として一番手痛いあの災難に見まわれた時、私がどんな挙動を見せたかをさ―

いいわよ、そうおまえは言ってくれた、私がガーターを手に持ったまま、何が起らなかったかを考えこんでいた時、私のそばに寄って来てくれてね―いいわよ、トリストラム、私は満足だわ、そういっておまえは私の耳にこうささやいてくれた、「＊＊＊＊ … ＊＊＊＊」―あれを聞いては、私以外の男だったら、ヘナヘナとまん中に崩折れてしまっただろう―（7, 29, 624）

彼の語りは、自虐的である。『生涯と意見』には、男らしさ（＝精力）のシンボルである頬髯を持たぬ若い十字架の騎士のエピソード（5, 1）、父ウォルターの牝馬から生まれた騾馬のエピソード（5, 3）、アンドゥイエの尼僧院長とマルガリータと馬車を牽く騾馬のエピソード（7, 21-25）をはじめとして性的不能への言及、仄めかしに事欠かない。騾馬は生殖能力を持たないし、しかもウォルターの騾馬の場合は、「父は自分の計画には何事によらず楽天的な男でした」（5, 3, 420）とトリストラムがわざわざ語るので、父ウォルターにコキュの匂いさえする。尼院長と若い尼僧が交互に騾馬に呼びかける言葉は、「どんな馬でも驢馬でもあるいは騾馬でも、どんなにいやがっている時でもこの言葉さえ聞けば、いや応なしに坂をのぼること疑いなし」（7, 24, 612）のものだが効き目は全くない。性的不能以外にも不感症へのあてこすりで、男たるものには立つ瀬なき状態だ。

『生涯と意見』の通奏低音であり、主題の一つであるトウビーの性的不能は、ナミュールの包囲戦で鼠蹊部に受けた傷が原因で起きたものだ。伝統的に、またトリストラムも、攻城戦を女性への求愛、求婚のアレゴリーとして用いているので、彼が戦場で鼠蹊部に負傷した時から、相手が誰であろうと結婚問題は不首尾に終わると予告されたようなものだ。性的不能の為に叔父の求婚劇は笑劇的なものになり、女性に対して「極端な、比類のないほどの」(1, 21, 74) 内気さを一生持つようになる。

トウビーがいよいよウォドマン夫人に求婚しようという時、ウォルターは「驢馬を…ヤタラにポンポンはねさせない」(8, 31, 715) よう、つまり性欲を気取られないよう、それを抑えるように忠告する手紙を書くが、彼自身の性欲と性的能力にも疑問符がつけられる。トリストラム受胎の晩の房事からして、時計のねじ巻きを確かめる妻の不用意な言葉で腰折れとなる。「天地創造の時このかた、かりにもこんな馬鹿な質問で男の腰を折った女があったろうか?」これは、なけなしの精力を散らされた男の嘆きだ。彼は五十歳代半ばに達し、性的能力が衰え、月に一度の房事である。トウビーは、「兄上のお年になってこのシャンディ家に子供がうまれるのですから」(2, 12, 133) と感心するが、反対に妻は、「月一回だけというわが身」(9, 11, 760) を哀れむ。

そのウォルターがウォドマン夫人の「落城を遅延させている秘密条項」(9, 32, 804) を知り、妻、ヨリック、トウビーを前にして、吼えるようにして情欲を攻撃する。そしてその最中に『生涯と意見』を締めくくることになる「コックとブル」のエピソードが持ち上がる。ウォルターの飼っている牡牛が自分の牝牛を妊娠させる事ができないとオバダイアーが不平を言い、話の成り行きがわからないウォルターの妻が叫び声を上げ、ヨリックが当意即妙に応える。

L--d! said my mother, what is all this story about?—
A COCK and a BULL, said Yorick—And one of the best of its kind, I ever heard. (9, 33, 809)

これは、コックが無ければブルとは言えぬという、性的不能をネタにしたヨリックの悪ふざけ、冗談だ。それはまた、トリストラムの、スターンの悪ふざけ、冗談でもある。死を強く意識し、死神を虚仮にすることで死に反抗するトリストラムは、生と性に望みを託すこともできない。彼の語る生と性は中途半端となる。いままでみてきたように語りの展開原理の一つは生（性）であり、死であった。しかし、命の始まりと終わりは決して人の自由にならない。それゆえに彼は、コック無しではブルとは言えぬという冗談で、自身の『生涯と意見』の語りにけりを付けたのである。不完全さでもって語りを終える、つまり、不完全さでもって完成を目指したのである。まさにシャンディ的な語りの構造と言えよう。

注

1　使用するテキストは、フロリダ版。日本語は、朱牟田夏雄訳を使用する。引用箇所の表示は、Laurence Sterne Trustが発行する *The Shandean* が使用する表記法に倣う。（1, 13, 39）は、フロリダ版テキストの第一巻、第十三章、三十九ページを意味する。

2　本論で用いる「生」は、lifeであって、生命、生殖等を含む生命現象、人生を意味する。

3　この点は、後に論じるようにスターンの非宗教性を示している。

4　トリストラムは父や叔父たちと大陸旅行に出かけ、オーゼールのサン・ジェルマン修道院の聖者の遺体を見学する。聖者の遺体は、「ミイラ」（7, 27,618）として父たちのからかいの的になる。死体が死として扱われていないからだ。

5　一七六二年二月一～三日付け *British Chronicle* がパリ発の情報でスターンが死んだと報道し、彼の教区民は喪に服した。十二日付けの *Public Advertiser* がパリ発の情報として生存を報道した。報じる側、そして受け取る側の承認によって作り出される死の例である（Cash 126-127）。

引用文献

Cash, Arthur H. *Laurence Sterne: The Later Years*. London: Methuen, 1986.

Holtz, William V. *Image and Immortality: A Study of* Tristram Shandy. Providence: Brown UP, 1970.

Sterne, Laurence. *The Life and Opinions of Tristram Shandy, Gentleman*. Vols. 1 and 2. Ed. Melvyn New and Joan New. Gainsville: The U of Florida P, 1978.『トリストラム・シャンディ』朱牟田夏雄訳、岩波文庫、一九六九。

Watkins, W. B. C. *Perilous Balance: The Tragic Genius of Swift, Johnson, & Sterne*. Cambridge: Walker-De Berry, 1960.

マロリー作『アーサー王の死』におけるラーンスロットの最期

秋篠　憲一

はじめに

『アーサー王の死』は、作者自身が述べているが、エドワード四世の御代の九年目に完成した。この作品は、一人の著者によるアーサー王ロマンスの集大成として、それまでにない偉業である。しかも囚人という境遇のもとで執筆されたものと考えられ、書き終えた時、作者は感慨無量であったにちがいない。また、この著作が、イギリス最初の印刷業者であるウィリアム・キャクストンによって、一四八五年に印刷出版されたことも注目すべきところである。この作品は、アーサー王の誕生から死までを物語ったものであるが、主人公は、アーサー王よりも、円卓騎士団の中心人物で、騎士道の華と称されるラーンスロットである。この世の理想的騎士である彼にも、しかしながら、ある汚点がある。主君アーサーの妃グィネヴィアとの不倫の恋である。作品では、二人の愛は「誠の愛」[1]として描かれるが、この罪深き愛のため、ラーンスロットは、神・主君・王妃への忠誠というジレンマに陥る。拙論では、主人公の最期に焦点をあて、特に彼の死を前にしての罪の告白、「喜びの城」への埋葬、さらに作品の結末で明らかにされるもう一つの遺言について考察し、マロリーの独創性を浮き彫りにしたい。私なりの論を展開するうえでは、当然のことながら作者が典拠として用いた英・仏の作品との比較が不可欠のものとなる。

一　ラーンスロットの罪の告白

「喜びの城」の教会堂の内陣でラーンスロットの葬儀が行われている最中、弟エクターがやって来る。そして悲痛な言葉で、兄への賛辞を述べる。その中で注目されるのが「これまでに女性を愛した男の中で最も誠実な恋人」(1259) という言葉である。騎士道の化身とも言うべきラーンスロットは王妃との不義のため罪深き騎士となるのである。彼の罪深さが浮き彫りになるのが聖杯探求においてである。彼の息子ガラハッドは聖杯を間近に見ることができるが、父親であるラーンスロットは、その罪ゆえに聖杯探求に失敗し、今までにないような屈辱を経験する。彼の最期の告白について分析する前に、聖杯探求においてなされる主人公の罪の告白について考えてみたい。

聖杯探求の冒険に挑んだ主人公であるが、夢うつつで聖杯を見ながらそれに近づくこともできない。そのために、隠者を訪れて悔悛の秘跡を受けることになる。それまで頑なに王妃との不倫については口を閉ざしていた彼が、はじめてその秘密を明かす場面である。今までの罪を隠さずに告白するよう迫られ、泣きながら「一人の王妃を殊の外深く愛してきた」(897) ことを告白し、さらに「私が立てたあらゆる武勲はほとんど王妃のためになしたのであり、彼女のためなら正義の戦いであろうとなかろうと戦ったのです。ひたすら神のために戦ったことは一度もなく…」（897）と続ける。そして二度と罪を犯さないことを誓い、隠者は贖罪の苦行を彼に課す。この告白で見逃せない点は、彼が王妃の名前を言わないことである。「一人の王妃」とぼかしてしまうのである。アーサー王が率いる円卓騎士団には多くの王がおり、これだけでは誰の王妃か特定できない。罪の告白は明瞭かつ真実にしなければならず、彼の告白は不完全であり、[2] このことがやがて聖杯探求のあと王妃との不義の関係を復活させる伏線となる。

マロリーが原拠として用いた十三世紀フランスの『聖杯の探索』では、ランスロは「私が致命的な罪を犯しておりますのは、私の生命をかけ愛してまいりました恋人のゆえです。それはグニェーヴル王妃、アルテュール王のお妃です」（IV, 23）とはっきりと王妃の名を告げる。

マロリーはこのように聖杯探求において、ラーンスロットに不完全な痛悔の秘跡を受けさせるわけであるが、作品では主人公がもう一度罪の告白をする時がある。グラストンベリーにおいて王妃の亡骸がアーサー王の傍らに埋葬された直後のことである。ラーンスロットは、アームズベリーの尼僧院において、神に帰依した日々を送っていた王妃が死んだことを幻によって知らされ、死後三十分の彼女と対面し、悲嘆のうちにその遺体をグラストンベリーまで運んできたのである。気を失い長い間倒れていた彼は、カンタベリー司教であった隠者によって起こされ、悲しみのうちに罪の告白をする。この告白は隠者によって促されたものではなく、隠者に「そんなにかなしんでは神のみ心に反します」（1256）と言われたのがきっかけでなされる。ラーンスロットは次のように心情を吐露する。

私は神の不快を買ってはいないと信じます。神は私の気持ちをご存じのはずです。わたしの悲しみは罪の喜びを思い出してのことではなかったし、今もそのためではありません。私の悲しみは決して終わることはありません。王妃の美しさと気高さを思い出す時、それは王にも王妃にも具わっていたのですが、それで王の亡骸と王妃の亡骸がこうして一緒に並んでいるのを見た時、実際私の心はこの悲しみに沈んだ体を支えるのに役立ちませんでした。また私の過失と傲慢と自尊心のために、この世に生を受けたキリスト教徒の中でも比類なきお二人がこうして地中深く横たえられているのを思う時、そうなんです、…お二人の優しさと私の不人情の思い出が私の心に重くのし掛かって我が身を支えることが出来なくなったのです。（1256）

王妃の死に顔を見て、大きく泣き崩れることもなく、ただ溜息をつくばかりであった彼が、その後はじめてその思いを打ち明けるのである。

このあと、彼は隠者によってではなく、自らが罪深き体に苦行を課す。食事も水もほとんど絶ち、誰もラーンスロットであるとわからないほどに痩せ細り、六週間ほどして病の床に臥せり死んでゆく。断食の苦行を続けながら王と王妃の墓の上でうつ伏せになり祈り続ける。まさにこの罪の告白は死を覚悟してのものである。

それでは何故マロリーは、このような告白をラーンスロットにさせるのであろうか。またこの告白は、聖杯探求でなされたものとどのように違うのであろうか。彼は、尼僧院で王妃から「愛し合っていたわたしたちの愛のためにわたしの最も気高い主人が殺されたのです」（1252）という罪の告白を聞かされ、王妃と同じ運命を辿るべく、隠者の庵で祈りと精進に明け暮れる。六年間厳しい苦行をし、さらに一年間司教の法衣を身に付けミサを行なう。彼のもとに集まった騎士たちも、過酷な精進のためひどく痩せ衰えた彼を手本として苦行に耐える。彼の告白は、隠者として、また司教の法衣をまとった者としてのものであり、しかも王妃の亡骸をアーサー王のそばに埋葬した直後に行われる。聖杯探求での告白とは全く違う状況のもとでなされる。この告白に関しては、彼の後悔の念は王と王妃を悲しい目にあわせたことに対するものであり、神への罪に対するものではない。[3] また彼の心は神に向けられておらず、王と王妃の肉体というこの世的なものに向けられている[4]との解釈がある。それではこの告白をどのように解釈したらよいのであろうか。

　王と王妃の墓前で失神したラーンスロットは、何故これほどまでに悲しむかについて説明をする。まず「神は私の気持ちをご存じのはずです」と述べる。この言葉には、神に対するうしろめたい気持ちではなく、七年間にわたる神のしもべとしての苦行の日々に対する確信のようなものがある。隠者として贖罪の生活に入る前、ベディビアから主君アーサーの最期を聞かされた時、ラーンスロットは思わず「ああ、だれがこの世を信じられよう」（1254）と叫び、彼の心は悲しみで張りさけんばかりになる。まさにわが息子ガラハッドの父への遺言、「この世の儚（はかな）さをお忘れなきよう」（1035）を思い出さざるをえなくなる。彼は王妃の告白を聞いたばかりであり、この時の彼の悲しみは、己が罪が主君の死の大きな要因であることに対するものであると考えられる。だからこそ、その罪の贖罪として厳しい苦行の試練に今まで耐えてきたのである。はじめの神への言及は「神は私の罪に対する懺悔、悲しみはすでにご存じであり、またなぜ今新たな悲しみを味わっているかも理解しておられるはずである」と解釈できよう。

　次に「わたしの悲しみは罪の喜びを思い出してのことではなかったし」という箇所であるが、ここは、原文を忠実に訳すと「わたしの悲しみは罪を喜んだためではなかったし」となる。ここでラーンスロットが言わんとしているのは、私は罪を喜んだこと（王妃との不倫の罪）に対する悲しみから気を失ったのではない、ということである。すなわち、その罪に関しては、悲しみのうちに七年間贖罪の日々を送ってきた。だが先程は、すでに悲しみに満ちている私にあらたな悲しみが起こりそのために失神したのであると彼は言いたいのである。そしてその悲しみとは、自分に対して思いやりの心を示した王と王妃に対して、己の罪と傲慢さによる忘恩行為で報い、その結果高貴で美しいお二人がかくも惨めな姿で並んで地中深く埋められているのを悲しむあまり、自分の体を支えることができなかったと言うのである。ここでは王と王妃を「キリスト教徒の中でも比類なきお二人」と呼んでいるが、神に仕える身となったラーンスロットにとって、二人のキリスト教徒をこのような悲惨な目にあわしたという思いが強いのである。己の罪がもたらしたものを目の前に見せつけられているのである。この告白では、「罪」「過失（原文で使われている言葉には罪の意味もある）」という漠然とした表現[5]が使われているが、神のことを思い、己の罪とその犠牲者に対する深い悲しみに満ちた、司教の法衣に身を包んだ者の告白である。そして断食と祈りという贖罪行為を己自身に課すのである。まさに悔悛の秘跡に匹敵するものである。マロリーは、死を前にして、ラーンスロットに、聖杯探求ではできなかった完全な痛悔と告白の機会を与えるのである。

二　ラーンスロットと「喜びの城」

ある日、ラーンスロットは、隠者となっている司教とボースをはじめとする仲間を呼び、臨終の秘跡を施すようにたのみ、「悲しみに満ちたこの体は大地に帰ろうとしています」（1257）と死が近いことを告げる。そして聖体を拝領し、終油の秘跡を受けたあと、己の遺体を「喜びの城」へ運ぶように頼む。そして「大へん悔やまれますが、いつか『喜びの城』に埋葬してもらうのだと誓いを立てたのです。その誓いを破らないために、皆さんどうか私をそこに連れていって下さい」（1257）と臨終の言葉を述べる。

ここで、フランスの『アーサー王の死』と一四世紀中頃に書かれたイギリスの八行連詩『アーサーの死』において、彼がどのような言葉を残してこの世を去るのか見てみたい。フランス作品では、ランスロは隠者のもとで四年間贖罪の苦行に耐える。この作品では、王と王妃は別の場所に埋葬されているので、マロリーのように二人の墓前で祈ることもない。死期が近いことを悟った彼は、「大司教とブレオブリスに自分が死んだら身体を〈喜びの砦〉へ運んで、遠島国の領主ガルオーの遺骸の納めてあるあの墓へ、埋めてくれるよう」（IV, 159）頼む。このあと五日目にこの世を去る。マロリーのような詳しい罪の告白もなく、彼の願いも間接話法で語られる。そして大司教は、天使たちがランスロの魂を天へと運んで行く夢を見、「贖罪こそ何ものにもまさって価値ある」（IV, 159）ことが分かりましたと神に感謝する。ランスロの納められた墓には、「ここに遠島国の領主ガルオーの遺骸眠る、かれとともに湖水のランスロもまた。かれはログルの王国に入りし中で最高の騎士なりき、ただその子ガラアドを除けば」（IV, 159）という文字が刻まれる。

それでは、イギリスの『アーサーの死』はどのようにラーンスロットの最期を描いているであろうか。七年間僧衣を纏ったあと、彼は司教と仲間を呼んで最期の言葉を吐く。

明日、わたしの死を知ったとき、

棺台にわたしを載せ
歓喜城へ運んでくださることを、
全能の神の愛のために、
わが肉体をその地に埋葬されたい、
いつかそのことを確約しました、
ああ、約束したのを悔やみます。(3843-49)

司教は夢の中で、ラーンスロットの魂が天使たちによって天へと召されていくのを見、その遺体を「歓喜城」へ運ぶ。

なぜラーンスロットは、埋葬の地として「喜びの城〈歓喜城または喜びの砦〉」を選ぶのか。彼にとってその城はどのような意味を持っているのか。マロリーでは、ラーンスロットは、不倫の罪で火刑に処せられる王妃を救出したあと、彼女をどこに匿うかについて味方の騎士たちに相談する。その時ボースは答える。

あのいとも気高き騎士サー・トリストラムはどうされたでしょう。あなたの好意によってラ・ベル・イソードを三年近くも「喜びの城」にかくまっていたではありませんか。あれはあなた方皆の助言でなされたのです。それにあの城はあなたの城で、もし王が火あぶりの判決を下すようなことがあれば、よろしければ同じように、騎士らしく王妃をお連れしたらよいでしょう。(1172-73)

「喜びの城」は彼自身の城であるばかりでなく不倫の罪を犯した恋人たちを守ってくれる城なのである。だが、王妃とともにこの城に立て篭もるが、結局は、王妃をアーサーへ引き渡したあと、彼はこの城を去ることになり、自らその城を「悲しみの城」（1202）と呼ぶ。なお『アーサーの死』では、彼が王妃と籠城する以外にこの城に関して特別な言及はない。またマロリーでは、ラーンスロットの遺骸は、王妃の埋葬の時に使ったのと同じ馬で引く棺で「喜びの城」まで運ばれる。作者の主人公への思いやりが示される。

さて、マロリーが原拠としたと考えられるフランスの「流布本物語群」の一つである『ランスロ本伝』[6]では、騎士に叙任された彼が最初に手柄として勝ち取るのが、「嘆きの城」と呼ばれる、魔法の呪縛を受けた城である。その城では、冒険に挑んだ多くの騎士たちが殺されていたのであるが、みごとにランスロはその呪縛を解き、それ以来その城は「喜びの砦」と呼ばれることになる。またその城の外には墓地があり、その墓の一つの石板をランスロが持ち上げると、彼がやがてこの墓で眠ることになると書かれていた。彼の遺骸がこの城の墓に運ばれた時、ガルオーの亡骸がすでにその墓の中に納められていたが、この埋葬は彼が湖の女の指示に従って行ったものである。というのは、彼女はやがてランスロもその墓に葬られるのを知っていたからである。実はこのガルオーは、ランスロと固い友情で結ばれていた騎士で、ガルオーがアーサー王の軍勢と戦った時、ランスロは己の正体を明かさずにアーサー王側に味方し、すばらしい武勲をあげるが、ガルオーはランスロの武勇に惚れ込んでしまう。しかも彼は、ランスロが王妃に愛の告白をする時に仲介役を果す。この時、ランスロは王妃からはじめての接吻を与えられる。騎士ランスロを愛したガルオーであるが、ある日、ランスロが自殺したかもしれないと聞かされ、絶望のあまり、食事を絶ちこの世を去る。このように、『ランスロ本伝』では、ランスロは「喜びの砦」に埋葬されることが運命づけられており、しかも王妃との不倫のきっかけをつくってくれた恩人で、しかも騎士として愛したガルオーと共にその墓の中で眠ることになっている。またこの城は、ランスロのはじめての武勲の証であり、騎士としての原点とも言える存在なのである。英国の二作品で語られるラーンスロットの埋葬の誓いには、なぜ、いつその誓いをしたのかがはっきり語られないが、その誓いには「流布本物語群」の『アーサー王の死』だけでなく、今述べた『ランスロ本伝』におけるランスロと城の関係が反映していると考えられる。

それでは、なぜマロリーと八行連詩『アーサーの死』では、ラーンスロットは埋葬の誓いを悔いるのであろうか。彼の望む埋葬の地とはどこか。マロリーでは、グラストンベリーにはすでに王と王妃が埋葬されている。また『アーサーの死』では王だけが埋葬されている。R・M・ルーミヤンスキーは、マロリーにおいて、ラーンスロットはグラストンベリーに埋葬されることを望んでいると解釈する。その理由として、祈りと苦行の日々を送った場所であること、また王と王妃の墓があるという二つをあげている。[7]

イギリスの二作品では、ラーンスロットは、どこに埋葬して欲しいか一切語らない。たとえば、マロリーでは、「悲しみに満ちたこの体は大地に帰ろうとしている」と言うだけである。そしてそのあと埋葬の誓いを後悔する。特にマロリーの場合は、「喜びの城」は、トリスタンへの言及にあらわれているように、不倫の愛を象徴するような城である。己の罪を悔い、またその罪の犠牲者を目の当たりにして、悲しみのあまり失神までした彼が、「嘆きの城」と自らが呼んだ城、言い換えれば「罪の城」と呼んでもよい場所への埋葬に躊躇するのも当然かもしれない。この汚れた肉体は大地に帰るだけでよい。埋葬場所も指定しない。しかしながら、せめて、己の罪の象徴である「嘆きの城」には、この悲しみにみちた体を葬って欲しくないというのが真意ではないか。更に、王と王妃を死に追いやった彼に、望ましい埋葬の場など言えるはずもない。

また己の忘恩行為の犠牲となった二人が眠る地に、罪深き己の肉体が葬られるのを望んでいないのではないか。というのは、死んだ後まで、王と王妃の間に割って入るようなことをしたくないという思いが強いのではあるまいか。しかし彼は誓いを破るような人間ではない。その誓いを果すべく、やむなく「喜びの城」への埋葬を司教と仲間に依頼するのである。この埋葬依頼がラーンスロットの臨終の言葉となり、ラーンスロットの遺言は忠実に実行される。

三　ラーンスロットのもう一つの遺言

マロリーによるアーサー王と円卓騎士団の物語は、ボース、エクター、ブラモー、ブレオベリスの四人の騎士の聖地での殉教で幕を閉じる。作品では「サー・ラーンスロットが亡くなる前にそうするように命じた通りこの四人の騎士はその地で異教徒…に対して数多くの戦いを仕掛けた。そしてそこで神への奉仕のうちに聖金曜日に亡くなりました」(1260) と語られる。ラーンスロットは、その遺言で、四人の者に聖地での神への奉仕を命じていたことが作品の結末で明らかにされる。これはマロリー独自の加筆である。なぜラーンスロットは、このような遺言を残したのか。聖杯探求における告白の中で、彼は「ひたすら神のために戦ったことはなく」と述べているが、神の戦士として戦い殉教することが彼の願望だったのではあるまいか。己の罪とそれがもたらしたものへの堪え難い悲しみのうちに、彼の肉体は大地に帰るわけであるが、叶うならば、騎士として神のために戦いたいとの熱い思いがあったればこそ、隠者となっている仲間に、あえて聖地での戦いを命じたのではないであろうか。もしかすると、騎士としての己が亡骸の埋葬の地は聖地でありたいとの願いがあったのではないかと想像してしまう。四人の騎士はラーンスロットに代わって戦い、イエス・キリスト受難の日に殉教する。まさにラーンスロットの遺言は、彼の神への忠誠心を如実に示すものである。ラーンスロットの生き方を共感をもって描いたマロリーにとって、いかに彼を死なせるかが大きな関心事であったに違いない。

おわりに

マロリー作品の中で、「立派な最期」という言葉は、グウィネヴィアの愛についての記述で一回用いられるだけである。すなわち「王妃は…生存中誠の恋人であり、それ故に立派な最期を遂げたのである」(1120)という箇所だけである。ラーンスロットに関しては、エクターによって「最も誠実な恋人」(1259)と讃えられるように、作品では、王妃と同じく誠の恋人として描かれている。従って、彼も立派な最期を遂げたことになる。[8] それでは、誠の恋人であるが故になぜ立派な最期を遂げることができるのであろうか。

ラングランド作『農夫ピァズの夢』では、「悔悛」が次のように述べる。

オヽ幸ナル罪ヨ、オヽ必要ナリシアダムノ罪ヨ。というのは、その罪があればこそ、あなたの御子がこの世に遣わされ、人類を救わんがため童貞(マリヤ)より生れて人となり、その御子とともにあなたご自身をわれら罪人と似たるものとなし給うたからです。…次いで人類のため聖金曜日の真昼に、ご自身の御子とともにわれらの肉体を着て死に給いました。(Passus V484-89)[9]

ラーンスロットの王妃に捧げた愛は、誠の愛と言っても、罪深い愛である。彼が聖杯探求で辛酸をなめるのもこの罪の故である。しかし、その罪を犯したればこそ、己の過ちと傲慢を悔い、贖罪行為によって神への忠誠を示すのである。その結果、息子と同じように、その魂は天へと召されて行くのである。王妃も神への帰依によって「神の恩恵と神の十字架で受けた大きな傷の受難によって、わたしが死んだらイエス・キリストの聖顔を拝することが出来、最後の審判の日には神の右側に座れると信じています」（1252）と言えるのである。罪深き誠の愛に生きた二人が立派な最期を遂げることができるのもそれが「幸ナル罪」であるからと言えよう。マロリーは、アーサー王ロマンスの集大成である作品を閉じるにあたって、作者独自の加筆であるラーンスロットのもう一つの遺言を明らかにすることによって、主人公の最期がいかに立派であったかを強調するのである。

注

1　マロリーは、"true love"に対して、神を第一とする愛を"vertuouse love"と呼んでいる（1119）。

2　ラーンスロットは、ここでは悔悛の秘跡を受けているのであるが、この秘跡は痛悔、告白、罪の償いが主たるものである。痛悔は神を愛する心から、犯した罪を悔やみ忌み嫌うことであり、罪の告白は、犯した大罪をすべて言い表し、明瞭かつ真実になされなければならない。「つうかい痛悔」『キリスト教百科事典』及び「悔悛の秘蹟」『カトリック大事典』を参照。

3　Vinaver は "It is as Guinevere's faithful lover that in Malory he becomes a hermit; it is not of the sins he committed against God, but of the sorrow he caused her and Arthur that in Malory he repents; and it is as her lover that Malory wants him to die ...."（1623）と論じている。

4　"... Lancelot's mind is not on God but on the physical bodies of Arthur and Guinevere"（Benson, "Ending" 237）.

5　"... I remembre me how by my defaute and myn orgule and my pryde that they were bothe layed ful lowe...."

6　ランスロとガルオーについては、Lacy 版　Vol. II: 80, 103, 138, 146, 332 及び Vol. III: 60 を参照されたい。

7　"For Malory, Lancelot's deep regret here is that he must hold to his earlier vow to be buried in Joyous Garde, and consequently cannot be buried—as he would like to be—at the chapel in Glastonbury where he has lived piously for over six years and where Arthur and Guenevere are buried."（152）と解釈する。

8　M. E. D. の "god"（adj.）7（c）god end（ending）では "a good end to life, a Christian and pious death" と定義されている。Benson は "Malory's Lancelot remains essentially a chivalric knight, and thus has a good end."（*Malory's* 245）と述べているが、ランスロットは騎士としてではなく、聖杯探求でアリマタヤのヨセフの子孫である隠者が予言したように、"an holy man"（948）として立派な最期を遂げるのである。

9　「幸ナル罪」（felix culpa）は聖土曜日の典礼の聖歌の一節で使われる。

引用文献

Benson, C. David. "The Ending of the *Morte Darthur*." *A Companion to Malory*. Ed. Elizabeth Archibald and A. S. G. Edwards. Cambridge: D. S. Brewer, 1997. 221-38.

Benson, Larry D. *Malory's* Morte Darthur. Cambridge: Harvard UP, 1976.

——. ed. *King Arthur's Death*. Exeter: U of Exeter P, 1995.『八行連詩アーサーの死』清水阿や訳、ドルフィン・プレス、一九八五。

Lacy, Norris J., ed. *Lancelot-Grail: The Old French Arthurian Vulgate and Post Vulgate in Translation*. Vols. II, III & IV. New York: Garland Publishing, 1993.「アーサー王の死」天沢退二郎訳『フランス中世文学集四—奇蹟と愛と—』新倉俊一、神沢栄三、天沢退二郎訳、白水社、一九九六、七—二六六。『聖杯の探索』天沢退二郎訳、人文書院、一九九四。

Langland, William. *The Vision of Piers Plowman: A Complete Edition of the B-Text*. Ed. A. V. C. Schmidt. London: J. M. Dent & Sons, 1978.『ウィリアムズの見た農夫ピァズの夢』生地竹郎訳、篠崎書林、一九七四。

Lumiansky, R. M. "Two Notes on Malory's *Morte Darthur*: Sir Urry in England—Lancelot's Burial Vow." *Neuphilologische Mitteilungen* 58（1957）: 148-53.

Malory, Sir Thomas. *The Works of Sir Thomas Malory*. 3 vols. Ed. Eugene Vinaver and rev. P. J. C. Field. Oxford: Clarendon Press, 1990.
『完訳アーサー王物語上・下』中島邦夫、小川睦子、遠藤幸子訳、青山社、一九九五。
『カトリック大事典』上智大学他編、冨山房、一九七九。
『キリスト教百科事典』小林珍雄編、エンデルレ書店、一九八一。

III

せめぎあう言説/抗う自己

田林　葉

抑圧と連帯

――ルイーズ・アードリックの『ラヴ・メディシン』論

一九八二年のまばゆい初夏、ソフトボールの後、岩山太次郎先生はおっしゃった――

「文学を何かの道具にしてはいけない。」

二十年以上遅れて、私は次のように応答しよう。

「そして《アンドイエット》、文学は世界でおこっていることに開かれた回路でなくてはならない。」

先生は同意して下さると思う。

はじめに

合衆国ではノースダコタ州近辺に位置する先住民族のオジブエ、ドイツ系、フランス系の血を引くルイーズ・アードリックによる最初の小説『ラヴ・メディシン』は一九八四年に出版されると、全米批評家協会賞を受けるなど文壇から高い評価を得た。彼女はその後も多くの書を世に問うてきたが、改訂版『ラヴ・メディシン』（一九九三）は最も完成度の高い作品と見なされることが多い。オジブエの口承物語の伝統を色濃く受け継ぐ、英語による小説として不動の地位を築いた『ラヴ・メディシン』だが、この作品の傑出した評価は芸術的価値のみにはよらない。それはこの作品が、先住民族が民として経験してきた歴史と、今まさに彼／彼女たちが体験している現実を描き出しているからである。土地を追われ、独自の言語、宗教、文化を収奪され、殺戮・強姦された歴史は、ホロコーストとならんで人間が経験しえる負の要素をほぼ網羅している。このような植民地主義／人種差別による過酷な体験に加え、『ラヴ・メディシン』で描かれる女性たちは、居留地の内外に蔓延する性差別にも苦しんでいる。すなわちこの作品は、人種とジェンダーの軸の交差点に位置し、ポスト植民地主義とフェミニズムの強い政治的メッセージを発している。『ラヴ・メディシン』の登場人物は多様な抑圧を生きているが、本稿ではその人物造型に注目することで抑圧の構造的理解に迫りたい。まず抑圧について理論的考察を行った後、それらの理論に即してこの作品を分析する。日本で暮らす私たちとは異なる彼女たちが、同時代を生きる多様な「我々」の代表として、何らかの抑圧を被らざるをえない現代人の指針になることを示したい。

一　抑圧に関する理論的考察―文化帝国主義と「単一の論理」

多文化主義の隆盛にともない、マイノリティ自らが、自分たちを被抑圧者として不当な差別に抵抗するアイデンティティ・ポリティクスが盛んになってきた。アイデンティティ・ポリティクスは、一九六〇年代以降、公民権運動の高まりとともに、差別や抑圧を受けてきた集団が自分たちの民族的出自や特徴を強く自覚し、その記憶を子孫に語り伝えたことに始まるといわれている。彼/彼女たちが自分の帰属を自覚し、その帰属意識=アイデンティティを社会的な交渉で用いることにより、特に(アファーマティヴ・アクションなど)差別的な待遇の是正を要求する場面で説得力が強まるようになった。このような考え方やそれに基づく運動をアイデンティティ・ポリティクスと呼ぶ。アイデンティティ・ポリティクスの一例として、ウィルマ・マンキラーというチェロキーの最初の女性部族長を挙げてみよう。彼女は著書で、植民地主義者=白人との接触以降のチェロキーの苦難の歴史を語るとともに、自身が部族長選挙戦に出た時受けた激しい嫌がらせについて「初めて出会ったあからさまな性差別」(240)と述べている。マンキラーは「女であるという事実のために」(240)自分の親戚からさえ出馬を断念するよう脅しを受けた。彼女の証言は、チェロキーであり女性であるために、植民地主義と性差別主義により抑圧を受けてきたことを明らかにする。

マンキラーの例に見るように、アイデンティティ・ポリティクスの主たる効用は、権力の不平等な分配システムを明示し、自らが属するグループの政治的原動力にすることである。しかし、マイノリティ集団の権利を獲得する手段として政治的に有効なこの戦略は、両刃の剣でもある。なぜなら、自分の属性を一つのカテゴリー(たとえばチェロキー・女性)に同一化する時点で本質主義に陥り、人種差別や性差別の実行者と同様、人間を不動のアイデンティティに固定化する静態的モデルを用いることになってしまうからだ。生身の人間存在の複雑さを理解し表現するには、アイデンティティ・ポリティクスは機械的・還元主義的すぎる。マンキラーは、チェロキーであり女性であるが、この属性を強く押し出す時、それ以外の特性や、時間の経過や相手によって生まれる変化は排除され、彼女を「生成する総体」として把握することができない。

またアイデンティティ・ポリティクスにおいては、抑圧の要素が多いほど当人の抑圧が大きく、したがって発言権も強まると考える傾向がある。たとえば身体に障害を持つ、有色人種、労働者階級のレズビアンの場合、彼女は障害、人種、階級、性、セクシャリティによって幾重にも差別されているという考え方だ。このように、人間の被る抑圧を要素に分けて加算することにより、その人間の抑圧度が算出できるとする考え方を、この小論では抑圧加算モデルと呼ぶことにする。[1] しかしながら、このモデルにもアイデンティティ・ポリティクス同様限界がある。アイリス・マリオン・ヤングも抑圧を分類して理解する方法に次のように疑義を唱える。

私は、抑圧されているそれぞれの集団に対する抑圧を説明するために、人種差別、階級差別、異性愛主義、年齢差別など別々の抑圧システムを構築すること……これは、これまで私以外の何人かが行ってきた方法だが―を避けてきた。なぜならこのように、それぞれの集団が受けている抑圧を、一様で他の集団とは異なる構造／システムと考えることには、二重の問題があるからである。まず、このような抑圧のとらえ方では、異なる集団が受ける抑圧の類似性や重なりあいを説明できない。また、それは集団内のすべての成員の状況を同一のごとく誤って表してしまうからである。(63-64)

そこで彼女は、排除や還元を避ける最良の方法として「抑圧の五つの面」―「搾取」、「周縁化」、「無力」、「文化帝国主義」、「暴力」―という概念を提示する。「搾取」はもともとマルクス主義の用語であるが、ヤングは階級と同様、ジェンダーや人種を搾取が行われる抑圧構造の基盤と見る。第二に、「周縁化」は労働力として使用できない人間に対して行われる。いわゆる「第三世界」だけでなく、先進資本主義社会で増加中の人種的マイノリティ、老人、失業者、障害者などもその例である。第三の「無力」は、非専門職の労働者が「搾取」に加えて被る抑圧の形態である。たとえば、専門職がある程度自分で働き方を決められるのに対し、非専門職は自分の働き方を決める力を奪われ、無力にさせられている。第四の「文化帝国主義」の概念はポスト植民地主義理論やフェミニズムから生まれたものである。これは、ある支配的グループの経験や文化を普遍化し、規範とする考えである。異文化に対し自文化の普遍性を主張するため、「男性とは異なる女性、ヨーロッパ人とは異なる先住民族やアフリカ系アメリカ人、キリスト教徒とは異なるユダヤ教徒、異性愛者とは異なる同性愛者、専門職とは異なる労働者」は概して「異端であり劣等」という徴を付けられた(59)。最後に「暴力」だが、米国では、女性、人種的マイノリティ、同性愛者などは、肉体的暴力だけでなく嫌がらせや脅し、嘲りといった精神的暴力にもさらされている。ヤングはこれらの暴力を単に個人が行う不正としてだけでなく、社会の構造的・組織的不正義としてとらえる。

上記の五つのなかで最も重視すべきものは、文化帝国主義だと私は考える。なぜならこれは、物理的な不利益として生じる他の四つの形態とは異なり、それらの抑圧を正当化する根拠＝価値観だからである。つまり、文化帝国主義は他の抑圧に覆い被さりつつ、それらを再生産する根源的なメカニズムである。この考え方は、リュス・イリガライによって「単一の論理」として次のように厳しく批判されている。

人間の基本モデルはまだ変わっていない──単一／単独の、歴史的には男性、範型的《プラグマティック》には西洋の成人男性で、理性があり、障害のない者。こうして、モデルとのあいだに相違が観察され、その相違は優劣のヒエラルキーの中で評価され、経験される。すなわち「理念モデルとの相違を有する」多数者はつねに「理念モデルである」一者に服属させられる。多数者である他者は「先に基本モデルとして挙げた」人間の理念、すなわちさしあたりは完全なものとみなされうる人間の理念の複製品にすぎず、多かれ少なかれ不完全にしか複製されなかったものはすべて、これと同等になるべく苦闘しなければならない。さらにこれらの不完全な複製品は、自分が自分を差異ある個性として定義するのではなく、理想的な個性が参照されつつ、その理想からどれだけ逸脱しているかに応じて定義されるのである。たとえば、年齢、理性、人種、文化などに関して。("The Question of the Other" 7)

ここでイリガライは、他者を自分と異なる存在ではなく、自分と同種で劣った存在と見なすことに異議を唱えている。彼女の論議は主に男女の性的差異に集中し、「単一の論理」を家父長制の原理として糾弾する。先述したマンキラーの例に戻ると、彼女はチェロキー女性として、基軸（標準）として無徴の「白人・男性」から人種とジェンダーの双方において有徴とされる。すなわち、彼女は文化帝国主義により「白人ではない／白人より劣った」、また家父長制により「男性ではない／男性より劣った」他者にされてしまう。この時、マンキラー自身の持つ「チェロキー」の「女性」という正のアイデンティティは消去され、「〜でない」という負のアイデンティティのみが残る。[2]

以上、抑圧に関するいくつかの理論を概観してきた。もちろんこれらの理論は、他の理論同様多分に図式的すぎる。しかし、ヤングの概念やイリガライの「単一の論理」批判を援用すれば、抑圧加算モデルによるアイデンティティ・ポリティクスよりはるかに繊細な人間の分析が可能になる。これから、このことを『ラヴ・メディシン』を用いて議論する。

二　静態的モデルでもなく抑圧加算モデルでもなく——『ラヴ・メディシン』における抑圧と人間関係の布置

オジブエの居留地を中心にストーリーが展開する『ラヴ・メディシン』は、複雑な登場人物たちとその相互関係を描き出す。[3] まず、ジューンとゴーディの長男キングは、ヨーロッパ＝アメリカ的な価値観を内面化し、支配的な社会に同化するために白人の元売春婦と結婚する。人種間の権力構造にかかわらず、あるいはむしろその権力構造ゆえに、キングは妻を「ビッチ」と呼び虐待するが、これは彼女が女性だからでもある。また彼は異父弟のリプシャを〈非嫡出子〉だという理由でいじめ抜くが、この関係は二人の階級差—兄は名門の家族の長子、弟は〈私生児〉—から来ている。同様に、ジューンの最後のパートナー／買春客アンディは白人の掘削工で、数日間何も食べていないジューンにビールを買ってくれる。ジューンはアンディに見果てぬ対幻想によるロマンティックな感情を抱いているが、この関係は、労働者階級とはいえ先住の民の土地に埋まる天然資源（石油）により賃金を得る白人と、無一文のオジブエ女性の、階級・人種・ジェンダーによる階層秩序を示唆している。ジューンの養母マリーとマリーの義母のラッシュズ・ベアとの関係も、複雑な軸をめぐり展開する。マリーが卑しい家の生まれであるという理由で、義母は嫁に辛く当たる。しかし二人の関係は、時が経つにつれて変化する。自分の功績により夫を出世させることに成功した時、マリーの社会的上昇と義母の加齢による階級差および年齢差によって、二人の力関係は転覆される。

このように、この小説の主要登場人物たちは、程度の差こそあれオジブエとして人種差別とそれに寄り添う階級差別に苦しんでいる。また女性たちは性差別にも直面している。しかし、彼／彼女たちの抑圧は一様ではなく、時や相手に応じて変化するものである。人種差別、階級差別、性差別等の総計で抑圧の程度を計ることはできないのだ。

この複雑さを検証するために、男女関係を例にとってみよう。ここでは、ネクターとその妻マリー、そして恋人ルルの三角関係に焦点を当てる。そもそも二人の結婚は、ネクターがマリーを森でレイプしたことに起因する。この行為は暴力そのものである。その上彼は、自分が名家の出身であることから妻を大切にせず、優越感すら抱いている。一方彼は「俺は議長の地位なんぞちっとも欲しくなかった…。なのに、政治にかかわるやどろどろと煮えくり返るような策も弄しなければならなかった。…首都ワシントンにさえ出向いていった。州知事とも対談した」とも告白する（136）。[4] ここでネクターがマリーを一方的なセックスで性的に搾取しつつ、関心のなかったはずの政治に絡め取られ、連邦政府に搾取される構造が明らかになる。

しかし、彼がいかに二人の女性に対して不実だとはいえ、責められるべきはネクターだけではない。彼は、「マリーはそれしか望まなかった。愛情もいらない。セックスもいらない。ただ一つ、手動絞り器のついた洗濯機を欲しがった」（136）と語る。もちろんマリーが養子も含めて多くの子供の世話に追われ、愛情やセックスに心を配る余裕がないことは理解できる。しかし、彼女は社会的階段の上昇に強い関心を持ち、夫を部族の議長にさせることに執着していた。彼女はバターを作るため攪乳器を回しながら、「この先ネクターをどんな人物に仕立てあげて行くか、考えを進めていった。［彼女］には計画がいくつかあり、それらの計画からネクターは逃げられない。…［彼女］は彼をこの指定居留地の大物にするのだと決めている」（88-89）。[5] 個人としてのネクター、一回性の人生のパートナーとしての彼にマリーは関心を示さない。ネクターが議長になったので、彼女は「立派な身分の女」になり、彼女の生家「ラザール家の者など、だれ一人として着たことのない、立派なドレス」（148）を身にまとう。ここで露呈してしまうのは、マリーは自分の出自の階級を軽蔑することにより、階級関係を反転させただけで、それを反復・再生産している。ゆえにこの夫婦は、「立派な家族」を確立するために低い階級の人々を抑圧する共犯者になってしまう。

その間ネクターは、初恋の女性ルルと五年間も関係を続けている。この関係は、マリーを捨ててルルと一緒になる決意を翻した時、彼が放心状態でルルの家を燃やしてしまう時まで続く。そしてこの事故の直後に、彼は部族の長として、ルルに現在住んでいる土地の立ち退きを命じる。彼は、自分の公的生活と私的生活をめぐるジレンマについて次のように語る。「その土地は彼女の所有地ではなかった。…その土地は部族のものので、ルルには気の毒だが、委員会はルルの土地は工場誘致に理想的であると決定していた。それにはもう、俺は激しく反対した。できる限りの力で。だが、政府の助成金が委員どもの鼻先にぶら下がっていた」(138)。[6] この出来事が例証するように、どんなに苦悩が深くとも、ネクターは自分の愛する女性の土地を公権力を用いて取り上げ＝搾取し、彼女を周縁化させる。他方、ルルは婚外恋愛を繰り返し、他の男性との間に次々と子をもうけることにより、夫ヘンリーを苦しめる。この観点から見ると、ネクターとの関係においては被抑圧者であっても、最終的に自殺してしまうヘンリーに対してルルは抑圧者である。

私はここで登場人物たちが彼／彼女のパートナーを愛していない、と言っているのではない。むしろ、少しも抑圧関係を伴わない愛の関係などない、と強調したいのだ。他者との関係においては、程度の差こそあれ、誰もが抑圧したりされたりしてしまう。要は、すべての人間はある場面では支配的で、別の場面では従属的だということだ。先に議論したように、ネクターは文化帝国主義のもとで政府に抑圧されると同時に、二人の女性を抑圧する。しかも、状況をより込み入らせるのは、ネクター自身はマリーやルルに愛着と同時に脅威を感じていることだ。社会的階段を上る機械に仕立てようとするマリーと、妻と別れることを迫るルルは、彼にとっては恐れの対象だ。だから、この小説で誰が最も抑圧されているかを決めることはできないし、そのようなことをする意味もない。人種・階級・ジェンダーなどの軸に沿って、抑圧の要素を加算していくやり方では『ラヴ・メディシン』における人間関係を理解することは不可能なのだ。もう一つの例として、抑圧加算モデルに照らせば最も強い抑圧を受けているジューンを考えてみよう。彼女は夫ゴーディに家庭内暴力を受け、性的搾取の究極ともいえる売春の後、お金ももらわずに一章で死んでしまう。現実的に考えるとさまざまな極限の抑圧が死をもたらしたともいえるのだが、彼女はこの小説においておそらく最も重要な人物として造型されている。というのも、彼女は死後も支援や、尊重や、愛のメッセージを他の人間に送り続けるからである。また、当然のことながら、これらの登場人物や人間関係は、静態的モデルを用いても理解することができない。たとえばジューンの姪のアルバタイン、ジューンの元恋人ゲリー、そしてジューンとゲリーの子リプシャは性別役割を簡単に越境する。アルバタインは医者になる決意をし、リプシャは老人ホームで働き、ゲリーは戦争に行かない。また、若いアルバタインやリプシャのみならず、マリーやルルなど年長者も、この小説時間の中で変化する。これらの例はすべて、それぞれの登場人物がいかに静態的モデルや抑圧加算モデルをすり抜け、独自の抑圧/被抑圧関係(ポジション)を経験しているかを示している。

三　エンパワーメントと連帯——抑圧を生き延びて

では『ラヴ・メディシン』は、静態的モデルや抑圧加算モデルでは捉えきれない、どのような人物と人間関係を描出しているのか。まずこの小説における人物表象において際立っている特徴を明らかにしてみたい。

第一に、女性へのエンパワーメントが挙げられる。ほとんどの女性登場人物は、家庭の外で何らかの社会的役割を担っている。最も顕著なのは「今や政治にどっぷりつかっている」(300)ルルである。彼女とネクターとの息子ライマンは先住民族の伝統工芸品を作る工場を経営しているが、彼は安っぽいみやげものを生産したがっている。逆にルルとマリーは「博物館レベルの工芸品」(303)を作ることや、従業員をさまざまな家族から構成するよう求めている。労使の対立は高じて、従業員の反乱により工場が破壊される。この時両者の権力秩序が転覆されることからわかるように、すでに老齢のルルとマリーは部族社会の主要メンバーとして描かれている。多くの子を産み、養子を含めてより多くの子を育てながらも、彼女たちは核家族の家に縛られていない。オジブエ女性として、抑圧加算モデルでは多重に抑圧を被っている彼女たちは、権能ある公的・政治的な存在として描かれている。ヤングの概念を用いて言いかえると、文化帝国主義により搾取され周縁化され、時に暴力の対象になる彼女たちは、自己決定権を持つため無力でない。[7]

もう一つの特徴は、このエンパワーメントと密接に関連している。それは人間同士、特に女性間の連帯である。前述したように、ルル、マリー、リプシャなどの従業員の連帯がなければ、ライマンの工場における雇用者―労働者の権力関係は変わりえなかった。連帯のより傑出した例は、ラッシュズ・ベア、マリー、フレール(ルルの母)のシスターフッドである。すでに触れたように、マリーとラッシュズ・ベアは、敵対していた。その上、フレールは、ラッシュズ・ベアの夫と息子のそれぞれとかつて恋愛関係にあったので、ラッシュズ・ベアに嫌われていた。しかしこの三人は、それぞれ複雑な感情を抱えながら、マリーの最後の出産の際に惜しみなく協力する。

ところが、上記の女性間に見られたこのような連帯は、家父長制の権力に取り憑かれた男たちの手には届かない。たとえば、マリーの出産後、ラッシュズ・ベアは嫁の肩を持ち、長子ネクターと縁を切る。ラッシュズ・ベアは、出産において何の努力もしなかったこと、三人に礼も尽くさずお金でことを済まそうとしたことに関して息子を責める。ネクターがキャシュポー家のプライドにしがみついているのに対し、ラッシュズ・ベアが階級差を超え、嫁との絆を強調する以下の母子の会話は、注目に値する。

「受け取れよ、これはあんたらのだ」とネクターは言った。

…

「あんたの手からは受け取れないね。」
「俺はお袋の息子だろ」と彼は言った。
「今は違うさ。わたしには娘が一人いるだけだよ。」
「彼女?」と笑いそうになりながら、彼は言った。「だって彼女はラザールだよ。」
「恥を知りなさい」とラッシュズ・ベアは言った。(104)

ここではっきりするのは、女性の連帯、特に今まで敵対関係にあった者同士のシスターフッドが、母—息子の血縁関係より肯定されていることだ。また、ネクターを巡る三角関係にあったマリーとルルは、ネクターの死後和解する。これは「家庭内の女=マリー」と「家庭外の女=ルル」を分断していたドメスティック・

イデオロギーがネクターの死によって解体し、女性同士の絆が深まったことを意味している。このような連帯は、アルバタインとドット（ゲーリーのガールフレンド）、アルバタインとリプシャにも見られる。ここからわかるように、このシスターフッドは生物学的な女性だけに限定されず、階級やジェンダーのカテゴリーを超え、周縁的な人物の間で花開いている。

四　異性愛のゆくえ――連帯の可能性

家父長の系列から排除された登場人物たちは、抑圧のさまざまな面を同時に経験しつつ、抑圧の対極にあるともいえるこれらの特徴――エンパワーメントと連帯――を見せる。先に私はまったく抑圧関係を伴わない愛などない、と書いた。では、性愛を伴う男女間に連帯は成立するのだろうか。もう一度ルルとネクターの関係に立ち戻って、検討してみよう。ネクターはルルを抑圧しているとはいえ、痴呆になってからも彼女に執着している。しかし、マリーとルルとの二重生活、とりわけルルとの性的な関係は、彼のエネルギーを消耗させる。「ルルは俺に若さを取り戻させてくれたと同時に、俺を老け込ませた。…昼の仕事から家へ、家から夜の仕事へ、夜の仕事からルルの腕の中へ、そこから再び家へと、急流に押し流され、ほとんどの場で俺は心をキリリと保つことができなかった」(136) と彼は認める。この関係はこんなにも彼をへとへとにさせたので、関係が終わって彼は「ほとんどほっとした」(137)。

ジューンとゴーディの関係も性愛により疲れ果ててしまう例を示している。彼らは駆け落ちして、池の近くの簡易宿泊施設でハネムーンを過ごすが、二人の性愛は喜びに満ちた愛の営みというよりむしろ重労働であることを、語り手は明らかにする。「セックスは仕事のような感じだった。まったく楽しくなかったのだが、止めることもできなかった。…ついにあきらめてことの最中に眠ってしまうまで、彼らは延々と行為を続けた。…そして、相手がセックスをまた持ちかけないことを互いに願っていた」(271-72)。そして、新婚時代が終わると、ゴーディーはジューンを殴るようになり、関係は破綻する。

この二組のカップルの事例は、性愛を伴う関係は長続きしない、という結論を導く。困惑するほど性的行為に没頭しているのに、この二組のカップルが安定した関係を築けないことは意味深い。この理由は、異性間の性器愛に基づく関係においては、先に議論した「単一の論理」が働いていると考えられる。たとえばネクターは、「含む《コンテイン》」という動詞を用いて、ルルが「一歩もゆるがずに、俺をせきとめる《コンテイン》ことができた」(134)と語る。ここで注意する必要があるのは、ルルはネクターを「しっかり受けとめる《ホールド》」(134)容器のような存在であることだ。これは、イリガライの「包むもの」のアイデアに結びつくので、少し紹介しておく。

> もし女が伝統的に、しかも母親として、男にとっての場を表しているとすれば、その限界は歴史上のある時代から別の時代への偶発的な突然変異とともに、女がモノになることを意味しています。女はモノとして縁取られているのです。ところで母性的―女性的なものもまた男が自分の物を制限する包むものとしての役割を果たしています。(傍点筆者、一〇)

先に論じたネクターの二重生活の記述で、彼は、「ルルの腕」を「仕事」や「家」のような〈場所〉と並列にする。このことはルルがどんなに性的快楽に貪欲でも、不動で内在的な（超越しない）「包むもの」になってしまうことを論証する。このことは、「ルルは俺といっしょに流れ走ることができた」（134）という表現によっても否定されない。なぜならルルが「流れ走る」ことができるのは、ネクターと「いっしょ」だからで、彼のように単独で動くことはできないからだ。彼はルルに「静かに横になって…何も言わない」（132）ことを望み、「勝手に動かして上下に踊らせる［彼の］操り人形にしよう」（137）とする。結局彼の試みは失敗に終わるのだが、一般に「単一の論理」は他者をモノ、すなわち生命を持たない容器に代え、結果として自発性を奪い、自身の存在の内に取り込んでしまう。この「単一の論理」は性交後ではないけれども、マリーとネクターのベッドにも滑り込む。彼は言う、「俺は彼女といっしょに、一回、呼吸する。もう一回。すると、もう俺の体はマリーの体になり、一つになっていっしょに呼吸している」（141）。ここで指摘する必要があるのは、これはマリーを捨ててルルと一緒になる決心をした直後の場面だということだ。つまり、この「単一＝同一」性はお互いに愛し合う主体がそれぞれに感じる一体感ではなく、眠っていて動けないマリーに一方的に押しつけられたものである。マリーはミルクのにおいがして、ネクターを温めてくれるが、これは脱性化された母親の姿であって、還元できない個別性を帯びた、性化された一人の女ではない。前述したように、「単一の論理」は女性を「男性ではない／男性より劣った」存在と見なす。この小説において男女関係は、文化帝国主義や家父長制の原理＝「単一の論理」を深く内面化するものとして描かれているのだ。

このように、『ラブ・メディシン』においては、性愛を伴う登場人物間の関係は不安定である。ジューンとゲリーの場合のように、カップルのそれぞれは優美で愛情深く表現されていても、彼らの関係は長続きしない。ましてやジューンとアンディの場合は、男が一方的に射精して眠ってしまう。この性交ではコミュニケーションは全く成り立たず、ジューンはアンディの欲望のはけ口＝〈場所〉であり性的搾取の対象でしかない。彼女は快楽を得るどころか、お金も受け取らずに吹雪の中を死に向かって歩き出す。ゲリーと彼の現在の恋人ドットだけが、性愛を伴いつつ、連帯の可能性をかすかに示している。しかし、その関係はお互いの友人アルバタインによって簡潔に語られるだけだ。たとえば、「ドットはゲリーを、真実、深く、愛していた—それは明らかだった」(203)や「生涯で初めて、今こそ、ゲリーは自分の逃走の目的を、はっきりと持ったのだろう」(209)のような記述では、読者は「逃走の目的」をドットと彼らの新生児と理解はしても、それ以上のことは知るよしもない。このように、性愛を伴う異性関係においては、マリー、ルル、フレールなど周縁的な人物同士に見られた安定的な連帯を見いだすことはできない。

おわりに

今まで見てきたように、『ラブ・メディシン』の登場人物は、静態的モデルや抑圧加算モデルの予想を大きく裏切る人間のありようを提示する。たとえば、社会的に周縁的な登場人物たちは多重の抑圧を被りつつ、エンパワーメント(公的領域における実行力)や連帯(コミュニケーション)という高い能力を見せる。一方、このような能力は家父長の系譜の男たちには付与されず、したがって異性愛における連帯も発現しない。ここからオジブエという被抑圧同一グループ内でも、抑圧の性質や程度に差異があることや、〈非嫡出子〉や女性など異なるグループ間に共通点があることがわかった。またヤングの概念を用いることにより、「文化帝国主義」に基づく「搾取」や「周縁化」、そして時には「暴力」を受ける女性登場人物たちが、必ずしも「無力」でないことを確認してきた。しかし、当然のことながら、どのような理論も万能ではない。たとえば、ヤングの理論は抑圧を被っている女性たちが無力でない可能性を提示はしても、なぜ彼女たちがエンパワーされ、連帯を実現するか説明できないからだ。

ではアードリックはこのような人物造型により、何を訴えたかったのか。あえて一言で答えるなら、時間軸や関係性によって生成変化する人間存在の複雑さ、といえるのではないか。人間は抑圧したりされたりしながら、日々変わりゆく網目状の関係性のなかで、交渉しつつ生き抜くしかないからだ。またアードリックはある時はエンパワーされ、連帯を達成する被抑圧者＝犠牲者を描きつつ、権力関係が滑り込む異性愛には永続性を与えない。このことは、すべてを相対化することにより現存の権力の不均衡を維持してしまう、ポストモダニズムや文化相対主義とは異なる強い政治的メッセージとして受け取れる。『ラブ・メディシン』は私たちが何者であるか、また私たちにどのような政治的選択＝生き方が可能かを考えさせる。文学はこのように現実の人間存在を多様な方法で表象する。文学は、世界でおこっていることに開かれていると同時に、現実の地平を押し広げる。そして、文学は私たちと世界をつなぐ。文学の価値はここにあるように思う。これからこの世界がどこへ向かうにしろ、「単一の論理」に回収されることを拒否する固有の人間として、世界と文学の両方にかかわっていきたい。

注

1 「抑圧加算モデル」という術語は筆者による。

2　アメリカ先住民族系女性が、「非白人」であり「非男性」として有徴とされながら、その存在が不可視化されてきたことについては、拙論“Neither a Princess nor Squaw”を参照されたい。

3　この小説の登場人物、テーマ、構造ならびに発表当時の受容については、拙論「アメリカ先住民のヒロイン／ヒーロー」と“(R) Evolving Stories”を参照されたい。

4　この小説からの引用は、望月佳重子氏の翻訳を参考にさせていただいた。なお、括弧内の頁数は*Love Medicine*（1993）による。

5　液体のミルクから固体のバターを練り上げるという点で、バターはマリーの政治的野心の暗喩ととれる。一方、ネクターとルルが初めて関係を持つ場面では、暑さで溶け出したバターは明らかにエロスの象徴である。

6　この部分は、先住民族と土地にかかわる公私関係を考える上で興味深い。まずネクターは「部族」の土地であることを根拠に、長年その土地に住んできたルルの私的居住権を認めない。彼の行為は個人という概念を持たず、共同体を大切にする先住民族独自の伝統文化に一見則っているように見える。しかし、この行動がかつて民の土地をそれによって奪われたアメリカの法に依拠していること、またルルを立ち退かせた後の土地利用が工場誘致という資本主義の枠内で行われる（工場の経営者もより大きな資本家に搾取される）ことから、民としての共同体＝公の再建には結びつかないことに注目したい。先住民族と土地の関係については、拙論“Communal and/or Individual Property and Self”を参照されたい。

7　これは男を公的領域に、女を私的領域に付置するドメスティック・イデオロギーから彼女たちが脱することを意味する。しかし、立ち退きを命じる議会で男たちを黙らせるルルのセリフ、「それぞれ違う息子たちの父親を今ここではっきりさせようか」（284）は、脱性化された「母」としてのロジックで、性化された「女性」としてではない。イリガライの提唱する還元できない個別性を持つ、性化された一人の女として、公的領域に参入する可能性は、この作品においてもまだ明確ではない。「ドメスティックな領域のなか（国内／家庭内）を脱エロス化」する植民地主義と性差別の両方にかかわるドメスティック・イデオロギーについては、竹村を参照のこと（93）。

引用文献

Erdrich, Louise. *Love Medicine*. New and Expanded ed. New York: Henry Holt, 1993.『ラヴ・メディシン』望月佳重子訳、筑摩書房、一九九〇。

Irigaray, Luce. "The Question of the Other." *Yale French Studies* 87 (1995): 7-19.

Mankiller, Wilma, and Michael Wallis. *Mankiller: A Chief and Her People*. New York: St. Martin's, 1994.

Tabayashi, Yo. "Communal and/or Individual Property and Self: Land Management and Autobiography of Indigenous Peoples in North America." *Ritsumeikan Studies in Language and Culture* 14.4 (2003): 81-91.

——. "Neither a Princess nor Squaw: Civilization Discourse and Autobiographical Narratives by a Sioux Woman." *Policy Science* 9.1 (2001): 21-31.

——. "(R) Evolving Stories: Narrative Strategies in Two Versions of Louise Erdrich's *Love Medicine*." *Ritsumeikan Studies in Language and Culture* 10.4 (1999): 53-70.

Young, Iris Marion. *Justice and the Politics of Difference*. Princeton: Princeton UP, 1990.

リュス・イリガライ『性的差異のエチカ』浜名優美訳、産業図書、一九八六。

竹村和子『フェミニズム』岩波書店、二〇〇〇。

田林　葉「アメリカ先住民のヒロイン／ヒーロー―フォレスト・カーターとルイーズ・アードリック論」『アメリカのアンチドリーマーたち』日本マラマッド協会編、北星堂書店、一九九五、一―一八。

杉澤　伶維子

一九七〇年代のアメリカ社会とベロー、マラマッド

――『学生部長の十二月』を中心に

はじめに

一九八二年に出版されたソール・ベロー（一九一五―）の『学生部長の十二月』とバーナード・マラマッド（一九一四―八六）の『神の恩寵』は、文化・文明・世界の崩壊という黙示録的なヴィジョンが描かれている。出版に先立ちその前年、ベローとマラマッドは互いに相手の原稿を読んでおり、その感想を手紙で交換しあっている。[1] 両者とも自らの作品がこれまでのものと異質であることを認めた上で、マラマッドは『学生部長の十二月』（以下『十二月』と略）を「大胆な企て」（Salzberg 11）、ベローは『神の恩寵』（以下『恩寵』と略）を「出発点」（13）と位置づけている。

『十二月』と『恩寵』では、文明の最後の日々を予見あるいは体験した主人公が、社会・人類・地球を崩壊から守るため闘う姿が描かれている。主人公たちを突き動かすエネルギーは怒り、それも個人的なもので

はなく義憤である。「コーンと彼［コルド］は同じ通りに住み、おそらく時々すれ違う際、互いに帽子に手をやったでしょう」(15)と、マラマッドがベローへの二度目の手紙に書いているように、二人の主人公――アルバート・コルドとカルヴィン・コーン――は、道徳的使命感をもって民衆を教化・啓蒙・指導しようとしている点で、一種の同志と呼ぶことができるであろう。しかし、「帽子に手をやる」だけですれ違っていくという表現は、それぞれの主人公を操る作者のスタンスの相違をも暗示している。

ベローとマラマッドは、ともにロシアからのユダヤ系移民の子として同時代に生まれ、戦後、その活躍はアメリカ文学史において「ユダヤ系アメリカ作家」として一括りに扱われることが多かった。しかし、二人の間に交流はあったものの親密な関係ではなかったことが、ベローの伝記や周辺資料から伺える。また、ユダヤ的な特質の継承という共通項目以外は、思想的・知的バックグラウンドや作風も異なる両者の作品が、比較して論じられることもなかった。

だが、同年に出版された『十二月』と『恩寵』は、アメリカ社会の危機的状況への作家の深刻な憂慮の念から産まれたものであり、彼らは作品を通して、アメリカ国家を支える理念や西洋思想そのものに根本的な見直しを行っている。その際、論点となっているのがモラリティーと言語である。それゆえ、この二つの作品をモラリティーと言語の視点から比較検討することで、当時のアメリカ社会が抱えていた問題に対する、同時代作家のそれぞれの姿勢が明確になるであろう。

本論では、七〇年代後半から八〇年頃にかけてのベローの政治的スタンスを踏まえた上で、『十二月』に表明されているアメリカの理念／西洋思想を、『恩寵』の思想的バックボーンと対比させながら考察する。そして、作品の中心的概念であるモラリティーと言語が、作家としての創作行為にどのように関わっているのか、ベローとマラマッドについて比較を行いたい。

一　一九七〇年代のアメリカ社会とベロー

現在、モラリティーという概念をめぐってアメリカ社会には二つの対立した見解がある。シーモア・M・リプセットは『アメリカ例外論』（一九九六）で次のように論じている。世界で最初のイデオロギー国家アメリカは、自由・平等・個人主義といった「アメリカ的信条」を信奉することによって、国家アイデンティティを維持してきた国である。アメリカ人の行動と価値観はキリスト教倫理に基づくモラリティーであり、その道徳主義が民主主義を支えてきた（18-19, 63）。一方、トッド・ギトリンが『アメリカの文化戦争』（一九九五）で分析するように、アメリカの理念を支えていた西洋の普遍的啓蒙思想は、差異を強調する多文化主義やポリティカル・コレクトネスの挑戦を受け、モラリティーはアメリカ人としてのアイデンティティを結合する力を失った。そして、言葉の操作がアイデンティティ論争の中心となった（136-37, 146-47）。このようなアメリカの理念／西洋の思想体系そのものをも揺るがす現在のアメリカ社会の対立は、七〇年代の混沌とした状況に遡る。

七〇年代、アメリカ国内では都市の荒廃、黒人貧困層の増加、人種別人口形態の変化による多文化主義の台頭、国際的には第三世界の反乱や革命、共産圏諸国での人権抑圧と抵抗運動、地球規模での環境汚染、核拡散と核軍備競争といった問題が、緊急の対処を必要とする深刻な問題となっていた。また、ピーター・N・キャロルの『七〇年代アメリカ』（一九八二）の第一章が、「レトリックで溢れていた」、「言葉そのものが政治的論議の主題となった」(3)というパラグラフで始まっているように、七〇年代は、「言葉の持つ潜在的力が意識化」(7)された時代でもあった。このような状況下、アメリカの「唯一の知的伝統」(Trilling ix)ともいわれたリベラリズムは急速にその求心力を失い、七〇年代後半、アメリカ社会は保守とラディカルへと二極化していった。

『十二月』成立の経緯が、七〇年代後半におけるベローのアメリカ社会へのアンビヴァレントな反応と関わっていることは、ルース・ミラーの『ソール・ベロー――イマジネーションの伝記』(一九九一)(253-60, 266-84)とジェイムス・アトラスの『ベロー伝』(二〇〇〇)(465-66, 472-74, 492-93)に明らかにされている。七六年にジャーナリスティックなノンフィクションである『エルサレム訪問記』を出版したベローは、七七年から七八年にかけて、シカゴの現状のルポルタージュである「シカゴ・ブック」の執筆準備にとりかかっていた。彼は黒人の友人とともにシカゴの街を取材したが、彼が育った街を破壊していく黒人とヒスパニックに対して「憤り」と、ニヒリズム以外に寄る辺のない彼らへの「憐れみ」を同時に感じていた(Atlas 474)。

ベローのアメリカ社会への批判は、当時のアメリカの現状に最も鋭いメスを入れてその病理を解剖した、ソルジェニーツィンによる衝撃的な「ハーヴァード演説」(七八年六月)とその見識を分かち合っている。アメリカの支配階層と知的指導者の勇気の喪失、破壊的自由と無責任的自由の横暴、法律万能主義、ジャーナリズムの道徳的無責任と大衆への迎合、精神的涸渇、内的生命が蹂躙されている構造の東西の類似点など、また、演説で度々使用されている「盲目性」や「近視眼性」という比喩にいたるまで、「ハーヴァード演説」の『十二月』への影響は明白である。[2]

その一方でベローは、伝統的価値観の弱体化による「道徳的空白」というニヒリズムに警告を発し（*It All Adds Up* 128-29）、「アメリカ人であることは領土や言語的現象ではなく一つの概念―一連の考え」であり、都市の荒廃はこの考えを「概念的・知的に選択」していない人々の流入に起因している（144-45）、といった挑発的な発言を「ジェファソン講義」（七七年三月と四月）で行うなど、七〇年代後半、公の場で保守的見解を述べることをためらわなかった。

この時期ベローは、一連の発言が人々に引き起こした彼への敵意の中で孤立し、不眠に苦しんでいた（Miller 259-60, 273）。彼は、都市の荒廃に対する彼の憤りを不特定多数の人々に向けて表明するための方法を模索していたが、八〇年夏、ついにそれらを表現するための「ノンフィクション・ノベル」（Roudané 243）という形式を発見することができた。ベロー自身によれば、『十二月』はアメリカの「［現実］回避、幻想の案出、タブーへの服従に対する抗議である」（238）が、それは、妻のアレグザンドラとともに臨終の床にある彼女の母を見舞い、その葬儀に参列した七八年十二月のブカレストでの体験と合わせることによって、ノンフィクション・ノベルとなった。

二　モラリティー

『十二月』には二つのストーリーが並置されている。すなわち、ブカレストでのクリスマス前後の約十日間の体験と、その年の夏、ジャーナリストとして『ハーパーズ』誌に執筆した記事や、学生の殺人事件への学生部長としての対応をめぐって引き起こされたシカゴでの騒動を描いた部分である。小説は、ブカレストにいるコルドが、共産圏に置かれた自分を「アメリカ人」として意識しているところから始まる。政治体制が異なり、言葉の通じない国ルーマニアの一室で待機していることを余儀なくされて、彼はシカゴでの一連の事件を回顧する。

郡刑務所、公営住宅、麻薬中毒患者による更生施設、人工透析治療室、そして学生殺人と強姦殺人という二つの殺人事件など、コルドは義憤に駆られてシカゴの現状を報告したのだが、彼の憤りを正当化した源泉はモラリティー、それもコルドが信じるところのアメリカ人としてのモラリティーである。コルドは「アメリカの道徳的危機」、つまり「アメリカの理念」である「自由、平等、正義、民主主義、豊かさ」が「塵と化することを防ぐため」に、彼が目撃したシカゴの実情を『ハーパーズ』誌にルポルタージュした。「見るモラリスト」コルドは、「ゴミ溜めからリアリティーを掘り起こし」、「それを人々に突きつけた」のである（123）。[3] コルドが擁護したモラリティーとは「西洋の崇高な考えのアメリカ版」（124）であり、「われわれ一人一人が心底信頼できる人間であり、一人一人が品性麗しく生まれついていて善を志向している」という、「英語使用圏」の「気質的」な「無言の前提」（199）である。

『恩寵』においてもモラリティーという言葉や概念が繰り返されている。コーンは、島のコミュニティーをより人間的で文明化されたものにするため、彼自身を「道徳的存在としての教師、家庭人、『七つの勧め』の起草者という模範」として提示し、チンパンジーたちが「良心を身につけ、もっと上等で責任感のある生物になれる」（191）ように、生命の尊さ、隣人愛、平等、義務を説く。コーンは西洋／アメリカを、チンパンジーたちは、その被抑圧者であるネイティブ・アメリカン、黒人、第三世界の人々を表象している。このようにコルドとコーンのモラリティーは、アメリカ国家の成立・維持を可能にしている概念、西洋のヒユーマニズムの構成要素であるモラリティーであり、彼らの自己中心的な価値観を正当化するためのものである。

コルドの懸念は、知識人たち（マス・メディアと大学人）が平等主義に侵されて、その本来の役割を放棄してしまい、その結果、全ての人々が快楽を享受しなくてはならないという、アメリカ社会に広く行き渡った平等に対する強迫観念が、真のリベラリズムを損なってしまうのではないかというものである。共産圏において、国家が制度的に自由を規制し苦痛を与えるのと同様、民主主義の概念の暴走によって、アメリカの快楽も制度化されて自由を失ってしまうことへの憂慮である。

コルドは、ルポルタージュ記事において「観察と記録」（210）を行うが、行動の「道徳的イニシアティブ」（188）をとることはおろか、建設的な提案をすることもない。「われわれはいかにしてわれわれ自身を再構成しなければならないかを説明する点にまで到達しなかった」（193）ことが、人々の間に激怒と混乱を招いた、とブカレストのコルドは分析する。しかも、コルドが語ったのは「起こっていることで見ていることだけである。最悪の部分—私たちが自分の内部に抱えているスラム—にはまだ全然たどり着いていない」（207）ことに気づく。

シカゴでの取材で「全ての人々の内なる都市内部」（207）を描くことができなかったコルドは、ブカレストで危篤状態の義母と言語外コミュニケーションを確立し、さらに現実の義母の死にもかかわらず、彼にとって彼女は死んでいないという「内在的事実」（176）があることを体験する。この経験を通してコルドは、都市の荒廃は制度そのものの欠陥ではなく、人間の心の内奥の荒廃の表出であり、それゆえ、人間の心の奥まで貫通する言語の不備こそが問題であると結論する。コルドの思索は、しだいに社会の現状から言葉そのものに重点が移っていく。[4]

三　言葉探し

ブカレストからシカゴに戻ったコルドは、今や世界的なコラムニストとして活躍している幼なじみデューイ・スパングラーの記事によって、先ず自分が「同胞市民からアメリカ人と認められるには変人すぎるアメリカ人」(300)であることを突きつけられる。そして、自分の資質がコミュニケーターとして不適切であったことを思い知らされる。「公的ディスコースの形式」、「パスワード、コードワード」(301)を無視して、「繊細で、感情的で、私的な」観察に基づいて「感情的な」(300)文章を書いたコルドは、「問題は言葉だった」(301)ことを自覚する。結局、コルドが革命的であったのは、公的ディスコースに「詩」という「生存に関する個人の感覚」(265)を持ち込んだという言語的な面であって、制度的なものについては保守的であったといえる。

最終的に、学生部長の職を辞し、「できるだけ静かにジャーナリズムのキャリアを再開する」決断をする。『ハーパーズ』の記事の要領で」、だが「シカゴに関してやったような記事は書かない。…自分の商売は心得ている」(307)と平静と自信を示す。そして、鉛の害を告発する物理学者ビーチのプロジェクトへの関わりを、「言葉だけの助言」(307)にとどめておくことを選択する。「見るモラリスト」であるよりも「通訳者」になるという選択は、思想体系や社会制度への人々の意識改革を意図するものではない。公的ディスコースの法則に従って私的な「詩」を語るという新しい言葉の実験を始めるコルドは、結局、「数年毎に新しい出発をする果てしなき思春期」（277）にいる「アメリカ人」である。

コルドはこの決心を、天文台へ向かうドライヴの途中妻に告げるのだが、その際「インディアン伝道所」に休息に立ち寄る。しかし、手工芸品の店を覗くだけで、ネイティヴ・アメリカンの歴史や現状に思いを巡らすことはない。このことから、コルドは思想的に、西洋文明の伝道者としてのアメリカ人／西洋人であり続けると解釈することができる。

シカゴの現状告発を意図した本は、ブカレスト滞在中の私的体験の描写を加え、「言葉探し」のテーマに置き換えられて『十二月』となった。一方、『恩寵』での言葉の扱いは二方向である。チンパンジーたちに対する英語使用の強要は、西洋の植民地主義遂行のための不可欠な道具としての言葉の役割を示しており、神との対話は、人間の力を超える自然とコミュニケートするための言葉を意味している。しかし、西洋・人間中心主義を信じて疑わないコーンは、最終的にそのどちらの言葉をも失い、チンパンジーたちの反乱によって処刑される。『恩寵』は、コロンブスのアメリカ大陸「発見」以来五〇〇年にわたって世界を支配してきた思想である、西洋・人間中心主義の終焉を幻視している。

ともに言語の持つ可能性を探究した作品であるが、『十二月』は、人間の心の内奥に語りかける言葉の芸術性の持つ可能性を訴え、『恩寵』は、西洋の覇権主義の道具としての言葉の支配性を暴き、さらに神／自然と交わるための言葉の聖性に注意を促している。西洋の知的伝統と結びついた『十二月』の言葉探しに対し、『恩寵』における言語の扱いは、モラリティーを基盤にした体制の転覆をも意図した、よりラディカルな可能性を孕んでいる。

四　エンディングに見る作家のモラリティー

どちらの作品も最後の数ページは社会を離れ、人間の力を超える大きな力の存在を示している。コルドは、天文台の開かれたドームから見た星の中に吸い込まれていく感覚、天空との一体感を体験する。視覚によって認識されるリアリティーを超えるもの、感じ取ることによってのみ自らの中に見出される実体が存在していることの啓示を受ける。近代人の理知を超える不可思議な力の存在である。一方『恩寵』は、西洋の思想体系を越える枠組みとして、旧約聖書の世界を提示している。それは一つの宗教の教義ではなく、人間を超える力の存在、自己の力を過信した近代人が忘れていた大きな力の存在―神、宇宙のメタファー―である。最後のシーンでは、その大きな力の中にコーンの死を位置づけることで、人間を超える力の懐に帰っていく姿を描いている。

しかし、『十二月』も『恩寵』も、人間を超える力に身を委ねることで小説を閉じてはいない。どちらの作品も最後の数行で視点を現実のレベルに戻している。『十二月』では、コルドがリフトで再び地上に降りつつあるところで小説が終わり、『恩寵』の最後では、一頭のゴリラが死んだコーンのために追悼の祈りを唱えて、文明の継承の可能性を暗示している。最終的に私たちは人間を超える力に逃避するのではなく、日常の営みに戻ってこなくてはならないからである。この類似したエンディングについて、マラマッドとベローは互いに感動的であるという感想を書き送り、ベローは「最後には物事がそうあるべきように収まっている」(Salzberg 14)、と安堵感を表している。

ベローは、モラリティーの崩壊と戦う知識人の内的葛藤とアメリカ人としての再起を描くことで、アメリカの理念／西洋の思想体系が、知識人の責任あるコミットメントによって有効であることを確認しようとした。マラマッドは、それらを体現する主人公の破局を描くことで既存の秩序に批判的な立場を表明しつつも、かつての被抑圧者によって何かが継承される可能性を残した。作家が、文化と文明の存続問題に関与するということは、最終的に人間性へのペシミズム、人間が築いた文明へのペシミズムに抵抗し、それと同時に、人間を超える力による救済という幻想にも抵抗するということである。

ベローとマラマッドは、七〇年代の国内外の危機が呼び起こした国家アイデンティティ、理念、イデオロギーに絡むモラリティーの政治性を、それぞれのスタンスから作品に取り込みつつ、最終的には文明の破壊を食い止めるために、ニヒリズムにも幻想にも抵抗するという、作家としての伝統的なモラルを示した。かねてよりベローは、作家にとって道徳は様々な形で存在するが、究極的には「どのような形で生が正当化されるのか、それが道徳的問題の真髄である」("Moralist" 62) と主張し、マラマッドも、「もしわれわれが人間の存続を憂慮するなら、モラリティーと関わらなくてはならない」(Cheuse 100) と語っていたが、危機的な社会状況の中、彼らは──往復書簡からマラマッドの言葉を借りれば──「人生と文学を愛する二人の真摯な作家」(15) として執筆した。

『十二月』は、伝統思想を擁護するためにイマジネーションの言葉である「詩」の重要性を主張し、『恩寵』は、伝統思想の終局点というラディカルなテーマを、イマジネーションによってファンタジーの世界に描き出している。両作品は、思想的には対極的立場に立ちながらも、言葉の持つ可能性の探究においてイマジネーションを尊重している点で共通している。『十二月』と『恩寵』はともに、モラリティーと言語の政治性という時代の視座から西洋思想に再検討を加えるという革命的な面と、西欧文学におけるモラリティーとイマジネーションの伝統を守るという伝統的な面との、両者を備えた作品であるといえる。

ベローとマラマッドは戦後ほぼ同時期に創作活動を開始し、政治的にリベラリズムの伝統を共有していたが、八〇年代初頭、一人は伝統的なアメリカの理念／西洋の思想体系に対する信念を再認識し、もう一人はその破綻を予言した。『十二月』と『恩寵』は、本論冒頭に引用したマラマッドの手紙にあるように、「人生と文学を愛する二人の真摯な作家」の政治的視線がいったん交された後、反対方向に向けられて遠ざかっていくことを示唆している。

（本稿は、第十三回日本ソール・ベロー協会大会［二〇〇一年十月十二日、於青山学院大学］において、「ベローにとってのマラマッド、マラマッドにとってのベロー」という統一テーマのもとで口頭発表を行った時の着想を発展させたものである。）

注

1　ベローとマラマッドの往復書簡のうち、『十二月』と『恩寵』について言及されている手紙は、一九八一年八月三一日付けマラマッドからベロー宛、十二月二二日付けベローからマラマッド宛、十二月二八日付けマラマッドからベロー宛の三通である（Salzberg 11-16）。

2　一九七〇年代前半、アメリカの知識人はソルジェニーツィンの思想に関心を抱いていたが、ベローもその例外ではない。ベローはソルジェニーツィンを、「真実を全世界に語りかける勇気、知力、精神力」と「道徳的力」を有する作家として賞賛していた（*New York Times* 36L）。しかし、その後ソルジェニーツィンはアメリカでは奇人として忘れ去られ、後にベローも彼を厳しく批判している。

3　訳文は渋谷雄三郎訳を参考にさせて頂いたが、改変した箇所もある。

4　『十二月』に関する批評は、リアリティーの認識をテーマとして論じるものと、言語やコミュニケーションをテーマにして論じているものが多い。Croninは、芸術的イマジネーションを通してヴィジョンを回復することが作品のテーマであると主張し（31-32）、Bachは、認識とイマジネーションによるリアリティーの把握に焦点を置いている（303）。Piferは、魂とリアリティーを結びつける言葉の探究をテーマとみなし（168-69）、Yetmanはロマン主義の見地から、言葉が経験とイマジネーションを結びつけて認識思考を形成すると論じ（264）、Weinsteinは、コミュニケーションがテーマであると述べている（63）。

引用文献

Atlas, James. *Bellow: A Biography*. New York: Random, 2000.

Bach, Gerhard. "The Dean Who Came In from the Cold: Saul Bellow's America of the 1980s." *Saul Bellow in the 1980s: A Collection of Critical Essays*. Ed. Gloria L. Cronin and L. H. Goldman. East Lansing: Michigan State UP, 1989. 297-313.

Bellow, Saul. *The Dean's December*. New York: Harper, 1982.『学生部長の十二月』渋谷雄三郎訳、早川書房、一九八三。

——. *It All Adds Up: From the Dim Past to the Uncertain Future*. New York: Penguin, 1995.

——. "Solzhenitsyn's Truth." *New York Times* 15 Jan. 1974: 36L.

——. "The Writer as Moralist." *Atlantic Monthly* 211（Mar. 1963）: 58-62.

Carroll, Peter N. *It Seemed Like Nothing Happened: America in the 1970s*. 1982. New Brunswick: Rutgers UP, 2000.『七〇年代アメリカ—何も起こらなかったかのように』土田宏訳、彩流社、一九九四。

Cheuse, Alan, and Nicholas Delbanco, eds. *Talking Horse: Bernard Malamud on Life and Work*. New York: Columbia UP, 1996.

Cronin, Gloria L. "Through a Glass Brightly: Corde's Escape from History in *The Dean's December*." *Saul Bellow Journal* 5:1（Winter 1986）: 24-33.

Gitlin, Todd. *The Twilight of Common Dreams: Why America Is Wracked by Culture Wars*. New York: Henry Holt, 1995.『アメリカの文化戦争—たそがれゆく共通の夢』疋田三良、向井俊二訳、彩流社、二〇〇一。

Lipset, Seymour Martin. *American Exceptionalism: A Double-Edged Sword*. New York: Norton, 1996.『アメリカ例外論—日欧とも異質な超大国の論理とは』上坂昇、金重紘訳、一九九九。

Malamud, Bernard. *God's Grace*. New York: Farrar, 1982.『コーンの孤島』小野寺健訳、白水社、一九八四。

Miller, Ruth. *Saul Bellow: A Biography of the Imagination*. New York: St. Martin's, 1991.

Pifer, Ellen. *Saul Bellow: Against the Grain*. Philadelphia: U of Pennsylvania P, 1990.

Roudané, Matthew C. "An Interview with Saul Bellow." *The Critical Response to Saul Bellow*. Ed. Gerhard Bach. Westport: Greenwood,

1995. 234-47.

Salzberg, Joel. "Malamud on Bellow, Bellow on Malamud: A Correspondence and Friendship." *Saul Bellow Journal* 14:2 （Fall 1996）: 3-16.

Trilling, Lionel. *The Liberal Imagination: Essays on Literature and Society*. London: Secker, 1951.

Weinstein, Mark. "Communication in *The Dean's December*." *Saul Bellow Journal* 5:1 （Winter 1986）: 63-74.

Yetman, Michael G. "Toward a Language Irresistible: Saul Bellow and the Romance of Poetry." *Saul Bellow in the 1980s: A Collection of Critical Essays*. Ed. Gloria L. Cronin and L. H. Goldman. East Lansing: Michigan State UP, 1989. 263-81.

A・ソルジェニーツィン「分裂した世界―西側社会も病んでいる」筑紫匡彦訳『諸君』一九七八年十一月号、六四―七九。

柏原　和子

不倫によるヒロインの自己変革

――ジョン・アップダイクの『ガートルードとクローディアス』論

はじめに

ジョン・アップダイクは女性を等身大に描いていないとして、長年、特にフェミニスト批評家たちから批判されてきた。確かにアップダイクの作品中の女性たちは主に母や妻といったドメスティックな役割しか与えられず、自分自身の生き方を見つめるような、あるいは自己実現に向けて何かを成し遂げるような描かれ方はしてこなかった。ところが二〇〇〇年に出版された、シェイクスピアの『ハムレット』の幕開きまでの物語とも言うべき『ガートルードとクローディアス』では初めて、一人の女性の少女時代から中年時代に至るまでの生き方を真摯に描いている。今までの数々の男性を主人公とした小説に見られるように、この小説でもヒロインのガートルードは不倫を一つの自己変革の手段とする。不倫を罪ではなく自己の魂の救済ととらえるのはアップダイクの小説の一つの特徴であるが、これには作者自身の宗教観、倫理観が大きく関わっている。本論の目的はガートルードが不倫を通して遂げる自己変革をアップダイクの宗教観と倫理観を考慮に入れつつ考察することである。

一　ガートルードの人生観と存在不安

この小説の第一部はデンマーク王である父親ローリクに溺愛される十六歳の美しい王女ガートルードが父の勧める結婚相手に難色を示す場面から始まる。[1] ローリクは自国と愛娘の幸福のために婿として選んだジュート族の貴族ハムレットをガートルードが拒否するので激怒する。ガートルードがハムレットとの結婚を渋る理由は、戦いにおいて示されるヴァイキングの野蛮な勇敢さに表される「繊細でない」人柄もさることながら、彼が自分のことを一人の人間として見ていないということである。ハムレットの勇敢さ、有能さを列挙して彼がいかに婿としてふさわしいかを主張するローリクに対して、ガートルードは次のように言う。

「私たちの短い逢瀬の中、ホルヴェンディル［ハムレット］様は冷たい、通り一遍の礼儀をもって、私を扱われます。私は宮廷の飾り物であり、私の本当の価値は王の娘であるということにあるかのようです。さもなくば、あの方はほかの方々と競い合う獲物を見るような目で、私をご覧になるのです。」（4）[2]

またハムレットがデンマークに忠誠を尽くす証として数々の戦利品を貢いできたことを力説する父に、ガートルードは「そして私はお返しの戦利品になるのですね」（5）と切り返す。ここには単なる飾り物や道具として扱われることへの彼女の鋭い反発が感じられる。そしてまたハムレットがノルウェー王コレルの妹セーラをなぶり殺しにしたのをなじるガートルードに、父が「セーラは戦士であり男としての死がふさわしい」と弁護するが、この言葉に感情を害した彼女は「女の死も男の死も同等のはず」と反論する。女の死を見下すような父の言葉に反発し、女も男と同様、一人の人間としての価値を持っている、というガートルードの主張が窺える場面である。このようにデンマーク王家唯一の王女として大切に育てられたガートルードは、女性が政略結婚の道具として、また王の隣の玉座に着飾って座る飾り物の存在として見られていた時代にあって、自分が一個の人間として扱われていないことに対する反発を感じ、それを父王に向かって堂々と主張できる自己を持った少女として描かれている。

ガートルードはしっかりした自己を持ってはいるものの、歴史の中での自分の立場をわきまえてもおり、それに逆らうことはしない。結局は父の勧める相手との結婚に同意し、ハムレットにいきなり抱きすくめられたときも、これが運命なのだと受け入れる。これは彼女が自然のままに生きるということを非常に大事にするためであり、後にクローディアスが彼女の欠点だと考えるほどの従順さをもって自然の流れに身をまかすのがガートルードの生き方なのである。自然のものは自然のままに、そして自分自身も自然の波に身を任せ屈服することにより人生に勝利を得る、というのがガートルードの信条である。娘のオフィーリアに恋の駆け引きを教えたと言う宮内長官の言葉を聞いたガートルードは次のように考える。

人間の行為は水車や時計のように歯車や歯止めで操作でき、十分に賢い人形使いによってすべてなんとかできるというのが宮内長官の信条だ。彼女自身の感覚では、人生は波であり自然のものでも超自然のもの

でも、賢人はそれに従うことで、屈服の中に勝利を求めるのである。(189)

ここでガートルードは人の力ですべてを操作できると考える宮内長官に反発を感じている。「自然のまま」を受け入れることこそがガートルードの人生観なのである。

そして結婚してからの「自然のまま」の生き方は、自分を守ってくれる夫に従い、夫の役に立つように生きることであった。結婚後のガートルードの様子は次のように描かれる。

父の意志に従って以来、ゲルータ[ガートルード]は現実的で道理をわきまえているとの評判を得ていた。彼女は目下の者には仁慈深く、召使たちの職務の限界を素早く見て取った。…生きていく上で彼女はその男を崇拝せずにはいられなかった。自分を所有し、住む所をあてがい守ってくれる男、そして──これがあらゆる正しい関係の鍵なのであるが──自分を役立ててくれる男を。役に立ち、忙しくすることが日々に聖なる目的の輝きを与えてくれる。神の聖なる意志がこの正しい義務の中に存在する。そのような聖なる意志の存在がなければ、日々は悲鳴を上げるだろう。退屈か戦いがやってくるだろう。(27)

ガートルードは妻として王女として、夫の役に立つことが自分の義務であると納得し、そこに天意を見ている。彼女は自然のままであることを愛し、自然の波に身を任せて生きる。この世をそのまま受け入れる彼女の人生観は次の一節によく現れている。

我々は食事をし、乗馬をし、天候による気分のままに日を過ごし、愛し、結婚する。神の定めたそれぞれの段階において人生と出会うのであり、いかなる災いも事故も人生を短くすることはない。人生は自然の一部であり、その始まりを思い起こすことも不可能なら、その終わりを人生最後の家である教会の外で予想することもできない。(123-24)

このようにガートルードは、自分を守ってくれる男に従い彼の役に立つことを目的としてはいるが、かと言ってそのような生き方に不満を抱くでもなく、自分の置かれた状況を運命として受け入れ自然のままにこの世での生を送っている。

しかしながら、ガートルードの自己規定は不安定な危ういものであることが徐々に明らかになる。王女、王妃として外から規定された自己を守って生きていれば平穏と安全が得られる、とガートルードは信じている。クローディアスにあなたは何を信じているのかと問われたときにガートルードは、「私は自分より上に居る殿方たちが信じるようにと教えたものを信じます。男の信条から外れると社会は女に安全を与えませんから」(60)と答える。彼女の自己は男との関係で決まるものである。他者に依存する自己規定は依存する他者との関係により、堅固にも脆弱にもなる。少女時代、全幅の信頼を寄せていた父ローリクに導かれていた間は無条件に言われるままを信じていれば幸福であったが、依存する相手が夫ハムレットに変わると、その関係に不安が生じ、それが彼女の存在不安へとつながるのである。結婚前に感じた自分が一個の人間として扱われていないという思いは、結婚後も続き、ガートルードは夫の情熱に観念的なものを感じ、夫が自分を大切にするのはそれが公の仕事であるからだと思う。妻としてハムレットにないがしろにされているという思いは、王妃としてのアイデンティティの揺らぎを覚えさせる。

ガートルードは妻としてばかりではなく、母親としてのアイデンティティの揺らぎをも感じている。結婚後すぐに生まれた一人息子ハムレットは赤ん坊のときから母の乳房を嫌がり、長じるにつれて、冗談を盾に義務を果たさず、母と心を通わせることもない王子であり、ガートルードは息子を心から愛することができないでいた。思春期を迎えた息子の成長ぶりを案じたガートルードが宮内長官の意見を求めた折、大勢の子供が欲しかったが生まれなかったと嘆く彼女に対して宮内長官は、「子供は実際、慰めになります。子供たちの要求が私たちの要求に取って代わり、私たちの存在は子供の世話をすることで正当化されるのです。ある意味で私たちは子供たちの背後に隠れるのです」(43-44)と、子供により自分の存在意義が確認できることを述べるが、ガートルードにとって息子は慰めになるどころか、自分が母親失格であることを突きつけてくるような存在でしかない。彼女は王の妻としてだけでなく王子の母としてのアイデンティティにも揺らぎを覚えている。このような不安を王妃としての日常の営みの中に紛らわせながらガートルードは自分の人生が盗まれていくように感じている。

二　内なる自己の目覚めから精神的自立へ

王妃として、また王子の母として外から規定された自己の存在不安を感じているものの、ガートルードはクローディアスと出会うまでは内なる自己に目を向けることはほとんどない。彼女が内なる自己を初めて明確に認識するのはクローディアスの招きに応じて、彼の屋敷へ赴く場面である。馬に乗りながらガートルードは自分が馬の頭蓋骨の中にいて、馬の両側の目の穴から別々の方向を、交じり合わない二つの景色を同時に見ている感じがする。彼女はこの時、周りの風景を片目で眺め、もう片方の目で自分自身を見ている。

この内なる目で見ると、これまでの彼女の人生は多くの窓がありながら外へ通じる扉は一つもない石の通路であった。ホルヴェンディル［父ハムレット］とアムレート［息子ハムレット］がこの通路を管理する護衛であり、その突き当りには頑丈に閂のかかった死があった。死、それは自然の終わり、そしてキリスト教の司祭たちが言うには、より栄光ある世界への入り口。しかしこの世よりも栄光ある世界などあり得るのだろうか。この世の、輪郭をくっきりと示す光、映し出される無数の物や眺め、人生が動く物音。(56)

この時初めてガートルードは自分の人生がどのようなものであるかを悟ったのである。今までしてきた夫や息子の役に立つ生き方とは、栄光あるこの世の光に照らされた数々の物や風景を見ることはできるものの、決して手にすることはできない人生なのである。夫や息子に従っている限り、死ぬまでそれらを手に入れられない。ガートルードが自分の生き方を初めて別の見方から見つめた瞬間であった。

このように夫にないがしろにされ、息子からは母として慕われず、ただ王妃としての義務を果たすだけの日々を送っていたガートルードは、クローディアスによってその日々のむなしさに気づかされ、内なる自己を目覚めさせる。そしてその後は、この内なる自己の声に従う生き方に変わっていく。退屈で死を待つだけのような日常性に風穴を開けるために不倫を使うやり方は、従来からアップダイクの小説に見られるものであった。『走れウサギ』（一九六〇）では妻ジャニスとの生活が自分の本当の居場所ではないと感じ、ルースとの不倫により本来の自分を取り戻そうとするウサギの姿が描かれ、『ロジャーの話』（一九八六）でもロジャー・ランバートは妻エスターとの日常の営みの中でのみ生きることには死の匂いを嗅ぎつけ、そこから逃れるために妻の不倫をお膳立てしたり、自らも姪のヴァーナと近親相姦の関係を持ったりする。アップダイクの主人公たちにとって日常の世界は牢獄であり、閉じ込められた恐慌状態を意味する。彼らにとってセックスは自己を確認する手段であり、彼らは自分が尚、生きていることを確認するサインとして姦通に走る（Greiner, *Adultery* 98）。従って不倫は彼らに罪の意識を与えるどころか精神的救済の手段となるのである。

このアイディアの根底にあるのはアップダイクの世界観と倫理観である。数多くのインタヴューの中でアップダイクは自分がルター派教会員の家庭で育ったこと、ルター派の持つ「この世を受け入れる姿勢」を自分も持っていることを述べている。『自意識―自叙伝』の中で彼は次のように書いている。

堕落し汚れたセックスや、戦争の血なまぐささや、信仰への絶望的努力は現実の暗い必然の部分である。これらを無視してはならないし、軽蔑してもいけないと感じていた。これら恥ずべきものは人生に本来、備わっているものであり、吐き気をもよおそうともこれらに面と向かい、喜んで応ずることさえしなければならないと私には思えたのである。（129）

また一九八五年のインタヴューでは自分の立場について、ルター派として育ち、宗教を捨てないことを決心したと述べた後、次のように続ける。

「しかしそのために、私はこの不完全で堕落した世界について書こうと決心するようになったのです。そのため多くの人が私の本は非常に気が滅入ると思うようですが、私には、この世が不完全であると言うのは気の滅入ることではないのです。ここで作品が始まります。この不完全さを多かれ少なかれ喜んで告白すると、この状況の中でこの世をどうすべきか考え始めるのです。」(Plath 174)

不完全で堕落してはいてもこの世をそのまま受け入れるという姿勢の裏には、この世界は不完全な部分も堕落した部分もすべて神によって創造されたものであり、それゆえすべてが神によって是認されているとするアップダイクの世界観がある。我々の存在は天から贈られたものであり、したがって生きることはすばらしい至福である。我々がどこで何をしようとも、神はすべてを知っており、我々人間は常に神の熟視のもとにいる。しかも何をしようともそれは神が創造した、したがって神が是認したことなのである。

不倫を罪と感じない意識のもとには、このようなルター派的な世界観とともに、アップダイクが傾倒しているバルト主義に基づく倫理観がある。バーナード・A・ショーペンはカール・バルトの著書『神の言葉と人の言葉』を引用して、バルトが倫理主義や人間道徳の独善性を攻撃し、道徳原理を厳守することが人間の問題を解決するという仮定をも攻撃していること、そしてこのバルトの倫理観にアップダイクも同意していることを指摘している。アップダイクにとって人間の倫理は神への信仰よりも下位に置かれるものであり、信仰の問題が簡素で絶対的なものであるのに対し、倫理の問題は相対的で曖昧で、基本的に解決不能なものである(523-35)。倫理的正義に絶対ということはなく、したがって悪にも絶対ということはない。アップダイクのこの立場は、「悪は神が積極的に創造したものではないがゆえに、常に相対的なものである」との言質をバルトが与えていることに由来する（Greiner, "Body and Soul" 482）。アップダイクの主人公たちが不倫や近親相姦まで犯しても、その行為を絶対的な悪とは認識せず、罪の意識を感じないのはこのためである。

『ガートルードとクローディアス』の舞台は十二世紀、キリスト教がもたらされて間もない頃のデンマークである。この作品には本当のキリスト教徒は一人も登場しない。ガートルードはキリスト教を支持すると言いながら、その信条をはっきりとは知らないと言い、クローディアスは異国でヒューマニズム（人間至上主義）や異教の教義に触れたせいか、王位についてからでさえミサの聖餐杯を嫌がるように見える。唯一キリスト教徒だとされているハムレット王は、キリスト教を民衆を支配する統治の道具と考えている。したがってこの小説にはキリスト教的世界観は存在しないはずである。しかしながらガートルードの持つ世界観にはアップダイクのルター派的世界観が反映されているように思われる。彼女の持つ「自然のまま」を大事にする生き方はこの世をすべて受け入れるルター派的世界観に通じるものがある。

ガートルードにとってクローディアスとの不倫は、外なる自己の目で見ているうちは罪であった。エルシノア城の片隅で初めてクローディアスと情熱的なキスを交わしたとき、彼女は「これは罪よ」と言って抱擁を解く。クローディアスは彼女に「愛の法則では罪ではない」と言わなければならなかった。ところが二人の関係が進むと彼女の罪に対する考えは変わる。ガートルードにとってクローディアスは一緒に居ると自分を取り戻すことができ、どんな欠点も見せられる包容力を持った男であった。彼は四十七年間眠っていた彼女の自己を映し出して見せた。ガートルードはクローディアスのことを「義務に満ちた人生の空しさからの救世主」とまで言う。彼は愛するように仕向けることで、いかに今まで自分がひどく扱われてきたかを分からせてくれた、と彼女は思う。ガートルードは内なる自己の存在に目覚め、その欲求に従って生きるようになる。クローディアスとの不倫を受身に楽しむだけでなく、夫ハムレットとの関係も今までどおりに楽しむことで、彼女は自分の肉体で二人の男を競わせて彼らを欺く楽しみをも知るのである。次の引用はクローディアスに対するガートルードの言葉である。

「生きとし生けるものはすべて死ななければなりません。来世のことや将来の災いを気難しく心配してこの人生を無駄に過ごすこと、それもまた罪なのです。この世に生まれてきたということは自然が私たちに日々を愛し、日々がもたらすものを愛するようにと命じているということなのです。」(138)

これはまさにこの世に受けた生を天の賜物と感じ、この世をすべて受け入れるというアップダイクの世界観の表われである。またクローディアスとの不倫を罪と感じていないばかりか、夫と愛人の二人を欺く行為をも彼女は罪とは感じていない。罪の意識に関してもアップダイクのバルト主義的な倫理観との共通項が見られる。

クローディアスと恋に落ちたガートルードは自分の人生が大きな意味を持とうとしていると感じる。そして今まで男たちに従って生きてきた彼女が自ら行動を起こし、密会の場所を用意する。宮内長官を呼びつけて彼の別荘を借りたいと申し出たときのガートルードの説明は半分は口実でありながら彼女の本音の表われでもある。今まで自分のために生きてこなかったと気づいたガートルードは宮内長官に向かって次のように言う。

「私は父の娘で、気にかけてくれない夫の妻、心の通わない息子の母となりました。いつ、この身のうちにある私個人に尽くすのでしょう。母のお腹から血まみれの泣き声とともに飛び出したときの調子を求め、ずっとその声が聞こえているこの魂に。」（94）

そして二人の関係の危険性が彼女には非現実的に見えていると言うクローディアスに対しては、「いいえ、危険は十分、現実のものと見えています。でも私は危険を犯す決心をしたのです。男同様女も自分のことは自分で考えなければなりません」（138）と言う。ここには男まかせであった以前と比べて、精神的に自立したガートルードが見られる。今では彼女は他人に言われるがままに生きるのではなく、自分の人生は自分で決めるようになっている。以前には不倫は「教会に対しては罪でも、神が創った自然に対しては罪ではない」と言ったクローディアスが、二人の関係の危険を心配して、「世間は欲望のままに突っ走る私を卑劣だと言うだろう」とうめくが、今度はガートルードが「この世には、外から見る真実と内から見る真実があります。内から見る真実は私たちのものです」（139）と言って、前とは逆にクローディアスをなだめるのである。またこの言葉はガートルードが、外なる自己ではなく内なる自己に忠実に生きていることを示してもいる。今や彼女は、こうあるべきだという外側からの規範ではなく、こうありたいという内側からの声に従って生きている。以前と同じく「自然のままに」生きるガートルードであるが、同じ「自然のままに」生きるにしても規範とするものが以前とは異なっている。

結び

ガートルードはクローディアスとの不倫によって内なる自己を目覚めさせ、義務に満ちた人生の空しさから救われ、精神的自立をも果たした。王妃としての日常の義務に囚われ、心の奥深く封印していた本来の自己を覚醒させ、彼女が栄光の世界と呼ぶこの世での幸福を手に入れた。この後、第三部では自己変革を遂げた後のガートルードの姿が描かれる。顕著な変化は彼女が感じるようになった不安感である。夫ハムレットの突然の死後、王位を継いだクローディアスと再婚したガートルードは強い不安に苛まれるようになる。エルシノア城中に漂う自分の知らない秘密の匂い、新しく王となり夫となったクローディアスの変化、クローディアスがデンマーク統治のために必要だとしてウィッテンベルグから呼び戻すことになった心の通わない息子ハムレットへの恐れ、これらすべてがガートルードの不安を募らせるが、最大の原因は死して尚、彼女を求めるように思える先王ハムレットの幻影である。それはエルシノア城のいたる所で視覚以外のあらゆる感覚ではっきり捉えられるほどリアルな幻影となってガートルードに付き纏い、彼女はほとんど息もできないくらいの恐怖を味わう。彼女は亡夫が苦悩のうちに彼女の名を呼ぶように思え、直感的に彼がまだ自分を愛し、我が物にしたがっているのだと洞察する。そしてそのような考えは自然ではないと思いながらも、亡夫に付き纏われている感じは消えない。

これはガートルードがもはや以前のように「自然のままに」生きることができなくなっていることを示している。再び王妃の地位を手に入れ、夫となったクローディアスの庇護の下、自然のままに生きられれば、以前と同じ平穏な日々が送れるはずであった。ところが何か落ち着かない感じが付き纏い、彼女は恐怖を抱く。先王ハムレットの死去はガートルードから重石を除き彼女を自由にしたと思われたが、実はガートルードが拠って立つこの世での秩序を覆してしまったのである。夫とその弟の二人を手に入れ、王妃としての体面を保ちつつ内なる自己にも忠実に生き、しかも彼女を脅かす息子ハムレットは遠いウィッテンベルグに居る。この状況の中でガートルードはこの世での幸福を手にしたのであった。これが変化した今、彼女は新しい秩序を打ち立てなければならない。クローディアスはこのような彼女の不安を、原罪に対する罪悪感から来る魂の不安だと分析する。ガートルードは初めて、自分がこの世に存在することについての不安を感じているのである。それは以前、夫や息子との関係の不安定さから感じていた存在不安よりもっと深い存在不安であり、実存主義的な存在不安である。しかも精神的自立を遂げたガートルードはこの不安を自ら引き受け、一人でこれに向き合わねばならない。このようにアップダイクは自分と同じ世界観、倫理観を共有するヒロインを創造し、彼女の半生を真摯に描き出した。この意味において、アップダイクはこの作品で初めて一人の女性を等身大に描くことに成功したと言えるだろう。

(本稿は日本アメリカ文学会関西支部例会［二〇〇二年十月五日、於大阪大学］における発表原稿に加筆修正を施したものである。)

注

1　この小説では第一部から第三部までセクションごとに登場人物名が変化する。作者が前書きで明らかにしているように、第一部では十二世紀のSaxo Grammaticusの *Historia Danica* が伝える古代ハムレット伝説のもの、第二部では十六世紀にSaxoを自由翻案したFrançois de Belleforest著 *Histoires tragiques* 第五巻のもの、そして第三部はシェイクスピアの『ハムレット』の人物名が用いられているが、本論では煩雑さと混乱を避けるために引用部分以外はすべて第三部の登場人物名を使用する。

2　小説からの引用はすべて Knopf 版によるものとし本文中にページ数のみを記す。尚、和訳は先行訳を参考にした筆者の訳による。

引用文献

Greiner, Donald J. *Adultery in the American Novel: Updike, James, and Hawthorne*. Columbia: U of South Carolina P, 1985.

——. "Body and Soul: John Updike and *The Scarlet Letter*." *Journal of Modern Literature* 15 (Spring 1989): 475-95.

Plath, James, ed. *Conversations with John Updike*. Jackson, MS: UP of Mississippi, 1994.

Schopen, Bernard A. "Faith, Morality, and the Novels of John Updike." *Twentieth Century Literature* 24 (1978): 523-35.

Updike, John. *Gertrude and Claudius*. New York: Knopf, 2000.『ガートルードとクローディアス』河合祥一郎訳、白水社、二〇〇二。

——. *Self-Consciousness: Memoirs*. Penguin, 1990.

玉井　久之

「疑い」の可能性

――グリーンの『キホーテ神父』考察

序

グリーンが最晩年の作品である『キホーテ神父』（一九八二）において展開するカトリック教会の教条主義への不信感は、彼が長年抱いてきたものである。そしてその不信感がスペインの思想家ウナムーノのそれと似ているということを、グリーンは『燃えつきた人間』（一九六一）の序文の中で述べている。『燃えつきた人間』の序文の中に、グリーンはウナムーノの『生の悲劇的感情』からの次のような一節を引用し、自らの立場をウナムーノに代弁させている。

神の存在についてのいわゆる伝統的な証明はすべてこの観念的な神、この論理的な神、抽象概念としての神に言及している。したがって実際にはそれらは何も証明していない。つまり神の観念の存在しか証明していないのである。（*A Burnt-out Case,* Introduction xvi）

ウナムーノはカトリック神学の不毛さを批判し、神の理解がいかに観念的なものであったかを指摘しているのである。ウナムーノによると、カトリック神学の欠点は「生によってではなく理性によって信じようとする」(ウナムーノ　九一) ところにある。ウナムーノにとって、「生」とは次の引用が示す「苦悩」、「不確かさ」、「疑い」、「絶望」といった悲劇的な感情に他ならない。グリーンは『生の悲劇的感情』から次のような一節を引用している。

神を信じていると信じてはいるが、心に情熱を持たず、魂の苦悩も感じず、不確実性も、疑いも持たず、慰めの中にもある種の絶望を感じない人たちは、神そのものを信じているのではなく、神の観念を信じているのだ。(*A Burnt-out Case*, Introduction xv)

ウナムーノの場合、こうした生の悲劇的感情を経ない信仰は、その対象は「神の観念」であって、「生ける神」、「人間的な神」(ウナムーノ　一九一) ではない。グリーンがウナムーノの『生の悲劇的感情』に読み取ったのは、カトリック教会のドグマへの批判であり、ドグマに何の「疑い」を持たない人への批判であり、生の悲劇的感情、特に「疑い」を経た信仰の重要さである。事実、グリーンは「疑い」こそが『キホーテ神父』の主題であると言っている (Donaghy 169)。

『キホーテ神父』はセルバンテスの『ドン・キホーテ』のパロディであるが、グリーンは『ドン・キホーテ』に対する理解をウナムーノに負っている。ウナムーノがキホーテに見たのは「信仰の基礎を不確実性に置く典型的な生命主義論者」であり、サンチョに見たのは「彼自身の理性を疑う典型的な合理主義者」(ウ

ナムーノ　一三九）である。一方でグリーンの『キホーテ神父』に登場するキホーテ神父は「疑い」の必要性を見出し、共産主義者の前町長（以下、サンチョと呼ぶ）も共産主義に、さらには自分自身に「疑い」の矛先を向ける。本論では、旅の前後における二人の変化に注目し、この旅の意義と「疑い」の可能性について考察する。

一

キホーテ神父はスペインの片田舎エル・トボーソの神父であるが、彼と教区の司教は馬が合わない。キホーテ神父は、自分がドン・キホーテの子孫と信じているのに対し、司教にとってドン・キホーテは架空の人物に過ぎない。またキホーテ神父は「神とのきずな」という慈善団体を通して投獄中の罪人に個人的な寄付行為を行ったことがあったが、この団体が共産主義勢力と関係があると知った司教はキホーテ神父の行動を戒めている。さらにこの司教は、キホーテ神父がモトポの司教の推薦でモンシニョールに昇進したことに納得がいかない。キホーテ神父とこの司教との確執は、個人的なレベルでの確執を超えて、キホーテ神父が象徴する素朴な信仰心と無邪気さに対して、司教が象徴するカトリック教会のかたくなで閉鎖的な組織性が立ちふさがるという構図を見せ始める。

こうしたキホーテ神父対司教という構図は、キホーテ神父の側にモトポの司教が、司教の側にエレーラ神父が加わることにより、その対立の構図をいっそう明確なものにして行く。名もないモトポの司教は、馬肉のステーキを極上のステーキと思い、若いワインをうまそうに飲み、ガス欠を車の故障と思い込む。こうした無邪気な点は、避妊具をゴム風船と勘違いするキホーテ神父に通ずるものがある。そしてこの「慈愛に満ちた神」（山形　三八九）のようなモトポの司教は、「たぶん神の目には我々はすべて作り物だ」（*Monsignor Quixote* 24）、「神秘がなければ我々の信仰は成り立たない」（20）と言う。これらの発言は、キホーテ神父が旅を通して得る信仰に対する認識の正しさを保証し、キホーテ神父が行う最期のミサの意味を解き明かすものとなる。一方で教区の司教によりキホーテ神父の後任に指名されたエレーラ神父は、サラマンカの神学校において倫理神学で学位を取得した若きエリートであり、いわばカトリック教会の教条主義を象徴する人物である。キホーテ神父とエレーラ神父との対話で明らかになるように、この二人においては、倫理神学の位置付けと神の愛についての捕らえ方が根本的に異なっている。教会の実務に携わったことのないエレーラ神父が、ヘリバート・ジョーンの倫理神学をカトリックの教義の本質と考えているのに対し、キホーテ神父は倫理神学が教会の現実の仕事にはあまり必要でないと考えている。またエレーラ神父が「ジョーン神父は神の愛と神の正義との間に明快な区別を置いている」（41）と言って「神の正義」をカトリック教会の基盤と考えているのに対し、キホーテ神父は「神の愛」を基盤と考えている。このような対立構造から明らかになるのは、キホーテ神父が閉鎖的な組織体としてのカトリック教会とは縁遠い存在であり、また彼の信仰も、ジョーンの倫理神学書が象徴するような厳格なルールを適応する教条主義的なものでもないということである。「私は単に神を信じているのではない。私は神に触れているんだ」（161）という発言と同時に、「私は何についても確信が持てない。神の存在についてもだ」（205）という発言が示すように、キホーテ神父は、「神の愛」を重んじながらも時として「疑い」に悩まされるような、大らかな信仰の持ち主である。

サンチョは自他共に認める共産主義者だが、信仰喪失者という一面を持ち合わせている。彼はかつて、エレーラ神父と同じようにサラマンカ神学校で神学を学んだことがある。彼が棄教した過程は定かではないが、当時彼が足繁く通っていた薬屋の娘の父が共産党の秘密党員であったことも影響しているのであろう。しかしサンチョによれば、一番の理由はウナムーノがサラマンカを去ったことにある。サンチョは次のように昔を回想している。

当時私は信仰と懐疑を半分ずつ持っていた。完全に信じきっている人の話なんか、なかなか聴く気になれなかった。でも懐疑と信仰を半分ずつ持つ教授がいて、私は彼の話を二年間聴いた。もし彼が留まっていたら、私はもっと長くサラマンカにいただろう。でも、何年も前と同じように、彼は大学を追われてしまった。(110-1)

つまりウナムーノが去った後、「完全に信じきっている人」(110)の話を聞く気になれず、カトリックとしての信仰を失いかけたところで情婦の父親の影響で共産主義者になったと考えられる。つまり神への信仰から、理論への信仰の転換である。

しかしサンチョは、その対象が神であれ理論であれ、信じ込むことができない。サンチョは旅の始めから、共産主義に対する「疑い」を隠しきれない。「共産主義―あなたの預言者たるマルクスが語った本当の共産主義ということですが、本当にそれがソ連にさえも到来すると思うのですか」(48)というキホーテ神父の質問に、「時々絶望感を覚える」(48)という本音を語っている。また「夜眠れないでいる時なんかに、マルクスとレーニンが―マタイとマルコも同じことですが、絶対に正しいと思えない時があるでしょう」(58)というキホーテ神父の問いかけにも、サンチョは同意を示している。サンチョがキホーテ神父に興味を持ったのも、キホーテ神父が「疑い」に悩まされている事実を知らず、彼を「疑うことを知らない人」(205)と考えたからである。彼にとっては、信じきれないことがコンプレックスになっているのである。

二

キホーテ神父は、モトポの司教による訪問の結果、不可解な理由でモンシニョールに昇進するが、それと同時に教区の司教に教区を追われる。一方サンチョは、彼自身によると右翼勢力により町長の座を奪われた。二人の旅の目的は、「お互いの共通点」(51)を見つけ、それを育てようというものであるが、旅に出る前の彼らには想像もつかないような大きな意義をこの旅は持つことになる。サンチョにとっては、キホーテ神父との友情を通して、失った信仰を取り戻すための旅である。一方キホーテ神父にとっては、日常の空間を離れることにより、自らの信仰を再検討する旅である。

キホーテ神父とサンチョを結びつけた要因の一つは、共にカトリック教会と警察という二つの地上権力から「追われる身」である状況であるが、要因のもう一つはキホーテ神父の側ではカトリック教会に対する、サンチョの側では共産主義に対する「疑い」である。キホーテ神父は「疑い」の利点について次のように考えている。

信仰を分かち合うよりも、疑いを分かち合うことの方がいかに人と人とを結びつけることか。信心深い人は、信心深さに関して互いに競い合う。疑い深い人は自分と戦うだけだ。（59）

カトリック教会と共産主義の関係について、グリーンは「教皇にとってマルクス主義は一番の敵であり、白に対する黒であり、マルクス主義という言葉は、曖昧な罵りの言葉となっていっている」（ホートリー　二九八—九）と言っている。事実教区の司教にとってサンチョは「危険思想」（190）の持ち主でしかない。しかしキホーテ神父とサンチョの友情は、こうした唯神論対唯物論という対立の構図を超えた別のところで確立され、固い絆を形成している。彼らはそれぞれが信じる主義への「疑い」の結果、カトリック教会と共産主義の教条的な、非人間的な部分を否定し、一人の良心的なカトリック教徒、ないしは共産主義者として相手を認め合っている。彼らの友情の始まりはキホーテ神父の寄付行為をサンチョが素直に評価したことであるが、この事実は彼らの絆が良心に基づくものであることを象徴している。旅を通して、サンチョがキホーテ神父に見たのは、子供のような無邪気さと素直さであり、サンチョが持ち得なかった素朴な信仰心である。一方でキホーテ神父がサンチョに見たのは善良さであり、世情に疎いキホーテ神父に現実を教え、信仰を再確認させる役割としての存在である。したがってキホーテ神父にとってサンチョは、ソ連政治局の政策に反しながら生き残った共産主義者であり、「党よりも共産主義を信じている」（204）人間となる。またサンチョにとってキホーテ神父は、ローマ教皇の方針にもかかわらず生き残ったカトリック教徒であって、「ローマよりもカトリシズムを信じている」（204）人間となるのである。二人は共にカトリック教会と共産主義というドグマの「生き残り」（204）という点に、「お互いの共通点」（51）を見出している。

旅におけるキホーテ神父の大きな変化の一つは、「疑い」に肯定的な意義を認めるようになったことである。旅の二日目に、キホーテ神父は次のような夢を見る。十字架に掛けられたキリストが天使の大群に救われ、キリストは死の苦しみを味わうこともなく、勝利の歓喜の叫びに迎えられ、十字架から降り立つ。ローマの兵士もキリストの前にひれ伏し、マリアは喜びの涙を流す。そして全世界が、キリストが神の子であることを確信するというものである。この夢にキホーテ神父は「絶望の戦慄」(77) を覚え、次のように考える。

彼は誰にとっても無用の仕事を選んだのだ。なぜなら人は一種のサハラ砂漠で、誰もが感じている信仰が正しいと知っているので、信仰も疑いも持つことなく行き続けなければならないからだ。(77)

ここでキホーテ神父は、疑う者、信じない者がいなければ神父としての存在意義がなくなってしまうということと、「疑い」のないところには信仰もないということを理解するに至っている。神秘的で不条理であるから信じるのであり、あまりにも明白なものや「疑い」を挟む余地のないものは、信仰の対象にはなりえないということである。作品の最初に登場したモトポの司教の「神秘がなければ我々の信仰は成り立たない」(20) という発言は、キホーテ神父の認識の正しさを保証する。キホーテ神父にとっては、不条理なるものに対して「疑い」を抱きながらも、信じたいと願う気持ちこそが人間らしい信仰のあり方である。そして人間である限り信仰に「疑い」が伴うのは当然で、むしろ健全なことなのであり、反対に「疑い」を認めない信仰は非人間的であり独善的であるということになる。キホーテ神父との、たとえば地獄の問題に関する議論で明らかになるように、エレーラ神父はカトリック教会の正統思想に対する忠誠をキホーテ神父に求めている。つまりエレーラ神父は正統思想に対する「疑い」を認めないということである。後にキホーテ神父はサンチョに倫理神学が決してカトリック教会そのものではなく、ヘリバート・ジョーンの倫理神学は「軍隊の規律書」(91) だと言うが、これはエレーラ神父の独善的で非人間的な信仰のあり方に対する間接的な批判となっている。

エレーラ神父とキホーテ神父との信仰のあり方の違いは、グリーンが考える「ビリーフ」と「フェイス」という信仰の区別に相当する。グリーンは「ビリーフ」が理性に基づくものであるのに対し、「フェイス」は神の賜物だと考えている。そしてグリーンは「ビリーフ」よりも「フェイス」が優れていると考えている (Allain 162-3)。チョイはグリーンの考え方を敷衍し、「ビリーフ」がある主義に対する堅い、揺るぎない信念であるのに対し、「フェイス」はそれを信じたいと願う気持ちであり、「疑い」が含まれると指摘している (195)。エレーラ神父の信仰は「ビリーフ」に相当し、キホーテ神父の信仰は「フェイス」に相当すると考えられるが、グリーンはキホーテ神父の「フェイス」がエレーラ神父の「ビリーフ」を上回ると考えているのである。

「ビリーフ」よりも「フェイス」が優れている点の一つは、「フェイス」に内在する「疑い」が自分に向けられた場合、信仰を再認識する機会を生むことである。キホーテ神父の場合、信仰を見直した結果「わたしはとても無知な人間です」(161) という認識に至っている。

私は自分が理解できないことをエル・トボーソで教えていた。それついて考え直すことをしなかった。三位一体、自然法、大罪などのことである。私は教科書通りのことを彼らに教えていた。私は自分がこれらのことを信じているのか、自分に問うたこともなかった。(161-2)

キホーテ神父は、三位一体については三本のワインのボトルを用いての説明を通して、自然法についてはサンチョとの避妊をめぐる議論を通して、そして大罪については地獄の存在についての議論、あるいは福音書に出てくる地獄に関する記述の回数についての議論を通して認識を深めて行った。これらの問題についてキホーテ神父が十分な理解を得たということではない。これらの問題は依然不明瞭な、不可解なものとして神父の中に存在している。しかしキホーテ神父は、これらの問題を初めて自分なりに捉えなおそうとして、その結果自分が「無知」であるという事実に気がついたのである。反対にキホーテ神父は「『知る』って何でしょう。こんなに恐ろしいことはありません」(206)と言い、「知っている」ことの落とし穴、つまりそれ以上のことを求めようとしなくなる危険性も認識している。この点で教科書通りのことを教えていた以前とは異なっている。旅に出る以前はこうした問題の扱いについてはエレーラ神父とさほどの差がなかったことを、キホーテ神父は知ったはずである。

皮肉なことに、神学に対する「無知」という認識以上に神父の信仰を根本的に揺るがす問題へと発展したのが、性について「無知」という認識である。キホーテ神父は古代から続けられてきたセックスに関する論争に「確信の持てる答え」(101-2)を持てない。と言うのも、神父は今まで女性に対する誘惑に悩まされたことがないからである。またキホーテ神父は、売春宿を「多くの魅力的な女性従業員」(114)をそろえた宿と勘違いする。こうした事実に見られるように、キホーテ神父が欠いているものは、現実に対する知識であり経験に他ならない。こうした現実に対する経験のなさ、特に性に関する「無知」がキホーテ神父の中で深刻な問題に発展するのは、サンチョが意図的に『乙女の祈り』というポルノ映画をキホーテ神父に観せた時である。キホーテ神父は怒って映画館を飛び出すどころか、その映画に「おかしさ」(140) 以外の感情を覚えることができない。人間の愛と神への愛を本質的に同じもので、程度の差と考えるキホーテ神父にとって、人間の愛を感じ取れないということは、神を感じ取れないということを意味する。また性欲に悩まされたことがないという事実は、「誘惑を感じたことがないのに、悪に打ち勝てるようにどうして神に祈れようか」(141) という自己を否定する問題になっている。キホーテ神父は「神よ、私が人間的でいられますように。私に誘惑を感じさせてください」(141) と神に祈るが、ジョーン倫理神学が最初に切り捨てそうな人間の否定的な部分が信仰には不可欠であることを、キホーテ神父は身をもって確かめたことになる。また神父にこれを悟らせたのはサンチョである。キホーテ神父はサンチョに「あなたが私の倫理神学者です」(163) と言っているが、神父におけるサンチョの存在意義の大きさを物語る言葉である。

キホーテ神父の自分自身に対する「疑い」が晴らされることはない。しかし「疑い」が自己に向けられた結果、キホーテ神父がより神の愛を意識し、神中心の立場を強固なものにして行く。キホーテ神父は、司教によりエル・トボーソに引き戻され、尋問を受けることになるが、彼にはこの尋問が不当に思えるのも「私を裁きに来るのは神でなく司教だ」(179) という意識があるからである。キホーテ神父は「ことの良し悪しは動機しだいだ」(146) と考えるが、一方でカトリック教会の体面保持しか念頭にない司教は結果しか見ない。お尋ね者を匿ったことも、ポルノ映画を観たことも、キホーテ神父には純粋な「動機」があるが、司教にとってはスキャンダルを引き起こす問題に過ぎない。キホーテ神父にとって、彼の「動機」を理解できるのはサンチョと神だけなのである。しかもキホーテ神父が恐れているのは、実は司教ではなく、人間的な欲望をどうしても感じ取れない自分自身である。彼は尋問の前にあたかも「絶望という最悪の罪の翼に触れたかのように」(182) 感じている。しかしキホーテ神父は「すべて神にゆだねる」(182) というコウサド神父の著作の一節にかろうじて希望を見出している。自己に対する「疑い」はキホーテ神父を「絶望」へと追いやるが、同時に最も素直な形での信仰に彼を導いたと言える。

三

「疑い」を通してキホーテ神父は内省を深めて行ったが、それがサンチョに対する影響となって現れているのが、キホーテ神父がサンチョに示した共産主義の限界についての指摘である。

あなたの孫の、その孫の、そしてその孫があなたと同じ考えを持っていて、国家の終焉を見るとしましょう。不正も不平等もない世界です。彼はその後人生をどのように過ごせば良いのでしょう。…彼は信仰を持てないでしょう。理想の未来が目の前に開けているからです。人は信仰を持たずに生きていけるでしょうか。(80)

キホーテ神父が指摘するのは、すべてが実現した後に残る空虚感であり、もはや将来に対する希望も持てない「むなしさ」という「地上の理想の限界」(渡邊　一三一) である。さらにキホーテ神父は『共産党宣言』を読み、「それは善良な人間が書いた本です。あなたと同じくらい善良で、同じくらい誤解している」(126)と言う。神父は共産主義とサンチョに「善良さ」があることは否定しない。しかしキホーテ神父の中で、共産主義に対する宗教の優位は確定的なものとなっている。キホーテ神父が指摘するマルクスの間違いの一つは、マルクスによればプロレタリアートの生活条件では、ブルジョアがその民族的性格を失い、同時に生活保護を必要とする窮民になるはずだが、スペインに遊びに来るイギリス人は、その民族的特長を失っていないことである。キホーテ神父によれば、ブルジョアジーが窮民になるどころか、窮民がみんなブルジョアジーになったのであり、一番の原因は共産主義ではなくヒューマニズム、特に宗教のおかげなのである。そしてキホーテ神父は『共産党宣言』にマルクスの隠れたブルジョア賛美論を見出している。彼は「我々の知っている憎しみはしばしば愛の裏返しです。多分、気の毒にもあの男は彼が愛したものに拒まれたのでしょう」(126)と言い、マルクスのブルジョア階級に対する攻撃が、実はそれに対する愛情の裏返しであるということを指摘する。それは同時にサンチョのキリスト教批判の裏側に、キリスト教への隠れた愛があることを意味する。サンチョは自分でも気がついていない、隠されたキリスト教への愛を神父に指摘されたことになるのである。

サンチョが信仰喪失者であり、同時に共産主義を信じきれない性格を持つことについては先に述べた。サンチョがカトリックを捨て、共産主義に「疑い」を持つ理由として浮かび上がってくるのが、彼の合理的精神である。サンチョが示すキリスト教への攻撃は、大きく分けて、カトリック教会の教条的な部分と閉鎖的な教会組織という現象面と、宗教特有の不条理な側面に向けられている。前者がジョーン神学や異端裁判などであり、後者が三位一体、マリアの処女受胎、そしてキリストの十字架上の死と復活である。このうちサンチョにとって特に納得がいかないのが後者の方である。「わしを悩ませるのは、君が多くの矛盾した考え方を鵜呑みにしていることだ」(51) という表現が表すように、サンチョには不条理なものを信じることへの抵抗があるのである。サンチョがカトリックよりも共産主義を選ぶ理由は「私はマルクスとレーニンが存在したことを知っている」(161) からであり、彼は理性で判断できないことは信じないという合理的な精神の持ち主であることを示している。

キホーテ神父が旅を通してサンチョに教えたものは「疑い」の重要性である。「疑い」はサンチョの中で共産主義と自らの理性に対する「疑い」へと発展している。そして共産主義への「疑い」が、二人は共にカトリック教会と共産主義のドグマの「生き残り」(204) という点に、「お互いの共通点」(51) を見い出ださせた。一方で自分自身の理性に対する「疑い」は、キホーテ神父により指摘された、サンチョの中のキリスト教に対する隠れた愛を無意識のうちに呼び覚まし、サンチョをキホーテ神父の最期のミサにおける当事者にしている。

キホーテ神父が最期に行った、意識が朦朧とした中での聖餅もぶどう酒もない、ミサとは呼べないようなミサこそ、サンチョに「計り知れない神秘」(254) を突きつけ、神の愛への「跳躍」(236) を迫るものである。このミサは「虚構と現実―つまるところこれらを区別することはできません。どちらかを選ばなければならないのです」(238) と言うレオポルド神父と、実証主義者のピルビーム教授により目撃される。ピルビーム教授にとっては、聖餅もぶどう酒もない以上ミサであり得ない。ところがレオポルド神父は、少なくともキホーテ神父の中においてはミサであると主張する。そして「聖餅はなかった」(254) と主張するピルビーム教授に、レオポルド神父は、「空気をワインに変えるほうが、ワインを血に変えるよりもむつかしいとお考えですか」（254）と反論する。我々の限られた感覚では捉えられない部分、つまり「計り知れない神秘」（254）が宗教にはあることをレオポルド神父は主張するのである。作品の冒頭に登場するモトポの司教は「たぶん神の目には我々はすべて作り物だ」（24）、「神秘がなければ我々の信仰は成り立たない」（20）と発言していた。もし我々が「作り物」であると認めると、確実なことは何も言えず、聖餅がなかったとも言い切れない。実証主義あるいは唯物論的な考え方も、自らに対する「疑い」、つまり自らに対して「作り物」という視点を持った時、その考え方は根底から覆る可能性があるのである。要はサンチョが聖餅もぶどう酒もないミサをどう捉えるかであり、今選択を迫られているのはサンチョである。本来なら唯物論者のサンチョは、ピルビーム教授の立場に立つはずである。しかしながらサンチョはレオポルド神父に次のように言っている。

聖餅がなかったと考えたい。…若いころ、神を少し信じていて、あの迷信が少しまだ残っている。私は迷信が怖いのだ。そして年を取りすぎて生き方を変えれない。神秘よりマルクスの方がいいんだよ、神父。（254）

サンチョは、キホーテ神父との友情を通してドン・キホーテの子孫と考える「この神父の虚構的現実が持つ真実味」（Kelly 108）に引き込まれ、また「疑い」の重要性を教えられたサンチョは、自分の理性に「疑い」を向けざるを得ないのである。サンチョの自信のない答えが、現在と今後の彼の立場を表している。サンチョは次のように考えている。

人間に対する憎しみは、フランコ将軍のような人間に対する憎しみでさえ、その人の死と共に消えてしまうのに、彼がキホーテ神父に対して感じ始めていた愛は、死という最終的な別離と沈黙にもかかわらず、生き続け、大きくなるように思えるのはなぜか。彼の愛はどのくらい続くのか、その行き着く先は、と考えると恐怖を覚えた。(256)

キホーテ神父はサンチョの中に愛を確実に植えつけたのであり、その愛はサンチョの信仰復活につながる可能性を多分に示している。教区の司教により聖職停止を命じられたキホーテ神父は、正統的なカトリックの教義からすればミサとは呼べないようなミサにおいて、ミサが本来有する神秘性をいかんなく発揮したのである。

結び

キホーテ神父にとって、旅の意義はサンチョとの友情を確立し、自らの信仰を見つめ直すものであった。そしてキホーテ神父は「疑い」の必要性を認め、「疑い」をカトリック教会と自らに向けることにより神中心の信仰を確認して行った。一方でサンチョは「疑い」の価値をキホーテ神父に教えられ、それを共産主義と自らの合理的精神に向けることにより、失った信仰を取り戻すきっかけを得た。グリーンにおいては、「疑い」とは信仰喪失につながるような否定的な作用を意味するのではない。反対に「疑い」は、キホーテ神父における信仰の再確認やサンチョにおける信仰の再発見につながるように、人間により本質的なものを求めさせ、自己満足に安住するのを否定させるような肯定的な作用を意味するのである。グリーンは「疑い」は「人間の最高の資質」だと言い (Donaghy 169)、「良心」と同じものかもしれないと言っているが(ホートリー 二九九)、『キホーテ神父』はグリーンの「疑い」に対する認識を如実に示していると言えよう。

引用文献

Allain, Marie-Françoise. *The Other Man: Conversations with Graham Greene.* New York: Simon and Schuster, 1983.『グレアム・グリーン語る』三輪秀彦訳、早川書房、一九八三。
Choi, Jae-Suck. *Greene and Unamuno: Two Pilgrims to La Mancha.* New York: Peter Lang, 1990.
Donaghy, Henry J., ed. *Conversations with Graham Greene.* Jackson and London: UP of Mississippi, 1992.
Greene, Graham. *A Burnt-out Case.* London: William Heinemann & The Bodley Head, 1974.『燃えつきた人間』田中西二郎訳、早川書房、一九八〇。
——. *Monsignor Quixote.* London: Vintage, 2000.『キホーテ神父』宇野利泰訳、早川書房、一九八二。
Kelly, Richard. *Graham Greene.* New York: Frederick Ungar, 1984.『グレアム・グリーンの世界』森田明春訳、南雲堂、一九九一。
クリストファー・ホートリー編『投書狂グレアム・グリーン』新井潤美訳、晶文社、二〇〇一。
ミゲル・デ・ウナムーノ『生の悲劇的感情』神吉敬三、佐々木孝、ヨハネ・マシア訳、ウナムーノ著作集三、法政大学出版、一九七五。
山形和美『グレアム・グリーンの文学世界—異国からの旅人—』研究社、一九九三。
渡邊晋『グレアム・グリーン論—神・人・愛』南雲堂、一九八八。

表現主義とT・S・エリオット

佐野　仁志

一　モダニズムの旗手エリオット？

「モダニズムの旗手」ということばは、T・S・エリオットを表わすフレイズとして当たり前のように使われ、もはや初期のエリオット＝モダニストという等式は証明の必要さえないかのようである。確かに、退廃的な大都市、無国籍性、権威に対する挑戦、これらモダニズムのキーワードをエリオットの初期の詩は備えている。しかし、一九二七年にエリオットが英国国教会に帰依し、翌年自らを「古典主義者」にして「王党派」であると公言したとき、エリオットは「モダニスト」であることを辞め、「変節」したことになった。それまでエリオットに「モダニズム」の旗を担わせていた者たちの落胆は大きく、エリオットを「裏切り者」と呼ぶ者まで現れた（Ackroyd 219-20）。

何がエリオットを「変節」させたのか？　そもそも、エリオットの精神的発展において「モダニスト」から「古典主義者」への劇的な転換点があったのか？　これらの疑問に対して近年のエリオット研究の多くは、エリオットの精神的発展において「変節」も「劇的な転換点」もなく、一貫性が認められるという結論に達している（cf. Schuchard, Sigg, Jain）。つまり、エリオットは初期の執筆活動から古典主義とカトリシズムへの傾倒を示していたというのである。

エリオットの詩作品に「モダニズム」に共通してみられるいくつかの特徴があったことは確かであろう。しかし、自らの名前の前に「モダニスト」と冠せられれば、違和感を抱いたはずである。なぜならエリオットは初期の書評や公開講座においてモダニズムを批判していたからである。[1]もっともこのモダニズムは宗教上のものであって、文学上のものではない。だが、文学上の「モダニズム」はキリスト教の近代的理論化を進める宗教上のモダニズムと全く切り離して考えるわけにはいかない。なぜなら、両者の展開時期は時代的にずれているとはいえ、共に科学、思想の発展と都市化という近代の変革の波に乗って、展開されたからである。さらに両者は既成の権威に対して挑戦的な立場にあった。教会や聖職者に対する風刺詩を書く一方で、早くから信仰と伝統の重要性を論じていたエリオットに、「モダニスト」というラベルを貼ることが果たして適切であろうか。そのことばが包含する内容は多岐にわたり、共通の理解があるようでいて、明確な定義づけが困難なもの、それが「モダニズム」である。「モダニスト」、「モダニズムの旗手」、いずれにしてもエリオットの本質を表わすにしては、紛らわしいラベルであることには違いない。

それでは一九〇〇年代初頭から二〇年代中頃までの短い期間に展開された表現主義は、初期のエリオットを表わすラベルになりえるだろうか。表現主義には、ゴーギャン、セザンヌ、ゴッホから始まる国際的な反印象主義の芸術運動から端を発した広義の表現主義と一九一〇年以降その中心をドイツに移した狭義のドイツ表現主義がある。両者は共に、物質と精神、あるいは外界の現実と人間の内なる現実との乖離が著しくなった時代に、「現実」とは何かを生命の根源から問い直す運動であると捉えることができる。表現主義は、近代における伝統的価値観の懐疑という時代の精神性を強く反映しているため、初期のエリオットとの関わりを無視するわけにはいかない。

表現主義とエリオットについては、『表現主義』の著者ジョン・ウィレットは次のように述べている。

> 二〇年代初めのアヴァンギャルド作家の中には、初期のドイツ表現主義者と、少なくとも幾つかの点で類似した特徴を示す者がいた。ラフォルグに強い影響を受け、一九一四年にはマールブルクで学んだT・S・エリオットの場合には、そのことは『プレリュード』や『風の夜のラプソディ』といった詩や高度に様式化された劇の草案『闘技士スウィニー』に表れている。これらの作品はすべてドイツ人の手で書かれていれば、確実に表現主義者によるものとみなされていただろう。(171)

エリオットの作品が表現主義に組み入れられるかどうかはさておき、表現主義とエリオットとの接点があったことは事実である。先のウィレットによれば、第一次世界大戦開戦前後に結成されたヴォーティシズムは、表現主義と多くの共通項を持つという(170-71)。一九一四年六月に刊行されたヴォーティシズムの雑誌『ブラスト』の第一号では、ニーチェの文体を真似て、プリミティズム、無意識なるもの、世界の荒々しいエネルギー、神秘主義、狂気、鋭敏さへの忠誠を表明した。さらに、カンディンスキーの『芸術における精神的なもの』の抜粋も掲載した。ヴォーティシズムの中心的なメンバーと言えば、ウインダム・ルイス、エズラ・パウンド、T・E・ヒュームであり、みなエリオットとは深い交わりのある人間である。事実エリオットは『ブラスト』を読み、パウンドのカンディンスキーに関する小論を読み、カンディンスキーについてパウンドに教えを請うている（Eliot, *Letters* 86-87)。

確かに初期のエリオットの作品には、プリミティズム、無意識なるもの、神秘主義などの表現主義の特徴が色濃くある。しかし、エリオット作品の一部の特徴を捉えて表現主義者のラベルを貼りつけることは適当ではない。

そもそも表現主義にしてもモダニズムにしても、明確な定義づけが困難なラベルを貼りつけること自体、詩人を、そして彼の詩作品を恣意的に解釈してしまう恐れがある。しかしながら、伝統への回帰を訴える反モダニズム運動がフランスを中心に活発化した時代に古典主義を信奉し、カトリシズムを支持したエリオットを、時代精神と隔絶した孤高の詩人と考えるわけにはいかない。なぜならエリオット自身、常に彼が生きた時代とヨーロッパの伝統を意識し、自らの作品もその伝統の中に組み込もうとしていたからである。

エリオットは表現主義を明確に意識していなかっただろう。しかし、世紀の転換期に彼は、芸術上の運動の深層で胎動する時代精神を感じ取っていたはずである。宗教上のモダニズムの展開、カトリックの守護者であるハプスブルク家の崩壊、第一次世界大戦と次々起こる出来事は、ヨーロッパ全体を激震させた。表現主義は一九一〇年に突然生じた芸術運動ではなく、世紀の転換期からヨーロッパの社会や伝統を揺るがす動きと共に生まれたと言ってよい。表現主義が発生する土壌となる時代精神をエリオットは他の表現主義の芸術家たちと共有していたのではないか。

本稿ではモダニストに代わる表現主義者というラベルをエリオットに貼りつけることが目的ではない。一九一〇年代から二〇年代のエリオットがヨーロッパにおける時代精神といかに関わったのかを考察し、それが詩作品の中でどのように表現されているかを論じることが目的である。時代精神とより密接な関係にある表現主義にフォーカスを当て、表現主義の特徴がなぜ、この時代に書かれたエリオットの作品に認められるのかを検討しながら、先の目的を達成したい。

二　ヨーロッパの没落

表現主義を生み出す土壌となる時代精神は、ヨーロッパの没落と密接な関わりがある。その没落は単なる文明の衰退ではなかった。没落によって伝統的な価値観は喪失され、名状しがたいペシミズムの中で、「現実」が懐疑され、絶対的なものが自己の内面に捜し求められた。

伝統的な価値観を脅かしたのはダーウィンの『種の起源』（一八五九）及び『人間の由来』（一八七一）であった。進化論は、世紀末の文明の衰退現象を「社会的劣化」や「淘汰」ということばを用いて説明するのに役立った。一方、進化論は宗教上のモダニズムを引き起こす原因となった。進化論に代表される近代の科学思想は、キリスト教の教義の根幹、つまり、処女降誕、イエスの身体のよみがえりと血による贖いに関する教義、を揺るがした。反キリスト教的傾向や信仰そのものの形骸化を目の当たりにして、自由主義神学者たちはモダニズムと呼ばれる急進主義運動を展開した。二〇世紀初頭にはプロテスタントだけでなくカトリックにおいても、キリスト教を近代の要請に適合させるために教会とその教義の改革を求める運動が起こった。しかし、教会の伝統的な聖書解釈を守ろうとした教皇ピウス一〇世は、モダニズムが特に若い神学者に広がるのを恐れ、この「新宗教改革主義」に対して断固たる態度を取った。モダニズム対反モダニズム論争は、モダニズムの父、アルフレッド・ロワズィーの破門（一九〇八年）という形で終わったが、一度揺らいだキリスト教の教義や教会の権威が元に復したわけではなかった。

こうした状況の中で、知的階層に大きな影響を与えたのがニーチェである。彼は『悦ばしき知識』において、「神の死」を宣言した。さらに遺稿集『力への意志——一切の価値の転換の試み』（一九〇一）の中では、社会全体を覆うペシミズムはやがてニヒリズムにまで行きつくことを予言した。その原因は社会的困窮状態や道徳的退廃ではない。ある文明において最高の価値が失われること、それがニヒリズムの原因であると論じた。最高の価値が失われると、価値基準の体系が崩れ、すべてのものが従来の価値や意味を持たなくなる。キリスト教がもはや最高の価値になりえないことを認識すると、文明の先行きに不安を感じ、生の虚無感に苛まれた知識層は、ニーチェの書物を黙示録のように読んだ。実際、初期表現主義の一翼を担った「ブリュッケ」のメンバーは皆ニーチェを愛読し、他方の一翼を担った「青騎士」の中心メンバーであるカンディンスキーも、ニーチェから大きな影響を受けた。

ヨーロッパの没落を決定づけたのは、カトリシズムの守護神であるハプスブルク家の崩壊と第一次世界大戦である。大戦後の荒廃はニーチェが予言していた文明の没落そのものであった。しかし、ニーチェは没落を全く否定的に捉えていたわけではなかった。既成の価値体系が否定され、権威がことごとく破壊され、文明が没落するときこそ、来たるべき創造への道が切り開かれると説いた。先のカンディンスキーも次のように述べている。

宗教、科学、道徳が（特に最後のものはニーチェのたくましい手によって）揺さぶられるとき、そして外から支えていたものが倒れかかってきたとき、人間は眼差しを外面から転じて、自分自身の内へと向ける。（43）

ヨーロッパの没落は表現主義の芸術家たちにそれまでの価値体系を懐疑させ、新たな創造への契機を与えた。ある者は「真なる現実性」を求めて内面を見つめ直し、またある者は神秘主義の中に絶対的な価値を見出そうとした。

三 「真なる現実性」を求めて

社会や文化における価値意識の座標軸が一旦ゆがんでしまうと、それまで正当とされてきたものの価値に疑念が差し向けられる。芸術の領域では座標軸への信頼性の喪失が現実性の懐疑や破壊という形で表現された。ゴットフリート・ベンは『表現主義的な十年間の抒情詩』の中で「現実性」について次のように述べている。

現実性、あるいは現実的といわれるもの、そんなものはもはやありはしない。…現実性、これこそヨーロッパの悪魔的な概念である。幸福だったのは、疑問の余地のないものが存在していた時代とその時代の人々だけである。四百年もの間〈現実〉とされ、自然科学における現実と同様に考えられてきたものが崩壊

するに及んだ。一九〇〇年以降現在に至るまで現実性はその根幹からずっと揺れ続いている。(1841-42)

また、リヒャルト・ミューラー＝フライエンフェルスは表現主義の中に現実を完全に解体する傾向があることを指摘し、次のように述べている。

現実を未曾有の規模で意識的に歪曲することこそ現代芸術の本質だということが、ますます明らかになってきた。…幻想の力によって、ある独自な世界が生じてくる。そこにはやはりあらゆる現実が再び現れることになる。しかし、それはもっと奥深くの暗闇にまで光をあてられた現実なのだ。(53-54)

解体される現実とその中における「真なる現実性」の追究は、多くの表現主義の作品に認められる。都市に生活する人の目には、その生活の場が退廃的であっても日常的な風景としか映らない。しかし、暗闇に潜む現実を垣間見た表現主義の芸術家の目には、それは不可解で、現実性を失ったものに見える。彼らの作品には空虚に映る都市を背景として、奇妙なリアリティを持った幻影が投影される。彼らの意識に去来する幻影は不合理でありながら、「真の現実性」を備えている。例えば、『世界の終わりの歌』で著名な詩人ヤーコプ・ヴァン・ホッディスは文明の危機に伴う感情を「街」(一九一〇)中で表現し、ゲオルク・ハイムは「ベルリン」(一九一〇)で没落の意識を形象化し、黙示録的ヴィジョンを提示した。小説では、ヴァルター・ライナーが『コカイン』(一九一八)で都市に住む個人の絶望的な孤立を描いている。コカイン中毒の主人公はあらゆる人から、あらゆる空間から追いたてられ、言いようのない畏怖心に襲われ、銃口を口蓋に押し当てる。都市生活から排除され、自殺に至る彼の運命だけが現実性を帯び、巨大な獣のように、彼の存在の上にのしかかるものとして描かれている。ロベルト・ヴィーネ監督による映画『カリガリ博士』（一九二〇）では、精神病患者が見る白日夢の中の殺人者カリガリが現実の精神病院長カリガリ博士よりもリアリティのある存在として描き出され、幻影と現実とが交錯している。

事物や事象の「真なる現実性」を見てとりたいという欲求は芸術の領域に限らず、哲学の領域においても認められる。フッサールを始め、認識論に立つ哲学者は「現実性」の概念に焦点を当て、「真なる現実性」あるいは「現実的な現実性」とは何かを見定めようとした。そうした欲求はそれまで自明のこととされていた様々な表象を破壊し、表象によって覆い隠されていた内的なものを顕わにするという行為に結びついた。

表現主義における現象と現実について論じたアイクマンは『表現主義における思考形態と文体上の形態』において「真なる現実性」の追究を次のように説明している。

仮像であり現象であるような現実を突破することによって、より奥深いもの、いわば〈その背後〉にあるもの、つまりまだ隠されており、ふとした折にしか近づきえないような真の現実に達することになる。それは、古い現実から今ようやく解放されるべきある〈新たな〉現実なのであり、多くの場合それには〈本質〉という概念が与えられる。したがって、欺瞞的で硬直したものや表層的なものでしかないもの、あるいは無内容なものになってしまった現象が、この真なる本質に対立することになる。(54)

表現主義における「真なる現実性」の追究は、プラトン的な実存のイデアを捜し求めることに通じる。現実の空虚さに存在の不安を募らせる者は、実存のイデアを探求する。しかし、それは仮像に過ぎない日常の現実では見出し得ない。実存のイデアを探しあぐね、苦悩する自己が表現される場合もあれば、それが神の元に行かんとするイエスの姿に投影される場合もある。一六世紀のマティアス・グリューネヴァルトの『キリスト磔刑図』が一九〇〇年ごろ再評価され、表現主義の芸術家たちの間で高く評価されたのは偶然ではない。グリューネヴァルトの絵画に、彼らは暗鬱で不気味な色調と線描に表現主義の範を見出しただけでなく、形而上学的実存の探求の原型を見出したのであろう。ただし表現主義における神の希求は、中世以来のキリスト教の伝統における信仰と性質を異にする。神はもはや実存するものではなく、「死んだ」かもしれない不確かな存在なのである。また、イエスも三位一体における確固とした神格を与えられた存在ではなく、神を求めて苦悩する存在なのである。「真なる現実性」が追い求めても確実なものとして掴み得ないように、神の存在もまた同様であった。第一次世界大戦後、マルクス・ベックマンの『夜』は、十五世紀の画家、ハンス・プレイデンヴルフの『降架』を元に、苦悩する人間の姿をイエスに重ね合わせて描いた。カール・シュミット＝ロットルフは『君たちの前にキリストは現れなかったか』と題する木版画を敗戦直後に発表した。そこには額に一九一八の年号が刻まれたイエスが描かれている。黒で縁取られたイエスの頭の背後には光を表す白が放射線状に上部に伸びる。戦後の閉塞状態にあって実存のイデアを探しあぐねる表現主義の芸術家の絶望感と微かな希望をその版画の中に見出すことができる。

四　表現主義の時代精神とエリオット

表現主義の芸術家が置かれていた精神的状況はエリオットと無縁ではなかった。近代思想は容易に大西洋を超え、エリオットもまたヨーロッパを訪れることにより、宗教上のモダニズム、神秘主義、ニーチェの思想、そしてヨーロッパの没落を経験することになる。

ユニテリアニズムがダーウィニズムの挑戦を受け、教義の近代化が図られていた時期にエリオットはハーバード大学に進んだ。当時の学長チャールズ・ウィリアム・エリオットはユニテリアニズムの近代化を推進し、ハーバード大学はユニテリアニズムの牙城と化していた。そんな中でエリオットが師事したのは、大学内では全く異質なアーヴィング・バビットであった。バビットは古典主義の立場を明瞭にし、モダニズムの潮流に乗る思想をことごとく批判した。バビットの影響を受け、エリオットはフランスに留学し、反モダニズムの政治的運動であるアクション・フランセーズに関心を抱くようになる。その運動の中心人物であるシャルル・モーラスの思想を通して、エリオットは反モダニズムの態度を一層明瞭にし、伝統としてのカトリシズムを支持するのである。

しかし、モダニズム対反モダニズム、あるいはキリスト教の教義の近代化か伝統への回帰かの論争において、信仰そのものが焦点になっていたわけではなかった。ところがエリオットにとって、最も重要なことは信仰そのものであった。この点において、無神論者であった先のモーラスとエリオットは異なる。エリオットはヨーロッパの伝統を形成してきたカトリシズムを高く評価するだけでなく、その信仰の重要性を認めていた。彼はT・E・ヒュームの思想に接し、神の絶対的存在は哲学の領域ではなく、宗教の領域において経験されるべきものであるという態度に共鳴する。[2]

さらにエリオットは表現主義の特徴の一つである神秘主義にも関心を示した。表現主義の時代における神秘主義はオカルト的なものでも、魂と神との一体化を唱えるものでもなかった。それは肉体から魂を解放させて、実存を目指すプラトン的な神秘主義とイエスの受肉に神との繋がりを感じ取ろうとするキリスト教の神秘主義の二つからなる。いずれにせよ近代の科学思想では理解し得ない思想であった。エリオットはエヴリン・アンダーヒルの『神秘主義』を熟読し、神秘主義者や受難者が接したという神との体験に関心を抱き、キリスト教の本質が受肉にあるという認識を深めた。エリオット研究者マンジュ・ジェインは、神秘主義が「進化論に伴う宗教上の近代化に対する解毒剤」の働きがあったと推測している(194)。フランスから帰国し、大学院で哲学と宗教を研究していたエリオットの部屋にはゴーギャンの『黄色いイエス』が貼られていた。当時盛んに神秘主義に関する本を読み耽っていた事実を鑑みれば、ゴーギャンの絵も神の存在を知らしめる媒介者としてのイエスを希求する精神性の表れであると考えられる。しかし、エリオットは信仰へ至る道に横たわる深淵を超えることを望みながら、イエスの受肉に関する懐疑をぬぐいきれずにいた。

懐疑主義に囚われながらもなお信仰の重要性を主張するエリオットにとって、神の死を宣告したニーチェは受け入れ難い存在であったであろう。しかし、ニーチェの思想、とりわけ文明の没落の理念は世紀の転換期に大きな波となって西欧社会に打ち寄せ、エリオットもまたその波をかぶらざるを得なかった。[3] ニーチェの没落の理念は先のカンディンスキーだけでなく、表現主義の傾向を示すヘルマン・ヘッセにも影響を与えた。ヘッセはその理念を『カラマーゾフの兄弟』の登場人物を用いて敷衍し、「ヨーロッパの没落」に際して、自己の外にも内にもある混沌を直視する必要性を訴えた(170-71)。エリオットはそれを読み、英語に翻訳させた上、その最終部分を『荒地』の注に引用している。『荒地』では、没落によって人間の行動を規制していた秩序が揺らぎ、それまで抑圧され、隠蔽されていた、原始性に満ちた獣的な衝動がうごめき出す様が描き出されている。そこには文明の没落期に人間の魂の中をのぞき見る視点が提示されており、ニーチェの没落の理念を見出すことができる。だが、『荒地』にはニーチェが予言した没落時に現れるはずの創造への道は、未だ提示されていない。ただ、慈雨をもたらすことのない雷鳴が希望とも絶望ともとれる表現として提示されているだけである。荒涼とした地をさまよう絶望した者たち、そしてその傍らにイエスを想起させる亡霊のような同伴者、これらの『荒地』の中の表現は、自己の外にも内にもある混沌を直視したときの精神的渇望を表すものである。

この時期、つまり、ヨーロッパの没落がだれの目にも明らかになった一九一四年にエリオットが書いた詩の一節をみてみることにしよう。

現象、現象と彼は言った、
私は弁証法を用いて世界を探究してきた。
落ち着かない夜も生気のない昼も私は問いつづけてきた、
結果は導かれるままにわき道を辿る事になった
そしていつも決まって何一つ変わることのない同じ迷路に行きつく
それは堪え難いほど終わりがない。
矛盾、それは君が回収するはずの負債だ
そのうえ、君に支払われるものも矛盾だ、

他に何を探しているのか知らない間は、
期待すべきものは他に何も手に入れることはないだろう。
現象、現象と彼は言った、
そして現実なるものはなにもない、非現実、しかし、それが真実
真実に反するが、現実、ところで君は何を恐れ、
何に期待をかけているんだね？　君が感謝祭の習慣を続けていようと
疲れた胴体と頭が大地に安らうように祈ろうと、
このことばは君が歩む全ての道で真実なのだ
真実が事実である必要があるように、全ての事が述べられたとき、
生者たちの内に真実が見出せないのなら
死者たちの内にも真実を見出すことはないだろう。
今の他に時はなく、ここの他に場所はないと、彼は言った。(*Inventions 75*)

哲学者とその学生とおぼしき二人の会話は、内省的な自己の中で繰り広げられるものである。「真なる現実性」を探求して形而上の思索を巡らせても、「矛盾」以外には何も得られない。エリオットはこの時期研究していたカントやブラッドレーの哲学を通して、真実は相対的なものでしかありえず、「現象」の中に絶対的な真実などは存在しないという結論に行き着く。しかし、哲学上のこの結論は何の解決も与えない。それを承知の上で「真なる現実性」を問い続ける。その行為は、詩人の存在の危うさを何か確固としたものに繫

ぎ止めようとする試みに他ならない。「落ち着かない」、「非現実の」、「堪え難い」という形容詞は『荒地』の中でも繰り返し用いられ、「今」、「ここ」にある存在の確かさを求めながら、得られない人間の不安と空虚さが表現されている。

形而上学的実存の探求は、エリオットの場合においても、神を求める受難者の形姿をとって表現される。先に引用した詩と同時期に「聖セバスチャンのラヴソング」が書かれている。円柱に縛られ、矢を射かけられて殉教する聖セバスチャンを題材とするこの詩は、肉体的苦痛と恍惚感に身を投じる受難者の美が描かれている。しかし、ここで着目すべき点は、この詩が先の懐疑的で哲学的な詩と同時期に書かれ、それが『降架』というタイトルの詩集に収められる予定であったということである。「聖セバスチャン」、「降架」といえば、前述のグリューネヴァルトの『キリスト磔刑図』が想起される。ユイスマンが激賞したというこのイーゼンハイムの祭壇画の右翼面には聖アントニウスが配置され、中央には悲痛の表情を残しつつ息絶えた十字架上のイエスが描かれている。左翼面には、そのイエスを見つめる聖セバスチャンが描かれている。そして中央下には十字架から降ろされたイエスが二人のマリアに抱かれるピエタの図がある。イエスは未だ神々しさを備えず、受難者として描かれている。エリオットがこの『キリスト磔刑図』を見たかどうかは定かではない。しかし、「真なる現実性」を懐疑する先の詩と「聖セバスチャンのラヴソング」を結びつけるものが「降架」であるということから、これら二つの詩を理解するのに必要な鍵、つまり、受難者イエスの存在が明らかになる。哲学的思弁では解き明かせない神の存在を懐疑する者にとって、絶対的存在を確信し、それに自らのすべてを投げ打つ決意を固め得た受難者は憧憬の対象である。そしてその受難者にとってイエスはやはり受難者でありながらやがて神的な存在になるものとして仰ぎ見る対象なのである。

最高の価値が失われ、不安と懐疑に苛まれる人間が絶対的存在を希求する精神性があったからこそ、表現主義の芸術家たちは、グリューネヴァルトの絵画を評価し、やがて自らも受難者イエスをテーマにした絵画や版画を制作するに至ったのであろう。そうした絵画や版画とエリオットの「聖セバスチャンのラヴソング」とは通底するものがある。

結び

表現主義は、絶対的な価値が揺らぎ、あらゆる価値が相対化される「ヨーロッパの没落」という現象を契機として生じたと言ってよい。そうした「ヨーロッパの没落」の中で、「真の現実」を追究しようとする衝動が表現主義の方向性を決定づけるものであった。その衝動は、それまで眼にしていた事象の背後にあるもの、あるいは意識の届かない闇にあったものを見通そうとする。そしてそれは芸術家独自の認識力と想像力の働きで具体的な表現となる。その過程で、「真の現実」を追究する自我の存在が強く意識されることになる。こうした表現のあり方をエリオットは他の表現主義の傾向を示す芸術家と共有していたのではないだろうか。

エリオットと表現主義者との相違点についても言及しておこう。もっとも、表現主義者がすべて同じ性向を示すわけではないため、ある一派の表現主義者との部分的な相違点に限定することにしたい。それは社会と政治との関わりにおける相違点である。一九一八年の十一月革命やそれに続くワイマール共和国の誕生に、「十一月グループ」に代表される表現主義者たちは、新しい世界の到来を感じ、社会と政治に強い関心を持つようになった。すると形而上の「真の現実」を追及しようとする彼らの衝動は変質し、代わって、芸術と社会、あるいは芸術と文化の新しい創造的な関係の構築に向けられることになる。一方、エリオットは後年、キリスト教の理念に基づいた社会や伝統に根ざした文化の創造について彼なりのヴィジョンを提示することになるが、この時期においては、『荒地』にみられるように、ハプスブルク家の崩壊をヨーロッパの伝統の衰退と受けとめていた。中世ヨーロッパからの伝統を美化していたきらいのあるエリオットが、革命や共和国の誕生の受けとめ方においてそれに熱狂する一部の表現主義者と異なるのは当然と言える。もっともベルサイユ条約締結後の経済が破綻し、ワイマール共和国の政治基盤の脆弱さが露呈すると、そうした表現主義者は社会や政治への熱情を失い、代わって大きな失望感と虚無感に苛まれることになる。

もう一つの相違点は、表現主義の本質に関わるものである。自己の内的世界に目を向け、「真の現実」を探しあぐねた表現主義者の中には、創作活動の過程において自らが創り出した「真の現実」を表出することに満足せざるをえなかった。カジミール・エートシュミットは一九一八年の論文『詩作における表現主義』で次のように述べている。

> 外的な現実として現れるような真正なものなど存在しえないということは、だれも疑うまい。現実は、我々の手で創りださねばならない。対象の意味は掘り返して獲得されねばならない。(96)

こうした考え方にエリオットは異を唱える。彼は現実の世界において、あるいは形而上の問題において、「真理」を追究せず、自らがそれを創造するという態度に、主観的認識の独善性や閉塞性があることを指摘する（Eliot, *Knowledge* 167-68）。彼は人間の内なる形而上の真理が恣意的で絶対的なものではありえないことを認識し、やがて、外的な実存であると伝統的に認められた存在、つまりキリスト教における神を「真なる現実」として受け入れることになる。エリオットは信仰を持つことで、真摯な懐疑主義の態度を放棄したのではなく、むしろ、主観的認識の独善性や閉塞性から脱しようとしたのではないか。[4]

表現主義は一九三七年のナチスによる「退廃芸術展」によってその息の根を止められることになるが、実際には形而上の「真の現実」を追及しようとする芸術家の衝動が衰微するにつれて、その芸術運動はその勢いを失い、「新即物主義」や「ダダ」が登場する一九二三年ごろには終焉を迎えていた。消耗性の熱を帯びながらも、「真の現実」を探し求めていた芸術家たちが憔悴しきって立ち止まると、彼らの作品に認められるのは言いようのない虚脱感と幻滅感であった。一九二一年に書きはじめられたエリオットの『うつろな人々』にもそうした感情を表す表現がある。

混迷を極めた時代にあって、「真の現実」を捜し求めようとする精神は確かに観念的傾向の強い芸術運動を形成した。「表現主義者」というラベルを貼ることはエリオットに限らず、どの芸術家に対しても適当なことではないし、また不要である。しかし、この運動の底流にある時代精神を分析し、その時代に生きた芸術家がそれをどのように受容したかを論じることは必要である。本論で取り上げた一九一四年の哲学的な詩から、『うつろな人々』に至るまでの初期の詩をこの時代精神に照らし合わせて読めば、「モダニスト」エリオットの作品理解とは異なる読みが可能になるだろう。

（エリオットに関して、同志社大学の中井晨氏より、貴重な資料と助言を得た。心より感謝する。）

注

1　一九一六年にオックスフォード大学のエクステンション講座においてエリオットは、現代フランス文学を講義した。その第五講義の中で、「モダニズムはルナンの流れを汲む歴史的批判と正統の教義との妥協の産物に過ぎない」と述べている。フランスにおける知識層の主流が正統なカトリシズムへの回帰を示していることを論じる文脈において、モダニズムは、真摯な懐疑主義を貫くこともない、一時的な知的傾向を示すものであると批判されている（Cf. T. S. Eliot, "Syllabus"）。

2　エリオットはオックスフォード大学公開講座のシラバスの文献目録にヒュームが翻訳したソレルの『暴力論』を載せている。その序文にヒュームの思想の要約がある。

3　エリオットはニーチェに関する本の書評を書くにあたって、ニーチェの著作に精通した（Cf. T. E. Eliot, "A Book Review"）。

4　主観的認識の独善性や閉塞性を脱しようと努力したのはエリオットだけではなかった。自己の内的必然性に従って無対象抽象画を描いたカンディンスキーは、芸術の客観性の必要性を主張した。色彩と形態による構成の抽象画が一見混沌としているように見えても、そこには絵画における「主調低音」と称すべき客観的要素がある。芸術の客観的要素である「新しい原理は決して天から降りて来るのではなく、反対に過去や未来との因果関係にある」と考えた（Kandinsky 128）。

引用文献

Acroyd, Peter. *T.S. Eliot*. London: Cardinal, 1984.

Benn, Gottfried. *Lyril des Expressionistischen Jahrzehnts. Gesamelte Werke* Vol.7. München, 1975.

Edschmidt, Kasimir. *Expressionismus in der Dichtung in Expressionisumus -Der Kampf um eine literalische Bewegung*. München: P. Raabe, 1956.

Eliot, T. S. A Book Review on *The Philosophy of Nietzsche* by A. Wolf. *International Journal of Ethics*（April 1916）: 426-27.

——. *Inventions of the March Hare:Poems 1909-1917*. Ed. Christopher Ricks. London: Faber and Faber, 1996.

——. *Knowledge and Experience in the Philosophy of F. H. Bradley*. London: Faber and Faber, 1964.

——. *The Letters of T. S. Eliot*. Vol. 1 1898-1922. Ed. Valerie Eliot. London: Faber and Faber, 1988.

——. Oxford University Extension Lectures. "Syllabus of a Course of Six Lectures on Modern French Literature." Oxford, 1916.

Eykman, Chr., *Denk- und Stilformen des Expressionismus*. München: Francke, 1974.

Fellman, Ferdinand. *Phänomenologie und Expressionismus*. Freiburg: Alber,1982.

Hesse, Hermann. "Die Brüder Karamasoff oder Der Untergang Europas" in *Gesammelte Werke*, Vol. 4. Frankfurt am Main: Suhrkamp Verlag, 1957, 1987.

Hulme, T . E. *The Collected Writings of T. E. Hulme*. Ed. Karen Csengeri. Oxford:Clarendon Press, 1994.

Jain, Manju. T.S. *Eliot and American Philosophy.* Cambridge: Cambridge UP,1992.

Kandinsky, Wassily. *Über das Geistige in der Kunst*. 1912. Bern: Benteli Verlag, 1952 .

Müller-freienfels, Richard. "Die Literature um 1915" in *Das Literarische Echo*. 1917.

Schuchard, Walter Ronald. "T. S. Eliot's Early Religious and Curious Classicism." Diss. U of Texas at Austin, 1970.

Sigg, Eric. *The American T. S. Eliot.* Cambridge: Cambridge UP, 1989.

Willett, John. *Expressionism*. London: George Weidenfeld and Nicolson, 1970.

浅井　雅志

聖性の奪還
――イェイツと反キリスト教的「精神」の系譜

序

イェイツが「クレイジー・ジェイン」詩群を書いたのは一九二九年から三一年にかけてだが、これを含む『音楽になるかもしれぬ詞』の執筆の背景には、彼の健康の回復があった。彼はこれを「生命力が、押しとどめられないエネルギーという印象を伴って私に還ってきた」(Jeffares 290) と表現しているが、この肉体が発するエネルギーがこの詩群を読み解く鍵になるであろう。そこでイェイツが表現しようとしたものは、ブレイク、D・H・ロレンス、ニーチェなどとの顕著な共通性をもっている。その共通性とは、組織化され、形骸化した、つまりイエスの教えを歪曲したキリスト教会への批判、そして虚偽と化した「天」への上昇の道を拒否し、あくまで現世に留まって、その美と豊饒を讃美し、その行為を通して、失われた聖性と無垢を奪還しようとする姿勢である。

こうした異教的な姿勢は正統的キリスト教にとっては常に敵であった。たとえばT・S・エリオットはその異端審問的な書『異神を追いて』で、「われわれにとって正しい伝統はキリスト教の伝統である」（三二一）と宣言し、「非正統」を暴き出すべく数人の作家を俎上に乗せるが、その一人がイェイツであった。エリオットはまず、イェイツの『自伝集』の一部を引用する。

私はとても宗教的だが、大嫌いなハクスリーとティンドールに子供時代の素朴な宗教を奪われてしまった。それで私は新しい宗教を作ったが、それはほとんど不可謬の詩的伝統の教会であった。つまり、一連の物語、登場人物、感情などの教会で、それは最初に表現されたものから分離することはできず、詩人や画家が哲学者や神学者からいくらかの助けを受けて代々受け継いできたものであった。（Yeats, *Autobiographies* 115-16）

エリオットはこの「新しい宗教」を「個人的宗教」と呼び、これを作ったがゆえに、イェイツが求めた「超自然の世界」は「精神的な意義のある世界、真の『善』と『悪』の世界、聖と罪の世界ではなくて、ひどく凝った、文献によって補修された神話」と化し、それは「段々薄れていく詩の脈拍に、死にかかっている病人が末期の言葉を言えるように、なにか一時的な興奮剤を注射するため、医者のように呼び寄せられたもの」（六七―八）になったと言う。同様の批判はD・H・ロレンスにも向けられ、「ロレンスは伝統とか制度の規範から離れて、まったく自由に人生を出発しました。そして彼を導くものとしては『内なる光』があるばかりですが、これはさまよえる人類に提供されるもっとも信頼のおけない、間違いを起こしやすい案内者であります」(八五―六)と述べ、「彼の直感は精神的ではありますが、精神的に病んでいます」(八七)と明言する。

こうしたエリオットのイェイツ、ロレンス批判に共通するのは、正統から離れてしまった人間は「個人的宗教」、「内なる光」に頼らざるをえなくなり、その結果病的な感情を高ぶらせ、頽廃に至るという信念である。ここでエリオットが非正統と考えた姿勢こそ「クレイジー・ジェイン」詩群を貫く基調低音だといっていい。それはすなわち異教的な生の肯定であり、反キリスト教的「精神」である。

一

「クレイジー・ジェイン」詩群の基本的な構造は「狂った」ジェインと「正気の」司教の対話である。彼女にはジャックという恋人がいるが、司教は二人の関係を堕落したものと責め、悔い改めを迫る。この司教が、イェイツが考えるキリスト教、組織化され、形骸化したキリスト教会の「精神」の象徴であることは明らかで、それは「ガチョウのような皮膚とサギのような背のこぶ」(Yeats, *Collected Poems* 290)に明瞭に具象化されている。一方ジャックは旅の職人という「組織」からはずれた人間である。この枠組みからすれば、最初の詩、「クレイジー・ジェインと司教」の各連の最後にある「堅気の男と気障野郎」というリフレインは、それぞれ司教とジャックを指すものと読めよう。しかしジャックは「樺の木」のように「立って」いた。多くの評者が指摘するように、これに性的な暗喩があることは明らかで、たとえばアンタレッカーはこれに「明らかに男根的なイメジャリーと主題」(226)を見ているが、司教にはこうした性的な力、生命力はない。

かつて若かったとき、司教はジェインに言い寄ったことが暗示されているが、彼が拒絶されたのはひとえにこのエネルギーの欠如ゆえであろう。ジェインの処女を奪ったジャックは彼女を夜の中、樫の木の下に誘うが、夜が異教の、樫が生命力の暗喩をもつことも明らかだろう。そしてその夜の中の樫こそが彼らに安寧を保証するという。これは、「墓の中じゃみんな安全」というもう一つのリフレインが戯画的に表象している、死後の世界（来世）の安寧を約束するキリスト教の甘いささやきと見事な対称をなしている。こうして詩の最後まで来ると、この二人の男はどちらが「堅気」でどちらが「気障」であるかがわからなくなる。無論これはイェイツの意識的な仕掛けであり、後の対話の展開において司教とジェインの位置／力関係が逆転することの布石である。

第二の詩「叱られたクレイジー・ジェイン」では、イェイツは彼女に「怖い雷石も／陽を遮る嵐も／ただの天のあくび」(291) と言わせることで、神の意志が人間を罰するというユダヤ・キリスト教的な考えを否定し、異教的な自然観に好意的な態度を示す。それを諭す司教に対して、自然＝反キリスト教を象徴する「草の上」を寝床とするジェインは、次の詩「最後の審判の日のクレイジー・ジェイン」でこう返答する。皮肉にもユダヤ・キリスト教的「精神」の中核をなす終末＝最後の審判が来たときに初めて、「愛はほんとうには／満たされはしない／肉体と魂を丸ごと／受け入れぬ愛は」(291-92) という「真理」が明らかになる、と。これはこの詩群の中心的メッセージと思しきもので、組織化されたキリスト教が説く愛とは対蹠的なものだ。

この詩でジェインが述べる「真の愛」は、第六の詩、「クレイジー・ジェイン 司教と語る」に至ってさらに明瞭な、生々しい表現を取る。

「今では乳房もしぼんで垂れ下がり
血管もすぐに干からびるぞ
もう豚小屋は出て
天上の館に住みなさい」

と諭す司教に対し、

「きれいと汚いは親戚のようなもの
きれいには汚いが要るのよ
友達はいなくなったけど、これは
墓も寝床も否定しない真実、
身体を卑しめて
心の誇りで学び取った真実よ。」

「女は愛に身を捧げるとき
誇り高くて頑固一徹
でも愛の神様が館を据えたのは

排便する所
引き裂かれたことがないものなんか
完全なものにはなれないわ」(294-95)

と完膚なきまでにやり返す。スウィフトを思わせる激烈極まりない反キリスト教的言辞である。第五の詩、「クレイジー・ジェインの神についての観想」にあるように、「男たちは私の上を／道みたいに行き来」してきたが、「私の身体はうめきもせず／歌い続け」(294)てきた。彼女が「肉体を卑しめて」学んだ真実、「寝床」(生)も「墓」(死)も否定しない真実とは、全身と全霊を傾けた愛は、それが肉体の上で現象したものであろうと、いやだからこそ、「完全なもの」になるというものだ。清濁、霊肉の区別は善悪の観念と同様人間が作ったもので、それは本来一体である。それをイェイツは、「愛の神がその館を建てた場所」は「排便する所」だという強烈な詞で表現するのである。

どうやらイェイツは、清濁は不可分ではあるが、そこに区別を作るのは人間の性で、むしろそうして引き裂かれたものが再度合体してこそ完全な一体をなすことができると考えたようだ。対立がなければ進歩も創造もない、というのはブレイクとロレンスの信念であったが、イェイツもこれに全面的に同意するだろう。ブレイクはこう言う。

相対立するものなしには進歩はない。誘因と反発、理性とエネルギー、愛と憎しみが人間存在には必要である。

これら相対立するものから、宗教的人間が善悪と呼ぶものが生じる。善とは理性に従う受動的なもの、悪はエネルギーから生じる能動的なものである。

善は天国、悪は地獄である。(34)

「善悪」を作り出したのは「宗教的人間」で、彼らは理性に従うものを「善」と、エネルギーから噴出するものを「悪」と呼び、「善」を天上に、「悪」を地獄に置いた。こうした見方は、イェイツの「天上の館」や「豚小屋」という表現にそっくり受け継がれる。司教はジェインに、迫り来る死をちらつかせて脅しながら、「怒り」「血」「汚濁」にまみれた「単なる錯乱」(“Byzantium,” *Collected Poems* 280)でしかない人生という「豚小屋」を離れ、神的理性が統括する「天上の館」に住めと言う。しかしそこは、生の汚濁をすべて捨象することで対立も消え、いかなる創造的エネルギーも生まれない場所だ。そこではブレイクの「対立こそ真の友情である」(42)という考えは否定され、「魂」のみが称揚されて「肉体」はおとしめられる。ブレイクはこうも言う。

一　人間は魂と分離した肉体をもってはいない。肉体と呼ばれるものは五感によって識別された魂の部分、この世における魂の主要な入り口だからである。
二　エネルギーこそ唯一の生命であり、肉体から生じる理性はエネルギーの限界あるいは外周である。
三　エネルギーは永遠の悦びなり。(34)

「魂」と「肉体」を峻別し、魂のみを称揚することは、結果的に肉体が発するエネルギーを封じ込めることになる。「怒り」も「血」も「汚濁」もないかわりに「永遠の悦び」であるエネルギーも消える。こうした場所に行くことをジェインはきっぱりと拒絶する。
ジェインの「天上の館」の拒絶は、同じ詩集に収められた「自我と魂との対話」の最終二連と絶妙に反響し合う。

喜んでこの人生をもう一度生きよう
いや何度でも、たとえ人生が
盲人が盲人を殴りつける溝の中の
蛙の卵に飛び込むことであっても、
あるいはとびきり多産な溝に飛び込むことであっても、
男が、その魂と縁のない高慢な女性を口説けば
演ずる、あるいは苦しむばかげたことに満ちた溝
そんな溝に落ち込むのが人生であったとしても

喜んで溯っていこう
一つ一つの行動や思索の源泉まで
運命を推し測り、その運命を甘受しよう！

私ごとき者でも悔恨を捨て去るなら
すばらしい歓喜が胸に流れ込んでくる
われわれは笑い、歌わねばならない、
われらはあらゆるものから祝福され、
目にするあらゆるものも祝福されているのだ。(267)

ここに見られる精神は、ニーチェの「運命愛」と「永劫回帰」を、そして後に見るロレンスの言葉を強く想起させる。「盲人」「蛙の卵」「溝」「ばかげたこと」などの強い調子の言葉を畳み掛けるように使うことで、「回帰」すべき生の汚濁が生々しいイメジャリーをまとって提示される。「悔恨」とは「豚小屋」を離れて「天上の館」へ行こうとする改悛の情だが、「自我」はジェインと同じくこれを「捨て去る」。生がいかなる汚濁であれ、それを「運命」として受け入れたとき初めて、胸に大きな歓喜があふれ、われわれは笑い、歌う。そのとき、われわれも、すべてのものも祝福されるというのである。

キリスト教の推奨する「天上」は人間が行く/いるべき場所ではないというジェインの主張は、L・マクニースが「血の精神性」(143)と呼ぶものに通じる。「血の精神性」とは対立とそれが生み出す汚濁をすべて受け入れる精神であり、「生きとし生けるものすべて聖なり」(Blake 45)と見る精神である。「クレイジー・ジェイン詩群」に続く「気のふれたトム」で、トムはこう歌う。

「野や海にあるものはすべて

鳥も獣も魚も人も
雌馬も雄馬も雄鳥も雌鳥も
血の活力にあふれて
神様の変わらぬ目の前に立っているんだ
おいらはそう信じて生き、死ぬんだ。」(305)

あるいは「クロッカンのトム」では、

「雄馬の〈永劫〉が
〈時〉の雌馬にまたがり
浮世の子をはらませよった。」(306)

明らかにトムは、「一粒の砂に世界を見/野の花に天国を見る/手のひらで無限をつかみ/一ときの中に永遠を握る」(490)と言ったブレイクと同種の精神なのだ。

「クレイジー」、「気のふれた」—ともにイェイツが反キリスト教的「精神」を謳うために用いる戦略/仮面だが、とりわけ第四の詩、「クレイジー・ジェインと職人ジャック」におけるジェインの言葉には、人間は一人で神の前に立つべしとするプロテスタンティズムの教えに対する反発が見られる。キリスト教からは「獣同士」と見られる二人が「暗闇と夜明けの間に解かれる巻き糸にすぎない」愛を「排便する所」において成就したとき、それは「真の愛」に結実し、死んで霊となっても二人を結びつける。ジェインは「神のところに昇っていくような一人ぼっちの霊」であることを拒否し、死後もジャックの後についてさまよわねばならぬと言う (292-93)。これは、エロスを介しての他者との融合 (コミュニオン) は人間の孤立性を超克するという考えの表明であろう。

イェイツはキリスト教についてこう述べている。「真の道徳体系は最初期から傑出した人間がもつ武器だった。カトリック教会はこうした一つの体系を聖人のためにのみ創り出した。それゆえかくも長期間権力を維持しているのだ。それが説く善の定義は狭いものだが、そもそもそれは商人たちを生み出すために作られたのではなかったのだ」(*Autobiographies* 492)。これは以下のように述べるロレンスのキリスト教観と酷似している。「聖人が生み出した規則はすべて恐るべきものだ。なぜか? それは人間の本性が聖人的ではないからだ」(*Apocalypse* 20)。二人の言葉は共に、キリスト教が説く道徳、規則が人間の現実・真実に即していないことを指摘している。そしてこの見方の根底には、キリスト教の肉体蔑視への拒絶がある。ロレンスは白鳥の歌となった『アポカリプス』の末尾で、生涯にわたるキリスト教批判を総括し、こう述べる。

人間にとって大いなる驚異は生きているということである。…未生の者や死者が何を知っていようと、彼らは肉体をもって生きているという美と驚異は知らない。死者は死後の生に関心があるのだろう。しかし、肉体をもって、今、ここでの壮大な生を生きるということは、われらだけのものであり、しかもそれとて、ほんのしばしのことなのだ。われわれは、生きていること、肉体をもっていることに、肉体をもった生ける宇宙の一部であるということに、歓喜して乱舞すべきなのだ。(125-26)

ジェインの、あるいは先の詩の「自我」の言葉と直截に響き合うこの断言は、ジェインが司教に向かって投げつける言葉と見まごうばかりではないか。

二

こうしたキリスト教批判をもっとも激烈かつ明示的に展開したのはニーチェである。キリスト教の肉体蔑視についてはこう述べる。「キリスト教はエロスに毒を飲ませた。—エロスはこれによって死にはしなかったが、堕落して背徳となった」(『善悪の彼岸』一二九)。「キリスト教の僧侶は、そもそもの初めから、官能性の不倶戴天の敵である」(『権力への意志』七五)。またときにはブレイク的にこう言う。「魂とは、肉体に属するあるものを言い表すことばにすぎない。肉体はひとつの大きい理性である」(『ツァラトゥストラ』五〇)と。しかし彼の批判が辛辣を極めるのは、イエスその人と組織化されたキリスト教会との乖離に対してである。

キリスト教徒は、イエスが彼らに命じておいた行為をいちどとして実践したことがなく、また、「信仰によって義とされる」という破廉恥な饒舌と、これがもつ唯一至上の意義とは、教会が、イエスの要求する業を信奉すると公言する気力も意志ももちあわせていなかったことの結果にすぎない。

キリスト教における顕著な特徴は、キリストがなすべく命じておいたすべてのことを何一つなしていないということである。

「キリスト教」は、その開祖が実践し意欲したものとは何か根本的に異なったものとなってしまった。教会こそ、イエスがそれに反対して説教し―またそれに対して闘うことを使徒たちに教えたもの、まさにそのものである。(『権力への意志』九〇―一)

ニーチェの慧眼は、こうした「逆転現象」の根底にパウロの天才をかぎつける。「パウロは原始キリスト教を原理的に無効にしてしまった。…パウロは、イエスがおのれの生によって無効にしてしまったもの、まさしくそのものを、大規模に再建したのである」(前掲書 八〇)。「異教の世界の大きな欲求を理解していたパウロは、「宗教的に興奮した大群衆の秘儀への欲求から出発」し、「永生(個人の霊魂が罪から清められ浄福を得て死後生存しつづけるということ)を、復活として、あの犠牲と因果的に結びつけようと努める」(前掲書 八〇)。「偉大な象徴主義者」イエスは「内的な現実のみを現実として、『真実』としてうけとった」(『アンチクリスト』六七)。その霊的、超越的な心理学を、パウロはルサンチマンの心理学と化してしまったのだ。

こうした転倒の結果、「浄福」、「天国」といった概念の徹底的な歪曲が生じる。

イエスは、懺悔や贖罪の教え全部に抵抗する。彼が示すのは、おのれが「神化された」と感ずるためにはどう生きなければならないか――また、おのれの罪を懺悔し後悔することではそこに達することはできないということである。「罪を意にかいしない」ということが彼の主要な判断である。

天国は心の一つの状態である、「地上を越えたところ」にあるのではけっしてない。…それは、「個々人における心の転換」であり、いつでも来るが、またいつでもまだ現にないあるものである…。「浄福」はなんら約束ではない。それは、以上のように生き、行うなら、現にあるものなのである。(『権力への意志』七八―九)

「神の国」は心におけるひとつの経験である。それはいたるところにある、それはどこにもない。…(『アンチクリスト』六九)

こうしてニーチェはイエスに言寄せて「天国」や「浄福」を徹底的に内面化するが、これこそジェインが主張するところに他ならない。

彼女の主張は「愛よりなされたことは、つねに善悪の彼岸に起こる」(『善悪の彼岸』一二五)というニーチェの言葉に尽きる。詩群最後の詩、「老いたクレイジー・ジェイン 踊る者を見る」はこの主張を一つのイメージにしたものといえよう。「踊る者」もいま一つのエネルギーの象徴だが、愛し合う二人がその踊りの中で殺しあっている(ようにジェインには見える)。しかし彼女は、女が男をナイフで刺そうとしても手を出さず「彼を運命の手に委ねる」。なぜなら、「愛はライオンの牙のよう」(295)で、「憎悪」という対立物なしには存在できないからだ。その愛─憎悪がもたらす運命に人間は謙虚でなくてはならない、それは「善悪の彼岸」に起こっているからだ。ジェインのメッセージは、「二人が殺し合おうがそれがなんだ。踊り・生命こそすべてだ。踊るときの目のきらめきこそすべてだ。かつては私にも、何があったって露ほども気にかけず、あんな踊りが踊れる肉体をもっていたときには、神がいたんだ」というものだ。これこそロレンスが言う「肉体をもって生きているという美と驚異」であり、ニーチェが言う「天国」、「浄福」の状態ではないか。それを、イエスの教えを歪曲した教会=司教は否定するのだ。こうした教会をニーチェは徹底的に断罪する。

> 教会の唯ひとつの実践は、寄生虫的な生き方であろう。その萎黄病的な理想でもって、その「神聖」の理想でもって、生へのあらゆる血を、あらゆる愛を、あらゆる希望を飲み干してゆくのである。彼岸とは、あらゆる現実を否定しようとする意志であり、十字架とは、かつて存在したもっとも地下的な謀反の認識票にほかならない。──それは健康に対し、美に対し、質の良さに対し、勇敢さに対し、精神に対し、そして魂の善に対する謀反であり、生そのものに対する謀反にほかならない。(『アンチクリスト』一四六)

「クレイジー・ジェイン」詩群におけるキリスト教批判はニーチェのそれほど直截的なものではないが、より広いコンテクストで見るなら、大衆(「畜群」「末人」)、民主主義、均一化・平準化などへの嫌悪において、さらにはこれらをキリスト教文明がもたらしたデカダンスあるいはニヒリズムとする見方において、ニーチェとイェイツには強い親近性が見られる。晩年のイェイツは古代アイルランドへ、そしてその「精神的父」と考える古代ギリシアへの回帰を強く説くようになる。例えば「彫像」においては、

古代からの流れを受け継ぐわれらアイルランド人は
この汚れた現代の潮流に投げ出され
ぶざまに放卵する憤怒の波に難破したが
今こそわれら本来の闇によじ登り
正確に測られた顔の面立ちをなぞらねばならぬ。(376)

と述べ、また最晩年の詩「ベン・バルベンの麓」でも、

アイルランドの詩人よ
出来栄えのよいものだけを歌え
…
過ぎ去った日々に思いを致せ
来るべき日にわれらがなおも
不屈のアイルランド人であるように。(400)

と歌う。イェイツにとって、「われら本来の」「不屈」を取り戻すためには、キリスト教が撒き散らしてきたデカダンスとニヒリズム、その具現としての平準化、大衆化、美と崇高の喪失はなんとしても超克しなければならないものだったのだ。

こうしたニヒリズムとしてのキリスト教批判と表裏一体となっている、イエスその人と、彼が説いた「根源的キリスト教」に対する敬意という点でも、イェイツとニーチェは一致する。イェイツは戯曲『復活』の中でヘブライ人にこう言わせている。「彼［キリスト］は人間以上のものではない。しかしかつて生きた中では最高の人間だった。彼以前にあれほど人間の苦悩を哀れんだ者はいなかった」（*Complete Plays* 583）。ここには次のニーチェの言葉が反響していないだろうか。

つきつめていけば、キリスト教徒はただ一人しかいなかった。そしてその人は十字架につけられて死んだのだ。「福音」は十字架上で死んだのだ。…ひとえにキリスト教的実行、十字架上で死んだ人が身をもって生きたような生活のみが、キリスト教的なのだ。…今日なおそのような生活は可能である。ある種の人間には必要ですらある。本当の、根源的なキリスト教はいつの時代にも可能であるだろう。…信仰ではなくて、行為である。とりわけ、多くを行為しないこと、別種の存在になりきることだ。（『アンチクリスト』七五）

こうしたイエスその人への敬意と、その精神から離反した教会への敵意は、ロレンスやブレイクにも明瞭に見られる。ロレンスはこう言う。

だが私はキリスト教会を信じることはできない。イエスは全能の神が遣わした子の中の一人であるにすぎない。救世主はたくさんいるのだ。…キリスト教が嫌われるのは、それが、神に至る道はただ一つだと宣言するからだ。…イエスはもはや道ではない。しかしそれがなんだというのだ。彼は神の子の一人なのだ。（"There is no real battle ..." 385）

ブレイクはこう書き記す。


ついに一つの体系が形成された。ある者はそれを利用し、その心的な神々を具象化することで、あるいは物体から切り離して抽象化することで粗野なる者たちを奴隷化した。かくして聖職者集団なるものが始まったのだ。

礼拝の形式を詩的物語から選び取ることによって。

そしてついに彼らはこうしたことを命じたのは神々であると宣告した。

かくして人はすべての神々が人間の胸に住んでいることを忘れてしまった。（38）


ジェインのキリスト教批判も、この、組織化によるイエス本来の教え、すなわち「神は人間の内に宿っている」という「真理」の忘却／喪失に集中しているといえよう。

以上の議論を総括するために、ケン・ウィルバーのキリスト教観を参照しよう。彼は、イエスの本来の教えは精神と肉体を一体と考える「非二元的」なものだが、この長い霊的伝統は途切れたと言う。そして、その代表である「プラトン／プロティノスの非二元的伝統」を妨害したのは「すべてを文字通りに受け取る神話段階のキリスト教の登場」（350）だと考える。イエスその人は、「我と父とは一体なり」、すなわち「至高の神との同一性」を主張する最高次（ウィルバーはこれを「原因段階」と呼ぶ）の意識を達成した「覚者」だったが、周囲はその主張・教えを容赦しなかった。

教会のドグマはこの驚くべきナザレの覚者を実に巧妙に取り扱った。合理性の力を総動員して神話を支えたのである。彼らは言う、よろしい、イエスが神と一体なのは真実だ、と。…しかし原因段階の上昇はそこで停止させよう。イエス以外の人間はこの覚醒に到達させないようにしよう。これは奇妙なことだ。その時代の人間はみんなよく知っていたように、イエス自身は、自分だけがこの覚醒を得たとか得られるなどと言ったことはただの一度もないし、おまけに弟子たちには彼を「救世主」と呼ぶことをはっきりと禁じていたのだから。

高次の認識を獲得したイエスは、それを伝えようとした。しかし教会はこれを危険と見なし、抑圧した。そのためにはイエス一人を「神の子」として別格にしなければならなかった。

イエスは、（彼自身の自己規定である）全人類のために苦しむ僕ではなく、文字通りエホヴァの独り子にされたのだ。言い換えれば、彼は当時の支配的な神話の中にいわば下向きに畳み込まれたのである。こうして彼は、新たに選ばれた人々を救おうとする神の、奇蹟的で超自然的な歴史への介入のもう一つの（しかしはるかに大きな）例に祭り上げられた。選ばれた人々とは、教会、すなわちすべての魂にとって唯一の正しい道であり救済である教会を取り巻く人々であった。(352-53)

イェイツ、ロレンス、ニーチェ、ブレイクが口をそろえて批判したまさにその点を、ウィルバーは歴史的視野に立って繰り返しているのである。[1]

結語

以上、イェイツが「クレイジー・ジェイン」詩群において表現しようとしたものを、反キリスト教的「精神」の系譜の中で検討してきた。以下、近代におけるもう一人の精神的血縁者、ジョルジュ・バタイユの言葉を引いて論を結ぶことにしたい。

そのエミリー・ブロンテ論においてバタイユは、ヒースクリフとキャサリンが犯した掟は「理性の掟」、すなわち「キリスト教精神が、原始宗教の禁制と、聖なるものと、理性とを、一緒にしてでっち上げた集団の掟」（三二一―三二）だと言い、こう続ける。「文学は、もしそれが『倫理的な諸価値にもっとも強くしばられているひとたち』の表現でなければ、非常に危険なもので、それゆえ、反抗の姿勢こそ往々にしてもっとも深いまなざしをもったものだ。…事実ロマンチスムの運動以来、宗教の凋落と結びついた文学…が取り入れようとしたものは、宗教というよりは、むしろその周辺にあってほとんど反社会的な相貌を呈していた神秘主義の中身だった。」その「中身」たる神秘的精神状態においては、「恍惚状態に到達するための必須条件である断絶を招来するのは、ほかならぬ死」であり、「しかもこの断絶と死との動きの中で見出されるものとは、やはり存在の無垢性と陶酔感とである。つまり孤立した存在が、自分以外のもののなかにおぼれこむ［自分を失う］のだ。…もちろん情熱は、対象におぼれこみながら味わう快感の持続を求めるが、その最初の動きは、他者の中に自分を忘れることにあるのではなかろうか。したがって、利害の計算から逃れて、現在の瞬間の強烈さを味わうまでにいたるいかなる動きも、すべて根源的には同一のものだ。」神秘主義は「神憑りの状態をあらわす場合に、愛欲をあらわす時の用語を用い」、また「推理的な反省から解放されている観想には、子供の笑いの単純さが宿されている」（三六―八）。

バタイユの言う「推理的な反省」とは、組織化したキリスト教会の思考様式、「キリスト教精神が、原始宗教の禁制と聖なるものと理性とを一緒にしてでっち上げた集団の掟」に基づいたものであり、どこまでも「利害の計算」（「天上的」体裁をとってはいるが）に則ったものだ。司教を論駁するジェインは、ヒースクリフやキャサリンと同じくそれから解放されている。その彼女が聖性の奪還のためにとる戦略は、ここでバタイユが言う「神秘主義的」なものであった。すなわち、ジャックという「他者」にエロスを介して「おぼれこむ」ことで「神憑りの状態」を手に入れ、それが差し招くであろう「死」をいとわず、これを運命として受け入れようとする。バタイユはこの論の冒頭で、「死こそ愛欲の真理であり、また愛欲こそ死の真理である」と述べ、この「死と愛欲」のダイナミズムを「エロチスムとは、死を賭するまでの生の讃歌である」（一九）と簡潔に要約しているが、これこそ、イェイツがジェインとジャックに体現させているものである。このダイナミックな死生観からすれば、「天上の館」へ来るようにとの司教＝キリスト教会の促しは生への裏切りにほかならず、いわば裏口から聖性へ到達しようとするものだ。ジェインがこれを拒否し、あくまで「存在の無垢性と陶酔感」、「現在の瞬間の強烈さ」を抱きしめるのは、けだし必然なのである。それゆえ、これまた必然的に、彼女のレトリックは「愛欲をあらわす時の用語」を多用するものとなり、それが副次的に「子供の笑いの単純さ」を生み出している。

バタイユとジェインに共通するのは、天への「上昇」の道を虚偽として拒否し、あくまで地上に留まり、そこでの生が提供するもの、広い意味での「エロス」を味わいつくすことを通して聖性を奪還しようとする姿勢と戦略である。この姿勢は神秘主義的・超越的雰囲気および言辞を伴うのを常とする。ニーチェはこの姿勢を究極的な肯定の言葉で表明した――「地上に生きることは、かいのあることだ。ツァラトゥストラと共にした一日、一つの祭りが、わたしに地を愛することを教えたのだ。『これが―生だったのか。』わたしは死に向かって言おう。『よし！　それならもう一度』と」(『ツァラトゥストラ』五一六)。この超越的な絶対肯定こそジェインの主張の核心である。司教を圧倒する彼女の存在はほとんど一人の幻視者といってよく、そこには、次のように書き残して夭逝したもう一人の幻視者、エミリー・ブロンテの相貌が重なって見える。

しかしわたしは なやみをうしなうこともくるしみをやわらげることものぞまない
苦悩にさいなまれるかぎり それだけ 祝福のときが近づいているのだ
たとえ地獄の業火に焼き尽くされようとも 天上の光にてらされようとも
たとえ死を予告するものだとしてもこのヴィジョンはあまりにけだかく
美しい（バタイユ　四〇―一）

（本稿は日本イェイツ協会第三八回大会［二〇〇二年九月二二日、於大阪市立大学］のシンポジウムにおける発表に加筆したものである。）

注

1　ただし、ウィルバーが同意するのはこの点までで、最終的には彼はロマン的思考を真理の半分しか指摘していないとして批判する。「千年ないし二千年にわたる上昇志向、『手に入らない極楽』を求め続けることにうんざりした理性は、無理からぬことだが、神話という産湯と一緒に超越という赤ん坊も流してしまったのである」(372)。なぜうんざりしたのか？ それは理性を獲得して神話段階から抜け出た人間たちが、キリスト教会の教えるように「天」を求めてみたが、教会はイエス以外の人間にはイエスの覚醒を禁じるという、いわば「ダブル・バインド」にかけていることに気づいたからだ。イェイツはこうした事態を「再臨」という詩で実に印象深く述べている――「だが今私は知る。石の眠りをむさぼってきた二千年の歳月が／揺りかごによって揺り起こされ、悪夢にうなされているのだと。」ウィルバーの言葉はこうである。「西洋では、ほぼアウグスティヌスからコペルニクスに至るまで、神話―合理的な構造は上昇の道を非常に強調した。その完全な上昇の終着点は論理上キリストであったが、同時にそこまで到達することは公式に禁止されたのである。この矛盾した組み合わせによって、西洋は千年以上にわたり上昇の理想型の中だけに閉じ込められてしまった。…中断された上昇をその中核にもつ西洋は、実に奇妙な霊的飢餓に襲われることになった。実際、これほど絶望的な飢餓は他のいかなる場所でも見られなかった」(409)。このダブル・バインド、あるいは「石の眠り」への反動として、西洋の代々の理性ある人々は「超越」を志向する上昇の道をすべて徹底的に否定し、「目に見え、感覚で捉えられる神に［のみ］忠誠を誓った」(410)のであり、その近代における現われがロマン主義者だと見るのである。これはきわめて重要な指摘であるが、これの検討は次の機会を待ちたい。

引用文献

Blake, William. *The Complete Poetry and Prose of William Blake*. Ed. David Erdman. New York: Doubleday, 1988.

Jeffares, A. N. *A New Commentary on the Poems of W. B. Yeats.* London: Macmillan, 1984.

Lawrence, D. H. *Apocalypse.* Harmondsworth: Penguin Books, 1974.

——. "There is no real battle ..." *Reflections on the Death of a Porcupine and Other Essays.* Cambridge: Cambridge UP, 1987.

MacNeice, Louis. *The Poetry of W. B. Yeats.* London: Faber & Faber, 1967.

Unterecker, John. *A Reader's Guide to W. B. Yeats.* London: Thames and Hudson, 1977.

Wilber, Ken. *Sex, Ecology, Spirituality.* Boston & London: Shambhala, 1995.

Yeats, W. B. *Autobiographies.* London: Macmillan, 1980.

——. *Collected Plays of W. B. Yeats.* London: Macmillan, 1960.

——. *Collected Poems of W. B. Yeats.* London: Macmillan, 1950.

T・S・エリオット『異神を求めて』大竹勝訳、荒地出版社、一九五七。

フリードリッヒ・ニーチェ『アンチクリスト』西尾幹二訳、新潮文庫、一九七一。

——『権力への意志』原祐訳、河出書房、一九六九。

——『ツァラトゥストラ』手塚富雄訳、中公文庫、一九七三。

——『善悪の彼岸』竹山道雄訳、新潮文庫、一九五一。

ジョルジュ・バタイユ『文学と悪』山本功訳、ちくま学芸文庫、一九九八。

橋本　登代子

『衣服哲学』に見る超越主義の諸相

はじめに

『衣服哲学』は十九世紀、ヴィクトリア朝が始まる直前に書かれ、雑誌に分載されていたが、エマソンが序文を書き、まずボストンで一八三六年に書籍として出版された。英国で出版されたのは一八三八年、ヴィクトリア女王即位の翌年にあたる。ヴィクトリアが王位についたとき、国民は世界の最強国としての大英帝国に誇りを持っていた。しかし、トマス・カーライルは、すでにこの作品の中で、新しい貧困層が生みだされている時代に、人はどう生きるべきかを普遍的な問題として考えようという姿勢を示している。それは、作品中に現実の英国の歴史的事実や空間が殆ど描写されず、構成要素から国家の枠組みを外している事実に見てとれる。[1]「一つの秩序だけでは駄目である」と実感した作者が読者に精神の覚醒を促す予言的内容の作品であるともいえる。作者は読者に配慮し、語りかけ、想像力を働かせて理解するよう要求するのである。

読者が抽象的思考を働かせて理解しなければならない部分は、超越論的哲学思想で構成されている内容とその描写である。本稿では、カーライルの『衣服哲学』に見られる超越主義の諸相を読者の受容という観点から分析的に考察する。

一　過去からの継承

作品の中では超越主義の重要な特徴として神秘主義の思想が導入されているが、また、過去から継承していると考えられる要素も多く見受けられるので、まず、過去からの文学的伝統であるという点から、『衣服哲学』における作者の構成上の試みを概観してみる。

一つには語り手の存在がある。たとえば、スウィフトの『ガリヴァー旅行記』では語り手であり、主要人物のガリヴァーが一人称で彼の体験を語る。また、『トム・ジョーンズ』の語り手も一人称である。オールワージーが善なる心の持ち主であると人物の性格を批評したり、筋の展開を暗示するなど、重要な存在である。

しかし、『衣服哲学』の語り手は、編集者でもある。彼は彼が入手した雑然としている原稿の束を前にして「編纂の困難」を述べるのであるが、この点から考えるとヘンリー・マッケンジーの『感傷の人』の「序論」が思いだされる。そこでは、ある牧師補が手に入れた原稿の束があって、それらは雑然とした束であったと記されている。雑然とした原稿の束とその内容を紹介する語り手という人物設定において、カーライルがスコットランド出身の先輩、マッケンジーからもヒントを得たのではないかと考えるのも理由のないことではない。さらに、『衣服哲学』の語り手に関して重要な点は、彼が主要人物の思想や視点を代弁するという事実である。語り手が断定的にのべる事実は読者にとって作品理解のためにおおいに助けとなっている。たとえば彼は、主要人物のトイフェルスドレックが神秘主義に傾斜し、超越主義者であると断言するのである。

過去からの継承という観点に戻ると、次に、衣服の寓意が考えられる。十七世紀のベン・ジョンソンの仮面劇は衣服で人物の性格的特徴を表現したのであるが、読者は、また、スウィフトの『桶物語』でピーター、マーティン、ジャックの三兄弟が父から譲り受けた上衣にどう飾りをつけ、どう扱ったかの衣装寓意を思い出す。このように、衣装を寓意的に比喩として使う技法も、また、過去からの文学的継承であるといえよう。一人称の編纂者兼語り手、衣装の寓意などの要素は作品構成上の技法であるが、作品そのものが人間とその生き方についての考察であるという点においても文学史上の伝統が読み取れる。読者は十八世紀のポープの『人間論』に記されている言葉を思い出すであろう。「汝自身を知れ、神を調べようとするなかれ！」と諭すポープの『人間論』が哲学的詩であるなら、十九世紀の『衣服哲学』は哲学的散文で、人間や社会に対するカーライルの見解を自伝的にまとめた作品であるといえる。

この作品のジャンルについて、特に第二巻を教授の自伝と考えるかどうかについては、今までにも優れた考察がされている。たとえば、C・F・ハロルド、イーアン・キャンベル、ジョージ・レヴィン等であるが、中でもリンダ・ピーターソンは『ヴィクトリアン・オートバイオグラフィ』の中の一章で『衣服哲学』のフォームについて論じており、そのフォームを自伝であると考える視点には疑問があると述べる。彼女は聖書解釈学との関連でジョン・バニヤンの作品も例証しつつ、『衣服哲学』の二巻には自伝的要素はあると認めながらも、そのフォームは教授の、その背後の作者の、過去の経験を述べたものだけではなく、作者の読書体験、思索すべてを統合してでき上がった自伝的物語であると述べている（57-9）。彼女が指摘するように、『衣服哲学』は楽しみを与える文学作品とはほど遠い。

二　作品の構成

さて、今までの考察を踏まえて、次に作品の新しさは何処にあるかを考える。まず気がつく点は、この作品の中には社会的存在としての人間やその人間関係が描かれていない。トムとブライフィルとの軋轢やパメラと屋敷の若旦那とのせめぎ合いに見られるような関係が描かれていない。十七世紀後半以後の市民社会の人間は哲学、神学、瞑想を離れて、社会のニュースや慎重な判断に基づく身の処し方等に関心を抱いた。読者はロビンソン・クルーソーがいかに慎重に孤島で山羊を飼ったかを良く覚えている。しかし、『衣服哲学』には、個々の人々がどのように合理的に行動したかとか、生活の知恵を身に付けたかは書かれていない。この作品は、十八世紀の小説に見られるように、主要人物が社会的人間として行動し、経験した事柄を見事なプロット構成にしたという作品ではない。

要は、カーライルは十八世紀の成熟した小説技巧を踏襲せず、独自の構成をもって読者に自分の精神的苦悩の体験を語ろうとしているのである。作品の構成そのものが内容と関連し、読者への教訓を語っているのである。それでは、その構成は何を暗示しているのであろうか。次にこの作品の構成を概観することとする。

一巻の最初で、英国人の語り手はドイツから送られて来た書物について、それが衣服の起源と影響についての論文であり、また同時に論文の著者、ドイツ人のトイフェルスドレック教授（以下、教授と記す）の人間的個性と人格が明らかにされる書物であると説明する。第二巻は、この作品が自伝的であるといわれる内容を含むものであるが、教授の誕生、教育、ロマンス、悩みなどが章毎に記されている。「永遠の否定」と題する章から「永遠の肯定」へと続く過程の中で、いかに教授が懐疑や信仰の喪失に苦しんだかが語られ、内的世界の語りが続く。それは、まるで、ドラマティック・モノローグの手法をまず有効に駆使したのはカーライルではないかと思うほどの硬質な言葉の洪水である。彼は最も苦しい時に、「霊による火の洗礼」を体験し、ついに「永遠の肯定」へとたどり着く精神的な過程を経たと告白する。

第三巻は、個人の精神史を脱して、いくつかの題目に関する哲学思想がモザイクのように並べられている章で形成されている。作者と読者を包む社会の事物を、それに時間や空間をも衣装と見なして、その定義を試みている。第二巻が個人の精神史とすれば、この第三巻では社会の諸相を見極め本質を探ろうとしている。その中には「不死鳥」についての考察の章があるが、教授の、またその背後のカーライルの、時代や社会に対する結論的見解を知る上で大変重要であると考えられる。この部分はシェリーの「西風のオード」の詩、すなわち、死と再生のイメージを落ち葉と地下に宿る種子に託して未来への希望を込めた内容と似ている。作者の思想と意見が集大成した作品として難解であるとの印象を受けるが、何回も読み返すとリリシズムにあふれた牧歌的な描写もあり、社会を支える労働の実質を視る確かな視点もあって、作品そのものが詩であるかのように抽象的表象に富む作品である。

三　語り手の役割

作品の構成は今、概観したように三部構成になっているのであるが、この作品の斬新な小説技法として以下の試みが注目される。まず、編集者兼語り手の存在、次に超越主義と見なせる時空の扱い、最後にその超越主義の背後に最も微妙で、同時にこの作品の核ともなる神秘主義への傾斜がある。以下、これら作品中の技法の特質を重要な構成要素と見て、読者が受容できたかどうかの観点から超越主義の諸相を考察することとする。まず、カーライルは編集者兼語り手に、どのような役割を与えているのであろうか。一つには、この語り手の存在は、読者への配慮であると考えられる。教授の哲学的考察の内容を、時には直接読者に伝言し、また時には風刺的に揶揄して、語り手自身がまず『衣服哲学』の原稿の最初の読者としての感想を述べる。我々読者はこの編集者兼語り手という読書仲間を持っているのである。その語り手は編集上の困難を次のように語る。

しかるに、ここに厄介な問題が生じてきた。最初に思ったことは、当然、編者と関係があるか、さもなければ金銭ずくか義理ずくで編者が近づけそうな、購買者の多い評論誌上で、この注目すべき書物に掲載されている論説を次つぎに公表することだった。しかし、また一方では、それに公表され、論評しなければならないような問題は、現在存在するどの雑誌の売れゆきをも危くしそうなことが明らかではなかっただろうか。(8)

彼は自分の性格的特徴を見せることなく、あくまで教授の哲学的思想を紹介するという役割に徹している。

読者に対して、書物の内容が読者の反感を買う可能性もあるのだという指摘もする。そうすることによって、書物の内容と読者の反応との直接的摩擦を緩和する役割を果たしていることになる。カーライルは語り手の仲介により、読者に仲間を与えるという配慮をし、次に、時間と空間の制限を超越する思想により、読者の抽象的思考の参加を要求する。

この点に関しては、高木八尺編の新渡戸稲造による『衣服哲学』についての講演内容は新渡戸の解釈を良く伝えるものである。新渡戸は時空を超越する永遠の命が仁愛を導き、人生はその霊の神秘を表わす道具であると講釈している。彼はカーライルの超越主義思想を神秘主義的に解釈し、そこから他者への連帯として個々の人間の道徳的使命を説いているのであるが、ここでは作品中の教授の思想を時間との関連でより深く考える必要があると思われる。

四　時間と空間の二元性

教授は衣服の寓意を使いながら、時間、空間をも習慣が織る衣と考え、脱衣の重要性を説くのである。教授の誕生のいきさつに神話的なエピソードが挿入されていて、歴史的な時間の流れと共に、その現実の世界を包む神話的、超自然的時間の存在がメルヘンとして自伝的挿話の中に暗示されている。歴史的な時間の記述としては教授を育てた父、アンドレアス・フテラールが、過去にフレデリック大王の下で連隊の教師を勤めていたことさえあると記されている故、フレデリック大王が一七五九年、ロシアとオーストリアの連合軍に破れた以後の年月を設定していると翻訳者の谷崎が注に述べている。だが、教授のこの世への誕生の模様は、次の様に聖霊降臨のイメージで描き出されている。「気品のある風貌の見知らぬ人が入ってきて」籠のようなものを持ってくるという設定である。

この出来事全体が秋の静かなたそがれ時に、まことに唐突に、とても静かに、音もなく行われたので、フテラール夫婦は、それ全体を想像力のまやかしか、本物の精霊がおとずれたのではなかろうかと思っただろう。ただ、しかし、想像力でも本物の精霊でも持って来たこともないような緑の絹でおおわれた籠は、依然として彼らの客間の小さいテーブルの上に、目に見え手で触れられるように置かれていた。(65)

この部分はテクストでは「出エジプト記」を原型と見立てて"exodus"という表現で記されているので、リンダ・ピーターソンが試みたように聖書解釈学的には教授の生涯をモーセの「出国記」と重ねて読むことも可能であろうが、ここでは、まず、作品の時間の扱いに注目することとする。

この、教授の誕生のエピソードが現実世界の在りようを超越する超自然の世界からの贈り物というイメージで描かれている点に関しては、後に考察する神秘主義との関連が大いにある。しかし、時間の二元性、すなわち歴史的な時間の流れとそれを超越する超自然の世界の存在を読者に提示するカーライルは、彼自身の全く斬新な発想のみでこの時間の二元性を読者に暗示したのではない。彼が生きた社会の文化のパラダイムには、すでにこの世を超越する世界を携えて生きることを教える挿話が新約聖書の中に入れられている。イエス・キリストが語り手となって、その例え話の中に、時空の二元性を提示しているのである。新約聖書の口語訳マタイによる福音書二五章には、次のようにイエスの諭しが記されている。思慮深いおとめが花婿を迎えることができたという話である。

そこで天国は、十人のおとめがそれぞれあかりを手にして、花婿を迎えに出て行くのに似ている。その中の五人は思慮が浅く、五人は思慮深い者であった。思慮の浅い者たちは、あかりは持っていたが、油を用意していなかった。しかし思慮深い者たちは、自分たちのあかりと一緒に、入れものの中に油を用意していた。花婿の来るのがおくれたので、彼らはみな居眠りをして、寝てしまった。…だから、目をさましていなさい。その日その時が、あなたがたにはわからないからである。(二五章、一―十三節)

現実にはイエスはエルサレム近くのオリブ山で語っているとマタイは記しているのであるが、ここではイエスは天国を想定して語っている。このように、聖書の中では、イエスが生きた歴史的な時間と、語りの中での超越的な時が二元的に流れている。読者の受容という視点から考えれば、欧米の読者はキリスト教文化のパラダイムの中で、この世を超越する世界を常に地上に携えて生きるという理念を持っているのである。また、すでに述べたように主要な主張は、語り手の断言的な言葉によって明快に提示される。その一例として次に、空間の扱いに見られる超越主義的要素を分析的に考察するとしよう。教授の思想を語り手は「超越主義哲学」と断言するのであるが、その実例は第二巻の精神的遍歴の描写に見られる。教授は現実世界の地球上の空間を驚異的に動くと同時に、その動きはまるで「霊的存在、もしくは蒸気のようだ」と表現されている。ここで、カーライルは、キリスト教的認識を超えたさらに超越的認識の世界を読者の前に提示する。それが、際立っている部分は、二巻、六章の「トイフェルスドレックの悲しみ」という章である。教授が恋を失って放浪をするくだりを語り手は次の様に語る。

ヨーロッパのどこかの首府で、神の恵みで暮らしている私費留学生として姿を消したかと思うと、次には彼が回教徒になってメッカの近くに姿を現わすかもしれないのである。それは気まぐれに、すぐ変る説明もできない走馬灯的光景であって、この旅人は、足で歩いたり国道を通ったりすることなく、まるで魔法のじゅうたんかフォーチュネイタスの帽子のようなもので動いていたかのようだ。(119)

やっと鉄道がヨークやリヴァプールとマンチェスター間に敷かれた十九世紀初期の時代の科学文明を考慮に入れると、この言葉は、「フォーチュネイタスの帽子」という表現でも分かるように、教授がまるで霊的存在であるかのように、空間的な限界を超越して飛翔していると告げていることになる。語り手はこの後すぐに、「比喩的な言い方をすれば、彼は本当に霊ではないにしても、霊化なり、気体化になっていると言ってもよいだろう」とも語る。いずれの引用でも、語り手は、教授自身が霊的存在であるかのように、空間に遍在するといっているのである。霊的存在の空間における遍在という暗示は、唯一絶対の存在としての創造主である神と被造物の関係を説くキリスト教の教理と相入れない思想であるが、プラトン主義の哲学思想によるものである。これについては後により詳しく述べることとする。ところで、注目に値するのは、語り手が教授の文体を批評する言葉である。

語り手は、教授の文体を「その全体が象徴的に漠然とした雑多な表象で伝えられている」と批評しているのであるが、これは大変重要な指摘である。すなわち、読者は、時間、空間を超越的に把握し、象徴的な表象を理解する能力を要求されるのである。著者カーライルの読者への期待、または要求である。時間、空間の現実を超越して、象徴的に表現されている漠然とした表象を理解するには、読者は現実の知覚に与えられていない物事の心象を心に描かなければならない。最初にこの作品の過去からの継承という観点での考察をしたが、象徴的な表象の理解を読者に要求する点に、ヴィクトリア朝初期に世に出たこの作品の新しい側面がある。

さて、それでは読者の受容についてはどうであったか。まず、当時の英国の出版関係の状況を理解する必要がある。カーライルはスコットランド出身の作家であるが、スコットランドやアイルランド出身の文学者たちに共通する事情によると思われるが、より豊かな、より広範囲な読者層を確保するために、彼らの出身地に執着することを避けたであろうと推察できるのである。彼らが英国人としての国民性を意識して講演や著作をしたという理由の一つに、十八世紀から続く大陸諸国との交流が考えられる。詩人や作家たちが出身地方に拘泥せず英国人としての国民性を意識する作品を発表し、読者はその傾向を受容していたのである。英国の読者は清教徒革命から名誉革命に至る政治的、宗教的、社会的抗争のさなかに知的関心を高め、知的活動を活発にしていた。もちろん、聖書の英訳出版がその先鞭を告げたのはいうまでもない。しかし、カーライルがスコットランド啓蒙思想家たちと異なる点は、彼が経験主義的哲学思想を超えているという思想内容以外に、あえて英国の作家、英国の読者という枠をも超越した作品を書こうとした姿勢にあると思われる。時間や空間の制限を超越したフォームを読者に提示しようとした作者の真意はここにあるようだ。

また、時代の進化と共に読者も変容する。テリー・イーグルトンは『批評の機能』の第二章で十九世紀における読者の動向について考察しているが、十八世紀の感性、知性を共有する読者サークルが解体すると共に、資本主義の発達により、文学生産物の運命が市場経済によって左右されるようになったと指摘する（二九─四三）。また、十九世紀の読者は昔よりも匿名性がはなはだしく、作家たちにとって不気味な存在になっていったとも指摘する。しかしカーライル自身は読者の受容を気にかけるより自分の信念を伝えたいと思っていたようだ。彼は作家としての独自性を重要と考え、著作権保護の運動もしている。現実主義の尺度で計れない世界を開き、読者に抽象的思考を促すカーライルは、「象徴的な表象」という語り手の言葉を言語上の暗示として、この作品の内容の中でも最も核となる神秘主義の認識世界という彼岸的な世界を提示し、より高くをめざせというように読者を啓発する。左の引用が、教授の、またその背後にある作者の基本的な精神を端的に現わしている。

トイフェルスドレックは、この衣服哲学の初めの部分から、自分が驚異を好み、驚異を求める人間である姿を次第に現わしてきた。彼がすべてを天の邪鬼的な曖昧な状態においている中で、大変な眼力と心情の力で、世界の神秘を洞察し、感覚に関する限りでは、知覚される最も高貴な現象の中に、ただ新しい、あるいは、色あせた衣服だけを認めながらも、常にそういう現象という衣裳の下に存する、衣裳によって目で見られるものになった神的本質を認めるのは人目を引くことであり、また、彼が一方では、物質という古いぼろ切れとその装飾品を泥沼の中に踏みつけながらも、他方では、至るところで精神を地上のすべての主権や権力の上に置き、どれほど卑しい形をしておろうと、真のプラトン的神秘主義の立場から、それを崇拝したことも人目を引くことであった。（157）

五　神秘主義への傾斜

すでに見たように、語り手は教授の思想を時にはからかい、時には冷笑するかのポーズを示すが、重要な点は断定的に述べる。語り手のトイフェルスドレックについての言葉、すなわち「精神を真のプラトン的神秘主義をもって崇拝した」というのは、彼の超越主義の思想がプラトン的神秘主義に基づくという事実を語り手が断定的に述べているということになる。この事実をふまえて、ここで、プラトン的神秘主義の哲学とこの『衣服哲学』に見られる教授の超越主義が一致する要素を整理することとする。

プラトン神秘主義の理解には、プロティノスの『エネアデス』を主として参考にする。[2]『エネアデス』を参照する理由は、その英語訳の言葉の中に"everlasting"という表現が多く使われているが、この言葉は『衣服哲学』の「永遠の肯定」や「永遠の否定」という主要な章で使われているからである。また、カーライルと親交があり、自らも超越主義を唱えたエマソンもプロティノスを良く読んでいたとスティーヴン・E・ウイッチャーの『エマソンの精神遍歴』は指摘している（五九）。特に重要であると認められる点は、知覚の問題である。感覚的に知覚する行為は『エネアデス』では肉体的感覚であるとして、真の霊の活動にとって重要ではないと述べられている。すでに引用した文中で、教授が物質を古ぼろとして踏みつけ、精神を崇めるという記述があったが、プラトン的神秘主義にあっては、まず霊の活動が重要なのである。その霊の中でも、「真の我々の霊」と表現されている上位の霊は、肉体的感覚にまったく影響されないと説かれている。すでに見た『衣服哲学』の引用の中で、感覚的現象に「色褪せた衣を認めるのみ」という表現があるが、まさしくプラトンの神秘主義哲学思想における感覚界の領域を直知の領域と区別する思想と一致している。下位の霊が肉体と結び付き、それゆえ肉体を通じて感覚を知覚する場合もあるが、善を志向する場合には、肉体からの離脱もあって、霊そのもののアクションとなる、と『エネアデス』では説明されている（五、1、2）。最も重要な点は「知性」を独立した活動主体とする点である。プラトン的神秘主義の思想をプロティノスの新プラトン主義に負っていることは以上の例から説明できる。さらに、教授が失意の時に、その精神が空間的超越の様想を見せて、可視の世界に遍在したというこの作品の二巻二章の描写は、霊的なものの遍在という暗示においてプラトニズムの思想と重なる。同じ二章に記されている教授の言葉は、キリスト教的認識の世界と際立って異なる思想を内包している。人間の中に神性が宿ると断言する箇所である。このくだりは、教授の回想として表現されている。

わたしが地上で知っていた最高の人たる母親が、天上にましますさらに高貴な神の前に、表現を絶したほどの畏敬の念を抱いて、ぬかづいているのを、わたしはこの時に見たのである。そういうことは、幼時期には特に、心の中の存在の核心そのものにまで達する。至聖の神殿が、不可思議にも心の神秘な奥底に建立されて目に見えてくる。そして、人間の中にある神聖きわまるものである畏敬の念が、それを包んでいるくだらない恐怖というおおいの中から、死することなくほとばしり出てくるのである。どれほど概略的にではあっても、天にも人間の中にも神が存在することを知っている農夫の子供にむしろ君はなりたいか。それとも、自家用馬車に三十二の紋章がついていることしか知らない公爵の息子になりたいか。（77）

上記の引用の中で、「天にも人間の中にも神が存在する」という思想は、新プラトン主義の直知界の領域で、一なるものを憧憬することにより純粋魂も始元的存在になりうるという思想である（たとえば二、9、1）。

語り手は、「なあ、トィフェルスドレックよ、心のおごりには気をつけたまえ」とつぶやくが、ここに作者の読者への思惑がある。作者は、新プラトン主義思想の一端を、しかも重要な一端を示した後でこの語り手の言葉を挿入することにより、唯一の神を信仰するキリスト教文化のパラダイムの中で生活する十九世紀読者と教授の神秘主義の思想との橋掛け人としての役割を語り手に与えている。今一つ読者への配慮として考えられるのは、その思想をあらわに読者の前に提示していない。まず、敬虔な養母、グレトヘンに対する思慕の感情を述べ、そのクリスチャンとしての養母の中にある最も神聖なものが神秘的にみずから顕現すると記す。ここに、プラトン的神秘主義でいうエマネーション、すなわち「一なるもの」への憧憬、次に啓示を受け始源的純粋魂が宿るというプロセス、人間の魂が神性を帯びるというプロセスが描かれているのであるが、そのプロセスは敬虔なクリスチャンである義母に体験されるという点で、微妙にキリスト教信仰との接点を保っている。しかし、キリスト教信仰にあっては、神と人間との違いは絶対のものである。一例を上げれば、マタイによる福音書二十六章三十六節から四十六節に書かれているように、ゲッセマネで祈るキリストとこれから起るキリストの逮捕と処刑を予知できず、眠りを貪る弟子の描写にもその違いが端的に記されている。

以上、『衣服哲学』の超越主義思想がどのように新プラトン主義の思想に依っているかを考察してきたが、読者の受容という視点から考えれば、英国の読者はすでに十七世紀にベン・ジョンソンの『錬金術師』で新プラトン主義の思想にふれているのである。所有欲に翻弄される人間や社会への批判精神はベン・ジョンソンとカーライルに共通するものである。また道徳的な価値観を衣装寓意によって表現する仮面劇も近代の読者は鑑賞している。特に錬金術における卑金属を貴金属に変えようとする変成のプロセスに新プラトン主義の影響がうかがえる（二幕、一場）。

おわりに

最後に、カーライルが自分と読者が生きる社会をどのように考えているかを、作品の内容に照らして整理しておく必要があると思われる。結論に代えて三巻から読者へのメッセージを推察することとする。この作品は、一八三三年、すなわち選挙法改正の翌年に書き上げられた作品であるが、国民の権利獲得という視点を重要視する内容はない。むしろフランス革命の結果を憂慮する表現に見られるように、権利の主張よりも個々の人間の地道な労働、一人の個人としての精神のあり方を説いている。その最も際立った思想は定量的幸福より、定質的恩恵を認識するように説く教授の主張に現われている。教授は人間の魂は一種の胃ではないと述べている（一巻、三章）。自由主義思想や功利主義思想が説く社会は、幸福の獲得という観点による競争社会の原理に立つとカーライルは予知したようだ。物質的繁栄の中での文明開花に酔わず、個人の人間としての義務感、地道な労働を神聖な義務と考えようとカーライルは読者を諭す。そしてメルヘンの世界を作品に導入することにより、人間精神の可能性、すなわち想像力によって高きをめざせというメッセージを読者に送っている。最後にカーライルの言葉かと錯覚するほど、『衣服哲学』の教授の声らしい声が聞こえる『エネアデス』からの一節を引用してみよう。「人間の霊は自己を頼むあまり父である神を忘れ、その本質も忘れてしまっている。それは自己を疎外し、侮辱し、物質への無知なる崇拝を導くようなものであった」（五、1—4）。カーライルは十九世紀初期の社会を深く思考対象とする故にこそ理念としての世界に読者の目を向けさせようとしたのであろう。『衣服哲学』は英国の読者にはすぐに歓迎されなかったとイーアン・キャンベルは述べる（55）。カーライルは時代の読者に媚びることのなかった文学者である。

（この原稿は平成十四年七月二十日に十八世紀英文学研究会にて発表した内容を加筆、修正したものである。）

注

1　現実の人々の公共社会が描かれていないのは、その社会がテクストの中に存在しないのか？という疑問が生れるが、富山太佳夫が「これからのディコンストラクション」の中で述べているように、思考対象としてテクストの中に組み込まれていると思われる。

2　『エネアデス』の翻訳は筆者。引用は主に二、五巻の内容で括弧内に出典を記した。『エネアデス』はArmstrongの英訳で読むのが理解の助けになる。

『新プラトン主義の影響史』によると純粋魂と知性との関係は、次のように説明されている。

「一」と知性と純粋魂は、われわれから遠く離れたどこかに存在するのではなくて、ある意味でわれわれ魂の内にも存在する。その理由は次のように説明されている。われわれの魂にはいくつもの部分があるが、最上位の部分である推理する能力は、アリストテレスやプロティノスによると、肉体的な器官を用いることなしに働くことができるので、プロティノスは、この部分は直知界の末端に位置すると主張した（三一）。

引用文献

Armstrong, A. H. *Plotinus Ennead*. Ed. Jeffrey Henderson. Loeb Classical Library. 1984. Cambridge: Harvard UP, 2001. 『プロティノス全集』水地宗明、田之頭安彦訳、中央公論社、一九八六―八八。

Campbell, Ian. “Thomas Carlyle.” *Victorian Prose Writers Before 1867*. Ed. William B. Thesing. Vol.55 of *Dictionary of Literary Biography*. Detroit: Gale Research Company, 1987. 46-64.

Carlyle, Thomas. *Sartor Resartus*. 1838. The World's Classics. Oxford: Oxford UP, 1987. 『衣服哲学』谷崎隆昭訳、山口書店、一九八三。
Eagleton, Terry. *The Function of Criticism: From the* Spectator *to Post-Structuralism*. London: Verso Editions and NLB, 1984.『批評の機能』大橋洋一訳、紀伊国屋書店、一九八八。
Jonson, Ben. *The Alchemist*. Ed. Douglas Brown. London: Ernest Benn, 1966.『錬金術師』大場建治訳、図書刊行会、一九九一。
Mackenzie, Henry. Introduction. *The Man of Feeling*. London: W. W. Norton, 1958.
Peterson, Linda H. "Carlyle's *Sartor Resartus*: The Necessity of Reconstruction." *Victorian Autobiography*. New Haven: Yale UP, 1986.
Shelley, Percy Bysshe. *Poetical Works*. Ed. Thomas Hutchinson. 1905 Oxford: Oxford UP, 1991.
スティーヴン・E・ウイッチャー『エマソンの精神遍歴、自由と運命』高梨良夫訳、南雲堂、二〇〇一。
高木八尺編『新渡戸先生講演「衣服哲学」』研究社、一九三八。
富山太佳夫「これからのディコンストラクション、現代批評のプラクティス—1」『ディコンストラクション』研究社、一九九七。
日本聖書協会『聖書　口語訳』
水地宗明監修、新プラトン主義協会編『新プラトン主義の影響史』昭和堂、一九九八。

元山　千歳

性のイデオロギー

——韓国系アメリカ人のテキストとN・O・ケラー

韓国系アメリカ人のテキストは、太平洋を渡った中国系や日系などアジア系テキストとその特質を共有する。とは言え、朝鮮半島は、他と異なる地理的あるいは文化的条件のもとにあるわけだし、たとえばロサンジェルスやニューヨークのコリアタウンはチャイナタウンと異なることが一目で分かるように、テキストの織り様も異なる。エレイン・キムは「一九四五年に日本占領が公式に終わったあともずっと韓国系アメリカ人のテキストは故国追放という固有の苦悩を表現しつづけた」（*KAL* 158）と記す。

日本軍占領は一九一〇年の「韓日併合」に始まるが、すでに一九〇三年から一九〇五年にかけてアメリカへの韓国系移民の第一波が起こっていることを考えれば、韓国系アメリカ人のテキストは故国喪失として織りこまれていることに不思議はない。占領が終わったあともまた、一九五〇年から五三年にかけて、朝鮮戦争という南北分断と争いは、全島を喪失の場にした。アメリカへと、とくに七十年代から八十年代にかけて大挙して渡った朝鮮半島からの移民はさらに、コリアタウンを炎上させた九二年ロス暴動で、またしても故国喪失を追体験することになる。

韓国系アメリカ人のテキストを故国喪失物語あるいはディアスポラ・テキストとして再読し、セクシュアリティを問いつづけるノラ・オッジャ・ケラーの『慰安婦』（一九九七）と『フォックス・ガール』（二〇〇二）はナショナリズムをどのような仕方で揺さぶり、アイデンティティ創生を企てているかを問題にしたい。

一　韓国系アメリカ人と故国喪失

パイオニア作家にヤンギル・カン（一九〇三―七二）がいる。一九二一年渡米、アメリカの進歩や平等への同化と成功を、韓国系移民の終わることない彷徨の視点から問う（E. Kim, *KAL* 159)。代表作は『イースト・ゴーズ・ウエスト』（一九三七）である。視覚的な文体と大胆な比喩は、T・S・エリオットを思わせるのだけれど、故国喪失感をきわだたせる。故国の緑なす村は「コンクリートのブロック」から遠く隔てられ、語り手はいま「巨大な謀反」ニューヨークにいる（Kang 7)。『アジア系アメリカ人の文学を読む』のなかでユンはカンの『草の屋根』（一九三一）、テレサ・ハッ・キュン・チャの『ディクテ』（一九八二）、そしてロンヤン・キムの『泥の壁』（一九八六）について論じ、これらの作家たちはすべて「韓国の過去の暗い悲劇を共有しそれを別々のアングルから物語る」（Yun 80）と記すが、それは故国喪失に関わる「悲劇」である。

故国喪失を描く作家に一九五四年渡米したリチャード・E・キム（一九三二―）を挙げることができる。[1]ノーベル文学賞にノミネートされた『殉教者』（一九六四）によって知られている。朝鮮戦争時代のピョンヤンを舞台に、共産主義者に殺されたと報告された十二人のクリスチャン聖職者殺害をめぐる物語で「人間の良心、そして悪、苦悩、真実の意味を問う」（E. Kim, *KAL* 161）。ピョンヤンから南の島に、フェリーで、語り手リーが着く。そこで牧師コーはテントのなかに教会をつくり、北朝鮮難民の心を救済しようとする。幾列にもつづくテントのなかをすり抜け、リーは浜辺へ向かう。そこで難民の一団が「夜空に輝く星のドームのしたで、故国にむかって愛国の歌を一斉に口ずさんでいる。私はこれまでに体験したことのない不思議な軽やかさで、一団に加わった」（R. Kim 316）。陰謀の網のなかで殺しあう戦場から離れてなおつのる故国への思いが語られる場面だが、故国喪失を大きく問題にするテキストは、日本植民地時代を生きたリーの自伝『名を喪って』（一九七〇）であり、カリフォルニア大学出版から一九九八年に再版される。「僕」が学校に着くと、東京の大学を卒業したての二十四歳の日本人先生は、痩せて「箸」というニックネームだったけれど、難解な日本の詩をクラスでよく暗唱させた。ある吹雪の朝、学校につくと先生は、一枚の紙切れをかかげて見せながら、「新しい名前」が知りたい、まだ届けていない生徒はすぐ帰宅して役所届出済みの名前をもって学校に出直すようにと通告する。吹雪のなか、目がくらみ喉をつまらせ、滑りよろけながら自宅へと走る。「僕は名前を無くすんだ、名前を無くすんだ、僕たちみんな名前を無くしてしまう」と思いながら（98-100）。

故国喪失を描く女性作家にメアリー・パク・リー（一九〇五―）がいる。[2]『静かなオデッセイ』（一九九〇）は波瀾万丈の放浪物語であり、一・五世代女性作家として活躍中のヒリー・リーやノラ・ケラーのテキストの原型とも言えるが、それは新天地アメリカで自己を見つけようとするヒロインの物語だからだ。

一九〇五年韓国生まれのメアリー・パク・リーは五歳のとき家族とともにハワイへ移民、それから一年半ほど後、カリフォルニアへ移り住むが、このリーと偶然知り合うのが歴史家スーチェン・チャンである。チャンは『アジア系アメリカ人—歴史解読』（一九九一）で知られるが、初期のアジア系移民たちが亡くなっていくなか、その経験を歴史として集成しておきたいと考えていた矢先、ビジネスマンのアラン・リーは、当時八十六歳になる母が自伝タイプ原稿六十五頁を八四年に完成させた、と話した。このタイプ原稿をコアにして編集されたテキストが『静かなオデッセイ』だが、「歴史的な価値」となるよう「書かれた事実」を歴史の文脈に置くことを旨とした。タイプ原稿と比較しながら五度にわたって編集し直したがその結果、リーの自伝は「引用にじゅうぶん応えることができる歴史的文書」（M. Lee 160）だとチャンは記す。

一九〇五年のある午後、二人の男がやって来て祖母と話すが、男たちは日本兵で、家を借りたいと言う。日本兵と同居するくらいなら、という事になって、一家はハワイへ移り住み、故国喪失者となる。やがてカリフォルニアに移るが、小学校での差別や生活苦。しかし一九一九年には韓国移民男性と結婚、三十年代の不況期にカリフォルニア州を転々とし、第二次大戦時には強制収容された日系人農地の世話をするなどしながら生き残る。四十年代は、いつも危険に晒され「日中でさえ暴力沙汰にあったり」と「私たちにとって悪い時代だった」（95-6）。しかし六十年代の改訂移民法のあとは住みやすくもなり「アメリカはあらゆる人種の人がおたがいに平和と調和のうちに住むことができる世界で唯一の場所だ」（113）と記す。

一九一〇年にはじまる植民地生活、五十年の朝鮮戦争による南北分断という状況のなか、故国を追われた韓国人たちはアメリカに平穏の地を見つけた。しかし喪失とは愛国でもある。植民地時代アメリカに渡った三人の独立運動指導者、アン・チャン・ホ、パク・ヨン・マンそしてイ・スン・マンに見られるように、移民者たちには「故国への熱き思いと、国内外にありながらディアスポラであることの無念が胸にあった」(元山　五九)。鄭大均は『韓国ナショナリズムの不幸』のなかで、朝鮮半島は、日本と同じく、国民国家の典型であり、日本以上に少数民族がすくなくナショナリズムを燃え上がらせる風土であり、歴史的に、清、日本、ロシア、イギリスという外国勢力の利権争奪地となり「やがて日本の植民地となるのだが、それはこの国においてナショナリズムが集団統合のイデオロギーという形をとりはじめた時期に重なる」(一〇三)と記す。「『静かなオデッセイ』は女性によって書かれたが、作家の焦点はいつも男性、つまり父、兄弟、夫である」(E. Kim, *KAL* 169) という指摘は興味深い。カリフォルニアに住んでいたリーが二十歳代の頃、韓国ナショナリズムは高揚期にあり、故国喪失とナショナリズムと父権制というイデオロギー構造がテキストに露わに見えるからだ。あるいは五十年代に渡米したリチャード・キムの『殉教者』では故国への思いを募らせる場面で、『名を喪って』では日本敗戦と新たな歴史造りの喜びを募らせる場面で、それぞれ物語は終わることを考えれば、たとえそれが個人的視点から織りこまれる文学テキストであっても、故国喪失はナショナリズムの彩りを帯びざるをえない韓国系の情況が理解できる。

二　ロス暴動と一・五世代

すくなくとも一九九二年ロス暴動まではそうだ、と言える。一九四二年ニューヨーク生まれで韓国系二世のエレイン・キムは、一九八九年出版の『波をおこす』所収の「戦争物語」のなかで、朝鮮には「ハン」の文化がありそれは幾世紀にもわたって半島で培われてきたが、ハンとはたとえば、日本植民地の終わりへの切望、分断され追われた故国への思いと再統一への願いだと記す(82)。もちろんキムは、半島を一つの純粋にして同質の文化に統一するハンだけについて言うのではなく、アメリカ文化との交流の必要性を記すが、この事はそれほど強く主張されているわけではない。つまりキムの「戦争物語」はナショナリズム・イデオロギーに大きく関わっている。しかし暴動のあとキムは『主体を書く国を書く』の「序」で、韓国系アメリカ人は誰かという問い直しから始めなければならないことを主張する。あるいは『コリアン・ウィークリー』の創設者として知られるK・W・リーは、これまで朝鮮半島の移民を一つにしてきたハンを越えて「コミュニティ良心」を培おうと一九九九年に記す。ロス暴動というアメリカ史上初めての多民族暴動によって経済基盤や文化伝統を喪った韓国系は、何者だったのかと厳しく問うことによって「韓国系アメリカ人としての主体を構築」(元山 六六—八)しはじめる。

韓国ナショナリズムは、ロス暴動で問われ、このとき喪失はアイデンティティの問題として、それが女性作家であれば父権制と絡まるナショナリズムへの批判として立ち起こってくることになる。喪失に敏感なのは、韓国生まれで韓国語を話すが、しかしアメリカで教育を受けた一・五世代の作家たちである。

テレサ・ハッ・キュン・チャ(一九五一—八二)について記されねばならない。小説『ディクテ』(一九八二)をはじめ映像や演劇関係の仕事で知られるチャは韓国プサン生まれだが、十一歳の一九六二年家族ともにハワイへ、そして二年後の六四年サンフランシスコへ移住する。じつは『ディクテ』を批評する四人の論文を掲載した『主体を書く国を書く』は一九九四年に出版されるが、このテキストはロス暴動で喪失した韓国系の新たな自己創生を企てる。四月の暴動から半年後の一九九二年十月付けの「序」でエレイン・キムは「この地上にあるすべての韓国系ディアスポラ・コミュニティの軟弱な基盤を揺るがせた事件」(x) を真剣に受けとめ、『ディクテ』の問いかけを暴動以後の問いかけとしてゆきたいと記す。チャの問いかけとは、女性、韓国、韓国系アメリカ人というような対立のなかにではなく「個人の見通しと力の源となるエグザイル空間」(Kim 8) にアイデンティティ構築を企てる試みである。スチュアート・ホールのいう「ディアスポラ」であり、エドワード・サイードのいう「エグザイル」であり、チャの所属しない自己の織りこみ、を韓国系の自己創生物語に位置づけしようとするキムらの試みが、テキスト『主体を書く国を書く』である。ポストモダンな文体もチャのテキストの読みどころだが「われわれの運命は終わることのない探求に結ばれている。終わることのない追放のなかで」(Cha 81) と語りかける『ディクテ』は、ナショナリズムと戦争が分断し奪い固定するアイデンティティを、探求のプロセスとして理解し直そうとする。

チャにつづく一・五世代作家としてすくなくとも四人の名を挙げることができるが、その一人にヒリー・リーがいる。故国喪失のあとどのようにして家族を守っていくかを問題にするリーは一九六四年ソウル生まれ、六八年にカナダのモントリオール、そして六九年には南カリフォルニアへ移民、『米で生きのびて』(一九九六) と『陽の差さぬまに』(二〇〇二) が代表作である。前作は日本軍占領時代から朝鮮戦争を生き延びアメリカへ渡った祖母の生涯だが、リーの眼差しはいつも、社会的葛藤のなかで崩れる家族を女性がいかに造り直すかにある。折しも朝鮮戦争の終わった一九五三年のことであった。祖母ホンヤンの看病に疲れた夫はジフテリアで死亡。北からプサンへ逃亡の果て、従順であることをいつも期待されてきたホンヤンは夫の死によって自己の喪失と再生を実感する。「三十九歳にして、私は自分の運命の支配者になった、自由を選択する自由はまだ持ってはいなかったけれど。それはとつぜん与えられた。身のまわりに命令をくだす者はいなかった。私は私自身に所属していた。寡婦といえば昔は、いやがおうでも息子か舅に従わざるを得なかったが、戦争がこれを変えた。だんだんに自由が私をまったく大胆な女に造りかえていった」(278)。『米で生きのびて』は祖母の故国喪失物語、という韓国系アメリカ人女性の自己創生物語である。

リーと一歳ちがいの女性作家にケラーがいる。一九六五年ソウル生まれで六八年ハワイへ渡る。デビュー作『慰安婦』(一九九七)は第二次世界大戦時の日本軍慰安婦の、『フォックス・ガール』(二〇〇二)は朝鮮戦争時の売春婦の、それぞれ性をモチーフに喪失を描くが、ケラーについては後で詳述する。

ケラーとおなじ一九六五年ソウル生まれの男性作家にチャン・レイ・リーがいる。六八年ニューヨーク州へ移住、代表作に『ネイティブ・スピーカー』(一九九五)が、そして従軍慰安婦との恋を描いた『ジェスチャー・ライフ』(二〇〇〇)がある。前作では韓国系アメリカ人ヘンリー・パークは、ニューヨークでエスニック・アメリカ人の秘密を暴く仕事をするいわばスパイなのだが、この仕事そのものが所属しない自己を物語る。二作目は韓国人の間に生まれ、日本人に養子として育てられアメリカで生活するフランクリン・ハタの物語だ。生い立ちと生活環境がすでに喪失を語る。ハタは第二次世界大戦時に医療補助の任務を負って日本軍のもと、クロハタ・ジロー名で働くが、戦地で恋する韓国出身の慰安婦は死ぬ。死はハタの自己喪失を表す。

リーと五歳違いで一九七〇年プサン生まれの一・五世代にパッティ・キムがいる。七四年アメリカへ渡るが、代表作は『信頼という名のタクシー』(一九九七)である。ワシントン市の郊外に移り住んだ両親の喧嘩は絶えることなく、ある日小学校から「わたし」が帰ると、母が弟を連れてタクシーに乗りこむのを見る。「

わたし」と父を残して去ったタクシーの横に記された名が「信頼」なのだが、物語は母と弟の喪失からはじまる。兄弟姉妹がいるのか、と人に聞かれると、「わたし」はいないと答える。母はどこにいるかと問われると、死んだ、と言う。どんな風に亡くなったのかと迫られると、それが先生なら癌だと、友達なら車に轢かれたと、知らない人ならわたしを出産したからだと答える（P. Kim 104）。父の世話をしながら「わたし」はアメリカで生きることになるが、喪失はアメリカでの自己創生に関わる。

三　性のイデオロギー

ケラーはこれら一・五世代作家のなかでひときわ異彩を放つ。徹頭徹尾セクシュアリティを問うということにおいて際立っている。

『慰安婦』は一九九七年にバイキング・ペンギンから、翌年ペンギン・ブックスから出版される。植民地主義が国を蹂躙するとき、国土は女の身体として、戦争はレイプとして表わされる。

ヤル川近くに住む貧農の出身だった「私」は身売りされて従軍慰安婦になるが、アキコ41と名乗らされる。国と名を喪失したアキコは、戦地で身体を略奪される。アキコ40が日本人兵士を拒絶し、朝鮮半島と女の体を侵略するのは止めろ、わたしは朝鮮人で女で十七歳で家族もあるんだ、と叫びつづけ森へ連れ出され、見せしめのためにヴァギナから串刺しにされ殺され、だからアキコ41になったと語られる（20-1）。しかしある夜、棒で堕胎したアキコ41は太腿を血で染めながらキャンプを脱走する。

喪われた自己を取り戻すために、故国の母を思いながら、アキコ41は逃亡する。しかしアキコは故国に戻るのではなく、ミッション・ハウスに拾われ、そこで聖職につくアメリカ男性と結婚し娘ベッカを出産する。男が説教壇を叩く音を聞きながらアキコは、キャンプに新しく到着した慰安婦たちの尻を兵士たちが叩く音を聞く。こんなアキコにアメリカは荒廃であり、喪失である。妊娠したアキコは子宮の娘が「ホームレスで迷子にならないように」と土をお茶に混ぜて飲んだり、自分が娘の故国としてあることを忘れさせないために乳首に土をつけて授乳する（113）。

日本兵とアメリカ人聖職者に犯されつづけたアキコはアメリカで発狂しやがて死ぬが、娘のベッカは母アキコを理解できず、だから母から解放されず、韓国系アメリカ女性として自立できない。アキコもベッカもどこかに所属する、というわけではなく喪失の川を漂う。

このときテキストは、韓国系というナショナリティを越え、ヨーロッパ白人男性中心主義文化を生きるアジア系女性の問題へと開かれていく。ハリウッド映画『八月十五夜の月』（一九五六）の芸者、『サヨナラ』（一九五七）の踊子、そして『スージー・ウォンの世界』（一九六〇）の娼婦としてアジア系女性を表象しつづけたアメリカ文化批判へと開かれて行く。

テキスト『慰安婦』はあるいは日本近代へと開かれていく。「公娼制度から『慰安婦』制度への歴史的展開」のなかで宋連玉は「帝国にとって公娼制とは後発資本の脆弱性を補填し、富国強兵を支えるために不可欠の制度」（二二）であり、「国家権力（政府・軍・警察）が売春業者を使って兵士に売春を奨励・強要・保証するシステムは近代日本帝国とともに生まれ、帝国の膨張、軍備拡張とともに整備されていった」（二七）と記している。

テキスト『慰安婦』はあるいは植民地主義と資本主義の絡みへと開かれていく。藤目ゆきは「資本主義の発達と植民地化の過程で生存基盤を浸食された無産階級と植民地民族が娼婦の供給基盤であり、ここから国家は公娼制度を外界に、性病検査済みの娼婦を軍隊に提供、さらに徴税を系統化することができた。被支配階級・植民地民族は二重の収奪を被るのである。国家は公娼制度が軍国主義の要請にかない、また莫大な財政収入をもたらしたからこそ、この制度を発展させたのである」（二一六）と記している。

テキスト『慰安婦』はあるいは日本文化のネットへと開かれていく。千田夏光の『従軍慰安婦』が出版されたのは一九七八年だが、歴史的な事件は一九九一年十二月、三人の韓国人元従軍慰安婦による日本政府への謝罪と補償を求めての東京地裁への提訴である。それでも国家と軍の関与を認めようとしなかった日本政府だが、九二年一月十一日の『朝日新聞』における吉見義明の発表のあと、九三年には軍の関与を認めることになる。そして二〇〇〇年に東京、二〇〇一年のオランダのハーグで開かれた「女性国際戦犯法廷」はまだ記憶に新しい。

テキスト『慰安婦』は文化における性へと開かれていく。上野千鶴子は「九〇年代の今日、国民国家とジェンダーをめぐる問いについて、『従軍慰安婦』問題以上に根底的な問いをつきつけているものはない」（九九）、慰安婦問題は「ジェンダー史につきつけられた重大な挑戦」（一五二）だと記し、「女性のセクシュアリティは男性のもっとも基本的な権利と財産」であり、それが侵害されることは民族の恥、男性集団への侮辱だという家父長制の論理（一〇七）について記すとき、このテキストは笹田直人の「黒人女性の強姦を通じて黒人男性を去勢すること。それは、白人社会の狡猾な戦略である」（一三〇）というような記述へと、あるいは映画『ホテル・ニューハンプシャー』（一九八四）でのフラニー役ジョディ・フォスターのレイプ・シーンへと、つまりセクシャリティーをめぐるさまざまなテキストへと開かれていく。

テキストはテキストであるかぎりにおいて間テキストとしてある。無際限に広がるテキストの原野へと、だからケラーのセクシュアリティをめぐるテキストは開かれている。

しかし故国喪失やハンを韓国系の意味として共有するテキスト伝統にあって、ケラーのテキストは、愛国やナショナリズムというイデオロギーに立ち向かわざるをえない。というのも〈犯される女の身体〉として喪失を表わすとき、身体自体がセックスの場であることにおいてそれは兵士のナショナリズムを正当化し、産む性であることによってナショナリズムを反復するという二重のジレンマに陥るからだ。

だからこそ『フォックス・ガール』(二〇〇二)においてもまた、女の性をめぐるこのジレンマは問われることになる。朝鮮戦争の時期、黒人兵士と韓国人売春婦との間に生まれたスーキーは母の性を反復するが、売春をためらう「わたし」にむかって「その気になれば何でもできるわ」、「かんたんよ。すればするほど本当の自分でなくなるし。本当の自分なんて飛んで行って、もう何も感じないの」(131)と言う。やがて売春にきりを付けた「わたし」はアメリカ・タウンをでるが、どこへも行き場がない自分を実感しながら物語は終わる。

ナショナリズムは家父長のイデオロギーと結託しながら広大無辺のネットとして君臨するとき、女のセクシュアリティとどのように向きあえばいいのか。どこにも帰属しない性、チャのいうエグザイル・アイデンティティの表明だけが、故国喪失という韓国系テキストに共鳴しながら、国土を蹂躙するあらゆる種類のナショナリズム批判を企て、自己創生にむけて、イデオロギー探求の旅を可能にするのだ。[3]

注

1　キムから十年ほどたった一九六五年に渡米した作家にタイ・パク（一九三八—）がいる。*Guilt Payment*（1983）が代表作だが「韓国という過去と韓国系アメリカ人移民生活との不調和」（E. Kim, *KAL* 164）を描く。

2　エレイン・キムはその他の女性作家として、一九六八年渡米したSook Nyul Choi（1937-）、さらに二世女性作家Margaret K. Pai（1914-）とRonyoung Kim（1926-89）を挙げる。

3　アメリカ兵士と韓国人女性との間にインチョンで生まれ、ドイツそしてアメリカの各地で生活したHeinz Insu Fenklの自伝的な小説*Memories of My Ghost Brother*（1996）も喪失物語である。さらに朝鮮戦争で国と父母を喪いアメリカへ養子として渡った韓国系作家の活躍もある。あるいはハワイの作家として、Gary Pak（1952-）、Cathy Song（1955-）、Willyce Kim（1946-）を挙げることもできる。韓国系というエスニシティを意識しないDon Leeの活躍もあるが、これら韓国系作家については割愛した。

引用文献

Cha, Theresa Hak Kyung. *Dictee*. Berkeley: Third Woman P, 1995.

Fenkl, Heinz Insu. *Memories of My Ghost Brother*. New York: Plume, 1997.

Kang, Youngill. *East Goes West: The Making of An Oriental Yankee*. New York: Charles Scribner's Sons, 1937.

Kim, Elaine. "War Story." *Making Waves: An Anthology of Writings by and about Asian American Women*. Ed. Asian Women United of California. Boston: Beacon Press, 1989. 80-92.

——., and Norma Alarcon, ed. *Writing Self Writing Nation*. Berkeley: Third Woman Press, 1994.

——. "*Korean American Literature*." *An Interethnic Companion to Asian American Literature*. Ed. King-Kok Cheung. New York: Cambridge UP, 1997. 156-91.（*KAL*と略称）

Kim, Patti. *A Cab Called Reliable*. New York: St. Martin's Griffin, 1997.

Kim, Richard E. *The Martyred*. New York: George Braziller, 1964.

——. *Lost Names: Scenes from a Korean Boyhood*. 1988. Berkeley: U of California P, 1998.

Keller, Nora Okja. *Comfort Woman*. 1997. Harmondsworth, Middlesex: Penguin Books, 1998.

——. *Fox Girl*. New York: Viking, 2002.
Lee, Chang-rae. *Native Speaker*. New York: Riverhead Books, 1995.
——. *A Gesture Life*. New York: Riverhead Books, 1999.
Lee, Don. *Yellow*. New York: W. W. Norton Company, 2001.
Lee, Helie. *Still Life with Rice: A Young American Woman Discovers the Life and Legacy of Her Korean Grandmother*. New York: Scribner, 1996.
——. *In the Absence of Sun*. New York: Harmony Books, 2002.
Lee, Mary Paik. *Quiet Odyssey: A Pioneer Korean Woman in America*. Ed. and introd. Sucheng Chan. Seattle: U of Washingtong P, 1990.
Morley, David, and Kuan-Hsing Chen, ed. *Stuart Hall: Critical Dialogues in Cultural Studies*. London: Routledge, 1996.
Said, Edward W. *Representations of the Intellectual: The 1993 Reith Lectures*. London: Vintage, 1994.
Yun, Chung-Hei. "Beyond 'Clay Walls': Korean American Literature." *Reading the Literatures of Asian American*. Ed. Shirley Geok-lin Lim and Amy Ling. Philadelphia: Temple UP, 1992. 79-95.
上野千鶴子『ナショナリズムとジェンダー』青土社、一九九八。
笹田直人「差異への強姦」『イマーゴ』青土社、一九九三年四月号。
千田夏光『従軍慰安婦』正続篇、三一書房、一九七八。
宋連玉「公娼制度から『慰安婦』制度への歴史的展開」『「慰安婦」・戦時性暴力の実態I—日本・台湾・朝鮮篇』金富子、宋連玉編、緑風出版、二〇〇〇、二〇—四一。
鄭大均『韓国ナショナリズムの不幸』小学館文庫、二〇〇二。
藤目ゆき『性の歴史学—公娼制度・堕胎罪体制から売春防止法・優生保護法体制へ』不二出版、一九九九。
元山千歳「韓国系アメリカ人の歴史」『アジア系アメリカ文学—記憶と創造』アジア系アメリカ文学研究会編、大阪教育図書、二〇〇一、五七—七〇。
吉見義明『従軍慰安婦』岩波新書、一九九五。

幸節みゆき

アーサー・ヤップ、対抗言説の詩人

はじめに

詩仙堂
京都のある禅庭

樹液が若葉を押しあげる音が聞こえそうな気がする。
鄙びたつましい外門をくぐると
わずかにのぼる踏み石の径が
内へ、玄関へ導く。
奥庭には刈り込まれたさつき

箒目の砂、すがれた藤
小さい白菊。低い滝
添水の響き。花多からず
人多からず。

名も知らぬ草に身を屈める女は
菊の一種かと言う。
その言葉の間も草引きの手を休めない。

その光景を記録する写真家はいず、できもしない。

一服の薄茶、紙の四角にのせた菓子。

いつも同じ情景、本質的に静かで
あらゆる知覚を燃え立たせる。
いつも同じそしてきっと
これまでも、これからも。

(Yap, *man snake* 33)

静物　五

どこで強硬が終わって死後硬直が始まるのか。
その違いはごくわずかで、慣れが
感性の完全な萎えを保証する。

どこでこのカウンターが終わって図書館が始まるのか。
背から覗いた顔が言う。いいか、
これは私で私でしかない。君は私の感性で
私は君の心君の目を身に付けている、但し脚注の中で。

どこでこの公園が終わって再び始まるのか。
公園に騙されるな。それは毎朝
始まって終わるのだ。管理人が到着し、
恋人たちが立ち去った時に。
どこでこの池が終わって岸が始まるのか。
それはしっとりとした漣の囁きに始まって
野生のオランダガラシが生えているその始まりの
端っこでさえ、終わることがない。

何も起こっていず、
決して後世のために記録されることのない些事。
だが、餌を待つ一つの静かな池が、
輪郭を描くところどこにでも一つの池がある。
そしてそれはとりたてて何かが起こって欲しいと思っていず、
ただ陽が降りそそいで
そばにオランダガラシがそよいでいればいいのだ。

（Yap, *man snake 7*）

右の二篇はシンガポールの英語詩人アーサー・ヤップ（一九四三〜）の詩で、共に『人間蛇林檎その他の詩』（一九八六）に収められたものである。見てのとおり二者は大変違う。平たく言えば、「わかりやすい」と「わかりにくい」という違いだ。本論ではこの違いの考察をとおしてヤップが対抗言説の詩人であることを示したい。

一　管理社会を詠む

二篇の詩の違いの一つは、勿論、日本とシンガポールという題材の違いである。第二はスタイルの違いで、前者が五感に働きかける具体性と特定性とをもち描写的であるのに対して、後者は抽象的、観念的である。

第三に、前者では、言葉の使い方が言及対象的で専ら記号内容に重きが置かれているから、言葉は主として道具として使われていることになり、日常的な言葉の使い方と基本的に同じである。それに対して後者では、第一行目で「強硬」から「死後硬直」が呼び出されていることからもわかるように記号表現の比重が増しており、言及対象性に依拠した日常的な言葉を非自然化し対象化する言葉の使い方—ヤップのメタ言語的関心は彼が詩の中で大文字を一切使わないことにも明らか—である。

まず、「静物　五」について考える。第一節は萎えから硬化に至る感性の死の問題を提出している。「強硬」の一言から、この詩がシンガポールを問題にしていると推察される。それこそ何事をも「強硬」姿勢で進めてきたこの国の身上といえるからだ。第二、第三節はこの感性の死の原因となる情況とその回避の可能性とを呈示している。図書館、公園、池の三つのトポスが、自然に対する人工の度合いの多い順、つまり管理統制の強い順に、取り上げられている。図書館で、本の「背［の向こう］から」「顔」を覗かせる係員は「背」骨に顔がくっついたロボットみたいで、おまけに利用者に対する態度は、何が正しい感じ方かは私が知っているからあなたは私に従えと言わんばかり、人を人とも思わぬ—「脚注」みたいな付け足し—官僚的傲慢さだ。公園はというと、人々が本当に憩うことができて公園が公園たりえるのは、管理者のいぬ夜間である。シンガポールは一九七六年以来「清潔で緑」の「庭園都市」を目指してよく整備された公園を造ってきた。図書館も公園も衣食足りたシンガポールが文明社会の品質証明として育成しようとしている文化のハコモノだ。次に引用するシンガポール人ジャーナリストの文はこの「公園・図書館＝国家＋管理者＝政府」のパターンをよく示している。

シンガポールの統治を後継者に譲る二十四日前、リー・クアンユー［五九年から九〇年まで首相の地位にあり、その後も上級大臣として見張り役を務めているシンガポール「建国の父」注幸節］は住宅地区にある再整備された公園を視察し、歩行者用小道の幅が広すぎると文句を言った。木々の枝が小道の上を覆いきらず日差しを遮らない、と言うのだ。首相の裁定は、所轄官庁が気候環境の調節に十分な配慮をしていない、というものだった。（George 13）

首相自ら公園の中の小道の幅まで見張るという実例はこの国の管理体制をよく物語っている。だからこの図書館も公園も特定的・具体的なものではなく、そういう発展段階にあるシンガポールを表すと考えてよい。この詩が抽象的である理由の一つはそこにある。図書館というより役所みたいな「図書館」、公園ではない「公園」とは対照的に、池はこれ見よがしの人工が加えられておらず、コンクリートで境界を明確に固められていないその縁では水草がそよいで、残された自然が感覚をしなやかに生き返らせる。この池もやはり非特定的なもので、管理の手の比較的及んでいないシンガポールの側面を表すトポスと考えられる。そしてヤップはこういう池である「池」に、管理統制による感性の死から逃れる可能性を見ている。

シンガポールは高度に管理統制された社会である。資源も後背地ももたぬこの国は一九六五年のマレーシアからの分離独立後、人民行動党（略してPAP）の実質的な一党支配のもとに、「生き延びる」ために工業化による経済発展を追求し、高度成長を実現させた。政府のイデオロギーの基底にあるのはモノとカネの世界観であり、物質的豊かさに生の意義を求めそれを人間を測る第一の尺度とするこのものの見方は、シンガポール社会に染み込んだエトスとなっている。この世界観に基づいて政府が呈示するヴィジョンは次のようなものである。ＰＡＰ政権は国民一人当たりの国内総生産でアジアにおいて日本に次ぐ第二位を占めるまでに国を発展させたのだから、その考えと政策の正しさが証明されている。国民にとって何が一番よいかは政府が一番よく知っており、ＰＡＰは政権を執るにふさわしい。秩序正しく経済発展することが善であり、故にシンガポールこそベストだ。このヴィジョンのもと、最大限の実用性と効率とを求めつつ感性・芸術よりは合理性・科学技術を重んじてあらゆることが計画され高度に管理されており、それは政治および産業経済面はもちろんのこと、法律をはじめとするさまざまの規則や制度といった統制の仕組みをとおして、生活の隅々—例えば、メディア、教育、言語、民族から、一家庭に望ましい子供数、公営住宅における各棟の入居者民族比、ガムを噛むことなど—にまでおよんでいる。「シンガポールではあらゆる空間が現実的な意味で公の空間であり、自分の家の中であろうが外であろうが政府の空間なのだ」(強調クラマー、Clammer 102)。この詩においてヤップは、こういうイデオロギーに基づいて人々の活動を管理統制しその感性を抑圧するシンガポール—図書館と公園はそういうシンガポールの縮図であり象徴である—に対して危惧と不満とを表出しており、まさにそれは対抗言説の詩と言えよう。

二　支配言説の詩・対抗言説の詩

ここで用語の定義をしておきたい。ここで用いる「言説」は、ポストコロニアル批評において通常使われるフーコー的なものであり、簡潔に定義すれば「それを用いて世界を知ることのできる言語表現の体系」である（Ashcroft 70）。世界・実体は既に厳然とそこに在って私たちがそれについて語ることができるというものではなく、逆に言説によって現出せしめられ構築されるものである。つまり、言説は意味を組織化する方法であり、知と権力との結合の場である。どのスピーチ・コミュニティや社会においても、ある特定の言説が規範化され、何を真理あるいはタブーとし何がいかに語られえるかについて統制がなされており、これが「支配的言説」である。それは「感じ方、身体の経験のし方、五感でのとらえ方、仕事および余暇のとらえ方、情報収集のし方、社会における他者との意思疎通のし方、対立の構造のとらえ方」などを含む「複雑で流動的なもの」だ（Terdiman 57）。支配的言説の中にあっては、「世界観」という言葉で纏めうる右に挙げたような概念内容的要素と発音、語彙、統辞構造などの言語表現的要素の中で、ある特定のものが規範的なものとして価値を付与され、当たり前のもの、自然なものとして受け入れられることになる（Terdiman 38）。この「支配的言説」に対抗しそれを覆すべく異なったもう一つの世界を呈示しようとするのがターディマンのいう「対抗言説」であり、それは差異の主張にほかならない。

シンガポールにおける支配的––つまりはPAP政府の––言説の例を示そう。第一は現首相ゴー・チョクトンがまだ通産大臣だった時に書いた一文からの、第二は彼の二〇〇二年独立記念日大会演説からの、抜粋である。

湿地や未使用の土地からジュロンその他の工業団地が造成され、道路が建設され、工場が立ち上げられ、電信・電話網が改良され、電力ならびに水の供給が増大された。（"Singapore Economy" 65）

私たちはシンガポール国民だと言う時、私たちはシンガポール的生き方と私たちの共通の価値観––多民族・

多宗教社会、能力主義、思いやり、正義、平等、勤勉、断固たる決意、私たちが行うことすべてにおいての卓越―についての確信を表明しているのです。("Remaking Singapore" 28)

さらに、第三の例としてシンガポール英語詩の父でありいわば桂冠詩人であるエドウィン・タンブー(一九三三―)の「バトック・タウンの夕べ」から引用しよう。これは目の前に広がる自然と人工の結合した景観に想像力を促されてのロマン派大抒情詩風瞑想詩である。雲の動きを自らの出自―タンブーはタミル系の父と潮州系の母を持つ―に関連するインドと中国との神話の英雄の姿に見立てながら空を描写した後、太古から変わらぬ空とは異なりすばらしく変貌しニュータウンとなった地上を眺めつつ、次のように続ける。

レーダーを頂き警戒怠らぬブキット・バトック、
第五通りに沿ってゆくMRT
四角い建物、ジュニア・カレッジ、食堂街、
散歩の家族とそれぞれの母語を
練習しながら走り回る子供たちの中で
二人だけの世界に浸る若いカップル
[…]
ついこの間のことだが、小桂林に池が
なかった時もあった。

それ以前は丘の緑の斜面が
平地と湿地に向かって下りていた。
それ以前はある古い地質。不法居住者たちが
土地を切り拓き、小川の流れを変え、池を
守護神たちに寺を造った［…］。（25-30, 34-40）

（*A Third Map* 118-19）

三者とも支配的言説であることは明らかである。共に主題はシンガポールの発展の称揚—それに対する自信と確信の温度差はあっても—だ。言語表現の点から言えば、語彙的に、タンブーの詩の中国およびインドの神話の英雄、ニュータウン、レーダーすなわち軍事施設（ブキット・バトックには国防省がある）、MRT（一部地下鉄の高架鉄道網）、高層住宅群、未来を担うべき若い家族たち、開発以前の歴史などは、政府が自画自賛して語る時の定番である。加えて両者には言葉の言及対象性に対する確信がある。即ち、そのことばは言及対象的で、記号表現よりは記号内容に重きが置かれており、メタ言語的関心を喚起することは殆どない。それは「言語＝道具」論に基づいた言葉であり、私たちの日常的コミュニケーションのそれである。このように、ゴーのテクストもタンブーの詩的テクストも、概念内容面および言語表現面で共に支配的言説であるといえる。現代社会ではシンガポールに限らずどこでも大抵経済発展は善とされ、その日常的言説において言葉は道具として用いられるから、この演説と詩に共通の言説は規範的なもの、自然なものとして受け入れられ易い。タンブーの詩が「わかりやすい」のはそのためである。

三　記号象徴的抵抗

他方、ヤップが「静物　五」の場合のように支配的言説のただなかで国内亡命者として書くことは、言葉に対する不信の中で書くことである。彼は、高層ビルの林立する風景を「発展」という語で単純明快に切り取ることをためらうだろうし、花崗岩の崖と泥色の水溜りにすぎない場所を「小桂林」と命名することを馬鹿げていると思うだろう。ヤップにとっては支配的言説は経験を十全に翻訳するものではなく、彼の感性――無論それは知性に裏打ちされたものだ――は支配的言説のもつ言及対象性に対する単純な信頼を許さない。言葉は疑いの余地ない自然なものではなくなり、問題あるものとなる。ヤップが自国で経験している言葉の言及対象との乖離の情況を端的に示すのは「友人たち」である。各二行からなる六つの聯で、園芸愛好家――何しろ「庭園都市」シンガポール――を自称しながらバッタばかり育てる結果になっている友人、語り手にもっといい仕事を探してやると言いながら自分自身のステップ・アップ――世俗的成功第一のシンガポール――を求めて求人欄に血眼の友人、学生時代はバリバリの社会主義者――「反体制的」と見なされれば国内治安法で予防拘禁されかねない――だったが今は下らない理想主義者どもを軽蔑する友人、第三世界の飢える人々を憐みながら口先ばかりでこの世界すらがぼやけてしまっている――飽食気味のシンガポール――友人、敬虔な菜食主義者を標榜――格好を付けたがる人の結構多いシンガポール――しながら刻んだ玉葱を山のように添えて卵をいくつも食べる友人、宗教をあれこれ試してみて結局全部やめてしまった――多宗教を標榜するシンガポールだが信仰もファッション並か――友人と、この国で要領よく生きる人たちを辛辣に素描した後、次のようにひっくり返して締めくくる。

混乱が起こるのを恐れて
僕はまだ一度にみんなと会ったことがない。
刻んだ理想主義者をそえたおとなしい卵、
フリンジ・ベネフィット玉葱つきのバッタ仕事、
元園芸好き社会主義者に花の菜食主義者。
(ったく、とまた別の友人の訓令)(13-18)

(*commonplace 3*)

トランプを配りなおすように、友人たちについてそれまでに使われた言葉をごたまぜにして再整序している。例の「色のない緑の思考がすさまじく眠っている」と同じで、意味をなさないが文法的には正しい文である。この最終聯でヤップは、身近な現実における言葉とその言及対象との乖離と、それが露呈させた言葉の記号表現と記号内容との関係の偶然性とを、読者に思い知らせている。シンガポールの彼の周囲では、「友人」に真実性はなく、「友人」は友人ではない逆説的情況になっているのだ。言葉が不在を前提しているものとすれば、ヤップは身をもってこの本質を認識したともいえよう。

逆に、支配的言説の重圧の外にあって書かれたのが先の「詩仙堂」だ。特定的・具体的事物を扱って言及対象的で、記号表現よりは記号内容に重点が置かれる結果になり、日常言語に近く、その点で「バトック・タウンの夕べ」と共通性がある。読者は紙面の詩人の言葉をたどりながら、それらの言葉自体に意識を向けるよりは、若葉や鄙びた門などの言及対象をそれとして五感で再現しようとするはずだ。語り手が外界に対して五感を開き対象をそのものとして受容しており、言葉即言及対象であるからだ。こういう旅人の感性の覚醒に関して、古屋健三は永井荷風の『冷笑』を論じる中で「旅人はいつでも風景と向き合った孤独な存在であり、感性のみで生きることを許されている」と述べている（233）。確かにヤップもここではそういう旅人だ。だがそれだけではない。「どこだったか思い出せない」（*man snake* 36）の語り手は東京のどこかの漣立つ池の辺の情景を「分厚く着込んでベンチに寝ている浮浪者」も含めて言及対象的に記述した後、最終部で「記憶があまり一杯になると、ひとは視覚に向かう。／だから僕は個々のものを注視する」と言い、そこで「深い充足」を覚える。詩人はシンガポール社会とその支配的言説の中で精神も感覚も窒息状態になっている故に、別の環境に身を置いた時、何もかもがそれだけ一層鮮烈に感じられ外界からの刺戟を鮮烈に吸収することになるから、従来のしがらみから解放されてとりあえずは対象が即言葉に置き換えられ、テクストは言及対象的になるのだ。ターディマンはフローベールについて、彼が十九世紀フランスの自己満足的中産階級の支配的言説に呑みこまれることから逃れそれを抹殺するべく東方へ旅して著した『東方紀行』は「最も強度に言及対象的」であると述べているが（233）、同じことがヤップの日本やバンコクなどシンガポールとは別の世界を詠んだ詩の言及対象性についても言えよう。ヤップは自国の支配的言説からひと時解放されて、フローベールのように「地理的に文化的に他者として」目の前にある新しい言及対象に自らのテクストを「心の深いところで合わせる」という「対抗的経験」をしているのである。（233）。

こういう「対抗的経験」そのものを主題にしたのが、箱根での経験を記録した「パラフレーズ」で、次に引用するのはその最初の部分である。

ひとが何かについてどう語り始めれば
よいかと思う時、ことばは世界を呑み込む。
ことばはそれ自身の存在論を、存在に対するそれ自身の価値を
持ちそうになる。
箱根への道すがらずっと
言葉が木という木の枝にぶら下がっていた。一番目立つ
はっとするほど朱いのがそよ風に揺られて。
言葉、もみじ葉。言葉は褐色の苔、
しなやかな髪の柔らかい日の光だった。(1-9)

(*man snake* 31)

第一行目に「どう語れば」ではなくことさらに「始め[る]」という語が加えられていることは意味深長だ。これは、ひとが外界から受け入れた刺戟に突き動かされた欲動が言葉となって形を取ろうとするまさにその時の事情、ジュリア・クリステヴァの用語を借りるなら、「前記号的なもの」すなわち欲動が「記号象徴的なもの」すなわち言葉に変容せんとする時のことを捕らえているのだ。ここの「もみじ葉」という言葉には、美しく紅葉したもみじの葉を見た時の欲動の揺れの、体内を流れるもののざわめきの、痕跡が留められている。平たくいえば感動が封じ込められているのだ。無論、これはたちまち言語という記号象徴体系の格子の中に嵌め込まれて単なる標識・記号と化す。しかし、おそらくは幼児が初めてある語を発する時に似

て、この一瞬、言葉にはそういう意味で真実性があり、言葉即言及対象という幻想を持つことができるのだ。

最後に、支配的言説の内側で書かれたヤップの主題面および言語面における対抗言説の「わかりにくい」詩としてもう一篇、『計画どおりに』の表題詩の第二部を引用しよう。第一部で、人間は自然を制御することができ近代化・工業化は疑う余地なき善であるという確信のもとに、最大限の実用性と効率とを求めて科学技術による街の管理統制——人間の感性と精神の領域にまで及ぶ——が進行している様が語られ、そういう街の在り方に対する語り手の全面的肯定の留保が示された後、第二部が続く。

十九回自分を刺してそれから自分の体を
バルコニーから投げた人
というのは信じがたい報告だ。
君が何度も言うなら、うんざりして、　僕は
少なくとも同意する。そして君が
まだ言い続けるなら、怒って、僕は
語られた体を君に投げ返すだろう。
ひょっとすると信じたかもしれない。
つまり信じやすさはみんなのものである
信頼性より大事な商品。信じやすさは頭の

体操で、君が作れるなら君のもの。
壊したとしても破損は偶然で
決して本当に必然ではない。いたるところ、
同語反復を詳しい定義と押し付ける
この地の流儀、強制のレトリック。(24-38)

(*down the line* 9-10)

これは、シンガポールにおける言葉の情況、すなわち言葉と言及対象との乖離、というより、言及対象を持たぬはずの記号表現が言及対象を持ってしまうことになるメカニズムをあらわにし、その情況に対する語り手の反応を表現するものである。「十九回…」というありそうにないことが事実として受け入れられてしまうのは、言説を作り出す側のその言説の執拗な繰り返しと、言説を受け取る側の自ら感じ考えることをしなくなっている故の「信じやすさ」があるからにほかならない。「語られた体」は言及対象を持たぬはずの言葉がそれを持ってしまうことを端的に示しており、この箇所はそういう言説の情況に対するヤップの強い不快と怒りとを表している。締めくくりの文は、重要な意味内容で原詩では耳障りな音を含む四つの多音節語をもち鉄槌を打ち下ろすように重く響いて、管理統制により人々の感性と精神とを萎えさせてしまうシンガポールの支配的言説を名指しで告発するものである。この詩は、実人生においても詩においても自己抑制的なヤップが例外的に感情をあらわにした彼の最も強い記号象徴的抵抗の詩の一つといえ、彼が思考のみならずそれを可能にする言葉そのものにおいて対抗言説の詩人であることを証するものである。

引用文献

Ashcroft, Bill, et al. *Key Concepts in Post-Colonial Studies.* London: Routledge, 1998.

Clammer, John. *Race and State in Independent Singapore 1965-1990*. Aldershot: Ashgate, 1998.

George, Cherian. *Singapore: The Air-Conditioned Nation*. 2000. Singapore: Landmark Books, 2001.

Goh, Chok Tong. "The Singapore Economy: Looking Back and Looking Forward." *People's Action Party: 1954-1979*. Singapore: Central Executive Committee of People's Action Party, 1979. 64-70.

——. "Remaking Singapore–Changing Mindsets." *Straits Times Interactive*. 18 Aug. 2002. 2 Sept. 2002 〈http://straitstimes. asia 1. com. sg/mnt/webspecial/nday/2002/rally.html〉.

Terdiman, Richard. *Discourse/Counter-Discourse: The Theory and Practice of Symbolic Resistance in Nineteenth-Century France*. 1985. Ithaca: Cornell UP, 1989.

Thumboo, Edwin. *A Third Map: New and Selected Poems*. Singapore: UniPress, 1993.

Yap, Arthur. *commonplace*. Singapore: Heinemann, 1977.

——. *down the line*. Singapore: Heinemann, 1980.

——. *man snake apple and other poems*. Singapore: Heinemann, 1986.

古屋健三『永井荷風　冬との出会い』朝日新聞社、一九九九。

Ⅳ　変容する空間

中　良子

ユードラ・ウェルティのおとぎ話
――『泥棒花婿』におけるイノセンス

一　歴史とファンタジー

十八世紀末のナッチェス街道を舞台に、歴史や伝説を縦横無尽に取り入れながらおとぎ話風に書かれたユードラ・ウェルティの第二作目『泥棒花婿』（一九四二）は、今まで注目されることの少なかった作品である。しかしこれは、作品における「場」の設定による効果を何よりも重視したウェルティの作品中、とりわけその場所に強く触発されて書かれたという点において重要である。この作品はナッチェスが主役の物語といってよい。実際にこの地を訪れたウェルティは、「まるで目に見えて、こちらに歩いてきて、触れることができるような力強い土地の感覚を何度も感じた」（"Some Notes" 286）と述べている。彼女はこの地方の写真を撮り、同時にロバート・コーツの『無法者の時代』やその他の歴史的資料も読みながら、ナッチェスの歴史や伝説をもとにした物語の構想をいくつも温めていった。

「ミシシッピー・ブック」とも呼んでいたこのアイディアについて、ウェルティは「ここでの生活がどのようなものであるかを示すその場所にまつわる古い物語と新しい物語、信じられていること、歌、暴力的な事件」、「そこに長く住んでいなければ知らないこと」を書きたいと考えていた。「まずすばらしいインディアンたちに始まって―インディアンの物語は美しくて、ドラマティックで、とっても感動的―アーロン・バーとブレナハシット、ラファイエット、オーデュボン、ジェファーソン・ディヴィス、それに盗賊たち…そして海賊ラフィート、その他あらゆる注目すべき人物たち」が登場する計画だったという(Kreyling, *Author and Agent* 42)。つまりウェルティは、ナッチェスの土地に秘められた過去の物語を書こうとしていた。彼女が強く感じた「土地の感覚」とは、この土地の記憶であったとも言い換えることができる。

第二次世界大戦前夜の不穏な情勢の中で、このような物語が出版社に受け入れられるのか、商業的に成功するのかどうかは疑わしかったが、エージェントのラッセル、ダブルディの編集者ウッドバーンの共感に励まされて、「一連の物語をつなぎ合わせてナッチェス街道のネックレスを作る」作業(*Author* 51)に没頭していったのである。ウェルティのこの試みは、三十年代後半のニューナショナリズムの動きのなかで、地方の生活に関心を集め、各地のフォークロアを収集していったニューディール政策の一環であるWPA(雇用促進局)の事業に連動するものとして位置づけられるかもしれない。しかし彼女は「ナッチェス街道にまつわる物語のネックレス」の要となる『泥棒花婿』を書くにあたって、歴史とは対極にある「ファンタジー」の形式を取り、さらにそこにグリム童話の同名の物語を初めとして、様々な神話や伝説などからの引喩を盛り込んでいった。[1]

ウェルティは「ナッチェス街道のおとぎ話」という題目でミシシッピー歴史学会において講演した際、「この作品は実際の場所と歴史的な時間に設定されているが…いわゆる歴史的な歴史小説ではない」(302)

と述べ、自分は確固とした意図をもって歴史、伝説、おとぎ話を同等に扱っていると述べた。歴史とファンタジーの境界線は不明確であり、それぞれの相互作用で物語を作り上げたのだと説明している（309）。この物語がいかにおとぎ話の慣習を踏襲し、かつ歴史的事実に依拠しているかを自ら解説した後で、「自分の作品の正当性は時間に縛られた歴史にも時間を超えたファンタジーにも同様に見て取れる人間のモティベーションになければならない」と主張する。そうすることで、物語を歴史のなかに埋もれさせるのではなく、ファンタジーの巣から飛び立たせるのだという（311）。さらに、「ある批評家がこの作品を評して『夢』と呼んだが、より正確に言うならば、これは『目覚め』である。愛しい故郷とその初期の生活の物語への目覚めである」（314）といって締めくくっている。すなわち、ウェルティにとってファンタジーとは、歴史の記憶を再生させる手段だったのである。

ニューナショナリズムとアグラリアニズムの思潮のなかで、南部の記憶を再生させるウェルティの試みはどういう意味があったのだろうか。南部ナッチェスの土地に固有の歴史と、「人間についての真実から生まれたもの」（311）というファンタジーの普遍性。この二つのベクトルによって生まれる記憶の再生のヴィジョンとは何なのかを探ってみたい。

二　ナッチェスの記憶

まず彼女の創造力の源泉となった現実のナッチェスの土地について、そしてそれをウェルティはどのように捉えていたのかを見てみよう。

ナッチェスは南北戦争前の文化の中心地であり、ナッチェス街道は綿花やタバコ貿易の要として初期の開拓時代の最も重要な交通路のひとつであった。特に街道沿いのロドニーの町は、ミシシッピー河がその流れをここにとっていた頃、ニューオーリンズに向かう蒸気船の船着き場の町として栄えた。ナッチェス・インディアンが住んでいたこの地は、十七世紀終わりからフランス、イングランド、スペイン、南部連合、合衆国の支配下におかれるが、最も栄えたのは一七七九—九八年スペイン支配の時代だった。後、ミシシッピー準州の州都となるが、一八一七年準州が州になる頃から衰退し始める。しかしウェルティがこの地を訪れた三十年代当時、ナッチェスはなお綿花や食肉牛の貿易の中心であり、フランス・スペイン文化の影響を色濃く残した豪華な建築物が保存され、豊かだった当時の面影を残していたという（*WPA Guide* 236-41）。

しかしウェルティが写真に収めたナッチェスの光景は、異国情緒のある建物など、この土地の持つコスモポリタンな遺産ではなく、彼女が撮る他の写真同様、一見当時の普通の貧しい南部の田舎の風景と変わらない。それは河が去ってしまった後の「リバータウン」ロドニー、街道沿いの家、教会、墓など、廃墟のイメージを伝えるものということができる。「リバーカントリー覚書」というエッセイのなかで、ロドニーの船着場は「活動の中心というよりはひとつの風景として残ってきた、全体がその視覚のなかに、ひとつのヴィジョンのように、存在している」(291) と述べられる。南部の見捨てられたこの土地は、そこに現在と過去が同時に共存する、ひとつのヴィジョンとして存在している。

ロドニーの崖を覆うゴシック的な蔓、豊潤に茂る南部の植物、絶対的な静寂、バビロンの騒音のような無数の生き物の声、飽和状態に達したかのような真昼の明るさ、恍惚とする南部の太陽の光—ウェルティがエッセイのなかで描く実際のナッチェスの風景は、このような南部の自然の美しさ、そして自然が受け継ぎ伝える土地の記憶である。スパニッシュモスが垂れる堂々とした古いライブオークの木は、人が残した家や廃墟よりもはるかに歴史を、その木陰で起こったアーロン・バーのドラマを、感じさせるものなのである（297）。

さらにウェルティは、この土地の自然と深く関わって生活していたナッチェス・インディアンについて強い関心を示している。太陽崇拝の信仰を持ち、最も複雑に洗練された文化を持っていた彼らは、「誇り高く残酷で、紳士的で皮肉的で、堂々として、非常に背が高く、知的で、優雅で、平和を好む無情な人々だった。火と死と犠牲がナッチェスの崇拝する精神を形成していた」（293）と書いている。一七三〇年にフランス軍によって絶滅の犠牲を強いられたのだが、「おそらく彼らは自分たちの終わりを予知していたであろう」（295）とも述べている。

ウェルティは、南部の衰退の歴史や現在の貧困を強調しているのではない。彼女が、繁栄をもたらしていた河が去っていった後のロドニーの元船着場の光景に象徴される、寂れた町、失われた場所に惹かれたのは、そこになお生き続けている「土地の感覚」を強く感じたからである。エッセイは、「かつて人が生活していた土地は、決して消えることのない火のようなものである」（286）という一文で始められる。その「火」とは、土地の記憶――「インディアン、船乗りマイク・フィンク、アーロン・バー、ブレナハシット、オーデュボン、街道の盗賊、農園主、伝道者、馬の市、大火災、戦争、外国船の到着、洪水」といった「情熱的な事柄をその本質において持ちこたえさせている」（299）「土地の感覚」なのである。

ナッチェスの土地にウェルティが捉えているものは、廃墟となった場所の豊かな自然という、「南部的」なイメージである。しかしそれは、「南部」となる以前の歴史をもつ南部の土地である。その記憶を伝えている土地の感覚が、作家の創造力に深く働きかけ、ナッチェスの物語の創作に向かわせたのだった。

三　盗賊、インディアン、クレメント

「この土地の持つ放縦でロマンティックな美しさを伝える最適な形式がファンタジーだった」(“Fairy Tale” 314)と述べたウェルティは、『泥棒花婿』においておとぎ話の枠組を使うことで、どのようなヴィジョンのなかにナッチェスの記憶を再生したのかを見てゆきたい。先に引用したウェルティのアイディアのうち、この作品で描かれるのは、インディアンと盗賊たち―マイク・フィンクとハープ兄弟―、そして「暴力的な事件」である。このことと、現実の南部の失われた土地のイメージと、そしておとぎ話はどう結びつくのであろうか。

物語の舞台は、ロドニーの船着場とナッチェス街道にはさまれた開拓地の森で、時は一七九八年スペイン支配の最後の年、ナッチェスが最も栄えて賑やかだった時代の終わりに設定されている。物語の主要人物は、いかにもおとぎ話風の家族―裕福な農園主で善良な父親クレメントと美しい娘ロザモンド、醜く意地悪な継母サロメ、そしてロザモンドの「泥棒花婿」となるジェイミー・ロックハートである。主題とプロットの展開において重要な役割を果たすのは、この家族を取り巻く自然、森の中で暗躍する盗賊とインディアンたちである。

物語はニューオーリンズへの商売のための船旅から戻ったクレメントがロドニーに宿をとり、そこでマイク・フィンクに金貨と命を狙われるが、ジェイミーに助けられる場面で始まる。クレメントは彼を命の恩人

の立派なニューオーリンズ紳士、「時代の人、パイオニア」(15) だと信じてしまうのだが、実はジェイミーは森の盗賊でやはりクレメントの財産を狙っていたのである。盗賊たちの登場によって、この時代の「荒野にはどんな危険が潜んでいるかわからない」(3) 状況が説明される。そして二つの顔を持つジェイミーのアイデンティティの二重性という主題が展開されてゆく。

もう一人の伝説の盗賊、処刑された兄の首を鞄にいれて持ち歩いているリトル・ハープは、ジェイミーの暗黒面を表す、醜く残忍な盗賊として登場する。この物語の最も「暴力的な出来事」は、ジェイミーの正体を知った彼が、ジェイミーとロザモンドとの「おとぎの国」である森の隠れ家に乗り込み、そこでロザモンドのかわりに差し出されたインディアンの娘の指を切り落とし乱暴して殺してしまう事件である。グリム童話の「泥棒花婿」を下敷きにした、この「暴力的な出来事」こそが、ロザモンドをジェイミーの正体の究明へと向かわせ、物語をクライマックスに向けて大きく展開させていくことになる。テーマにおいてもプロットの展開上においても、最も重要な場面となる。

もう一方のインディアンたちも、過去の存在として美化されて描かれるわけではなく、あくまで「野蛮人」として、盗賊と同じく荒野に存在する脅威として描かれる。物語中にインディアン達は二度登場する。それは発端と結末部であり、彼らはストーリー展開に重要な役割を担わされている。一度目は、クレメント一家と友人夫婦がロドニーの土地を目指してやってきた時である。クレメントたちはインディアンに捕らわれ、そこで幼い息子は煮えたぎった油の壷に入れられて殺され、妻は自害し、友人も殺される。そして生き残ったクレメントは亡き友人の妻と再婚し、妻と娘との三人でロドニーでの生活を始める。この事件についてクレメントは、「インディアンは自分たちに終わりが来たこと」、「自分たちの未来が小さくなるばかりだと知っているから、どうしようもなく無鉄砲にも残酷にもなる」と他人事のように語るのである。そして「それはすべての始まりだった」(12)とも語られる。

物語のクライマックスに、再度インディアンの襲撃が起こる。リトル・ハープに殺された娘の復讐のため、インディアンたちが森を襲い、クレメントはじめ主要な人々はすべて「悪魔盆地」と呼ばれる部落に捕らえられてしまう。しかし、ジェイミーはリトル・ハープを殺して逃げ、ロザモンドも得意の嘘を使って逃れる。インディアンたちの崇拝する太陽を侮辱したサロメは「太陽が止まるまで」踊ることを命じられて息絶え、盗賊たちは殺され頭の皮を剥がれる。クレメントだけはサロメの遺体とともに解放される。この場面でインディアンたちは、おとぎ話のハッピーエンドにむかうための、あたかも勧善懲悪的な「判決」を下す役割を果たしているのである。

ウェルティはなぜこの作品において、盗賊とインディアン、そして残忍な暴力を描こうとしたのか。おとぎ話の残酷さに繋がる暴力が、時代のリアリティを伝えるものだっただけではない。彼女が多くのヒントを得たという『無法者の時代』に次のような記述がある。

[盗賊たちは]荒野の生き物である。パイオニアを養ったのと同じ野生の種から育った苦い果実なのだ。彼らは、野蛮な流儀ではあるが、荒野の孤独がより正直な人たちのなかに吹き込んだのと同じ冷酷な大胆不敵さと激しく無情な力を表しているのである。彼らの王国が終わったのは…その力が衰えたからではなく、荒野の暗黒の力自体がついに一掃されてしまったからである。(Coates 17)

ウェルティは荒野の暗黒の力の表象であり、それ故荒野と共に消滅してしまった盗賊というアイディアに惹かれたのに違いない。物語が設定された時点ではすでに絶滅していたインディアンもまた、滅びゆく運命の象徴であった。ウェルティの創造力において、彼らは失われた土地のモティーフに適合したのである。

おとぎ話とは、無意識の世界を白昼夢化して潜在的な困難に対処する方法を教えるものであり、そのため悪を否定しない。おとぎ話では、神話と違い、悪と善は同じようにどこにでも存在する（Bettelheim 7, 8-9）。とすれば、インディアンや盗賊たちは南部の無意識の世界の暴力の表象である。そして彼らに対峙する存在、絶対的な善の存在として「イノセントなプランター」（3）クレメントが創り出されたのだと考えられる。しかしながら、ウェルティがクレメントを「荒野のイノセントな人間」（87）と描く時、想起されるのは、フランス人がナッチェス・インディアンを「イノセント」と呼んでいた（"Some Notes" 294）事実である。「イノセント」という言葉を使うことで、おとぎ話が展開されるクレメントの視点にインディアンとの共通性が盛り込まれていることには注目しなければならない。

クレメントは裕福な農園主であり、成功した開拓者である。しかしもともと野心はなく、眠っているときに現実に足をおろすのが恐くて叫び声をあげるような、夢のなかに、すなわち過去の世界に留まっていたいと望んでいる人物である（16）。「土地は奪うためにある」という強欲なサロメの言いなりに財産を築いたことに、罪の意識と後悔を感じている。インディアンに捕らわれた時、その「顔つき」から彼らが本能的に察知している「終末」を看取した彼は次のように述べる。「野蛮人たちもいよいよ終末の時を迎えたのだ。私たちもそのときが来る。なぜ私は家など建ててそれを大きくしたのだろう。狩猟者の次には開拓者がやってきて、その次には商人が続く、みんな終わりがあるのだ」（77）。彼のイノセンスはインディアンたちと共有する終末のヴィジョンである。彼がインディアンに捕らわれて二度までも解放されたのは、彼らの運命への共感によるものに他ならない。

物語はクレメントが、ニューオーリンズで盗賊をやめて立派な商人になったジェイミーと双子の子供たちと幸せに暮らすロザモンドと再会するというハッピーエンドで終結するかに見える。しかし、クレメントはここで一緒に暮らそうと言う娘の誘いを断り、再びロドニーの森に帰ってゆく。

ニューオーリンズはスペイン領の、否、河沿いのどこよりもすばらしい町だった。美しいものも醜いものも、心と身体へのありとあらゆる喜びが気前よく、大抵は一緒になって…置かれていた。しかし、クレメント・マスグローヴは、バグダッドの町を頭上を飛ぶ魔法の絨毯に目もくれずに歩くことのできる、天国のタンブリンを聞いても踊りだすこともない、心を決めなくてもエデンの園の実を取ることができる男だった。つまり彼は荒野のイノセントな人間、ロドニーの船着場の農園主であって、それが彼の美徳だった。(87)

「都会はすてき、ここここそが暮らす場所よ」(88)というロザモンドの言葉に表わされるように、若者たちが住むべき繁栄の地はロドニーの森からニューオーリンズの都会へと移り変わってゆくことが示される。しかし同時に、「イノセントな」クレメントによって、ニューオーリンズの繁栄もまた永遠のものではないことも暗示されているのである。

インディアンやニューオーリンズに「終末」を看取することのできるクレメントの時間と土地の感覚は、

次の独白に端的に表れている。物語のクライマックス近く、ジェイミーの正体が明らかにされ、インディアンが森を襲う時、クレメントは一人森の中で松の木立の間に座り込み小石にむかって語り出す。

「一体これは何なのだ？……」「この場所と時間とは何なのだ？　森にはこんなにも木があって、かつてないほどに立派に生い茂っている。…」自分がいる場所を、すっかり覚えてしまうまで、彼はじっと見つめた。そうするとこの場所をまるで四つの雲が通り抜けるように、季節の変化さえも見えてきた。…こんな風に、年月は過ぎゆくものなのだ。

「しかし狡賢い時代がやってきたのだ。…私の時代は終わってしまった。…なぜだ？一体今はどういう時代なのだ、全てが与えられ、それから奪い去られてしまうとは？」

「…私たちが消えて無くなってしまったら、どんな季節が来るのだろう？　恐ろしい暑さと寒さと―流れ星だけか。」(68-9)

この「時」、クレメントの頭の中にはその「場所」がまざまざと映り、瞬時に歳月の流れが透視されたのである。クレメントが見た森の光景は、もはや現実のものではなく、永遠に繰り返す季節の移り変わりの中で、過去の時間と出来事が幾層にも重ね合わされてゆく森の姿であった。クレメントにロドニーの森は自らの記憶を次々と開示したのである。森の豊かな自然と動物たち、そして「日常茶飯事の人殺し」、「盗賊と開拓者と船乗りと、至る所にいるインディアンたち」、「英雄たち」、さらに「怒りも愛の炎」も、それらはすべて「すぐに消えてしまう火」なのだとクレメントは語る。そして「私の時代は終わった」と悟る。しかしクレメントが「私たちが消えて無くなってしまったら…」と言う時、彼はすでに森の、土地の感覚を獲得した者として語り始めている。

この独白は彼の挫折と敗北を物語るものではない。すなわちナッチェスの絶滅を意味するものでもない。結末でクレメントが再び森へ帰ってゆくのは、彼はロドニーの土地に留まり、ロドニーの盛衰の歴史を見守る者、盗賊とインディアンの物語を記憶し語り継ぐ者だからである。彼のイノセンスのヴィジョンのなかに、ナッチェスの記憶は再生されるのである。クレメントは土地の精神を体現する人物であり、土地の感覚は彼のなかに生き延びることができる。ウェルティは土地のもつ「決して消えることのない火」("Some Notes" 286) を理解し得る者、「イノセント」な人物としてクレメントを描き出したのである。最初にインディアンが彼を解放する時、クレメントにつけた「目には見えない」「印」(13) とは、その土地の「火」を受け継ぐ者の印だったのではないだろうか。同じく荒野が生み出した盗賊であるジェイミーが、彼の善良さにうたれてついに何も奪えなかった (50) ことは象徴的である。また、ニューオーリンズに渡ったロザモンドが「お父さんが生きていることがわかって、もう何もいうことはない」(88) というのは、ロドニーの土地が彼女の故郷として存続してゆくことを物語っている。この物語の本当のハッピーエンドは、故郷へ帰って行くクレメントにかけられる言葉、「神の祝福がありますように」に見出されねばならない。

失われゆく場所に存続する土地の感覚を体現するクレメントのイノセンスのヴィジョンとは、どのようなものなのか。それは「全てのものは二重の意味がある」と認識し、それらを受け入れ見守る能力である。盗賊にさらわれたと思っていた娘が実はその「泥棒花婿」と幸せに暮らしていると聞かされた時、彼は次のように答える。

もし表も裏も盗賊だというのなら、私は彼を見つけて殺してしまうところだ。…しかし彼は私の娘を愛してもいるのだから、彼は一人ではなく二人いるに違いない。私は二人目の彼を殺したくない。全てのものには表と裏があるのだ。だから外側の世界に対して勝手な振る舞いをしたり、物事を性急に終わらせたりしてはいけない。全てのものは二つに分かれている、昼と夜、心と身体、悲しみと喜び、若さと老い。…だからおまえの愛するその男も、おそらく馬に乗って強盗をしたり家を焼いたり人を襲ったりすることを終えたら、まるで獣の皮を脱いだように、その優しさでおまえを驚かせるのだろう。だから私はもう少し様子を見守っていよう。(61)

この時ロドニーの森の生活はまだ豊かだった。繁栄とは二つの価値が混在し共存している状態であるといえよう。愛と暴力が同時に許容され、無秩序な荒野の力がそのままに語られる。自然が再生され循環するように、あらゆる人間と出来事は裏と表の二面性を現わしつつ繰り返し出現する。滅びてしまったインディアンも盗賊たちも、「イノセント」なクレメントの眼前に、ロドニーの森の記憶として再生されたファンタジーのヴィジョンに他ならない。

四　おとぎ話とイノセンス

ウェルティは『泥棒花婿』において、おとぎ話という、時間や空間に必ずしも制限されないスタイルをとりつつ、一七九八年のナッチェスを設定した。それは正確にはまだ南部という意識が生まれる前の、アメリカですらない時空間である。にもかかわらず、これは南部の物語である。それはロドニーの森の豊かな自然と盗賊やインディアンたちが伝える終末のイメージを大恐慌直後の南部文化の衰退という歴史認識にオーバーラップさせることに成功しているからだと言うこともできよう。

従来この作品については、パストラルへの夢と資本主義的現実との対立のテーマを読みとるのが常であった。それは例えば、アメリカのパストラル探求の夢の挫折(Kazin)、略奪されたパストラル(Kreyling, *Achievement* Chapter 3)、アメリカ経済の推移を描いた、パラドキシカルな意味での、文明化の成功物語(French)、あるいは、南部プランテーション神話とターナー仮説によるフロンティア神話双方の見直し(Devlin Chapter 1)という指摘もなされている。ウェルティは、資本主義的文明批判を行ってアグラリアン的な南部文化擁護を試みているわけではない。あるいは逆に、おとぎ話の普遍性を利用して、南部の物語に、苦境の時代に受けるハッピーエンドの成功物語(Skaggs)という普遍的な価値を創り出そうとしたわけでもない。

一九四二年、『サタデーレビュー』が深南部の特集を組んだ際に、ウェルティのエージェントは『泥棒花婿』の一部を提出したが、その掲載を断られた。特集の編集意図は「政治と社会学」だったからである。その特集号の前書きには、深南部の著作が生まれるのは「変わった環境」であると述べられている。南部は「最も貧しくて文盲で暴力的で感情的な地域」であり、「ニューイングランドのような文学的バックグラウンドを持たない」ところだという。それは多くの抑圧された黒人の人口を抱えているからで、白人の作家は傷跡をもつ、大なり小なり精神の歪んだ者でなければならなかった(*Author* 97)。貧困と人種問題を抱える、合衆国のなかで唯一の遅れた地域というのが、大恐慌以来なお引き継がれる南部に対する認識だった。『泥棒花婿』はまさにこのような偏見に異議を唱えるものである。おとぎ話のスタイルは、このような南部観にたった「南部文学」の範疇を超えようとするものでもあったといえる。そしてイノセンスのヴィジョンとは、南部対合衆国という二項対立を包摂するものである。

確かにナッチェスは、インディアン虐殺の歴史の上に成り立つ罪の土地である。すでに絶滅したインディアンを登場させたのは、クレメントを「イノセント」と呼ぶための設定だったと言えるかもしれない。しかし「イノセントとは歴史的視点とは無関係のもの」(“Fairy Tale” 301)と述べられているように、クレメントのイノセンスはジェノサイドの過去に無罪を主張するものではない。と同時に、このおとぎ話を過去の罪を暴くための寓話として、あるいは迫り来るドイツ・ナチズムの脅威への抗議として読む(Marrs Chapter 3)ことにも無理がある。歴史の政治的社会学的判断から解放された記憶を甦らせるヴィジョンがイノセンスである。ウェルティにとってナッチェスは、ミシシッピ州の他の地域と同様、彼女のＷＰＡ時代に「初めて目にした故郷のリアルな光景」のひとつだった。彼女がそこに見たものは、見捨てられた南部の土地に秘められた文化の豊さだった。イノセンスとは、そのような創造力豊かな土地、南部の現実と歴史を融合して再生させる作家のヴィジョンである。

注

1　この作品におけるウェルティの引喩の手法については、ブライアントやポラック等による詳細な指摘・論考がある。

引用文献

Bettelheim, Bruno. *The Uses of Enchantment: The Meaning and Importance of Fairy Tales*. Harmondsworth, Middlesex: Penguin Books, 1975.

Bryant, J.A. *Eudora Welty*. Minnesota Pamphlet No. 66. Minneapolis: U of Minnesota P, 1968.

Coates, Robert M. *The Outlaw Years: The History of the Land Pirates of the Natchez Trace*. New York: The Macaulay Company, 1930.

Devlin, Albert J. *Eudora Welty's Chronicle: A Story of Mississippi Life*. Jackson: UP of Mississippi, 1983.

Federal Writers' Project of the Works Progress Administration. *Mississippi: The WPA Guide to the Magnolia State*. 1938. Jackson: UP of Mississippi, 1988.

French, Warren. "'All Things Are Double': Eudora Welty as A Civilized Writer." *Eudora Welty: Critical Essays*. Ed. Peggy Whitman Prenshaw. Jackson: UP of Mississippi, 1979. 179-188.

Kazin, Alfred. "An Enchanted World in America." *New York Herald Tribune Books*. October 25, 1942: VIII 19.

Kreyling, Michael. *Author and Agent: Eudora Welty and Diarmuid Russell*. New York: Farrar Straus Giroux, 1991.

——. *Eudora Welty's Achievement of Order*. Baton Rouge: Louisiana State UP, 1980.

Marrs, Suzanne. *One Writer's Imagination: The Fiction of Eudora Welty*. Baton Rouge: Louisiana State UP, 2002.

Pollack, Harriet. "On Welty's Use of Allusion: Expectations and Their Revision in 'The Wide Net,' *The Robber Bridegroom* and 'At the Landing'." *Southern Quarterly* 29（1990）: 5-31.

Skaggs, Merrill Maguire. "The Uses of Enchantment in Frontier Humor and *The Robber Bridegroom*." *The Critical Response to Eudora Welty's Fiction*. Ed. Laurie Champion. Westport: Greenwood Press, 1994. 57-63.

Welty, Eudora. "Fairy Tale of the Natchez Trace." 1975. *The Eye of the Story*. New York: Vintage Book, 1979. 300-315.

——. *The Robber Bridegroom*. 1942. *Eudora Welty: Novels*. New York: The Library of America, 1998. 1-88.

——. "Some Notes on River Country." 1944. *The Eye of the Story*. 286-299.

森岡　隆

「山の勝利」におけるアパラチア

――社会的周縁性、心的外傷の影響、そして大自然

はじめに

フォークナーの南北戦争物のなかでもおそらくベストのものだと評される（Howe 264）「山の勝利」[1] は、物語の構成とプロットのうえで、いくつか興味深い特徴を有している。たとえば物語の舞台は、フォークナーにしては珍しくアパラチア山脈南部地域[2] のテネシーの丘陵地であるし、物語に登場するのは、先住民、アフリカ系アメリカ人、貧乏白人など、南部白人社会の社会的中心から外れた者ばかりだ（Inscoe 244）。

そこで小論では、主要登場人物に言及しながら、作品中に描かれた社会的周縁部の人々とアパラチアという「山」の要素との関連性について論じ、タイトルから読み取れる作品のテーマについて述べる。そして「山の勝利」が、フォークナーが第一次大戦での無力感や焦燥感をゆるやかに脱していく過渡期の作品であることを指摘する。

一　社会的周縁部の人々

「山の勝利」の物語の大筋は、南北戦争直後、先住民の元南軍兵士ウェデルとアフリカ系の従者ジュバルが帰郷途中にテネシー州の山あいで宿を借りたところ、ついには両人とも宿主の貧乏白人の家族に殺害されてしまうというものだ。小説は、ウェデルたちが現れる場面から始まり、おおむねウェデルを中心に進行し、彼の死によって幕を閉じる。その点でこの作品を、ウェデルについての物語とみなすことも可能だろう。

しかし小論で注目したいのは、先住民とアフリカ系の人物とが貧乏白人の一家を訪れる形に、プロットが設定されている点だ。アパラチアの山間部の人里離れた丘陵地には白人南部貴族の姿はなく、ヴァッチの家族は、南部社会の中心的存在のいないところで自給自足の暮らしを営んでいた。そこに、片腕を失った元兵士の先住民[3]と、彼の侍従のアフリカ系の元奴隷とが現れる。このように先住民とアフリカ系の人物とが貧乏白人の一家を訪れるという筋立ては、社会的中心にほんの少しでも近い者と、あくまでも周縁部にいる者という位置関係を新たに構築させ、その結果、微妙な感情的葛藤を作中人物の間に生じさせることになる。

また、彼らの人間関係のわだかまりは、南北戦争終結直後の南部の社会階層によるものだが、物語にはさらなるねじれが存在する。基本的にヴァッチの一家は、自分たちは白人であるため、終戦まで奴隷だったアフリカ系の人々より社会的に高い位置にいると思っている。[4]そこに、南部貴族同然の出自である先住民と、形式上にせよ敗戦により自由な身分になった元奴隷が現れたのだ。社会階級的には劣等だが物質的・精神的に恵まれた異人種の出現により、ヴァッチの家族と彼らふたりとの間にさらなる情緒的軋轢が生じたことは、想像に難くない。[5]

以上の点を考慮すると、ヴァッチ、ヒュール、彼の姉が、ウェデルに積極的に反応を示すのも、当然のこといえるだろう。彼らはそれぞれ、軽蔑（ヴァッチ）や羨望（ヒュール）や恋慕（ヒュールの姉）という感情を抱き、その感情に突き動かされ、自らの置かれている状況を打破しようともがく。そして猟奇的なまでに暴力的なヴァッチは、圧倒するような勢いでこれらを駆逐し、強引に物語を終結へと導いていく。

「山の勝利」は、南部荘園制の白人社会の視点から見れば、中心部を欠く空洞の状態で展開し、悲劇的結末へと突き進む物語である。そしてこの作品のプロットには、これまでみてきたように、社会的ヒエラルヒーに起因する、疎外、逸脱、没落、逃亡などの要素が溢れている。この物語には、社会的な歪みと情緒的な軋轢が根深く存在するのだ。

二　アパラチアとその閉塞性

ところで「山の勝利」の舞台は、ミシシッピ州ヨクナパトーファ郡ではなく、アパラチアの一部、テネシー州の山間部の丘陵地である。語り手が「山」（"mountain"）（762）、「山脈」（"mountains"）（746）と表現する山なみは、テネシー州東部のグレート・スモーキー山脈と考えるのが妥当であり、物語ではここは、南部の町の伝統的な因習や規律から隔絶され人間の本能が前面に出た、[6] いわば弱肉強食の世界として描かれている。

もともと先住民のチェロキー族などが暮らしていたアパラチアは、フロンティアや白人移民の面において、無視できぬ歴史をもっている。なぜならフロンティアの時代、何層にも連なる深い山々は、ヨーロッパから入植してきた白人たちの西への移動を困難にしたからだ。とりわけ十八世紀中ごろにダニエル・ブーンたちが抜け道のカンバーランド・ギャップを発見し拓くまで、険しいアパラチアの山々は容易に越えられるものではなかった。そういう状況のため、なかにはこの地域の山間部に停留し住み着いた入植者たちもおり、十八世紀から二十世紀にかけて、彼らとその子孫はこの地で独自の文化を構築することとなった（Williams 3-11）。

さて、作品の舞台のアパラチアとプロットとの関わりでとりわけ重要なのは、険しい山々による地理的な閉塞性[7]と、その閉塞性が生み出す社会的閉塞性だ。たとえばここではウェデルの従者ジュバルについて考えてみたい。語り手は、物語の冒頭から黒人の彼を、「はっきりした形のない」（745）単なる「生き物」（746）と表現し、山深いアパラチアでは彼は実像がなく人間ではない存在であることを示す。[8] そしてこれは、アパラチアに住む人々が、奴隷であったアフリカ系の人々を人間として正しく認識できなかったことの暗喩であろう。というのも、先住民であるウェデルを黒人と誤解するなど、ヴァッチの一家はあきらかにアフリカ系の人々についての知識が欠如しており、彼らをほとんど見たことがなかったと推測されるからだ。十九世紀の後半、奥深いアパラチアの山間部には、行商人と狩猟者以外の者はほとんど足を踏み入れなかった。それらの事情を考慮すれば、彼の一家がアフリカ系の人々を正しく認識できなかったのも、無理のないことだ。[9]

そしてこのアパラチアの閉塞性が、先述の社会的周縁性と複合的に関連し、物語をいっそう複雑にしている。『アブサロム、アブサロム！』で、貧乏白人のサトペン少年が南部社会の現実を知って呆然自失となったように、アフリカ系の元奴隷に対する貧乏白人たちの態度は、自分たちよりも社会的に劣等なものを作り上げ、その存在を蔑もうとする感情と表裏一体になっている。とりわけヴァッチはその傾向が顕著で、ウェデルをアフリカ系と誤解しての彼の傲慢な態度には、偏見が満ち満ちている。そのためウェデルから穏やかに「つまり君が問題にしているのは、この軍服の色ではなく、僕の肌の色なんだな」(751) と指摘されても、一向に態度は改まらない。実際は陰でジュバルに「山の田舎っぺ」(771) とか「山のクズ」(752、763) と蔑まれていたものの、貧乏白人の人々にとって、同じように社会で劣等に扱われているアフリカ系の存在は、自分たちの精神の安寧のうえで大きな意味をもっていた。精神のバランスを失ったまま閉塞的な場所で暮らすヴァッチの暴力的なベクトルは、だからこそウェデルとジュバルのふたりに向かうことになったのだろう。

三　アパラチアという大自然とウェデル

さて、かつて南部貴族のように裕福だった先住民のウェデルは、この物語の時点ではもはや絶望的な状況に陥っている。けれどもセクションIX–Xで彼の口から詳しく語られているように、この元南軍兵士は、帰郷の際アパラチアの山間部を通過することで、虚無的ではあるものの、人間的な「恐れる」(766) という感覚を取り戻し、望郷の念にかられる。そのうえ彼は、アフリカ系の従者ジュバルを見捨てず、あくまでもふたりで帰ろうとする。このようにウェデルは、絶望の淵にいても、内省的で人間性を回復しつつある人物として描かれている。

実際のところアパラチアの山々や森は、彼にとって人間性を回復する縁となるものだった。ヴァッチの一家の所を発ち南に向かうことを、彼自身、「この山々の地を離れる」(766) と表現していることから、アパラチアの山々の地で休息することの重要性を、自分でも意識していたことがうかがえる。けれども皮肉なことに、彼はまさしくそのアパラチアの地で、哀れな形で生涯を終える。地理的・精神的閉塞性と、自らの社会的周縁性と、そしておそらく戦争によるPTSD（心的外傷後ストレス障害）[10]とに突き動かされたヴァッチの手にかかり、命を絶たれるのだ。

ここで注目したいのは、ウェデルが殺害される場面の描写だ。

「下がって！」彼〔少年ヒュール〕は叫んだ。「道から離れて！」ウェデルは〔乗っている〕栗毛の馬に拍車を当てた。顔にはうっすらと、いら立ちと怒りからなる、微笑んでいるかのようなしかめ面が浮かんでいた。

足はしっかりと鐙にかかったまま、彼が地面に叩き付けられた時でも、それは彼の死に顔に浮かんでいた。栗毛の馬はその音に驚いて飛び跳ね、ウェデルをそろそろと道の脇へ引きずり、止まり、ぐるぐるまわって、草を食べ始めた。(776)

このように、撃たれ引きずられ、死亡するウェデルの姿を、語り手は銃声の描写も挿入せずに淡々と語る。まるでアパラチアという大自然の弱肉強食の世界では、ウェデルが死んでも、それは単なるひとつの出来事でしかないかのようだ。さらにヒュールの死や、射殺が予想されるジュバルについても同様のことが指摘できる。そこでもやはり語り手は、アパラチアという大自然の中での人間の矮小さを示すかのごとく、冷徹なまでに冷静にそれぞれの状況を描写している。

以上のようにウェデル殺害は、彼が人間性を回復しつつある状況だったにもかかわらず、プロットのうえでも語りのうえでも、弱肉強食の世界で発生した日常のひとつの出来事として捉えられているに過ぎない。短篇「山の勝利」に描かれた、アパラチアという閉塞的な土地での社会的周縁部の人々にまつわる事件は、けっきょくのところ、アパラチアという大自然の冷酷さと、そこでの人間存在の小ささを浮き彫りにしているのだ。

四 「山の勝利」というタイトルが意味するもの

ここで、小説のタイトルの「山の勝利」と作品のテーマとの関連について考えてみたい。泥酔したジュバルを前にウェデルは、「勝利、敗北、平和、家庭」(766)、そして「もし不運すぎて勝利者になるなら」(766)という表現で「勝利」に言及し、屋敷に象徴される故郷での心の安寧について話す。前後の文脈から判断して、これらの引用箇所はいずれも勝利をおさめることの虚しさを示唆するものだが、それでは作品のタイトルの「山の勝利」とは何を指しているのだろうか。たとえばこれを「山における〔山での〕勝利」と解釈した場合、いったい誰が勝利したのだろうか。

精神的に歪み殺人を犯すヴァッチは、ウェデルとジュバルという部外者を殺害し生き残ったとはいえ、社会的・道義的に勝利者ではありえないし、彼の父も母もそれぞれ子供に反抗されたり夫に隷属している点で、けっして勝利者ではないだろう。ヒュールは死に、彼の姉は思いを遂げられず、意中の人も殺害されてしまう。ウェデルは射殺され、ジュバルもまもなく同様の目に遭うのは小説の結末から明らかだ。このように彼らは四人とも勝利者ではありえない。この作品のタイトルはけっきょく、残っている要素、つまり作品の舞台となるアパラチアという「山」が最終的に勝利したという意味になろう。登場人物たちはアパラチアの地では無力に近く、諍いを生じさせながらも生き延びねばならなかった。しかし「山」だけは小説の最後まで何ら変わらず、今までどおりのアパラチアとしてそこに存在している。

そしてここで忘れてならないのは、先に引用したウェデルが射殺される場面が冷徹なまでに淡々と語られていた点だ。すでに指摘したとおり、とりわけあのシーンではアパラチアは弱肉強食の世界であり、そこでは人間の存在などどちっぽけなものであることが示されている。ウェデルにとってアパラチアは、忘れていた人間性を回復できるほどに心が安らぐ場所だった。しかし彼はそのアパラチアで絶命する。無情ではあるがそれが「山」の、大自然の掟だったのだ。人々は大自然の中で虚しく夢を絶たれ、この物語だけでも何人もが命を落としアパラチアの土となった。そして結局勝ち残ったのは「山」だった。「山の勝利」というタイトルどおり、ついには山が勝利したのだ。

五　過渡期の作品

ところで、フォークナーは一九二六年発表の『兵士の報酬』で、精神も肉体も負傷した帰還兵ドナルド・メアンを登場させた。同様のテーマは三一年出版の短編集『これら十三編』に収録された「勝利」や「クレヴァス」でも扱われたが、三二年初出の「山の勝利」ではそれがヴァッチとウェデルのふたりに投影されている。けれどもこのような「失われた世代」的虚無感を備えた作品は、同じアパラチアを扱った『アブサロム、アブサロム!』が発表された三六年あたりからしだいに姿を消すことになり、『征服されざる人々』(一九三八)では南北戦争への態度が無力・焦燥から不屈の精神へと変化し、『寓話』(一九五四)に至っては、第一次大戦の戦場の出来事を、艱難と救済という観点からキリストの生涯と重ねて描いている。

「山の勝利」の中心人物のウェデルの態度について、語り手は繰り返し、「疑わしい」(760)や「冷笑的な」(760)などと述べる。それらがこの帰還兵の精神状態を表わしているのは明らかで、語り手を信頼すれば、ウェデルにはヴァッチとは異質な形でPTSDの症状が出ているといえるだろう。ただし前節で述べたとおり、内省的な彼はアパラチアで人間的情緒を取り戻し始め、精神的外傷に起因するストレスもそれによってやや弱まる。それでも彼が抱く著しい虚無感は、明らかに先述の諸作品の登場人物たちに合い通じるものがある。

また、これまで見てきたように「山の勝利」では、主要登場人物たちのいわば個人の無力さが浮き彫りにされており、その個人と相対する要素として、「山」が配置されている。彼らは、地理的・精神的閉塞感や自分の社会的周縁性に無意識のうちに圧迫されながらも、アパラチアという「山」の麓の丘陵地でなんとか生き抜こうとする。たとえばこれまで述べてきたいくつかの要素に加え、テネシー州出身にも関わらず北軍兵として出兵していたヴァッチが抱える、自己の正当性を証明できねばならないという強迫観念は、彼にとってけっして小さからぬ問題だったろう。[11] そしてこのように様々な問題を抱えるヴァッチを物語のうえで超然と見つめ包み込むのが、アパラチアという「山」なのだ。

以上のように、二〇年代から四〇年代にかけてのフォークナーの、作家としての成熟の過程で「山の勝利」を捉えた場合、この作品は興味深い特徴を備えている。なぜなら、右に述べたとおり「失われた世代」

的虚無感を有する物語という要素と、ヨクナパトーファもののようなコミュニティーの中や大自然の中の物語という要素の、両者を包含したものに仕上がっているからだ。この短篇は、彼の興味の対象が前者の要素から後者へと移る過渡期を特徴付ける作品のひとつだといえる。

おわりに

小論では、短篇「山の勝利」の登場人物たちとアパラチアとの関わりを通して、大自然とそのなかの人間の描かれ方を検証した。フォークナーはこの作品で、南北戦争の直後、アパラチアという閉塞的な地域で社会的周縁部の人々が引き起こした物語を描いた。ブロットナーのように、ここに『サンクチュアリ』の暴力性の裏返しを見る(669)のも可能だが、「山の勝利」はこれまで見てきたように、フォークナーが第一次大戦での無力感や焦燥感をゆるやかに脱していく過渡期の作品であり、中期・後期の彼の創作活動の傾向を先取りする作品だと評価することができる。

またフォークナーの作品は現在、初期詩集からの流れで捉えて論じられることが求められている。この作品には戦争と人間の精神性との関わりが描かれており、そこからフォーンや操り人形、ピエロ、飛行士といったペルソナ(田中　二十三)との関連性を導き出すことは、決っして難しいことではないだろう。次稿への課題としたい。

注

1　これ以降テキストの該当ページは、タイトル名を記さずカッコに数字のみを入れて示す。

2　以下アパラチアと略記。これは、北アメリカ大陸の大西洋岸を走っているアパラチア山脈の、南半分に当たる地域を指している。州の名を挙げて具体的に述べると、メリーランド州西部、ヴァージニア州西部、ウエスト・ヴァージニア州、ノース・カロライナ州西部、サウス・カロライナ州西部、テネシー州東部、ケンタッキー州東部、ジョージア州北部、アラバマ州北東部に当たる。

3　ウェデルの家族の社会的立場については、彼の父親を扱った短篇「見よ!」("Lo!")〔一九三五年初出〕に詳しい。

4　これは、ヴァッチの一家とジュバルが、お互いに陰で侮蔑しあっていることからも分かる。なお十八世紀から二十世紀にかけてのアパラチアの文化が、同時代人たちからどのように捉えられていたかについては、McNeil が概観し易い。

5　Skei, Jones のいずれでも、「山の勝利」のセクションでは、物語紹介の箇所でこれらの情緒的要素に言及している。

6　作品執筆当時、貧乏白人たちの共同体が少なからずそう捉えられていたように、フォークナーは当初アパラチアを、より「人間の本能が前面に出た」世界として設定していた。というのも、人間の本能のひとつに肉体的欲望〔肉欲〕を挙げることができるが、彼が雑誌掲載を意図して書き上げた「山の勝利」のオリジナル原稿には、山の家族の娘〔ヒュールの姉〕がウェデルに肉欲を喚起させられるエピソードが挿入されていた。一九三〇年に『サタデイ・イヴニング・ポスト』誌に投稿するも、彼女の肉欲が書き込まれている箇所を削除するよう要請され、削除後三二年にようやく掲載された。削除後のバージョンが短編集『医師マーティノその他の短篇』（一九三四）に収録されたが、現在ではそれが決定稿とされている。当初フォークナーが書きたかったのは、削除前の雑誌社へ送ったバージョンであることは明らかだが、まるまる一章分削ったことでプロットが整い、物語の悲劇性がより増すこととなった。（削除された箇所については、Meriwether を参照のこと。）

7　アパラチアの「閉塞性」は、二十世紀初頭に至っても、極めて強い「孤立」や「孤独感」という形で、しばしば強調して述べられている（Fox, Jr. 129; Frost 100）。

8　小説の冒頭、ふたりの訪問客が何者か全く分かっていない時点では、ウェデルも「形のない」と描写されている。しかしやがてジュバルのみの描写に用いられるようになり、彼が自家製の密造酒に泥酔した頃から、彼も輪郭のはっきりした存在として描かれ始める。しかしそれは、彼の死期が迫っていることの隠喩ともとれる。

9　ただしこれはテキスト上のことだ。南北戦争時にアパラチアに住んでいたアフリカ系アメリカ人、いわゆる黒人奴隷と、山に住む白人移民たちとの間に交流があった地域も、もちろん存在する。Montell, *The Saga of Coe Ridge* ではその一例が詳述されている。

10　戦闘疲労のように、日常の経験を外れた外傷的出来事の後で起こる精神疾患（『ランダムハウス』）。物語では、弟のヒュールが述べるヴァッチの夜の奇行を通して、兄が南北戦争で精神的に傷ついて帰還したことが暗示的に示されており、彼の暴力的な振る舞いが戦争によるＰＴＳＤであろうことは容易に想像がつく。

11　南北戦争では、作品の舞台となるテネシー州は南部連邦に属していた。しかし実は開戦を意味する一八六一年四月のサムター要塞陥落時まで、テネシー州は合衆国を脱退するか否か、態度を留保していた（McPherson 276-307）。結局ヴァッチは合衆国［北軍］の兵士として闘い、「山の勝利」の物語の時点つまり戦争終結直後にはすでに、両親の待つ山間部の家へと戻っている。

引用文献

Blotner, Joseph. *Faulkner: A Biography*. 2 Vols. New York: Random House, 1974.

Faulkner, William. “Mountain Victory.” *Collected Stories of William Faulkner*. New York: Random House, 1950. 745-77.

Fox, Jr., John. “The Southern Mountaineer.” *Scribner’s Magazine* 29（1901）: 387-99, 556-70. McNeil 121-44.

Frost, William Goodell. “Our Contemporary Ancestors in the Southern Mountains.” *Atlantic Monthly* 83（1899）: 311+. McNeil 91-106.

Howe, Irving. *William Faulkner: A Critical Study*. 3rd ed. Chicago: U of Chicago P, 1975.

Inscoe, John C. “Faulkner, Race, and Appalachia.” *South Atlantic Quarterly* 86（1987）: 244-53.

Jones, Diane Brown. *A Reader’s Guide to the Short Stories of William Faulkner*. New York: G.K. Hall, 1994.

McNeil, W. K., ed. *Appalachian Images in Folk and Popular Culture*. Second ed. Knoxville: U of Tennessee P, 1995.

McPherson, James M. *Battle Cry of Freedom: The Civil War Era*. New York: Oxford UP, 1988.

Meriwether, James B., ed. “An Unpublished Episode from ‘A Mountain Victory.’” *The Mississippi Quarterly* 32（1953）: 481-83.

Montell, William Lynwood. *The Saga of Coe Ridge*. Knoxville: U of Tennessee P, 1970.

Skei, Hans H. *Reading Faulkner’s Best Short Stories*. Columbia, SC: U of South Carolina P, 1999.

Willams, Michael Ann. *Great Smoky Mountains Folklife*. Jackson: UP of Mississippi, 1995.

田中敬子『フォークナーの前期作品研究―身体と言語』開文社、二〇〇二。

『小学館ランダムハウス英和大辞典　第二版』小学館、一九九四。

『行け、モーセ』における閉ざされた空間

中村　久男

はじめに

「黒衣の道化師」は『ハーパーズマガジン』に一九四〇年に発表された短編である。クレイトンが述べているように、この物語は「ある種の完結性」を持った物語である（115）。にもかかわらず、フォークナーはこの短編にわずか二箇所だけの改訂を加え、『行け、モーセ』に組み入れている。『行け、モーセ』を短編集とみるか小説とみるかは議論を呼ぶところではあるが、作者の最初の意図はランダムハウス社への手紙に見られるように、『征服されざる人々』のような連作短編集を目指したものである（Blotner 139-40）。『征服されざる人々』は、ある程度の売れ行きを見せ、ＭＧＭ社から二万五千ドルもの映画化権料を得た作品であり、財政的に常に逼迫していた作者には恐らく二匹目の泥鰌をせしめようとする意図があったものと考えられる。しかし、『行け、モーセ』と『征服されざる人々』との大きな違いは前者には後者のベイヤード・サー

トリスのような一貫した主人公がいないという点である。しかしながら、『行け、モーセ』には一貫して流れるテーマがある。それは、作者の言葉を借りれば、「白人と黒人の関係」（Blotner 139）であり、このテーマによる統一という点から見れば、「黒衣の道化師」が『行け、モーセ』に組み入れられたのも不思議ではない。

この「黒衣の道化師」は、『行け、モーセ』の中では三番目に置かれた物語である。すなわち、マッキャスリン家の白人系列の本家筋にあたるアイザック・マッキャスリン（以下アイク）の誕生の経緯をマッキャスリン家の黒人奴隷でアイクの祖父の血を二分の一引くトミーズ・タール追跡に絡めコミカルに語る「昔あった話」、トミーズ・タールの息子ルーカスを主人公とする物語「火と炉」に続く物語である。「黒衣の道化師」の後にマッキャスリン家の白人系列の長、アイクを主人公とする三つの狩猟物語、「昔の人々」、「熊」、「デルタの秋」が並び、最後に再びマッキャスリン家の黒人系列の末裔で死刑囚となっている孫を救おうとするルーカスの妻モーリーを主人公とする「行け、モーセ」によって全体が締め括られる。

『行け、モーセ』に組み入れるために行われた雑誌版からの改訂は、クレイトンによれば、ライダーの借家がキャロザーズ・エドモンズのもので、ライダーがマニーとの結婚の夜に炉に火を点すのは、エドモンズの最も古い借家人であるルーカス・ビーチャム夫婦が結婚当初に炉に火を点しその火を四十五年間燃やし続けているのに倣ってのこと、という二点である（115）。『行け、モーセ』はキャロザーズ・マッキャスリンを祖とする男系白人系列のアイクと傍系白人系列のキャロザーズ・エドモンズとその息子ロス、それと男系黒人系列のルーカス・ビーチャムの関係が物語の中心を占める。ライダーをエドモンズの借家人とし、ライダーが愛の象徴として炉に火を点したのはルーカスに倣ったものとすることによって、ライダーと物語の主流との繋がりはかろうじて保たれていると言うことも可能ではある。

しかし、たとえば、雑誌『ハーパーズ』版の「ライオン」の主人公クエンティン・コンプソンは、『行け、モーセ』中の「昔の人々」では、アイクに変更され、「行け、モーセ」の『コリアーズ』版における死刑囚ヘンリー・コーフィールド・サトペンは、サミュエル・ワーシャム・ビィーチャムに変更されている。いずれも白人と黒人の雑婚が鍵を握る『アブサロム、アブサロム！』との関連を想起させる人物から『行け、モーセ』中の白人と黒人の血の流れを射程に収めた人物への変更となっている。これらの改訂に比べれば、「黒衣の道化師」における雑誌版からの改訂はおざなりと評してもよいほどのものである。この物語が『行け、モーセ』に組み入れられたことによって、『行け、モーセ』が単にマッキャスリン家の物語に終始するのではなく、広く白人と黒人の関係を探る作品となったと解釈されうる可能性はあるにしても、他の物語に共通する雑婚が重要な要素とはなっていないのは確かである。ライダーにしても、ミニーにしても白人の血が流れているという情報は本編中どこにも見当たらない。作者が確信犯的に「黒衣の道化師」をほぼ雑誌版のまま『行け、モーセ』に組み入れたのは確かであり、「白人と黒人の関係」によってどうにか『行け、モーセ』中の他の物語との関係を保っているとは言え、他の物語が担わされた血の繋がりという点から見れば、マッキャスリン家との関係はあまりにも脆弱である。そのライダーを主人公とする物語を組み入れたがために、多くの批評家が『行け、モーセ』を作者自身が望んだように小説として扱うべきか否かで議論を重ねねばならなかったのである。

ここでは、長編小説か短編集かの議論はひとまずおいて、今まで見落とされていた「黒衣の道化師」における壁によって象徴される空間がアイクを中心とする狩猟物語における空間と対比関係にあることを見ることによって、この物語が「白人と黒人との関係」を統一テーマとする『行け、モーセ』の単なる埋め草として取り入れられた作品ではないことを確認したいと思う。

一　第一の壁

「黒衣の道化師」において、フォークナーは新妻マニーに先立たれ自暴自棄になった黒人ライダーの悲しみを、閉ざされた空間に閉じ込められた人間が窒息するような状況に重ね合わせて描いている。

製材所で働くライダーは誰よりも大きな男であり、大きな丸太も易々と扱う。黒人の迷信では、死者の魂はこの世に思いを残さぬようにあの世に旅立つまでに住んでいた場所に暫く留まるという。自宅には戻らぬようにと制止する仲間の忠告も聞かず自宅に戻ったライダーは、黄昏時のひと部屋だけの小屋で、マニーと過ごした六ヶ月の思い出が瞬時に押し寄せ、「呼吸用の空気に残された余地がなくな」るのを感じる(140)。[1]彼にとって愛の空間であった場所は息詰まる閉塞された空間に転じている。そして、彼女の亡霊を目にして、「ほかの男なら二人がかりで扱う丸太を一人で扱ってしまえる」強健な肉体をもつがゆえに、ライダーはマニーとの間に「抗しがたい境界線《バリアー》」(141)があることに気付き、結局、彼はこの境界線を越えられず、この世という空間に押し留められ、閉じ込められるのである。

ライダーが愛犬をともない、結婚以来絶っていた酒を買いに出掛けるのは、この息詰まる場所からの解放を求めての行為である。しかし、ここにも彼を解放してくれる空間はない。密造酒を手に入れたあとの空間は次のように表現されている。「彼ら[ライダーと犬]は入り込む余地のない砂糖黍の茎の密生した壁と壁の間をすばやく進み続けた。その壁は…何かしらあの抑圧感を持っていた。あの息を吸い込む余地の無さ、それは彼の家の壁が持っていたものだった」(147)。ライダーはここでも自宅の小屋で感じ取ったのと同じ圧迫感に襲われ、手に入れたばかりの密造酒を浴びるほど飲んで漸く「川沿いの低湿地帯の息をしていない暗闇から解放され」(147)る思いを得るのである。

しかし、それも彼にとっては一時の慰めに過ぎない。幼少の頃より父母同然に世話になった叔父や叔母の優しい言葉も祈りも彼の助けにはならない。彼は飲んだ勢いでこれも結婚以来絶っていたサイコロ博打の席へと向かう。そこは製材所のボイラー小屋の奥にある道具部屋である。ここもまた彼にとっては閉ざされた空間の中のさらに閉ざされた空間である。そこには既に六、七人の仕事仲間が先客として来ている。この狭い空間に入り込んだライダーは「席を空けてくれ《メイク・ア・ルーム》」(152)と言う。余地を要求せねばならないほどに狭い空間にライダーは入り込んで行くのである。泥酔したライダーを胴元の白人夜警バードソングは追い出そうとするが、彼はそこに居座って賭博に加わる。そして、その白人夜警のいかさまを見破ったライダーは彼と口論となり、彼が銃を発射するよりも早く彼の喉を剃刀で引き裂いて殺してしまう。

シェイはこの殺人を「象徴的暴力行為」、ライダーに「新しい命をもたらす」行為と解し、「ライダーは、彼を牢獄から、息苦しさから、彼の経験する癒しがたい悲しみから解放する行為を犯してしまった」と述べている(132)。この殺人の時点では、ライダーはまだ捕らわれてはおらず、牢獄にも収監されているわけではないので、この解釈は奇異に響くかもしれない。しかし、ライダーにとってマニーのいないこの世は、まさに牢獄であり、その意味ではシェイの解釈を素直に受け入れることができる。結局、ライダーは自宅で捕らえられるが、その際彼は逃げようとはしない。あっさりと犯行を認めたうえで、「閉じこめないでくだせ《ドン・ロック・ミー・アップ》い」（157）と保安官に二度も懇願する。けれども、保安官達は白人を殺した黒人は牢獄に入っている方が安全であると判断して、牢獄に彼を閉じ込める。すると、ライダーは鎖で繋がれた牢獄の簡易ベッドを壁から引きちぎり、鉄格子に投げつけて、まるで網戸を破るかのように簡単に鉄格子を破ってその空間から出てしまう。しかし、ここでも彼は逃げるつもりはないと言う。彼が望んでいるのはただ閉ざされた空間からの解放なのである。

　ライダーにとって壁は、彼の息を詰まらせる空間を構成する。それで、彼はその重圧からの解放を望むのだ。しかし、皮肉なことに、その願望は白人暴徒による強制釈放＝リンチによる死という結果に終わってしまう。被疑者が法によって守られるべき閉ざされた空間は、白人暴徒たちによってたやすく破られ、彼は黒人学校の鐘のロープで縛り首にあっているのが発見されるのである。

　フォークナーよりも早く十九世紀から二十世紀への転換期にかけて作家活動をしたアフリカ系アメリカ人のチェスナットにも、白人を殺害した嫌疑で牢獄に繋がれている黒人青年に迫り来るリンチを描いた短編「保安官の子供たち」がある。この白人保安官にはひとり娘がいる。しかし、表題には「子供たち」とある。複数形で表されている子供のうちの一人は、実は、牢獄に収監されている黒人青年なのである。もちろん保安官はこのことを知らない。この短編では黒人の容疑者は結局リンチに遭わずにすむ。しかし、物語は意外な方向へと展開する。白人保安官の懸命さに押さえつけられたようにリンチのために集まった暴徒が退散した後で、この容疑者は、保安官に向かって、お前こそ俺の実の父親であり、お前と黒人女性との間に生まれたのが自分であると言う。そして、これまでの仕打ちに対してこの保安官に復讐を企てようとするのである。白人保安官が黒人容疑者を白人の暴徒から守るために堅く閉ざした牢獄は逃げ場のない復讐の場へと一変するのである。しかも、武器を持った白人の前では黒人は臆病で、従順であるという白人としての思い込みから、保安官はその容疑者の足かせと手錠をはずしておき、いざとなれば戦えとも命じていたのである。その黒人容疑者が保安官の隙をみてリボルバーを構え、保安官に銃口を向けたのである。しかし、父の帰りが遅いのを気遣った娘が牢獄を訪れ、彼女がその容疑者に銃弾を浴びせ間一髪のところで父を救出するのである。黒人容疑者は負傷し、保安官が手当てをして、その場を去る。翌朝、牢獄を訪れた保安官が目にしたものは、包帯を自ら外し、出血多量によって亡くなっているもう一人の彼の子供の姿であった。この短編は『彼の若き日の妻とその他の人種境界線《カラーライン》の物語』（一八九九）に収録された一編である。作者自身は白人としても通用するほどであったが混血である出自を敢えて隠そうとはしなかった。そのような作者による、肌の色の違いによる人種差別への強い憤りが吐露された短編である。

牢獄が象徴する閉ざされた空間はカラーラインという人種の境界線によって仕切られた空間でもある。保安官の息子は自ら死を選ぶことによってその境界を越えて行く。彼にとっては死によってしか、その境界線を越えることはできなかったのである。しかし、チェスナットはさらに厳しい現実を同短編集に収録された「花束」や彼の最後の長編小説『大佐の夢』で描いている。そこで描かれるのは、白人用の墓地、黒人用の墓地と区別された死後も続く差別の実態であり、白人と黒人との間にある境界線が死後も続く過酷な現実が明らかにされている。[2]

一方、ライダーは自らの肉体とこの世に別れを告げに来たマニーとの間にある生と死の境界線は越えられなかったが、マニーの死によって自分が窒息するような救いようのない閉塞性の中に入り込んでいることに気づくのである。白人副保安官が黒人のリンチ死などには全く無関心でそんな話には耳を貸そうともしない妻に語った話によれば、殺された白人夜警は十五年にも亘ってイカサマ博打をして黒人から金を巻き上げていたのである。ライダーがその事を知っていたのかどうかは分からない、しかし、事件当夜には彼はそれを見抜いたのである。そして酒に酔った勢いも借りて彼はある一線を越えてしまったのである。それは閉塞性を打破する行為とはなったのであるが、結局は牢獄という閉塞した場所に彼を再び閉じ込める結果しかもたらさなかったのである。ライダーもまた死によってしか解放され得なかったのである。

二　第二の壁

フォークナーが『行け、モーセ』において「壁」という言葉を用いている箇所が「熊」にある。アイクの荒野での師匠であるサム・ファーザーズの待つ十一月の氷雨の降る森林は聳え立つ壁として描かれている。

後になって、彼［アイク］にはいつもそれを見ているように思えた、あるいはいつもそれを覚えているように思えた、黄昏ゆく午後とその年の死の支配下にあった、薄暗く入り込めない密生した十一月の森林の高く聳える果てしない壁を。（194-5）

このように描写される森林の高く聳える壁は、一読すると人間の侵入をかたくなに拒否している壁のごとくに思える。しかし、ド・スペイン少佐、コンプソン将軍、アイクと彼の従兄弟を乗せた馬車は人間が太古の森のわき腹に噛み付いたかのような痕跡を残すトウモロコシと綿の茎の残骸を通って、大海をゆく小船が波任せに進んで行くかのようにしてその森林に入り込んで行く。その様は「熊」第四章で語られる腐敗した旧大陸から新大陸への大海を越えての移住を想起させる。

巨大な壁に区切られ人間の力をものともしないかのように見える森林が作る空間もまた、閉塞的な空間である。しかし、同じ「壁」という言葉によって表現されてはいるが、アイクたちを乗せた馬車が小船のごとく入り込んで行く森林の壁は狩猟の場へとアイクたちを導く戸口を自ら開く壁でもある。その点で、「黒衣の道化師」においてライダーに息苦しさを与える密生し、「入り込む余地のない砂糖黍の茎」が作る壁とも、彼が閉じ込められることを嫌った留置所の壁とも違う。

アイクたち一行は閉ざされた空間に入り込むことによって狩猟を楽しむのである。アイクは「デルタの秋」においては八十歳に近い老人として登場する。それでもアイクは身を寄せている亡き妻の姪の家での壁(325)に囲まれた生活から解放され、森の中でテントで過ごせる十一月の狩猟シーズンを毎年楽しみにしている。このことからも狩猟の楽しみを提供する場としての森林という壁に囲まれた空間の持つ意味は了解され得よう。

では、大森林が作る壁によって閉ざされた空間は誰のために狩猟の楽しみを与える空間なのであろうか。狩猟そのものが、日々の糧を得るものである限りにおいては原始時代からの狩猟の意味を持ち得ようが、大熊ベンを射止めるという口実とは裏腹にド・スペイン少佐やコンプソン将軍が十一月の狩猟シーズンにミシシッピー川のデルタにわざわざやってくるのは、「殺すつもりすらない」あの大熊との「毎年のランデヴー」(194)を楽しむためでもある。その意味において、彼らの狩猟はまさに貴族的な楽しみとしての狩猟である。つまり、大森林の狩猟空間は選ばれし者たちに与えられた娯楽の場であり祭典(194)の場である。それゆえ森林が作る壁は、選ばれし者たちのための特別な祭典空間を生み出す境界線の役割を果たすものであると言えよう。というよりもむしろ、境界線の役割を果たすものであったと過去形で言うべきかもしれない。というのも、アイクがサム・ファーザーズたちとともに過ごした森林が太古の森であり得たのはアイクが十代の頃までであるからだ。「デルタの秋」で描かれる時代背景は、第二次世界大戦への足音がヨーロッパで聞こえ始めている頃である。ここでは、八十歳になんなんとするアイクは馬車でこの森に狩りにきた最後の一人として描かれ、かつては町から三十マイルのところにあったデルタの森は半世紀以上もの時を経て人間の手によって開墾され、町からは二百マイルも離れたところに後退している(340)。

アレクサンダー・パーシーが『堤防上のランタン』で、ミシシッピー川の氾濫に備え延々と築かれた堤防に喩えた南部における白人と黒人の境界線は今や崩れ去ろうとしているかのようである。まさに、堤防決壊=黒人の白人社会への侵食に備えてランタンを置いて警告を発すべき時がきているかのようである。それは「平民の血統」(191)であるブーン・ホガンベックによって、「穢れなく朽ちることなき」(191)血筋である大熊ベンに最後の止めが刺された時を最後として、森林の壁に囲まれた南部白人男性のための貴族的趣味的狩猟空間が退行を余儀なくされていくのと同じである。大熊ベンの最後の追跡には貧乏白人たちが参加していることもその後の南部社会の趨勢を予見させよう。

アイクは「デルタの秋」で従兄弟の息子ロス・エドモンズに捨てられた黒人系列のマッキャスリン家の血を引く女性に対し、北部へ行けとしか助言してやれず、黒人奴隷女ユーニスとの間に生まれた娘と近親相姦を犯し、ユーニスを自殺に追いやった祖父の犯した罪を償うために農園相続を放棄した自らの人生が迎えた惨めな結末に思いを馳せて、人間が二世代に亘ってプランテーションを所有するために破壊したデルタに対して次のような感慨に耽る。

中国人とアフリカ人とアーリア人とユダヤ人、みんなが子を作り、子孫を産み出して、とうとう誰がどの人種なのかを言っている暇もなくなり、誰も気にも懸けなくなってしまう。わしが知っていた踏みにじられた森が報復を求めないのも不思議ではない、と彼［アイク］は思った。それを破壊したひとびとがその復讐を全うするであろう。（364）

ここで描かれる大森林は、デルタ地帯の三角形の漏斗の端にわずかに残された消滅しようとしている森となっている。選ばれし白人たちの狩猟の場はもはや最後の喘ぎをあげているかのようである。さまざまな人種の混交を許す時代の到来を予測しているようにも解せる。しかし、果たしてそうであろうか。

大熊ベンが死んだあと森林には鉄道が敷かれ、蒸気機関車が走り、伐採された木々は材木として製材工場に運ばれたのである。「熊」の第五章においてアイクは材木会社が木々を伐採する前にもう一度、ド・スペイン少佐たちとキャンプをしてすごした森へと向かい、消滅することによって永遠となるものがあることを理解する。一方、材木工場で働いていたライダーには、アイクにとってのような永遠の森は存在していたのであろうか。ライダーは生きていくために材木工場で働き、週給を得てマニーとのささやかな幸せを掴んでいたのであり、アイクのような貴族的狩猟の楽しみなど経験したことはないのである。ライダーの楽しみは結婚するまでは週末に飲む密造酒とささやかな博打、結婚してからは妻と過ごす喜びが全てであったのだ。

このように、アイクたち白人名門の男たちが狩猟を楽しんだ鬱蒼とした木々が作る壁に囲まれた空間とライダーが逃れ出ようとあがく壁に囲まれた閉塞空間とは大きな対比をなしている。アイクが予知したようにデルタの森は開発され貴族的空間を構成していた場は人間自らがその手によって報復を完成させようとしているかのようであるが、「デルタの秋」と同時代を扱っていると考えてよい「黒衣の道化師」で描かれる黒人ライダーを取り囲む現実は、奴隷として黒人が暮らしていた頃に白人がかれらに接した関係とどれほどの違いがあるのだろうか。人種の境界線、人種の壁は消滅してはいないのである。アイクが浸る感慨のように、「とうとう誰がどの人種なのかを言っている暇もなくなり、誰も気にも懸けなくなってしまう」のはいつの日のことなのであろうか。人種の境界線、人種の壁は消滅してはいない現実を作者は提示しているのである。

結び——開かれた時間

「黒衣の道化師」は二部構成で、我々読者は第二部の始めで既にライダーがリンチに遭って殺されたことを知るが、あの巨体で剛健なライダーが白人たちによってどのようにして牢獄から引きずり出されリンチされたのかは知らされない。黒人を獣以下の存在のように罵る人種偏見に満ち満ちた白人副保安官が、妻に語るライダーの最期は、ライダーが鉄格子を破り、その前で彼を押さえつけようとする幾多の黒人囚を跳ね飛ばしながらもついに押さえ込まれ、ぼろぼろと大粒の涙を流し、「おいらはただ思い切れないようだ。思い切れないようだ」(159)と泣き笑いしながら言う牢獄内での場面である。白人副保安官にとってはこのライダーの態度や言葉は彼の理解を越えており、彼の妻に「それで、お前はこの事をどう思う?」と問い掛ける。

それに対して、その妻は黒人へのリンチなど自分にとって何の意味も持たぬかのように夫が夕食をさっさと終えてくれるよう急がせるだけである。彼女の関心事は映画の上映開始時刻に間に合うかどうかなのである。この白人夫婦の無機的な関係はライダーとマニーの愛情溢れる関係を逆照射しており、また、白人の黒人に対する無理解を露呈し際立たせるのに効果的である。この点は多くの批評家が指摘していることであるが、それではなぜ作者はライダーが既に殺されていたことを読者に知らせておきながら、この物語の最後では彼がまだ生き続けているかのような錯覚を起こさせるオープン・エンディングによってライダーの物語を終えたのであろうか。

ライダーがボイラー小屋に入り、賭場へと向かう時、つまり、結果的には白人夜警殺害となる途上で、作者は「時の筒鋸の繋ぎ目のない逆輪を越えて」(152)という不思議な表現を用いている。テイラーはここに、時ないしは運命が筒鋸を持っており、その逆輪とは一旦入り込めば出口のないトリックが仕掛けられているとの解釈を加えている(86)。ライダーは無謀にもこの出口のない時の流れの中に身を置き、自ら狭隘な空間へと入り込んで行く。あたかも、その先にある死を覚悟の上で。ここでの時間の流れは始めと終わりのある前進的時間ではなく、循環する時間の流れになっているようである。この表現とオープン・エンディングによるこの作品の終わり方を見るとき、作者は時の流れの中で決して絶えることのない黒人たちの苦悩を表明しているように思える。苦悩は繰り返され、その出口を見つけることはできないのである。

「デルタの秋」においても、物語は終結はしていない。アイクの自己犠牲的な先祖伝来の農園放棄もロスの捨てた女性に言わせればアイクが農園を放棄していなければロスがこのような男にはならなかったとなる。先祖の罪に繋がる時間を絶ち切ろうとしたアイク自身の努力は別の血脈をとおしてその罪が引き継がれて行っただけであった。森での狩猟の思い出も狩人としての美徳も永遠に時を獲得しているように思えるのはアイクの意識をとおしてのみである。

「黒衣の道化師」、「デルタの秋」はともに暗鬱な状況を呈している。もし、「デルタの秋」で『行け、モーセ』が終わっておれば救いようのない悲しみに読者は浸ることになろう。しかし、フォークナーは『行け、モーセ』を編纂するにあたり、表題作「行け、モーセ」を最後に置いたのである。ルーカスとその妻モーリーの孫、サミュエルは殺人を犯し死刑囚となっている。処刑された孫の遺体を引き取ろうとするモーリーとそれを助ける白人たち、ミス・ウォーシャム、弁護士ギャヴィン・スティーヴンズや新聞の編集長が描かれる。ミス・ウォーシャムの家を訪れたスティーヴンズは、モーリーが、旧約聖書に擬え、わたしのベンジャミン[サミュエルのこと]をロス・エドモンズがエジプトのファラオに売ったと、繰り返し嘆く場に遭遇し、息苦しさに襲われその場を立ち去ろうとする。廊下を進む彼は、「もうすぐ外に出られる。そうすれば空気がある、空間がある、息が出来る」(380-81)という思いを抱く。ライダーに襲いかかった息苦しさ、閉塞感が、ここでは白人であるスティーヴンズに繰り返されている。「来るべきではなかった。申し訳ない」という彼に、ミス・ウォーシャムは、「いいのよ。これは私たちの悲しみなのよ」(381)と、慰める。彼が逃れ出ようとした閉ざされた空間には白人たちが黒人たちに対して行ってきた罪が集約されている。しかし、ミス・ウォーシャムの言葉には黒人たちの悲しみを完全には理解できなくとも、それを自分たちの悲しみとして共有できる可能性があることが示唆されている。遺体を運ぶ列車を出迎える群衆には、黒人たちだけでなく白人たちの姿も混じっている(381)。このような状況を描く事によって作者は閉塞状況にある白人と黒人の関係に新たな可能性を暗示し、そして、やがて『墓地への侵入者』執筆に至る道を開き始めることとなる。

注

1 日本語訳は筆者によるものであるが、大橋健三郎訳を参照させて頂いた。

2 チェスナットに関しては拙論「世紀転換期における南部とC・W・チェスナット」および「『大佐の夢』における予測と裏切り」を参照。

引用文献

Blotner, Joseph, ed. *Selected Letters of William Faulkner*. New York: Random House, 1977.

Creighton, Joanne V. *William Faulkner's Craft of Revision*. Detroit: Wayne State UP, 1977.

Faulkner, William. *Go Down, Moses*. New York: Vintage Books, 1973. 『行け、モーセ』大橋健三郎訳、冨山房、一九七三。

Skei, Hans H. *Reading Faulkner's Best Short Stories*. Columbia, SC: U of South Carolina P, 1999.

Taylor, Nancy Dew. *Annotations to Faulkner's* Go Down, Moses. New York: Garland, 1994.

中村久男「世紀転換期における南部とC・W・チェスナット」『言語文化』（同志社大学言語文化学会、一九九九年十二月）第二巻第二号、一九七—二一四。

——「『大佐の夢』における予測と裏切り」『言語文化』（同志社大学言語文化学会、二〇〇二年一月）第四巻第三号、五四三—五六五。

佐々木　隆

大河を描く

――「筏師のエピソード」

はじめに

一九八八年出版のアイオワ・カリフォルニア大学版の『ハックルベリー・フィンの冒険』の第十六章前半に、いわゆる「筏師のエピソード」が収録されて以来、このエピソードを収録するテキストが増えている。一八八五年の初版から削除されたこのエピソードを、改めて本文に収録すべきか否かについては、従来から、(一)初版を尊重して「エピソード」は省くべきである、(二)作品の構造上、「エピソード」は不可欠である、(三)内容的にも、ハック理解のために「エピソード」は重要な役割を果たしている、等の議論がなされてきたが、結論をみるには至っていない。

そして、これまでのところ、カプラン版でドイノが、「このエピソードは、ミシシッピー河上流の生活をこの上なく忠実に描き出している」(377)と述べてはいるものの、それ以上に、河の描写との関わりで、このエピソードを本格的に論じた論文を、寡聞にして筆者は知らない。

したがって、本稿では筆者は、これまでの議論とは少し異なる角度からこの論争に加わって、「トウェインは、ハックも書きたかっただろう。ジムも書きたかっただろう。南北戦争を経てなお解決をみない『アメリカの原罪—奴隷制』についても書かずにおれなかっただろう。しかし、それにもまして、彼は、悠揚せまらぬミシシッピーという大河を描きたかったのではなかろうか。仮にそうだとするならば、『筏師のエピソード』は、『ハックルベリー・フィンの冒険』には不可欠である」と主張したいのである。

その際、この作品が舞台設定された一八四〇年代に盛んに上演されたミシシッピー河の「パノラマ」と、ジョージ・ケーレヴ・ビンガム（一八一一—七九）の風俗画が、筆者の議論を支えてくれるはずである。

一　エピソードの復活

「筏師のエピソード」は、第十五章と第十六章後半との間にある。すなわち、自由州への入口、ケイロを前に、ハックとジムが霧の中で離れ離れになった後、再会の喜びも束の間、ジムをからかったハックがジムにたしなめられて謝罪する場面と、良心の呵責から、ジムの逃亡を密告しようとして筏からカヌーで漕ぎ出したハックが、逃亡奴隷捜しの男たちに遭遇し、「連れは白人だ」と偽ってジムを救う、あの場面の間に位置するエピソードである。

ケイロまであとどのくらいかを知りたいハックとジムは、岸に灯りが見えしだいカヌーで漕ぎ出していって確かめようと相談するが、若い二人には灯りに出くわすのが待ちきれない。そこで、闇にまぎれて、少し先を行く巨大な筏へ泳いでいって筏にまぎれこみ、筏師たちのおしゃべりを盗み聴いて情報を得ようということになり、ハックが積み荷の陰で盗み見る一部始終が「筏師のエピソード」である。

筏の上では、十三人の男たちが火を囲んで酒盛りの真っ最中。一人の男が歌い、もうひと節うなろうとするところで一同が難くせをつけ、大言壮語の大げんかが始まる。「俺さまはアーカンソーの荒野から来た本ものの殺し屋。鉄の顎に真鍮ばりの身体、銅でできた腹とくらあ—。…十九匹の鰐と樽一杯のウイスキーが俺の朝めし。…」(*WMT* 109)[1]と「血に飢えた山猫の息子」が意気軒昂ならば、相手の「疫病神」も負けてはいない。ただし、これぞトール・テールの真骨頂ともいうべき大啖呵と大仰なパフォーマンスのわりには、本物の喧嘩にはようとして立ち至らない。

「渡り」[2]も無事すんで、筏の上ではバイオリンを伴奏に、手拍子足拍子の船頭たちの歌と踊りが始まる(図1)。景気づけに酒壺が回り、おしゃべりが続く—豚の習性の違い、女の話、猫をけんかさせるには、澄んだ河と濁った河、等々、たわいもない話がひとしきり続いた後、「ちったぁ自分の目で見た話をしろ」と言って割って入ったエドが始めるのが、例の「古い空き樽」の話である。

五年前の月の明るい夜、バック・ミラーの屋敷のあたりにさしかかると、筏は滑っているように見えながら、いっこうに前進した気配がない。やがて右舷に「古い空き樽」が現れる。エドの相棒、ディック・オールブライトによれば、以前にもこんなことに出くわしたことがあるという。樽は筏に付かず離れずついてくる。そうこうするうちに、一天かき曇り、稲妻が走り、雷鳴が轟き、嵐の最中に筏の上を走っていた男が転倒し、捻挫する。明け方、樽の姿は何処へやら。

次の夜も、そして次の夜も、樽は現れ、びっこの船頭たちを残して、明け方再び何処へやら。第四夜、樽

図1　船頭たちの踊り
John Harley, "An Old-fashioned Break-down"
Life on the Mississippi（1883）

との付き合いに辟易した頭《かしら》が河に飛び込んで樽を引き揚げてみると、中には真っ裸のディックの赤ん坊チャールズが…。

というのが「古い空き樽」の話である。

この後、この作り話を餌にエドをさんざんからかった連中が、さて西瓜でも食おうと積み荷をまさぐる中で、見つけられたハックは、問いつめられ名前を聞かれて、思わず「チャールズ・ウィリアム・オールブライト」と答える。

「筏師のエピソード」が『ハックルベリー・フィンの冒険』の初版から削除された経緯については、バイドラーの論文が詳しい。

「筏師のエピソード」を『ハック・フィン』用原稿から割愛して、一八八三年に出版された『ミシシッピー河の生活』第三章にすでに収録していたトウエインは、一八八四年四月に『ハック・フィン』の原稿が完成すると、二番煎じの印象を読者に与えることを恐れて、出版社のチャールズ・L・ウェブスターに、『ハック・フィン』のセールス用見本からは、「エピソード」を省くよう指示したのである。

これに対してウェブスターは、「この本はすでに『トム・ソーヤー』よりもずっと大部になっています。あの『ミシシッピーの話』はいっそ削ってしまってはいかがでしょう。その方がきっと良くなると思います」と言ってよこしたのである。

こうして、一八八五年に出版された『ハックルベリー・フィンの冒険』の初版からは「筏師のエピソード」は削除され、[3] 以後、トウェイン存命中は、「エピソード」が本文中に収録されることはなかったし、それ以後も、ハムリン・ヒルによって編集された版（1962, 1987）等には、「エピソード」は収録されていない。

「エピソード」を最も早く収録した普及版の一つは、一九四六年出版のデヴォートの『ポータブル・マーク・トウェイン』だろう。しかしこの場合も、デヴォートは、「エピソード」の前後に一行ずつの余白を設け、「エピソード」の始まりの部分に脚注を付している。一九八八年以降のアイオワ・カリフォルニア（*WMT*）版と、それを踏襲したマーク・トウェイン・ライブラリー版の特質は、「エピソード」を完全に従来の本文に溶け込ませたことだろう。

けれども、冒頭にも述べたように、「信頼し得る、権威ある」と銘打ったアイオワ・カリフォルニア版の出版にもかかわらず、「筏師のエピソード」の採否をめぐる論争はいまだに決着を見ていない。

「エピソード擁護論」には、作品の構造上、あるいは内容からする擁護論と、手続き上からする擁護論があり、前二者は互いに関連している。

ただし、「筏師のエピソード」収録をめぐる賛否両論を見てくると、筆者としては、あらためてルイス・

リアリーの感想に共感せざるをえない。

まず、「エピソード」を入れて、次に「エピソード」無しに『ハック・フィン』を読んでみると、やはり、トウェインがもともと完成稿としてウェブスターに手渡した、「エピソード」入りの方が勝る。けれども、トウェインの最終判断は削除であった。したがって、彼が最終判断を下したテキストよりも良いテキストを示して、「トウェインはこの版をこそ出版すべきだった」と主張するのは、僭越の感を免れない。著者の最終判断を越えて、著者のオリジナルのテキストを復活させるか、それとも著者の最終判断の結果である初版を尊重するか、どちらを選んでも批判は免れない、とリアリーは言う（101-102）。

ただし、筆者としては、ユーモアとローカルカラーにあふれ、トウェインの面目躍如たるこの「エピソード」は、もともとは著者が出版社に手渡した原稿に含まれていたいきさつもあり、是が非でも本文に組み入れたいと思う。とすれば、方法はひとつ。アイオワ・カリフォルニア版と同様に、テキスト本体に他とまったく同じ体裁で組み入れたうえで、注において、削除の経緯、復活の理由を明記する他はないだろう。

けれども、筆者は、一九八八年のアイオワ・カリフォルニア版を底本にしたというノートン・クリティカル・エディション第三版（一九九九）の、「筏師のエピソード」の注には納得がいかない。編者のトマス・クーリーは、トウェイン研究者トム・クワークを引きつつ、「『筏師のエピソード』を収録したことが読者の当惑を招かないことを願う。そうしたければ、『エピソード』抜きで教えてもよいし、従来から、ある教師たちがしてきたように、『エピソード』を入れた形で教えてもよい」と書いている（Norton 96）。

だが、これでは余りに気のない「エピソード」収録の弁と言わざるをえない。筆者は、「『筏師のエピソード』は、『ハックルベリー・フィンの冒険』には不可欠である」という自論を、以下に明らかにしたい。

ことりとも音はせず、あたりはまったく静まり返っていて、世界中がまるで眠っているかのようだ。ときおり牛蛙が騒ぐのが聞こえるくらい。河の上はるかに最初に見えるのは、ぼんやりした線のようなものだが、あれは向こう岸の森だ—他には何も見えない。そうこうするうちに空の一点が白み始め、青空はみるみる広がっていく。やがて河の向こうが明るくなり、黒い河がグレーに変わっていく。はるかに、小さい黒い点々が漂っているのが見える—商いをする小舟の類だ。そして長い黒い—これは筏だ。時おり櫂がきしる音が聞こえ、人の話し声が聞こえてくることもある。あまり静かなので、遠くの音まで聞こえるのだ。（*WMT* 156）[4]

この一節は、人目を避けて夜中、筏を走らせたハックとジムが、明け方、筏を隠して釣り糸を仕掛け、ひと泳ぎした後、浅瀬に腰を下ろして夜が明ける様子を眺める場面である。

やはり、トウェインは、「大いなる河」[5]を描きたかったに違いない。彼は、『ミシシッピー河の生活』においても、少年時代を振り返りつつ、「私がまだ子供の頃、ミシシッピー河の西岸にある私の村の少年たちの間には、一つだけ変わらない夢があった—蒸気船の船員になることだった。他の望みを抱かないこともなかったが、それらは皆いっときの望みに過ぎなかった」と書いている（*LM* 253）。

トウェインの河に対する思い入れを示すために、さらに『自伝』から、ミズーリ州、フロリダの「クアールズおじさんの農場」の描写を引用することもないだろう。『ハックルベリー・フィンの冒険』に至る作家としてのトウェインの旅は、ミシシッピー河を描くための旅だったように思えてならない。

　子供の頃の思い出は言わずもがな、四年間の船員生活を含めて、トウェインは二十年近くを河と共に暮らした。彼は、「私は、その後、経験したどんな仕事よりもパイロット（操舵手）の仕事が好きだったし、限りなく誇りに思っていた。訳は簡単で、当時パイロットは、地上に存在する人類のうちで、何ものにも束縛されることのない、真に独立した唯一の存在だったからだ」と書いている（*LM* 313）。「マーク・トウェイン」という彼のペンネーム自体が、「水深二尋《ひろ》」、つまり、ミシシッピー河を航行する蒸気船の船員用語で、安全と危険を分かつ呼称だったことは周知のとおりである。

　しかし、大河を描く構想が具体化し始めるのは、一八七五年、『アトランティック・マンスリー』誌に「ミシシッピー河の昔」を連載したのがきっかけだった。

　パイロット時代のミシシッピー河の思い出を綴った「ミシシッピー河の昔」の成功に気をよくしたトウェインは、ハウェルズ（一八三七―一九二〇）らを誘ってミシシッピー河再訪の旅を計画したが、この時は友人たちの都合で実現しなかった。けれども一八八二年、前回は断った編集人のジェイムズ・オズグッドが、今度は自分の方からミシシッピー河再訪の話を持ちかけてきた。先の『アトランティック』の記事と合わせて、旅行記を単行本として出版しては、という提案であった。

　『ハックルベリー・フィンの冒険』を執筆中、二度目のスランプに陥っていたトウェインは、亀井俊介氏流にいえば、「枯渇していた創造力（あるいは想像力）のタンクをふたたび満たそうとして」（二三四）だろう、オズグッドの提案を快諾し、四月一七日、大河再訪の旅に出発した。

　予期に反して、急激に変貌しつつあったミシシッピー流域は、トウェインが懐旧の念に浸ることを許さなかった。しかし、セントルイスからニューオーリンズへ、さらにセントルイスからセントポールへの約一ケ月の旅が、「ミシシッピー河の昔」をトウェインの内に蘇らせたのも事実だったはずだ。トウェインの大河再訪は、『ミシシッピー河の生活』と『ハックルベリー・フィンの冒険』に作品の材料と構造を提供した。

『ミシシッピー河の生活』の後半三分の二には、トウェインが収集した伝承やエピソードが数多く取り入れられており、「ダーネル家とワトソン家」の宿怨の話や「ミュレルギャング」の挿話が『ハック・フィン』にも活かされていることは容易に気付く。けれども、一八八二年のミシシッピー河再訪でさらに重要なことは、河の旅そのものが、二つの作品に作品の構造を提供したことである。『トム・ソーヤー』においても、河は確かに重要な要素だった。しかし、そこにおいては、河はあくまでもストーリーの背景として重要なのであって、物語の骨格を成すものではなかった。『ミシシッピー河の生活』と『ハック・フィン』においては、河は作品の骨格を提供することになった。

そして、ここでようやく、我々は「筏師のエピソード」に立ち戻ることになる。先に見たように、『ミシシッピー河の生活』出版に際して、トウェインは、すでに書いてあった「エピソード」を『ハック・フィン』用原稿から流用した。しかし、この流用は、『ミシシッピー河の生活』第三章、「過去の風景画」を描くにあたっては、やむをえないことだっただろう。

トウェインは、流用の弁を、第三章冒頭にこう書いている。

蒸気船の最盛期でも、河には石炭船や材木筏が上流から下流まであふれていた。皆、手漕ぎで、ここで描こうとしている大勢の荒くれ男どもが働いていた。子供の頃、毎年巨大な筏がハンニバルの側を滑っていったのを、私は今も覚えている——一エーカーほどもある、白くて甘い香りのする板組みの筏で、二〇人以上の男たちが乗っていて、嵐を避けるために、だだっ広い筏の上に三つか四つ小さな仮小屋が点在していた——キールボートの船頭あがりや、彼らを手本と崇める筏師たちの、荒っぽいしぐさや、途方もない話もよく覚えている。なぜ覚えているかというと、私たちはしょっちゅう、四分の一マイルか三分の一マイル泳ぎだしていっては、筏に這い上がり、筏乗りとしゃれこんだからだ。キールボートの船頭たちの話や気風、今ではもう無くなってしまって、ほとんど誰も覚えていない筏の上での生活を知ってもらうために、私はここで、今書いている本から一つの章を紹介したいと思う。(*LM* 239)

「ミシシッピー河の昔と今」を語る『ミシシッピー河の生活』に、「筏師のエピソード」は不可欠だろう。だが、『ハックルベリー・フィンの冒険』の場合はどうか。やはり不可欠だ、と言わざるをえない。『ハック・フィン』のタイトル、ページ、表題の直下には、「場所——ミシシッピー河」、「時——四十年から五十年前」とある。「キールボートの船頭たちの話や気風、筏の上での生活」を語ることなしに、一八三五年から四五年頃のミシシッピー河を語ることは不可能である。

すでに垣間見たように、『ハックルベリー・フィンの冒険』における、トウェインのミシシッピー河の自然描写は素晴らしい。六月、河は増水し、河中の島では苺や野ぶどう、ラズベリーが豊かに実り始める。夜明け、朝、昼、星の夜。晴れの日、雨の日、嵐の夜。おだやかな流れ、沈み木、砂州、すべてを押し流す激流…。もちろん人間も登場する。暗礁に乗り上げた破船には悪漢もおれば、逃亡奴隷を捜して村人たちも漕ぎだしてくる。蒸気船に衝突されるかと思うと、詐欺師たちが筏を占領する。

だが、「岸辺と河」、「社会と自然」という二項対立が著しいせいか、「筏師のエピソード」を欠いた河は、象徴的な性格が強く、「生きた河」としての様相を十分に持ち得ていないのではないだろうか。一八三〇年代、四〇年代のミシシッピーのにぎわいは、『ミシシッピー河の生活』に見るとおりである。同書タイトル・ページ直後の、『ハーパーズ・マンスリー』一八六三年二月号からの引用にあるように、当時、ミシシッピー流域は、「国の体幹」[6]たるべく、急速に拓けつつあった。そして、ミシシッピー河はその大動脈だったのである。『ハックルベリー・フィンの冒険』にも、「河の上の生活」はぜひとも描かれるべきだろう。

三　『愉快な平底船の男たち』

トウェインがミシシッピー河について書き始めるまでは、「誰ひとり、ミシシッピー河を文学素材にして作品を書くなど、思いもかけなかった。それまでこの大河は、文学面では無垢のまま、手つかずのままになっていた」と那須頼雅氏は書いている（一五〇）。だが、文学に隣接する絵画や大衆文化の領域では、『ハックルベリー・フィンの冒険』が舞台設定された一八三〇年代、四〇年代にはすでに、何とかこの大河を描こうとする努力がなされており、トウェインもその成果から多くを吸収し、「ミシシッピー河の昔」、『ミシシッピー河の生活』、『ハック・フィン』等に活かしているように思う。

ティモシー・フリント（一七八〇―一八四〇）の『ミシシッピー河谷この十年』（一八二六）、バンヴァード（一八一五―九一）によるパノラマ、ビンガムの風俗画、一八三〇年代から六〇年代にかけて盛んだったミンストレル・ショー、T・B・ソープ（一八一五―七八）に代表される民話・伝説の収集等が思い浮かぶが、本稿では「筏師のエピソード」との関わりで、とりわけバンヴァードのパノラマとビンガムの風俗画に注目したい。

トウェインの風景描写がきわめて絵画的であることは、第二節冒頭の『ハック・フィン』からの引用に明らかだが、レオ・マークスも、トウェインの風景描写が「ピクチャレスク」の伝統を踏襲したものであることを指摘している。すなわち、『赤毛布外遊記』（一八六九）におけるヴェニス、『苦難を忍びて』（一八七二）におけるタホ湖も、まるで十七世紀フランスの画家クロード・ロランの目を通して描かれた「美しい絵」のように描かれている、とマークスは言う（132）。

さらに、トウェインの『自伝』（一九二四）を編集したアルバート・ビゲロー・ペインも、『ハックルベリー・フィンの冒険』のことを、「二つとない素晴らしい絵の連続」と述べている（II, 795）。

そして、これらの指摘は、『ハック・フィン』をはじめ、『赤毛布外遊記』、『苦難を忍びて』、『ミシシッピー河の生活』が、構造的にパノラマときわめて近い関係にあることを思い起こさせる。「私は、ミシシッピー河の蒸気船のパイロットのように、さまざまな目印を頼りにコースを定め、小説を書き進める」(Halfmann 284) とは、トウェインお気に入りの比喩を借りて、ハウエルズが自身の小説作法について語った言葉だが、この言葉はトウェインにこそ、よりあてはまるだろう。

一八三〇年代から五〇年代にかけて、アメリカの文化的な独立への欲求の高まりは、文学や美術において、作家たちにアメリカ独自の主題を追求させた。美術の領域においても、三〇年代にはハドソン・リバー派が、東部を中心に、アメリカの原初的自然を超越主義的に描いたが、四〇年代に入ると、人々の間に、より身近なアメリカ人の生活の情景に対する関心が高まり、風俗画が盛んに描かれるようになる。東部では、ウィリアム・シドニー・マウント（一八〇七―六八）らがのどかな田園風景を描いたが、一八三〇年代、四〇年代のミシシッピー河流域の発展、一八四五年のテキサス併合、一八四六年に始まるアメリカ・メキシコ戦争は、ナショナリズムを高揚させるとともに、いやがうえにも、アメリカ国民の西部への関心を高めた。ミシシッピー河流域の風景と生活に、人々は「人と自然との調和」、「勤勉」、「自由」といった自らの、そして国の理想を読み取ろうとしたのである。

　トウェインの作品とパノラマとの関係を論じた優れた論文を著わしたカーティス・ダールは、トウェインの多くの作品とパノラマの間には、構造、内容、雰囲気において共通するところが多い、と言う。すなわち、十九世紀半ばの「動くパノラマ」（図2）は、弁士の講釈とともに、一方のローラーに巻き取られた巨大なキャンバスを、もう一方のローラーに巻き取る形で上映され、「ミシシッピー河の風景」、「西部への旅」、「ヨーロッパから近東への旅」が三大テーマだったが（Dahl 22）、これらは、トウェインの初期から中期にかけての作品の主要なテーマと重なる。

　このうち、とりわけミシシッピー河をテーマにしたパノラマは、『ミシシッピー河の生活』や『ハック・フィン』と同様、セントポールとニューオーリンズの間を上ったり、あるいは下ったりする中で、河沿いの風景や人々の生活ぶりを、それぞれの土地にまつわる逸話や伝承を交えつつ、巨大な絵画の帯として観客に見せた。

　バンヴァード自身が著わし、一八四七年にボストンで発行されたプログラム・パンフレット『バンヴァードによるミシシッピー河のパノラマ解説』からは、当時の パノラマ作家たちが、トウェイン同様、ミシシ

図2　バンヴァードのパノラマ
Scientific American（December 16, 1848）

ッピーのあらゆる情景を描き出していたことがうかがえる。日の出、嵐、月の夜。牙をむく沈み木、砂州、危険な渡り。筏や、さまざまな平底船に蒸気船。観客を飽きさせないためには、ここかしこでとっておきのエピソードも披露される。蒸気船の難破、盗賊、殺人、決闘、逃亡奴隷とリンチ、若い二人の駆け落ちからインディアンの言い伝えに至るまで、地方色に富んだ話が、極彩色の大画面を前に、ユーモアたっぷりに、方言もふんだんに取り込んで、名調子で語られたようである。西部のユーモアは、活字に定着する前に、豊かな口承文化として広く人々の間で楽しまれていたことがうかがえる。

ダールも認めているように、トウェインが、彼の作品の素材と技法を直接パノラマから得た、という確たる証拠はない。けれども彼が少年時代からパノラマに親しんでいたことは確かで、彼の作品中にもしばしばパノラマへの言及が見られる。

トウェインがハンニバルで少年期を過ごした一八四〇年代、セントルイスは世界のパノラマ作りの中心だったし、パノラマはハンニバルでもしばしば上映され、ハンニバル自体がパノラマの一場面として登場することも多かったようだ。トウェインは、一八六六年頃には、早くもパノラマをからかう短編「『聖書』のパノラマ屋」を書いているし、『ミシシッピー河の生活』第五十九章には、セントポールへの船上、ウィスコンシン州ラクロスから乗船し、美辞麗句を駆使して弁舌さわやかに河上の風景を解説してくれる老紳士を、トウェインがパノラマの弁士と見破るエピソードも挿入されている。

このように、トウェインはパノラマをからかうことも多かったが、ダールは、トウェインは大河を描く際にパノラマから多くを学んでおり、素晴らしい風景描写や地方色、さまざまな逸話やユーモアを有機的に結びつけるうえで、無意識のうちにパノラマの技法に負っている、と主張する（22, 30）。

さらにダールは、『ハック・フィン』における日の出、月の夜、真っ赤にボイラーを燃えたたせて突進してくる蒸気船の描写等が、きわめて絵画的、パノラマ的であることを示唆しているが、同時に、トウェインの作品の構造上の欠点も、パノラマの構造そのものと深く関わっている、と指摘する。トウェインの作品が、論理的、テーマ的に、作品全体を統合する強力な構造を欠いていることはしばしば指摘されるところだが、この特質は、ダールによれば、パノラマの特質でもある、という。

西部への旅をテーマとする一部のパノラマを除けば、パノラマにおける旅は一方向への旅で、再び出発点に戻ることはない。大切なのは道中であって、目的地ではない。作品の構造も、パノラマ作家が決めるのではなく、おおむね訪れる場所によって決まる。パノラマの進行や統一は、小説の場合のように、登場人物、繰り返し登場するシンボルやムードによって実現されるのではなく、作品がとり上げる場所と場所との繋がり、旅の道筋によって決まる。絵の動きとともに紹介される逸話や伝承も、自ずから絵がとりあげる場所にちなんだものになり、逸話同士、伝承同士が、前後に必ずしも関連している必要はない（Dahl 31）。パノラマのこの構造はまさに、『赤毛布外遊記』、『苦難を忍びて』、『ミシシッピー河の生活』、そしておおよそ『ハック・フィン』にもあてはまると言ってよいだろう。[7]

ただし、ダールは、こういった一見構造上の欠点とも思われるトウェインの作品の特質が、彼の最良の作品においては、そこここに露呈する論理的矛盾にもかかわらず、作品に独自の活力と自然な構造を与え、生きた統一を実現していることを強調する（32）。

以上、パノラマとトウェインの前期・中期の作品が構造的にきわめて近い関係にあることをダールに依拠しつつ振り返ったが、トウェインの作品、とりわけ『ミシシッピー河の生活』と『ハックルベリー・フィンの冒険』は、内容的にもミシシッピー河を主題にしたパノラマに多くを負っているように思う。

『バンヴァードによるミシシッピー河のパノラマ解説』の表紙は勇ましい。「三マイルのキャンバスに描かれた、バンヴァードによるミシシッピー河のパノラマ解説―ミズーリ河河口からニューオーリンズに至る、全長一二〇〇マイルに及ぶ国の偉観。人がこれまでに描いた最大の絵画」とある。

『解説』中に自らが著わしたエッセイ「画家の冒険」[8]の冒頭で、バンヴァードは、十五歳で初めてミシシッピー河を下った際、素晴らしい風景を目の当たりにして、かつて外国のある雑誌が、「アメリカは世界中で最も美しく素晴らしい風景を誇ることができるのに、それを描くことのできる画家をいまだに生みだしていない」と書いていたのを思い出し、この汚名を晴らすべく、祖国の美と崇高を描こうと決意した、と述べている（Banvard A, 7）。世界最大の河、ミシシッピーを描くことによって、彼は、アメリカの為に、「世界最大の絵」を描く決心をしたのである。一八四〇年に準備を始めたバンヴァードは、一年余りにわたって小舟でミシシッピー河を下りつつスケッチを重ね、一八四六年にようやくパノラマを完成することができた。一八四七年春、ボストンで公開された彼のパノラマは大好評を博し、ニューイングランド各地から観客が押し寄せ、鉄道会社は臨時列車を増発したという。バンヴァードの仕事は、「ヘラクレス的な仕事」、「巨大パノラマ」と称えられた(Banvard A, 4, 17)。

パノラマ進行の一例は、『解説』の中の「最後の舟乗り──ミシシッピー河にまつわる話」からおよその見当がつく。このエッセイは、一八〇〇年頃から一八二〇年頃にかけて、オハイオ河、ミシシッピー河で活躍した舟乗りの英雄、マイク・フィンクを紹介するエッセイだが、この逸話は、蒸気船がまだ珍しかった頃、語り手である山男が、イギリスや東部からの旅行者たちを大河へと案内する船上で語られる、という体裁をとっている。山男は、ロンドンから外へは出たこともない数人のイギリス人旅行者──アメリカ各地を訪れて、アメリカ人の生活ぶりや習慣を観察し、本を書こうと思っている旅行者たち──と、チェスナット街やハワード街ほど素晴らしいところは無いと信じきっている、フィラデルフィアやボルティモアからの客人たちを、シンシナティからセントルイスへ、セントルイスから深南部へと案内しているところ。旅人たちは、とある泊地でマイクその人にも偶然出会い、月の美しい夜、船上であたりの風景を愛でつつ、山男が語る「マイクにまつわる英雄譚」に耳を傾ける。

「最後の舟乗り」のこの構造は、ミシシッピー河を下るなかで、旅人ならぬ読者が、主人公兼語り手ハックを介して、さまざまな出来事を追体験する、『ハックルベリー・フィンの冒険』の構造にきわめて似通っているのではないだろうか。

「マイク・フィンクの英雄譚」の場面は、たまたま月の夜に舞台設定されているが、旅人たちが、そしてバンヴァードのパノラマの観客たちが楽しんだであろう昼間のミシシッピーの光景は、『解説』の中でもとりわけ興味深い、「ミシシッピー河の生活」に生き生きと描かれている。

トウェインの『ミシシッピー河の生活』に先立って同名の表題を掲げたこのエッセイは、フリントの『ミシシッピー河谷この十年』から採られたと言われているが（Dahl 24）、構造的にもトウェインの旅行記とよく似ている。トウェインの『ミシシッピー河の生活』が、南北戦争をはさんで「ミシシッピー河の昔と今」を描いているのに対して、バンヴァードの「ミシシッピー河の生活」も、「消え去ろうとする平底舟の暮らしと、豪華な蒸気船の台頭による新しい時代の到来」を対照的に描いているからである。

「ミシシッピー河の生活」前半には、ミシシッピー河を行き来する、あるいはミシシッピー河で生活するさまざまな船が登場する。西部に定住場所を求めて移動する家族舟、流域各地からさまざまな産物を運んで来る大小さまざまの平底舟。なんでも商う小舟もあれば、鋳掛け屋に鍛冶屋、酒場の舟から淫売舟、なかには町かと見紛うばかりの巨大な平底船まで登場する。これらがもやい合ったり離れたり、今仲が良かったかと思うと次の瞬間には敵同士、酔っぱらったり叫んだり、にぎやかな光景が繰り広げられる。

一七八〇年代後半から一八四〇年代に至るまで、オハイオ河およびミシシッピー上流に定住地を求める人々は、荷馬車か馬でオハイオ河にたどり着き、そこで平底舟を自ら組み立てるか、買い求めたという。平底舟は基本的には急ごしらえの浮かぶ丸太小屋兼家畜小屋のようなもので、浅瀬も越せるよう吃水が浅く、一行程もちさえすればそれでよく、目的地に着いた時点では用材に転用されたり、売り払われたりした（*American Narrative Painting* 68）。

平底舟――家族舟ではなく、とりわけ各地からの産物を運ぶ平底舟――の船頭たちの暮らしぶりは、おおむね筏師たちの暮らしぶりと似かよったものだったようだ。河沿いの人たちが、筏師たちに対して抱くのと同様の印象を彼らに対しても抱いていたことは、「ミシシッピー河の生活」からの次の引用に明らかである。

美しい春の朝、河沿いに住む人々の住まいを通り過ぎて滑っていく舟は、見る者に楽しい思いと連想を呼び起こす。森は新緑に息づき、大気は穏やかに香しく、…ゆったりと滑らかな河が、森を縫って流れるなかで優しく舟を押し進める。

さしあたってはこれといった危険もなく、やるべき仕事もない。…やがて一人がヴァイオリンを取り出し、他の男たちが踊り始める。船頭たちと岸辺の住人たちは、河をはさんで挨拶を交わすかと思えば、罵り合い、機知を競うかと思えば、岸辺の娘たちに愛の言葉をふりまき、いきな言葉を投げかけ合う。

(Banvard A, 38-39)

「ミシシッピー河の生活」のこの描写は、前節に引用したトウェインの『ハックルベリー・フィンの冒険』、『ミシシッピー河の生活』の河べりの描写と、驚くほど雰囲気を共有しているように思う。

ただし、パノラマ作者バンヴァードは、こういったのどかで牧歌的な雰囲気が「河の生活」のすべてでないことは百も承知だった。「最後の舟乗り」の中で、バンヴァードは次のように書いている。

兵士の生活を除けば、あらゆる生活のうちで、舟乗りの生活ほど危険に満ちて引き合わないものはなかった。舟乗りという商売は、他のいかなる商売にもまして、身体をこわし、命を縮めるように仕組まれてい

た。河の上りは苦難の連続、うんざりする蝸牛のようなペースでしか舟は進まなかった。(Banvard B, 38-39)

これは、キール・ボートと呼ばれる遡行可能な竜骨船を遡上させる時の苦労を描いた箇所だが、河沿いの若い農夫や徒弟たちにはこういった苦労は目にとまらず、当時好まれた物語や風俗画も、「河の上の生活」の明るく楽しい面だけを描くものが多かった。バンヴァードのパノラマにおいても、パンフレットの中でこそ舟乗りの苦労話に言及しているものの、画面の上で右の場面をとり上げることはまずなかったのではないだろうか。

そこに登場した画面は、おそらく、我々がビンガムの風俗画『愉快な平底舟の男たち』(一八四六、図3)に見るような、舟乗りたちの陽気で愉快な情景だったに違いない。

風景工学の専門家で風景学の提唱者、中村良夫氏は、天保年間に編纂された絵図入りの案内記『日光山志』を例に、「風景は『入れ子』である」と説いている。すなわち、風景を楽しむ我々の視線は、まずパノラミックな風景の全体像を捉えようとし、ひとわたり全体を見わたしたうえで、次に、孤立峰や島、樹木などの誘目性の強いランドマークに収束する、という。つまり、我々は、同じ場所に止まる場合でも、視線を左右・遠近に自在に動かすことによって、異なる世界を切りとって、より豊かに風景を楽しむ、というのである(中村　二〇—二四)。

「風景の見方」に関する中村氏のこの説明は、バンヴァードのパノラマとビンガムの風俗画を関連づけるうえで、極めて示唆的である。つまり、筆者はここで、ミシシッピー河の全体像を捉えようとパノラミック

図3　愉快な平底船の男たち
George Caleb Bingham, *The Jolly Flatboatmen*（1846）

に拡散する我々の視線を、「舟乗りの生活」を捉えるために、いったんしぼり込んで、『愉快な平底舟の男たち』に集めようと考えているからだ。以下に見るように、平底舟の男たちの風俗を描いた一八四六年のビンガムの作品を、同じ年に完成したバンヴァードのパノラマの「入れ子」として見ることは、あながち牽強付会であるようには思えない。

筆者は当初、「筏師のエピソード」は、『ハック・フィン』中に取り込んで第十六章に位置づけるには、分量的にも多く、初版尊重論者たちが言うように、ハックとジムの関係の深まりと緊張を阻害しかねない、と感じていた。エピソードを復活させた場合には、「ジムの自由への願いの高まりと、逃亡幇助をめぐるハックの苦悩の深まり」という、十六章の主たるテーマの展開を邪魔するのではないか。それよりも何よりも、静かな河の上に突然降って沸いたこの大騒ぎは、余りにも唐突で不自然だ。これは、読者サービスに熱心なトウェインが、無理にも仕組んだ「ミンストレル・ショー仕立ての劇中劇」ではないか、といぶかったのである。
たしかに、このエピソードにおいては、ハックは一方的な受け身の観客で、筏という舞台の上で筏師たちが、火を囲んで、バイオリンを伴奏に、歌う踊るの大活躍をする。乱闘の見せ場もあれば、しゃべくりもあり、クライマックスには、呼びものの「空き樽の話」まで登場する。歌や踊りの中には、イギリスから伝わった民謡もあれば、手拍子足拍子もにぎやかな黒人奴隷の踊り、同じく黒人たちの踊りも採り入れた昔ながらの船頭たちの踊り が披露され、さらにはダン・エメットが結成したばかりの「ヴァージニア・ミンストレルズ」の一八四四年のヒット曲「愉快な筏師」までが大盤振る舞いされる。これはどう考えても、白人が黒人のふりをして客を楽しませる、当時はやりの、寄席芸、ミンストレル・ショーに他ならない、と思ったのである。[9]
だが、「筏師のエピソード」の中のこのにぎやかな場面が、あながち現実の筏師や平底舟の男たちの生活からかけ離れたものでなかったことは、先の「ミシシッピー河の生活」からの引用にも明らかだ。そして、ビンガムの『愉快な平底舟の男たち』は、こういった「河の男たち」の日常を見事に風俗画に再現しているのである。
「ミシシッピー河の生活」の一場面と同様、『愉快な平底舟の男たち』においては、雲ひとつない美しい春の朝、大きな平底舟が穏やかな流れに乗ってゆったりと河を下って行く。画面中央に、後部から見た平底舟を画面一杯に捉え、舟の屋根の上では、一段高く、若い男がバイオリンと打楽器ならぬフライパンに合わせて踊りの真っ最中。それを、他の五人の男たちが座りこんだり、寝そべったり、思い思いの格好で楽しんでいる。さしあたっては逆巻く流れがあるわけでもなく、流れに棹さす必要もない。無用の長物よろしく屋根の上に引き上げられた左右の大櫂が、舟の屋根、舟底、水際の線、そして絵の上下の額縁と平行して、画面に自然な安定感を生みだしている（Shapiro 165）。舟のやや後方、左右からは、緑の灌木におおわれた堤がはり出し、河が大きく蛇行するあたり、かなたの堤はぼんやりと霞んで、画面に奥行きを与えている。こういったのどかな雰囲気の中、ピラミッド状に描かれた八人の男たちの頂点に踊る、赤いシャツ、ブルーのズボンの男と、左右でいかにも楽しげに楽器を奏でる男たちが、画面に生き生きとした動きを生みだしている。

歴史家のジョン・ディーモスによれば、ここに描かれたような河の男たちの絆は実にゆるやかなもので、服装もまちまちなら、二人として同じ色・形の帽子をかぶっている者はなく、仲間の踊りや音楽に対する興味の持ち様もさまざまだ、という（226）。

つまり、ビンガムの河の男たちは、ステレオタイプではなく、個性をもった存在として描かれている、というのだが、そういった個性をふまえたうえで、人と人との間、人と自然との間に大いなる調和を達成しているのが、ビンガムの「河の絵」の特質と言えるだろう。

結び

『愉快な平底舟の男たち』は、まさに、「筏師のエピソード」、「ミシシッピー河の生活」の一場面を彷彿とさせる絵だと言ってよい。船頭たちの歌や踊りの合間には、必ずや「空き樽の話」、「マイク・フィンクの英雄譚」が語られたに違いない。「何週間、何ヶ月の長旅にあっては、〔平底舟で旅する〕移住者たちの楽しみは、屋根の上で、物語を聞いたり、バイオリンに合わせて歌い踊ることだった」と、『アメリカにおける旅の歴史』の筆者ダンバーは書いているし（275）、一八四四年にセントルイスで発行されたある新聞は、船頭たちは、「舟をつないで行き来したり、舟歌を歌ったり、黒人たちの踊りを踊るのが大好きで、合間にレスリングをやったり、飛びはねたり、笑い声や叫び声が絶えない」と報告している（"Explanatory Notes," *WMT* 395-96）。

本稿では、「筏師のエピソード」を、『ハックルベリー・フィンの冒険』が舞台設定された、一八三〇年代、四〇年代のミシシッピー河にまつわる視覚文化との関わりで考えることによって、「エピソード」および『ハック・フィン』が、当時の豊かな「河の文化」の上に成り立っていることを、あらためて確認することができた。

「筏師のエピソード」は、「河の男たち」の日常に根ざしたエピソードであって、トウェインが読者サービスのために仕組んだ「ミンストレル・ショー仕立ての劇中劇」ではなかったのである。生きた「河の上の生活」の描写に乏しい『ハックルベリー・フィンの冒険』には、初版から省かれた「筏師のエピソード」をぜひとも復活すべきだと思う。

大衆文化、風俗画、アメリカを代表する文学作品、という違いこそあれ、バンヴァードのパノラマ、ビンガムの「河の絵」、トウェインの『ハックルベリー・フィンの冒険』は、いずれも、一八三〇年代から四〇年代のミシシッピー河を描くことによって、アメリカ人の心の中に、「アメリカの原風景」とも呼ぶべき風景を生みだした。

一八四〇年代から五〇年代にかけて、西部へと拡張するアメリカにあって、国民は、「国の体幹」たるべく発展を続けるミシシッピー河谷が、理解可能な形で表象されることを求めていた。さらに、深まりゆく南部・北部の対立に直面したアメリカ国民は、西部にアメリカの未来を託そうとした。バンヴァードのパノラマやビンガムの「河の絵」は、時代の要請に応えて生まれたと言える。[10]

他方、一八七〇年代、八〇年代のアメリカは、南北戦争後、都市化・産業化が急速に進む一方で、恐慌やストライキが頻発し、人々は都市生活の中で個性を失い始めていた。[11] トウェイン自身も、『トム・ソーヤーの冒険』、『ハックルベリー・フィンの冒険』に先立って、一八七三年には、チャールズ・D・ウォーナーと共に『金メッキ時代』を著し、虚栄・投機・腐敗に明け暮れるアメリカを痛烈に批判していた。「金メッキ時代」は、進歩と不安が入り交じった「時代の転換期」であって、人々は、心の中から「アメリカの原風景」を失いつつあったのである。トウェインが、大河―南北戦争前の大河―を描いた理由はここにあったように思う。

『ハックルベリー・フィンの冒険』そして「筏師のエピソード」は、そういった人々、さらには、それ以後、近代主義がもたらした矛盾に疑問を抱く多くの人々の心の中に、「大いなる河」―「アメリカの原風景」を蘇らせる、貴重な「フレスコ画」となったのである。[12]

注

1 本稿での、「筏師のエピソード」からの引用には、吉田映子訳『ミシシッピの生活』(一九九四)を参照した。

2 筏や船が、早い流れ、遅い流れを選んで河の中を横切ること。

3 イギリス版の出版は一八八四年十二月と言われてきたが、これも実際はアメリカ版同様、一八八五年二月であった(亀井三四四)。

4　『ハックルベリー・フィンの冒険』からの引用には、村岡花子訳（一九五八）を参照した。

5　「ミシシッピー」は、アルゴンキン・インディアンの言葉で「大いなる河」の意。トウェイン自身もこの河を、"the great Mississippi," "the majestic Mississippi," "the magnificent Mississippi"と呼んでいる（*LM* 253）。

6　リンカーン大統領は、一八六二年十二月、議会に提出した教書の中で、ミシシッピー流域が「国の大幹」たるべきことを宣言した（Lemaster and Wilson 519）。

7　ただし、『ハック・フィン』においては、河の流れに従った旅の道筋とは別に、「自由を求めてのハックとジムの旅」、および、苦楽を共にするなかでの「二人の絆の深まりと、ハックの成長」という、小説としてのメイン・プロットの展開があることは言うまでもない。

8　『バンヴァードによるミシシッピー河のパノラマ解説』は、一八四七年に、同じくジョン・パトナム社から出版されたものの中にも異なる版があり、筆者が入手することのできた二種類の版も、「ミシシッピー河」（"Mississippi River"）、「パノラマ」（"The Panorama"）、「ミシシッピー河の生活」（"Life on the Mississippi"）、「信憑性の証明」（"Testimonials"）は共通して収録しているものの、一つの版はこの他に、「アメリカ生まれの才能への賛辞」（"Tribute to Native Talent"）、「画家の冒険」（"Adventures of the Artist"）等のエッセイを収録し、他の版はこれに代わって、「画家の冒険」の一部を含んだ「序文」（"Introduction"）、「最後の舟乗り──ミシシッピー河にまつわる話」（"The Last of the Boatmen: A Tale of the Mississippi"）、「新聞批評」（"Opinions of the Press"）を収録している。本稿では便宜上、前者をA版、後者をB版と呼ぶことにする。

9　トウェインは大のミンストレル・ショー・ファンで、一八四〇年代はじめにハンニバルで初めてショーを見たようだ。「それまでミンストレル・ショーのことを知らなかった我々の前に、それは突如として現れ、我々を息をのむほど驚かせ、喜ばせた」、「ニガー・ショーを元のままの本ものの姿で取り戻すことができるなら、オペラなんかいらない」と、彼は『自伝』に書いている（59）。

10　この時代、急速に発展しつつあるアメリカを、何とか視覚的に捉えようとする試みが、ミシシッピー河だけでなく、他の河や港、大都市ニューヨークについてもなされ、パノラマと並んで鳥瞰図が十九世紀を通じて盛んに描かれた（Miller 120）。

11　ホイットマンは、『民主主義の展望』（一八七一）の中で、「人工的で物質的な現代文明においては…画一的な鉄の鋳型から生みだされたような人々が、蒸気機関車のようなスピードで、あらゆる所で生まれつつある」と嘆いている（991-92）。

12　本稿では、紙数の関係で、『ハックルベリー・フィンの冒険』や「筏師のエピソード」と、バンヴァードのパノラマやビンガムの「河の絵」との類似性のみを強調し、「黒いアメリカ」を秘めた『ハック・フィン』とパノラマや風俗画との相違、および、『ハック・フィン』の結末について言及することができなかった。この点については、稿を改めて論じたい。

引用文献

Banvard, John. *Description of Banvard's Panorama of the Mississippi River*. Boston: John Putnam Printer, 1847. （Version A and B）.

Beidler, Peter G. "The Raft Episode in *Huckleberry Finn.*" *Modern Fiction Studies* 14:1（Spring 1968）: 11-20.

Dahl, Curtis. "Mark Twain and the Moving Panoramas." *American Quarterly* 13:1（Spring 1961）: 20-32.

Demos, John. "George Caleb Bingham: The Artist as Social Historian." *American Quarterly* 17（1965）: 218-28.

Dunbar, Seymor. *A History of Travel in America*. New York: Tudor Publishing, 1937.

Halfmann, Urlich, ed. "Interview with William Dean Howells." *American Literary Realism* 6（1973）: 267-417.

Leary, Lewis. "Trouble with Mark Twain: Some Considerations on Consistency." *Studies in American Fiction* 2（1974）: 89-103.

LeMaster, J.R, and James D. Wilson, ed. *The Mark Twain Encyclopedia*. New York: Garland, 1993.

Los Angeles County Museum of Art, ed. *American Narrative Painting*. New York: Praeger Publishers, 1974.

Marx, Leo. "The Pilot and the Passenger: Landscape Conventions and the Style of *Huckleberry Finn.*" *American Literature* 28:2 （May, 1956）: 129-46.

Miller, Angela. "The Mechanism of the Market and the Invention of Western Regionalism: The Example of George Caleb Bingham." *American Iconology: New Approaches to Nineteenth-Century Art and Literature*. New Haven: Yale UP, 1995. 112-34.

Paine, Albert Bigelow. *Mark Twain: A Biography, the Personal and Literary Life of Samuel Langhorne Clemens*. 2 vols. New York: Harper & Brothers, 1912.

Shapiro, Michael Edward. "The River Paintings." *George Caleb Bingham*. Ed. The Saint Louis Art Museum. New York: Harry N. Abrams, 1990.

Twain, Mark. *Adventures of Huckleberry Finn*. 1885. Ed. Walter Blair and Victor Fischer. *The Works of Mark Twain*. Berkeley: U of California P, 1988. （*WMT*）. 『ハックルベリイ・フィンの冒険』村岡花子訳、新潮社、一九七〇。

——. *Adventures of Huckleberry Finn*. Introduction by Justin Kaplan. Foreword and addendum by Victor A. Doyno. New York: Random House, 1996.

——. *Adventures of Huckleberry Finn*. Ed. Thomas Cooley. A Norton Critical Edition. 3rd ed. New York: W.W. Norton, 1999.
——. *Life on the Mississippi*. 1883. Ed. Guy Cardwell. *Mark Twain: Mississippi Writings*. New York: Literary Classics of the United States, 1982. (*LM*).『ミシシッピの生活』吉田映子訳、彩流社、一九九四。
——. *The Autobiography of Mark Twain*. Ed. Charles Neider. New York: Harper & Brothers, 1959.
Whitman, Walt. *Democratic Vistas*. 1871. Ed. Justin Kaplan. *Walt Whitman: Complete Poetry and Collected Prose*. New York: Literary Classics of the United States, 1982.
亀井俊介『マーク・トウェインの世界』南雲堂、一九九五。
中村良夫『風景を愉しむ　風景を創る』日本放送出版協会、二〇〇二。
那須頼雅「『川上り』から『川下り』へ—マーク・トウェインに見られる三つの層」岩山太次郎、別府恵子編『川のアメリカ文学』南雲堂、一九九二。

ジェイムズ・ジョイスの作品におけるアメリカの表象

田村　章

はじめに

ヨーロッパの西の果ての国、アイルランドのさらに西にはどのような土地があるのか、という問いは、いにしえより人々の想像力を掻き立ててきた問いであった。東の果てには黄金の国ジパングがあると考えられたように、人々はアトランティスをはじめ、様々の理想郷を心に描いてきた。大西洋の向こうの大陸の存在が、クリストファー・コロンブスの到達により、ヨーロッパ人に「公認」され、後にそこに「アメリカ」という名前がつけられてからも、人々はそこを相変わらず「新世界」と呼び、清教徒達が「新しいエルサレム」の建設を実現する場所だと考えていたように、夢の実現の地と考えていた。

大西洋の向こうの新世界は、旧世界イギリスの詩人や作家の題材としてしばしば取り上げられてきた。ウィリアム・シェイクスピアの『テンペスト』、ウィリアム・ブレイクの長詩「アメリカ」、チャールズ・ディケンズの『アメリカ紀行』や『マーティン・チャズルウィット』、マシュー・アーノルドのエッセイ「合衆国の文明」等がその代表例である。イギリスやアイルランドから一時的にせよアメリカに渡った作家もいる。ディケンズやアーノルドに加えて、ウィリアム・サッカレー、グレゴリー夫人、オスカー・ワイルド等である。

それでは、二十世紀初頭を生きたアイルランド生まれの作家、ジェイムズ・ジョイスは、アメリカをどのように捉え、どのように描いていたのであろうか。ジョイスは、彼の息子のジョージが一時的にアメリカに住んでいた時に、彼に宛てた手紙で「私には例えばそちらに出かけたり住んだりする気はまるでありません」（*Letters* I, 371）と書いているように、ついにその生涯の中でアメリカに行くことは一度もなかった。しかし彼には、息子がアメリカを往復していたことに加えて、アメリカからパリにやってきた詩人や作家達との交友もあり、アメリカについては何かと聞かされていたに違いない。彼が『ユリシーズ』を出版したときにも、その猥褻性をめぐってニューヨークの裁判所が審理した。従って、彼がアメリカに無関心に、または無関係に生きていたとは決して言えないであろう。

ジョイスの諸作品、中でも『ダブリンの市民』、『ユリシーズ』、『フィネガンズ・ウエイク』（以下『ウェイク』と略す）には、断片的ではあるがアメリカが描かれている。彼のアメリカの描写は、彼のアメリカとの関わりが年ごとに密になるにつれて増えていったようにも見受けられる。ルイス・ミンクの『フィネガンズ・ウェイク地名辞典』で「アメリカ」を引いてみよう。すると「アメリカ大陸または合衆国は、伝統的にアイルランドの西の果ての教区であり、『ウェイク』の中のアメリカは、いわばアイルランド人の目を通したもので、アメリカの歴史、政治上の事件、地理的な拡がりについての感覚はあまりない」（203）と記された上で、「アメリカ」という地名に読める箇所が『ウェイク』に全部で二十九箇所あることがわかる。ジョイスは、彼の作品の中でアメリカをどのように捉え、どのように描いたのであろうか。この問題については、アイルランドからアメリカへの移民の問題なしに語ることはできないであろう。本稿ではジョイスの諸作品中に描かれたアメリカについての言及を調査して、彼が抱いたアメリカのイメージを明らかにしていくことにしたい。

一　『ユリシーズ』の中のアメリカ

ジョイスが抱いたアメリカのイメージを探るために、まず『ユリシーズ』を見てみよう。この中でアメリカへの言及が最も多く見られるのが第十二挿話である。この挿話では、ダブリンのある酒場で、主人公レオポルド・ブルームが「市民」と呼ばれているアイルランド愛国者達と対決する。アイルランドとアメリカの関係は、「市民」の次の台詞に、最も明確に示されている。

おれたちは、力に対するに力をもってしようってわけよ、と市民は言う。海の向うにはもっと大きなアイルランドがあらあね。黒い四七年に故郷から追い出されたんだ。道ばたの泥の小屋と掘ったて小屋が破城槌でぶちこわされると、《タイムズ》は手をこすりあわせながら、アイルランドにいるアイルランド人は間もなくアメリカにいるインディアンぐらいの人口にへるだろうなんて、臆病者のサクソン野郎どもに言いやがった。(12, 1364-69)[1]

「市民」の台詞の中にある「海の向こうのもっと大きなアイルランド」というのがアメリカである。今日、アメリカ合衆国の総人口は、およそ二億七千八百万人であるが、この中の約四千万人が今までにアイルランドから渡来してきた七百万人の移民を祖先としているという。そしてアイルランド島に住む五百万人のほとんど全員が新世界アメリカに親戚を持っているのだ（ミラー、ワグナー 一三―一四）。

アイルランドからアメリカへの移民は、十七世紀にはじまり、当初は五万から十万人であり、新大陸での年期奉公人や流刑を命じられた囚人が主であった。十八世紀には、移民の数は、はるかに増大して五十万人程度に達した。彼らは、アメリカの当時のフロンティアに土地を求めてやって来たのである（ミラー、ワグナー 一五）。

アメリカが独立革命を果たした後、十九世紀になるとカトリック教徒のアイルランド人の移民が急増する。アイルランド大飢饉までの約半世紀の間に百万人ほどのアイルランド人が北アメリカに渡り、その約半数がカトリックであった。「市民」がここで述べている一八四七年の大飢饉以後、合衆国への移民は急速に増え、大飢饉の時から現在までに五百五十万人が移住し、その大部分はカトリックであるという。他方アイルランド島の人口は、大量の移民流出のために激減し、一八四一年に八百五十万人あった人口が一九二六年には四二五万人に半減したという（ミラー、ワグナー 一六―一七）。移民達はアメリカ各地に新たな町を築き、そこにはダブリンなどアイルランドゆかりの地名が付けられることもあった。この挿話には、ギャリーオーウエンという名前の犬が登場するが、サウス・ダコタ州の南東端には、まさにギャリーオーウェンという村もあったという。

この引用で、「市民」は『ロンドンタイムズ』誌が、大飢饉の時に「アイルランド人がアメリカ・インディアングらいの人口に減るだろう」という記事を載せたことに触れている。ここでアイルランド人がアメリカ・インディアンにたとえられているが、イギリス人にとってこの二つの民族は同等の存在、すなわち植民地における未開で野蛮な存在とみなされていた。ちなみに『ダブリンの市民』の中の短編「出会い」には、アイルランドの少年達が自らをアメリカ西部におけるインディアンと同一視している様子が詳しく描かれている。アメリカに移住して行ったアイルランド人もまた、インディアンに親近感を抱いていた。どちらも昔からの伝統的な祭儀を行い、魔術的な治療法を実践し、何よりも妖精の存在を信じていたという共通点があったからである。

第十二挿話では「市民」のこの台詞に至るまでに、アイルランドとアメリカの関係を示す人物名がしばしば登場している。フランソワ・ラブレーの文体に倣って「アイルランドの英雄」の名前を列挙した箇所(12,176-99)を見てみよう。このリストは、「アイルランドの英雄」以外の人物も多数含まれているでたらめなもので、アメリカにしか関わりのない「モヒカン族の末裔」や「ベンジャミン・フランクリン」の名前も、「マホメット」や「シバの女王」に並んで挙げられている。しかしながら、アイルランドにとって重要な人物名も確かに含まれている。このリストの中でも「クリストファー・コロンブス、聖ファーサ、聖ブレンダヌス」(12-183)と並んでいる箇所はひときわ重要である。アイルランドの守護聖人の一人、聖ブレンダヌスは、六世紀に地上の楽園を求めて大西洋を航海したと言われており、ジョイスの諸作品でしばしば言及されている。例えば、「アラン島の漁夫の蜃気楼」というエッセイでは、次のように記されている。

このジェノアの航海者［コロンブス］がサラマンカで嘲笑される一千年前、聖ブレンダン［ブレンダヌス］

は、われわれの船が今近づきつつある裸の海岸から、見知らぬ世界へと錨を揚げ、大洋を渡ったのちフロリダの海岸に上陸したのだった。当時、島は木が生い茂り、土地は豊饒だった。林の端に彼はアイルランドの僧たちの隠棲の場所を見つけた。（一四四）

聖ブレンダヌスの航海は架空のものであろう。しかしアイルランドの人々は、ブレンダヌスが航海したとされる大西洋の彼方に、聖なる人々の島であるハイ・ブラサル、永遠の若さの国のティル・ナ・ノグ、そしてそのずっとむこうにアメリカという地上の楽園が実在するものと長く信じてきたのである。『ウェイク』では聖ブレンダヌスやブラジルという国名の由来になったハイ・ブラサルについて繰り返し言及されている。その一例が、「ブレンダンのマントルがケリーブラシリア海《かい》を白《しろ》く染《そ》め」（442, 14-15）[2]である。

コロンブスの新大陸到達、フェニモア・クーパーが『モヒカン族の最後』で描いた初期の開拓時代を経て、十八世紀末にアメリカはイギリスからの独立を成し遂げる。この独立革命に強い感銘を受けたのが、「アイルランドの英雄」のリストに含まれている「シオボールド・ウルフ・トーン」である。アイルランド独立運動家で、独立運動組織の「ユナイテッド・アイリッシュメン」の創立者の一人であるトーンは、アメリカ独立革命とそれに続くフランス革命の成功に強い感銘を受け、フランスの支援の下に一七九八年の武装蜂起を企てたが失敗したのであった。この反乱の指導者である「マイケル・ドワイアー」、「ヘンリー・ジョイ・マクラカン」の名前もリストに名を連ねている。マクラカンは、蜂起に失敗したあとアメリカへ出航しようとしていたところを捕らえられ処刑されたが、他方ドワイアーは、一八〇三年の蜂起にも加担してオーストラリアに送られて、のちにシドニーの治安官になった。このリストの末尾の方で「ジェレマイア・オドノヴァン・ロッサ」の名前を見つけることもできる。オドノヴァンは、アイルランド独立を目指す過激派組織ＩＲＢ（アイルランド共和兄弟団、現在のＩＲＡすなわちアイルランド共和軍の母体となった）の指導者で、しばしばアメリカに滞在しながら新聞『ユナイテッド・アイリッシュメン』の編集を行っていた。また「ジョン・Ｌ・サリヴァン」のようにアイリッシュ・アメリカンのボクシングヘビー級チャンピオンの名前も挙がっている。彼は、一八四〇年代のジョン・モリセイ、一八八〇年代のパディ・ライアンやジェイムズ・コーベットと同様に一八八〇年代のチャンピオンである。

第十二挿話の語り手は、次のような新聞記事を取り上げている。「《ジョージア州オマハでの黒い獣の火あぶり》。黒人が木に吊るされて舌べろを出し、下から火を焚かれてる。…奴らが大勢、そいつめがけて鉄砲を撃ってる」(12, 1324-26)。これは、ネブラスカ州オマハで一九一九年九月二八日にあった白人による黒人のリンチについての報道に基づいているものである。州名の誤りや一九〇四年という作品の舞台設定に一九一九年の事件が現れるというアナクロニズムも興味深いが、注目すべきなのは、ここがアイルランド人の黒人蔑視が読み取れる箇所であることだ。この記事について、この挿話の語り手は、「いっそのこと、これから黒人を海んなかに漬け、電気椅子に坐らせ、も一つ念には念を入れて十字架にかけるべきだぜ」(12, 1326-28) と述べている。

『ユリシーズ』全体の中で注目されているアメリカに関する新聞記事がある。一九〇四年六月十六日の新聞『フリーマンズ・ジャーナル』に掲載された、前日にニューヨークで起こった蒸気船「ジェネラル・スローカム号」の火災の報道である。この船の爆発炎上で千三十名が亡くなった。ニューヨークは、その時から約八十年前の一八二〇年代頃から「アイリッシュ・アメリカンの首都」と呼ばれるほどアイルランドからの多くの移民を受け入れており、彼らの市内での政治的影響力も少しずつ強くなっていった。従って、この都市についてはアイルランド国内での関心もひときわ高かったに違いない。第八挿話で、主人公レオポルド・ブルームが「ニューヨークでは大勢の女子供がたまの遠足パーティで焼け死んだり溺死したり。大虐殺《ホロコースト》だ」(8, 1146-47) と惨事を悼んでいる。しかし一方で、この事故を通して、アメリカについてのダブリン市民の反応はむしろ冷ややかであることも描かれている。第十挿話では、カトリックの神父コンミーは、事件を報道している新聞掲示板を見て、「アメリカではこういう事件がしょっちゅう起きる。あんなふうに何の心構えもできずに死ぬなんて不幸なことだ。だが、完全な痛悔の行ないもあるからな」(10, 90-92) とつぶやいている。またダブリン子のミスタ・カーナンは「《アメリカねえ》…《ありゃなんです? わたしらの国を含めて、あらゆる国の屑のはき溜めですよ。そうじゃありませんか?》」(10, 734-35) と述べている。

一八四五—四八年の大飢饉以後、とりわけ多くのアイルランド人がアメリカに移住していった。しかしながら、アメリカへの移民に反対する人々も数多くいた。アイルランドの司祭達は、特に女性達に向かって、アメリカは「神のない」国であり、そこでは「若く美しい娘らが、恥辱と犯罪に引きずり込まれ、不名誉という墓に早く入る」と警告し、移民しないように説いていたという (ミラー、ワグナー 一三七)。またアイルランドの中でも移民が多く出た西部地域では、アメリカを「約束の地」ではなく「ヘビどもの国」とみなす傾向が強かったという (ミラー、ワグナー 一四六)。「ジェネラル・スローカム号」の火災に対する冷ややかな反応は、アイルランド本国に残った人々の中には、アメリカやアメリカへの移住に対して冷たい認識もあったことを示している。

以上のように、『ユリシーズ』から読み取れるのは、アイルランドの人々の多様なアメリカ観である。愛国者の「市民」のように、アメリカを「海の向こうのもっと大きなアイルランド」と考える者がいる一方で、ミスタ・カーナンのように、「あらゆる国の屑のはきだめ」の国とみなす者もいた。さらに、侵略者であるイギリスとの関係から、アメリカ・インディアンに親近感を抱く者も多数いることもわかった。では、次の作品の『ウェイク』ではアメリカはどのように描かれているのであろうか。

二『フィネガンズ・ウェイク』の中のアメリカ

『ウェイク』は、『ユリシーズ』に比べてはるかに多くのアメリカについての言及に満ちている。この作品には、アメリカの地名、歴史上の人物、アメリカ人の作家名等が随所に散りばめられている。そのために、ジョイスは、『ウェイク』がアメリカで出版されることを考慮して、敢えてアメリカへの言及を意識的に行ったのだと考える向きもあるようだ。

『ウェイク』におけるアメリカの描写は、『ユリシーズ』の「市民」が述べた「海の向こうのもっと大きなアイルランド」という見方に基づいている場面が多い。アイルランドとアメリカはしばしば重ねられ、融合しながら描かれていく。

『ウェイク』における様々のアメリカについての表象の中で、最も重要なものの一つが、「かなり大《だい》の一枚《いちまい》の便箋《びんせん》と見《み》え、もともとはボストン（マサチューセッツ）から積《つ》み換《か》え船便《ふなびん》で発信《はっしん》されたもの」(111, 8-10)、すなわち「ボストンからの手紙」である。この手紙は、母言書とも呼ばれ、この作品の白書のようなものになっていると言われている。手紙の発信地がボストンとされているのは、ブレイクの長詩「アメリカ」の中の「ボストンの天使」が念頭に置かれているからだと言われている。ブレイクのこの詩は、アメリカの独立革命を題材にしたもので、イギリスに象徴される古い政治体制による支配から人類が解放されることをテーマにしている。「ボストンの天使」とは、アメリカの東部十三州の中で最初に武装蜂起したボストンの町を天使に見立てたものである。この詩は、アメリカの独立革命の勝利がアイルランド、スコットランド、ウェールズに伝播し、さらに、フランス、スペイン、イタリアへと飛火していったことを描いている。既に述べたように、この独立革命は、アイルランドの独立運動を促す一つのきっかけであったのだ。『ウェイク』の「ボストンからの手紙」は、ケルト文化の象徴ともいうべき『ケルズの書』にもたとえられている。このことは、ケルト文化の伝統を受け継いだアイルランド人がアメリカに移住し、新世界の中で独自のアイデンティティを抱き続けてきたことを暗示している。

『ウェイク』は、まさしくその冒頭部分から、アメリカに言及されている。

> 川走《せんそう》、イブとアダム礼盃亭《れいはいてい》を過《す》ぎ、く寝《ね》る岸辺《きしべ》から輪《わ》ん曲《きょく》する湾《わん》へ、今《こん》も度失《どうせ》せぬ巡《めぐ》り路《みち》を媚行《ビコウ》し、巡《めぐ》り戻《もど》るは栄地四囲委蛇《えいちしいいい》たるホウス城《じょう》とその周円《しゅうえん》。
> サー・トリストラム、かの恋《こい》の伶人《れいじん》が、短潮《たんちょう》の海《うみ》を越《こ》え、ノース・アルモリカからこちらヨーロッパ・マイナーの凹《おう》ぎす地峡《ちきょう》へ遅《おく》れ早《ばせ》せながら孤群《こぐん》筆戦《ひっせん》せんと、ふた旅《たび》やってきたのは、もうとうに、まだまだだった。(3, 1-6)

あまりにも有名な冒頭部分の中の、「ノース・アルモリカ」とはフランス北西部のブルターニュ地方の北部のことであるが、ここから北アメリカを容易に連想することができる。この箇所について、ジョセフ・キャンベルらは、『「フィネガンズ・ウエイク」の骨子』で次のように解説している。

「ノース・アルモリカ」は、北アメリカを暗示する。あとにつづく語句は、海の向こうの新世界についての喚起を展開させていく。この世界にイギリスの略奪から避難したアイルランド人は逃れ、そしてそこで抜け目のないアイルランド人は富と名声を築いたのだ。(27-28)

『ウェイク』は、このあと、「オコーネー河畔《かはん》の頭《トウ》ソーヤー団地《だんち》がうわっさうわっさとダブリつづけ、ローレンス郡《ぐん》は常時阿集《ジョージアしゅう》にふくれあがったのも、もうまだだった」(3, 6-9)と続いていく。この中の「ダブリつづけ」に、読みとれるのは、アイルランドのダブリンだけではない。前後の文脈から、アメリカ南部ジョージア州、ローレンス郡のオーコーニー川に面したダブリン(すべて実在の地名)も読み取れるのである。様々の読みの可能性の中からアメリカに重点を置いた読み方として、キャンベルらは、『ウェイク』のこの冒頭箇所の主旨を次のように解説している。

HCEの成功した息子は、東から西へと移住した。彼の前に父がそうしたように。アメリカに移住して彼はたくさんの子孫をもうけた。そして、子孫にまあまあのすばらしい富裕を遺贈した。(28)

HCEにはシェムとショーンという二人の双子の息子がいる。兄のシェムは、想像力豊かだがだらしのない芸術家肌の人物であり、弟のショーンは実用主義的な、中流階級の、物質的な成功者である。ここでサー・トリストラムに重ねられているのが、ショーンである。クライヴ・ハートは、『「フィネガンズ・ウェイク」の構造とモチーフ』で、シェムとショーンのそれぞれが作品中で辿る地球上の経路を解説している。ハートによると、地球を南北に旅するのがシェムであり、東西に旅するのがショーンなのだ（116）。シェムもショーンも旅をするのは、アイルランドから離れたところにある新世界、すなわち西の果てのアメリカと南の果てのオーストラリアなのである。このどちらもがアイルランド人にとってはエグザイルの地である。ただしアメリカへのエグザイルは自発的で夢があるのに対し、「罪と砂と痛む目の土地」と呼ばれたオーストラリアに流されることは、巨大な監獄送りと同義であった（118）。

一八四八年に、大飢饉のどん底の中で、青年アイルランド党という急進的なアイルランド愛国者運動組織がイギリス政府に対する武装蜂起を企てた。しかしこの蜂起は失敗に終わり、組織の指導者達の九人が反逆罪でタスマニア島送りになった。この中の一人、ジョン・ミッチェルは、ハートによるとシェムに同一視されている（122）。では、ショーンに同一視されている人物は誰かというと諸説ある。ハートは、ショーンにジョイスの息子ジョージの姿を重ねている（115）。プロの歌手となったジョージは二度渡米するが、いつも失望して戻ってきた。リチャード・エルマンは、『ジェイムズ・ジョイス伝』の中で、アイルランド自由国首相に一九三二年に就任したエーモン・デヴァレラに重ねるという見解を示している（第二巻　七六二）。デヴァレラはアイルランド独立の支持を得るために数度渡米しているからである。ショーンの姿に重ねる人物として、さらに、リチャード・オゴーマンを付け加えることを提案したい。

オゴーマンは、ジョン・ミッチェルらと共に一八四八年の蜂起を企てた人物である。この点では、ミッチェルと兄弟と言えるかもしれない。彼は、タスマニアに送られるのを巧みに逃れてニューヨークに行った。そこで彼は、アイルランド移民としては異例の成功を収めることになる。ニューヨークで弁護士となった彼は、一八五五年までに有権者の五分の一を占めるまでになっていたアイルランド生まれの移民の支持を背景に政治力を高め、ニューヨーク上級裁判所の尊敬される裁判官に登りつめる。彼は妻や五人の子供と共に、マンハッタンのエリート住宅地にある家に住み、夏はロング・アイランドの上流階級向けのビーチ・リゾートで過ごしたという（ミラー、ワグナー一〇四―一一二）。先に『ウェイク』から引用した箇所に「頭ソーヤー」（"topsawyer"）とあったが、これは "the sawyer on the top" すなわち成功者を意味しており、オゴーマンのような例外的な人物にあてはめることができよう。

この「頭ソーヤー」は、もちろんマーク・トウェインのトム・ソーヤに結びつけられている。トウェインの作品、とりわけ『ハックルベリー・フィンの冒険』は、『ウェイク』全体の中で何度も繰り返し引用されている。この理由として、「フィン」という名前がアイルランドの英雄「フィン・マックール」と共通であることや、これら二つの作品のどちらもが河を重要なモチーフとしていることが挙げられる。さらにジョイスが『ハック』に注目した理由として、アイルランド英語をトウェインが作品中で頻繁に用いていることも挙げることができるのではないだろうか。トウェインの作品では、アイルランドからアメリカへ移民によって持ち込まれた英語が「アメリカの方言」として、しばしばありのままに用いられているのである。[3]『ウェイク』と『ハック』のつながりは、アイルランドからアメリカへの移民の流れ自体を示している。

アイルランドからの移民の多くは、アメリカ社会の底辺で肉体労働に従事する。アメリカ陸軍や海軍に入隊した者も多数いる。一八六一年から六五年にかけての南北戦争では、アイルランドで生まれた十五万人を超える男たちが、北軍兵士としてブルーの軍服に身を包んで戦った。一方、南北戦争前の一八五八年、ニューヨークで、フィニアンという組織が結成される。この組織は、アイルランドを共和国として独立させることを目的に、急進的民族主義者達によって結成され、一八六〇年代半ばにアイルランドにも広まったとされている。ジョイスは、「フィニアニズム」と題したエッセイで、この組織がアメリカとアイルランドで同じように組織され、相呼応しながら活動したと述べている（三六四）。

この組織の指導者達は、南北戦争に強い関心を抱いていた。従軍したアイルランド移民の多くがフィニアンとしての宣誓をしていたからである。彼らは、南北戦争に従軍することで、アイルランド独立戦争を開始するに足るだけの軍事訓練を積むことができたのである。その兵力を背景に、一八六六年には、カナダへ侵攻し、アイルランドの三色旗をはじめてイギリス領に掲げた。しかし、その後のカナダ、イングランド、アイルランドでの蜂起はいずれも鎮圧されることになる。南北戦争をめぐる以上の経緯は、『ウェイク』の次の引用に垣間見ることができる。

アブラハムの高地《こうち》にもうひとつの春攻《はるせ》めが五月《さつき》をはらんでまった基偶然《きぐうぜん》にやってきて、わが戦父《せんぷ》（というのもフィン町《まち》に殺害《さつがい》されたキンのごとくに七度《ななたび》埋《う》めてもらえと、血《ち》ん思黙考《しもっこう》のブレダにやっとのことで先説得《せんせっとく》されており）…ケルトイベリアの両陣営《りょうじんえい》から（新南《しんみなみ》アイルランドと旧《きゅう》アルスターの両軍《りょうぐん》、青黒人《せいこくじん》と青白人《せいはくじん》は、賛法王《さんほうおう》か反法王《はんほうおう》かの擾乱期《じょうらんき》、多《おお》からムア少《すく》なかレト、壮大《そうだい》な理念《りねん》をぶつくさっていたということを、議論《ぎろん》のために先制攻撃《せんせいこうげき》として認《みと》めるならば）あらゆる身分《みぶん》、貧弱《ひんじゃく》も豊大《ほうだい》も、それぞれがむろん純然《じゅんぜん》たる攻守勢《こうしゅせい》にあったのは永遠《えいえん》なるものがかならずにしてくれたからで…。（78, 15-32）

この引用の最初の「アブラハムの高地」から、南北戦争当時の大統領、アブラハム・リンカーンの名前とともに、一七五八年にイギリス軍がカナダのケベックを陥落させるためにフランス軍と戦った戦場の名前を読み取ることができる。「もうひとつの春攻め」とは、イギリス領となったその地に、今度はさらにフィニアンが攻め込んだことを表している。この引用の中程では、アイルランドの内戦と南北戦争が重ねられており、「青黒人と青白人」のうち、前者は青服の北軍を、後者は灰色服の南軍を暗示して、南北の衝突を示している。

結び──夢の中のアメリカ

ここで、『ユリシーズ』におけるアメリカについての言及を振り返ってみよう。そこでは、アイルランドとアメリカを関連づける歴史上の人物の名前の言及が一方にあり、他方、一九〇四年六月十五日にニューヨークで起こった「ジェネラル・スローカム号」の火災が取り上げられていた。これとよく似た図式は、『ウェイク』にも見ることができる。今まで見てきたような、アイルランド移民の歴史についての言及がある一方で、『ウェイク』の巻末近くには、アメリカへの言及、特にニューヨーク市内の地名への言及が集中的に現れる箇所（532-539, 547-554）がある。そこでは、「マンハッタン」、「ブロンクス」、「コーニーアイランド」等、ニューヨークの主な地名をテクストに多数認めることができる。ただし、こうした地名への言及は、ミンクが次のように指摘しているように、一九一一年発行の『ブリタニカ百科事典第十一版』に基づくものである。

『ウェイク』の中の夢見る者は宇宙の夢を見ているのかもしれないが、実質的には彼がニューヨーク市について知っていることは、『ブリタニカ百科事典第十一版』の「ニューヨーク（市）」の項目にあることなのだ。（420）

ニューヨークは、ジョイスにとって最も関心があったアメリカの都市であろう。しかし彼は、そこへついに行くことがなかった。彼にとって、ニューヨークもアメリカも新聞や百科事典という紙の上の世界から築いていくしかなかったのだ。

ディケンズやアーノルドは、アメリカに滞在することによって、現実のアメリカをリアルに報告することができた。これに対して、ついにアメリカを訪れなかったジョイスには、自らの体験からアメリカを描くことはできなかった。前述の『ダブリンの市民』の中の一短編、「出会い」の冒頭では、少年達が『ユニオン・ジャック』や『勇気』や『半ペニーの驚異』という少年向け冒険雑誌をもとに、想像上のアメリカの西部のイメージをふくらまして、インディアン戦争ごっこをはじめる様子が描かれているが、ジョイスのアメリカを描く際の原型はまさにここにあると言える。彼のアメリカは、新聞や百科事典、様々の歴史書等、現実のアメリカの代理となる「表象」をもとに、想像をふくらまして造り上げたものなのだ。しかしながら、そのために彼のアメリカの描き方が劣っているのかと言えばそうではない。むしろ現実のアメリカの体験がなかったために、「海の向こうの夢の国」というアイルランド人特有の伝統的なアメリカ像がかえって現実味を帯びて示されているのである。

アイルランド人にとってアメリカは、「海の向こうの夢の国」であるだけでなく、「この世の向こうのもう一つの世界」でもある。アイルランド西部の農村部では、アメリカへの移民を送別するにあたって、死者を悼む儀式をそのまま適用していた。彼らにとって、「アメリカへ行くのも墓に入るのも、たいして違わない」からである。アイルランドを離れた人々が帰郷することは、まずなく、それはまるで「埋葬されるようなもの」だった。この送別の儀式は、「アメリカの通夜《アメリカン・ウェイク》」と呼ばれ、夜を徹して歌とダンスと酒のお祭り騒ぎが行われたのであった。この儀式は、二十世紀初頭になっても行われていたという。ジョイスが、『ウェイク』で描いた夢の中のアメリカは、アイルランド人にとっての伝説と夢と空想の国なのであり、彼らの心をイギリスの圧制から救ってきたもう一つの世界なのである。

注

1 『ユリシーズ』からの引用箇所は、原著の挿話番号と行番号で示している。

2 『フィネガンズ・ウェイク』からの引用箇所は、原著の頁番号と行番号で示している。

3 マーク・トウェインが『ハックルベリー・フィンの冒険』でアイルランド英語を用いていることは、藤井健三氏の研究で明らかになってきている。藤井健三「ハックの英語はどこから来たのか」を参照。

引用文献

Campbell, Joseph, and Henry Morton Robinson. *A Skelton Key to* Finnegans Wake. 1944. rpt. New York: Viking Press, 1973.

Ellmann, Richard. *James Joyce*. New York: Oxford UP, 1982. 『ジェイムズ・ジョイス伝一、二』宮田恭子訳、みすず書房、一九九

六。

Hart, Clive. *Structure and Motif in* Finnegans Wake. Evanston: Northwestern UP, 1962.

Joyce, James. *Dubliners*. Ed. Robert Scholes. New York: The Modern Library, 1969.

——. "Fenianism." *Critical Writings of James Joyce*. Ed. Ellsworth Mason and Richard Ellmann. New York: Viking Press, 1959. 187-192. 「フィニアニズム」鈴木建三訳『ジョイスI』「筑摩世界文学大系」第六七巻、筑摩書房、一九七六。三六四—三六六。

——. *Finnegans Wake*. London: Faber, 1975.『フィネガンズ・ウェイクI・II、III・IV』柳瀬尚紀訳、河出書房新社、一九九一—九三。

——. "The Mirage of the Fisherman of Aran." *Critical Writings of James Joyce*. Ed. Ellsworth Mason and Richard Ellmann. New York: Viking, 1959. 234-237.「アラン島の漁夫の蜃気楼—戦時のイギリスの安全弁」出淵博訳『ジョイスII／オブライエン』「筑摩世界文学大系」第六八巻、筑摩書房、一九九八。一四三—一四五。

——. *Letters of James Joyce*. Vol.I. Ed. Stuart Gilbert. New York: Viking Press, 1957.

——. *Ulysses*. New York: Random House, 1986.『ユリシーズI、II、III』丸谷才一、永川玲二、高松雄一訳、集英社、一九九六—九七。

Miller, Kerby, and Paul Wagner. *Out of Ireland: The Story of Irish Emigration to America*. Washington, D.C.: Elliott & Clark Publishing, 1994.『アイルランドからアメリカへ—七百万アイルランド移民の物語』茂木健訳、東京創元社、一九九八。

Mink, Louis O. *A Finnegans Wake Gazetteer*. Bloomington: Indiana UP, 1978.

藤井健三「ハックの英語はどこから来たのか」『英語青年』（研究社）二〇〇二年四月号、二一—二五、四九。

『帰郷』におけるエグドン・ヒースの役割

北脇　徳子

序

トマス・ハーディの『帰郷』は、有史以前から存在する不毛の原野、エグドン・ヒースを舞台に、六人の主要登場人物によって繰り広げられる壮大な悲劇である。エグドン・ヒースはこの作品において、単なる背景にとどまらず、小説のすべての要素を包含する絶対者としての役割を果たしている。

エグドン・ヒースは小説の中心舞台であり、物語はヒースの内部で進行し、登場人物たちは誰一人として、ヒースから出ていかない。単一の場所で、期間は一年である。一八四二年十一月五日に始まり、一年後の十一月六日で終わる。このようにギリシャ悲劇の構想が取り入れられ、主要人物たちは失意のうちに死ぬか、あるいは苦悩を抱きつつ余生をおくる。華やかな都会で、情熱的な人生をおくることを夢見て、エグドン脱出を望んでいたユーステイシャ・ヴァイは、彼女を救おうとして飛び込んだデイモン・ワイルディーヴと共に、堰の激流に飲み込まれて溺死する。ヨーブライト夫人は、息子に見捨てられたと誤解し、怒りと絶望に打ちのめされ、運悪くまむしに噛まれて荒野の中で死ぬ。パリの虚栄と空虚さにうみ疲れて故郷エグドンに戻って来たクリム・ヨーブライトは、無知蒙昧な同胞を教育するという高邁な理想をかかげていたが、母親と妻を失い、最後には、巡回野外説教師としてエグドンに踏みとどまる。しかしトマシン・ヨーブライトには幸せな結末が用意されている。彼女は、ユーステイシャと浮名を流しているワイルディーヴと結婚するが、彼の死後、ディゴリー・ヴェンの献身的な愛を受け入れ、再婚する。

作者が本来意図していなかったとされる第六巻の「後日物語」で語られるトマシンとヴェンの幸せな結婚は例外として、主要人物たちは、エグドン・ヒースで悲劇的結末を迎える。サイモン・ガトレルは、「ヒースは物語を進行させる要素であり、登場人物たちの性格を決定する要素であり、彼らの結末を決める代理人である」(46)とエグドン・ヒースの役割の重要性を強調している。

一　エグドン・ヒース

それでは小説の登場人物たちを呪縛し、彼らの運命を支配するエグドン・ヒースとは、いったいどのような場所なのだろうか。『帰郷』の冒頭は、次のようなヒースの印象的な描写で始まる。

十一月のある土曜の午後、それも夕方に近づいていく頃、エグドン・ヒースとして知られているこの辺一帯の広びろとした果てしない荒野は、刻一刻と焦げ茶色に変わっていった。頭上にはうつろな白い雲が

空一面をおおい閉ざし、ヒース全体を底にして張られた天幕とも見えた。(33)

その雄大な光景は巨人タイタン族にもたとえられる。荒野は神格化された自然であると同時に、人間の属性も帯びている。ヒースは「悲劇の可能性を暗示する寂しい顔」をした孤独な人間であり、さらに「御し難いイシュメイル的反逆児」なのである。そこは「怪しい亡霊どもの住処」(35)であり、嵐を愛人とし、風を友人とする荒涼とした原野である。文明を仇敵とする太古の歴史を持つ原始の世界であり、未来永劫まで存続する不滅の荒野である。

エグドン・ヒースの原始性、反逆性、異端性は、この土地に住む住民たちを包み込み、彼らに妖しい影響を及ぼすのである。世間から隔絶され、文明に取り残された荒野に生きる人びとにとって、どのような生業があるのだろうか。エグドンには「シダ、ハリエニシダ、ヒース、地衣類や苔しか繁殖していないので、人間の労働はハリエニシダ刈りのような、機械的でほとんど生産的ではない数少ない仕事に限定されてしまうのである」(Williams 136)。人びとはこの非生産的な大地で、地面にはいつくばってエニシダを刈りながら、貧しく、昔ながらの風習にしたがって生きていくしかないのである。文明の恩恵に浴さない、無学で教養のない村びとたちは、当然のことながら、迷信に捕らわれ、魔女や悪魔の存在を信じている。スーザン・ナンサッチの野蛮な呪術的行為に、その典型が描かれている。

スーザンは息子ジョニーが十一月五日にユーステイシャの篝火を焚き、彼女に魔力をかけられたために病気になったのだと思いこんでいる。それで、息子の病気を直すためにユーステイシャの腕に長い編み針を突き刺して、彼女の血を取ろうとする。さらに、ユーステイシャに似せたろう人形に針を何本もさし込み、呪文を唱えながら、泥炭の火で人形を焼く。スーザンの呪術に符合するかのように、ユーステイシャは、荒野の闇に吸い込まれて、死んでいくのである。

ヒースの住民たちは、また、十一月五日の篝火、クリスマスの仮面劇、「ジプシー踊り」、メイポールの踊りといった昔の伝統行事を守っている。十一月五日のガイ・ホークス・デイの篝火は、「ドルイド祭式とサクソン儀式が混ざり合った直系の子孫であって、『火薬陰謀事件』に対する民衆的な感情ではない。」火を燃やすことは、「冬の到来とともに、陰悪な時、冷たい闇、悲惨と死をもたらすべしという至上命令に対する自然発生的なプロメシウス的反逆」（45）なのである。ここでは人間もヒースも「プロメシウス的反逆」を企て、「光あれ」と火を要求しているのである。村びとたちが篝火を焚く雨塚は、古代ケルト人が残したものであり、そこで踊り狂う彼らは、ケルトの末裔のようである。この土地に伝えられている篝火の行事はこのように原始的なものなのである。

クリスマスの仮面劇はクリムの帰郷を祝って、ヨーブライト家で催される。ユーステイシャはパリ帰りの彼に一目会いたくて、トルコ騎士に仮装し彼の関心を引き目的を果たす。「ジプシー踊り」では村びとの熱狂もさることながら、クリムとの結婚生活に希望をなくしたユーステイシャが憂さ晴らしに出かけて、偶然出会ったワイルディーヴと夢中で踊る場面が主に描かれる。メイポールの踊りは、ヴェンとトマシンが結ばれるきっかけとなる。それぞれの村の行事は、季節の移り変わりに合わせて行われており、物語の重要なターニング・ポイントとなっている。廃れつつある風習や昔ながらの年中行事とそれらの担い手である村びとたちがみごとな背景となって、主要人物の織りなす物語を支えているのである。

では、原始さながらのエグドン・ヒースと文明の恩恵に浴さない迷信深い村びとたちが作る閉塞社会の中で、六人の主要登場人物たちはどのように生きていくのであろうか。

二　ヒースの使者ディゴリー・ヴェン

紅殻商人のディゴリー・ヴェンは、羊の毛を染める紅殻を売り歩く行商人である。職業柄、全身が緋色のその姿は「メフィストフェレス的来訪者」(100)のようである。彼はエグドンを知りつくし、何者をも恐れず自由に歩き回り、周囲の状況を観察している。ヴェンはあたかも荒野の使者のごとき役割を果たしているのである。デズモンド・ホーキンズは「彼こそまさにエグドン・ヒースの精髄を、その風変わりな放浪生活の中に具現している」(75)と指摘している。

ヴェンは「ウェセックス地方でも急速に消滅しつつある階級の一人」(37)であり、「廃れた生活様式と現在一般に行われている生活様式とを結ぶ、珍しく、興味深い、滅びかけた鎖の一環」(38)を担っている。これは彼の生来の仕事ではないが、彼はトマシンへの報いられない愛に失望して、社会から疎んじられる職業に自ら身を落としているのである。しかし、彼女をあきらめたわけではない。彼はいかなる策略を使っても、いかなる手段に訴えても、彼女の幸せを守る決心をしている。この古風な騎士道的な愛を貫くために、彼は紅殻商人という職業の利点を生かしながら、トマシンのために動くのである。

ヴェンは、単純な性格であるが、その行動は迅速である。ユーステイシャがワイルディーヴとトマシンの結婚の障害になっていることを知ると、ヴェンはユーステイシャに面会を求め、彼女にバドマス行きを勧める。彼女の都会へのあこがれを見抜いているのである。クリムに関心を移したユーステイシャが、昔の恋人ワイルディーヴからの贈り物や手紙を返したいと言うと、その使者を引き受けるのはヴェンである。ワイルディーヴとトマシンの結婚が、ヨーブライト夫人の反対、結婚許可証の不備などの紆余曲折を経て、やっと成立したことを夫人に報告するのもヴェンである。彼はクリムと結婚したユーステイシャに会いに行こうとするワイルディーヴに対して、夜空に発砲して威嚇する。ヨーブライト夫人がクリムとトマシンに渡すようにと使用人のクリスチャンに託したお金をワイルディーヴが賭けで奪ってしまうと、ヴェンはそれを取り戻す。ヒースの暗闇で、荒野の生き物に囲まれ、土ぼたるの光に照らされて、さいころで賭博をするヴェンは、悪魔の化身さながらである。

ところが、ヴェンがワイルディーヴから取り戻したお金を全額トマシンに渡してしまったために、ヨーブライト夫人とユーステイシャがこのお金のことで大喧嘩することになる。クリムからお金の礼を言ってこないのを不審に思ったヨーブライト夫人はクリスチャンに問いただす。彼女はワイルディーヴがそのお金を奪ったことを知り、彼が密かにユーステイシャにそれを渡しているに違いないと推察し、ユーステイシャを責める。ワイルディーヴとの仲を疑われ、なおかつクリムのお金を着服していると思われて、誇り高いユーステイシャは激怒してヨーブライト夫人に反駁する。ヴェンのせっかくの好意が、嫁姑の敵対心をさらにあおることになったのである。ヴェンはまたヨーブライト夫人に息子と仲直りするように忠告する。しかしここで再びヨーブライト夫人、クリム、ユーステイシャに決定的な惨劇がおこる。ヨーブライト夫人が失意のうちに死に、その原因を究明していたクリムがユーステイシャを糾弾したために、絶望したユーステイシャもワイルディーヴを巻き込んで死んでしまうのである。

ヴェンがヨーブライト家の不幸な状況を救おうと何らかの行動を取るといつでも、このように事態がさらに悪化する。彼はこの小説において、悲劇の救済者としての役割を与えられているというよりも、悲劇の誘発者として描かれているのである。それは次の批評にも明らかである。「実際に、ディゴリーの小説における主要人物としての適切さは最小限度であり、彼はそれよりも他の人々が巻き込まれていく出来事の誘因なのである」(Enstice 86-7)。

『帰郷』の世界の背景となり、登場人物たちに影響力を持つのはエグドン・ヒースである。この圧倒的な力をもつ自然に立ち向かえる人物は誰もいない。所詮、ヴェンもまた、他の登場人物と同じく、エグドン・ヒースの操り人形に過ぎないのである。彼の行為のほとんどが裏目にでて、結果的には物語を悲劇的な方向に導いている。しかしヴェンはただエグドンの代弁者として、無意識に働いているだけなのである。アンドリュー・エンスティスが、このようなヴェンをヒースの声の代弁者だと分析しているのは、興味深い。

紅殻商人はある種のシェイクスピア的愚か者であり、良心の声である。しかし彼は人間の声ではなく、ヒースの声を発している。彼は人間の言葉を、風の「ある悲劇の前ぶれ」を予告するような「不思議な低い発声音」に置き換えて発しているのである。(86)

三　ヒースとヨーブライト家の女性たち

紅殻商人ヴェンの原動力は、トマシン・ヨーブライトへの誠実な愛である。彼の取った行動によってユーステイシャ、ワイルディーヴ、クリム、ヨーブライト夫人たちが不幸になっても、トマシンにはたいした被害が及ばない。トマシンは夫を亡くしても、最終的にはヴェンに救われるのである。彼女はヒースでの生活に満足している我慢強く慎ましい田舎娘である。トマシンがヴェンの求愛を断ったのは、気位が高い伯母のヨーブライト夫人が彼のような低い社会的地位の者との結婚を許すはずがないと判断したからである。ところが、学歴もあり、技師の免許を持っていても、エグドンで居酒屋を営み、女性遍歴が多いと噂されるワイルディーヴも道徳心の強い夫人のおめがねにかなわない。夫人の結婚異議の申し立てにより、トマシンはワイルディーヴと地区の教会で結婚できない。それで、ふたりは密かにアングルベリイで結婚式を挙げようとするが、結婚許可証の不備のために、ここでも結婚式ができない。このように二度にわたって結婚式挙行に失敗したトマシンは、村びとの噂の種にされ、世間に顔向けができず一歩も家から外へ出ようとしない。こうなれば、伯母は姪の幸せよりも、ヨーブライト家の名誉を守るために、今まであれほど反対をしていたワイルディーヴとトマシンの結婚を実現できるように画策するのである。ヴェンをライバルに仕立ててワイルディーヴに結婚を急がせるという夫人のもくろみが効を奏し、ワイルディーヴはようやくトマシンと結婚する気になる。トマシンは伯母の体面を汚すまいとして、ワイルディーヴに不信を抱きつつ彼と結婚することを決心するのである。

トマシンは伯母に従順な姪であるが、伯母の意に逆らいワイルディーヴと結婚するしたたかさもある。田舎娘のトマシンには、バドマスに暮らしたこともある都会仕込みのワイルディーヴはヴェンよりも魅力があっただろう。その上、彼女にもヨーブライト家のプライドがあり、世間体を重んじるところがある。伯母に祝福はされなくても夫に多少の不信感を抱いていても、彼女は失敗した結婚を成就することをみずから選んだのである。しかし、結婚後もワイルディーヴはユーステイシャへの思いが断ち切れず、彼女に一目会うために、毎晩ヒースをうろつき歩く。夫の振る舞いに疑いを持ちながらも、トマシンは辛抱強くそれを黙って許している。ヨーブライト夫人のように怒りに身を任せるわけでもなく、ユーステイシャのように我が身の不遇をかこつこともせず、トマシンはただ忍従しているのである。この彼女の忍耐力こそ、彼女の強さであり、エグドンに生き残れる資質である。夫の裏切りと死という試練をへて、自らの階級意識を乗り越えたトマシンには、ヴェンという誠実な男性が与えられるのである。

トマシンの伯母として、クリムの母として、ヨーブライト家を取り仕切るヨーブライト夫人は、「この界隈でもよく知られ、尊敬を受けている未亡人」(58) である。彼女は牧師補の娘であったために、ヒースの村びとたちとは一線を画し、彼らを自分より一段下の階級の者とみなして超然とした態度を保っている。姪や息子の幸せより世間体が大切で、自分の主張を押し通す頑固で、階級意識の強い女性である。彼女はその頑固さゆえに、息子や姪の結婚に反対し、ふたりに去られて、孤独な生活をしなければならない。

ホーキンズは、「ヨーブライト夫人は、容赦なく、強情で、妥協せず、すぐに人を責め、しかも窒息しそうな狭い世界に住んでいて、心が狭いとなれば、遅かれ早かれ、怒りに身を滅ぼすのは必定である」(76) と手厳しく批判している。ヨーブライト夫人は自らの怒りに身を滅ぼしたばかりではない。彼女が死ぬ間際に残した「わたしは『息子に見捨てられ、打ちひしがれた女性』なのだ」(295) という恨みの言葉は、象徴的な意味で毒となり、クリムを激しく責めさいなむ。良心の呵責に苦しんだクリムは、事件の真相を知ると、今度はユーステイシャを情け容赦なく弾劾する。その結果、ユーステイシャとワイルディーヴのふたりの命を奪うことになるのである。ヨーブライト夫人はその死によって、最愛の息子を苦しめ、さらに息子の愛する妻のユーステイシャを滅ぼし、姪の夫までをも奪うことになるのである。姪や息子を許し、仲直りをしたいと思っていたのにもかかわらず、それが果たせず、荒野の生き物に噛まれて死に、その死が息子や姪を巻き込む悲劇の引き金になるとは、なんと皮肉なことであろうか。彼女の本意ではなかったにしても、その怒りが、このような結果を生みだしたのである。原始性を帯びた不毛の地エグドンに、ひとりで孤高を保ちながら暮らしていると、その性格も原始性をおびてくるのであろうか。

四　ヒースの申し子クリム・ヨーブライト

エグドン・ヒースで生まれ育ち、パリから帰郷してくるクリム・ヨーブライトは、この作品の主人公であり、彼の帰郷によってもたらされる波紋がテーマである。実際に、彼の帰郷によって、ユーステイシャが心の中で思っているように、五人の運命が変わってしまうのである（283）。ヴェンは事件の要因にはなっても、彼自身が事件に巻き込まれることはないが、クリムは事件の渦中の人となり、母や妻の死の責任の一端は彼にある。それは彼自身の性格にも原因があると思われる。

このヒースを知りつくした者がいるとすれば、それはクリムであった。彼にはヒースの景色、真髄、香気がしみこんでいて、まさにヒースの創り出した人間と言ってもいいくらいだった。…ユーステイシャ・ヴァイのヒースに対するさまざまに変わる嫌悪の念をことごとく取って、それをそのまま愛情に置き換えてみると、クリムの心情ができあがるのである。（191）

彼の人生観もヒースと同じ色合いを帯びている。エグドンの土壌で育まれた彼は、帰郷して再び「野育ちで禁欲的な荒野の若者」(186)となる。息子が大きなダイアモンド商会の支配人になることを期待していた母親に向かって、「お母さん、出世とはどういうことですか?」(193)と問いかける。パリで近代思想を身につけてきたクリムは、物欲や世俗的な出世を求める物質主義は無意味であり、高い精神性こそ人生に必要であると考えている。だからこそ「放縦と虚栄心」(186)を象徴する宝石商に飽き、虚飾の都パリを去り、故郷に戻ってきたのである。彼は多くの人に欠けているのは、富ではなく、知恵をもたらす知識であると確信しており、その信念に基づいて、村に学校を開き、貧しく無学な同胞たちを高めたいと思っている。エグドンに対する愛着と同胞愛から、彼は「階級を犠牲にして個人を高めるよりも、個人を犠牲にして階級を高めたい」(190)、すなわち自らの人生を村びとの教育のために捧げたいと願っているのである。

クリムは現実を認識できない理想主義者である。彼は田舎の人たちの生活や考え方を理解していたわけではない。彼らに実際必要なのは、生活を豊かにしてくれる物質的な富であり、高い教養や知識ではないのである。ローズマリー・サムナーも「クリムの近代性は理論のみであり抽象的なレベルにとどまっている」(108)と述べている。クリムの学校開設の夢を聞いた村びとの一人フェアウエイも、「あんなことは絶対実行できないな」(189)という感想をもらしている。文明を仇敵とする千古不易のエグドンが、彼の時代に先がけた近代思想を受け入れるはずもない。「田舎の世界はまだ彼を受け入れるほど熟してはいなかった」(190)のである。皮肉なことに、彼のこの故郷と同胞への愛着心のために、彼自身は言うに及ばず、母親も妻も不幸になるのである。

クリムは母の立身出世の期待に答えず、妻の都会暮らしの夢も無視して、ただひたすら自分の理想の実現にむけて勉学に励む。しかし、突然、眼病をわずらい志をとげることができない。ローズマリー・モーガンは「クリムが高邁な思想と倫理体系に自らをあわせることができないため、その代わりに、肉体的な視力が衰えたのである」(80)と指摘している。幸いにも彼はハリエニシダ刈りに生きる希望を見いだす。クリムは「黄緑のハリエニシダの大広野のまっただ中の褐色の一点」(262)となって、自然と融合する。半ば視力を失ったクリムは、地面にはいつくばってハリエニシダを刈りながら、周囲に生息している小さい動物や昆虫を友とし、彼らと同じ顕微鏡的な視野で自然を観察している。肉体の病のために彼は教師になる夢を捨てたが、労働者となって、単調で粗野な仕事の中に喜びと平安を見いだしているのである。エグドンの申し子ともいうべきクリムにふさわしい生き方であると言えよう。

五　ヒースの反逆者ユーステイシャ・ヴァイ

この作品はエグドン・ヒース脱出の夢が叶えられずに死んでいくユーステイシャ・ヴァイの物語でもある。彼女はヒースで祖父のヴァイ大佐と暮らしているが、バドマス生まれで、父は地中海のコーフ島出身である。彼女の中に流れている異国の血は、神秘的な美しさと威厳をもった「夜の女王」として描写されている。彼女は「異教的な眼」と「異教神の素材」(89)でつくられており「全編を通して、物理的にも社会的にも、エグドンの共同社会の枠外」(Boumelha 53)にいる。「社会道徳に関するかぎり、ユーステイシャは未開人の状態に近く」、また「因習の敷居をまだほとんどまたいでいなかった」(116)ので、一人で夜にヒースをうろついても、クリムと結婚していながら、トマシンの夫ワイルディーヴとジプシーダンスに興じても、世間の風評を気にしない。しかし、「彼女が清純で、性的経験のない乙女でもなく、一人の男性に法的にも感情的にも縛られていない」（Boumelha 53）ことが、村の女性たちの脅威となり、魔女扱いされるのである。このような土地は彼女にとって冥界にも等しい。「ヒースはわたしの十字架であり、恥辱であり、わたしの死となるでしょう」（107）と彼女自身がいみじくも自分の運命を予言している。レナード・ディーンは彼女を評して次のように述べている。「ユーステイシャ・ヴァイは彼女の内面の感情の世界と外の世界（社会的にも肉体的にも）を調和できなくて、人生を浪費してあがいているハーディの悲劇的な犠牲者の典型である」（130）。

ユーステイシャはエグドンを脱出して、バドマスかパリの社交界で享楽的な人生をおくりたい、「気も狂わんばかりに愛されてみたい」（92）という強い憧れをもっているが、目下、ワイルディーヴを恋の相手に暇つぶしをして、「もっと偉大な男性の出現」（94）を待っている。彼女はウィリアム征服王かナポレオン・ボナパルトのような英雄に愛されることが、「すばらしい女性」である証であると思っており、偉大な男性にどれだけ熱望されるかが自分の存在基準になっている。彼女は自分の価値を測るのである。絶えず男性の欲望をかきたてて、相手にどれだけ望まれているかを確認することによって、彼女は自分の価値を測るのである。これはユーステイシャが、男性社会の中で、男性に依存しながら生きていく女性であることを如実に示している。トマシンとの結婚に失敗したワイルディーヴを呼び寄せる篝火を燃やすユーステイシャは、まさに彼に対する自分の力を試しているのである。

ユーステイシャにとって、パリ帰りのクリムは荒涼とした土地での孤独な生活から彼女を救い出してくれる王か騎士に思えただろう。彼女は彼に会う前にすでに、自分の夢に現れた白い鎧兜の男性に恋し、想像上のクリム像を創りあげている。彼女の彼に対する愛は「彼の方に向けられているのではなく、彼が表象している、あるいは彼女に約束しているとおもわれるものに向けられているのである」（Miller 129）。ユーステイシャはパリを夢みて彼と結婚する。しかし、彼の強い意志は彼女の性的魅力に屈せず、自分の力で彼の計画を変えることができると思っていた彼女の期待はみごとに裏切られる。クリムはハリエニシダ刈りに素朴な喜びを見いだすが、人生に意味も目的も持てない彼女は、結婚前よりもさらに深い絶望感を味わう。彼女は運命を呪い、囚人のようにエグドンの中で粗末な小屋住まいをさせておく夫に不満を募らせる。モーガンも述べているように、「クリムの妻としての地位は別として、彼女は何もせず、どこにも行かないので、全くアイデンティティーがないのである」（81）。ユーステイシャは何もすることがなく、ただひたすら実現の可能性のないパリの華やかな社交界の夢だけを追い求めながら、荒野で生きていくのならば、彼女の辿る道は、遅かれ早かれ、自己破滅しかない。

ユーステイシャは、もしバドマスにいたら、軍人と浮ついているきれいな女性の一人で終わったであろうが、世の中から隔離され、孤立状況にあるため、歳月と共にエグドンの暗い色調を吸収して、威厳と優越性を身につけている。彼女には不本意ながらもエグドンとの親和性がある。それは物語の最初から示唆されている。

十一月五日の夜に雨塚に立つユーステイシャの人影は「ケルト族の最後の一人が、同族と共に永遠の夜に落ちていく前に、しばらくもの思いにふけっている」（41）ように見える。エグドンと同じように古いケルト族を連想させる彼女の人影は、谷間や、台地や塚の周囲の自然と渾然一体となっている。ヒースや自分の置かれた状況を憎んでいるにもかかわらず、彼女はヒースと密かに同盟を結んでいるかのようである。最後に、暗い雨の中をただ一人で雨塚に立ちつくすユーステイシャの心情はまさに荒野の嵐の天候そのものであった。「彼女の心の混沌と、外の世界の混沌とが、これほど完全に調和したことはなかった」(356) のである。

ユーステイシャは、ワイルディーヴがたまたま来あわせていたために、ヨーブライト夫人に玄関を開けなかったことで、クリムに母親殺しの汚名をきせられ、激しく糾弾されて家出する。彼女が頼れるのは、彼女の心情を理解してくれるワイルディーヴだけである。しかし、彼はクリムとの結婚の誓いを破り、情婦となるだけの価値のある英雄ではない。ところが、彼女は一人でバドマスへ行くお金を持ち合わせていない。苦境に立たされたユーステイシャは、初めて自分の立場を認識するのである。

「たとえ一人で行けても、今のわたしにはどれだけの慰めになるだろう?　今年一年をずるずる過ごしてきたように、来年も、そのまた次の年も同じようにずるずると過ごしていかなくちゃならないのだわ。」(357)

ユーステイシャはあれほどエグドンに反逆し、そこからの脱出を望んでいたにもかかわらず、エグドンの先にあるバドマスもパリも彼女の夢を叶えてくれる場所ではないことに初めてここで気づくのである。彼女は、ハーディの描く他のヒロインと同じように、男性の愛と保護の下でしか生きていけない弱い女性なのである。愛と保護を与えてくれるのは夫のクリムでなければならない。しかし、クリムに激しい弾劾を受けたユーステイシャは、彼に頼れず、彼女に残された道は死しかなかったのである。

結び

ヨーブライト夫人、ワイルディーヴ、そしてユーステイシャはエグドン・ヒースで死んでいく。ヨーブライト夫人は息子を呪いながら、ユーステイシャはヒースから脱出できない自らの運命を嘆きながら、ワイルディーヴはユーステイシャに共感し、彼女を救おうとして破滅する。三人を死に追いやったのは、エグドンである。ユーステイシャはエグドンを呪詛し、エグドンの外の世界にこそ自分の幸福が存在するという幻想にとりつかれていたが、脱出寸前に、そのような世界は無いのだと気がつき、絶望しつつ雨塚にくずおれるのである。三人はエグドンに同化できなかったのである。

エグドンに愛着を持ち、この地に同化するトマシンとヴェンは幸せな結婚をする。エグドンを愛し、故郷の村びとを愛するクリムは巡回野外説教師として生き残る。同胞を高めるという理想をもって帰郷してきたクリムは、予期せぬ眼病のために原始的なハリエニシダ刈りに喜んで甘んじ、最終的にはエグドン・ヒースの雨塚で、村びとたちに「道徳的に非難しようもないさまざまな問題」(405)を説く説教師へと変貌していくのである。彼はあらゆるところで親切に迎えられるが、それは彼の説教のためではなく、彼の身の上話のためである。クリムの帰郷によっておこされた波紋は、エグドン・ヒースでこのような悲劇的結末を遂げるのである。

引用文献

Boumelha, Penny. *Thomas Hardy and Women: Sexual Ideology and Narrative Form*. Brighton: Harvester Press, 1982.
Deen, Leonard W. "Heroism and Pathos in *The Return of the Native*." 1960. *Thomas Hardy: The Tragic Novels*. Ed. R.P. Draper. London:

Macmillan, 1975. 119-312.

Enstice, Andrew. *Landscapes of the Mind*. London: Macmillan, 1979.

Gatrell, Simon. *Thomas Hardy and the Proper Study of Mankind*. London: Macmillan, 1993.

Hardy, Thomas. *The Return of the Native*. London: Macmillan, 1975.

Hawkins, Desmond. *Hardy: Novelist and Poet*. London: Papermac, 1976.

Meisel, Perry. *Thomas Hardy: The Return of the Repressed: A Study of the Major Fiction*. New Haven: Yale UP, 1972.

Miller, Hillis. *Thomas Hardy: Distance and Desire*. London: Oxford UP, 1970.

Morgan, Rosemarie. *Women and Sexuality in the Novels of Thomas Hardy*. London: Routledge, 1988.

Williams, Merryn. *Thomas Hardy and Rural England*. London: Macmillan, 1975.

山口　賀史

『テンペスト』の新世界からの解放

一

アメリカ合衆国のユニラテラリズムの権化、ジョージ・ブッシュの政権を支えるミリタントな侍の一人ドナルド・ラムズフェルドは、「古いヨーロッパ」に対する幻滅を隠そうとはしなかったが、その昔ヘーゲルも死後出版された『歴史哲学講義』（一八四〇）のなかで、「アメリカは未来の国です。近いうちに、たとえば、南北アメリカの対立が世界史を動かすほどの重大事件になるかもしれませんが。古いヨーロッパの歴史的な武器庫にうんざりしたすべての人にとって、アメリカはあこがれの地です。ナポレオンは『古いヨーロッパはもうたくさんだ』といったそうです」（一四九）と語るとき、無意味にナポレオンのことばを引き合いに出したわけではないであろう。シェイクスピアの単独の筆による最後の作品とされる『テンペスト』も、近年、特に一九七〇年代以降、政治的解釈の主なる対象とされ、さながら古いヨーロッパに見切りをつけたかのごとくアメリカ的コンテクストのなかで論じられてきた。とりわけ、この作品のなかに植民地主義の原型を読み取ろうとする批評家たちの努力は、それまでの正当と思えた読みがいかにも時代遅れで、もはや通用しないという印象を与えるのに見事なまでに成功したかにみえる。支配と被支配、抑圧と服従、征服と反乱といった力関係を例証するプロスペローとキャリバンの結びつきばかりがあまりにも見事に前景化され、「化け物」キャリバンがもはや「化け物」ではなく、母のシコラクスから継承した島を簒奪された同情に値する先住民の象徴となり、第三世界の批評家からは暴虐の限りをつくしてきたヨーロッパの帝国主義の独善的な仮面を剥がす格好の道具として珍重される存在となったが、逆に学問の蘊奥を究め、神のレプリカとさえ見紛うばかりのプロスペローが、冷酷極まりない植民地主義の「化け物」として非難の集中砲火を浴びる存在に成り下がってしまった観が否めない。確かに『テンペスト』には植民地主義言説を顕在化させるだけの要素が存在するし、そのこと自体を黙殺することはもはや不可能でさえある。

しかしながら、植民地主義言説だけで『テンペスト』を読み切ってしまうと、この作品の底なしの豊饒性を削ぎ落とし、結果として『テンペスト』があまりにも平板な作品になりはしないだろうか。本稿のささやかな目的は、『テンペスト』と新世界との関係、『テンペスト』における植民地主義的解釈の妥当性にも考慮を払いながら、できれば一度シェイクスピアの最後のロマンス劇をそのような解釈の呪縛から解放することにある。

『テンペスト』と新世界の歴史的コンテクストとの間には希薄な関係しか存在しないと断じたE・E・ストールやノースロップ・フライは、今日ではおそらく少数派に属し、大部分の批評家は『テンペスト』における新世界表象の顕著さを自明のことと考えている。ストールやフライでさえ認めざるを得なかったエアリエルの「嵐のたえないバーミューダ島」(1.2.229) への言及は言うに及ばず、南米のパタゴニア人が崇拝し、シコラクスやおそらくキャリバンも崇拝する神「セティボス」(1.2.372, 5.1.260) への言及、モンテーニュの「食人種について」を下敷きにしたゴンザーローの「私がこの島をまかされるとすれば」で始まるユートピア論 (2.1.140ff) およびそこで使われている「プランテーション」ということば、ミランダが劇の終わりに近いところで発した「ああ、すばらしい新世界だわ、／こういう人たちがいるとは！」(5.1.183-4) という驚嘆のせりふ、たかだか二流、三流のナポリ人にしかすぎないトリンキュローの「おれがいまイングランドにいて、昔行ったこともあったが、そしてこの魚を絵看板に描いたら、お祭り気分の阿呆どもが銀貨の一枚ぐらい恵んでくれるだろう。あそこならこの化け物で一財産作れる、妙な獣さえもって行けば一財産作れる国だからな。びっこの乞食にビタ一文出そうとしないが、死んだインディアンを見るためならいくらでもだそうって連中だ」(2.2.25-30) にみられるアメリカ先住民のイングランドにおける市場性への言及、ウィリアム・ストレイチーの書簡『遭難の実録』(一六一〇年七月一五日付、一六二五年出版)、シルヴェスター・ジャーディンの『バミューダ諸島発見記』(一六一〇) およびヴァージニア・カンパニーの『ヴァージニア植民地の真正なる報告』(一六一〇) からなる、いわゆるバミューダ・パンフレットと『テンペスト』の浅からぬ関係、そして初期の植民活動の場であるカリブ海域へと誘う「キャニバル」(cannibal) のアナグラムと解すべき「キャリバン」(Caliban) という名前等、かりにこの作品のアメリカ化を真剣に目論むつもりならば、それに資する要素には事欠かない。『テンペスト』が有するこのような新世界表象は、当然のことながら植民地主義言説を強調する批評家の間で巧みに利用されてきた道具であり、言わば彼らのストック・イン・トレードとなっている。

『テンペスト』のアメリカニストにとって、キャリバンは切り札的存在である。いまや古典的名著と言ってよい『シェイクスピアにおける異人』(一九七二)において、レスリー・フィードラーは、この劇を「アメリカの神話そしてシェイクスピアにおける最後の異人インディアンの神話」(208)として捉え、それが包含する「大西洋横断の帝国主義、つまり西方世界の植民地化の寓話」(209)としての意味合いを鋭く指摘している。端的に言えば、彼にとって『テンペスト』とは、新世界に降りかかるはずである運命の予言的寓話ということになる。彼のような予言的アメリカニストがキャリバンの新しい自由の可能性を謳歌しようとする

魚をとるのはもうごめんだぜ、
薪もはこんじゃやらねえからな
頭をさげてももうむださ。
皿洗いなんかもうごめんだぜ、
いまじゃ、バン、バン、キャリバン様にゃ
別のご主人様がいる。
自由だ、ヤッホー!ヤッホー、自由だ!
自由だ、ヤッホー、自由だぞ!(2.2.156-62)

という喜びの歌や、また

こわがることはねえぜ。この島はいつも物音や歌声や
音楽でいっぱいだが、楽しいだけで悪いことは
なんにもしねえ。ときには何百何千って楽器が
耳もとでブーンとひびくことがある、かと思うと、
歌声が聞こえてきて、ぐっすり眠ったすぐあとでも
また眠くなることもある。そのまま夢を見ると、
雲が割れてそのあいだから宝物がおれの上に
降ってきそうになる、そこで目が覚めたときなんか、
もう一度夢の続きを見てえと泣いたもんだ。(3.3.127-35)

に見るごとき美しい詩に出会うと、キャリバンをホイットマンの出現を予言する最初のアメリカ詩人と見なすのも無理からぬところである。そこには『テンペスト』をアメリカ文学のプロローグと言ってのけたリオ・マークスと一脈通じるものがある。プロスペローに対しては「たしかにことばを教えてくれたな、おかげで/悪口の言いかたは覚えたぜ。疫病でくたばりやがれ、/おれにことばを教えた罰だ」(1.2.363-65)と平気で悪態を吐き、グリーンブラットを大いに刺激してみせるキャリバンではあるが、覚えたのは悪口の言いかただけではなさそうだ。対話の相手次第では、支配者のことばを巧みに操って島の妙なる音楽を語る詩人に変貌する能力を兼ね備えた実に厄介な男である。

厄介と言えば、キャリバンの（と言って悪ければプロスペローの）島も複雑な様相を呈している。ナポリの悪党どもには不毛の土地に映り、ゴンザーローには楽園的な緑の世界に映る。島を知り尽くしているキャリバンは、島の両面性を十分に認識しているが、この島の特産物がどの程度新世界を彷彿とさせるかは疑問である。キャリバンが新しい主人との関係を良好に保つために申し出た

そうだ、クラブがたくさんあるとこに案内しよう。
この長い爪でピグナッツも掘ってやる。それから
カケスの巣のある場所も、すばしっこいマーモセットを
罠にかける方法も教えてやる。鈴鳴りのハシバミの樹にも
連れてってやるし、岩のあいだからスキャメルの雛を
とってきてもやる。（2.2.144-49）

という奉仕のことばが描写する島の食物体系はいびつで曖昧である。「ピグナッツ」や「マーモセット」には新世界的連想が伴うかもしれないが、「クラブ」は「クラブアップル」を意味するのかカニなどの「甲殻類」を意味するのか判然としない。「スキャメル」に至ってはその意味の解明は絶望的でさえある。キャリバンの島はグリーンブラットの言うように「不透明」な世界（575）なのかもしれない。

二

そもそも劇中でキャリバンに付与された表象も一筋縄ではいかない複雑なニュアンスを提示している。一七七八年にリチャード・ファーマーによっておそらく初めて指摘された「キャニバル」のアナグラムとしての「キャリバン」という名は、我々を初期植民活動の場であるカリブ海域へと容易に誘いはするが、劇中のキャリバンの行動はおおよそキャニバリズムとは無縁である。それどころか、キャリバンの「飯ぐらいは食わせろよ」(1.2.331)という人間の存在の根本にかかわる叫びが例証するように、人肉はおろか好きなときに好きなものを好きなだけ自由に食べることもままならない。キャリバンが背負う表象は、単なる「土くれ」から「薄のろ亀」、「悪党」、「奴隷」、「野蛮人」、「妙な魚」、「化け物」、「魚と化け物のあいのこ」、「魚にあらずして島人」、「獣」、そして「悪魔」まで実に多彩である。プロスペローの「おい、毒のかたまり、悪魔が鬼ばばあに生ませた／奴隷!」(1.2.320-21)や「悪魔だ、生まれながらの悪魔だ、あの性情では／いくら教えても身につかぬ」(4.1.188-89)、あるいはステファノーの「こいつはこの島に住む四本足の化け物だな」(2.2.59)といったキャリバンの描写を鵜呑みにすれば、キャリバンは人間からはなはだ遠い存在と言わねばならないが、反抗的な奴隷を前にした主人の怒りのことばや酔っぱらいのたわごとに信憑性があるとは思えない。むしろプロスペローのエアリエルへの「当時この島には―鬼ばばあの生み落とした息子、／あのまだらの化け物以外には―人の姿をしたものは／一人もいなかった」(1.2.281-84)という説明を素直に信じるならば、キャリバンも人間の仲間入りは辛うじてできそうである。

なるほどキャリバンはセティボスを崇拝し、また彼には新世界の探検者がアメリカ先住民の特質としてことさら好んで押し付けたがる背信行為と天の美禄への異常な関心を認めることができる。さながらヘミングウェイの短編「十人のインディアン」を連想させるほど。しかし、キャリバンの先ほど並べてみた多彩な表象に一六二二年に刊行された「第一・二つ折り本」の、かなり注意深く校閲されたと推定される登場人物一覧に見られるキャリバンの「野蛮で奇形の奴隷」という記述を足したところで、そこにはキャリバンの「他者性」を明るみに出す表現は多く見られるものの、直接的にアメリカ先住民を喚起する要素は希薄であるということに気づくであろう。シェイクスピアのキャリバンは、ボディ・ペイントも頭の羽飾りもタバコも弓矢も知らないし、きらびやかな衣装に目を奪われたトリンキュローを「ほっとけよ、ばか。ただのぼろ屑だよ」(4.1.222) と叱りつけるところからすれば、新世界の探検者が先住民の特質の一つに数え上げている白人の持ち物への関心も一切示してはいない。シェイクスピアのロンドンは、すでに何人かのアメリカ先住民と接触する機会を十分に提供しており、ステファノーが信じて疑わなかった「こいつをなおして飼いならしてナポリに連れて帰りゃあ、どんなりっぱな革靴をはく王様にだって最高の献上品になるだろう」(2.2.61-63) という可能性を実践して、ロアノークあたりからその名をマンテオという先住民をロンドンに連れ帰り、エリザベス女王に謁見させたのはウォルター・ローリーではなかったか。古い話を持ち出せばきりがないが、アメリカ先住民がヘンリー七世や八世と謁見する機会を与えられたことも否定しがたい。シェイクスピアが新世界への旅行者がもたらす先住民の特質描写にまったく無知であったとは考えにくい状況がそこにはある。そのような情報は特定の書物に触れなくとも、徐々に浸透してくる性質のもので、その気になれば先住民のステレオタイプな特質描写をテクストに挟み込む余地は十分にあったはずである。ところが、『テンペスト』ではそのような描写はむしろ注意深く封じ込められている。これは不思議といえば不思議なことであるが、その不思議さを解きほぐす鍵はプロスペローが語るキャリバンの素性とご老体ゴンザーローのいささか軽はずみなことばのなかにありそうである。
プロスペローがエアリエルの忘恩の咎を責めるときにもっとも有効と判断した手段は、彼に過去を思い出させることであった。過去はプロスペローにとって言わばオブセッションである。あらしで沈んだかにみえる立派な船に乗り合わせた人々の災難を悲しむ愛娘ミランダに「髪の毛一本」(1.2.30) さえなくした者はいないと断じて安心させたあと、「暗い過去の淵の底」(1.2.50) に潜むものを思い起こさせようとしたかと思えば、自らも十二年前にミラノで起こったクーデターを苦々しく思い起こす。そしていま、さらなる仕事はごめんだと託つエアリエルにこの妖精が味わった地獄の苦しみを思い出させる。

プロスペロー　　　おまえはもう忘れたのか、
どんな苦しみからおれに救われたかを?
エァリエル　　　　　忘れやしません。
プロスペロー　いいや、忘れておる。だからいやがるのだろう、
海底深く
もぐったり、身を切るような北風に乗ったり、
霜に凍てつく大地の下に入りこんだりして、
おれのために働くことを。
エアリエル　　　　別にいやがったりしません。
プロスペロー　嘘をつけ、この悪党めが!　おまえは忘れたのか、

年と悪事を積みかさねて輪のように腰の曲がった
魔女シコラクスを？　あの鬼ばばあをもう忘れたのか？
エアリエル　いいえ。
プロスペロー　ではあの女はどこで生まれた？　言ってみろ。
エアリエル　アルジェです。
プロスペロー　ほう、それは覚えていたか…
目に青い隈のできたこの鬼ばばあは、身ごもったまま
水夫たちに連れてこられ、この島におき去りにされた。
おまえは、いまはおれの奴隷だが、当時はこの女の
召使いだった。だが上品で華奢な妖精としては
この女の下品でいやらしいご用をつとめられず、
大事な命令をことわったため、ついにこの女は、
おまえなどより力の強い手先どもの助けを借り、
抑えがたい怒りにかられて松の木の幹を引き裂き、
そこにおまえを閉じこめた。おまえはその裂けめに
はさみこまれたまま十二年、苦しみ続けていた。
そのあいだにこの鬼ばばあは死に、おまえはそこに
とり残されてしまった…

さすがのシコラクスも
その術を解くことはできなかった。おれがここに着き、
おまえの声を聞きつけ、魔法を用いてやったからこそ、
おまえは松の木から出られたのだぞ。

エアリエル　　　感謝しています。（1.2.250-94）

プロスペローは「いまはおれの奴隷」として、言わば年期奉公の形で尽くしてくれているエアリエルの労働意欲を高めるのにもっとも有効な手段は、彼に十二年前の苦痛への恐怖を植え付けておくことであると十分に認識している。苦痛はニーチェの指摘を待つまでもなく、記憶術のもっともすぐれた手段であり、奴隷への支配を確固たるものにするために白人の「主人」によって大いに利用されてきた。もちろん苦痛はキャリバンに対しても有効であるが、それについては後ほど触れるとして、この一節が明らかにする動かしがたい点は、シコラクスはキャリバンを身ごもったままアルジェから追放され、この島に捨てておかれたエグザイルであるというところに求めることができる。してみると、シコラクスやキャリバンを島の先住民と見なすことはいささか困難であると言えるだろう。エグザイルという点ではシコラクスとプロスペローは同類であり、それぞれの子どもは、一人はアルジェに、もう一人はミラノにルーツを持つ「島育ち」にすぎない。もしこの島に植民活動があったとするならば、その初期の段階における植民者はエアリエルを完全に支配していたシコラクスであり、遅れて島に漂着したプロスペローはすでに植民者となっていた母から島を継承していたキャリバンを完全に服従させ、その島の支配権を簒奪し、新たな植民者になったということだ。それはそれ

として、いまここで注目すべきは、キャリバンのアルジェとの繋がりが『テンペスト』を大西洋言説で捉える危険性を浮き彫りにしていることである。アルジェは明らかに地中海言説を指向しているが、アメリカニストは意図的にそこには目を向けようとはしない。それを無視するか、せいぜいおざなりの関心で済ませておくほうが彼らが跋扈させたい主張に都合がいいからである。キャリバンがアルジェ出身の魔女が生み落とした息子である限り、シェイクスピアがキャリバンにボディ・ペイントをほどこしたり、その頭に羽飾りを纏わせることは不可能である。彼にしてみれば、魔女の息子の他者性を「奴隷」、「悪党」、「野蛮人」、「悪魔」といった単純な表象を繰り返すことによって強調しておくだけでことたりるのである。エドワード・サイードの「憎まれものの『他者』を人間扱いしなくなる最初の一歩は、彼らの存在を少数の執拗に繰り返される単純な表現、イメージ、概念へと還元してしまうこと」（七四―七五）ということばは、そのままキャリバンの他者性の表象にあてはまるのである。

三

われわれに地中海を意識させるもう一つ等閑にできない箇所は、ダイドーをめぐって展開するゴンザーローとナポリの宮廷人とのやりとりである。

ゴンザーロー　私たちの着物は、アフリカではじめて身につけたときそのままの真新しさです、姫君クラリベル様とテュニス王のご婚礼の席で。

セバスティアン　おめでたい婚礼だったな、おかげで帰り道もこのようにおめでたいめに会ったわけだ。
エードリアン　あれほどのお妃様を迎えたのは、テュニスではじめてのことでしょう。
ゴンザーロー　かの独り身のダイドー以来のことでしょうな。
アントーニオ　独り身の！　けしからん！　こんなときに独り身の女の話をもち出すとは！　なにが独り身のダイドーだ！
セバスティアン　ついでに相手の「独り身のイーニーアス」ももち出されたらどうする？　二人身になるではないか。くだらぬことを気にするな。
エードリアン　独り身のダイドーとおっしゃいましたね？　どうも気になるのですが、ダイドーはカルタゴの女王であって、テュニスの女王ではありますまい。
ゴンザーロー　いまのテュニスが昔カルタゴだったのだ。
エードリアン　カルタゴだった？
ゴンザーロー　さよう、たしかにカルタゴだった…
ところで、陛下、私たちの着物のことをお話ししているところでした、テュニスではじめて身につけたときそのままの真新しさではありませんか、いまは王妃となられた姫君のご婚礼の席で。
アントーニオ　あれほどのお妃様を迎えたのはテュニスではじめてのことでしたね。
セバスティアン　かの独り身のダイドー以来、と続くのはもうかんべんしてほしいな。
アントーニオ　ああ、独り身のダイドー！　そうでした、独り身のダイドーでした。
ゴンザーロー　どうです、私の上着にしましても、はじめて身につけた日そのままの真新しさではありませんか？　つまりその、見方によればですが。
アントーニオ　見方とはうまい、百万の味方を手に入れたようなことばだ。
ゴンザーロー　姫君ご婚礼の席で？
アロンゾー　聞く気のないこの耳にことばを詰めこむのは
もうよしてくれ。ああ、あのようなところに
娘を嫁がせるのではなかった！　その帰り道に
息子を失い、おれの気持では娘も失ったのだ、
イタリアからあれほど離れていては、もう二度と
娘には会えまいからな。ああ、おれの一人息子、
ナポリとミラノの王となるべき身を、どんな魚が
餌食としたことか！
セバスティアン　兄上、この大きな不幸を感謝したいなら
ご自分になさることです、なにしろご自分の娘を
ヨーロッパに嫁がせずアフリカに捨てられたのだから。
少なくともその姿はあなたの目から追放されたのです、
その目が涙にぬれるのも当然でしょう。
アロンゾー　もう言うな。
セバスティアン　あのときわれわれ一同、ひざまずいてあなたに

思いとどまるよう嘆願しました。あなたの美しい娘も、
嫁きたくない気持と親には従わねばという気持に
引き裂かれていたのです。(2.1.65-126)

まず注目すべきは、たとえプロスペローの島がどこに位置しようとも、この一節は地中海言説のなかで捉えるべき類のもので、そこには大西洋言説が入り込む余地は微塵もないということである。シコラクスのアルジェやクラリベルのテュニスが位置する北アフリカ沿岸地域を含む地中海の覇権争いは、オスマン帝国のスルタン、スレイマンとハプスブルク帝国のカール五世との間で、それぞれが海戦の達人バルバロスとアンドレア・ドリアを味方につけて予断を許さぬシーソー・ゲームの様相を呈していたが、結局、地中海はスレイマンの海と化してゆく。そのなかで注目すべきは、オスマン帝国と友好関係にあったフランスが一五三六年頃にはスルタンからカピチュレーション(通商特権)を獲得していたことである。このことはフランスに限らず、ヨーロッパの列強にとってレヴァント貿易は魅力ある可能性を包摂していたことを意味する。スレイマンの死後しばらくして、あの一五七一年のレパントの海戦でオスマン帝国は苦汁を嘗めるが、だからと言って、帝国の地中海支配に即座にかげりが見えてくるわけではない。この敗戦の隙をついてスペインのフェリペはテュニスを占領するが、七四年にはオスマン軍によって駆逐され、この地域の真の支配者が依然としてオスマン帝国であることを再認識する結果となる。このような状況のなかでレヴァント貿易を発展させるためにエリザベス女王のイングランドは、一五七八年にスルタンに使者を派遣し、八〇年にカピチュレーションを手に入れることに成功すると、すでに一六世紀半ばからムスリム世界への武器・弾薬の輸出に余念

のなかったイングランドの商人たちの後押しをすることになる。[2] イングランドは商業活動や私掠船の前哨基地としてのアルジェやテュニスの重要性を十分に認識し、またそこに足場も築いており、したがって『テンペスト』の当時の観客にとってこの芝居のなかで九度も言及されるテュニスが全く何の連想も伴わない真空地帯であったとは考えにくいのである。

すべてをポジティブに解釈するオプティミストのゴンザーローは、ここでは王の悲嘆を和らげるために塩水の影響をまったく受けていない着物に言及し、成り行きからいささか軽率に「独り身のダイドー」の話を持ち出して、その結果、ユートピア論を展開してみせたときと同様にアントーニオやセバスティアンのようなリアリストから揶揄されている。彼が貞節な女性と捨てられた女性の二面性を持つダイドーを軽々しく話題に乗せたことは、王を慰める目的につながらないばかりか、かえって王に「ああ、あのようなところに／娘を嫁がせるのではなかった！」と反省させる結果となり、最終的にはセバスティアンの歯に衣着せぬ猛烈な非難のことばを引き出してしまうが、彼のこの軽率さは『テンペスト』の地中海言説には少なからず貢献している。彼のおかげでテュニスとカルタゴが何度も顔を出し、また彼のおかげでイーニーアスのカルタゴからイタリアへの航路も想起することができる。そしてまた、アロンゾー一行が嵐に遭遇して難破するのはクラリベルとテュニス王との祝言の帰路であり、プロスペローが目指す方向もミラノである。つまり、『テンペスト』はとりもなおさずイタリアの方向を向いているのである。本国において失うものがないトリンキュローやステファノーは、キャリバンの陰謀に加担して島を支配することにやっきになる。しかもマクベスが悔しがる一代限りの支配で終わるのではなく、未来を保証する美女―「あんたのベッドにはぴったりだ、／きっとすてきな子供を生んでくれるぜ。」(3.2.97-8) ―が手に入るとなればなおさらである。しかし、アントーニオやセバスティアンのようなナポリのよこしまな宮廷人は、島の支配にはまったく関心がなく、それぞれの頭のなかにあるのはミラノのナポリの属国からの解放とナポリの王冠だけである。

アロンゾー一行が嵐に遭遇するのがクラリベルとテュニス王との婚礼の帰路であるということは、かなり大きな意味合いを持っている。嵐が起きるタイミングは絶妙である。プロスペローが自らの「プロジェクト」に成功をおさめるつもりであるならば、仇敵のアロンゾーが娘のクラリベルをテュニスに捨て去った後で嵐を起こすほうが都合がよい。テュニスのクラリベルは、王のことばを借りるならば、先ほどの引用にある通り、「おれの気持では娘も失ったのだ、／イタリアからあれほど離れていては、もう二度と／娘には会えまいからな」となるだろうし、アントーニオのことばを借りるならば、「人が一生かけても／行き着けぬところにいる人だ」(2.1.242-3) となり、つまりは死んだも同然ということか。そもそもアロンゾーが皆の反対を押し切り、また娘の意思に反してまで今回の政略結婚を選んだのには「ナポリとミラノの王となるべき」息子ファーディナンドを抱えていることからくる安心感も後押ししている。そうであればこそ、クラリベルをナポリとテュニスの安定した経済的・政治的関係の構築に資する贈り物としてテュニス王に差し出すことが可能となる。彼にはナポリの属国であるに過ぎないミラノのアントーニオの息子（彼だけが嵐で行方不明）に娘を嫁がせる意図は毛頭ない。かりに将来、複雑な王位継承権の問題が生じたとしても、（実際の地理的距離はミラノの方がナポリからは遠いのではあるが）「イタリアからあれほど離れて」いるテュニスが相手なら王位継承に絡む問題を容易に黙殺できるであろうし、テュニスとの姻戚関係が成立したからにはカピチュレーションの付与を受けて地中海での商業活動の拡充を図れると踏んでのことであろう。いずれにしても、テュニスでクラリベルという荷物を降ろした帰路という状況は、プロスペローが目指す目標をミランダとファーディナンドの婚姻に、そしてそれを保証するアロンゾーの改悛に絞ることを容易にしている。この結婚は、もとよりプロスペローが入念に仕組んだものとは言え、クラリベルとテュニス王の場合のような異人種結婚ではない。それどころか、「一目惚れ」の響きを持ち、そのことはミランダが父親のただの道具に成り下がるのをきわどいところで阻止しているのである。とは言え、ミランダがプロスペローの「プロジェクト」成就の要であることにはかわりがない。キャリバンによる暴力的異人種結婚は何としても阻止しておかなければならなかったのである。

キャリバンがアメリカ先住民を、そしてまた植民地主義言説を喚起する存在であるとするならば、それはキャリバンの他者としての外面的表象に起因するのではなく、また彼の住む島の地理的位置に起因するのでもない。それはひとえにキャリバンとプロスペローの遭遇とその後に続く両者の権力関係およびキャリバンがナポリの阿呆どもと企てる支配者に対する反逆に起因するのは議論の余地がないほど明白である。プロスペローが三歳に満たないミランダとともにキャリバンの島に漂着した当初、両者の関係はきわめて良好であった。キャリバンに語らせよう。

おめえははじめてここにきたとき、
おれをかわいがり、大事にし、木の実の入った
飲み物をくれた、昼間の大きな光はなんと言い、
夜の小さな光はなんと言うかも教えてくれた、だから
おれもおめえが好きになり、島のことはなんでも

教えてやった、清水の湧くとこ、塩水のたまるとこ、
穀物の実るとこ、実らないとことな。ばかな話さ！（1.2.333-40）

ところが、キャリバンによる「ミランダ陵辱未遂事件」以来、両者の関係は激変する。支配／被支配の二項対立を特徴とする関係へと急速に変貌する。詩を書くことばかりでなく、悪態を吐くことも同様に得意なキャリバンが、「だいたいこの島はおれのもんだ、おふくろの／シコラクスが残してくれたのに、おめえが横から／奪いやがったんだ」（1.2.332-3）と、第三世界のキャリバンたちを狂喜乱舞させる思いを吐露したところで、彼を待ち受けているのはセティボスをも家来にするプロスペローの魔術が加える耐えがたい肉体的苦痛である。キャリバンの主張に対するプロスペローの返答は、エアリエルが異議申し立てをした場合と同じく、度を越した脅しであり、そこには被支配者のまっとうな主張に対する支配者側からの論理的反駁は微塵もない。エアリエルに対してと同様に「この大嘘つきめ」（1.2.345）と相手を罵倒するしかない。中心を闊歩する支配者にとって他者の叫びは、所詮ただの虚言にしか映らない。正当な理屈を踏まえて応えるに値しないたわごとでしかない。そもそも両者の当初良好であった関係を悪化させたのは、ひとえにキャリバンの重大な落ち度によるものであり、彼のミランダに対する背信行為はプロスペローによる彼の島の収奪を正当化している。支配者と被支配者の関係悪化を誘発する欺瞞や背信は、つねに被支配者側にあるというわけである。情け深いと自負するプロスペローに「いくら教えても身につかぬ」（4.1.189）と嘆かせるキャリバンの「あの性情」（4.1.188）は、プロスペローにその劇中劇を中断させる陰謀を引き起こす。この陰謀によってキャリバンの謀逆の性情が決定的に証明され、プロスペローが犯したキャリバンに対する簒奪行為は見

事に隠蔽される。ピーター・ヒューム流に言えば、「プロスペローの劇では卑小な位置におとしめられている陰謀の上演こそが、『テンペスト』という劇のまさに主筋であることを、そのときわれわれは理解することができるだろう。大西洋的な題材は周縁にあるように見えて、実は中心に位置するのである」(一八七―八)となるのであろう。

しかし、ヒュームの「大西洋的な題材は周縁にあるように見えて、実は中心に位置するのである」という言い方は、実に巧妙な言い方ではあるが、巧妙であるだけになおさら何か納得しかねるところが残るように思われる。確かにプロスペローはヴァージニアの植民者と同じようなやり方でキャリバンの土地を収奪し、同じようなやり方でキャリバンを支配してきたが、実際の植民者とは違って、プロスペローは収奪した土地を手放すことを選ぶ。農業植民地的色彩の強かったヴァージニアの入植者たちは、巧妙な欺瞞の論理によってアメリカ先住民の先住主権を否定し、土地を没収して領地を拡大し続けてきたが、彼らとは異なってプロスペローは島を放棄するだけでなく、最大の武器である魔術までも放擲してイタリアへ戻ってゆくのである。彼らとは異なって、島をミランダとファーディナンドの子孫でうめ尽くすことにも、他者を完膚なきまでに打ちのめすための魔術のさらなる研鑽にも関心がない。彼にとっては十二年前のクーデターを一度鮮やかに思い起こした後で、怒りを抑えてどのような形でたおやかに忘れ去るかが大切なのである。それが『テンペスト』のプロットラインの要であり、それはまた大西洋的な題材を周縁化し、地中海的な題材を中心化する手助けをしている。ミランダが『テンペスト』の終幕で発した

りっぱな人たちがこんなにおおぜい! 人間がこうも

美しいとは！　ああ、すばらしい新世界だわ、
こういう人たちがいるとは！（5.1.182-84）

には旧世界のヘゲモニーをめぐる泥沼の争いのなかでうごめく、全く称賛に値しない連中を称賛してしまう基本的誤謬があるとは言え、彼女のことばが、この芝居が指し示す旧世界に向けられていることは興味深い。ゴンザーローは「われら一同は／正気を失いしあいだにわれをとりもどしぬ」（5.1.212-13）と言ってのけるが、『テンペスト』もそろそろ大西洋言説の狭苦しい庵を抜け出し、それ自体をとりもどすべき時期にきているのではないだろうか。

注

1　小田島雄志訳『テンペスト』。以下引用にはこれを用いるが、部分的に訳語を変更することがある。
2　このあたりの状況についてはAndrew C. Hessが有益。

引用文献

Fiedler, Leslie A. *The Stranger in Shakespeare*. London: Croom Helm, c1972.
Greenblatt, Stephen. "Learning to Curse: Aspects of Linguistic Colonialism in the Sixteenth Century." *First Images of America*. Ed. Fredi Chiappelli et al. Berkeley: U of California P, 1976. I, 561-80.
Hess, Andrew C. "The Mediterranean and Shakespeare's Geopolitical Imagination." *'The Tempest' and Its Travels*. Ed. Peter Hume and William H. Sherman. London: Reaktion Books, 2000. 121-30.
Marks, Leo. *The Machine in the Garden*. London: Oxford UP, 1964.
Shakespeare, William. *The Tempest*. Ed. David Lindley. Cambridge: Cambridge UP, 2002.『テンペスト』小田島雄志訳、白水社、一九

九八。

エドワード・サイード『イスラエル、イラク、アメリカ』中野真紀子訳、みすず書房、二〇〇三。

ピーター・ヒューム『征服の修辞学』岩尾龍太郎他訳、法政大学出版局、一九九五。

G・W・F・ヘーゲル『歴史哲学講義（上）』長谷川宏訳、岩波書店、一九九四。

V　語られるべき歴史

林　以知郎

「われらが縁者、アンドレ少佐」
――建国期アメリカ文学とスパイ・アンドレ伝承

はじめに

合衆国の独立・建国をみた世紀がジョージ・ワシントンの死を追うように閉じられていく一八〇〇年にメイソン・ロック・ウィームズの『ワシントン伝』が出版されるが、この書物を嚆矢として形成されていった言説群をワシントン神話《ワシントニアーナ》の名で包括する研究はすでに多くの成果を見ている。[1] 建国期社会の文化イコンとしてワシントンを位置づける視点が有効であるのは、この時期の「観念の社会史」、すなわち一七九〇年代から一八二〇年代に至る時期に「人々が共有した観念複合や情動・知覚をその政治・経済文脈に据え直して捉える」（Watts, “Masks, Morals, and the Market” 129）ことを可能にしてくれるからである。ワシントン・アーヴィングはその名前が示すようにこの文化イコンの浸透の中で自己形成を果たしていった「革命後世代」の心情を身をもって体現する人物であるが、彼の『スケッチ・ブック』（一八一九―二〇）はこの世代によって共有されていた観念複合や情動に表象としての可視性を帯びさせる、格好の「文化イコン的テキスト」(Nelson 269-70)と言えよう。ワシントンの図像がくっきりと描きこまれるのはもちろん「リップ・ヴァン・ウィンクル」であろうが、あえて「スリーピー・ホローの伝説」に眼を転じてみるならば、革命後世代の「観念の社会史」の多面的な切断面が見えてくる気がする。本稿で考察してみたいのは、ワシントン神話とちょうど合わせ鏡のような形で革命後世代の心象世界を映し出していたもうひとつの言説群の存在であり、この言説群を形成期にあったアメリカ文学がどのように取り込んでいったのかをスケッチしてみることである。

一　タリータウンの幽霊譚

「スリーピー・ホローの伝説」は誰もが知っているように、イカボド・クレインの過度の想像力がハドソン河畔の田舎景色を「首なし騎士の怨霊に憑かれた風景」に変容してしまった挙句に、虫の良い恋の成就どころか、雇われ教師として村で勝ち得ていたはずの居場所さえ失わせてしまう話である。恋敵ブロム・ボーンズが首なし騎士の伝説を自作自演することでクレインをまんまと放逐してしまった種明かしで物語の本体部分は終わるのだが、ここで長者の娘も資産もその手に納めることとなる土地者ブロムの側からイカボド追放劇を再構成してみるならば、どのようになるのだろうか。ボーンズにとって伝承の「首なし騎士」なぞ、畑に転がる南瓜を小道具に肉体を復活させうる、その程度に希薄な実体しか持たぬもの。だからこそ、それをねたに悪ふざけ《プラクティカル・ジョーク》をしかけようと目論見えたわけだ。村の「女子供」と、そして余所者イカボドだけがそのような「あやかしの怨霊」をみてしまう。ここでは「幽霊」を見ることと見ないことは、土地者か余所者か、という地域共同体における帰属と排除を計る尺度となっている。豊かな荘園の隅々に至るまで点検を日々怠らぬ村きっての豪農ヴァン・タッセルの眼差しが畑のなり具合と家畜の繁殖状況以外の対象に決して向けられることはない、という事情からもうかがえるように、「まっとうな男衆」の目に映るタリータウンの風景は植民地時代の過去から分かたれた一七九〇年の現在であり、交易拠点であるこの地に繰り広げられる経済秩序以外の何ものでもない。過去の亡霊などを見はしない眼差しを共有することによって、土地の住民は革命後の新しい秩序と現在という時間に生きていることを確認しあう。ヘッセン傭兵部隊の暴力に彩られた革命の記憶は亡霊と共に過去の歴史の中に封じ込められてしまわねばならぬのであって、ボーンズ自作自演の「亡霊芝居」が徴づけるのは、植民地の過去が歴史として完了し新しい建国期社会秩序に取って代わられていく、歴史推移の過程そのものなのだ。そしてこの新しい社会秩序を担い継承していくのが「まっとうな男衆」に他ならぬ、という社会権威の所在もまたボーンズの悪ふざけによって認証される。ジェフリー・ルービン＝ドースキーが指摘するように、ボーンズはイカボドの村落内での「外部者」性を確認するために「首なし騎士伝説」を再利用するのであって、外部者を排除する所作は同時に、この村落社会を支配する権威はだれからだれへと継承されるのか、という政治権力の自己同定の色合いを帯びている（104-05）。つまりボーンズは亡霊芝居をしつらえることで、過去の亡霊《スペクター》とそれを見てしまう余所者《スペクテーター》双方に対してエクソシストの役割を演じるのである。ここには外部者と内部の権威の間に存在する奇妙な相互補完的な関係が見えてくる。ブロムに体現される土地者は余所者イカボドに自演の「首無し騎士の亡霊」を見てもらわなければならないのであって、そうしないことには亡霊とともに過去を封じ込めて現在を掌握することができない。すなわち政治権力の自己確認は、やがて放逐されるべき外部者の眼差しに晒されるところにはじめて成立するのである。

二　アンドレ少佐の亡霊

ところが「首なし騎士」だけが、イカボドがあたりの風景に見とっている亡霊であるわけではない。タリータウンの村境を越えて逐電したイカボドは、やがて判事の職を得て栄達を果たした都会においても、いまひとつの亡霊に憑かれていくこととなる。

路の真中に大きなゆりの木が立って、巨人のように、あたりの木立の上にそびえ、一種の道標になっていた。…例の不幸なアンドレ少佐がそのすぐそばで捕虜になったので、この木は彼の悲劇的な物語と因縁が深く、アンドレ少佐の木という名でひろく知られていた。ひとびとはこの木を尊敬と迷信との混じった気持ちで見ていた。それというのは、この木に名を残した不幸な人の運命に同情していたからである。
(Irving 291-92)

物語の時代から十年さかのぼって独立戦争も後半に至った一七八〇年九月、この木の傍らを過ぎようとした在北米イギリス軍副官を務めるジョン・アンドレ少佐は、あたりを巡回していた植民地民兵三名に呼び止められ、正体を糾される。近隣に本営を置く独立軍が実効支配する地域からイギリス軍支配地に向かおうとしていたアンドレは市民のいでたちでその名をジョン・アンダーソンと名乗り、アメリカ側の将軍ベネディクト・アーノルド署名の通行許可証を携えていた。その物腰を訝しんだ土地の男たちの追及にアンドレは身分を明かし、幾ばくかの金を差し出してその場を逃れようと試みるが、民兵たちは話に乗らない。ついに靴下(一説には靴のかかと)の中に隠された文書が決め手となり、アンドレは不審人物としてワシントンの幕営に連行される。暗号で記されていたのは独立派の要衝ウェスト・ポイント要塞の防備手薄な箇所の一覧と判明し、アーノルド将軍の裏切りが発覚する。国を売り逃亡したアーノルドに対して、残されたアンドレはスパイとして裁かれ、彼の人柄を知る者の嘆願にもかかわらずワシントンの決断で処刑される。軍人かつ紳士たる身にふさわしい最後を、という望みはかなわず絞首によって果てることとなったアンドレの辞世の言葉が伝えられている。「怖れを知らぬ男として死んでいったことを紳士諸兄が見定めてくれるよう、それだけを願うものである。」[2]

スパイの汚名を帯びた処刑の直後から、アンドレの不運は植民地の人々の同情と共感を引き寄せていく。アーヴィングがタリータウンの幽霊譚を書いていた一八一〇年代後半には、アンドレ少佐の記憶は「民衆叙事詩」と名づけうるほどに浸透していた(Rosenberg 51)。なぜなのか。そのひとつの答えは、「首なし騎士の亡霊」が南瓜によって補填されるべき肉体性そのものに形象を与えていたのに対して、アンドレはこの時代の支配的な情動、すなわち肉体の境界を越えて共鳴しあう共感の情に訴えかけたところに求めえよう。ワシントン神話がそうであったように、アンドレへの共感の情に色づけられた言説群もまた政治的イデオロギー性を色濃く帯びていた。ジョアンナ・B・フリーマンが指摘しているように、独立・建国期の政治文化の基盤にあった共和制イデオロギーは、抽象化された一連の概念システムであるよりは、文化エリート層たる男性市民が紳士的徳と情緒を共有コードとして互いにその同質性を確認しあう―あるいは共有しえぬ者を排除する―場、という意味での「劇場性」を形作っていた（xvi-xxiv）。この「共和国の劇場」において理想的市民を演じるのに、アンドレ少佐はうってつけの素材だった。一方で厳格な克己と自制の徳を極限といえるまでに体現する武人、同時にその洗練され端正な物腰にセンチメンタルな共感の涙を流すことを男性市民に許容する美丈夫。アンドレ少佐の裁判と処刑劇は、ケネス・シルバーマンが「ホイッグ・センチメンタリズム」と名づけた観念と情動の複合を揺り動かすのに最適の舞台をしつらえたのであった（82-4）。

ところが、建国期社会にすでに芽生えていた様々な矛盾相克を包摂して国家的一体感を醸成する妥協形成装置としてワシントン神話が機能していたのと同様に、アンドレ伝承もまたその中に組み込まれた階層差や性差に応じて多様な言説をはらみこんでいた。ワシントンによるアンドレ処遇の「冷酷非情さ」をめぐる批判を手がかりに、この多様性を検証してみることが出来よう。アンドレ自身の獄中からの嘆願もおよばずワシントンがスパイ断罪の姿勢を崩しはしなかったのは、人々がアンドレに寄せる共感の情にある危険さを直感していたからに他ならない。紳士たる徳ある者が互いに共有しあう共感の情が共和国の健全さを強化するであろうことは疑いない。だが、アンドレとの交友が結果的にアーノルドを売国の行いへと駆ったように、友誼と共感の情を喚起することが時には誘惑に身を晒すことになる危険は否めない。とくに自制と克己の市民的徳を育まれてきたわけではない階層がアンドレの洗練と優雅さに出会うとき、人はスパイの幻惑と詐術になすすべもなく操作されることとなろう。ウィリアム・ダンラップの『アンドレ』は、偶像化されたアンドレ少佐像を描き出した作品ではあるが、悲劇の主人公となるアメリカ軍将校ブランドを捉えるのはこの幻惑の危険である。かつてアンドレ少佐に命を救われた恩義の情を抱くブランドは、くわえて軍人である実の父をアンドレ釈放のための人質とされ、恩人と実父両者への恩義の念に駆られて国を捨てるところまで追いつめられていく。芝居そのものは父が無事帰還しブランドはワシントンの深慮を理解するに至る幸福な結末で閉じられるが、それでもアンドレがキリストのごとくに偶像化されればされるほど、誘惑するスパイとしてのもうひとつの相貌が影のようにつきまとってしまう。『アンドレ』から窺い知れるのは、アンドレ少佐像を文化記号として分光されてくる、建国期社会構成の多面性である。一八一二年の戦争を境としたアメリカ社会の構造変動は、共感と追慕の情に色づけられたアンドレ少佐像を文化イコンとして共有するわけではない階層を作り出していた。ロバート・E・クレイが歴史家の立場から跡づけているように、紳士名望政治の時代が幕を閉じ大衆を主役とする産業社会化へと向かっていく社会変動の過程で、アンドレ伝承の主役はアンドレと彼の周囲に紳士的友誼の絆で共鳴しあう一群の紳士階層ではなく、スパイを捕らえ愛国の思いゆえに賄いを拒絶した三人の平民兵士たちへと移っていく(371-97)。質実、剛直、実直といった共和国の市民的徳を産業社会の要請に見合う形で仕立て直すところに成立していった新しい市民像から捉え返してみるならば、アンドレに体現されていた優雅さと紳士的洗練はかぎりなく誘惑者のいかがわしさを帯びてくる。ダンラップの親友であったチャールズ・ブロックデン・ブラウンは、『アンドレ』初演の十年ばかり後にタリータウンを訪れてあの樹を感慨深げに見やっていた、と伝えられている(Crain 10)。アンドレをひとつの素材としてブラウンが造型したであろうカーウィンもオーモンドも、洗練された優雅さとともに他者の心に圧倒的な共感を喚起する吸引力を備え、その力でもって他者を誘惑していく詐術者であった。そしていまひとつ両者が共有していたのは、他人の密やかな領域を窃視する、スパイの眼差しであった。ブラウンのスパイ的人物造型は、アンドレ少佐像が共感の喚起者かつ誘惑者、という両義性をはらみこんでいった事情を端的に物語っている。建国期のアメリカは、スパイ・アンドレという外部者、それも内部にある者と見分けえないほどに同質性を帯びた外部者―スパイは職業上いつでもそうだ―について語る行為によって、他ならぬ自らの姿を語っていたのである。すなわちアメリカのあるべき姿が、外部者でありはしても紳士階層一般に共有されている徳性に基盤を置いた共和国秩序であるのか、それとも外部者の洗練された物腰に惑わされることなく自らの平民性にこそアメリカ民主体制の基盤をみるのか、フェデラリストの敗退からジェファソン派デモクラットの台頭に移っていく変動期にロマンス作家を志したブラウンの執筆活動は、アンドレ伝承の多面性をそのまま映し出している。アーヴィングにとってもブラウンにとっても、アンドレ少佐は自分たちが何者であるのかという問いに可視的な形を与えてくれる、「われらが縁者」であったのだ。

三　スパイの眼差し

タリータウンからほど遠くない地に住まい、「アンドレ三昧」(Rosenberg 63) といえるほどにアンドレ少佐の記憶に執着を抱いていたのは、ジェームズ・フェニモア・クーパーだった。クーパーの実質的に第一作となるのは『スパイ』(一八二一) であるが、ここで彼が試みたのはワシントン神話とアンドレ伝承を交差させる形で独立戦争ロマンスを構想することだった。ロマンス本体の時代は戦争の帰趨がほぼ定まりつつあった一七八〇年暮れから翌年にかけて、舞台は「未帰属地域《ニュートラル・グラウンド》の物語」という副題が示唆するようにニューヨーク植民地、ワシントンの幕営が置かれたタリータウン近郊からそう隔たらぬウェスト・チェスターに広がる、イギリス軍と植民地軍いずれの支配も確立されておらぬ無主の土地である。両勢力の間に板ばさみになって逡巡するウォートン氏の屋敷にその息子でイギリス軍将校ヘンリが帰郷する嵐の夜、屋敷にはハーパー氏と名乗る紳士が滞在している。身分を偽ったヘンリの変装はハーパーの慧眼に見破られ、妹フランシスの懇願にハーパーは一家の安泰を約す。ヘンリはスパイの嫌疑で捕らえられ、従兄弟でフランシスの許婚ペイトン・ダンウッディが植民地軍少佐としてその身元を預かることとなる。政治的帰属、肉親の情、そして男女の契り、すべてが板ばさみ状況を極めていくが、局面ごとに現われ出て救出者として働きかけるのは屋敷に出入りしていた、二重スパイの風評を背負う行商人ハーベイ・バーチと、そしてただひとりバーチの愛国の真情を知るハーパー氏ことワシントン将軍であった。家族崩壊の危機は回避され、ペイトンとフランシスは結ばれて新しい世代が巣立っていく。

　アメリカ文学史において最初に独立戦争をロマンスの素材としたこの作品がアンドレ伝承をどのように取り込んでいるのか。たとえばアンディー・トゥリーズはクーパーの三民兵の描き方に「反動性」を見とる。揺らいでいきつつあった郷紳階層のエリート文化を守ることを自らの世代的使命と奉じていたクーパーの共感はアンドレに体現される紳士的徳に向けられているのであって、アンドレを捕らえた平民階層への侮蔑が民兵たちのみならず周辺人物の造型からにじみ出ている（265-69）。クーパーのイデオロギー的保守性についてはだれもが知るところであるが、トゥリーズの読みは図式的にすぎる。ロレンスを引くまでもなく、クーパーはその思想性においても分裂・相克をはらんだ存在なのであり、分裂と矛盾葛藤が物語り世界の中であたかも解消されたかのごとき「収束《コンテインメント》の幻影」を形作るところにこそ、この作家の独自性を見るべきであろう。そのような「収束のレトリック」は、『スパイ』におけるワシントン神話／アンドレ伝承の取り込みぶりにも窺い知ることが出来よう。その手がかりとなるのは、ロマンスが喚起した同時代の二つの読者反応である。最初のものは、出版翌年に『ポートフォリオ』誌に掲載された匿名書評である。書評者はこのロマンスをもってアメリカが文学の素材を豊かに備えていると立証されたことをたたえながら、こう付け加える。「ハーパー氏はその正体を最後まで明かすべきではなかった。なんとなればこの不滅なる存在をこのように描くことは、われらの尊崇の念に対する冒涜に他ならぬからだ」(Wallace 112)。この二年後、マリア・エッジワースが書簡体で書いた書評がいまひとつの手がかりである。エッジワースもまたロマンス作者の「非凡さ」を肯んじながらも、スパイを主役に据えた趣向は「いかなる共感も喚起しえず、下賤さへの反撥しか呼ばぬ」として惜しむ。「イリアースのドロンからアンドレに至るまで、アンドレ少佐からこのワシントン将軍の忍びに至るまで、スパイなどをヒーローに据えようなどと試みても失敗に終わろう」(Dekker and McWilliams 67-8)。これらふたりの書評者の読者反応自体が、それぞれが準拠枠としているワシントン神話とアンドレ伝承の浸透ぶりを物語っている。と同時に、スパイとその主ワシントン両者がロマンスの世界に入り込むべきではなかった、という惜しみ憚る感情に着目するならば、この独立戦争ロマンスにおいてワシントン/アンドレ伝承譚が奇妙に戦術的な操作を介して埋め込まれている事情が見えてくるはずだ。ある意味で書評者たちは、クーパーのロマンスの「想定された読み方」を忠実になぞっているのかもしれない。ハーベイの神出鬼没の働きぶりと、その背後にあって物語の局面局面に浸透しているハーパー/ワシントンの遍在、この二つの軸を中心にしてロマンスにおけるあらゆる出来事は生起していく。にもかかわらず、ある奇妙な疑問が読み終えた者を捉える。ちょうどあの「ゆりの木」の傍らを過ぎるアンドレ少佐があたりの地に慣れ親しむ親近性を欠いて孤立した余所者であったように、物語の中心人物でありながらハーベイとハーパー氏両者がロマンスの空間内で遊離し漂よっているごとき印象を与えるのはなぜなのか。独立戦争ロマンスに二人が現われるべきではなかった、という書評者の反応は、ある意味で的を射ている。物語の中心人物たるスパイとその主を放逐していく排除の論理を、このロマンスは内にはらんでいる。幽霊を見る機能を果たしたその時に村から放逐されていったイカボドとどこか似通った外部者性を、ハーベイとハーパー氏は刻印されている。

中心人物のロマンス空間における外部者性という問題を考えるにあたって、まずクーパー自身によるアンドレ事件への言及を見ておこう。事件が直接触れられているのは『アメリカ人観』(一八二八)である。ここでクーパーは、「アンドレが平常心を保っていたならば何事もなく切り抜けられていただろうに」と紳士的鷹揚さが足枷になって現実的な対応を失したアンドレへの同情を示す一方で、民兵たちはイギリス兵たちが通りかかるのを待ち伏せていたのだ、として彼らの「聡さ」(sagacity)と対比している(Cooper, *Notions of the Americans* 280)。紳士的鷹揚さと民衆の抜け目ない機敏さ、という対比がアンドレ伝承を通して分光されてくる建国期社会文化秩序の構図であることは前述したとおりである。だがクーパーの「聡さ」という語の選択はいますこし考察してみる必要があろう。一八一二年戦争終結時を境に建国期アメリカは、より伝統的な共和制イデオロギーによる規制と形成されつつあった市場経済の拡張エネルギーとを整合させる、という思想課題に直面していくこととなる。その際たとえばジェームズ・マディソンのような世代が、公徳や克己といった伝統的徳目の枠組みを崩すことなく経済的自己利益の追求を受容しようとするとき、沈着、果敢などの属性との親近性を帯びた「聡さ」の概念は、格好の媒介項として働きえた。

自己利益の追求が戦後アメリカの社会・経済的現実であることを悟ったマディソンは、個々人の聡さと私益追求の欲望が互いの益をもたらすものであるから、すなわちそれは全体の富に資するものである、という論理で私利追求の受容を図った。(Watts, *The Republic Reborn* 318)

「聡さ」が経済的営為に関わる冷静さ、果敢さ、自己信頼などの属性を指し示すとしたならば、ロマンスにおいてこれらの徳目を体現するのは他の誰でもない、ハーベイ・バーチである。ヤンキー行商人の祖型そのままに小物雑貨を背嚢に収めて行脚するハーベイは、都会の流行り風俗を屋敷内にもたらすからこそウォートン家に出入りする特権を与えられている。経済交換行為への関与が屋敷のみならずロマンスの空間においてもハーベイの内部者性を担保している、という論理が成り立とう。ところが、物語はハーベイのこの意味での内部者性を掘り崩していく方向に展開する。あれほどまでに執着していたかに見える床下に秘蔵された金貨を余命いくばくもない父のつかのまの生存と引き換えに地回り集団の手に献上してしまうハーベイは、住むべき家も営むべき家族をも持たぬ、経済営為への関与から排除された孤立者なのである。正確にはこう言うべきなのかもしれない。経済行為に表面的に関与しながらその深い部分で孤立した外部者にとどまることで、スパイ・ハーベイは距離を隔てた冷静な眼差しを内部者たちの営みに注ぐことが可能になる、と。

ハーベイに胡散臭さを感じ取っているアメリカ人将校はこの仕組みを直感している。

「おや、スパイめ、まったく幽霊《スペクター》とすれ違ったかと思ったぜ。」(Cooper, *The Spy* 267)

ここでもまた外部者であることが「見ること」を可能にするこの事情は、ハーベイが住まい彼自身しか知らぬ偽装の小道具を隠匿した隠れ家が、「測候所」の名で呼ばれているところからも窺い知れよう。

四　外部者の眼差しと無償の自己犠牲

もっともハーベイがその深い部分で経済的営為と全く無縁というわけでもなく、スパイには自身が奉じる交換の論理がある。ロマンスの本体部分を閉じる三十四章の舞台は、ヨークタウンの戦闘を控えた八一年秋、ワシントンの幕営で将軍とバーチの密やかな会見として設定されている。ハーベイの永きにわたっての貢献に報酬をもって報いようとしたワシントンを前に、バーチの心情は吐露される。

「閣下は私がわが命を危険に晒し汚名をもあえてこの身に引き受けてきたのは、金のためであったと思し召しか。…否、否、否。その金貨の一枚たりとて触れるもなりませぬ。すべてはアメリカこそが必要とするもの。」

…

「われらの立場は異なっているのだ。余は軍勢の将として知られるところ。されどそなたは祖国の敵との汚名を抱いて墓に入るを定められた者。そなたの真の姿を覆うヴェールは幾年も、いや永遠に取り除かれる日はないと心得よ。」(*The Spy* 398)

ここには共和国市民の模範的な自己犠牲がある。しかしハーベイの範型性は、祖国へのその貢献が永遠に秘密のままに閉ざされることを条件づけられている、そのような自家撞着をはらんでいる。ハーベイの交換の論理にのっとるならば、彼が自己犠牲と交換に得たものは他のなににも換えがたい報酬であった。スパイの無償の貢献に報いてワシントンが与えた書状は、ロマンスの最終章で死を迎えるハーベイの胸元に携えられており、若き将校たちによって読み取られることとなる。

関係する多くの者の安全と栄誉を脅かすであろう政治的事情ゆえに、本文書がここに明かす内容はこれまで秘密とされてきた。永きにわたりハーベイ・バーチは忠実にして報いを望まぬ祖国の僕であった。その行いに報いをもたらすこと人の手にあたわずとも、主なる神が御報い賜らんことを。

ジョ・ワシントン（*The Spy* 407）

しかしながら、書状と添えられた署名とが必ずしも書かれたものの真正性を証し立てるわけではない、という捏造と詐称の主題がロマンス全体を、さらにはその背後にあるアンドレ伝承に満ちているのを知る眼で読み返してみるならば、ワシントン直筆文書の信憑性は掘り崩されていくこととなろう。スパイが得たものは、経済営為として限りなくゼロに近い。それは交換価値の等価性を極限まで無視するところに成立する、ポール・ダウンズの言葉を借りれば「幻想としての交換営為」（174）なのである。

幻想に反転していくのは、ハーベイの究極的な自己犠牲を担保していたはずの文書の真正性だけではない。署名の信憑性が揺らぐとき、それと同時にハーパー氏の正体もまた揺らぎだしはじめる。ワシントンはまことにウェスト・チェスターの未帰属地域に足を踏み入れていたのだろうか。物語本体の最終章で起こったスパイとその主との会見が秘密として留まることがこのロマンスの要諦である以上、ハーパー氏がとどのつまりはハーパー氏以外の何者でもなかった、という可能性を否定する根拠は誰の手にもない。もっともハーベイとハーパー氏/ワシントンがともどもに排除されていく、というこの展開はそもそも両者の関係が分身として設定されていることを考えてみるならば、当然のことであるのかもしれない。二人の分身性はロマンスの冒頭から暗示されているのであって、外套に包まれ嵐の中を行く馬上の人物を表題の『スパイ』と誤認するところからわれわれはロマンスを読み始めるのである。嵐を逃れた屋敷内でも、二人の間だけに共有される秘密を確認しあうように、両者は幾度かひそやかな眼差しを交換しあう。構造的に言うならば、この独立戦争ロマンスは分身関係を形作る二人の外部者の間に交わされる眼差しの交換によって始まり、終わっていくと言ってもよい。物語の冒頭近く、嵐が過ぎ洗われたような輝きを取り戻したハドソン河畔の秋の光景を見やるハーパー氏が、次のようにひとりごちるのをフランシスが耳に留める。

「なんと壮大な光景であるか。圧倒するような荘厳さ。わが祖国の今の苦しみが終わりを迎え、このような静寂がすみやかに訪れんことを。」(*The Spy* 51)

フランシスに対するハーパー氏の約束通り、革命の動乱はやがて終息し家庭の平穏は再び取り戻される。しかしそのためには、ハーパー氏の言葉に呼び出されるかのように傍らに現われ出てくるハーベイの無償の自己犠牲が払われねばならない。ロマンスの最終章は、時代が下がって一八一二年戦争の終了を迎える一八一四年、やはりハドソン河の辺を行く二人のアメリカ軍将校が流れ弾に被弾した老人の死を見とることで閉じられる。若者の一人の名がウォートン・ダンウッディ大尉であることを確認した老人は、薄れていく意識の中で青年の凛々しい容姿に愛でるような眼差しをやりながら、こうつぶやく。

「まるでわが祖国のようだ。時の歩みと共に育ちあがっていく—神の恵みが双方にあらんことを!」(*The Spy*, 403)

命果てた老人の胸元に収められた金筒の中から見出されたワシントン直筆署名文書を引用することで、ロマンスは終わる。ロマンス冒頭でハーパー氏/ワシントンの眼差しが捉えた祖国の未来と繁栄は、ロマンスの結末で名前すら明かさず死んでいくその分身の眼差しが捉えた若者の姿として可視化される。自らの究極的な自己犠牲を代価として確保された秩序とその継承を見届けるや、当のその秩序への帰属を敢えて拒んで去っていく外部者—クーパーがこの二年後に造型するべき「鷹の眼」の眼差しを持った孤独な狩人の姿は、この老いたるスパイの延長線上に見えてくるはずだ。

注

1 ワシントン神話(Washingtoniana)の形成と浸透をめぐるもっとも包括的な研究はMichael Kammenの *A Season of Youth* および *Mystic Chords of Memory* であろう。またJay Fliegelman、特にPart IIIを参照。

2 Major Andre事件の顛末についてはRosenberg, *The Neutral Ground*を参照。

引用文献一覧

Cooper, James Fenimore. *The Spy: A Tale of the Neutral Ground*. New York, NY: Viking Penguin, 1997.

——. *Notions of Americans: Picked Up By A Travelling Bachelor*. Ed. Gary Williams. Albany, NY: State U of New York P, 1997

Crain, Caleb. *American Sympathy: Men, Friendship, and Literature in the New Nation*. New Haven, CT: Yale UP, 2001.

Cray Jr, Robert E. "Major John Andre and the Three Captors: Class Dynamics and Revolutionary Memory Wars in the Early Republic, 1780-1831." *Journal of the Early Republic* 17（1997）: 371-97.

Dekker, George, and John P. Williams, eds. *Fenimore Cooper: The Critical Heritage*. London: Routledge and Kegan Paul, 1973.

Downes, Paul. *Democracy, Revolution, and Monarchism in Early American Literature*. Cambridge. Cambridge UP, 2002.

Dunlap, William. *Andre, a Tragedy in Five Acts*. New York, NY: Dunlap Society, 1887.

Fliegelman, Jay. *Prodigals and Pilgrims: The American Revolution against Patriarchal Authority 1750-1800*. Cambridge: Cambridge UP, 1982.

Freeman, Joanne B. *Affairs of Honor: National Politics in the New Republic*. New Haven, CT: Yale UP, 2001.

Irving, Washington. *The Sketch Book of Geoffrey Crayon, Gent*. New York, NY: Viking Penguin, 1978.

Kammen, Michael. *A Season of Youth: The American Revolution and the Historical Imagination*. New York, NY: Alfred A. Knopf, 1978.

——. *Mystic Chords of Memory: The Transformation of Tradition in American Culture*. New York, NY: Random House, 1991.

Nelson, Dana D. *National Manhood: Capitalist Citizenship and the Imagined Fraternity of White Men*. Durham, NC: Duke UP, 1998.

Rosenberg, Bruce A. *The Neutral Ground: the Andre Affair and the Background of Cooper's* The Spy. Westport, CT: Greenwood Publishing, 1994.

Rubin-Dorsky, Jefferey. *Adrift in the Old World: The Psychological Pilgrimage of Washington Irving*. Chicago, IL: The U of Chicago P, 1988.

Silverman, Kenneth. *A Cultural History of the American Revolution: Painting, Music, Literature, and the Theatre in the Colonies and the United States from the Treaty of Paris to the Inauguration of George Washington, 1763-1789*. New York, NY: T.Y. Crowell, 1976.

Trees, Andy. "Benedict Arnold, John Andre, and His Three Yeoman Captors: A Sentimental Journey or American Virtue Defined." *Early American Literature* 35（2000）: 246-73.

Wallace, James D. *Early Cooper and His Audience*. New York, NY: Columbia UP, 1986.

Watts, Steven. “Masks, Morals, and the Market: American Literature and Early Capitalist Culture, 1790-1820.” *Journal of the Early Republic* 6 (1986): 127-49.

——. *The Republic Reborn: War and the Making of Liberal America, 1790-1820*. Baltimore, MD: The Johns Hopkins UP, 1987.

今西　薫

イギリス社会と演劇
――社会・女性運動を中心にして

一　演劇界に於ける女性進出の遅れ

演劇界において、女性がいかにして貢献しうる地位を獲得していったか、その変遷過程を概観してみると、まず女優の登場が遅れた理由として法的、社会的規制や宗教上の制約が挙げられる。また実際問題として、古代ローマにおいて何千人も収容できる野外劇場では、女優の声は後方の観客席に届かないという事情もあった。また、女優と売春婦とを同一視する社会風潮も根強く、女性が俳優という職業を目指しにくい状況があった。劇作家として女性の活躍が遅れた理由には女性が教育を受ける機会に恵まれていなかったことと、小説が一人の作業で作り上げられるのに対して、演劇の上演には多くの男性の手を借りざるを得なく、女性の進出が困難であったことが挙げられる。

イギリスの演劇界では、一六二九年にフランスから男女混成の劇団が訪れたときには女優にはひどい野次が飛んでまともに劇を演じることができなかったようであるが、ジェイムズ一世やチャールズ一世の宮廷では貴婦人たちの仮面劇が上演されていた。一六四二年には清教徒革命により劇場自体が閉鎖されてしまったので、役者全員が行き場をなくしてしまった。女性の活躍は、やはりチャールズ二世が王政復古期に特別許可を与えたドゥルーリー・レイン劇場とコベンド・ガーデン・オペラ・ハウスの二つの劇場の舞台に女優が上がることを、次のような条件をつけて許したことから始まる。

…すべての女性の役は上記のふたつの劇場で女性によって演じられることを今後許可する。条件として、そのリクレーションが…害を及ぼすことのない娯楽であるばかりでなく、人の生活に有用で有益な表現であること。

しかし、こうした表向きの規制緩和とは裏腹に、女優の到来は扇情的にもてはやされ、劇場経営者は女優に男装させ、短いズボンをはかせて足を露出させることによって、また女優ばかりが登場する作品を上演することで客を呼び込もうとしたという事例もある。ネル・グウィンなどに代表され、ウィリアム・ホガースの風刺画にもあるように、当時女優は名誉を与えられた売春婦より少しましな程度という立場に甘んじなければならなかった。こうしたイメージを抱かせる下地には、劇場が大衆のための偉大な売春窟と評されるほど、ロンドンの劇場の内外にいた多数の売春婦の影響もある。

王政復古期でやはり着目すべきなのは、一六七〇年代と八〇年代に十三の作品を書いた女流劇作家のアフラ・ベーンであろう。ベーン自身の作品にはフェミニスト的な要素はないが、女性が差別されていることに対して、女性であるからといって何も男性に劣ることはないとして、『ペイシャント・ファンシー卿』のエピローグでベーンは次のように書いている。

今の時代、何故神は男性により多くを
…女性には劣る知性を与え賜うのか
かつて女性は物語りが巧みであって、
男性と同等に書くことができたし、
治めることも、そればかりではなく、戦うことさえできた。（Schofield and Macheski 1）

ベーンの作品は権謀術策に満ちあふれた喜劇作品である。時代背景を考慮に入れれば、女性でありながら劇作家として確固たる地位を築きあげたこと自体画期的なことであった。しかし、ベーン以後、十八世紀には演劇界において女性の際立った活躍はなかった。それは社会全般にも見られる傾向であった。

二　十九世紀の演劇動向

十九世紀に入っても、女優の活躍の場は現在と比較して遥かに少なかったが、一八三〇年にオリンピック劇場、プリンス・オブ・ウエールズ劇場の経営権を女性が握ったこともあり、女優の数も急激に増加した。また、一八四三年の劇場条例で特許制度が廃止され、どこの劇場でもストレート・プレイが上演できるようになったことで、上演される作品は大衆娯楽的な作品から徐々にその質が向上していった。このことによって、すぐに女性問題を扱うような作品が生まれることはなかったが、一八六五年になって、トマス・ロバートソンが『社会』を書いて、それまでのエドモンド・キーン、チャールズ・ケンブル、ウィリアム・マクレディー、ヘンリー・アービングなどのロマン主義の花形役者中心の演劇から、リアリズムの演劇がイギリスに芽生え、定着していくようになるのである。

ロバートソンの目指すところは、日常どこにでもいるような現実味のあるふつうの人々から英雄を作り出すことであった。『カースト』においては階級の問題をテーマとして、平均的な人間の姿を描いた。社会問題を取り扱った演劇は、女性問題を取りあげる演劇の先駆的な役割をも担うことになった。イプセンの作品と同様に、このロバートソンの社会問題を扱う作品が、それ以後のイギリス演劇作品に大きな影響を与えた。また、ロバートソンの功績は、それまではアービングのような花形役者が手がけていた演出を、劇作家にもできる道筋をつけたことである。

これが、ウィリアム・ギルバート、アーサー・ピネロ、ヘンリー・ジョーンズ、バーナード・ショー、ハーリー・グランビル＝バーカーなどに受け継がれていった。ロバートソンの功績は、人々を写実的に描き、筋の展開よりも個人の内面の微妙な変化をとらえて描いたこと、花形役者中心のスター・システムを廃したこと、劇を娯楽から知的なものへと向上させたことにも見られる。

また、ゴールズワージーやバーカーもヴィクトリア時代の社会の因習による個人の抑圧を問題とし、特にバーカーは人は自分の置かれた状況下での自己認識が問題解決の最大の糸口であるとし、ゴールズワージーは寛容の精神の大切さを謳った。ゴールズワージーは『銀の箱』で階級によって法の適用のなされ方が違うことを挙げ、法の下での不平等を問題として掲げ、『闘争』では労働争議を背景に、持てる者と持たざる者の不平等について、相対立する二つの勢力をどちらに偏ることもなく公平に描いて問題点を挙げ、それに対して観客一人ひとりに解答を考えさせようと試みた。『鳩』でも富裕階層と貧困階層との極度の格差について書いた。実際にゴールズワージーの『正義』は法改正にもつながっている。

バーカーの『アン・リートの結婚』も階級間の問題を取り扱っているが、バーカーは、ショーが『人と超人』で取り上げた「生命力」の作用にも力点を置いている。『ヴォイシー家の遺産』では、正義感にかられてすべてを破壊してしまうことの愚と、人は社会に貢献してこそ生きる価値があることを語った。

ヴィクトリア時代にイギリスの国力の増大、国民の生活水準の向上がはかられ、演劇作品の受け手側である観客の質の向上が良い作品を生み出す要素ともなり、劇場の数の増加によって、新進劇作家にも門が大きく開かれた。しかし、実際には小説というジャンルが大衆文化にあっていたことと、小説家としての収入が劇作家のものよりもはるかに大きいということもあり、才能ある作家は演劇界より文学界を志向した。

女優に関しては、ヴィクトリア時代に入っても、その役柄は主人公の男性に虐げられるヒロイン役か、老婆役か、苦悩する母親役のような類型化されたもので、男優とは比較にならないほどの比重の軽い役柄であった。こうしたなかで、アーサー・ピネロの『二度目のタンカリー夫人』のポーラ役などは女優が競ってつきたがった画期的な役柄であった。

三　十九世紀以降の女性解放の動き

女性の権利が認められていった過程の中で十九世紀後半からに焦点を当ててみると、個人の問題では、一八五七年の離婚に関する法律の制定がある。この法律により女性には離婚が少しは容易になった。社会の問題では、それまでマンチェスター、ロンドン、エジンバラ、ブリストル、バーミンガムなどの地方で独自に参政権運動が繰り広げられていたが、その地方団体の統合体として全国組織の「全国女性参政権協会」が一八六八年に設立された。

戦闘的な戦術をとったパンクハースト母娘の参政権運動に共鳴していたバーナード・ショーは、『新聞の切り抜き』や『悪魔の弟子』で女性解放に関して賛同の意を表明している。シドニー・ウエッブ夫妻とともにフェビアン協会の中心的な役割を果たし、社会改良家を自認するバーナード・ショーは、女性問題を社会問題の一環としてとらえ、女性問題に関しても舞台から人々に「説教」しようと試みた。バーナード・ショーの作品の女性主人公は、因習的な女性像を脱却した自己実現を目指す「自立した女性」である。ショーがカール・マルクスに感化されたことも、ショーが女性解放の動きに同調した大きな要因である。ショー自身が次のように書いてる。

> マルクスは歴史や文明に関しての事実を示すことによって、私を開眼させ、世界というものに最初の新鮮な概念を与え、私に人生の目的や使命を教示してくれた。(Pearson 68)

イギリスでの女権運動の理論的な土台はメアリー・ウルストンクラフトが『女性の権利の擁護』を出版し

た一七九二年にある。彼女は、経済的な自立さえあれば、彼女の定義による「売春」（合法的な結婚）を女性は自らの意志に反して行う必要が無くなるとする。ウルストンクラフトは家庭内に閉じ込められれば、それは奴隷になるに等しいとし、男性によって描かれる理想の女性像などは偶像にしか過ぎず、それは家庭内に「奴隷」を置いておく格好の口実ともなっていると指摘している。

ショーも同じく、法的にも経済的にも女性が男性と平等になるには、資本主義はフェビアン主義に取って代わられなければならないとした。資本主義により下層階級の女性は不法な売春を強いられることになり、上流階級の女性は「合法的な売春」である婚姻関係に入ることを強いられると彼は考えた。ショーは『イプセン主義の真髄』の中で、売春の罪というのは売春婦にあるのではなく、社会にあるとした。ショーの考えは、結婚に関して「合法的売春」とする点でウルストンクラフトやエンゲルスと基本的には同じで、『不愉快な劇』の序文に「結婚と売春の違いは、労働組合に所属した労働者と組織に入っていない不定期的な労働者の違いに等しい」と記している。

四　二〇世紀前半の演劇と女性

二〇世紀に入り、ヴィクトリア女王が亡くなり、イギリスの社会にも演劇界にも転機が訪れた。ダブリンではグレゴリー夫人がアビー劇場の創設に加わり、経営に携わり、活発な劇作活動を行った。このアビー劇場の創設資金と六年間の運営資金を提供したアニー・ホーニマンも自ら一九〇七年にマンチェスターでゲイアティー劇場を手に入れて、そこでレパートリー方式で上演を始めた。作品の上演に関して、ホーニマンの基本的な姿勢は、評価の定まっている古典作品のみならず、作品に主義主張があり良質であれば新進作家のものでも取りあげるというものであった。

当時マンチェスターは綿産業で活況を呈していたが、市民の貧富の差はますます激しくなってきていた。物質的な豊かさのみを追い求める社会風潮や狭量なピューリタンの教義による精神的な抑圧、そして絶対的な家父長的権力などに反発していた新しい劇作家たちが市内にあるゲイアティー劇場に集まった。また、マンチェスターは参政権運動の中心地でもあり、そこでは女性は女性の権利擁護の問題を取りあげて積極的に活動していた。ここでは、ロンドンとは異なるその地方独特の宗教や社会問題を取り扱う作品が上演された。

一九一四年から一八年までの間は第一次大戦のために男優は不足し、演劇活動は後退を余儀なくされ、多くの劇場はほとんど兵士の慰問の場と化してしまったが、こうした中で一九一四年からリリアン・ベイリスはシェイクスピアの作品の上演を始めた。大戦後になって、イギリス社会には隣人愛を基本にした新しい理想主義的な風潮が芽生えた。こうした理想主義と演劇運動が結びつき、キングスウェイのアッシュウェル、オールド・ヴィック劇場のリリアン・ベイリスなどによって上演される作品にも女性の意見が反映されるような状況が生まれてきた。地方劇場も数多く作られ、上演される作品数も増え、必然的に女優の活躍の場も増えてきた。グラスゴウ・レップやアビー劇場では、抑圧され、虐げれている女性像を描くような作品も上演され、ロンドンだけでなく、地方にも女性の活躍の場が生まれた。

アイルランドで精力的な活動を行っていたアビー劇場でも、シングが舞台にのせたピギーン・マイク、ノラなどは新しい型の女性であった。これはイプセンのノラの系譜に属する女性で、ピネロのポーラやアグネス、ショーのバーバラ少佐やキャンディダ、ヴィヴィ、グロリア、グレイスなどと同じ類型に属する。ショーは、劇場は社会改革の場としての役割を荷うべきであると語っているが、ショーの社会全般にわたる女性の地位向上のための活発な活動に呼応するかのように、参政権運動が高まりをみせ、一九〇八年に結成された「女性作家参政権連盟」が執筆活動を通して演劇界における女性の地位向上に貢献した。

劇作家としてはエリザベス・ロビンズが『女性に票を』という参政権問題を扱った作品を作り、これがグランビル＝バーカーのコート劇場で一九〇七年に上演された。エレン・テリーやシビル・ソーンダイクも所属したこの連盟は独自に女権拡大のための劇を上演し、集会を開き、講演会なども催し、女流劇作家を後押しし、女性演劇シーズンなどを企画、運営した。バーナード・ショーは『新聞の切り抜き』をこの連盟のために書いたが検閲に触れて上演が当初禁止された。後に、ショーが一部修正に応じたので上演許可がおり、同団体はイギリス各地を巡業してまわり、この作品の公演を行った。同連盟に所属するイーブリン・グローバーも『チッキー夫人の統計』や『アップルヤード嬢の目覚め』などの参政権に関する意識改革を狙った作品を書いた。

一九二一年には女流作家のクレメンス・デーンが『離婚法案』で、離婚に関する法律の不備について、グランヴィル＝バーカーと同様な劇作態度で、どちらかの立場に偏ることなく離婚に関する問題点を指摘し、作品内で論議を展開させた。一九二四年には、「プロレタリア芸術組合」が結成され、労働者の演劇が上演された。こうした中で、ロンドンのハックニー地区のコミュニティー劇団「人民劇場」は、バーナード・ショーの『ウォレン夫人の職業』を上演して、性に関する問題、労働と搾取という問題を取りあげた。

一九三〇年代に入ってイワン・マッコールは「労働者演劇運動」を率いていたが、妻のジョウン・リトゥルウッドは一九四五年には「シアター・ワークショップ」を創設し、政治、社会批判を行う演劇作品を数多く生みだし、イギリス演劇界に大きな衝撃を与えた。この流れにあるのが、七〇年代に結成された「女性演劇グループ」や「モンストラス・レジメント」などのフェミニスト演劇集団である。

五　フェミニスト演劇とイプセン

トリル・モイが女性の置かれた立場に関して「無私であることは高貴なことであるが、それはまた死であり、生きていても死んでいるに等しい」（Gilder 25）と述べているように、創作活動においてもそれは男性固有のものであり、登場人物の中の女性像は多くの場合男性から見た女性像でしかなく、女性は自ら女性を描く機会を長い間与えられていなかった。この反省に立って書かれ始めたフェミニスト演劇を、ジャネット・ブラウンは次のように定義づけしている。

抑圧的で性差別のある社会に対して女性の自立への葛藤を演劇という媒体を用いて表現しているもの。女性の自立への葛藤が劇作品の修辞的な動機づけの中心となっているものをフェミニスト演劇と考えることができる。(1)

フェミニストは芸術と生活とを結びつけ、文学と政治とを結びつけようとした。他の社会運動と同じように、「個人の闘いは政治的である」をモットーに、個人の変革を社会の改革と結びつけようとした。トリル

・モイが『フェミニスト理論とボーボワール』の中でフェミニズムというのは、「家父長制と女性蔑視に対する闘争である」(3) と定義づけたように、家父長制度のもとで男性の意識をどのように変革させていくかに女性の解決すべき問題が残っている。女性も一人の人間として、自由に自分の将来を決める権利を有するべきだとし、ガーダ・ラーナーは次のように述べている。

フェミニストとしての意識を形成する過程は…自立を模索することと係わりがある。自立は周辺にあるべくして生まれた世界から、無意味な過去から、他人によって決定づけられる未来からの脱却を意味し、またそれは意義深い過去を認識し、自分の将来を自由に決定できることを認識することを意味する。(4)

イギリスにおける二〇世紀の女性問題の演劇は、十九世紀末のイプセンの『人形の家』がイギリスで上演されたときから始まると言っても過言ではない。ヴィクトリア時代の人々に『人形の家』がどうしてあれほど衝撃的であったかというと、人々がもっとも大切にし、神聖で冒されざるべきである「家庭」という社会の最も大切な基盤をないがしろにして、主人公の女性が子供も夫も捨てて家を出ていくことにあった。イプセンはこのような社会観や家庭観は女性の献身的な犠牲があり、女性の「無私」の献身的な、言い換えれば、自己否定的な行為によってのみ維持されているのであり、真実の対等な人間関係によって形成されているものではないことを指摘しようとした。これがイギリスの労働者階層を中心に社会主義的な考えをもつフェミニストの考えと合致したのである。イプセンは社会の不特定多数の人々の集団と個人との問題を掲げ、人々のモラルの低下、結婚制度内の女性の立場などをテーマとしたが、これがショーに受け継がれるべく問題劇の先駆的な役割を果したのである。イプセン自身がフェミニストであろうとなかろうと、男女の平等の問題、結婚のあり方について社会的な問題提起をなした事自体は否めない事実である。この頃までのイギリスの演劇作品には、イプセンの『人形の家』のノラが夫の意に反して、自己実現のために家を飛び出していくような設定の作品は皆無で、オスカー・ワイルドの『ウインダミィア夫人の扇』のように女性が愛に溺れて家庭を捨てて出て行くような作品はあったが、それは女性の自立を目的としたものではなく、女性がある男性からまた別の男性の保護下に入るといった類いのものであった。世紀が変わって、二十世紀に入っても「女性は受動的で、従順で、とりわけ『無私の人物』」という演劇作品がほとんどであった。

男女間の恋愛の問題にしても、婚姻外の恋愛を求めた女性などは、時代は遡るが、死をもって報いるべきだとした『親切心で殺された女』のように、程度の差はあれ、その流れをくむ同類の扱いを受けた。それに比して、演劇作品内でも男性の浮気や不倫はほとんどお咎めなしの状態であった。サマセット・モームの『コンスタントな妻』の主人公コンスタンスの母親は、男性のそうした性行動を男のもって生まれた、ある意味では正常な性癖であるとし、当然のこととして女性は受けとめるべきであると語っているが、こうした意見は二〇世紀後半に入って徐々に過去のものとなってきた感がある。コンスタンスはイプセンのノラと同じように最後にドアを閉めて出て行くが、不貞をはたらいていた夫と決別して出て行くのではなく、夫を平伏させて自分の愛人と旅行に出かけ、夫との婚姻関係は維持し、旅行の後は家に平然と戻ってくると言うのである。コンスタンスの大胆な発言は、イプセンのノラがセンセーションを巻き起こしたのと同じほど、因習的な結婚観への批判として受け取られた。

六　二〇世紀後半のフェミニスト演劇

舞台において、フェミニズムを見てみると、女性が男装して舞台に登場するというのはシェイクスピアの劇にもよくあることだが、二〇世紀後半に入って、その異装を用いて性差による因習的な役割づけということに対して問題提起をなすという特徴がひとつ挙げられる。キャリル・チャーチルの『クラウド・ナイン』などがその典型である。男女が全く逆の役を演じることによって、性による役割分担が不当であり、女性が理不尽に抑圧されていることをユーモアたっぷりに示そうとした。

一九六〇年代から現代に至るフェミニスト劇作家には、クレア・ラックハム、ルイーズ・ペイジ、パム・ジェイムズ、キャリル・チャーチル、ミッシェリーン・ウォンダー、セアラ・ダニエルズなどがいる。彼女たちの取りあげるテーマはジェンダー、避妊、中絶、セクハラ、女性差別などの問題である。男性作家の中でも、ジョン・オズボーンやアーノルド・ウエスカー、ハロルド・ピンター、ロバート・ボルトなどは、家族や家庭が抑圧の大きな要素になることがあるとして因習的な主婦像や母親像から女性が脱しようとする姿を描いたり、また結婚形態の規制枠を脱して自由で、実用主義的なライフスタイルを選ぶ女性を描いてきた。

ミッシェリーン・ウォンダーは『鉄は熱いうちに打て』で、一般社会でも家庭内でも女性はいかに抑圧されているかを描いている。女性は賃金格差を是正するために闘い、夫に家事をさせることに奮闘する。六〇、七〇年代は、フェミニスト運動と労働運動は協調路線をたどっていたが、その代表的な作品はロウ・ウェイクフィールドの『時の断片』で、「女性演劇グループ」によって演じられたもので、女性参政権運動の初期の頃から、一九八〇年代までの女性の葛藤の歴史を振り返るという形で書かれている。

キャリル・チャーチルの『トップ・ガールズ』では、娘の世話をさせる妹とその娘を犠牲にして、社会的な名声、成功のみに執着する主人公マーリーンの生き方が批判的に描かれているし、『フェン』では、飢餓に苦しむ農村で抑圧されている女性が中心に描かれている。チャーチルの作品では、社会の抑圧からの女性の自立の問題と階級闘争とが密接にリンクされていて、チャーチルの社会主義的なフェミニズムの視点から作品が構成されている。八〇年代に入って、社会主義を基本とする労働運動も男性優位の立場をとるという理由で、戦闘的なフェミニズムを唱える女性たちはそうした労働運動とは一線を画すべきだと主張したが、チャーチルは労働者階級の人々を蔑むマーガレット・サッチャーのような人物像を描くことによって、社会主義的な思想背景のないフェミニズムを鋭く批判している。

現代に至るまでの演劇界の変遷過程を社会主義的なフェミニズムの動きと関連させて概括したが、二〇世紀初頭からの女性解放運動は、女性の参政権獲得という具体的な目標が設定された政治的な動きと、もうひとつは因習的な性の役割分担の概念に果敢に異議を唱え、女性の経済的な自立を目指すものであった。ボーボワールの指摘を待つまでもなく、過去の文化は男性型であり、女性の男性への依存度は高かった。女性問題は、私有財産や社会の中での生産性などを考慮にいれるマルクス主義的観点からとらえられたり、生物学的な性差と社会的な枠組みの中での役割分担論から生じる差別問題としてとらえられるが、どちらにしても歴史を通して女性が隷属状態にあったという認識には変わりはない。二〇世紀を通して、女性の自立の運動は、教育の機会均等、自由な政治参加、経済的な自立、男性と女性との性に関する差別的な道徳基準の見直しを目指していた。イギリスでは演劇はこうした女性の抱える問題をも含めて、社会の潮流を的確に映し出し、時代を先取りし、主導していく役割を果したのである。

引用文献

Alexander, Sally, ed. *Studies in the History of Feminism.* London: Department of Extra-Mural Studies, 1984.

Austin, Gayl. *Feminist Theories for Dramatic Criticism.* Ann Arbor: The U of Michigan P, 1990.

Baker, Michael. *The Rise of the Victorian Actor.* London: Croom Helm, 1978.

de Beauvoir, Simone. *The Second Sex.* Trans. by H. M. Parshley. New York: Alfred A. Knopf, 1970.

Brown, Janet. *Feminist Drama: Definition & Critical Analysis.* London: The Scarecrow Press, 1952.

Carlson, Susan. *Women and Comedy: Rewriting the British Theatrical Tradition.* Ann Arbor: The U of Michigan P, 1991.

Davies, Andrew. *Other Theatres.* London: Macmillan, 1987.

Elsom, John. *Theatre Outside London.* London: Macmillan, 1971.

Gilder, Rosamond. *Enter the Actress.* London: Bell and Hyman, 1976.

Gilbert, Sandra, and Susan Gubar. *The Madwoman in the Attic: The Woman Writer and the Nineteenth-Century Literary Imagination.* New Haven: Yale UP, 1979.

Komisar, Lucy. *The New Feminism.* London: Franklin Watts, 1971.

Lerner, Gerda. *The Female Experience.* Indianapolis: Bobbs-Merrill Company, 1977.

Moi, Toril. *Feminist Theory & Simone de Beauvoir.* Oxford: Basil Blackwell, 1990.

——. *Sexual/Texual Politics.* London: Methuen, 1985.

Pearson, Hesketh. *Bernard Shaw: His Life and Personality.* London, Methuen, 1961.

Sahai, Surendra. *English Drama 1865-1900.* New Delhi: Orient Longman, 1970.

Schofield, Mary Anne, and Cecilia Macheski. *Curtain Calls.* Athens: Ohio UP, 1991.

Weintraub, Rodelle, ed. *Fabian Feminist: Bernard Shaw and Women.* London: The Pennsylvania State UP, 1977.

玉井　史絵

『荒涼館』
――自由と監視の間で

はじめに

一八五一年五月一日の万国博覧会の開会式を報じたタイムズ紙は、「平和な帝国」において「芸術と科学がいまや粗野や無知、野蛮を抑えて確立しつつある」と論評した。一八五一年はしかしながら、博覧会の祝祭的な雰囲気が示すほど平和な年ではなく、矛盾や不満、不安に満ちた年でもあった。貧困、低賃金、長時間労働、失業、スラムの不衛生な状態といった問題は解決されてはいなかったし、あまり改善されてもいなかった（Perkin 11）。ディケンズはこのことをはっきりと認識していたので、万国博覧会を無批判に賞賛することはなかった。『暮らしの言葉』一八五一年一月四日掲載の「古い年の最後の言葉」と題するエッセイでは、「世界の平和的な栄光の偉大な集まりと並んで」「イギリスの諸侯、高位聖職者、貴族、商人は――イギリスの罪と怠慢を示す――もう一つの博覧会のため、同じように結束」（313）するべきだと書いている。また

「十二月の幻影」と題する一八五〇年十二月十四日のエッセイでは、文明の中心地であるべき首都で「三万もの子供が追い詰められ、鞭打たれ、投獄されているが、教育を受けることはなく―まるで狼か熊に育てられたかのように、内面も外面もほとんど人間らしいものを持たず」（307）にいるという状況を厳しく非難している。

「十二月の幻影」は次の小説『荒涼館』の習作であるといってもよかった。『荒涼館』でディケンズは野蛮を帝国の周辺部に存在するものとしてではなく、ロンドンの心臓部に存在するものとして描いた。ホードン大佐の葬られた墓地は文明の中に潜む野蛮の最もおぞましい啓示である。語り手は「この高慢な国においては文明と野蛮とが手をつないで歩いていたことを未来の時代に証言する恥ずべき証人となる」（180）[1]と言っている。これはパトリック・ブラントリンジャーの指摘する「文明の中心にある野蛮は何よりも悪いという典型的な当時の改革主義者の論点」（117）を示すものである。『ロンドンの労働とロンドンの貧民』でヘンリー・メイヒューは「あまりにも沢山の人々が我々の家の周りで野蛮の最も深い淵に沈んでいる。我々自身の異邦人達をキリスト教化してからニュージーランドに主教を送り込んでもいい」（101）と述べている。『荒涼館』においてディケンズもまた、ジェリビー夫人のアフリカの布教活動を揶揄することによって、帝国の拡大よりは国内の改革の重要性を強調した。国内の「野蛮」を征服し、安定を確保して初めて、帝国の基盤は成り立つというのが、ディケンズを含む改革主義者達の主張である。国内の「野蛮」を一掃するのが先決だという彼らの議論の背後には一八四〇年代のチャーチスト運動や、一八四八年のフランス二月革命の後、民衆の蜂起という悪夢におびえる中産階級の人々の不安があった。ディケンズは暴力的な民衆への不安を疫病への不安として表現した。「十二月の幻影」で彼は「見捨てられた街のどん底の地下室で毒された生活を送っている惨めなもの」の「周りの大気から、彼の伝染病の分子が一般の罪に対する重い復讐を担って運ばれる」(308)と書いて、ヴィクトリア朝の人々を脅かしつづけた革命への恐怖を喚起している。

改革主義者達は国内の「野蛮人」を管理するべく、効果的な政府による介入を唱えたが、その試みは、伝統的にリベラリズムの精神を擁護してきた中産階級の人々から強い反発を受けた。ローレン・M・E・グッドラッドは中産階級のイギリス人としてのアイデンティティーを形成するものとして、二つの絡み合う要素があるという。一つは「大陸のライバルとイギリスとの対立」であり、もう一つは「起業家と専門家のアイデンティティーの対立」である(144)。イギリス人は退廃的、抑圧的な大陸のカトリックの敵と戦う、自由を愛する国民であるという意識が、ヴィクトリア時代、国家の介入と中央集権的官僚主義に対する反発の基盤となっていた。OEDによれば「中央への行政権力の集中」という意味での「中央集権化」という言葉は一八二〇年代の初めから使われ始めたが、当初から言葉そのものがイギリス人の性格とは相容れないものとして受け止められてきた。OEDは「現代の法律の害悪…いわゆる〝中央集権化〟と呼ばれているものは…我々の古代からの習慣や感情とは異質のものである」というエクセター主教の一八三六年の言葉を引用している。一八一〇年代後半に英語の語彙となった「官僚主義」も同じく、イギリス的ではないものとしばしば考えられてきた。官僚主義は「大陸の厄介なもの」(136)であるとトーマス・カーライルは一八五〇年の『現代のパンフレット』で言っている。特に一八三〇年代後半から四〇年代にかけて自由貿易主義という「自由」の名のもとの競争を擁護してきた中産階級の急進派達は、国家のあらゆる介入に対して、警戒心を抱いていた。自由を重んじる起業家と、政府による管理のために働き、また管理を必要とする専門家集団との間には深い対立があったとグッドラッドは言う。中産階級は、グッドラッドの論文のタイトルを借りれば、

「二つに分裂」していた。

本稿の目的はディケンズが改革主義者として、いかに政府の介入による秩序の維持と自由の保証という相反するジレンマを解決したかを『荒涼館』とその前後のエッセイ、スピーチをとおして検証することにある。本論ではまず、警察改革と衛生改革という二つの改革をめぐる当時の議論から、管理と自由の対立を見ていく。次にディケンズの五〇年代初頭から半ばにかけてのエッセイとスピーチを中心に、ディケンズがこの問題にどのように反応したかを論じたい。そして最後にこのようなコンテキストにおいて『荒涼館』を分析し、小説に見られる階級内対立の解決の構図を検討したい。[2]

一　警察改革と衛生改革

警察改革と衛生改革は密接に関連した改革であった。「十二月の幻影」からの先の引用が示すように、伝染病とは単に個人の身体における秩序の喪失であるばかりではなく、有機的集合体としての社会全体における秩序の喪失であった。デヴィッド・テオ・ゴールドベルグは「不潔、泥、病、汚染は分類的範疇を逸脱する働きを持つものとして表現される。つまり、法の観点から言えば秩序破壊の危険性として表される」(54)と述べている。犯罪、しいては反乱を予防することと、伝染病を予防することは、いずれも秩序の維持という共通の目的を持っていた。それゆえ一八二〇年代後半の警察改革の推進者であったエドウィン・チャドウィックが四十年代から五〇年代にかけての衛生改革推進の中心的人物であったことは、驚くにあたらない。彼は一八二九年の『予防警察論』のなかで、「監視の機会が減少するにつれて」犯罪の機会は増大するという理由で、人民を監視する重要性を訴え、統一されたシステムのもとで機能する中央集権的な組織の必要性を訴えた（Tobin 149）。一八二八年に設立された都市警察は彼の描いたヴィジョンを先取りするものであった。W・オブライエンは一八五二年七月の『エディンバラ・レヴュー』の記事で、いかにピラミッド型ヒエラルキーに基づいた警察組織が、効果的な監視を可能にしているかを説明している。それによれば地域は地区に、地区は小地区に、そしてさらには巡回区へと分割され、それぞれの巡回区を巡査が巡回する。何か異常があればそれは直ちに下から上へと伝達され、ホワイトホールの中央署まで届くようになっている（9）。チャドウィックは一八四二年に出版された『衛生に関する報告書』においても、「統合の原則」（382）に基づく中央集権的組織の重要性を説く。

検証によって、すべての構造配置の統合が…効率のためには最も必要であるということが判明している。技能による仕事の分割は、一つの目的に向かった組み合わせと改造と従属によって効率を引き出すのである。（380）

チャドウィックをはじめとする改革主義者達の推進する中央集権的な官僚組織への反発は、この二つの改革をめぐってなされた。オブライエンは、新しい警察制度の設立は当初「大変激しい反対」（1）にあったと述べている。人々の間には「臣民の自由が生命と財産の保護を得る上で、大きな障害になる」（3）という意見があった。オブライエンは新警察設立のための諮問委員会による、新警察は「完全な行動の自由や介入からの免除とは相容れない」（3）という答申の一部を引用している。衛生改革においても同様の議論がなされた。『エディンバラ・レヴュー』、一八五〇年一月に掲載された記事の中で、J・ヒル・バートンは改革を遂行する過程における人々の反発について、次のように述べている。

一般市民の健康を維持するすべての一般的な試みのうえで考慮しなくてはならない一番の困難は、中央集権化への反発の声である。我々サクソン民族の自由な国家機構の基盤から離れつつあると人々は言っている。(222)

警察改革と衛生改革に関する議論はこのように、管理と自由という、相反する必要性のジレンマが浮き彫りにされる場となったのである。

このジレンマに対する、ディケンズの反応は複雑である。彼は衛生改革の緊急性を強く感じていたので、チャドウィックが提唱する中央集権的組織を支持し、その必要性をエッセイやスピーチで訴えている。「我が教区」という題名の『暮らしの言葉』の一八五二年八月二十八日に掲載されたエッセイでは、チャドウィックによる衛生改革の実現を阻んだ、教区という行政単位に基づく地方分権性を強く非難している。

我が教区はいつも輝いている。…その偉大なる標語は自治政府である。すなわち、もしも我が教区がチフス熱というような、ちょっとした害の無い病気の味方をしたいとしよう。そしてもしもこの国の政府が、何かのきっかけで、チフス熱に反対するのが義務だと考えているような愚かな者の手にゆだねられたとしよう。…そうすれば、我が教区は自治政府という恐ろしい宣言とともに割り込んできて、チフス熱がお気

に召すまま好き勝手をする独立した権利を主張するのである。(76)

一八五一年五月十日の都市衛生協会でのスピーチにおいても、ディケンズは、「教区化」と彼が名づけた地方権力による行政と「中央集権化」に基づく厚生委員会による行政を比較し、「このいわゆる中央集権化と、このいわゆる教区化の間では、前者の方が危機的状況に備えるには、はるかに優れたものである」(130) と述べている。

ディケンズは一方で、官僚主義と政府の介入を社会の改善を阻害するものとして非難するエッセイを数多く書いている。しかし彼が批判したのは官僚主義そのものというよりは、中心の存在しない官僚主義の非効率な運営であった。一八五〇年九月十九日に『暮らしの言葉』に掲載された「可哀想な男の特許の話」は、特許を取得するために、官庁の部署から部署へとたらい回しにされ、そのたびに料金を支払わなければならなかった、正直で働き者の発明家の話である。後の『リトル・ドリット』における迂遠省とダニエル・ドイスを想起させるこの逸話で、ディケンズは起業家の自由な活動を阻む官僚主義を批判している。官僚主義に対する怒りは「赤いテープ」と題する、一八五一年二月十五日のエッセイに最も直接的に表現されている。

赤テープ主義者はどこにでもいる。彼はいつもそばにいて、ひと巻きの赤テープを手にし、小さなお役所の包みを大きな議題に変えてしまう準備ができている。…手紙でも、覚書でも、公文書でも、彼は自分自身を紡いで何千ヤードという赤テープにしてしまうだろう。広大な植民地までも、まるで賑やかな夕食のコールド・ロースト・チキンのように赤テープで巻いてしまうだろう。(420)

公文書を束ねるレッド・テープという言葉から、レッド・テーピズム、レッド・テーピストといった造語が生まれ、融通の利かない官僚主義を揶揄するために使われ始めたのはOEDによれば一八〇〇年代半ばのことである。ディケンズはここで、硬直した官僚主義は国家ばかりではなく、帝国全土に広がっていると批判している。このようなディケンズの官僚主義批判は貴族階級批判ともつながっている。「赤テープ主義者は最も紳士らしいお方だ」(421)と彼は言う。ディケンズは官僚主義が機能しない原因を貴族階級に求めることにより、専門家対起業家という階級内の対立構造を、中産階級対貴族階級という、階級間の対立に擦り替えているのである。すなわち、責めるべきは貴族の閑職者による非効率な官僚主義の運営なのである。

貴族階級の非効率な官僚主義とは対極にあるのが、専門家集団によって組織された効率的な官僚主義である。ディケンズは都市警察を、成功した官僚的組織として礼賛する。一八五〇年七月二七日に『暮らしの言葉』に掲載された「探偵警察団Ⅰ」の冒頭、ディケンズはまずボウ・ストリートの旧警察を批判する。それは「全くいい加減な性格の男」と「できない治安判事」で構成されていて、「予防警察としては全く効果は無く、刑事警察としてはだらしがなく、機能においても当てにならない」(266)ものである。それに対して新警察を特徴づけるのは効率と有能さである。

一方、現在の警察が設立されて以来組織されている刑事警察部門は、大変よく選抜され、訓練されており、大変組織的かつ静かにはたらき、職人のように仕事をし、いつも冷静かつ着実に一般住民のサービスに携わっているので、一般住民はそのことについて十分知らないし、その有用性の十分の一もわかっていない。(267)

あまりにも効率的であるがゆえに見えない——これは市民を監視しつつ、その自由を保証するというジレンマを解決する巧みなロジックである。「職人のような」専門家集団による介入はそれゆえ、自由を求める市民の要求と共存しうるのである。「フィールド警部と勤務時間中に」と題する一八五一年六月十四日のエッセイで、ディケンズはいかにロンドンの貧民が組織的な監視活動によって抑制されているかを説明する。フィールド警部は「法律の力と、より優れた感覚の力と…彼らの性格を完全に知り尽くしていることによる力」(364)を持ち、人々を完全に掌握する。彼の絶対的な力の前では、すべての人はあたかも「先生の前の生徒」(361)や「調教師の前の野獣」(368)のようである。彼は通りから通り、家から家へと巡回し、一人一人を絶え間ない監視下に置く。彼の背後に存在するのは都市警察の巨大な監視組織である。ロジャーズ、パーカーなど、派出所に常駐する巡査の存在が、張り巡らされた監視のネットワークの存在を示唆している。警官ばかりではなく、一般市民も監視に参加する。ラトクリフ・ハイウェイでは「宿屋の主人の鋭い監視」があり、「どの店も注意深く秩序を守り、必要とあればすぐに［秩序を乱す者を］追い出す」(367)。これはフーコーのパノプティコンが現実となった世界なのである。

二　『荒涼館』

以上のことをふまえて『荒涼館』を読んでいきたい。ロンドンを覆う霧の中心に座している大法院を特徴づけるのは、「イギリスの法律における一つの大原則とは、仕事自体のために仕事をすることなのだ」(621)という第三者の語り手の言葉に象徴されるような、非効率な官僚主義である。大法院の仕事とは、法的文書を永遠に処理し続け、審判を遅らせ、訴訟人を絶望と破滅に追い込むことである。ジャーンディス氏が「仰々しい騒ぎ」(121)と呼び、グリッドリーが「システム」(251)と呼んでいるのは、肥大化しもはや機能を果たさなくなった官僚主義なのである。『荒涼館』における、ディケンズの官僚主義批判は明らかに貴族階級批判である。大法院とチェスニー・ワルドは分かちがたく結びついて、非効率、無責任、非人間性、時代錯誤といったアンシャン・レジームの悪を体現している。

文明の中の野蛮はこのような貴族階級の悪政の結果である。国内に依然として残る野蛮の存在を最も如実に示すのがジョーである。彼はボリオボーラ・ガーの「生粋に外国育ちの野蛮人」ではなく「ただ普通の国産品」(724)であり、文明の世界とははっきりと隔てられている。字の読めない彼は、人々が文字という記号システムによって結ばれている共同体から完全に排除され、「わけのわからない混乱」(258)の中で生きている。「野蛮人」はしかしながら、貧民のスラムだけではなく、中産階級の家庭の無秩序と混沌の中にも存在する。政府が国民の親として人民を保護する義務を怠っているのと同じく、小説中の親の多くは子供に適切な養育を施す義務を怠り、その結果として家庭の中で野蛮人を生み出しているのである。ジェリビー夫人はアフリカに対する慈善事業に夢中になって、家庭を顧みない結果、彼女の家は混沌と野蛮の状態に陥っている。ジェリビー氏は子供達を「野生のインディアン」(475)と呼び、彼自身も「肌の色さえ違っていたら、原住民のように」(57)見えたとエスターは語る。もう一人の慈善家パーディグル夫人の子供達も、適切な親の養育を受けられずに野蛮人と化した子供達である。長男エグバートはトカフーポインディアンの「一番意地の悪いメンバー」(125)のようにエスターの目には映る。これらの中産階級の家庭に存在する「野蛮人」達は「文明」と「野蛮」の境界線がいかに脆いものであるかを示している。「炉辺は後に続く世代の美徳が教えられ、育まれる場所として、文明化された人種の神聖なるシンボルである」(43) とメイヒューは言う。逆に言えば「炉辺」無しには人々を「文明化」する美徳は「教えられる」ことも「育まれる」事もなく、人々は「野蛮人」へと退化していくのである。

「野蛮」な子供達がいる公私両方の領域の混沌と無秩序は、反乱の危険性に満ち溢れている。エイダはエスターのいない荒涼館の混乱ぶりを、ユーモアを交えて「家事は滅茶苦茶になってしまって、誰も鍵を管理できないし…皆は［エスターの］帰りを待ちわびて反乱をおこしかねないぐらいです」(586) と表現する。パーディグル夫人の「不自然な束縛を加えられた」(129) 子供達は、不満のはけ口を求めて攻撃的になる。煉瓦職人の家へ行く途上、彼らはエスターをつねったり、腕を捻じ曲げたり、つま先を踏みつけたりして言葉にならない不満をぶつける。社会に見捨てられた子供であるジョーには、反乱を起こすだけの力すら残されていない。しかし彼に代わって、彼の棲家であるトム・オール・アロンズが疫病を蔓延させて「復讐をする」(710)。

トムの汚泥の微塵、彼が呼吸する有毒な空気の一立方インチ、彼を取り巻く汚穢や堕落、無知や邪悪さ、彼の犯す蛮行、すべてが必ずや社会の各階層を通り抜けて、栄華を誇る最高のものにまで報復をするであろう。(710)

反乱の主体は個々の人間から無生物の環境へと、厳密にはジョーの住んでいる環境に潜む害悪へと、移行している。ジョーやジョーのような境遇の何十万人もの子供を見捨てることによって、汚穢、堕落、無知、邪悪、蛮行といった害悪を生み出した社会が、その害悪によって報復を受けるのである。国家を超えたレベルでは、荒涼館の壁にかかったジェイムス・クックの原住民による殺害の絵が、植民地での反乱の危機を暗示している。家庭、国家の無秩序は帝国の崩壊にもつながりうる可能性が示されているのである。

いかにこのような反乱のエネルギーを抑制し、無秩序から秩序を生みだすかが、『荒涼館』のテーマである。ジョナサン・アラックは十九世紀半ばの主要な作家の大きな課題の一つは「無秩序と混乱の観察から知識を得て、それによってその無秩序を新しく考えられた秩序の基盤へと変える事」であると言う（19）。『荒涼館』はディケンズのどの小説にもまして、この新しい秩序への願望を示している。D・A・ミラーは、大法院の支配を象徴する霧の描写で始まった小説は、刑事警察が秩序と権力の表象として機能する推理小説へと変化していくと論じている（73）。大法院とタルキングホーンから刑事警察とバケット警部への権力の移行は中産階級による秩序の構築を示唆している。タルキングホーンとバケットはどちらもパノプティコン的監視の中心人物であるが、タルキングホーンが秘密を独占することにより権力を得るのに対して、バケットは富める者、貧しい者両方の秘密を白日の下にさらすことによって権力を得る。明かりを手にスラムをめぐるバケットは、文字通り貧困の暗闇を照らし出すのである。バケットは「人間の性質を観察するのに静かに没頭し」（803）、フィールド警部のように「多くの家々の内側まで知りつくし、無数の街路を歩き廻る」（803）。多くの人々はしかし、彼を警部というよりは友人として受け止め、彼の監視の眼差しを感じることはない。彼に恐れを抱くのは、監視の対象となるジョーやジョージ・ラウンスウェルだけである。アラン・ウッドコートもまた専門家の医師として貧民の監視の一翼を担っている。バケットと同じく、彼もスラムの通りを歩いて、「しばしば立ち止まり、ひどい有様の横丁のあちこちへと目を走らせる」（711）。要田圭治氏が指摘するように、『荒涼館』において医療と警察力は、社会秩序を維持するための協調関係にある（一二八―三一）。医師と警察は個人と社会の病んだ身体を監視し、身体的、社会的両方の疫病を防ぐため、協力しているのである。船上医師として中国やインドへの航海を経験した後、国内の貧しい人々を助ける医師になるというウッドコートのキャリアは、帝国の征服よりは国内の改革が優先されるべきだという、ディケンズの改革主義者としての視点を体現している。「文明世界のまっただ中」（719）で死に瀕しているジョーを見出し、看病するのはアランであり、彼は「野蛮人」のキリスト教への改心という、小説中のどの慈善活動家も成し遂げ得なかったことを達成するのである。

警察と医師の役割が公の場で秩序を保つことだとするなら、家庭の場で秩序を保つのは主婦の役割である。エスターは家庭の領域で秩序と規律を取り戻す中心的人物である。ジャーンディス氏は「世の中には二種類の慈善家がいる。一つは大騒ぎをして何もしない人たちで、もう一つは少しも騒ぎ立てないで多くのことを成し遂げる人たちだ」（124）と言う。エスターは前者に属するジェリビー夫人やパーディグル夫人と違い、有能な主婦として、静かに効果的に働く。彼女はジェリビー家の混乱の中で、部屋を「少し片付けて」（58）神聖な炉辺の火を再びともす。エイダの言葉によれば、エスターは「こんな家でも家庭らしくしてしまう」（58）のである。ジェリビー夫人の根本的な誤りは家庭の混乱状態を見ることができず、それゆえに子供達を適切な監視のもとに置かなかったということにある。彼女の目は「はるか遠いところを眺めているように見える奇妙な癖があった。それはあたかも…アフリカより近いところにあるものは何も見えないかのようであった」（52）。一方エスターは「いつもどちらかといえばよく気のつく…黙っているけれども自分の目の前で起こることがらに気づく」（28）能力があり、その能力によって、有能な主婦となり得たのである。「望遠鏡的博愛」に対抗するエスターの倫理観は、「自分のすぐ身近にいる人たちのために、できるだけ役に立ち…その義務の環を徐々に、自然に広げていくのが最善だと思う」（128）という言葉に集約されている。ロンドンを覆う拡散する霧とは違い、拡大するエスターの同心円的な行動の環には確かな中心が存在する。中央集権的行政組織の縮図がここに表されているのである。

監視と管理に基づく貧民と子供の抑制が完全に行なわれれば、反乱の危険性はないはずである。しかし実際には小説でひとつの反乱がおこっている。それはワット・タイラーの反乱にたとえられる、北部の「鉄工場主」ラウンスウェル氏のデッドロック卿に対する選挙による反乱である。イギリスの産業都市の起業家達を中心とする急進派は、一八四〇年代自由貿易に基づく国の繁栄を訴えて、地主階級と対峙した。デッドロック卿の選挙に対するラウンスウェルの勝利は、地主階級による支配の終焉と新しい時代の幕開けを告げるものである。レスター卿は、幼少の頃から発明の才能を示していたラウンスウェル氏を、社会の脅威とみなしていた。レスター卿にとってのラウンスウェル氏は「よからぬ目的のために週に二晩か三晩、松明を持って横行する、何千という浅黒い陰気な反乱者の一味」（107）である。この表現は明らかに一八四〇年代のチャーチスト達を想起させるが、実際の反乱分子は労働者階級ではなく、起業家の工場主である。すなわち、小説では下層階級の反乱のエネルギーは中産階級へと転化され、貴族階級支配の体制を覆す原動力となるのである。一方エスターもデッドロック卿の支配体制を別のやり方で転覆させる一翼を担っている。母から出生の秘密を聞かされた後、「幽霊の小道」を歩くエスターは「この豪壮なお屋敷に破滅をもたらそうとしているのはほかならぬこの私なのだ」（586）と感じる。彼女は実際、デッドロック夫人の逃亡の原因となることで、間接的にデッドロック家の没落に荷担することになる。ラウンスウェルとエスターはともに、新しい階級による「進歩」を体現する人物である。それゆえ、ラウンスウェルの選挙の勝利が伝えられるのと、タルキングホーンがエスターの出生の秘密を最初に暴露するのが同じ章の同じ日であることは決して偶然ではない。この二つの出来事は貴族階級の没落を象徴的に表しているのである。

以上『荒涼館』を見てきたが、この小説に貴族階級から中産階級への権力の移行を読み取る解釈は決して新しいものではない。ただその背後には、管理と自由をめぐる中産階級内の対立があったことを多くの批評家は見逃してきた。ディケンズは貴族階級の非効率な官僚主義と中産階級の効率的な官僚主義とを対峙させることにより、階級内対立を階級間対立へと変化させ、下層階級の反乱のエネルギーを中産階級の体制打破のエネルギーへと変質させることで、そのジレンマを解決した。秩序と規律をつかさどるエスターとアランが、自由な起業家の活動する北部で第二の荒涼館を創造することは、それゆえ、この小説に最もふさわしい結末と言えるのである。

注

1　以下本文では青木雄造、小池滋による訳を用いたが、適時筆者の拙訳を交えている。括弧内のページ数はペンギン版のものである。

2　『荒涼館』の階級内対立に着目した論文としてはPam Morrisの“*Bleak House* and the Struggle for the State Domain”がある。ディケンズはタルキングホーンにエドウィン・チャドウィックのイメージを重ね合わせることにより、チャドウィックの推進する監視に基づく中央集権的な政府の介入を批判した、とモリスは論じている。しかしチャドウィックの持つパノプティコンの監視人的な性格は、明らかにバケット警部にも当てはまることであり、それゆえ、ディケンズが暗にチャドウィックを批判しているという彼女の解釈には疑問の余地がある。

引用文献

Arac, Jonathan. *Commissioned Spirits: The Shaping of Social Motion in Dickens, Carlyle, Melville, and Hawthorne.* New York: Columbia U P, 1989.

Brantlinger, Patrick. *Rule of Darkness: British Literature and Imperialism, 1830-1914.* Ithaca: Cornell U P, 1988.

[Burton, J. Hill. "Sanitary Reform."] *Edinburgh Review* 91（1850）: 210-28.

Carlyle, Thomas. *Latter-Day Pamphlets. Latter-Day Pamphlets and Tales by Musaeus, Tieck, Richter.* London: Chapman and Hall, 1897.

Chadwick, Edwin. *Report on the Sanitary Condition of the Labouring Population of Great Britain.* Edinburgh: Edinburgh UP, 1965.

Dickens, Charles. *Bleak House.* Harmondsworth: Penguin, 1996.『荒涼館』青木雄造、小池滋訳、「筑摩世界文学体系」三四、筑摩書房、一九七五。

——. "A December Vision." *Dickens' Journalism.* Vol. 2. 305-09.

——. "A Detective Police Party（I）." *Dickens' Journalism.* Vol. 2. 265-75.

——. "The Last Words of the Old Year." *Dickens' Journalism.* Vol. 2. 310-15.

——. "On Duty with Inspector Field." *Dickens' Journalism.* Vol. 2. 356-69.

——. "Our Vestry." *Dickens' Journalism.* Vol. 3. 74-81.

——. "A Poor Man's Tale of Patent." *Dickens' Journalism.* Vol. 2. 284-90.

——. "Red Tape." *Charles Dickens: Selected Journalism 1850-1870.* Ed. David Pascoe. Harmondsworth: Penguin, 1997. 420-26.

Fielding, K. J., ed. *The Speeches of Charles Dickens: A Complete Edition*. Hemel Hempstead: Harvester Wheatsheaf, 1988.

Goldberg, David Theo. *Racist Culture: Philosophy and the Politics of Meaning.* Oxford: Blackwell, 1993.

Goodlad, Lauren M. E. " 'A Middle Class Cut into Two': Historiography and Victorian National Character." *ELH* 67（2000）: 143-78.

Mayhew, Henry. *London Labour and the London Poor.* 4 vols. London: Frank Cass, 1967.

Miller. D. A. *The Novel and the Police.* Berkeley: U of California P, 1988.

Morris, Pam. "*Bleak House* and the Struggle for the State Domain." *ELH* 68（2001）: 679-98.

[O'Brien, W. "The Police System of London."] *Edinburgh Review* 96（1852）: 1-33.

Perkin, Harold. " 'Nor all that Glisters': The Not So Golden Age." *The Golden Age: Essays in British Social and Economic History, 1850-1870.* Ed. Ian Inkster, Colin Griffin, Jeff Hill and Judith Rowbotham. Aldershot: Ashgate, 2000. 9-26.

Slater, Michael, ed. *Dickens' Journalism.* Vol. 2. *The Amusements of the People and Other Papers: Reports, Essays and Reviews 1834-51.* London: Dent, 1996.

——, ed. *Dickens' Journalism.* Vol. 3. *"Gone Astray" and Other Papers from Household Words 1851-59.* London: Dent, 1998.

The Times 1 May 1851: 4.

Tobin, Beth Fowkes. *Superintending the Poor: Charitable Ladies and Paternal Landlords in British Fiction, 1770-1860.* New Haven: Yale UP, 1993.

要田圭治「『荒涼館』のロンドンと帝国」『ディケンズ・フェローシップ日本支部年報』（ディケンズ・フェローシップ）第二四号（二〇〇一）、一二八―三八。

小林　順

ダニエル・デフォーの死因に関する一考察

はじめに

ダニエル・デフォー（一六六〇？―一七三一）の死因は脳卒中だといわれている。意識の混濁とそれにつづく昏睡のなか息を引きとった、という。今に伝わるデフォーの死因に関する定説だが、病理上の詳細は不明である。

デフォーの死は孤独であった。借金取りから逃れ住まいするロンドンの名もない下宿屋の一室で迎えた死であった。死因はいわゆる昏睡、デフォー並のエネルギッシュな人間が罹りやすい病である。（Zaleski）臨終の病理はいずれ明らかになるはずであり、それをここに試みるつもりはなくその準備は心もとない。ここでの狙いとしては、むしろ、齢七十をすぎてなお旺盛な生活人であり、企業家魂をいわばむき出しのまま、そのような過剰な精力の蕩尽の末についに成人病の病巣と化してなお臆するでも屈するでもなく壮絶に人生と戦い、ついに迎えた最期に関して、上記の定説にあくまで補足的な考察を述べるにすぎない。

一　モンマスの乱

デフォーは一度ならず死の瀬戸際に立たされた。たとえば、青年期に加わったモンマスの反乱である。デフォーの思惑とは裏腹に、モンマスの軍勢は敗走を余儀なくされ執拗な残党狩りの犠牲となった。デフォーはというと、逃げに逃げ、生死の境を見極め、命を拾うことができた。一六八五年、デフォー、二十六歳のことである（"Time Line to the Rebellion"）。

この年の七月六日、サマセットシア、セッジムアで敗れたモンマスは、ブリテン島にそのまま留まることもできず、亡命のほかに生き延びる途はないと察した。しかし、退路は国王軍によって断たれていた。立ちふさがるのは後のマールバラ公爵、ジョン・チャーチルである。チャーチルが率いる正規軍にとって寄せ集めにすぎない反乱軍をなで斬りにするなどたやすいことであった。モンマスは、ブリストル湾を背にして、南東へ向かった。ブリテン島南岸、ドーセットシア、プールの港から、英仏海峡を越え、フランスへ向かうつもりであった。間もなく逃避行には終止符がうたれる。その時、モンマスは羊飼いの変装だったという。捕縛の地は、目的地のプール港までわずか十八キロ、ドーセットシア、ホートン村である（"Monmouth Rebellion"）。

モンマスを待ち構えていたのは最悪の結末であった。惨敗を喫したとはいえ、一度は刃を抜いて歯向かい王位を奪い取ろうとした仇にひれ伏し涙ながらに助命を乞うたという。ジェームズ二世から赦しを得られるはずもなく、斬首の刑と決まった。余談にすぎないが、一刀のもとにとはいかなかった、とある。刃ならぬ鉈はモンマスの首筋に振り下ろされること五度であったという。一六八五年七月一五日、ロンドン塔における出来事である（"Prisoners at the Tower"）。

さて、デフォーである。志願兵としてこの反乱に加わり、ロンドンからセッジムアへ駆けつけたのはいいとして、闘いの帰趨は上記のとおりであった。からくも敗残兵狩りを逃れ、悪名高い判事ジョージ・ジェフリーズの血の裁判を免れて、かろうじて命拾いとなった。

そのままイギリスに留まれば、いつなんどきジェフリーズによって血祭りにあげられるか分からない（"The Bloody Assizes"）、イギリスを脱し、大陸へ渡り、数年の亡命生活の後、ロンドンへ戻った、とされている（"Daniel Defoe: chronological notes"）。このデフォー亡命説には、続きがある。真偽のほどはともかく、デフォーはスペインに渡ったという。その成り行きは、以下のとおりである。デフォーはロンドン、シティーの商人としてはすでに若手の有望株と目されていた。商取引という言い訳であれば、アリバイ工作としては上等の部類だった。デフォーがスペインにおいてどれほどの期間を過ごしたのかは不明であるが、イギリスに帰ると、身の上にちょっとした細工を施している。デフォーの氏名は、もともと、Foeという氏名であったが、これではモンマスの反乱の一味であったと自ら言いふらすようなことになる。そこで、Foeの頭にDeを付け加え、De Foeとした。それがいつのまにかDefoeとなった。この間の成りゆきは、Eテキストの宝庫、Gutenberg Projectに収められている*An Essay upon Projects*、その劈頭、解説の一節に、述べられている

(“Introduction.” The Project Gutenberg)。ただし、デフォーの足跡は、厳密にいえば、不明である。ジェフリーズの追跡から逃げおおせたのはなぜか、ツーティングにおいて長老教会派の牧師を勤めたというのは事実なのだろうか、実際のところデフォーがジェームズ二世を非難する執筆や出版を行ったというが、その詳細はどうなのか、これらの点に関する疑問もそれ以外の疑問もことごとく謎のままなのである。

(“Defoe's early and business life”)

判明している限りであれば、どうやらデフォーとモンマスの反乱の関係はこうなる。デフォーはセッジムアの戦いに騎兵として加わっていた。敗戦の後、馬を駆り、数日を経て、ロンドンへ帰り着くことができた。このような推理には次のような裏付けというか新たな推測が絡んでいる。移動に馬を使えたということ、商人に与えられる通行手形を所持したという可能性、繊維業が盛んであり非国教徒の多いイングランド南東部、たとえば、トーントン、エクセター、ウィルトン、ジリンガムへ商用で出向く、あるいは港からヨーロッパ大陸へ赴く商人になりすますこともできたということ。また、教区における反乱者の摘発と氏名のリストアップがあったにもかかわらず、本名であるダニエル・フォーの名前は挙がらなかった。それには、次のような事情があった。まず、当時のロンドン郊外、現在は市中になる、母親の里でもあったキングズランドに身を潜めていた、ということ。あるいは、仮にロンドンのシティーに潜んでいたとして、豪商ジェームズ・フォーの長男を、非国教徒を目の敵にするカトリックの王ジェームズ二世と王命の体現者である判事ジェフリーズにやすやす引き渡す成り行きは考えにくいということ、である(Backsheider 39)。こうして、一六八六年三月に発布の「大赦令」により、ダニエル・フォーはまたもや命拾いという幸運に恵まれることとなった。一六八七年五月のことである（Backsheider 40）。

かりにデフォーが捕縛の憂き目を見ていたとしよう。彼を待っていたのは極刑であった。鞭打ち、生身の身体から腸（はらわた）を抜き出し八つ裂きにするなどの刑罰というより蛮行である。悪名高いジェフリーズの巡回裁判を称して「血の法廷」と称する理由もそこにあった（"Monmouth Rebellion"）。いずれにせよ、ダニエル・フォーはまたもや命を永らえることができた。まさに奇跡であった（Backsheider 40）。

二　晒し刑

デフォーは、恩赦の二年後、ウィリアム三世を迎える警護隊に加わっていた。ところで、ウィリアムは請われてイギリスの王位に就いた。オランダ出身でプロテスタントであるこの王は、カトリック教徒のジェームズ二世を廃帝となしテムズ河をボートで下りフランスへ落ち延びさせた。プロテスタントであり、カトリック教徒ではないということの意味は単純ではない。教理上の問題にとどまらず、社会生活の微細な領域を含む全般に係わり、複雑な問題であった。国際政治に及ぼす影響も甚大であった。イギリスには国教会があり、その教義に沿った宗教生活が国是であった。その体現者が王である。カトリック教徒であることを公言してはばからないジェームズ二世は適格ではなかった。そして、プロテスタントのウィリアムは、妻のメアリーすなわちメアリー二世と共同統治（"Daniel Defoe: 1660-26th [or 24th?] April 1731"）を行うこととなり、一七〇一年には、王位継承をプロテスタントに限るという法律、「王位継承法」の制定を行っている。

如上より以下のごとく法によって定める。カトリック教会の管区あるいはローマ教会へ帰依するあるいはカトリックの典礼に従うさらに現にそうである者、カトリックの教理への信仰を公言する者、カトリック教徒と結婚する者は、この法律に則り、わが国からの追放を覚悟しなければならず、さらに、わが国の王位を継承しその位に就くことおよびわが国土およびアイルランドの統治を行うことが許されない。わが国の王位に就き統治を行う者の継承者は、必ずプロテスタントでなければならない。それはまさにこれまでの慣わしに従い王位が継承されわが国の統治が行われなければならないことになる。（"Act of Settlement, 1701"）

まことこの王はデフォーのヒーローたりえたのである。望外の展開であったためか、デフォーに足下に穿たれた落とし穴は見えなかった。

有頂天のデフォーはロンドン市中に晒されることとなった。一七〇三年五月二十二日（"Literary Daybook, May 22)、場所はチャリングクロス（"Daniel Defoe". Spartacus Educational)。ところで、この点に関して、異聞がある。バックシャイダーの記述には、晒し刑は一七〇三年七月末、場所はロンドンの繁華地、シティーの中、ロイヤル・エクスチェンジ辺り、とある（117)。これら二種類の情報は明らかに食い違っている。執行日が五月二二日と伝えるウェッブ・ページには、次のような副題がある。「読者の興味を引くであろう現実的かつ想像上の出来事」とあり、その意味合いからすれば、膨大な資料を基に論述を行ったバックシャイダーの説に従わなければならないかもしれない。

ところで、晒し刑とはどのような刑罰であったのか。pillory をキーワードに、ありきたりではあるが、検索エンジン、グーグルに探してもらおう。検索結果の一覧に、「チャリングクロス」という地名を含む見出しがある。デフォーが晒された場所ではないが、やはり晒し刑に無縁ではないようだ。そこで、当該のウェッブページを開いてみる。同所は十三世紀以来の刑場であり、十七世紀には反政府の論調で執筆・出版を行えば、そのような論調の物書きを捕らえたうえで晒すための場所であったという。デフォーが晒されたのは一七〇三年ともある。そのウェッブページには次のような説明がある。

晒し刑は、古くから行われてきた刑罰であり、十三世紀に入ると、客を騙した商人を罰する刑罰となっていた。一六三七年以降、出版許可のない出版を行った者、そして政府を非難する出版物を書いた者を罰する刑罰になっていた。ロンドンにおいて、チャリングクロスが、この刑の執行場所としては、有名であった。群集は、裁判所の判定に不満であれば、晒し刑を権力者に対する反発を示威する場と化したのである。ダニエル・デフォーが政府誹謗出版の廉で一七〇三年に晒されると、群集は晒し台の周りを花で飾り、デフォーがチャリングクロスに到着すると、さかんに歓呼の声を上げたのである。("Charing Cross")

あろうことか、やじ馬が晒し台のまわりを花で飾り、デフォーの到着を歓声で迎えたらしい。なんとも不思議な光景だが、これに関して言えば、どうやら事実であったようだ。ところで、晒し刑とはどのような刑であったのか。まず、デフォーの場合である。

デフォーは妙な格好を強いられている。晒し台の上に、ちょうど人ひとり分ほどの高さであろうか、一本の柱が据えられている。その先端に長方形の板が横断するように取りつけられている。板には、首かせ式の一穴と手かせ式の二穴が穿たれている。これら三穴のちょうど真ん中を通る架空の一線を境にして上下二枚に分かれる仕掛けのようである。デフォーは晒し台の上に立たされ、板の下半分、すなわち三日月型の下半分に両手と首を置く。そこに板の上半分がきて三日月が満月状の穴となり、一枚の板から両手と首を出すような格好となっている。しだいに両手首に、首の周りに、自らの体重が加わってくる。このような体たらくをイラストで見ることができる。ピーター・アールの『デフォーの世界』の表紙を飾る絵であり、ウェッブ上に掲載の同じ絵である（"Daniel Defoe in the Pillory"）。

ウェッブ上のこの絵は、コマーシャル・サイトに掲載のものであり、販売用の見本である。そのためなのか、そのイラストにはでかでかと"HIP"というロゴが浮き彫り状にあしらわれている。それはともかくキャプションの一八四〇年頃という表記はあきらかにまちがっている。正しくは、一七〇八年である。

デフォーが晒された場所は、上記のように、チャリングクロスではなく、バックシャイダーの指摘に従えば、ロイヤル・エクスチェンジ（王立取引所）辺り、具体的には、テンプルバーという指摘もある。事実としては、バックシャイダーの指摘にあるように、テンプルバー（117）であったようだ。このテンプルバーのまん前に晒されるデフォーが描かれている。すなわち、ウェッブ上のグラフィック情報とピーター・アールの名著を覆うカバーのイラストが同一ということである。ところが、ウェッブ上の当該ページをよくよく見ると、このイラストが一九世紀に描かれた同所の絵だとある。それでは、そのイラストを掲載のウェッブページを開いてみよう。ただちに、テンプルバーのイラストが現れるはずだ（"Daniel Defoe in the Pillory"）。かつてこの地に本物の棒杭、バーが門の出入りの度に、上下したという。ロンドン防衛のために築かれた城壁、そこに穿たれた一穴、すなわち関所の名残である。それを描いた絵の中央に城門が配されている。晒し台の上に浮かぬ顔のデフォー、その背景に見える建物がテンプルバーである。さらに、チャールズ・ディケンズの時代、十九世紀のテンプルバーを描いたイラストを見ることにしよう（"Dickens County." Dickens' London Software）。デフォーを中心に配した二枚のイラストに描かれたテンプルバーと同一の建物である。この門は一六七二年にできたものであり、その設計はクリストファー・レンであり、一八七八年の移設までその場所にあったという。デフォーの背後の構造物とディケンズの時代にあった門は同一の建物であった。

テンプルバーはイングランド、ロンドンに数ある史跡の一つである。バーとは、シティー目指してなだれこむ数ある大環に設置されたあるいは掛けられた棒あるいは鎖を指すものであり、ロンドン城壁外にあることを、すなわちロンドン市の法治の及ばぬ区域であることを示していた。テンプルバーは現在のストランド通りとフリートストリート通りの交差するあたりに位置し、王立裁判所の真向かいにあった。この棒への最初の言及は一三〇一年であった。この名称が広く知られるようになったのには、クリストファー・レン卿が設計にたずさわった城壁門にこの名称を与えたからだといわれている。レンが造った門は一六七二年に同所にあった古い門に取って代わったものであったが、一八七八年に取り壊され、一八八八年にハートフォードシア、ティーボルヅの市門に移設となった。グリフィン、すなわちライオンの胴体に鷲の頭を載せた伝説上の生き物を戴く礎石がかつてレンの門が建っていた場所に置かれている。王がザ・シティーに公式の訪問を行う際に、ロンドン市長は古めかしい正装に威儀を正し、ザ・シティーの剣を王に差し出し、その剣を王は直ちに市長に返還することになっている。この棒、要するに城壁門はたとえそれが王であっても、この儀式が終わるまで、持ち上げられ門が開くことはなかったという。（"Temple Bar"）

デフォーは幸運にも歓呼の声に迎えられたが、晒し刑は、通常、次のような成り行きであった。群集は石礫や腐った果物それに糞尿などを手あたりしだい晒し者めがけて投げつけ、あげくに殺してしまうこともあった。デフォーは花に飾られ歓呼を浴び、四肢を、ことに首と両手首を襲う痛みに耐えるだけでよかった。そして時節の熱暑を凌げばすんだ（Backsheider 117-18）。そんな状況でもデフォーはしたたかであった。「晒し刑を嘆く詩」を、ニューゲートの獄中で書きあげ、またたく間に活字にかえて、晒し者デフォー見物に集まった群衆の手に渡るよう手配を怠らなかったという。デフォーは群集を味方につける術を知り抜きそのための技法に優れたしたたかな若者であり、すでに一流のジャーナリストであった（"Literary Daybook, May 22"）。

デフォーを救ったのは彼自身の知恵と術策だけではなく、シティーを動かすシンジケートの威力でもあった。モンマスの反乱につづく厳しい追及からデフォーを救った有力者や知り合いが尽力を惜しまなかった。彼らが、晒し台の周りをしっかり固め、群集の悪戯を抑えたということのようだ（Backsheider 117-18）。

デフォーはロンドン市民である。しかも、言い古されたことではあるが、イギリス社会における中産階級と称される新興の勢力に属していた。商売や起業に熱心であり、すでに父親のジェイムズ・フォーが築いた地盤の上に壮大な事業を構想する逸材であった。この若者には、すでに述べたように、生来の病が憑いていた。一つや二つではなかった。その一つが執筆であった。晒し刑の原因ともなり、デフォーの人生を決定することとなった、一七〇二年のパンフレット、「非国教徒成敗法」（"The Shortest Way with the Dissenters"）。

デフォーがそこに意図したのは、次のようなことであった。ブリタニカ百科辞典の解説にはこうある。非国教徒の一掃を叫び、信仰の回復すなわち英国国教会への帰依を求め、ホイッグ党の打倒を掲げたのである。その文体には、超保守派の国教徒でありトーリー党支持者のレトリックが仕込まれていた。デフォー本人は非国教徒でありホイッグ党の支持者であり、本心を述べたのではなく、あくまで逆説を弄んだのである。時の政権と英国国教会に対してあくまで遠まわしに非難を浴びせようという意図であった。化けの皮はすぐに剥がされてしまった（"Defoe, Daniel: Mature Life and Works"）。デフォーは、あげくのはてに、上記のとおり、晒し刑となった。まさに命がけであった。

三　晩年

血気の青年実業家が実業の枠を越えなければ、われわれが知る文学的存在としてのデフォーはなかったはずである。その意味で、デフォーの行状は、ことにトーリー右派になりすまし非国教徒を攻撃した上記の筆禍などはまことにありがたい事件である。そんなデフォーの文才にひとりの政治家が目をつけていた。ロバート・ハーリーである。ウィリアム三世とメアリー二世の共同統治の後、王位に就いたアン女王の時代である（"Download PDF of The Stuarts Family Tree"）。このウェッブページに掲載のスチュアート王家の系図によってメアリーとアンの関係を確かめられる。付け加えれば、このウェッブページは英国王室の公式サイトに属する。王室に関する多彩な情報・データの宝庫である。蛇足ながら、サイト全体のボリュームは計り知れない。小規模の図書館に匹敵する質量である。

筆禍がもとでロンドン市中に晒されたデフォーはそのままニューゲート監獄に留め置かれていた。ところが、程なく釈放となった。幸運の演出家は、裏で糸を引いていたハーリーである。その見返りとして、ハーリーは、反ホイッグ党の論陣を構えること、イングランド国内の政治状況の詳細な調査と報告、イングランドとスコットランドの合併工作をデフォーに求めた。スパイもどきの役目であり、実際きわどい場面もあったという。こうして、ハーリーのお抱え文士となり、トーリー党のプロパガンダに勤しむことになった。ヘンリー・サッシュベレル（"England"）などのトーリー右派とは距離を置くが、それだけでホイッグ党の恨みを和らげられなかった（"Chronological notes"）。左記のページが特に際だった内容だというわけではないが、明快な説明が目を引く。以下の引用をご覧いただきたい。

一七〇三。逮捕につづき『非国教徒成敗法』の執筆を咎められ晒される。この収監のせいでデフォーのレンガ・タイル工場の経営は破綻。ロバート・ハーリー（トーリー穏健派国務大臣）、デフォー出獄の裏工作。

一七〇五。ハーリー首班の政府エージェントとなり、政治的パンフレットの執筆、政治情勢の報告および助言を行う。取材のためもあり、イングランドおよびスコットランドを隈なく調査。その甲斐あって、イングランド・スコットランドの合併はおおいに進展。

スポンサーであるハーレーは、ホイッグ党からトーリー党へ乗り換えたいわば変節漢であった。政治家とはそもそも変節を善しとしなければ、とうてい勤まる仕事ではない。文筆を生業とするデフォーにとっては重大な決断であった。内向きの政策に偏するトーリー党に比べればホイッグ党は外向きであった。地主の権益の代弁者であるトーリーと商工業者の代弁を行うホイッグである。どうみても外向きで商工業に肩入れしたくなるのがデフォーである。極論すればハーレーへの義理からトーリー寄りの論調でありながら、筆勢としてはホイッグ的な色彩となる。まさに二枚舌であった。

ハーレーは激しい政争のすえ、ついに失脚となる。デフォーは、ホイッグ政権の報復のターゲットにされ、なんとさらに二枚舌を使い分けることをホイッグに約束してしまう。見返りは、安全の保障である。しかし、ハーレーの復権そして失脚、それに対応するホイッグの浮き沈み、めまぐるしい政界の有為転変に翻弄されながら、あえてその渦中に身を投じたようにも思えるのが、デフォーという物書きであった。そしてついにハーレーは失脚してしまい、デフォーはホイッグとの奇妙な約束を履行するほかなかったが、いつしか、政界のデフォーに対する関心も薄れていった（"Daniel Defoe. Bill's Hero Pages)。

もはやデフォーには政治的プロパガンダを書くべき理由は見当たらなかった。政治の強力な磁場から、成り行きから生じたものとはいえ、弾き飛ばされたからだ。政界に誰一人としてパトロンはなく、その筋からの実入りも途絶えた。だが、食わねばならない。頼れるのは筆力のほかなく、還暦を目前にして、なんと物語の執筆にのりだした。歴史に名をとどめる物語作家の誕生である。没年である一七三一年まで、書きに書いた。その代償は、仮に一つに限るとして、循環器の故障であった。通風、尿道結石、脳溢血、昏睡、そして死。濁りきった意識を闇が塗りつぶそうとする生死の狭間に見たものははたして何であったろうか。それを書き留めることができたとすれば、まさに神業であり、不幸にして死に様の記録を残してくれる文才を周囲に持ちえなかった。

引用参考文献

Backsheider, Paula. *Daniel Defoe: His Life.* Baltimore and London: The Johns Hopkins, UP 1989.

Earle, Peter. *The World of Defoe.* London: Weidenfield and Nicolson, 1976.

"Act of Settlement, 1701." The Jacobite Heritage. http://members.rogers.com/jacobites/documents/1701settlement.htm （24 Nov 2002）.

"The Bloody Assizes." Somerset Time Line. http://www.somersettimeline.org.uk/assizes.htm （20 Dec 2002）.

"Charing Cross." Spartacus Educational. http://www.spartacus.schoolnet.co.uk/LONcharing.htm （9 Nov 2002）.

"chronological notes." Daniel Defoe. http://www.mantex.co.uk/ou/a811/defoe-01.htm （10 Dec 2002）.

"Daniel Defoe." Bill's Hero Pages. http://www.fortunecity.co.uk/amusement/golf/200/defoe.htm （11 Dec 2002）.

"Daniel Defoe: chronological notes." 18th century literature: Authors. http://www.mantex.co.uk/ou/a811/defoe-03.htm （5 Dec 2002）.

"Daniel Defoe: 1660--26th （or 24th?） April 1731." Catharton: Authors. http://www.catharton.com/authors/4.htm （22 Dec 2002）.

"Defoe's early and business life" in "I. Defoe--The Newspaper and the Novel." Bartleby.com. http://www.bartleby.com/219/0111.html （Nov 28 2002）.

"Daniel Defoe in the Pillory, Temple Bar, London, c1840?" Heritage image rtnership.http://www.heritage-images.com/item/Default.asp?i=220001267&hr=%2Fbrowse （20 Dec 2002）.

"Daniel Defoe." Spartacus Educational. http://www.spartacus.schoolnet.co.uk/Jdefoe.htm （14 Nov 2002）.

Defoe, Daniel. "The Shortest Way with the Dissenters; Or, Proposals for the Establishment of the Church." Bartleby.com. http://www.bartleby.com/27/12.html

"Dickens County." Dickens' London Software http://www.dickenscountry.com/PagesforSoftwareDickensLondon/TempleBarforSoftware.html （15 Dec 2002）.

"Download PDF of The Stuarts Family Tree." The Stuarts. Kings and Queens of the United Kingdom （From 1603）. http://www.royal.gov.uk/output/Page74.asp （12 Oct 2002）.

"England." He who destroyes a good Booke, kills reason it selfe: an exhibition of books which have survived Fire, the Sword, and the Censors. U of Kansas Library 1955. http://spencer.lib.ku.edu/exhibits/bannedbooks/england.html （11 Dec 2002）.

"Introduction." The Project Gutenberg Etext of Essay Upon Projects, by Daniel Defoe. http://www.ibiblio.org/gutenberg/etext03/esprj10.txt （Dec 12 2002）.

Loepez, Vicente Forés, Dr. IF YOU LIKE THE ADVENTURE ...CROSS THE DOOR. http://mural.uv.es/alcues/ (Dec 22 2002).

"Literary Daybook, May 22:Real and imaginary events of interest to readers." salon.com. http://www.salon.com/books/today/2002/05/22/may22/index.html (11 Nov 2002).

"Monmouth Rebellion/" Blake Museum: Bridgwater's Museum of Local History and Archaeology. http://www.sedgemoor.gov.uk/sedgemoorweb/Content/Museums/MuseumMonmouth.htm

"Temple Bar." The 1911 Encyclopedia. http://2.1911encyclopedia.org/T/TE/TEMPLE_BAR.htm (6 Dec 2002).

"Time Line to the Rebellion: Time line-24th May, 1685-6th July Holland to Sedgemoor." Somerset Time Line. http://www.somersettimeline.org.uk/monmouth_timeline.htm (25 Dec 2002).

Zaleski, Philop. "Daniel Defoe: A Paradoxical Genius." Catholic Educator's Resource Center. http://www.catholiceducation.org/articles/arts/al0047.html (30 Dec 2002).

小林　順「死に様のダニエル・デフォー論」『応用英語研究論集』昭和堂、二〇〇二、二五—四一。

勝山　貴之

アイルランド地図の誕生と『ヘンリー六世・第二部』

――アイルランドをめぐるエリザベス中央集権国家の葛藤

一　イングランドの地図におけるアイルランド

十六世紀のイングランドの地図製作において、アイルランドをどのように地図上に表記するかは大きな問題であった。当時のイングランド人にとって、アイルランドは、その野蛮さや神秘主義が取りざたされ、文化的にはイングランド本土に大きく遅れをとる異文化社会であった。同時に、アイルランドは、常に反乱の温床となる不安定な地域であり、時として他国の侵略に見舞われる可能性のある危険な地域でもあった。イングランド政府は文化的他者としてのアイルランドの差異化と、エリザベス中央集権国家成立の礎としてアイルランドを政権下に取り込む必要性という、相反する文化的・政治的葛藤に直面していたのである。当時、製作された地図は、こうした政府のかかえた心理的葛藤をよく伝えている。[1]

印刷物として世に出た最初のイングランド地図は、一五四六年にローマで出版されたジョージ・リリーの

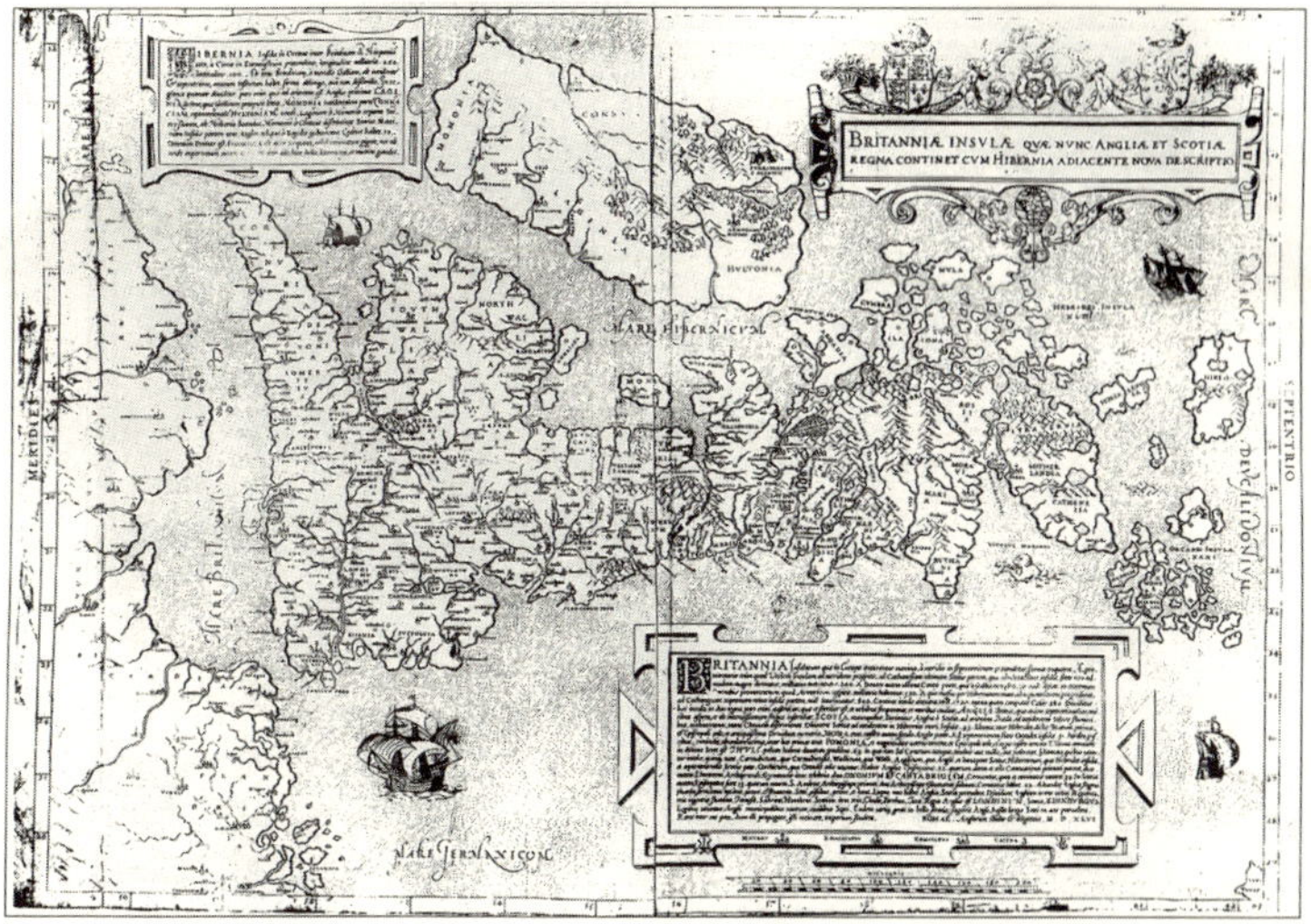

図 1　George Lily, *Britanniae Insulae*（1546）（西を上にして描かれている。）

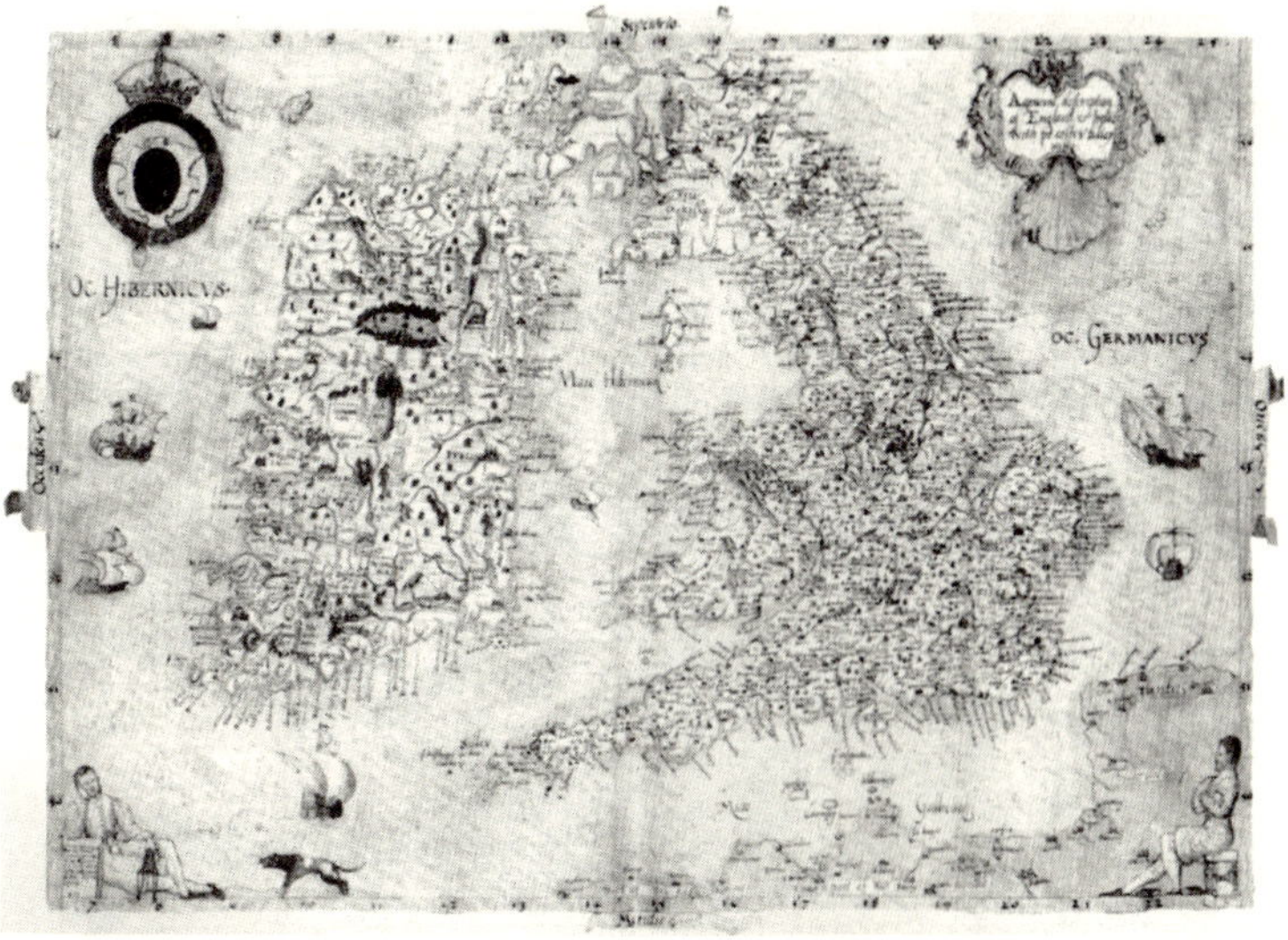

図 2　Laurence Nowel, *General Description of England and Ireland*（1564）

『ブリテン島』であった（図1）。この地図に描かれたイングランドは実際のブリテン島の姿とは大きく異なり、その西方に描かれたアイルランドもわずかに島の存在を示唆するに過ぎないものであった。その後、一五六四年に制作されたローレンス・ノウェルのイングランド地図『イングランド及びアイルランド全図』（図2）は、リリーの地図に比べれば幾分正確さを増したように思えるものの、アイルランド島部分には空白が多く、この島がまだまだ測量さえ進んでいない未知の領域であったことを物語っている。ノウェルの地図の左下には地図製作者である彼自身の姿が、さらに右下には地図製作を命じたバーリー卿セシルの姿が画き込まれている。犬に吠えかかられているノウェルの姿と、砂時計に腰を下ろしじっと忍耐の姿勢をとるセシルの態度に、アイルランドをイングランドの一部に組み込もうとする当時の権力者の苛立ちが読み取れる。セシルの足元に刻まれたことば「希望と忍耐」は、イングランドのアイルランド支配における厳しい現実を物語るものであろう。ノウェルの努力にもかかわらず、この地図が最終的に印刷出版されることはなかった。

ノウェルの地図より約三〇年の歳月をへた後に製作されたバプティスタ・ボアジオの地図『アイルランド』（一五九九、図3）は、これに比べると、はるかに詳細なアイルランド地図である。しかし一見、詳細な地理的情報を網羅していると思われるこのボアジオの地図も、後の地図研究者たちの間においては評価が低い。というのも地図製作者ボアジオと印版師エルストラックは自分たちの名前を飾り紋章の中に刻むだけでは満足せず、地図上に自分達の名前を冠した地名を勝手に創り出し、それらを地図の中に埋め込んでいるからである（バプティスタ岩とエルストラック島など）。そればかりか、地図にはイングランドの地名やイングランドの名だたる豪族の名前がところ狭しと書き込まれ、まさにこの地図が彼らの想像の産物であるこ

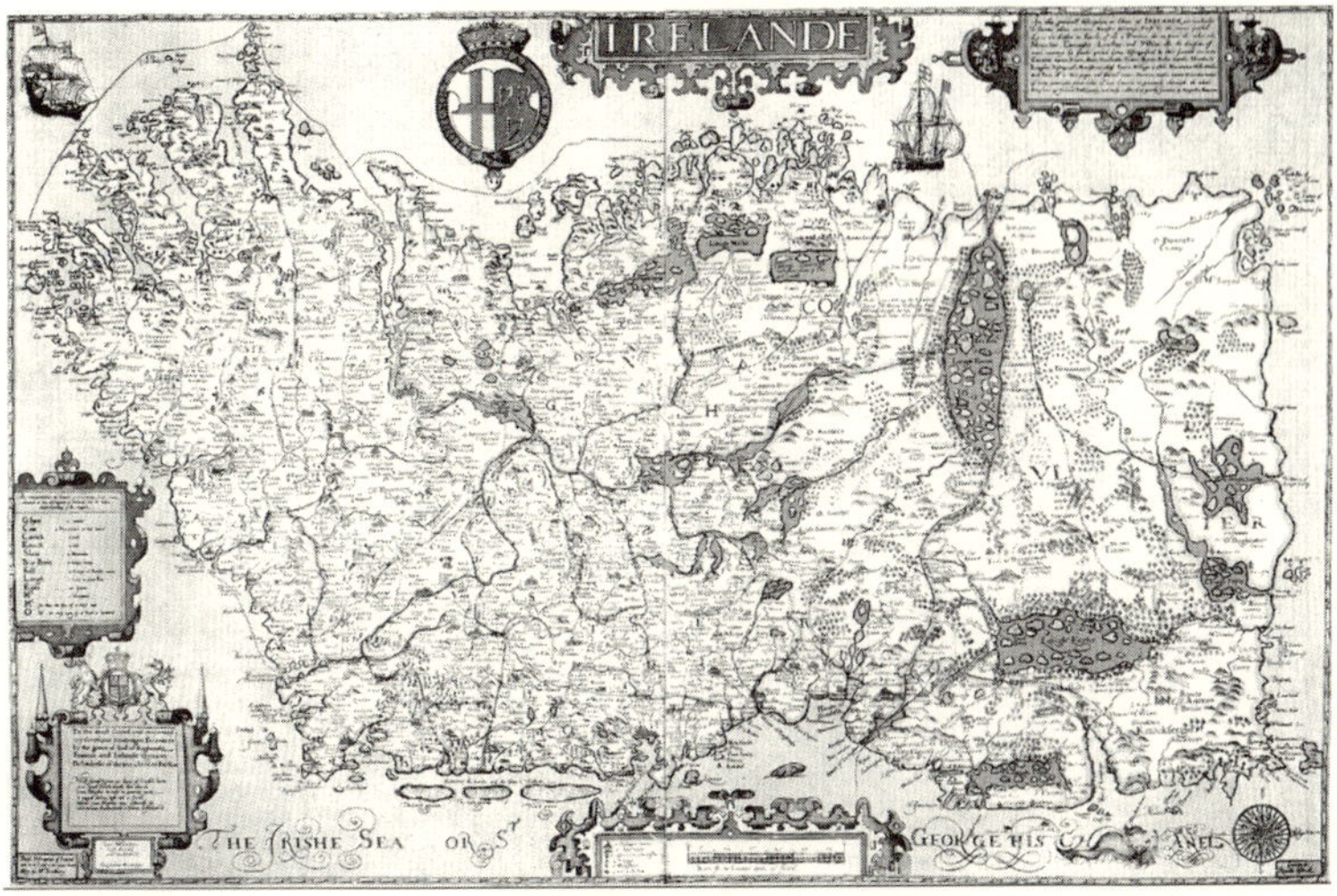

図 3　Baptista Boazio, *Irelande*（1599）

とを暴露している。

確かに地図としての正確さには欠けるものの、装飾性に富んだボアジオの地図は、政治的・文化的な立場から眺めるなら貴重な文化遺産である。地図上に挿入されたイングランド支配を示す様々な記号をとおして、三〇年という歳月のうちにアイルランドがどれほどイングランドの政治的圧力の風に晒されてきたかを、この地図が如実に物語っているからである。地図上に記載された聖ジョージの旗、沿岸を航行する威風堂々たるイングランドの帆船、女王に対する献呈の言葉などは、如何にイングランドがアイルランドを自国の政治的支配の下に組み込むことに熱心であったかを伝えている。アイルランドの特殊な地名をイングランドの標準的地名というコードに書き直し、イングランドの一部として読み取ろうとするボアジオの地図製作は、まさにこうしたイングランドの支配願望の表れと言えるだろう。そこからはアイルランド固有の名称や地理的情報の正確さなどはほとんど問題にされず、すべてをイングランド化していくことが、エリザベス政権にとっての最大の関心事であった事実が伺われる。

十七世紀に入ると、イングランドによる政治的・軍事的支配が進み、アイルランドの地図は格段にその正確さを増すようになる。一六一一年に出版されたジョン・スピードの『大英帝国の劇場』に収められている『大ブリテン王国とアイルランド』の地図（図4）は、アイルランドを描いた過去のどの地図よりも普及し、十七世紀前半を通してほぼ標準的なものとなった。地図上に描かれたアイルランドは、イングランドの慣習に習って郡に分割され、三十二の郡が明確に示されて、この島がイングランド帝国の支配下に置かれたことが窺われる。もはやアイルランド各地の地名は想像の産物ではなく、イングランドの行政管轄の及ぶ地域として認識され了解されているのである。さらにこの地図で興味深いのは、地図の左横に添えられたアイルランドの人々の姿であろう。描き込まれている六人の男女はそれぞれ、紳士階級の男女、市民階級の男女、そして地方の男女である。彼らはいずれも、イングランド人からしばしば嘲笑の対象にされたという異国の風俗を思わせるマントを纏っている。スピードは、彼の製作したイングランド地図（図5）においても、地図の脇に各階級の人々をあしらっているが、両者を比較すると、身分の高いアイルランド人の男女は、その帽子や襟飾りにイングランドの風俗を取り入れていることがわかる。そして階級が下がるほどアイルランド人の風俗は異文化的様相を強め、地方民の姿からは土着のアイルランド風俗を窺い知ることができるのである。すなわちこれらの挿し絵は、地図上に見られる郡管轄による帝国支配と並んで、人々の階級もまたイングランドの帝国支配の影響を受けた様子を伝えている。彼らの姿からは、すこしでもイングランド趣味を身につけようとするアイルランド上流階級の様子が、またイングランド人の最下層の階級に組み込まれ再構成されたアイルランド人社会の姿が、垣間見られるのである。こうした地図や人物描写は、断じて両国の文化的調

図 4　John Speed, *Kingdome of Ireland*（1611）

図 5　John Speed, *Kingdome of England*（1611）

和を表すものではない。むしろアイルランドの野蛮さを征服したイングランドの勝利と成功の証として、文化的差異を権力でもって制圧し得たことの証明として、描かれたものであることを忘れてはならない。

アイルランドの上流階級がイングランド文化の影響を受けたとすれば、逆にイングランド人がアイルランドの文化的影響を受けることはなかったのだろうか。マーカス・ギアラーツによって描かれたとされる指揮官トマス・リーの肖像画（図6）は、この点について示唆的である。画の中で暗い森を背景に立つリーのいでたちは、その胴着をはじめ、円形の盾、兜、剣、そして短銃に至るまで、イングランド宮廷人としての彼のアイデンティティを物語るものであるが、ストッキングや靴を履いていない素足や右手に握られた粗削りの槍はアイルランド兵のものである。上半身はイングランド人でありながらも下半身はアイルランド人であるというリーの奇妙な肖像画は、女王陛下とアイルランドの仲介役を自認する彼の政治的立場を表明するために描かれたものであったという。しかしリーの思惑とは裏腹に肖像画に描かれた彼の姿は、ティローンと内通し、女王への謀反を企てる裏切り者の本性を描き出したものとして、政敵からの厳しい批判に晒された。[2]

図6　Captain Thomas Lee by Marcus Gheeraerts, the Younger（1594）

当時、アイルランドの風習を身につけアイルランド人化する軍人や植民者たちの出現は、イングランド社会に困惑をもって迎えられ、人々は彼らに軽蔑の眼差しを向けた。リーばかりでなく、女王の命令でアイルランドに遠征しながらティローンに寝返り、アイルランドの女性を妻に娶って、アイルランド兵たちに火器の使用法を伝授したというティレル指揮官は人々の非難の的となった。その他、アイルランドに植民するうちに徐々にアイルランドの風俗を身につけアイルランド人化した者たちの様子は様々なところで噂に上り、イングランド的美徳の喪失が嘆かれた。ジョン・デイヴィス、ジョン・デリック、そしてホリンシェッド等はその手記の中で、アイルランド化するイングランド人たちを酷評し、イングランド社会に警鐘を鳴らした。[3]

当時のイングランド人にとってアイルランドは、言葉をはじめ、住居、耕作法、そして乗馬法に至るまで、あらゆる点でイングランドとは全く異なる異文化社会であったのである。アイルランドに対するイングランド人の態度は、そこに暮らす人々の粗暴さを獣に喩え、その野蛮さを強調するなど、人種偏見に満ち満ちたものであった。イングランド人にとって、イングランドとアイルランドという両者の対立は、まさに法治国家と無法地帯の、定住民族と放浪民族の、宗教と迷信の、そして教養と野蛮さの相違であったのである。イングランド人はアイルランド人を野蛮な未開の人種として、まさに文明社会に暮らす自分達とは対極に位置する他者として、差異化しようとしていた。

しかしイングランドは異文化社会アイルランドを遠ざけ、野蛮な他者として差別化すると同時に、イングランド帝国の支配下に組み込む必要性もまた十分認識していた。アイルランドの地が、しばしばイングランド支配に対する反乱の温床となり、イングランド支配の及ばないのを良いことに侵略を試みようとする他国の危険を慮るなら、アイルランドは早急にイングランドの政治的・軍事的支配の下に置かれねばならなかった。それはイングランドという帝国のアイデンティティを構築するためにも、是非とも解決されねばならない政治的課題であったのである。そしてこのアイルランドの差異化とアイルランド併合の必要性という、エリザベス政権の抱えた相矛盾する精神的葛藤は、シェイクスピアの『ヘンリー六世・第二部』の中にも重要な主題として影を落としているのである。

二　他者への恐怖――『ヘンリー六世・第二部』におけるアイルランド

『ヘンリー六世・第二部』の中に描かれるアイルランドは、常にイングランドの平和を揺るがせる脅威として描かれる。それはイングランドに攻め込んでくる外敵であり、またイングランドを内側から崩壊させようとする内なる反乱である。それらはいずれもイングランドの法を侵犯し、イングランドの社会秩序を転覆させようとするのである。

劇の三幕一場では、ヨーク卿の組織する反乱軍の様子が舞台上に描かれる。[4] アイルランドで勃発した反乱は、密かに王権をねらうヨークにとって、千載一遇の幸運に他ならなかった。ヨークは、この機に乗じて反乱鎮圧に向かうと見せかけながらアイルランドの地で強大な軍隊を擁し、逆にイングランドへ攻め入ることを目論んだのである。満を持してイングランドに攻め込んでくるヨークの軍勢について、伝令は部隊がアイルランド兵によって組織されている様子を伝えている。

陛下、お聴きください
今しがたアイルランドからヨーク卿が舞い戻り、

重装備のアイルランド兵や屈強なアイルランド歩兵の
大部隊を従えて
こちらに堂々と隊列をなして向かってまいります。
兵を進めながら、ヨーク卿はこの軍隊は
陛下のもとからサマーセット卿を排除することを
目的としていると宣言し
サマーセット卿は謀反人だと申しております。（4. 9. 23-30）

反乱軍を味方につけ、アイルランド兵を率いるヨークの軍勢の様子は、一五九〇年代のイングランドに生きる人々にとっても、歴史に記された単なる過去の事件ではすまされない。それは日頃から反乱の温床としてアイルランドを恐れる当時の観客たちにとって、現実に起こりうる出来事であり、自分たちが日常的に抱いている潜在的な不安の具現化なのである。

さらに作品の中では、イングランドの内から国家の秩序の崩壊をもたらそうとするアイルランドの危険性が描き出される。ヨークの手先となって、イングランドでの暴動を先導するジョン・ケイドは、アイルランド文化に通じた人間とされ、イングランド人でありながらアイルランド的無秩序を象徴する反乱分子となっている。ここで興味深いことは、材源となった歴史書にはケイドがアイルランド人であったと記されているにもかかわらず、シェイクスピアがわざわざケント州出身のイングランド人としてケイドのアイデンティティを書き換えている点である。[5] 劇の中では、アイルランド人ケイドではなく、むしろイングランド人ケイドの内なるアイルランド的要素が強調されていることに注目したい。ヨークの科白を通して、イングランド人ケイドがアイルランド兵と闘った経験を持つことや、アイルランド人に成りすましアイルランド軍に紛れ込んで密偵として活躍した事実が明らかにされている。

濃いもつれた髪の毛をした狡猾なアイルランド歩兵を真似て
しばしばあやつは敵の者と会話を交わし
正体を見抜かれることもなく、私のもとへと戻ってきて
やつらの悪巧みを知らせてくれたものだ。(3. 1. 366-69)

ケント州出身の紛れもないイングランド人でありながら、アイルランド人と深く関わり、アイルランド人と見分けがつかないというケイドの存在は注目に値する。当時の記録には、リーやタイレルをはじめ、多くのイングランド軍人や植民者がアイルランドでの生活をとおして異文化に染まり、アイルランド人化したことが記されていた。イングランド人にとって、アイルランド社会やアイルランド文化との接触をとおして本来のイングランド文化を忘れ去り、異文化に傾倒する同胞の姿は、アイルランド人以上に忌むべき恐ろしい存在であったのかもしれない。それはイングランドという法治国家の民が、価値観の逆転した未開の地の野蛮人に成り下がることを意味していた。反乱という形で国家としてのイングランドを倒壊させるばかりでなく、イングランド人の道徳性や品性をも蝕み食い尽くすアイルランドの病魔が存在するのである。

劇中、ケイドの率いた農民の武装蜂起が、イングランドの秩序を転覆させ、そこに価値の逆転した世界を

表出させようとしている点は重要である。

学者、法律家、宮廷人、紳士階級のすべての者は不正な害虫であり、その死を求める。(4. 4. 35-6)

おまえはグラマースクールなどを建てやがって、まさに反逆罪にもふさわしい我が国の若者をひどく堕落させたんだ。(4. 9. 29-30)

俺様は女房たちに心おもむくまま、言いたい放題、自由であるよう命ずる。(4. 7. 116-17)

俺たちはきちんとしていない時が、一番整然としてるんだ。(4. 2. 178)

ケイドの主張するのは、イングランドの階級の否定であり、法制度と教育制度への攻撃であり、さらには家父長制度の転覆である。それはあらゆる規則や秩序と対立する矛盾と混乱の支配する世界の宣言なのである。しかしイングランドの秩序を逆転させる世界の表出は、ケイドの担うアイルランド的世界を他者として差異化すると同時に、イングランドという秩序ある世界の正当性を観客に再確認させる。観客たちは、アイルランドの無秩序を嘲笑し侮蔑しながら、心のうちで密かにイングランドの価値観の回復を希求するのである。[6]

劇の後半、観客の求めるイングランド的秩序の回復に対する内的欲求は、逆転した世界の敗北によって、十分満足させられることとなる。劇の最後において、他者としてのアイルランド表象は、もはや観客の恐怖の対象であり続けることはない。他者として差異化されたアイルランド表象は、見事なまでに矮小化されイングランド帝国支配の枠組みの中に包摂されていくこととなるのである。

三　他者の組み込み―アイルランドを取り込むイングランド

劇中、アイルランド的要素を体現してきたケイドの最期は、反乱分子を鎮圧し自ら創りあげてきた階級秩序を強化していこうとする体制側の自己防衛の過程を物語るという点において大いに示唆的である。反乱が鎮圧され、追手を逃れて敗走するケイドは森に身を隠す。開墾されていない森は、国家権力の及ばない、唯一安全な地域である。しかし、やがて空腹に耐え切れなくなったケイドは地方郷士アイデンの敷地へと侵入する。アイデン自らが口にしているように、彼の土地は父から相続したものであり、イングランドの法制度にかなった個人の所有地である。「父が遺してくれたわずかな土地で私は満足だ、まさに王侯気分だ」(4. 10. 18-9)。国家権力の及ばない森と相続されたアイデンの敷地は、法律の及ばない未開の土地と開墾され法制度の中に組み込まれた土地という対比を観客に提示する。

アイデンの敷地が、開拓され管理された土地としてのイングランドのイメージを担うとするなら、森から敷地に忍び込もうとするケイドこそは、未開の土地から不法にイングランドへ侵入するアイルランド人のイメージの表象である。かつてイングランドの価値観の転覆を声高に叫びながら反乱を先導し、イングランド全土を震撼させたケイドも、今や地方郷士の敷地へ忍び込もうとするこそ泥の如き人物に矮小化され、その脅威は見事なまでに払拭されている。劇の途中までは、観客の内なる不安の顕在化と思われたアイルランド的要素が、劇の結末に至って取るに足らない浮浪者のように弱体化され、郷士アイデンの剣によっていとも簡単に成敗される点は重要である。アイルランドに対する漠然とした不安は舞台上で形を与えられ、観客の恐怖の対象として一度は顕在化したものの、それが体制側の正義の前に敗北する姿を目の当たりにすることによって、観客の内なる動揺は雲散霧消してしまう。ここにイングランドによるアイルランド的イメージへの勝利と征服がなされるのである。

さらに、作品は郷士アイデンもまた、体制側に取り込もうとすることを忘れてはいない。図らずもケイドを成敗することになったアイデンは、当初、宮廷での出世を望まず、地方郷士としての現状に満足している人物として描かれている。「宮仕えの喧騒の中で暮らすことを望む者が、果たしてこのような静かな散歩を楽しむことができようか」(4. 10. 16-7)。しかし中央集権支配の外に我が身を置こうとする郷士アイデンも、反乱の首謀者ケイドを退治した結果、その手柄ゆえに宮廷から報奨金を与えられるばかりか騎士の位階を授けられることとなるのである。

王　アイデン、ひざまづくがよい。［アイデンひざまづく］
　騎士として立つがよい。［アイデン立ち上がる］
　余は汝に千マルクの褒美を与えよう
　そしてこれから後、汝は余に仕えるのだ。

アイデン　私がそのようなご褒美に値する生き方ができますように
　そして陛下への忠誠に背くことのありませんように。
(5. 1. 79-82)

宮仕えの苦労を軽蔑していたアイデンも、ケイド成敗を契機に騎士の位に叙せられ、中央政権の階級制度に組み込まれていく。王権を中心とする宮廷の中央集権支配は、あまねく地方にまで及び、一介の地方郷士もまた位階を与えられ体制側の階級社会に連なることとなるのである。そしてその階級社会の裾野は、さらにアイルランド人社会へと連なり、他者であったはずのアイルランドも、イングランドの中央集権支配の下方に組み入れられていくことを忘れてはならない。イングランドによるアイルランド地図の完成の過程において、スピードの地図に添えられていたそれぞれの階級を代表するイングランド人とアイルランド人の挿し絵のごとく、地方郷士アイデンもまた、イングランド中央集権政府の支配に組み込まれ、アイルランド的表象ともいえる危険分子ケイドも郷士アイデンに成敗されることによって、イングランドの階級社会に連なったといえるだろう。ケイドによって表象されたアイルランド的野蛮さと無秩序は、イングランドの帝国主義を謳うイデオロギーに見事に包括されたのである。[7]

結び

国家は、未開の地を測量し、記録に留め、州（行政区画）に組み込む作業を行ってきた。未開の地を、町や耕作地に、政府の管轄する土地や個人の所有地に変貌させる作業は、自然のままの風景を人工的な法秩序の世界へと置き換えていく作業であった。それは手付かずの風景を行政支配のもとに置くことであり、国家レベルで考えるなら、他国を植民地支配へと組み込むことであったといえるだろう。そして、この行為を視覚的なものとして捉えたものが地図であり、地図の誕生は自然のままの風景を権力者の支配に組み込む過程を物語るものであった。

地図という文化表象を考察することにより、当時のイングランド人が文化的他者としてのアイルランドの差異化と、エリザベス中央集権国家成立の礎として、アイルランドを帝国支配の下に組み入れる必要性という相反する政治的・文化的葛藤を抱えていたことが理解される。こうしたイングランド人の精神的葛藤は、シェイクスピアの劇作品『ヘンリー六世・第二部』の中にも反映されていることを確認しておきたい。しかし作品は、単に観客の精神的葛藤を暴き出すばかりではなく、ヨーク卿やケイドの存在を通して顕在化したアイルランドの脅威を、如何に矮小化し、エリザベス中央集権国家体制の枠組みの中に包摂していくかという点で、説得力ある展開を見せている。体制側のイデオロギー操作が、そして当時の帝国イングランドの理念が、シェイクスピアの創作過程にも大きな影響を及ぼしている一例として興味深い。

注

1　一般的に地図とは、地理上の発見や知識に基づいた「科学的」かつ「客観的」な情報の集大成と考えられてきた。しかしこうした地図作成学の伝統的な考え方に対して、一九八〇年代後半、Louis MarinやWilliam Boelhowerたちのような修正論者(revisionists)たちは、ディコンストラクションの手法を援用することによって、その基本概念の再考を求めるようになった。彼らによれば、最も「科学的」な地図といわれたものですら、測量術による客観性を基に作られたというよりも、むしろ社会の伝統や文化的規範によって描き出され、生み出されるものなのである。どんなに精妙な地図といえども、人間が描くものである以上、そこには作者の主観的な世界観が、また時代や社会を支配するイデオロギーが介在することを否定することはできない。イングランドとアイルランドの地図の誕生と国家のイデオロギーの関係については、Bernhard Klein 112-30を参照のこと。図1～図5はKleinの著書に掲載されたものである。

2　指揮官トマス・リー（Captain Thomas Lee）は、ゲール人同盟の首領ヒュー・オニール（Hugh O'Neill）の使者としてイングランドに遣わされたことから、両国の仲介役として外交舞台における自分の立身出世を夢見ていた。リーの肖像画は、見る者にこうした彼の外交的手腕と政治的役割を印象づけるという重要な意味を持っていたのである。しかし女王にリーが提出したアイルランド政策をめぐる進言書が、バーリー卿の怒りに触れ、リーの宮廷での出世の夢は挫折し、その肖像画は、アイルランドに密通したイングランド人のあさましい姿を描いたものとして宮廷で顰蹙を買った。リーの置かれた政治的状況については、Brian de Breffny 39-41, Hiram Morgan 132-65, Christopher Highley 90-91を参照のこと。図6はBrian de Breffnyの論文に掲載されたものである。

3　例えば、サー・ジョン・デイヴィス（Sir John Davies）は、本来イングランド人であった者たちの子孫が、「人の一生の時間よりも短い間に、自分達の先祖の誇り高き国の痕跡や特質というものを自分達のなかから失ってしまい…英語を忘れてしまうばかりか、それを使用することを軽蔑し、まさに英語の名前すら恥じるようになった…そしてアイルランドの氏名やあだ名を採用するようになり」、挙げ句の果てには「言葉も、名前も、そして服装にいたるまでアイルランド人」となったと、アイルランド化するイングランド人の様子を書き記している。また、スペンサーは、イングランド人植民者たちがアイルランド文化と接触することにより、「非常に粗野なアイルランド人よりも、はるかに無法で放蕩な」人間に変わってしまうと慨嘆している。更にホリンシェッドは、「イングランド生まれの者も、あの野蛮な人々と交わることで堕落し、まるでキルケの毒杯を口にしたかのように、全く別人になる」とその変貌の様子を記している。

4　Ronald Knowles, ed., *King Henry VI Part II*, The Arden Shakespeare 334.『ヘンリー六世・第二部』からの引用はすべてこの版からのものとし、末尾に行数を示す。また訳文は著者による。

5　シェイクスピアが『ヘンリー六世・第二部』の執筆にあたって参照したとされる年代記は、ホール（Hall）の*The Union of the Two Noble and Illustre Families of Lancaster and York*とホリンシェッド（Holinshed）の*The Chronicles of England, Scotland and Ireland*であろうとされている。ホールはケイドの出身地について明確な言及はしていないが（219）、ホリンシェッドは、ケイドがアイルランド人であったと記している（220）。また、当時の他の年代記*Polychronicon Ranulphi Higden Monarchi*

*Cestrensis*や*The Brut of England*（別名*The Chronicle of England* 516-7）においても、ケイドがアイルランド人であることが明記されている。

6　ケイドの内なるアイルランド表象については、Christopher Highley 40-66にも指摘されている。

7　ケイドの最期を取り上げてRichard Helgersonは、シェイクスピアが作品においてケイドの存在を嘲笑の対象として誇張し、最終的に悪魔払いを行うことで大団円を作りだそうとしている点を強調し（212）、Phyllis Rackinは、劇中に描かれた反乱が観客の不安を呼び起こしはするものの、そうした不安も結末で喜劇的嘲笑と笑劇的暴力の中に解消されてしまうと説明している。しかしここではその喜劇的結末を必然的に創出させるエリザベス中央集権国家のイデオロギーの働きを特に強調しておきたい。

引用文献

Boelhower, William. *Through a Glass Darkly: Ethnic Semiosis in American Literature*. Venezia: Edizioni Helvetia, 1984.

——. "Inventing America: A Model of Cartographic Semiosis." *Word and Image* 4/2（1988）: 475-97.

Breffny, Brian de. "An Elizabethan Political Painting." *Irish Arts Review*. I, i（1984）: 39-41.

The Brut or the Chronicles of England. Ed. Friedrich W. D. Brie. New York: Kraus Reprint, 1987.

Hall, Edward. *The Union of the Two Noble and Illustre Families of Lancaster and York*. Vol. 2. 1548; reprinted 1809; New York: AMS, 1965.

Helgerson, Richard. *Forms of Nationhood: The Elizabethan Writing of England*. U of Chicago P, 1992.

Highley, Christopher. *Shakespeare, Spenser and the Crisis in Ireland*. Cambridge: Cambridge UP, 1997.

Holinshed, Raphael. *The Chronicles of England, Scotland and Ireland*. Vol. 5. 2nd ed, 1587; reprinted, 6 vols, 1808; New York: AMS, 1976.

Klein, Bernard. *Maps and the Writing of Space in Early Modern England and Ireland*. New York: Palgrave, 2001.

Marin, Louis. "Portrait of the King." Trans. Martha M. Houle. *Theory and History of Literature* 57. Minneapolis: U of Minnesota P, 1988. 169-79.

Morgan, Hiram. "Tom Lee: The Posing Peacemaker." *Representing Ireland: Literature and the Origins of Conflict, 1534-1660*. Ed. Brendan Bradshaw, Andrew Had field, and Willy Maley. Cambridge: Cambridge UP, 1993. 132-65.

Neill, Michael. "Broken English and Broken Irish: Nation, Language, and the Optic of Power in Shakespeare's Histories." *Shakespeare Quarterly 45* (1994) : 1-32.

Rackin, Phyllis. *Stages of History: Shakespeare's English Chronicles.* Ithaca: Cornell UP, 1990.

Shakespeare, William. *King Henry VI Part II* . Ed. Ronald Knowles. The Arden Shakespeare. Walton-on-Thames, Surrey: Thomas Nelson and Sons, 1999.

VI 越境／交錯するジャンル／メディア

ブハラティ・ムカジーの『ザ・ホールダー・オヴ・ザ・ワールド』における語りと越境

三杉　圭子

はじめに

ブハラティ・ムカジーは、一九四〇年カルカッタに生まれ、六二年、アイオワ大学へ留学、八〇年にはアメリカの市民権を得、アメリカ、カナダで英文学の教鞭を執りながら、一貫して移民を主人公に据え、創作活動を続けてきた。[1] 一九九三年出版の『ザ・ホールダー・オヴ・ザ・ワールド』[2]は、ムカジーの最も野心的な小説である。それは、巧妙な語りにのせてあらゆる越境のヴァリエイションを提示し、移民をはじめとする境界線を越えるサバイバーを礼賛し、さらにはアメリカの植民史そして文学史の編み直しを迫るものである。拙論ではこの作品における語りの越境性を考察し、アメリカ文学史の正典を覆すムカジーの自己申告ともいうべき試みを検証する。

一　語りの構成

『ザ・ホールダー』における語りの中軸を成すのは、一人称の語り手ベイア・マスターズによる「セイラム・ビビ」ことハナ・イーストンの数奇な運命の物語である。「ビビ」とはインドにおける愛妾を指す語である。ベイアはアメリカ独立以前にイギリスから植民した祖先を持ち、一九九〇年代現在三十二歳、資産鑑定を専門とするキャリア・ウーマンである。宝飾、美術コレクターを顧客に持つ彼女は、十一年前、インドのムガール帝国時代の小さな絵に出会い、そこに描かれた白人女性、すなわち「セイラム・ビビ」の虜になる。ハナは植民地時代のセイラムからイギリスを経てインドへ渡ってその名を残し、再びセイラムに帰還している。ベイアはハナが残した回想録、断片的な書簡、日記に加え、彼女にまつわるアメリカ植民地およびムガール帝国時代の歴史、芸術品などを各地で探索し、ハナの生涯をひもといてゆく。こうしてベイアとハナ、二人の女性の物語が交錯して語られる。

ベイアがハナの生涯を追う理由は、あらゆる境界を越える「関連性への飢え」である（11）。それは、ベイアの語り全体を通底している。時間そして空間という隔たりを越境し、歴史の編み目をぬって結びつくことの可能性をベイアは確信している。境界は存在するが、すべての人々や物事は必ずそれを越える連続性を持っている。ハナの生涯を追うことで、ベイアはそれを確認し、越境を繰り返すハナはベイアの先駆者となる。

時代を超えて、ベイアは「セイラム・ビビ」を「私の命の組織の一部」としてとらえている（21）。双方の系譜を調べ上げ、二つの糸が交差する地点をみつけては、ハナは遙か遠くではあるが、自分の親戚にあたるのだとさえベイアは言う（22）。それゆえ、ベイアの顧客が「セイラム・ビビ」が絵画の中で手にしていたムガール皇帝の世界で最も完璧なダイアモンド「皇帝の涙」の捜索を依頼してきたことは、ベイアにとっては当然の帰結である。

さらに、ベイアがハナを自らの先駆者とみなす理由は、その旺盛な独立心と冒険心にある。それらはハナの越境を可能にする原動力である。この力はどのように育まれ、行使されたのか、ベイアの語りに見られる越境のモチーフを考察してみよう。海を越える、人種を越える、宗教を越える、そして時を越えてベイアを誘う。境界を越えることがハナの生涯を導く指針であることは明らかである。では、語り手のベイアは、どのようにその越境性を表わしているだろうか。コロニアリズムの枠組みではそれは「未開」と「文明」、「東洋」と「西洋」といった単純な二項対立の図式で語られていただろう。しかしポストコロニアルな時代のベイアの語りは、それらの常套句に陥ることを免れている。

二 「未開」と「文明」

まず、「未開」と「文明」の境界のモチーフの中からアメリカの先住民族と植民者の関係をとりあげよう。一般的には植民者にとって先住民族は「文明」の恩恵を知らない「未開」の人種であり、時には非道な蛮行を冒しかねない危険な存在として理解されていた。しかし、ベイアが語る物語は、ハナという主人公を中心に据えることで、歴史には書き残されなかった個々の生活者の姿をとどめている。

ハナは、マサチューセッツ・ベイ・コロニーの辺境、ブルックフィールドで一六七〇年に生まれた。わずか一歳で父を亡くし、五歳で母がニムパック族の恋人と失踪するのを目の当たりにする。ピューリタンの支配するベイ・コロニーで、異人種混交は許されない罪である。「インディアンの愛人」になることが救いがたい堕落を意味していることは幼いハナにもわかっていた。母レベッカがアメリカ先住民（アメリカン・インディアン）との恋に身を投じる姿を、ハナは独り心に納め、敬虔な養父母に真実を明かすことはなかった。この辺境での出来事は、ハナの原体験といえよう。それゆえ、ハナにピューリタン式の倫理観は根付かなかった。先住民族は「他者」であるという刷り込みはピューリタン社会では当然のことであっただろうが、ハナにとってその認識が内在化されていたとは考えにくい。ハナの精神的ルーツは、ブルックフィールドという境界空間にあるのだ。

ベイアの語りの詳細を検証するならば、当初のピューリタンの植民者は先住のニムパック族と基本的に友好な関係を保っていた。互いの生活や生命を脅かし合うようなことはなく共存が成り立ち、個人的な交友関係を結んでいた者も少なくなかった。初めてよちよち歩きで家からさまよい出たハナを連れ戻してくれたのは心優しいニムパックだった。しかし、時代の流れが彼らのささやかな共生を破壊してしまう。先住民族と植民者、それぞれの時の権力者が対立を深め、名誉を汚された族長が武力行使に出たのである。イギリス植民地をねらうフランス人植民者の陰謀だという説もある。しかし、大きなうねりに逆らうことはできず、ニムパック族がブルックフィールドの植民者を襲撃するという惨事に至る。裏切られたと感じたピューリタンたちは「彼らは悪である」という異教徒に対するステレオタイプのイメージに取りこまれ、安住の地を求め、森を後にしてセイラムへと向かう。

結果だけを見れば、野蛮な先住民族が植民者を襲ったという繰り返し語られてきた対立の構図である。しかしベイアはそこに至るまでには、予期せぬ複雑な要因がからみ合い、人々の人生を押し流してゆく経過を、断片的にではあるが提示している。個に焦点を当てることで、ベイアの語りは単純な二項対立に回収されることを拒んでいる。

また、ベイアの語りで注目に値するのは、これがアメリカ独立以前の植民地時代を取り扱っていることである。アメリカ合衆国がその帝国主義のもとに先住民への抑圧を行う前の時代、そこには境界の曖昧さと第三者フランスの勢力などを含め、より複雑な個別の状況が点在していたのである。二十世紀終盤において、先住民の文化、伝統を再評価する動きは市民権を得たが、まだまだ掘り起こしを必要とする問題である。ホワイト・アングロサクソンの語り手が三百年をさかのぼって自分の祖先をはじめその時代を生きた人々の素朴な生活を人種を問わず受けとめていることは、歴史の見直しのためには有意義な身振りであるといえよう。

その後セイラムで成人したハナは、空間を越境する人となる。破天荒なアイルランド生まれのイギリス人ガブリエル・レッジと性急に結婚を決めたのは、「逃避へのあこがれ」に他ならない（67）。ハナはガブリエルの荒唐無稽な海洋冒険物語に魅了されたわけではない。しかし、セイラムでの窮屈な養父母の元での暮しから自らを解放するには、この結婚は未知への扉を開くに等しい選択であった。

一六九二年、イギリスに渡った彼女は、新しい環境に目立った影響を受けたとはみられないが、彼女の独立心はより確固としたものへと発展し、夫ガブリエルとの距離は著しくなる。そしてインドへの渡航にあたっては、ハナの中に、「現代女性にも通じる」彼女の「好奇心、彼女の精神、そして自我と目的意識の覚醒」があったとベイアは語る（89）。境界を越えることへの願望が明確な形をとったのである。

一六九五年、ハナがたどりついたインドは彼女にとって第二のブルックフィールドであるといえる。イギリス植民者と土着の人々との間には、アメリカの植民地におけるのと同様に物理的、精神的壁が存在していた。しかしハナは生来境界空間の産物である。インドの土着の自然を取り入れた豪奢な住まいに感嘆し、前の家主に仕えていた召使いバグマティと近しく接し、夫が海賊に身を転じてからは、一般のイギリス植民者たちとの隔たりは一層顕著になる。夫の不義、難破による消息不明、そして暴動という混乱の中で、召使いの手引きでラジャの元にかくまわれたハナが、南アジアで「インディアンの愛人」になることは、ベイアが指摘するように、ある意味で母の足跡をたどることでもあった。

次に、「未開」と「文明」の融合について考察したい。この越境は芸術という分野でしばしば起こることである。ベイアは職業柄、鋭い審美眼を備えた女性である。彼女は「皇帝の涙」の捜索の依頼者であるハリウッドの美術コレクターの所蔵品として、ハナの手芸品を実際に目にする。旧約聖書の詩篇の「望むならば私は異教徒をあなたの分け前として与えよう、そして大地の遙かなる海の果ての岸を」という一節をたたえたその刺繍は、一六八〇年前後のセイラムの無名の作家による作品として、一九八三年、東京のサザビーズのオークションで、六千ドルで競り落とされている。

詩篇の言葉はベイ・コロニーの植民者の間で最もポピュラーなものであったが、ハナにとってはセイラムの岸はインドのベンガル湾岸へとつながってゆく。しかし当時十二歳の少女が何を知っていただろう。すべてはハナの想像力に依拠している。明るい青を下地にして、ハナは「遙かなる岸」を描いている。そこでは土着と植民の人々がひとつの構図に納められ、熱帯の海辺のひとこまとして描かれている。このモチーフそのものが、融合の具現であるともいえる。

そして、この想像力の源は、ブルックフィールドの自然にある（42）。母レベッカの失踪同様、幼い日の想い出は、ピューリタン社会では抑圧せねばならない過剰であることをハナは理解していた。しかし、ハナの針仕事は「木々を、花々を、鳥を、魚を」賛美し、ほめたたえた（42）。自然の中で育まれたハナの美意識はセイラムには異質のものであっただろう。にもかかわらず、手芸という「文明」のかさを着たほとばしる情熱はその圧倒的な美をもって人々に賞賛される。それは皮肉にも、質実剛健を信条とするピューリタン社会における潜在的欲望をかきたてたのだろうか。ハナは報酬も名声も求めてはいなかった。ただただ表現への欲望が彼女を突き動かしていたのである。

ハナの衝動が自然と「文明」の境界を越境して、想像力をもって芸術へと昇華したことを最もよく理解し、評価できる人物として、ベイアに勝るものはいない。森の中へのノスタルジー、そして遙かなる岸辺への憧憬が、手芸という「文明」の形を借りて、越境の相乗的結晶として実を結び、後世の人々の感性へも訴えることになったのである。

三　「西洋」と「東洋」

次に「西洋」と「東洋」のなすオリエンタリズムの構図について検証しよう。ここでも、紋切り型の二項対立は成立していない。ベイアは、アメリカ生まれのインド系の恋人、ヴェン・アイヤーと暮らしている。二十世紀末の多民族国家アメリカにおいて、アメリカ生まれのコンピューター・プログラマー、ヴェンの存在は、ベイアにとって神秘のオリエントではない。「他者である男」という定義付けがなされてはいるものの、ベイアはヴェンに出会うまでに既に人格形成を終えている（33）。エドワード・サイードが分析するところの「東洋」を鏡に自己像を確認する「西洋」というプロセスは、二人の関係には該当しない。この越境のモチーフはベイアにとって、「インディアンの愛人」となったハナ、そしてレベッカとの絆を改めて認識させるものである。

また、ベイアが語るムガール帝国支配下のインドと、ベンガル湾岸に開かれたイギリスをはじめとするヨーロッパ諸国の植民地は、境界線で隔てられてはいるものの、単純なオリエンタリズムを踏襲しているわけではない。アメリカ大陸の先住民族が単なる蛮族ではないのと同様に、ベイアが語るインドは決して一枚岩のオリエントではない。イスラム教徒のムガール帝国が二百年近く支配的である半島には、ヒンドゥ教徒の王国があり、異なる信仰、価値観、生活様式がせめぎあっている。支配階級のイスラム教徒には、シーア派、スンニー派があり、ヒンドゥにはカースト制がある。一神教のキリスト教徒は、多神教のヒンドゥ教よりは、唯一神アラーを崇拝するイスラム教に親近感を覚えやすいとされている。しかし、ヴェンによってベイアのヒンドゥ教理解は単純稚拙だと否定される。そしてベイアは、異教徒との共存はハナにとって初めての経験ではなく、それは「幼い日の森へとさかのぼるのだ」と語っている（100）。

四　境界線の越境

このようにハナをとりまく境界線は、「他者」と「自己」を隔てるものとは説明しがたい。むしろ、越境という行為こそがハナという人物を作り上げてゆくプロセスだととらえるべきだろう。越境することによってハナは世界と新しい関係性を次々と結び、彼女自身変容してゆく。そこにはアイデンティティへの執着はない。しかしその変遷をとおしていかなる環境においても生き抜いてゆく野生の生命力―それは辺境の森の産物と言ってよい―を貫徹させる。運命に身を委ねながら、その荒波の中で、徹底的に「個人」としての存在を貫きとおすこと。それこそがベイアを魅了するハナの生き様だといえよう。この文脈における「個人」とは、膠着した固形物ではなく、組織、集団にとりこまれることもない、変幻自在な私的な生命体を意味する。たとえ意志決定の保留を迫られても、周囲の環境に応じて、与えられた中で最善の選択肢を選び取る判断力を備え、しなやかに生きのびてゆく能力を備えた者こそ、一個の人間としての尊厳を維持することができるのである。

ベイアはハナの柔軟な精神に大きな共感を覚え、ハナ自身がイギリスからインドへの旅、そしてインドでの生活を自分の「トランスレーション」だととらえていることを指摘する（104）。それは、移動や変形を意味すると解釈できる。物理的な環境の変化にともなってハナの精神は変容を繰り返してゆく。[3]

五　ハナの変容

ベイアが最も敬服し、ハナをあたかも自分の同世代の人物のように感じさせる資質は、ハナが「世界の多様性」に素朴な喜びを感じることだ（104）。[4]「彼女は新しいものに敏感だったが、彼女の旅は精神的で内面的なものだった。…ロンドンやセイラムとの比較を堪能し、自らの人生が変容してゆくこと、それこそが喜びだった。彼女はイギリスやキリスト教の灯りでインドを査閲するのではなかった」とベイアは続ける（104）。もし彼女に世界を見極める基準があったとすれば、それは母レベッカとともに過ごした「新世界のエデン」、ブルックフィールドに他ならない（104）。それは未知のものを恐れないまなざしだといえよう。それゆえ、ハナは他の植民者たちが感じるような「ルーツや伝統を奪われた」ような感覚には無縁である（163）。それどころか、彼女は自分が「未完の、未熟な」ものだと感じ、ベイアはハナを「発達過程の女神」とさえ呼ぶ（163）。

こうしてハナの精神的旅が続く。それは彼女の幼い頃からの独立心と「個人」主義を助長してゆく。それがインドの地で大きく展開する経過を考察してみよう。未知の世界への好奇心を備えたハナは、夫から、他の植民者たちから、徐々に遠ざかってゆく。そして星明かりがさしこみ、海風が薫り、虫や鳥や蝶が舞い飛ぶ住まいで、ハナは新しい生活を享受する。

インドがハナに大きな影響を与え、彼女を変えてゆくとき、最も身近な代理人は、この風変わりな住まいに仕えてきた召使いバグマティである。二人の関係は、事態の展開に従い変化してゆく。主従関係として二人は出会うが、ハナは夫の留守宅においてバグマティに少なからず依存しており、夫の不義を知り、独りイギリスに戻る決心をしたハナの運命を変えるのはバグマティである。一七〇〇年十二月、イスラムとヒンドゥ勢力の武力衝突の緊張が高まる中、渡航を控えたハナは、夫を乗せた船が沖合で沈没するのを目撃する。そして岸辺では戦乱が勃発する。このときハナを土着民の街へ逃れ導くのはバグマティである。主従は逆転し、ヒンドゥとしての尊厳を遵守するバグマティは、ハナとともにラジャ・ジャダヴ・シンの臣下のもとへと身を寄せる。そこでハナはラジャに出会い、彼のビビとなるのである。

ヒンドゥの世界に導かれたハナは、もうバグマティの主人ではなく、二人は同じサリを身につけ、親密な友のように接しあう。ハナは改めてバグマティの「個人」として生命力に気づき、ここではバグマティはハナよりも生き生きと豊かに輝いていることを知る。このとき、二人の間の越境は達成される。お互いをより理解しあうようになる二人は、これまでとは違った名前で呼び合うようになる。この呼び名の変遷は、前述の「トランスレーション」の象徴でもある。バグマティもまた変容を生き抜いてきた女性であり、ビンドゥ・バシンとして生まれるが、イギリス東インド会社の支配人、ヘンリー・ヘッジ—後にハナの住まいとなった豪奢な屋敷の今は亡き主人—に召使いとして雇われる。しかし、彼女はやがてヘッジのビビとなり、「神の贈り物」を意味するバグマティという名を与えられる。同じ衣装に身をつつんだバグマティとハナは、愛されることによって力を得るという運命を分かち合うこととなる。その証としてハナはバグマティにかつての親友「ヘスター」の名を与え、バグマティはヒンドゥで真珠を意味する「ムクタ」という名をハナに与える。

ハナの最も大きな変化は、インドで「セイラム・ビビ」の名を得ることである。愛妾というともすれば屈辱的なその呼び名には、逆に、遙か彼方から到来し、愛のためにその身を投じた高潔さを感じ取ることもできる。そして闘いの末、一度死の床にあったラジャをよみがえらせ、平和を求めた彼女は、後世の人に「世界の癒し手」とも呼ばれる。ラジャを想い、彼の子どもを身ごもった彼女は、一見無謀にも、ムガールの皇帝に平和交渉を直訴する。戦乱の地は、「セイラム・ビビ」にとっては宗教を越えた境界空間であり、彼女に恐れはない。彼女がただ望むのは、愛する者の命のために、無駄な殺戮をやめさせることだけである。すべてはアラーの神の審判によるのだと達観する皇帝に幽閉されつつも、彼女は真珠のように気高い「プレシャス・アズ・パール」と名付けられ、手厚い扱いを受ける(270)。ラジャ・ジャダヴ・シンの決死の抗戦は皇帝の大勝に終わり、ハナ/パールは、闘いに命を落としたラジャとの想い出を抱え、一七〇一年、植民地アメリカのセイラムに戻る。そこでも彼女はパール、あるいは「ホワイト・パール」という名を得、ラジャの血をひくハイブリッドの娘、パール・シンは、その肌の色から「ブラック・パール」と呼ばれるに至る(284)。

このように新しい名前、新しいアイデンティティを受け入れてゆくハナはその変容の中で、ただ環境に振り回されるのではなく、新しい関係性の中で逆説的に変幻自在なしなやかな個として存在する。越境を繰り返すことで彼女は境界を無化する力を手にしてゆくともいえる。ビビとして、母として、変化を受け入れることで彼女は「個人」としての尊厳を維持してゆく。それこそが激動の世界を生き抜くために必要な力であり、現代においてその必要性はさらに高まっているともいえよう。

六　語りのひずみとムカジーの自己申告

ベイアはハナとのヴァーチャルな遭遇を得、物語を終焉に導く。彼女はヴェンがプログラムしてくれたヴァーチャル・リアリティの中で、バグマティ改め「ヘスター」として戦乱のさなか、ハナから「皇帝の涙」を受け取り、自らの体内に埋め込み、自死に至るところを危うくヴェンに引き戻される。こうして「皇帝の涙」はバグマティとともにインドの地に埋葬されていることが解明され、ベイアはヴァーチャルにせよ、事実の集積のみならず想像力によってハナとの交感を体験し、時間を越えたハナと自分との絆を確認するに至る。[5]

しかし、物語の最後の数ページに、ベイアはそれまでとは異質ともいうべきハナにまつわるエピソードを滑り込ませている。ベイアは急ぎ早に、セイラムに戻ったハナ／パールこそ、ナサニエル・ホーソンの『緋文字』のモデルだと明言する。ハナ／パールは自らの生涯を人々に語り聞かせたが、その聴衆の中には、ナサニエル・ホーソンの曾祖父、悪名高き魔女裁判の判事ジョン・ホーソンの息子、ジョゼフ・ホーソンがいたという。母レベッカの罪、セイラムという舞台、「ヘスター」や「パール」の名をはじめとする『緋文字』へのインターテキスチュアルな目配せは、小説のそこここに配置されている。[6]

この異質さは、語り手ベイアを通り越して、著者ムカジーのアメリカ文学およびアメリカへの想いが挿入されていることによると考えられる。そこには、アメリカ文学は、正典に代表されているよりはるかにダイナミックな越境によって成立するべきものであると主張する声が聞こえる。植民地アメリカの陰々滅々としたピューリタン社会を描いた文学史上の正典『緋文字』は、ハナの勇敢な物語に比べればスケールの小さな、ひどくつましい物語であるという皮肉さえこめられている。[7]

また、植民地時代に既にハナのような未知の世界を恐れない女性がアメリカの地でその運命を全うしたように、アメリカ合衆国は、そのような独立心と探求心にあふれた越境を重ねる植民者、移民、そして「ブラック・パール」に代表されるようなハイブリッドによってこそ形成され、今もそのプロセスは続いているのだという声高な陳述が聞こえる。変容を恐れぬ生命力あふれる移民の精神こそ、真のアメリカニズムであり、その文学は、越境空間のダイナミズムなしにアメリカ文学とは言えない、とムカジーは提言している。つまりこれは、ムカジーの、正当なアメリカ文学の担い手としての自己申告の試みに他ならない。

しかし、ムカジーがノンフィクショナルな分野において、繰り返し自分はアメリカの作家であり、アメリカ国家を支える移民のひとりだと主張してきたことを考慮すると、このホーソンへの挑戦状は、ムカジーの発言と微妙にずれがあることを認めざるを得ない。それは、ファクラル・アラムが指摘しているように、『ザ・ホールダー』において、ムカジーは「アメリカ作家」として受容されることを求め、同時に「アメリカの本質」を再定義しようとしているのであって、裏返せば、ムカジーは皮肉にも、読者が自分を正統な「アメリカ作家」として認知していないことを認め、露呈することになっている（119）。

移民の国アメリカにおいて多元文化主義を提唱するムカジーの主張自体は、人種、民族性の亀裂を社会問題として抱えるアメリカにとって、有効な選択肢として考えられる。しかし、小説『ザ・ホールダー』のダイナミズムはひとえに「セイラム・ビビ」ことハナ・イーストンと彼女を追うベイア・マスターズの豊かな想像力に因っている。その私的想像力をアメリカ文学史に還元しようとするとき、この作品の華麗な創造的飛翔は急激に失速する。語り手ベイアはムカジーの操り人形と化し、プロパガンダが想像力を凌駕してしまう。

ベイアが語る越境の物語は、ポストコロニアルな観点からコロニアリズムの時代を語り直すという点で成功している。そして時空を越えた連続性を巧みに織り込みながら、壮大なスペクタクルを展開してみせる。しかし、ムカジーの政治的介入は語りの創造力を弱体化させている。[8] 小説『ザ・ホールダー』においてムカジーは、著者と語り手、そして創作と政治的主張との危うい境界線上で、してはならない越境を冒してしまったのではないか。越境の創造的有効性は、想像力とともになくてはならない。

（この論文は、神戸女学院大学研究所研究助成による成果である。）

注

1 ポストコロニアリズム批評において、同じインド系のGayatri C. Spivakが、自らを祖国から離れた国外在住者、すなわちアメリカにおける「アウトサイダー」と規定する一方（102）、ムカジーは自らを移民の国アメリカの一員、「エリスアイランドを通ってきた祖父母や両親をもつ他のアメリカ作家と同じ伝統に位置するアメリカ人作家」であると明言し、一連のポストコロニアル・スタディーズおよびサバルタン・スタディーズとは一線を画す発言をしている（*Darkness* 3）。

2 以下、『ザ・ホールダー』と略す。なお、同書からの引用は、引用文末尾の括弧内に引用頁を示す。

3 Nalini Iyerは、「ハナのアイデンティティは、空間、国家、人種、そして民族性を超越する」のではなく、「アイデンティティは本人が作る物語と実体験によって作られる」と指摘している（37）。また、Ruth Yu Hisaoは、『ザ・ホールダー』を、「自己変形についての洞察に満ちた論考」ととらえている（225）。

4 Bruce Simonは『ザ・ホールダー』を、多様性の賞賛、多元主義の歓呼の声と論じている（428）。

5 Judy Newmanは、『ザ・ホールダー』において、想像力は事実を凌駕すると指摘している（85）。

6 インターテキスチュアリティについては、Newmanが詳細にナサニエル・ホーソンと『緋文字』へのレファレンスを指摘しているとおりである（69-87）。また、Luther S. Luedtkeはホーソンにおける「東洋」への憧憬を論じている。

7 Christian Moraruは、ムカジーは『ザ・ホールダー』を、『緋文字』を頂点とするアメリカ文学史上男性によって作り上げられたキャノンに対抗するものと規定し、自らをベンガル人—南アジア系カナダ人—インド系アメリカ人という履歴を経て、現在はアメリカ人作家としてアメリカ文学の伝統に正統な名誉ある地位を与えよと求めている、と論じている（265）。

8 ムカジーの自己申告の試みについては賛否両論あるが、おそらく最も妥当な評価は、Claire Messudのものであろう—「この本はその重苦しさをして、読み物としてより、考える材料としてより興味深いものとなる危険を冒している」、「ハナは悲劇的なことに、最後には死んでもいないし、生きてもいない」（23）。つまり、ムカジーの介入により、ベイアが語ってきたハナは生命体としての存在を否定されている。

引用文献

Alam, Fakrul. *Bharati Mukherjee.* New York: Twayne, 1995.
Hisao, Ruth Yu. "A World Apart." Lavina Dhingra Shankar and Rajini Srikanth, eds. *A Part, Yet Apart.* Philadelphia: Temple UP, 1998.

Iyer, Nalini. "American/ Indian: Metaphors of the Self in Bharati Mukherjee's *The Holder of the World.*" *Ariel* 27.4 (Oct. 1996) : 29-44.

Messud, Claire. "The Emperor's Tear." *Times Literary Supplement* (Nov. 12, 1993) : 23.

Moraru, Christian. "Purloining *The Scarlet Letter.*" Mica Howe and Sarah Appleton Aguiar, eds. *He Said, She Says*. Cranbury, NJ: Associated UP, 2001.

Mukherjee, Bharati. *The Holder of the World.* New York: Ballantine, 1994.

——. "Introduction." *Darkness.* Ontario: Penguin, 1985.

Newman, Judy. "Spaces In-Between—Hester Prynne as the Salem Bibi in Bharati Mukherjee's *The Holder of the World.*" Monika Reif-Huelserha, ed. *Borderlands: Negotiating Boundaries in Post-Colonial Writing.* Ansel Papers 4. Atlanta: Rodopi, 1999. 69-87.

Luedtke, Luther S. *Nathaniel Hawthorne and the Romance of the Orient.* Bloomington: Indiana UP, 1989.

Simon, Bruce. "Hybridity in the Americas: Reading Condé, Mukherjee, and Hawthorne." *Postcolonial Theory and the United States.* Amritjit Singh and Peter Schmidt, eds. Jackson: UP of Mississippi, 2000. 412-43.

Spivak, Gayatri C. "Reading the World." *In Other Worlds.* New York: Routledge, 1988.

中島　正太

文学作品と「映像化」の問題

――ジョージ・エリオットの場合

はじめに

ヴィクトリア朝のイギリス社会において、文学作品がどのように出版され、「商品」として流通していったか、ということについては、すでにサザランド（1976）やフェルティス（1986）など、優れた考察がいくつかある。ただ、二〇世紀、そして二十一世紀と時代が進むにつれて、新しい形の「商品化」があらわれてきていることにも注目すべきだろう。それが文学作品の「映画化」または「テレビドラマ化」である。本稿では、両者を総合する場合に「映像化」という名称を使うことにする。

もちろん、ある作品がどのように映画化されているか、また原作と映画の比較といった考察は荒井（一九九六）や今泉（一九九九）など、日本語でも充実したものが多数出ているが、作品の「映像化」を商業行為、または文学のあたらしい「流通の形」としてとらえる考察は、まだ少ないようだ。この原因の一つとして、日本では海外の、とくにテレビ番組に関しては、放映時の空気が伝わりにくいということに加えて、そのビデオが入手しにくい――つまり流通している「商品」そのものを手にとって検証することができない――ということがあげられる。

さらにイギリス製ビデオソフトの場合、入手できても録画および再生システムが異なる（日本はアメリカやカナダと同じNTSC、イギリスはPAL）という問題点もあった。しかしインターネットの出現により、日本の一般的なビデオデッキでも直接再生できるイギリス制作のビデオソフトが、アメリカ経由で入手可能な場合もあるし、またそうやって入手できるアメリカ製ビデオソフトには、英語字幕が入っているものもある。そういう意味で、「テレビドラマ」として流通する英文学作品のあり方を考え直す下地は、日本においてもできあがっている、といえるのではないだろうか。

そこで注目したいのが、一九九四年にBBCでテレビドラマ化された、ジョージ・エリオットの『ミドルマーチ』だ。このテレビドラマは、イギリスで原作本のヒットを生み、新たな観光地を生み、そして後につづく古典テレビドラマ（英語ではコスチューム・ドラマとも呼ばれる）・リヴァイヴァルを生んだ。日本でもNHKの衛星放送や地上波でくり返し放映された、ジェーン・オースティン『自負と偏見』のテレビドラマ版は、本国ではまさにこの『ミドルマーチ』に引きつづいて放映されたもので、後に「クラシック連続ドラマのルネッサンス」[1]としてふり返られることになる時代の、象徴ともいえるものなのである。

本稿では、イギリステレビ番組の歴史においても特筆すべき『ミドルマーチ』というテレビドラマが引き起こした、いわば一種の「経済効果」ともいえる現象について考察してみたい。

一　エリオット作品の「映像化」概観——「映画化」から「テレビドラマ化」へ

『ミドルマーチ』をとりあげる前にまず、ジョージ・エリオットの作品がどのように「映像化」されていったかを簡単にふり返ってみることにしよう。

十九世紀のハーディーやディケンズ、また二〇世紀のウルフやコンラッド、はたまたヘンリー・ジェイムズなど、近年における文学作品の映画化がめざましい中にあって、ジョージ・エリオットの作品は、「映像化」ということに関してはややなじみが薄いという点は否定できない。

しかし、「インターネット・ムービー・データベース」（以下「ＩＭＤＢ」と略記）によると、一九一一年から一九三七年にかけて、エリオットによる作品のいくつかが映像化されていることがわかる。以下それぞれの作品がどのように映像化されているか、列挙してみよう。（カッコ内は制作年。（米）とあるものはアメリカでの制作、（ＴＶ）とあるものはテレビ版。また、○をつけたものにはビデオ版が存在する。）

『サイラス・マーナー』（一九一一、一九一三、一九一六、一九二二、一九二二）
『アダム・ビード』（一九一五、一九一八）
『ダニエル・デロンダ』（一九二一）
○『ロモラ』（一九二四）（米）
○『フロス川の水車場』（一九三七）
○『サイラス・マーナー』（一九八五）（ＴＶ）
『アダム・ビード』（一九九一）（ＴＶ）

○『ミドルマーチ』（一九九四）（ＴＶ）
○『フロス川の水車場』（一九九七）（ＴＶ）（米）
○『ダニエル・デロンダ』（二〇〇二）（ＴＶ）

一九一〇年代には、『サイラス・マーナー』が数度映画化されたことに始まって、『アダム・ビード』、『ダニエル・デロンダ』といった作品が映画になっている。そして一九二四年には、『ロモラ』、一九三七年には『フロス川の水車場』がスクリーンに登場、ということになる。

この「ＩＭＤＢ」は、たとえば映画『ロモラ』で主役を演じたリリアン・ギッシュが、二年後、つまり一九二六年の『スカーレット・レター』ではヘスター役を演じているということがわかるなど、クロス・レファレンスという視点からみても興味深いデータベースではあるが、現物が確認できないものもいくつか含まれており、その点注意が必要であることを申しそえておきたい。

さいわい『ロモラ』と一九三七年の『フロス川の水車場』にはビデオ版がある。『ロモラ』は前述のリリアンに加えて、彼女の実妹ドロシーがテッサ役で出演し、くしくも姉妹でティート・メレーマを奪い合う、という設定になった。物語はそのティートとバルダサッレに焦点をあてたサスペンス風に脚色されており、サイレントではあるが見ごたえのあるものに仕上がっている。[2]

つづいて『フロス川の水車場』は、最後の場面、洪水で死ぬのがウェイカムとマギーになっており、トムとマギーが互いの兄妹愛を確かめながら死んでいくという原作に涙した読者には、やや衝撃的なエンディングかもしれない。また、マギーよりもむしろマギーの父やトム、スティーヴンといった男性登場人物を中心に描かれているような印象を受けるが、原作との比較検証をすることが本稿の目的ではないので、これ以上は踏みこまないようにしたい。

ところで、エリオットの「映像化」がいくつかあらわれた一九〇〇年代前半という時代だが、グレアム・ハンドリーは、とくに一九三〇年代までを、エリオットに関する「批評面での衰退期」(31) と見なしている。一九〇二年のレズリー・スティーヴンによる評伝と、その娘、ヴァージニア・ウルフによる一九一九年のエリオット生誕一〇〇周年を記念する『タイムズ文芸付録』への寄稿（これは「『ミドルマーチ』は大人のために書かれた文学である」、という有名な一節を含んでいる）を除けば、一九四〇年にゴードン・S・ハイトの評論が登場するまで、伝記作家J・ルイス・メイの言葉をかりると、エリオットは「無視されていた」(288) ということになるようだ。

ただ、スティーヴンやウルフの他にも、たとえばデイヴィッド・セシル卿によるエリオット再評価の兆しとなる評論が一九三四年に出ており (309-36)、そういう意味でもこの「無視されていた」という表現を全面的には肯定できない。しかしいずれにせよ、人によっては関連文献が少なかったと見なされていた時期に、エリオットの作品が集中して映画になっているという点には注目しておきたい。エリオット作品の持つ高い道徳性、あるいは別の何かが当時の「空気」にフィットした、ということなのかもしれないが、この問題についてはより深く考察することが必要であろう。

さて、先述の『フロス川の水車場』以降、エリオット作品の映画化は影をひそめてしまうのだが、一九八五年にテレビドラマとして『サイラス・マーナー』が登場する。一九八二年の映画『ガンジー』でアカデミー主演男優賞を取ったベン・キングスレーがサイラス役という豪華キャスティングで、後年になって日本でもＮＨＫで放映された。

このテレビドラマでエピー役として出演したパッツィー・ケンジットは、つづいて一九九一年テレビドラマ化された『アダム・ビード』でヘティ・ソレルを演じる。八〇年代にはエイス・ワンダーというグループのヴォーカルとして歌手デビューし、その後イギリスの国民的ロック・バンド、オアシスのメンバーと結婚、出産、そして離婚という人生を送っているケンジットには、エピーよりもむしろヘティのほうが適役だといえるかもしれない。

また、この九一年のテレビドラマと連動し、ケンジット扮するヘティが表紙を飾る『アダム・ビード』の原作本が書店に出まわったが、この現象についてはメイタス（1995）やクルーガー（1997）など、同作品におけるエピーに関する優れた論考が出た一九九〇年代という時代を予見しているようで興味深い。ただ残念ながら、この『アダム・ビード』はビデオ化されておらず、ここはいま一度「商品」としての流通が待たれるところである。そして、この『アダム・ビード』の次に登場するエリオット作品の映像化が、『ミドルマーチ』ということになる。

一九九四年の一月一二日から放映されたこのテレビドラマは、計六回、合計にして約六時間になり、ビデオ版も発売された（二〇〇二年にはＤＶＤ版も出ている）。[3] このテレビドラマについてまず注目したいのは、ロケ地がエリオットの出身地で、おそらくミドルマーチのモデルとなったとされるウォーリックシャーのコヴェントリーではなく、そこよりさらに北東、リンカーンシャーのスタムフォードである、という点だ。[4] スタムフォードには古い街並みが色濃く残っており、十九世紀のイギリスを再現しやすい、というのがその主たる理由であろう。ミドルマーチがもともと架空の町であることを逆手にとり、作者の伝記的事実に忠実に従うよりも、むしろ現代の視聴者に視覚面からアピールすることを優先させた舞台設定と考えることもできる。

この手法は、どのように使うかは別として、あくまでテキストおよび史実を忠実に押さえてゆくことを原則とする文学研究の視点から見ると、「反則」といえるものかもしれない。しかし同テレビドラマの撮影監督、ブライアン・ツファーノがインタヴューで、ロケーションを「もうひとつの主題」であると考え、「ロケーションに物語を語らせることこそが最上の手法である」(Bazalgette and James 26) と述べていることは注目すべきだろう。この発言からもわかるように、原作との整合性を無視してでも、視聴者の郷愁をかきたてるようなロケーションを選択することが、「古典テレビドラマ」における成功の鍵といえるのかもしれない。

この慎重かつ絶妙なロケ地選択の効果もあって、テレビドラマの『ミドルマーチ』は、本国イギリスで大変な話題作となった。ロケ地のスタムフォードは一種の観光ブームとなり、イギリス国内外からツアー客を呼び寄せることになる。それにともない、ミドルマーチ関連の商品が多数製作・販売された。原作本はもちろん、テレビドラマの撮影過程を記録したビデオやポストカード、ノート、コースターに加え、ロケ地で企画された観光ツアーでは、ミドルマーチ・ビスケットや、ミドルマーチ・カレーなるものまで登場した、ということだ (Rice and Saunders 89)。[5]

このように、文学が映像化され、流通することで、それに付随した様々なジャンルの商品がさらに流通し、消費されてゆくありさまは、まことに現代的なものだといえるだろう。さらに、その流通は、文学の原作とは何のゆかりもない場所を中心に起こっているということになる。つまりこの流通を「スタムフォードをミドルマーチ化する」作業だと考えると、作品だけでなく、作品の舞台そのものが「商品化」されてゆく過程としてとらえることもできるのである。

二　『ミドルマーチ』テレビドラマ化への問題提起

「テレビドラマ化」によってロケ地が盛り上がる一方で、古典作品が映像化された場合には必ずネガティヴな反応といえるものも出てくる。大きくわけて二つ、ひとつは、映画（テレビドラマ）が原作を「超える」ことはない、という意見。またもうひとつは、映像化によって原作本が売れたとしても、それは必ずしも読者の増加を意味しない、という考えだ。

たしかに、その作品の愛読者であればあるほど、映像化には失望してしまう人が多いようだ。しかしもう少し踏みこんで考えてみると、そのように映像化を批判することは、原作の優位性、もっとはっきりいえば、「原作を読んでいる者たち」の特権、を保とうとする行為のようにも思われる。そしてそこには、映像化を楽しむことよりも原作を本で味わう方がより「崇高」である、という考え方が前提として見えてくる。しかし「マルチメディアの時代」と形容される現代において、そのような「書物の優位性」がこれからも無条件に保たれていくのだろうか。

このことに関する問題提起は、テレビドラマ『ミドルマーチ』の出現によって、文学者側からも行われている。「ヴァージョン」という概念をキーワードに、文学作品に描かれたイギリスの様々な側面を分析した著作『文学的イングランド』で知られるデイヴィッド・ジャーヴェイスは、『ミドルマーチ』のテレビドラマ化について論じる中で、BBCによる古典小説のテレビドラマ化を「クラシック連続ドラマ」と呼んでおり、これにはふたつの意味がある、と述べている。ひとつは文字通り「クラシック＝古典」を連続ドラマにする、という意味、そしてもうひとつは、「古典の連続ドラマ化」自体が、少なくともBBCにおいてはもはや古典的、あるいは伝統的な文化のひとつになっている、という意味だ(“Televising *Middlemarch*” 59)。

ジャーヴェイスによると、『ミドルマーチ』制作には約六百万ポンドの予算がつぎ込まれており(“Televising *Middlemarch*” 59)、そこにも「伝統を受け継ぐもの」としてのBBCの意気込みを感じとることができる。ここで思い出されるのが、BBCテレビドラマシリーズのいくつかが日本で発売されたとき、キャッチフレーズに使われた、「BBC渾身の」、「BBCが威信をかけて制作した、豪華絢爛のクラシックドラマ」[6]といった表現である。一見大げさに見えるこれらのフレーズだが、BBCにおける「古典のテレビドラマ化」の位置づけを考えてみると、ここでの「威信をかけて」といった表現は、誇張でもなんでもない、ということがよくわかる。残念ながら、二〇〇三年までに発売された日本語字幕入りビデオに『ミドルマーチ』は含まれていないが、今後何らかの形で日本版の登場を望みたいところである。

ジャーヴェイスとはまた違った視点から、テレビドラマ化を評価したのが作家のフェイ・ウェルドンだ。イギリスの日刊紙『ザ・ガーディアン』に折り込まれた、『同2』と称する別冊子でのエッセイでウェルドンは、テレビドラマ化がきっかけで『ミドルマーチ』の原作を購入した人々の中には、「最初のページを開き、ちょっと読んだだけでやめてしまう者もいるだろう」と、まず釘を差している。しかし同時に「読むことが必ずしも「見る」ことの上位にくるとは思えない、という考えを明らかにし、そして『見る』ということにも、それ自体の価値と歴史がある」(1-2)と指摘している。これは、「古典作品」のテレビドラマ化を伝統として背負っているBBCの姿勢とも通じるものだ。

ウェルドンのこの発言は、彼女自身が一九七九年にBBCで放映された『自負と偏見』の脚本を手掛けた、つまり彼女自身、テレビドラマを「見せる」側に回った、という経験から来ているのかもしれない。その『自負と偏見』は、『ミドルマーチ』のヒット後、同テレビドラマの脚本を担当したアンドリュー・デイヴィスによってふたたびテレビドラマ化され、日本でも数回放映されることになったのは先ほど述べたとおりである。

三　「商品化」における「時間」と「制作費」の問題

以上、『ミドルマーチ』の映像化に関する意見をいくつか紹介したが、原作の「優位性」を主張して当然なはずの文学関係者からこのような発言を引き出すということは、テレビドラマとしての『ミドルマーチ』が、原作と照らし合わせても極めて高いクォリティを保っている、ということを意味している。これは「連続ドラマ」という形式によって、映画よりもはるかに長い時間の「商品」を作り出せるようになったことと無関係ではないだろう。

逆にいうと、映画の場合は「商品」としてより広く流通させるため、二時間程度におさめることを余儀なくさせられてしまう。その結果、原作が単なる「素材」になっているものも少なくない。フォースターやカズオ・イシグロの作品を次々映画化したことで知られる映画監督、ジェイムズ・アイヴォリーは、映画化に際して原作をけずっていくことは「脚色の使命」だといい、さらに「映画化された小説は、もはや元の小説とは別物」（映画『眺めのいい部屋』パンフレット、十九）だと述べている。つまり「商品」として優れている映画が必ずしも原作に忠実であるとは限らない、ということにもなるだろう。

これに対して、劇場での公開を前提としない「連続ドラマ」の場合は、原作を最大限に生かしながら、なおかつ「商品」としても国際的に流通させることが、少なくともイギリスＢＢＣにおいては可能になっている。[7] 欧米では依然として「映画のほうがテレビより上」という格付けがあることはよく知られているが、アカデミー賞をとったベン・キングスレーが『サイラス・マーナー』のテレビ版で熱演するのを見るにつけ、ＢＢＣの古典テレビドラマシリーズに関しては、そのような序列はあてはまらないようにも思える。

また「制作費」という観点からいえば、たとえば現存の作家による小説のテレビドラマ化だと、ロイヤルティ（作品使用料）が予算のかなりを占めるであろうし、また放映中に原作者からクレームがついて、制作局側がその対応に追われる、という可能性もある。これに対して、古典作品の「映像化」は著作権が消滅しているためロイヤルティが不要、また作者も亡くなっているため、放映の途中でクレームがくることもない。しかも、他国への放映権販売や、ビデオによる流通から二次、三次的な経済効果も期待できる。

結果、『ミドルマーチ』以降もこのような「クラシック連続ドラマ」はＢＢＣで活発に制作されてゆくことになる。以下一例としてリストアップしてみよう（カッコ内は放映された年、またイギリスではすべてビデオ化されている）。

オースティン『自負と偏見』（一九九五）
アン・ブロンテ『ワイルドフェル・ホールの住人』（一九九六）

コリンズ『白衣の女』(一九九七)
サッカレー『虚栄の市』(一九九八)
ディケンズ『デイヴィッド・コッパーフィールド』(一九九九)
ギャスケル『妻たちと女たち』(二〇〇〇)
トロロープ『我らが生きし道』(二〇〇一)

ここでは一年に一作と限定したが、同じ年に複数のテレビドラマが放映されている場合もある。たとえば一九九八年には、リストアップしたものに加え、フィールディングの『トム・ジョーンズ』(日本でもNHKで放映)やディケンズの『われらが友』などが放映された。このリストで注目しておきたいことは、アン・ブロンテやコリンズ、ギャスケル、トロロープといった今までほとんどテレビドラマ化されていなかった作品がとりあげられていることと同時に、『デイヴィッド・コッパーフィールド』や『虚栄の市』といった、過去すでにテレビドラマ化されたもの(ともに一九八七年)がリメイクされている、ということだ。前者からは、あたらしい「市場開拓」、そして後者からは「その時代において、最上の古典テレビドラマを提供していく」という、BBCの「伝統を守るもの」としての使命感を感じることができる。

さて、今まで述べて来たように、「読むこと」と「見ること」の関係を根本から問いなおすきっかけとなったり、また文学を「商品」として流通させることで、その周辺にさまざまな消費行為を引き起こしたりするという意味で、古典作品の「映像化」は、きわめて現代的な意味合いをもった行為だといえよう。しかしこれを、「連続ドラマ=一回で完結しない」というふうにとらえると、ヴィクトリア朝の小説刊行によく見られた「分冊」という形態と合致していることになる。つまり現代的ではあるが、同時に先祖返り的な面ももっているのである。

また、日本では二〇〇二年に菊池寛の『真珠夫人』が連続テレビドラマ化され、[8] そのヒットによって、それまで市場から姿を消していた原作本が「商品」として復刊する、という現象が起こった。つまり「テレビドラマ」が「テキスト」をよみがえらせた、ということになるだろうか。イギリスではペンギン・ブックスなどによって古典作品が根強くカタログに残っているため、一般読者が簡単に入手できないような作品が映像化される、ということは考えにくいが、今後埋もれた作品が映像化され、それと連動して原作テキストが脚光をあびる、という可能性もなしとはいえないだろう。

おわりに──『ミドルマーチ』以後のエリオット作品映像化

最後に、テレビドラマ『ミドルマーチ』以後のエリオット映像化作品について簡単にふれておきたい。先述の表にもあるように、一九九七年には『フロス河の水車場』がテレビドラマ化されるが、これはBBCが協力したとはいえアメリカでの制作、長さも二時間程度のもので、BBCのイギリス本国でのきめこまかい仕事を期待するとがっかりすることになるかもしれない。とはいえ、『奇跡の海』や『ほんとうのジャクリーヌ・デュ・プレ』などで、存在感ある演技をみせたエミリー・ワトソンがマギー役という点では、見ておいていい作品だとはいえるだろう。

そして、ここ数年「制作中」とされていた、『ダニエル・デロンダ』のBBCテレビドラマ版がついに、二〇〇二年の十一月二三日、十一月三〇日、十二月七日の三回にわたって放映され、二〇〇三年四月には本国イギリスでビデオ版も発売された。非常にデリケートな民族の問題をも含んだこの作品が今後どのように「流通」し、そこにどういう形の経済効果を生むのか、興味深く見守りたい。また、『ミドルマーチ』、『自負と偏見』を手がけたアンドリュー・デイヴィスの脚本ということで、クロス・レファレンス的な論考も可能となるだろう。

そのオースティンの『自負と偏見』が『ミドルマーチ』につづいてイギリスBBCで放映されたことは先述したとおりだが、これはイギリスにおける根強いオースティン人気、また人気俳優コリン・ファースの抜擢などもあって、さらなるヒット作となった。このテレビドラマが引き起こした社会現象に関しても、いずれ稿を改めて論じていきたい。

今後も、「見る」より「読む」、あるいは「テレビ」より「映画」といった従来のヒエラルキーを踏みこえたところでの批評や研究が活発に行われることを期待しつつ、[9] 本稿を終えることにする。

(本稿は「日本英文学会中国四国支部　第五五回大会シンポジアム」[二〇〇二年十一月三日、於島根大学]において発表した原稿を加筆・修正したものである。)

注

1 Giddingsに、“The 1990s: Renaissance of the Classical Serial”という一章がある。

2 この映画は、「日本ジョージ・エリオット協会　第六回大会」の開催と連動して、二〇〇二年一一月三〇日(土曜日)の九時より、奈良の帝塚山学園大学で上映された。また本映画と、つづく『フロス川の水車場』に関しては、兵庫教育大学教授の大嶋浩氏にビデオをお貸しいただいた。ここに記して感謝申し上げる。

3　DVDに関しては、録画方式のほかに「リージョン・コード」なる規格が存在する。イギリスのDVDは録画方式が、アメリカやカナダのDVDは「リージョン・コード」が日本とは異なるため、家庭用DVDプレーヤーで直接再生することはできない。解決策として、「リージョン・コード」を解除できる機能をもったデッキでアメリカ盤を再生するということがあげられる。

4　「スタンフォード」のほうが原音に近いかもしれないが、アメリカ西海岸にある同市との混同をさけるため、この表記にした。

5　誤解のないよう付記しておくと、ここでの「ミドルマーチ・カレー」というのは、スタムフォードのインド料理屋で期間限定的に出されたメニューで、いわゆる「パッケージ化」されたものではないようだ。

6　株式会社アイ・ヴィー・シーが制作した販売促進用チラシを参照。

7　『ミドルマーチ』に関しては世界三〇か国で放映され、放映権料だけでもその収益は百万ポンドにのぼるという。Giddings and Selby 89を参照。

8　二〇〇二年四月一日より同年六月二八日まで、週五回、各三〇分で放映された。

9　一例としては、リサ・ホプキンスによる『ジェイン・エア』映画化の考察があげられる。ホプキンスは、九〇年代に登場したフランコ・ゼフィレッリ監督による映画（一九九六）と、ロバート・ヤング監督によるテレビドラマ（一九九七）が、ともに原作よりも、オーソン・ウェルズがロチェスターを演じたロバート・スティーヴンソン監督の映画（一九四三）を意識していることを読み解こうとした。「文学作品の映画化研究」を、原作から解き放とうとする試みといえるだろう。Hopkinsを参照。

引用文献

Bazalgette, Cary, and Christine James. *Screening* Middlemarch: *19th Century Novel to 90s Television*. London: BBC Educational Developments, 1994.

Cecil, Lord David. *Early Victorian Novelists: Essays in Revaluation*. London: Constable, 1934.

Feltes N. N. *Modes of Production of Victorian Novels.* Chicago: U of Chicago P, 1986.
Gervais, David. *Literary Englands: Versions of "Englishness" in Modern Writing.* Cambridge: Cambridge UP, 1993.
——. "Televising *Middlemarch.*" *English* XLIII（Spring 1994）: 59-64.
Giddings, Robert, and Keith Selby. *The Classic Serial on Television and Radio.* Hampshire: Palgrave, 2001.
Hopkins, Lisa. "The Red and the Blue: *Jane Eyre* in the 1990s." *Pulping Fictions: Consuming Culture Across the English/Media Divide.* Eds. Deborah Cartmell, *et al.* London: Pluto Press, 1996.
The Internet Movie Database. http://www.imdb.com/
Krueger, Christine L. "Literary Defenses and Medical Prosecutions: Representing Infanticide in Nineteenth-Century Britain." *Victorian Studies* Vol. 40（1997）: 27-94.
Lewis May, J. *George Eliot: A Study.* London: Cassell, 1930.
Matus, Jill L. *Unstable Bodies: Victorian Representations of Sexuality and Maternity*. Manchester: Manchester UP, 1995.
Rice, Jenny, and Carol Saunders. "Consuming *Middlemarch:* the Construction and Consumption of Nostalgia in Stamford." *Pulping Fictions: Consuming Culture Across the English/Media Divide.* Eds. Deborah Cartmell, *et al*. London: Pluto Press, 1996.
Sutherland, J. A. *Victorian Novelists and Publishers.* Chicago: U of Chicago P, 1976.
Weldon, Fay. "Jane to the Rescue." *The Guardian 2,* April 12, 1995.
荒井良雄『英米文学映画化作品論』新樹社、一九九六。
今泉容子『スクリーンの英文学』彩流社、一九九九。
映画『眺めのいい部屋』パンフレット俳優座シネマテン、一九八七。

圓月　優子

小説家フィールディングと治安判事フィールディング

――フィクションとしてのエリザベス・カニング事件

序

ヘンリー・フィールディングには、「劇作家」・「ジャーナリスト」・「小説家」以外に、「治安判事」としてのキャリアがある。一連のバーレスクで演劇検閲令の発令（一七三七年）を呼び込んだ一因とも思える活躍をみせ、雑誌・パンフレット類で時の首相であるロバート・ウォルポールを風刺しまくり、激しい政府批判を展開した攻撃的な若きフィールディングと、晩年になって治安判事という体制側の職におさまるフィールディング―両者のあいだに大きなギャップを感じ、フィールディングの「変節」を怪しむむきもあるだろう。小説家として想像力豊かな虚構世界を自在に構築してきたフィールディングが、治安判事という実務職につくということに戸惑うむきもあるかもしれない。しかしながらここに、「反体制」から「体制」へとか「虚構」から「現実」へといった、手のひらを返したようなフィールディングの立ち位置の変化を見るのは妥当なのだろうか。

　小説家フィールディングと治安判事フィールディングを同じ土俵に並べて論じることを可能にする事件がひとつある。フィールディングが治安判事として関わったエリザベス・カニングの事件である。一七五三年一月一日、エリザベス・カニングという十八歳の娘が叔父の家へ遊びにいった帰りに行方不明となり、約一ヵ月後に憔悴しきった様子で母親の家へ戻ってくる。カニングの主張によれば、彼女は叔父の家から帰る途中で二人組の男に拉致され、見知らぬ家の二階に、水差し一杯の水と少量のパンをあてがわれて監禁されていたというのである。カニングの訴えに基づき、彼女が監禁されていたと主張する家の持ち主スザンナ・ウエルズと、その家に住んでいたメアリ・スクワィアズというジプシー女その他がフィールディングによって取り調べられ、有罪判決を受けることとなる。しかしこの判定に納得しないロンドン市長ギャスコインは独自に調査をおこなって、メアリ・スクワィアズのアリバイを証明しようとする。エリザベス擁護派とジプシー女らの擁護派とのあいだで、世論を二分する議論が戦わされることとなるが、結局メアリ・スクワィアズは赦免され、逆にエリザベス・カニングが偽証の有罪判決を受けアメリカへの流刑処分となるのである。エリザベス擁護の旗手として、フィールディングの治安判事としての力量が試される事件であった。

　エリザベス・カニングの事件は実際に起こった事柄であるが、謎につつまれたこの事件の顛末そのものについて真偽を推理し、フィールディングの判断の妥当性を評価することが本論の主目的ではない。決定的な証拠を欠くために新聞・雑誌・パンフレットなどによる大論争をひきおこしたこの事件については、さまざまな解釈が語りの説得力を競うことになる。エリザベスが偽証罪の容疑で召喚された直後にフィールディングが書いた申立書「エリザベス・カニング事件の真相」（一七五三）もそういった語りのひとつである。そこでこのフィールディングのパンフレットを彼の小説、特に『トム・ジョーンズ』(一七四九)と同じレベルに並べて語りの質を比較検討してみたい。それによって治安判事として現実の事件を裁く際のフィールディングの姿勢が、小説家フィールディングの虚構世界に対する姿勢と通底するということ、このパンフレットがある意味で小説以上に虚構作家フィールディングを前景化させていることを論じたい。

一　治安判事、小説の語りを受け継ぐ

まだ小説家の多くが自分の書き物が「実録」であるかのように装う傾向があった時代に、小説家として「実録」を標榜することにうさんくささを感じ、自分の書き物は「フィクション」なのだと開き直ったフィールディングの潔さは、当時としてはまず画期的なものであった。『ジョゼフ・アンドリューズ』(一七四二)や『トム・ジョーンズ』は、自らを「文学における新領域の開拓者」(*Tom Jones* II. i. 77)と呼ぶフィールディングの鼻息を裏切らない想像力にあふれた虚構世界となっている。興味深いことに、フィールディングが著したパンフレットのひとつである「エリザベス・カニング事件の真相」もまた、彼自身が望んだかどうかは別として、実録というよりはひとつのフィクションとして読むべきものとなっている。少ない客観的証拠と互いに真っ向から対立する当事者同士の証言などをもとに、フィールディングがフィールディングなりに構築した物語だからである。アーリーン・ウィルナーも指摘するとおり、タイトルに「真相」とあることからしても、実際に起こった事件に関しては別の解釈がありうるということが読み取れよう(189-90)。語りの妙こそが眼目であるという点で、「エリザベス・カニング事件の真相」を『トム・ジョーンズ』と並置し

て考察するのは無理なことではないのだ。

フィールディングの小説に登場する三人称の全知のナレーターは、物語の展開にキャラクターとして関わるわけではないのだが、決して控えめなタイプではない。例えば『トム・ジョーンズ』の各巻冒頭の章を自分の独壇場として確保していることでわかるように、個性を持った存在であることを隠すどころかむしろ誇示する様子である。一方、「エリザベス・カニング事件の真相」の語り手フィールディングも、実際に起こった事件の当事者ではなく、治安判事という本来は公平無私の姿勢が期待される存在である。しかしここでも彼の語りには、自分の個性を抑えて客観性を装おうという努力はあまりみられない。そもそもこのパンフレットの冒頭で彼が「新聞やパンフレットなどが大衆を扇動して国の司法制度を中傷したりすることは規律違反の行為である」(*Elizabeth Canning* 285) と述べる時、はばかることなくウォルポール風刺を展開していた体制批判の第一人者、若きフィールディングとは別人を見る思いがする。しかしながらさらに続けて「大衆を誤り導き、国の司法の明敏さを非難し、法手続きを誤り伝えるためにこのような方策が用いられている際には、そのような悪質な試みを論駁するために同じ方法を用いても、謝罪する必要はない」(*Elizabeth Canning* 286) と述べる段になると、「そっちがそうくるなら、こっちだって」式の、フィールディングの必ずしも高踏的ではない下世話な感覚が垣間見え、愉快ですらある。『トム・ジョーンズ』のナレーター同様「エリザベス・カニング事件の真相」を書くフィールディングも、自己を滅しきることを目指さない語り手と言えるだろう。

批評家ジョン・ベンダーは十八世紀の後半を、「イギリスの法廷に伝統的にみられた活発で詮索好きな判事が、法律によって制御される交通整理役の権威に変化する」(166) 時期とみなし、その変化を、小説におけるでしゃばりタイプの全知のナレーターから非個性的な透明なナレーターへの変化と並置してとらえているが、フィールディングは治安判事としても小説家としても、古い時代の特徴をまだ多分に残しているといえるだろう。『ジョゼフ・アンドリューズ』や『トム・ジョーンズ』のナレーターの語り口を楽しんだ読者が次に続いた『アミーリア』（一七五一）で見出すのは、ある意味で洗練された非個性的・客観的な透明なナレーターで、期待はずれの感を抱くのも頷ける。しかし『アミーリア』で消え去ったかと思われたフィールディング的でしゃばりナレーターは、どっこい「エリザベス・カニング事件の真相」の中に生き残っているのである。

語り手の権威は絶対的なものであり、彼らには語りを進めながら読者を教化する志向性が見え隠れする。要するに、説教がましいのだ。そういった雰囲気は語りの構成にも反映している。エリザベス・カニング事件の本題に入る前に英国の法制度の充実ぶりについて蘊蓄を傾けるのは、トムなりオールワージーといった登場人物を紹介する前に、作家を食堂の店主に例えて作家と読者の関係に関しひとくさり論じるのに似ている。本題が終った後にちょっとした後日談のようなものを付け加えているのも、ふたつの語りに共通する点である。さらには、自信たっぷりの安定したナレーターの語り口調の只中に、別の語りが配される点にも注目したい。フィールディングの語りで進行する「エリザベス・カニング事件の真相」は、その内側にエリザベス・カニングやヴァーチュー・ホールの語りを（供述書という特殊な形ではあるが）配している。これは『トム・ジョーンズ』にみられる挿話と趣が似ていなくもない。「フィッツパトリック夫人の物語」や「山の男の身の上話」などは、それ自体でとりあえず完結した内容を持つのだが、それぞれの語りに恣意的な脚色の影がみられ、それが小説全体のナレーターの語りの中でどうおさまるのか、語りの重層性が興味深いところである。同様にエリザベス・カニングやヴァーチュー・ホールの語りについても、この中立書全体のナレーターであるフィールディングの語りとの一種の相互テクスト性に妙味がある。ナレーターのコントロールから離れたように見えるテクストを配することによって、かえってそれを取り込んだナレーターの統合力が強調されるところである。

エリザベス・カニングに疑義を抱く人々は、彼女の語りに蓋然性が欠落していると主張した。それに対抗するため、フィールディングは細心の注意を払ってこの蓋然性という問題に取り組んでいる。彼はエリザベスの語りについて「異常な話であり、奇妙な顛末を多く含み、本当の事実というよりむしろ狂気じみた夢のようなものである」とか「この奇妙で説明不能な信じがたい話」と呼び、最高度に「蓋然性のない話」と認めた上で、しかしながら「可能性のない話」とまでは言えないと際どい評価をくだすのである（*Elizabeth Canning* 289-89）。こういった蓋然性についての慎重なこだわりは、事件の真偽を判断する治安判事の職にあっては当然のものであろうが、フィールディングの場合、小説世界の構築においても筋書きの蓋然性に強いこだわりを見せたことが思い出される。『ジョゼフ・アンドリューズ』においてナレーターは、自然や歴史に学ぶところなく、過去に存在したことも将来存在することもなさそうな人物、過去に起こったことも将来おこりそうなこともないような事柄を書き記す作家を風刺するし（187）、『トム・ジョーンズ』のナレーターも人物の行動については、「人間の能力の範囲内、人間の蓋然性の範囲内におさめるべきで、さらにその行動をする本人自身がいかにも行いそうな行動でなければならない」（VIII, i. 405）と述べている。「実録」を装うことを廃して虚構の喜劇的叙事詩を作り上げるにしても、荒唐無稽な展開を嫌い、飽くまで蓋然性にこだわって、人間についての深い洞察・鋭い分析に立脚した「作者の権威」を、作品に対する抑制力と統合力、「語り」の妙という形で見せつける――小説家フィールディングのこういった姿勢が治安判事の職務に結びつくのは、決して唐突ではないのである。

二　治安判事、強引さで小説の語りを凌駕

『トム・ジョーンズ』などにみられる小説家フィールディングの語りの特性が、治安判事フィールディングが著した「エリザベス・カニング事件の真相」にも受け継がれていることを前節で考察したが、両者の質にかなりの差があることは認めざるを得ない。エリザベス・カニングの語りは蓋然性を欠くかもしれないが、真実の可能性が全くないわけではないとフィールディングは主張した。しかし『トム・ジョーンズ』のナレーターが、作家が書くものは「可能性というだけでは十分と言えない。同時に蓋然性の範囲をわれらは守らねばならない」（VIII. i. 400）と述べているところからすれば、エリザベスの語りをこのように擁護することはフィールディングにとってかなり苦しいことであったことが想像できる。このあたりの苦しさから、フィールディング自身の語りの説得力が危ぶまれてくるのだ。

まず第一に、「エリザベス・カニング事件の真相」におけるフィールディングの人物評価は、あまりに単純である。エリザベスの顔つきに「素朴さの明白なしるし」（294）と「無実の様相」（307）を見て、「エリザベスは、貧しく正直、純粋、素朴な少女であり、誰よりも不幸で傷つけられた者である」（311）と断言するフィールディング。独自の観相学でエリザベスに対してはためらうことなく好意的な評価をするのとは逆に、ヴァーチュー・ホールやマザー・ウェルズ、ジプシー女のメアリ・スクワィアズらについては一貫して

非常に冷たい態度をとるのである。「[エリザベスの]供述書を得て、私は問題のウェルズの家に住まう者全員、怠惰で乱れた者たちであり悪名高い者たちに対して召喚状を出した」(301)と彼は言うが、この時点でもう既にフィールディングの中では、彼女たちに対する評価が決定している。彼が召喚するのは参考人でも容疑者でもなく、罪人なのである。批評家バーテルセンの言葉を借りるならば、フィールディングはジプシー女たちを、罪のあるなし以前に「グロテスクなよそ者」として蔑視しているふしさえあるのだ(112)。

「エリザベス・カニング事件の真相」にみられる人物描写の平板さと比較すると、小説における描写は、一見単純なように見えながら実は非常に巧妙な要素を含むものであったことがよく理解できる。例えば、『トム・ジョーンズ』におけるトムとブライフィル。ナレーターは物語の冒頭からトムのことを、将来は絞首刑になるに違いないどうしようもない悪童のようだと説明するし、それと対照的にブライフィルのことは、模範的な優等生であると強調する。ところがそういった説明とは裏腹に、読者は最初からトムの善性を見落としはしないし、ブライフィルのうさんくささを見抜かずにはいない。ブリジェット・オールワージーについては「美貌よりも善良さの点で推奨される類の女性」(I. ii. 35)と評し、彼女の慎み深さは「まるで全女性を誘惑するすべての罠が自分の身に備わっているのを恐れるかのような慎重な用心振り」(I. ii. 37)と描写することで、彼女の身持ちの固さよりむしろ外見上の魅力の欠如をしっかりと読者に伝えている。ナレーターは登場人物たちから距離をおいた高みに立って、自分が発する言葉の表向きの意味とは少しずれたところへと実に巧みに読者を誘導することに成功しているのである。それに比べると「エリザベス・カニング事件の真相」におけるフィールディングの人物評価とその表現は、言葉のあやも何も無く単純極まりないものである。

治安判事フィールディングには、語る対象となる世界を距離化する余裕が欠如していると言えそうである。それが彼の議論の強引さをもたらしているのだろう。例えばエリザベス・カニング事件のあらましを彼は次のようにまとめる。

まず第一に、この話の一部には疑いも無く真実である部分がある。それは世間一般によく知られた事柄であり、彼女の母親が住んでいた教区のほとんど全ての住民が知っていることである。即ちその少女は一ヶ月の不在ののち、既に述べたような惨状で一月二十九日に帰宅したということ。これは確定された事実であり、彼女はどこかに誰かによって閉じ込められていたのであり、この監禁は彼女の不在と同じ期間であるという、非常に公正な推定がなされる。(*Elizabeth Canning* 292)

非常に論理的に議論を進めているように思えるが、フィールディングが「確定された事実」とみなす事柄から引き出した「非常に公正な推定」は、本当に公正と呼べるものだろうか。「少女が一ヶ月近く行方不明だった」という事実は、「誰かが彼女をどこかに監禁していた」という推定へ、(その他の可能性をすべて除外して)直接結び付くものなのだろうか。エリザベス・カニングが高貴な人々の面前でも臆することなく証言をしたということから、フィールディングはそれが「最高度の厚かましさか、完璧な純真無垢かのどちらかからのみ生じ得るものだから、後者が原因となっているのは明らかだ」(*Elizabeth Canning* 294) と考える。何故「最高度の厚かましさ」という可能性は排除されるのだろうか。一見論理的に見える議論だが、論理の根拠の脆弱さが目立つのである。[1] フィールディングには、エリザベス・カニングを擁護するという決意がとにかく先にあって、そのための詭弁とも響く際どい理屈を連ねていると言わざるをえない。

治安判事にとっても小説家にとっても、人物の行為の「動機」をどう理解し説明するかは、非常に重要な問題のはずである。治安判事フィールディングの場合は最初からマザー・ウェルズらを悪人とみなしていて、動機も何も、とにかく「悪い連中は悪いことをするものだ」といった論理で断罪してゆく。あえて動機はというと、「マザー・ウェルズの一族に、ジプシーや売春婦のつながりを増やしたいという願望」（*Elizabeth Canning* 290）があったのだと勝手な決め付けをしている。その一方で、エリザベス・カニングの虚言の可能性については、「無実の人々にこれらの重い責任を彼女がなすりつけるのに、どのような動機が考え出せるだろうか」と一蹴するのである。この点『トム・ジョーンズ』のナレーターの場合は、断言することを控える余裕を持っている。例えば、少女ソフィアがトムに対して露骨に好意を見せることについて、ナレーターは「ブライフィル以外のもっと激しい気性の子どもだったら、いくらか不快の色を見せたかもしれない。しかし本人がそのような不興を表面に表さなかった以上、我々が彼の心の奥の奥まで立ち入るなどは余計なお節介というものである」（IV. iii. 159）という具合。トムとモリー・シーグリムの姿を見たブライフィルの反応についても、「ジョーンズの名は言わない方がいいとブライフィルは考えたのだが、その理由は賢明な読者の判断に任せねばならない。我々は少しでも思い違いの恐れがある限り、人の行動の動機を断定したくないと思うものである」（V. x. 258）と述べて、自分の解釈を読者に提示することを控えるポーズをとるのである。

小説家フィールディングの語りは、反語的表現や間接的な言及を多用することで、読者が自らの判断力で語り手の含意を汲み取りつつ物語の構築に加担する余地を与えていた。その際、ナレーターの制御力は効果的に働いて読者を巧妙に誘導するので、読者が突拍子もない物語を構築することはまず考えられない。(ブライフィル善人説はありえないのである。)その一方、治安判事フィールディングの語りは小説家フィールディングのナレーターより一層でしゃばり度が増し、とにかく自分の信ずるところを、不十分な根拠・説得力をもって一方的に読者に押し付けてくるのである。この差はどこからくるのだろうか。

三　治安判事、小説の登場人物となる

治安判事フィールディングの語りは小説家フィールディングの語りの特質を継承したものではあるが、議論の展開に十分な制御が効いてはおらず、説得力を欠く結果となっていることを観察した。その制御力・説得力の低下をして、語り手フィールディングの衰えの結果とみなすこともできようが、物語なり事件に対する語り手のありようの変化をみることも可能なのではないだろうか。つまり治安判事フィールディングは小説家フィールディングに似ている以上に、実はオールワージーという彼の小説中の登場人物に似ているのである。語る対象となる世界を距離化する余裕がない治安判事フィールディングは、結局のところ、自らがキャラクターのひとりに変容し、一人称の語りを展開しているといえるのだ。

エリザベス・カニング事件を担当する治安判事フィールディングと『トム・ジョーンズ』に登場する治安判事オールワージー像を比較してみよう。両者の行動規範は「正義」と「慈悲」である。「傷つけられた無実の人々を守ることへ私をかりたてるようなものが私の中にあって、それは、全世界から喝采を浴びるよりもはるかに価値のある喝采を受けることができるのではないかと私に思わせる」(*Elizabeth Canning* 286)と

述べるのは治安判事フィールディングであるが、オールワージーが発した言葉であったとしても何の不思議もないだろう。十八世紀当時、私利私欲に動かされる治安判事が多くみられたことは、『ジョゼフ・アンドリューズ』のフロリック判事や『アミーリア』のスラッシャー判事など、フィールディングの小説中の登場人物からも想像できる。オールワージーおよびフィールディング自身はそういった悪徳治安判事とは一線を画したところに自らの身を置くのである。それと同時に、弱者に対する慈悲の精神・包容力こそが彼らを父親的な存在たらしめている。オールワージーはジェニー・ジョーンズの過ちを厳しく諫めながらも、彼女の改心を期待して助力を惜しもうとしない。ナレーターが言うに、オールワージーの犯した唯一の過失は、「法の裁きに情けを交えた過ち、それと、大衆はジェニーが恥ずかしい監獄の懲らしめの生活で破滅し不名誉に陥るのを見て憐れみをかけてやりたいと思ったのに、そのジェニーという憐憫の対象を与えて人のよい大衆を満足させることを拒んだへまだけ」(IV. iii. 159) だったという。ジェニーを暖かく見守り続けるオールワージーのまなざしは、エリザベス・カニングを世間の中傷・非難から守ろうとする治安判事フィールディングのまなざしに通じるものである。

そういった法の番人としての厳格さや人道主義的な側面とは別に、このふたりの治安判事にはある種の限界もみてとれる。フィールディングがエリザベス・カニングを哀れな被害者とみなし、ジプシー女たちに有罪判決を下すのは、ほとんど直感に基づくといってもよいような即断であったが、オールワージーも慎重なタイプに見えながら、意外なほどに軽率な判断を下している。たとえばパートリッジが不義の容疑をかけられた時も、告発者(ウィルキンズとパートリッジ夫人)の言い分と同じくらい公正にパートリッジの言い分を聞いているとは思えず、パートリッジに自白するよう強要するばかりである。有罪となったためにパートリッジが生活に窮するようになった際、オールワージーが匿名で彼の家族に生活費を送るというのは、いかにも彼らしい人道主義のあらわれであろう。しかしながら、判断を下して以降の処置についてこのように非常に思慮深い態度をとるために印象が薄くなってしまいがちだが、起点となるオールワージーの裁定そのものが十分な根拠に基づかない、非常に不公平なものであったことを看過してはならない。

小説『トム・ジョーンズ』の興味深い点のひとつは、オールワージーという人物がみかけほどに有能な人物ではないかもしれないという点である。彼は捨て子トムが自分の実の甥であることに最後まで気付かず、ブライフィルの正体も見抜くことができないで彼の讒言を信じ、トムを追放してしまう。少年期のトムとブライフィルの教育係として、ともに偏狭な哲人スクウェア、神学者スワッカムを重用したりする点も、オールワージーの人物評価の質が問われるところである。主人公トムが経験する数々の苦労はもちろん彼自身の不徳のいたすところでもあるのだが、本当はそれよりもむしろオールワージーのあやまった判断がひきがねになっていると言っても過言ではないのだ。良く言えば、有徳の士であったればこそのナイーブさゆえ、世事・人心の裏表を見透かす術に疎かったとも言えるだろうが、あえて目立たぬように示唆されている彼の洞察力の欠如は、(アダムズ牧師のナイーブさにも通じるもので)いかんともし難い人間の限界を思わせるものとなっている。

「いかんともし難い人間の限界」は、治安判事フィールディングが自らの判断について公言するところのものである。彼は一般に裁判官の陥りやすい間違いについて、「彼らもはじめは正直な裁判官の公正さでその訴訟のことを耳にするのだが、いったん自分の見解を表明してしまうと、彼らも熱い代言者となり、自分の見解を守ることに利害を持つ当事者になってしまうのだ」(*Elizabeth Canning* 286) と批判するのだが、彼自身も同じような傾向を持つことは否めない。エリザベス・カニングを擁護するについても、なにか意地になってしまっているようで、自分の意見が受け入れられないならばそれはそれでもかまわない、といった開き直りの姿勢すら見えるのである。パンフレットの最後に彼は言う。

私自身について言えば、名誉を得ようと期待してはいないし、この事件の最終結果に関して、何も名誉を失うなどと恐れてもいない。というのも、この事件は、どちらかの側に立って判断を誤ったからといって、それを恥じるような人がいたとしたら、その人は非常に虚栄心の強い人に違いないというようなたちのものなのだ。虚偽の範囲を超えたところに位置するということは、人間の地位を越えたところに位置するということである。私は自分がそのような地位にあるなどとうぬぼれたりは決してしない。……心からの真実だが、私は正しい側でありたいとはさほど熱望しているわけでもないので、私が間違っていると判明しても、全然不愉快に思うものではないのである。(*Elizabeth Canning* 311)

ここでフィールディングは、人間は間違いをおかす存在であるとして、自らの判断力の限界を認めている。このような自己認識はオールワージーの人物設定にも通じるものである。ただし、小説家フィールディングがオールワージーという小説中の一登場人物にそういった限界を体現させるのはよいとしても、現実に治安判事の立場にあるフィールディングが自己弁護のために自らの限界をこういった形で公言するのは、誠実さのあらわれというよりは、単なる開き直りにしかみえないのである。このような形で小説家としてのイデオロギーを治安判事職に引きずってしまっていることこそが、フィールディングの限界と言えるだろう。

結び

『トム・ジョーンズ』におけるナレーターと「エリザベス・カニング事件の真相」を書く治安判事フィールディングのあいだの決定的な違いは、彼らが語る物語・事件と彼ら自身の位置関係にある。『トム・ジョーンズ』のナレーターはオールワージーを含めた登場人物たちとの間に一定の距離を保つことで、虚構の世界に自立性を与え、登場人物たちが自他のありようを認識するプロセスをいわば外から巧みにコントロールしている。読者に対しても説教がましいトーンを持ちはするが、読者がナレーターの言葉の含意をさぐりつつ、物語を自ら構築するよう誘導しているのだ。それに対して「エリザベス・カニング事件の真相」を語るフィールディングは小説のナレーターの延長線上にありながら、オールワージーと同様、事件に関わるキャラクターと目線の高さが同じになり、恣意的な判断をくだすことで彼自身がこの事件に関わるキャラクターのひとりになってしまっている。フィールディングの小説のナレーターを、その存在感の強さから「メタ・キャラクター」(Ray 216)[2]と呼んだ批評家がいるが、「エリザベス・カニング事件の真相」を書くフィールディングは、まさにその事件に登場するオールワージー的、アダムズ牧師的キャラクターなのである。舞台の袖で物語の進行を語っていたはずの弁士が、いつの間にやら舞台の中央で自ら演じているという姿は、『トム・ジョーンズ』などを通り越して、『作者の笑劇』(一七三〇)などのリハーサル劇を髣髴とさせもし、ここにもまた読者はフィールディングの虚構作家らしさをみるのである。

注

1　もうひとつ別の例をあげよう。エリザベス・カニングの証言が真実であるとフィールディングが主張する根拠は、彼女の証言が彼女と敵対する立場のヴァーチュー・ホールの証言と一致するということである。ここでフィールディングは明快な三段論法を提示する。大前提は「二人の証人があるひとつのことについて述べ、そしてそれが細かい点まで一致する場合は常に、そのことが真実であるか、あるいは彼らが事前に自分達の証言について打ち合わせをしていたかのどちらかである」ということで、小前提として「しかし今回のこの場合、二人の娘が事前に証言について打ち合わせていたということは有り得ない」という指摘が続き、結論としては「従ってそのことは真実である」ということになるのである（308）。いかにも合理的な議論のように響くが、エリザベス・カニングの弁護人がヴァーチュー・ホールの供述をとったため、ヴァーチュー・ホールはエリザベスの供述内容をその弁護人から聞いていた可能性がある、と批評家バティスティンは指摘する（572-3）。ヴァーチュー・ホールの最初の供述内容に満足できなかったフィールディングが、彼女を重罪犯人としてニューゲート送りにすると脅したがために、ヴァーチュー・ホールはあらためてフィールディングの意向に沿うような供述をすることになったということで、フィールディングの尋問のありようをロンドン市長ギャスコインらが非難することになったという背景もある。

2　批評家レイは議論の際にキャピタライズした “Author” という語を使うが、これはフィールディングを指すわけではなく、小説内で “Author” としての役割を演じるナレーターを示すものである。

引用文献

Battestin, Martin C. *Henry Fielding: A Life*. London: Routledge, 1989.

Bender, John. *Imagining the Penitentiary: Fiction and the Architecture of Mind in Eighteenth-Century England*. Chicago: The U of Chicago P, 1987.

Bertelsen, Lance. *Henry Fielding at Work: Magistrate, Businessman, Writer*. New York: Palgrave, 2000.

Fielding, Henry. *A Clear State of the Case of Elizabeth Canning* in *An Enquiry into the Causes of the Late Increase of Robbers and Related Writings*. Ed. Malvin R. Zirker. “The Wesleyan Edition of the Works of Henry Fielding.” Middletown, CT: Wesleyan UP, 1988.

——. *The History of Tom Jones a Foundling*. Eds. Martin C. Battestin and Fredson Bowers. “The Wesleyan Edition of the Works of Henry Fielding.” Middletown, CT: Wesleyan UP, 1975.

——. *Joseph Andrews*. Ed. Martin C. Battestin. “The Wesleyan Edition of the Works of Henry Fielding.” Middletown, CT: Wesleyan UP,

1967.
Ray,William. *Story and History: Narrative Authority and Social Identity in the Eighteenth-Century French and English Novel.* Cambridge, MA: Basil Blackwell, 1990.
Wilner, Arlene. “The Mythology of History, the Truth of Fiction: Henry Fielding and the Cases of Bosavern Penlez and Elizabeth Canning.” *Journal of Narrative Technique* 21（1991）: 185-201.

赤井　勝哉

チャールズ・ジェネンズの戦略

――《メサイア》台本とその題辞《モットー》をめぐって

一　ジェネンズはジョンソン博士に嗤われた？

ヘンデルの《メサイア》に―少なくともその一部に―全く接したことのない人間を探すことは至難の業であろう。だが、この不朽の名曲の台本を編纂した人物については、ほとんど知られていない。そもそも台本作家の存在自体、意識されることは稀である。チャールズ・ジェネンズ（一七〇〇―七三）は、無名の存在と呼んでよい。

もっとも、これはあくまでも一般論であって、ヘンデル信奉者《ヘンデリアン》や《メサイア》愛好家の間では、ジェネンズの知名度は高い。しかしそれは、名声ではなく悪名である。例えば、ジェネンズがジョンソン博士に嘲笑の種にされたという逸話は多くのヘンデリアンが知っており、英国を代表する指揮者の一人クリストファー・ホグウッドの『ヘンデル』にも次のように紹介されている。別のオラトリオ《サウル》に関して、ある手紙の中でジェネンズが不平を洩らしていることを受けての記述である。

ジェネンズの手紙の調子には彼の高慢さと偏狭さ、独善的で容赦のない批判をする、裕福な郷士にありがちな高圧的な態度が表れている。その虚飾のために、多くの同時代人が彼の敵であった。ジョンソン博士…は彼を「富に熱狂した、うぬぼれ屋の馬鹿者で…まさにイングランドの『スレイマーン大帝』だ」と断じ、この綽名は定着した。(154)

さすがに学者でもあるホグウッドは、この直後に「だが彼は趣味の良い博学な人物でもあった」と付け加え、別の箇所でも「ジェネンズは時に思われている以上に称讃に値する」(168) と弁護することも忘れない。だが「称讃に値する」理由として挙がっているのは《メサイア》台本の構成の見事さだけであって、結局ジェネンズの人柄については貶められたままである。[1]

ところが一九八九年、このようなジェネンズ像が甚だしく歪曲されたものであることを、広汎かつ綿密な調査に基づき周到な論証をもってルース・スミスが明らかにした。スミス論文は、今日まで続く《メサイア》台本作家の不人気の最大の原因が嫉妬心の権化のようなシェイクスピア学者ジョージ・スティーヴンズによる悪意に満ちた根も葉もない誹謗中傷であって、右に見たジョンソンに関わる逸話なども「出所を辿るとスティーヴンズにしか行き当たらない」(172) ことを示し、芸術・学術面での多岐にわたるジェネンズの活動・業績に評価を与え、彼の宗教的・政治的信条を探り、知己との交流をも紹介して、ジェネンズの素顔を浮かび上がらせた。[2]

ジェネンズがスティーヴンズの嫉妬を買ったのは、最晩年に手掛けたシェイクスピア劇校訂の仕事が優れていたからである。結局は四大悲劇と『ジュリアス・シーザー』のみの刊行となったが、それ以前のどれよりも遥かに精確で学問的だったのである。この五作品は一篇ずつ別々の刊行で、しかも合注本であった。共に史上初の試みである。過去の文化遺産を愛して消化吸収し、同時に進取の気性をもって流行の美点をも受容し、自らも時代の先端をゆくような新しい要素を伝統に付加する——このようなジェネンズをスミスは「改良者」(“improver”)と呼んでいる(166)が、これ以外にも、音楽、建築、造園、絵画・彫刻の蒐集等、関わった他の全ての領域において、ジェネンズは「改良者」として大きな業績を残している。

しかし、執筆や詩作・台本制作等は別として、多くは人を使っての仕事である。彼は当代一流の支援者《パトロン》なのであった。支援された者の筆頭がヘンデルということになろうが、ジェネンズが鼓舞して才能を発揮させたのは芸術家だけではない。自分ほど恵まれた境遇にない他の宣誓拒否者《ノン・ジューラー》たちをも大いに援助した。なかでも著名な古典学者であったエドワード・ホールズワースに対する物心両面での惜しみない支援は、ジェネンズが義侠心に溢れ信義に篤かったことを如実に示している。ホールズワースのような高徳の学者が友人でいてくれることに感謝し、研究書執筆のための資料を提供し、その出版を取り仕切り、死後には自邸の庭に記念堂まで建立して、死ぬまで宣誓拒否者で通した友を讃えているのである。

ジェネンズが宣誓拒否者だった点は重要である。時の王家に忠誠を誓うことを拒否し、公職に就かなかったからこそ、大趣味人として様々な分野で業績を残し得たのだ。だが、さらに重要なのは、宣誓拒否者であったという事実が彼の生真面目な人間性を示唆することである。当時のイングランドの地主階級には、宗教的・政治的なジレンマに陥って葛藤に苦しむ者が多かった。世襲の—そして神授であるはずの—王権を有する旧王家の後継者たちがローマ・カトリックの信者だったからである。スチュワート王家に対する忠義は貫くべきだが、国家の政体およびイングランド教会の安定は保持せねばならない。一方を放棄すれば話は簡単である。口先だけの宣誓も可能だったろう。だがジェネンズの良心はそれを許さなかった。彼は敢えて葛藤を甘受する道を選んだのである。

宣誓拒否者ということで誤解されることが多いが、ジェネンズはイングランド教会の外側の人間ではない。それどころか、イングランド教会の繁栄を望む敬虔な高教会派の信徒であった。死に際しては海外福音伝道協会に多額の寄付を贈り、教理問答が講義されるための基金を遺し、教会堂再建のために寄進しているが、それ以外にも生前からイングランド教会のために様々な働きを為している。信仰の人でもあったのである。そして《メサイア》台本こそが、この信仰の人が「改良者」としての才能を発揮してイングランド教会のために為した働きを代表する作品なのである。

二 《メサイア》の時代的背景と台本の構成・特徴

一七四二年四月一三日にダブリンで初演された《メサイア》が、前年の八月から九月にかけて三週間あまりで作曲されたことは、一般にも広く知られている。しかし、ジェネンズがいつ、どのように台本を書いたのかは定かでない。一七四一年七月一〇日付のホールズワース宛の手紙から、少なくともこの時点までに完成していたのは確かだが、一七三九年一二月二九日のジェイムズ・ハリスへの手紙に「彼［ヘンデル］のために聖句集を準備中で、これはより私の趣味に合うものですが、（本人が言うには）彼の趣味にも合っています」（Burrows & Dunhill 82-84）とあるのは《メサイア》を指すと思われるので、構想は一七三〇年代後半ということになろうか。

いずれにせよ、周知の通りこの十八世紀前半は「理性の時代」、合理主義の時代であって、「熱心なイングランド教会信徒たちが、自分たちの宗教は脅威に晒されていると感じていた時代」（Smith 175）であった。前世紀末（一六八九年）には寛容法が発布されていた。イングランド教会の外側に存在する諸勢力の脅威は日増しに大きくなっていた。同時に、それと表裏を成して、内側でも脅威が増大していた。信仰の低調である。あのホガースの有名な版画『眠りこける会衆』（一七三六）は、当時のイングランド教会における礼拝の模様の忠実な再現図とは言えないまでも、聖職者をも含む会衆の、形式に流れた無気力な信仰態度の巧みな戯画化ではある。ウェスレー兄弟らが一七三八年に始めたメソディスト運動は、世紀の中葉から大きなうねりとなって大信仰覚醒をもたらしたが、これは起こるべくして起こったのである。

《メサイア》台本は、言わばイングランド教会信徒の多くがその信仰を眠らせてしまっていた時期に、ウェスレーたちとは違う形で眠れる信仰を目覚めさせようとして書かれたものとも言える。以下にその台本の本質的な特徴を見てゆくが、それには、巷でしばしば見かける謳い文句——「《メサイア》はイエス・キリストの生涯を描いた壮大なドラマである」云々——の不正確さを示すのが有効であろう。

三部構成の《メサイア》本文は、聖書の約八十の節《ヴァース》からの引用句を繋ぎ合わせたものである。旧約はヨブ記、詩編、イザヤ書、哀歌、ハガイ書、ゼカリア書、マラキ書の七書が、新約はマタイによる福音書、ルカによる福音書、ヨハネによる福音書、ローマの信徒への手紙、コリントの信徒への手紙一、ヘブライ人への手紙、ヨハネの黙示録の七書が用いられている。文言には若干の修正が加えられているが、ほぼ原文（主として欽定訳）のままである。[3] 一七四三年の歌詞冊子《ワードブック》は三つの部をローマ数字でさらに下位区分しており、演劇台本の「〇幕〇場」の趣きがある。それぞれの「場」に仮に表題を付してみると次のようになる。

第一部　Ⅰ「バビロン捕囚からの慰めに満ちた救いの約束」、Ⅱ「メシア到来とそれに伴う清めの預言」、Ⅲ「メシア降誕の預言と嬰児《みどりご》の誕生」、Ⅳ「羊飼いたちに告げられ天使たちに祝されるメシアの降誕」、Ⅴ「メシアによる癒しの業と福音」

第二部　Ⅰ「メシアの受難」、Ⅱ「メシアの死と復活」、Ⅲ「メシアの昇天」、Ⅳ「神の子メシア」、Ⅴ「教会の誕生、福音の広がり」、Ⅵ「この世の反抗」、Ⅶ「この世に対するメシアの勝利」、Ⅷ「ハレルヤ、全能の神による支配」

第三部　Ⅰ「復活の確信」、Ⅱ「最後の審判と聖徒の復活」、Ⅲ「罪と死に対する勝利」、Ⅳ「神とメシアへの讃美、アーメン」[4]

《メサイア》はイエス・キリストの生涯を扱ってはいる。だが、それは全体の三分の一程度であり、残りの部分は言わばキリストの生涯の前後に属する事柄なのである。

では、《メサイア》がその全体をもって描き出しているのは何か。由木康は、それは「救済史」であると言う。

キリスト教の最も深い本質は、聖書を貫く歴史、すなわち救済史である。聖書を構成している各文書を相互に無関係なバラバラのものと考える人は、それらの中に統一的な原理を見いだすことはできない。しかし旧新約聖書を教会の正典《カノン》と認め、創世記から黙示録までの叙述のうちに一貫した原理を読みとる人は、そこに神の人類救済の意志と計画とを発見するに違いない。それがとりもなおさず救済史である。（二一六）

もちろん「神の人類救済の意志と計画」はメシアたるイエス・キリストを通して成就するというのがキリスト教の主張であるが、この「一貫した原理を読みとる」ためには、旧・新約両聖書の橋渡しをする予型論的発想が必要となる。旧約に描かれている人物なり出来事なりが、実は新約に登場することになる人や出来事を予め指し示していたのだと見るこの論法は、後述するように、これがなければ正統的キリスト教の存在を危うくするほどに重要な、基本的な聖書理解法である。《メサイア》を構成する約八〇節の聖句のうち、実に六割以上が旧約からの引用であるが、それらはほぼ全て、伝統的にキリストに関する預言と見なされてきた箇所である。《メサイア》においてジェネンズは、旧約をして新約を語らしめるという予型論的手法を用い、それによって救済史を描いている。そしてこのことは、《メサイア》がドラマではないことと大いに関係がある。

ヘンデルの他のオラトリオは、演技を伴わないオペラと考えてよい。役柄が設定されていて独唱者とコーラスに割り振られており、明確なストーリーが展開するドラマと呼んで差し支えない。ところが《メサイア》には明確な登場人物がほとんどいない。一応、台本は地の文と台詞から成るが、具体的に誰が発する言葉なのかを決定することが困難な場合が多い。もともとの聖書の文脈を辿れば一応の答えは出る。神の言葉は《メサイア》の中でも神の台詞である。しかし、全曲中、直接メシアが言葉を発することは一度もない。あくまでもメシアは間接的に描写されるのである。一例を挙げると、第一部五場の「重荷を負うて苦労しているあなた方は皆、彼のところに来なさい」はマタイによる福音書十一章二八節のイエスの言葉であるが、代名詞は三人称に変更されている。するとこれはイエス本人ではなく、語り手の発言ということになる。しかもこの語り手は、受難曲の「福音史家」のような明確な輪郭をもった人物ではなく、言うならば無色透明な「声」でしかない。また、「場」と「場」の間の時間的、因果的な繋がりも希薄で、救済史という緩い流れをストーリーと呼ぶならば別だが、劇的展開があるとも言えない。

　このように、《メサイア》台本は「劇的」ではない。では、その性格を何と呼ぶべきか。それは「瞑想的」あるいは「夢想的」、「幻想的」であろう。これは予型論的発想によって台本が成り立っていることと表裏の関係にある。「AはAでありながら同時に別のBでもある」と見るのが予型論である。その発想によって生み出された作品は、必然的に、少なくとも二重のイメージを提供することになる。少なくともと言うのは、聖書に慣れ親しんでいる聴衆にとって、各楽曲《ムーヴメント》の歌詞が喚起するイメージは、大抵の場合、二つ以上だからである。

　一例を示す。「メシア到来とそれに伴う清めの預言」と仮題をつけた第一部二場は三つの楽曲から成り、それぞれハガイ書二章六―七節とマラキ書三章一節、マラキ書三章二節、マラキ書三章三節からの聖句を歌詞としている。預言者ハガイの言葉、「万軍の主がこう言われる―暫くしたら、私は今一度、天と地とを、海と乾いた土地とを、揺り動かす。私は全ての国を揺り動かす。すると、全ての国々の財宝がやって来る」は、バビロン捕囚から帰還したもののエルサレムのあまりの荒廃ぶりに落胆しているユダヤの民を鼓舞して神殿の再建を促すために語られたものである。もちろん、直接ハガイが語っているのは、神殿完成後の民族の繁栄である。これに続くマラキの預言、「あなた方の待ち望む主は、突然その神殿へ到来する…。しかし、彼の到来の日を誰が耐えられようか…。彼は精錬工の火のようである。そして彼はレビの息子たちを清める…」は、神殿が完成しても繁栄が訪れず、まるでジェネンズの頃のイングランド教会の会衆の様相を呈していたユダヤの民に向けて発せられた叱咤である。聴衆はハガイやマラキが叫ぶ姿を思い浮かべるかもしれない。しかしもちろん、聖書予型論によると、預言者たちが本当に語っていたのはメシアたるイエス・キリストの到来なのであり、《メサイア》の文脈においても表層的にはそう読むのが順当である。だが、この一連の聖句が喚起する新約聖書の場面は、嬰児イエスの誕生だけではない。ハガイが語る天地鳴動の図は、むしろキリストの再臨をこそ連想させる。また、マラキの描く神殿へのメシアの到来の構図は、ルカによる福音書二章が伝える「幼子イエスの奉献」や、あるいはいわゆる「神殿清《みや》め」の場面をも想起させずにはいない。さらに、火による清めのイメージによって「その方は、聖霊と火であなたたちに洗礼をお授けになる」(マタイによる福音書三章十一節)の聖句を連想する者ならば、荒野における洗礼者ヨハネの宣教の図を思い描くだろう。このような様々なイメージが、走馬灯のようにヘンデルの聴衆の脳裏に浮かんでは消えたはずである。

スミスは、「本当は知っているけれども忘れてしまう危険性のある人々…に対して、思い出させようとして発せられた呼びかけ」である《メサイア》台本がもっぱら間接的表現を取ることに触れ、そのほうが「劇的表現などよりも豊かで力強いものとなる。つまり彼らに…関連するあらゆる聖句を思い浮かべさせ、礼拝における様々な儀礼を連想させることになる」と評価している(183)が、台本全体が予型論的な枠組みの中に成り立っていることが生む効果についても、全く同じことが言えるだろう。

この効果をジェネンズは明確に意図していたと思われる。これは、台本作成にあたってイングランド教会の『祈祷書』が徹底的に意識されていることからも窺える。詩編からの引用の大部分は、当時の人々には欽定訳よりも馴染み深かった『祈祷書』所収のカヴァデール訳に拠っている。また、第三部の歌詞に用いられている聖句のほぼ全ては『祈祷書』の「葬送式」の式文に含まれている。そして恐らく、『祈祷書』に掲げられている、教会暦中の主要な祝日・聖日のための聖書朗読指定も参考にされている。[5] これは特に第二部において顕著で、例えば二場でキリストの死を語るために用いられている「彼は生ける者たちの地から断たれてしまった…」というイザヤ書五三章八節の言葉は聖金曜日（受苦日）の夕刻に国中で読まれたし、それに続く歌詞の「…あなた［神］はご自分の聖なる方に腐敗をお見せにならず…」の部分は、復活日に教会へ足を運んだ者はみな耳にしたのである。

台本制作に際してジェネンズが参考にしたのは、しかし、『祈祷書』だけではなかった。十八世紀のイギリスでは、ポープの「メサイア」（一七一七）に代表されるような、メシアを主題とした詩が流行しており、ジェネンズがこれらの詩に触れていたのは確実である。しかし《メサイア》への影響という点から言うと、その流行の誘因であり、膨大な書物や小論説《パンフレット》を生み出していたある宗教論争に目を向けることのほうが大切である。理神論論争である。この論争が「伝統的にイエスをメシアとして言及したものと解釈されてきた聖書の文言についての綿密かつ包括的な議論」（Smith 182）を戦わせる風潮を生んだのである。もちろんジェネンズは、理神論に与する者ではなかった。《メサイア》には「理神論からの注意深い回避」が見られるとの指摘がある（三ヶ尻　一〇三）。しかしジェネンズは、台本が理神論的になるのを注意深く回避しただけではない。より積極的に、《メサイア》によって理神論を攻撃している。そのことを最も雄弁に示しているのが題辞である。

三　題辞に秘められた台本作家の狙い

ダブリンでの《メサイア》初演に先立って、その演奏会の歌詞冊子の表紙を飾るべく、ジェネンズは次の二つの題辞をヘンデルに送った。

いざ我ら、より大いなる事々を歌わん。

確かに偉大なのは、信心の奥義である。すなわち、神は肉体をもって現れ、霊によって義とされ、天使たちに見られ、異邦人たちの間で宣べ伝えられ、世界中で信じられ、栄光のうちに上げられた。
この方の中に、知恵と知識の宝のすべてが隠されている。

この二つの題辞（の両方あるいはどちらか一方）は、それ以後も長く英国における《メサイア》演奏会の歌詞冊子の冒頭に掲げられることになる。前者はウェルギリウス『牧歌』中の、「一人のみどり子の誕生とそれに伴う黄金時代の到来の幻想を高らかに謳い上げた」（川島　二―三）第四歌の初行から引かれた二語（"MAJORA CANAMUS."）であり、後者はテモテへの手紙の十三章十六節とコロサイの信徒への手紙二章三節の組み合わせである。一般に《メサイア》が論じられる際、この二つの題辞は、前者はキリスト到来の預言から始まるこの作品の冒頭を飾るにいかにも相応しく、後者は《メサイア》が歌わんとする内容の見事な要約である、というような評価が与えられ、簡単に通り過ぎられるか、単に無視される。しかし、ホールズワース宛の手紙（一七四一／二年二月四日付）に記されているジェネンズの次の言葉は、題辞に注目することの必要性を強く感じさせる。

正直言って私は題辞が好きですので、書いた物を公にするときにはいつも、頭に浮かんで相応しいと思った有意義な題辞で表紙を飾りたいという誘惑に抗しかねています。実はあるオラトリオ〔《サウル》〕のためにヘンデルに一組の題辞を送ったことがあります。一方はギリシャ語、他方はラテン語でした。…オラトリオの中のところどころに表れている自分自身の主張をさらに強調するため、異教の道徳家たちの小さからぬ権威によってそれを正当化するためでした。（Burrows 16に引用）

まず二、三の語句の意味を明らかにしつつ、題辞全体が言わんとすることの概略を把握しておく。通例、第一の題辞は「いざ我ら、大いなる出来事を歌わん」のように邦訳される。出典においては、第三歌までの内容と比較して「より大いなる事々を歌おう」と詩人が宣言しているが、もとの文脈から切り取って《メサイア》の題辞として用いられていることに鑑み、絶対比較級として訳しているのだろう。一つの見識である。しかし、台本作家の気持としては明らかに最上級のつもりである。つまり、「何よりも大いなる事々」である。そしてもちろん、その「最も大いなる事々」とは、第二の題辞において「信心の奥義」として説明されている一連の出来事であると言うのだ。それにしても「信心の奥義」とは不可解な言葉である。新共同訳の

「信心の秘められた真理」も理解に苦しむ。近年の英語聖書には「我々の宗教の奥義」のような大胆な意訳を採用しているものも少なくないが、ギリシャ語原典がどうなっているかはともかく、欽定訳の訳語（"Mystery of Godliness"）をそのように理解するには無理があろう。これはやはり「我々の信心の源となっている奥義」ほどの意味である。我々に信心が起こるのは、神が肉体をもって地上に降《くだ》り、苦しみを受けて死に、復活して昇天したからであり、それによって人類に救いがもたらされたからである、そしてこの《メサイア》では、受肉化した神イエス・キリストを媒介として繰り広げられる救済の歴史を歌い上げよう――と、ジェネンズは高らかに宣言するのである。

してみると、ジェネンズが強調したかった、《メサイア》の「中のところどころに表れている自分自身の主張」とは、極言すれば、「イエスこそが神であり救世主である」というごく当たり前の、言わずもがなの伝統的なキリスト教の主張ということになる。信仰が休眠状態のキリスト教徒たちに「思い出させる」だけならば、キリストの愛、棄教者の地獄落ち等々、強調すべき点はほかにもあろう。にもかかわらずジェネンズがウェルギリウスという「異教の道徳家の小さからぬ権威」まで使ってイエスの神性を強調し、正当化しようとしたのは、理神論に対する敵愾心からであった。

理神論とは「理性の時代」の合理主義精神の宗教における表れの一つであり、「キリスト教の仮面をかぶってはいたが、内実は汎神論もしくはユニテリアニズムというべきものであった。キリストにおける神の啓示は無視され、理性によって理解しえた自然の探求に基づく宗教で充分であるとされた」（ムアマン　三六〇）。これは当然、正統派キリスト教信仰の基盤を激しく揺り動かすことになる。理神論が正しいとすれば、イエスはただの偉大な人間に成り下がり、聖書は単なる教訓的読み物となり、キリスト教は世にある多くの宗教の一つに過ぎなくなる。ジェネンズのような「熱心なイングランド教会信徒たち」が感じていた脅威の一つが理神論だったのである。実際、ジェネンズの身近にも理神論による被害者が出ている。弟のロバートが、一七二八年、理神論者であることを公言する友人との交際によって懐疑論に陥り、絶望して自殺を遂げたのである。ジェネンズが理神論に対して並々ならぬ反感を抱いていても不思議ではない。

もちろん正統派キリスト教の側も、理神論の広がりを座視していたわけではない。一六九六年、神秘的・超自然的要素を払拭することによってキリスト教を合理的に理解しようとしたジョン・トーランドの『神秘的でないキリスト教』が出版されるに及んで、理神論をめぐる本格的な宗教論争が始まる。「神学的な思考能力に恵まれていると自認した人は誰でも、理神論弁護、もしくは批判の筆を執るべきだと考えていたので、両陣営から次々に書物が刊行された」（ムアマン　三六〇）。当初は正統派キリスト教の陣営が苦戦を強いられたようである。神秘を合理的な論争で擁護するのだから当然である。反理神論の名著とされるウィリアム・ロー『理性の問題』（一七三一）やジョゼフ・バトラー『宗教の類比』（一七三六）などが、「正統派擁護の陣営があくまでも合理主義的な論調を崩すまいとする態度を弛め始めていた時期」（Smith 182）の著作であるのも頷ける。これらは、理性の重要性・不可欠性を認めつつも、理性を超えたものの必要性を説いており、言わば「神秘は神秘である」という姿勢で論を進めている。これはまさに、論理的に証明しようとせず文学的手法によって心に訴えかける《メサイア》全体において示され、また題辞において高らかに宣言されている台本作家の姿勢でもある。

熱心なキリスト者で当代一流の大教養人であったジェネンズが理神論をめぐる論争の進展を熟知していなかったとは考えられない。この論争によって生み出された大量の出版物を渉猟したスミスは、「ジェネンズが《メサイア》台本に用いている歌詞が、キリストの本質と使命について論じた同時代の夥しい出版物において論争の基盤となった聖句であることは、全く驚くにあたらない」（182）と言い、実際に、歌詞となっている八十節の聖句が偶然以上の高い割合で理神論攻撃の書物に見出されることを例示している。しかし、さらに興味深いのが、やはり題辞に関わる点である。

先に触れたように、第一の題辞の出典である『牧歌』第四歌では一人の嬰児の誕生が歌われるが、イザヤ書（九章六節ほか）のメシア降誕預言を彷彿とさせる詩行が並ぶこの歌を、アウグスティヌスは「ウェルギリウスがみどり子に言及した際に、自らその真相を悟ることのないままに、シュビラの霊感によってイエス・キリストの誕生を予言せしめられた」（川島　二二六）と、予型論を適用して解釈した。以来、教会は十数世紀にわたって、キリスト教の普遍性を示す証拠としてこの考えを支持し続ける。ウェルギリウスが「後世、特に西洋世界において驚嘆すべき名声を維持しつづけたのは…キリストを予言した聖なる詩人として受けとられた故に他ならない」（川島　二四八）のである。予型論は聖書を神聖な啓示の書たらしめている基本的な解釈法であることは既に述べたが、当然、理神論者たちはこのような解釈の非合理性を突くことによって聖書の聖性を否定しようとした。理神論の急先鋒アンソニー・コリンズも、その有名な『字義通りの預言解釈』（一七二七）の中で相当の紙数を費やし、ギリシャ・ローマの文学作品にキリスト降誕の予言を読み取ろうとする教会の態度を批判しており、一番の槍玉に挙げているのが実に『牧歌』第四歌なのであった。

第二の題辞も同様で、やはり敵方の大将格が自らの主張の要として引合いに出していることを百も承知の上で、敢えて同じ聖句をジェネンズは用いている。トーランドが『神秘的でないキリスト教』の中で、新約聖書中の「神秘」という語は、「福音」あるいは「キリスト教」の読み替えに過ぎないと主張する際に引いているのが、テモテへの手紙一の同じ箇所なのである。

こう考えると、理神論に対するジェネンズの態度は挑戦的にすら見えてこよう。《メサイア》台本は、理神論論争において正統派キリスト教陣営から生み出された一連の理神論批判文書の一つと位置づけることさえできる、とは言い過ぎであろうか。

結び

最後に、《メサイア》という題名に短く論及しておく。日本では演奏会のプログラムに次のような解説を見ることがある―タイトルが《イエス・キリスト》ではなく、非常に抽象的で、自分なりのメシアを思い浮かべながら聴けるので、非キリスト教国でも人気があるのだ、云々。ジェネンズが聞けば腰を抜かしそうな主張である。ジェネンズにもヘンデルにも、「メサイア」とはイエス・キリストでしかない。日本の《メサイア》人気は、もっぱらヘンデルの音楽の故である。

では何故《メサイア》なのか。明らかにイエスを想定した台本に《メサイア》と冠することにより、イエスこそメシアであるという主張を強調する効果を出すため、という推理も成り立とう。終曲間際の第三部四場になって初めて、「しかし、我々の主イエス・キリストを通して我々に勝利をお与え下さる神に感謝すべきである」と、ただ一度だけイエスの名が発せられるという心憎い演出は、この推理を補強する。しかし実は、この効果も結果的産物である。合理主義の時代、信仰が休眠中の時代とは言え、聖書に基づく劇を舞台で演じること等を禁じた有名な一六〇五年の冒瀆法の精神はまだ頑強に生きていた。教会音楽ではなく、劇場用の娯楽作品を《イエス・キリスト》と名付けることは不可能であった。当然、《メサイア》がドラマでないこと、役柄としてイエスが登場しないことも、同じ制約による。ジェネンズは《イエス・キリスト》という劇的な作品を創らなかったのでなく、創れなかったのである。にもかかわらず、ジェネンズは自らの意志で《メサイア》という瞑想的な作品を書いた、と言えないことはない。最初からヘンデルによる作曲を想定して創った台本だからである。劇場用作品にすることによる制約を、ジェネンズは自ら選び取ったのである。

《メサイア》においてジェネンズは、当時の聴衆の眠れる信仰を呼び覚まし、理神論を攻撃しようとした。台本作成に際して、理詰めで証明しようとせず、「神秘は神秘」という姿勢を取ったところに、常に時代の流れの先端をゆくジェネンズらしさが感じられる。だが、「改良者」として最も面目躍如たる点は、このイングランド教会のための台本をヘンデルに手渡したことである。これは全くの独創であった。同じ頃、小説という文学の新ジャンルが生まれ、小説家たちはギリシャ・ローマの「異教の道徳家たち」のように「教えかつ楽しませる」作品を書いていた。同じことをジェネンズは、音楽の分野において目指したのである。

《メサイア》を聴いた知人から「この崇高なる娯楽作品に対する讃辞」を受けたヘンデルは、「人々を楽しませただけなのでしたら残念です。私は彼らをより良くしたいのです」と応えたという（Deutsch 854-55）。ジェネンズも全く同意見であったろう。

注

1　ジェネンズに《メサイア》台本編纂の栄誉を帰することが耐え難いのか、真の台本作家を彼の秘書兼チャプレンのプーリーとする説まであった。ある人物の日記の中にそのような記述があるのを発見したニューマン・フラワーが一九二三年に著書の中で唱えたのが最初らしいが、フラワーはその後、プーリーの存在は疑わしいとの結論に達し、四七年の改訂版において自説を撤回した（288）。ところが一九四二年制作の映画（*The Great Mr. Handel*）に「プーリー氏」が登場したこともあり、この説は広く流布した。さすがに今日の専門家は真剣に取り上げないが、一般向けの解説などでは今でも見かける。

2　拙稿はこの論文およびスミス博士からの直接の指導に多くを負っていることを特に記し、厚く謝意を表する。

3　ジェネンズによる台本の手稿は現存せず、演奏会用の歌詞冊子に頼るしかないが、当時のこの種の印刷物は杜撰である。また、演奏会によってはヘンデルが勝手に歌詞を変えた場合さえある。その中にあって、拙稿では一七四三年ロンドン初演の際の歌詞冊子（の複製版）に準拠するが、これは台本作家本人の「校閲」を経たと考えられており、最も信頼できるものとされている。なお、聖句の引用は、それが《メサイア》の歌詞・題辞の場合は筆者の直訳で示し、それ以外は新共同訳に拠る。

4　これらの表題はBurrows 57-58およびLuckett 78-80を参考にして付したものであるが、後述する《メサイア》台本のイメージの重層性から言っても、完全なものではない。あくまでも、表層の読みを示す仮の表題である。なお、BurrowsもLuckettも何故か第二部の七場と八場を誤って一つに数えている。

5　《メサイア》の台本構成と聖書朗読指定との関係を日本で最初に明確に指摘したのは水野論文である。ただし、水野はBurrowsを誤読し、それに基づいて論を展開している箇所があり、また後代の聖書朗読指定を用いているので、細部は鵜呑みにできない。

引用文献

Burrows, Donald. *Handel: Messiah*. Cambridge: Cambridge UP, 1991.

Burrows, Donald, and Rosemary Dunhill, eds. *Music and Theatre in Handel's World: The Family Papers of James Harris 1732-1780*. Oxford: Oxford U P, 2002.

Deutsch, Otto Erich, ed. *Handel: A Documentary Biography*. New York: W. W. Norton, 1955.

Flower, Newman. *George Frideric Handel: His Personality and his Times*. Rev. ed. New York: Charles Scribner's Sons, 1948.

Hogwood, Christopher. *Handel*. London: Thames and Hudson, 1984.

Luckett, Richard. *Handel's Messiah: A Celebration.* London: Victor Gollancz, 1992.
Messiah: A Facsimile of the 1743 Wordbook. Boston: Handel & Haydn Society, 1995.
Smith, Ruth. "The Achievements of Charles Jennens（1700-1773）." *Music & Letters* 70（1989）: 161-190.
川島重成『西洋古典文学における内在と超越』新地書房、一九八六。
J・R・H・ムアマン『イギリス教会史』八代崇他訳、聖公会出版、一九九一。
三ヶ尻正『演奏者・鑑賞者のための「メサイア」ハンドブック—発音・文法・解釈・日本語訳・バージョン—』ショパン、一九九八。
水野隆一「信心の神秘—《メサイア》台本の構成と性格」『礼拝と音楽』第一一一号（二〇〇一）、一〇—一五。
由木康「『メサイア』のテキスト—その救済史的構成について—」『礼拝と音楽』第七号（一九七五）、二四—二九。

トランスナショナル時代におけるヴァージニア・ウルフの娘たち

臼井　雅美

はじめに

日本においても、第二波フェミニズムが勃興した一九八〇年以降から今日に至るまで、ヴァージニア・ウルフがフェミニストや女性作家たちによって「翻訳」されてきた。現代のトランスナショナル時代においてウルフを「翻訳」することは、ただ言語を英語から日本語に訳するということではなく、ウルフの思想を解釈し、それを共通項として境界線を越えて日本のコンテクストの中に反映させることを意味する。つまり、ウルフは、「国家、社会、家族、自己が持つ国家という境界を越えて存在する葛藤を、国家、社会、家族の中での自己の役割を決定づける故にジェンダーに基づく葛藤である」とするトランスナショナル・フェミニズムを表象しているのである（Wilson and Dissanayake 21; Stanford 112）。

ウルフが最初に日本に紹介された一九二〇年代以降、ウルフの作品を翻訳するという作業は日本の研究者や文学者にとって大きなチャレンジであった（Usui, "Discovering Woolf Studies in Japan" 116-20）。しかし、国家という境界線を超えて存在するウルフの思想が理解されるのは、二十世紀後半になり、『自分自身の部屋』がフェミニストのバイブルとなった時であったと言えよう。この時点でウルフのフェミニズム思想は文学という範疇を離れ、グローバル化がすすむ中で学際的文化アイコンとなった。さらに、日本においては、一九九〇年代におけるウルフ小説の映画化と新しい翻訳の出現により起こった。『オーランド』と『ダロウェイ夫人』の映画は、経済のグローバル時代において、文学、文化、エンターテインメント、コマーシャリズム、ツーリズムの間に相関関係を作り上げた（Usui, "Who's Afraid of Woolf in Japan?" 7）。

ウルフが、国家、民族、文化などの範疇を超え、女性を個へ向かわせ、個におけるジェンダー化された政治性を指摘した。その結果、現代日本の文化、文学に翻訳され、ウルフの娘たちが声をあげ、新たなトランスナショナル文化が構築されつつあるのだ。

一　『自分自身の部屋』の構築を目指して

二〇世紀後半におけるウルフをめぐるトランスナショナルな現象の源を顕著に表すのが、『ダロウェイ夫人』の映画評を書いた二人の女性作家であろう。彼女たちの作家としての自立とさらに独自の世界を構築してきた作品が、ウルフという作家の人生とその作品に重なる。その二人とは、木崎さと子（一九三九—）と津島佑子（一九四七—）である。二人とも大学では英文学を専攻し、ウルフと同様に教養ある父の娘であり、さらに作家として生きる上でウルフの『自分自身の部屋』に大きな影響を受けている。

教養ある父の娘であり、また教養ある夫の妻でもある木崎は、パリのアパルトマンでウルフの化身ともいえる女性作家の亡霊に遭遇する。ウルフというと、「心が解放されたときには必ず浮かんでくる『自分自身の部屋』とその住人のことがある」と言っているように、パリのアパルトマンの亡くなった元の住人が作家志望の女性であり、彼女の出版社から送り返された未出版の作品やアナイス・ニンの日記やクエンティン・ベルによるウルフの日記などの蔵書が残されたその部屋の次の住人となった木崎は、取りつかれたように作品を書き、自分自身の部屋を構築しようとした（「『ダロウェイ夫人』と私自身の部屋」一五九）。

自分自身の部屋というからには、その住人は当然私であるはずだし、カッコつきで記せば、それはヴァジニア・ウルフの「女性が小説や詩を書こうとするなら、年に五百ポンドの収入と鍵のかかる部屋が必要だ」という、あまりにも有名なフレーズを含むエッセイのことになる。しかし私の心に浮かぶその部屋の真の住人は、Sという死んでしまったフランス人の女性だった。その上そこに住んでいた当時の私は、一ポンドも…そこはパリだったから一フランも、と言うべきだが、自分自身の収入としてはなかった。私は結婚して子供のいる女で、職業はもたず、その部屋は鍵がかかるどころか家族がいつでも出入りする居間だった。しかし、それにもかかわらず、私はその部屋のおかげで小説家になったのである。（木崎「『ダロウェイ夫人』と私自身の部屋」一五九）

ウルフが理想とした経済的・空間的自立とはほど遠い環境にいた木崎は、夫の収入と地位に守られていた専業主婦であった。研究者である夫の在外研究に同伴し、パリに暮らすことになった木崎に、そこで自分自身の中に潜在していた小説を書くという欲求が沸き起こってくる。

木崎が『青桐』で一九八五年に芥川賞を受賞したとき、第一作「裸足」で文学界新人賞を受賞し同時に芥川賞候補となってから六年が過ぎていた。芥川賞受賞の記事の中では、夫の筑波大学教授と大学生と高校生の二人の娘と共に写真に収まっている（「芥川賞受賞の木崎さと子さんは〝転校恐怖症〟だった」グラビア）。その後も、「大学教授夫人」とか「主婦の目」と形容され（「『乳がんの自然死』みつめる主婦の目」二九）、さらには「主婦作家」とも呼ばれた（木崎「芥川賞受賞のあとに来たもの」三二九）。しかし、当時の木崎はそのような名称が女性差別であるという認識は無く、書斎も仕事部屋も持たない主婦であることは事実であり、夫と子供が職場と学校へ出て行ったあとから夕方までが自分の時間であると言っていた（「『乳がんの自然死』みつめる主婦の目」二八）。芥川賞を受賞するまでの木崎は、表面的には夫や娘という他者を映す鏡でしかなかった。これは、第二次世界大戦後の政治的・経済的に安定した日本において、「物質的豊かさによって、個人としても国民としても、男性、親、子供、家族との関係を反映する自分たち自身の部屋へ女性を縛りつけた」（Miyoshi 211）結果出てきた戦後の理想とされる日本女性そのものであったのだ。

しかし、木崎にとって、結婚後すぐ、二十二歳の時に、研究者の夫と共に海外、主にフランスに十三年間暮らしたことが、木崎に自由な空間と時間を持つことを可能にさせた。日本の慣習から解き放たれたことと、フランスという個人主義の国で自己をみつめることが可能になったことが大きな要因であろう。

この環境の変化は、同時に木崎の中にある旧満州からの引揚者というアウトサイダーとしての自己から力を出す変化をもたらした。木崎が、神谷美恵子が日本人の中の「離れ小島」である帰国子女であり、「存在の危うさを絶えず感じる」人であったため、ハンセン病の患者やヴァージニア・ウルフのように「マージナルな立場にある」人々に自己投影したと言っているのは、まるで自分のことを語っているかのようである（「『ダロウェイ夫人』と私自身の部屋」一六二）。小さな子供のころから話を創ることが好きだったという木崎にとって、自己投影できるテーマを認識できる創作の自由な環境が与えられたのである。

木崎が遭遇したパリの部屋の主であった無名の女性作家は、まさにウルフが『自分自身の部屋』で捜し求めた様々な時代に生きるジュディス・シェイクスピアであり、メアリー・カーマイケルであると言えよう。

どの通りのどの部屋にでも入ってみさえすれば、女性のあのこの上なく複雑な力全体が面前で舞い上がるでしょう。どうしてそうでない筈がありましょう。というのは、女性はこれまで何百万年もの間、部屋の中に坐り続け、その結果、今では壁そのものに彼女たちの想像力がしみこんでいるのですから。この想像力は、実のところ、煉瓦やモルタルの容量ではまかないきれないほど充電力があり余ってきたので、是非ともペンや絵筆をとったり、実業や政治にたずさわったりしなければなりません。しかし、この創造力は、男性の創造力とは非常に異なっています。（ウルフ『自分だけの部屋』一三二）

ウルフが説いたこの女性の部屋には、父権制により葬り去られた女性たちの声が住んでおり、二〇世紀前半に生きたウルフがその書き留められることがなかった声を察知し、「無言の持つ圧迫、記録に留められていない生活の集積を想像の中で感じとって」いくのである（『自分だけの部屋』一三五）。木崎の体験は、まさにこの作家志望の女性の無言から、自己の声を得たことだと言えよう。

その部屋には、彼女の個性があまりにもありありと残っていた。

…

家族が出かけてしまって私ひとりの昼間、彼女はそこにいた。深夜、家族が自室にひきとった後、私は彼女の気配を感じ、自分も寝にいくために灯を消すとき、壁に映る影を、彼女のものと思い込んでいた。むろん、それは自分自身の影だったのだし、死者の影が実際に見えると思うほど私は夢みがちな人間ではないはずなのに。そういう私の感じ方は、部屋に遍満するSの意識が私の（そのときの）現在に侵入していたからではないか…。

そこに、ヴァジニア・ウルフの影が重なった。本棚に並ぶ『灯台へ』や『波』が、Sを通して意識の波をひたひたと現在の岸辺に寄せてきていた。Sと違って私は自分の国語である日本語で書いたからだろう、帰国して間もなく私は作家ということになったが、あの部屋は私の〝現在〟であり続けている。（木崎「『ダロウェイ夫人』と私自身の部屋」一五九―六〇）

木崎より年齢こそ若いが、作家としてのキャリアは長い津島もまた、作家である太宰治の娘として生を受け、作品を書く際に必要不可欠である完全なプライバシー確立をめぐり葛藤を繰り返した。一九九〇年のマーガレット・ドラブルとの対談の際に、ドラブルがウルフの『自分自身の部屋』に言及した時、津島は小説を始めた二〇歳か二一歳頃のことをこう述べている。

…ヴァージニア・ウルフの、女性も自分の部屋が必要なんだと。それも当時、とても感動して読んだ記憶があります。その思いがしっかりしみついていたものですから、たとえ結婚したとしても、自分の部屋は住宅事情が悪いから無理としても、せめて自分の机はほしい、絶対に机はもち続けようと思いました。これはヴァージニア・ウルフのことばの影響だったとおもいます。（ドラブル　津島　十三）

この中で津島は、その時代に自分自身が女性がものを書くときに、家庭の中では机すら持っておらず、台所のテーブルで、家族が寝たあとに書くというイメージが当たり前であったことに驚くと言っている。津島自身、結婚や離婚を経て、二人の子供を産み、子供を公立の保育園に入れて作家活動に専念した。作家業に専念できる独立した環境を整えるまで、実際、様々な家と部屋に暮らしてきている。

さらに、津島が女性が作家となる際に直面する問題として、ウルフと同様に、女性と表現の自由という問題をあげている。女性が創作をする、即ち自らの考えや感情を含め、言葉を媒介に表現することに対して、日本の文壇では長く差別が存在したということを指摘している。それを顕著に表す用語として、「女流作家」、さらには「閨秀作家」をあげ、そこには「単に性が違う作家というだけでなく、プラス・アルファの自分のことばをもった女性という意味がふくまれて」いることを指摘し、「女性というイメージは、ことばをもたないもの」であることを強調している（ドラブル　津島　五一）。そして、女性の創造力を追求した「性革命の重要な先駆者」ウルフを持ち出し、津島は「性の問題はウルフの時代から私たちの時代まで、その解決が持ち越されてしまった」と言及しているように、津島もまた、ウルフの娘として女性と表現の自由を追求してきた（「『古き良き英文学』に郷愁と共感」　十三）。

自分自身の部屋を探求し、それを持つまでの葛藤は、時と場所を超えて日本の女性作家の課題であった。

ウルフの思想は、トランスナショナル時代においてその威力を発揮し、女性と文学において不可欠要因である自分自身の部屋の構築という課題を提示している。

二　失われた声と自己空間を求めて

ウルフが自らをアウトサイダーとして認識し独自のスタイルを構築したように、木崎と津島も同じ立場で自己空間を探求した作家である。即ち、国や時代という境界を超えた時空に表現の自由を見出した二十世紀初頭のウルフと、現代日本の女性作家の苦悩が重なり合うのである。

木崎の作品には、トムソンが言う女性が国家、家、様々な男性の暴力によって虐待され、身体的・精神的苦痛や強制から自由を求める葛藤が、描かれている。このフェミニストが主張するプライバシー確立は、ウルフの『自分自身の部屋』だけではなく、『三ギニー』にもより政治的な意味から主張されている。ウルフが『三ギニー』の中で「女性としてわたしは国を持たない。女性として私は国を望まない。女性として私の国は世界である」(197) と言ったことは、木崎の「戦争による後遺症に苦しんでいる『もう一人の私』は、世界のいたるところにいる」という信念と一致する（「『ダロウェイ夫人』と私自身の部屋」一六四）。女性は、戦争という父権制が引き起こす惨事において弱者として社会的、肉体的、精神的、性的犠牲となり、その共通項を持つが故に様々な境界を越えて、真の平和を切望するという思想を表しているのである。

木崎は、このプライバシー確立のために、女性を地球規模の孤児として描く。「火炎木」と「梅花鹿」において、日本に侵略されていた旧満州での幼児期の体験を元に自己喪失を問い、時空を超えて自己を探求している。また、「裸足」においては、父権的家と日本から逃避した孤児の日本女性がフランスで知的障害を持つ男性との生活の中で自己を取り戻し、『青桐』においては、父権性が強く残る北陸の旧家を舞台に、顔に傷を負った孤児の女性が、乳がんで死に直面する叔母との関わりの中で、手術によって失った自分を取り戻そうとする。乳がんに代表されるように、木崎はノーマライゼーションに反発し、正常とされる女性のあり方や身体の概念に挑戦している。木崎は、戦争や父権制による抑圧により自己を喪失したトラウマを持ちつづける女性を、トランスナショナルな現代社会の自由な空間に位置付け、その解決を見出そうとする。

特に、「火炎木」においては、真紀子は、日本占領下の旧満州で五歳時に受けたトラウマを、精神的に国を持たない孤児として生きていくうちに、出産により生命の独立に目覚め、最後に多民族国家であるアメリカで克服する。旧満州で一九四〇年に生まれ、母親を結核で失い、さらに日本の敗戦時に父親を当時のソ連軍に拉致され行方不明となったままの真紀子は、自己、家族、そして祖国という三重の喪失を経験する。その真紀子が、広義での「故郷喪失」という幼児期の恐怖体験を抱えたまま戦後を生き、国籍にとらわれない活動をする科学者である夫とフランスへ行く。そこから渡米し、多民族が住む大学町で、妊娠という精神的不安定な時期と出産を経験することにより、新しい時代の到来を受け入れる。

真紀子の幼児体験には旧植民地に生まれた日本人であること、ソ連軍の暴虐を体験したことから、国家と民族という複雑に絡み合った境界を自分自身の中に持ったまま、「得たいの知れない恐怖に対する保護」(「火炎木」二八)を求めて生きる真紀子は、地球規模の孤児である。その孤児が、一九六三年というケネディ大統領が暗殺された年に、やはり地球規模の孤児が集約された大学町に降り立つ。そこには、高齢のロシア人教授夫妻、若いドイツ人夫婦、第二次世界大戦中には強制収容所に入れられていた広島出身の日系二世の一家など、国家と民族の境界を超越して生きている人々がいる。この多民族・多文化が共存するボーダレスな環境が、「得たいの知れない恐怖」から解放する役割を果たしている。

また、二十代の真紀子が、妊娠期間を経て自分の体内から新しい生命が誕生することを体験するまでの間に、過去と現在が混在し、フラッシュバックで五歳の時の恐怖体験が描かれている。母の病死、ソ連軍から受けた暴力、父の突然の拉致、アルコール漬けの胎児、同朋にさえ殺されることに恐怖を抱きながらねえやと逃げ回ったこと、そして孤児として日本に帰国した恐怖が、妊婦真紀子に夜な夜な沸き起こってくる。本来であれば妊娠という胎児を抱えて生きる状態が、幼児期の死に対する恐怖を呼び起こし、生命の誕生を待つのではなく、胎児と自分の死を望むという極限的な精神状態をもたらす。

真紀子が死に対する絶対的恐怖を克服し、自己を取り戻すのは、出産によってである。自分の子供が自分の体内から独立して誕生し、時空を経て目の前に存在するという体験は、「子供を生んで、自分に生殺与奪の権をあずけている存在と結ばれた」というようにも解釈されるだろう（藤枝、中野　一九二）。出産により、五歳の時からとりつかれていた死から初めて解放される。それまでトラウマを引き起こす原因であったロシア人教授夫人が赤子を抱く瞬間に、真紀子は単なる民族や国家という境界線により生まれた葛藤から解き放たれ、自己の覚醒を体験する。これは、単に日本人真紀子とロシア人女性を通じて被害者と加害者が「和解」するという結末ではなく（川村他　三一二）、境界を越えて女性同士が生命を受け入れる力を共有することを示唆している。旧満州で見た赤い夕日をカリフォルニアの赤い火炎木に重ね合わせ、自己の再生のシンボルとして置くことにより、新たに沸き起こってきた生への執着を提示している。

「裸足」においては、経済的・肉体的に支配する側である日本男性の性の餌食となり大きな傷を受け、自己の喪失感に苦しむ孤児せい子が、フランスという自由な空間において遭遇したアルコール依存症で、癇癪持ちで、「白子」の赤ん坊のような男性アンリとの短い生活の中で、自分の価値を見い出す。せい子にとって、日本は、家庭内における性的暴力を許し、海外駐在の場においても女性の性をはけ口にする父権制社会である。その日本社会の犠牲者となったせい子は、一切の慣習を捨て去り、精神的な安らぎを初めて持つプライベートな空間を構築する。

「裸足」における孤児も、国家や民族を超えた時空で、自己を発見する。アンリもまた、せい子と同様、社会からはみ出し言葉を持たない弱者である。アンリの自殺は、病で「怪物」になってしまった自己に終止符を打つためであり、何よりもそのアンリから自由になることを切望するせつ子のためである。ウルフの『ダロウェイ夫人』におけるクラリッサとセプティマス・スミスの関係のように、せつ子とアンリは独自の融合性を持っている。木崎は、クラリッサを一度も出会ったことがなく存在さえも知らないセプティマスにもう一人の自分を与えたウルフに感嘆しながら、そこには十八歳のクラリッサの狂気を引き受けて自殺するセプティマスの分裂感と、逆に彼の生命をクラリッサが受け継ぐという夢が存在すると指摘している（「『ダロウェイ夫人』と私自身の部屋」一六三）。それを、自分自身にも当てはめ、「もし多くの現代日本女性が、漠然たる不安を抱きながらもパーティーを計画し楽しもうとするクラリッサであるなら、狂気に陥り、暴力を他人に向けなければ自分に向けて自殺する少年たちは『もうひとりの私』たちなのではないか」（「『ダロウェイ夫人』と私自身の部屋」一六一）と述べている。それは同時に、せつ子が構築したアンリとの世界は、互いに「附加価値を与え」合うものであり（「裸足」一七六）、アンリの自殺によって生きることができるという一体感がせつ子を支えたと言える。
木崎が様々な時空に生きる自己を探求したように、津島もまた沈黙を強いられてきた様々な声を再現する。津島は、小説のスタイルとテーマの両方で、ウルフの影響を受けている。平安朝から続く日本の文壇や伝統的日本の小説手法、ひいては父権制への反逆から、独自の文学を構築しようとした。その日本文学の重圧にあえいでいた時期にウルフと出会ったときのことを次のように述べている。

…ちょうどその時期に、もうひとつの可能性があることに気づかされたのです。ヨーロッパで前世紀の終わりごろから人間の心理を評価し、人間の価値を再発見しようという流れがはじまって、それこそヴァージニア・ウルフとか、建築的なものではなく、不定型な、形が定まらない、それまでの小説の概念とは別の文学を日本にいながら少しずつ知るようになり、そういう小説の可能性もあるのだということを教えられました。(ドラブル、津島　二〇—二一)

津島の作品の中で、ウルフの『波』を思い起こさせる作品『私』は、私小説における「私」とは異なり、自分の周囲の様々な人々や動物の声から成る変奏曲とも言える作品である。

私は私、というけれど、私とは、それほど確固としたものだろうか？　私の周りには多くの死者があるし、過去の私と現在の私は違うかもしれない。そう考えると『私』はそれほど自明ではなくなる。『私』による語りを何層も積み重ねることで、ありきたりな物語に揺さぶりをかけたかった。(「家族の死を見つめて交錯する二人の『私』」）

この『私』という集大成以前に、津島は『寵児』においてダウン症で十五歳で亡くなった兄と、『風よ、空駆ける風よ』では八十七歳で亡くなった母と、『夜の光に追われて』では九歳で事故死した息子と、対話をしてきた。これらの対話は、『私』においては、他者の声の中に自分の声を重ね合わせ、その体験や感情までも他者から自己へ移り行くさまを描く。

小説のスタイルの探求は、テーマの探求と密接に絡み合ってすすむ。「津島佑子的なるものの本質は、〈私〉が子として属した『家族』の固有の関係性のなかで生じた〈私〉のトラウマというべき強い激動にその基盤を置いている」（根岸）という解釈があるように、特に失われた声、沈黙を強いられてきた障害者、子供、女性、などの社会的弱者の声を再現することは津島にとって必然不可欠なことである。

津島が描く知的障害者は、津島の原風景に必ず存在する兄が、一家にとっては父の不在と共に、「本来的にそれらを構成すべき不可欠なものが多くは欠落している」一例として作中に出てくるものである（鶴谷一一八）。これは、津島の処女作である「ある誕生」以来、一貫して避けられない生の象徴である。しかし、ウルフの場合と同様、知的障害者が家族の中にいるという事実により、知的障害者を「かばいながら世間に対して身構え、世間をみすえて生きねばならない」（大社　四五）という憤りが大きな動機となっていることは確かであろうが、小説の中では伝記的要因を超え、表現への問いかけ、あるいは津島の言葉を借りれば、「〝自我〟でも〝他者〟でもない」「純粋なコミュニケーション」（「自我と他者の関係の消滅」）のディスコースとなるのである。

社会的に抹殺されているにもかかわらず、安らぎややさしさを与えてくれる知的障害者に対し、欠落や異常ではなく、その存在感と純粋な心を主張する。津島は、日本社会を、「私生児」や知的障害者や高齢者を差別する社会として非難する（『小説の風景』八）が、そこには、ウルフが『幕間』において「村の白痴」（"village idiot"）を歴史の舞台に登場させることにより歴史を皮肉っているように、正常と思われている言葉や認識が虚構であることを鋭く見抜く津島の視点がある。それと同時に、津島が追求し続けている時空を超越した空間が知的障害者には潜在的に存在するということが重要な点であろう。

母と娘をめぐる女性の声に焦点を当てると、『風よ』において、様々な環境や生活に身をおく様々な世代の女性たちの声と体験が重なり合い、重厚な世界が創り上げられている。娘であり、母であり、自分自身である全ての女性たちの人生と声が断片的に描かれているが、彼女たちは共通の葛藤と決意を持つ。母たちの部屋は、肉体的な死を迎えた時に精神的な死の表象として提示されている。それに対し、娘たちの部屋は、独立の象徴として、常に追い求められ、見い出される。この母から娘への価値観の変遷は、ウルフが『自分自身の部屋』で強調したことである。津島自身、一歳のときに父が心中し、残された母子家庭で育ち、母とはまったく異なる道を歩んだ津島にとって、母との葛藤は大きかった。特に母から逃れたいのに、また母の元にもどってくるという母子家庭の母と娘の密度が濃い愛憎（小山　一九一）を経て、死を前にした母親に、その意味を問おうとしている。『風よ』においても、女性が自分自身の部屋を持つに至るまでの過程を探求している。

このテーマは、『私』の中の「母の場所」において、さらにその核心へと入り込み、津島独自のスタイルが完成する。亡き母の日記を「私」が読むという手法で作品が進むうちに、母が体験した夫、舅、息子、孫の四回の死の空白が「私」の空白となり、それが「私」にとっての父、祖父、兄、息子の死の空白となり、母の精神が「私」の精神と重なって二人の「私」が語るようになってゆく。

人間の死生観を千年の時空を越えて突き詰めた『夜の光に追われて』では、津島のスタイルとテーマがより大胆に展開する。ウルフの『オーランド』は、失った恋人ヴィタ・サクヴィル・ウェストの再生を祈り、十七世紀に生きた男性から二〇世紀に生きた女性の軌跡を追う作品であるが、津島の『夜の光に追われて』では、平安末期の『夜の寝覚』の作者とされている菅原孝標の女と突然息子を亡くした現代に生きる女性との対話から成り立っている。ウルフが『オーランド』を他の作品とは一線を引いて書いたように、津島自身も「孤独な状態で、わがままに書いた」個人にとって特別な作品が、予想に反して文学賞を受賞することになる(「読売文学賞の人」)。

『夜の光に追われて』では、愛息を失った母親が地獄をみる悲しみと自らの生を憎む苦しみを抱え、時空を越えて千年前の女性作家に届かない手紙を書き、自分自身の「物語の再生」を願う(「読売文学賞の人」)。実の姉妹が一人の男性をめぐって苦しむことが筋の『夜の寝覚』は、津島にとって現代の女性に通じる物語であり、その作者への思いが、作家としての自らの思いと重なったのである。インタヴューに答えて、津島は次のように語っている。

そして、平安末期の「夜の寝覚」を〝私の物語〟としてたどり直そうと思ったとき、生死がひとつに見えるようになって、あの世の子と、この世の私の再生が始まった。「更級日記」の作者と同一人物ではないかといわれる作者の死に、わが子の死を重ねて見届けると、「あなたの存在を生き生きと感じるようになり」、語りかけずにはいられなくなったのだった。(「読売文学賞の人」)

『夜の寝覚』は女性中心の物語であり、「すべての意思の閉ざされた境涯と観じて無明に漂う孤独な女性主人公の心境吐露」を描き、少女期から晩年までの女主人公の内面の変化を追い、「女」として「母」としての苦悩を経て成長する「心理主義」の作品である(鈴木　五六五)。津島自身も、平安朝の女性文学、特に最もプライベートである日記に関しても、「主体的に生きられなかった当時の女性としては、それは精いっぱいの自己主張だった」と述べている(「彼女たちの挑戦」四)。ウルフは『オーランド』において男性中心主義に基づく歴史や文学に対して、語られることなく忘れ去られた女性の歴史を再生させたが、津島もまた、宮廷に使える女性たちの沈黙に満ちた人生を自らの力で翻訳し、再生させている。この津島の力強さは、「平安時代の母系社会的な発想に立って」、「古典的な女流文学の血脈に連なる」(山下　五三)のではなく、ウルフが前の世代の女性作家たちを掘り起こすことにより女性と創造の最も強い融合性を主張しているように、女性文学の真価を再生させることにある。

さらに、津島が常に捕らわれてきた死生観に対する回答が、この『夜の光に追われて』を完成させる過程で見つかる。ウルフと同様、この世に生を受けてから肉親の死を何度も経験してきた津島にとって、死生観は一貫したテーマである。それまで時空を越えて死生観を表現してきた態度から一変して、時間に執着し、「人間は次の瞬間にやってくる死を認めるために、言葉を紡ぎ出し、書きとめずにはいられなくなる」思いで、『夜の光に追われて』を完成させた(「読売文学賞の人」)。

まとめ

ウルフが第二派のラディカル・フェミニズムに影響を与え、二〇世紀後半の女性作家たちは、文学による失われた声の再現により、男性中心的カノンの文学から受け継いだ女性のイメージを脱構築した。日本においてもウルフの『自分自身の部屋』や『三ギニー』が、女性作家たちに力を与えることになる。

国境や民族の境界を越えた時空で、文学のカノンを崩し、ヒエラルキーを持たずに、自己と他者の境界に新しい言語を創り上げることが、ウルフの娘たちの成し遂げたことである。木崎や津島に代表されるウルフに直接的に影響を受けた女性作家だけでなく、間接的にウルフの思想を受け継いだ作家たちは、この地球上に無数に存在するのである。

（本論は、二〇〇〇年十二月三十日にワシントンＤＣにおいて開催された第百十六回ＭＬＡ［Modern Language Association］学会において口頭発表した論文に加筆・修正を加えたものである。口頭発表の際には、日本英文学会よりトラベル・グラントをいただいたことに感謝いたします。）

引用文献

Gavison, R. "Privacy and the Limits of Law." *Yale Law Journal* 89.3 (1980) : 421-71.

Miyoshi, Masao. *Off Center: Power and Culture Relations between Japan and the United States.* Cambridge: Harvard UP, 1991.

Stanford Friedman, Susan. *Mapping: Feminism and the Cultural Geographies of Encounter.* Princeton: Princeton UP, 1998.

Thomson, J. "The Right to Privacy." *Philosophy and Public Affairs* 4.4 (1975) : 295-314.

Usui, Masami. "Discovering Woolf Studies in Japan." *Re: Reading, Re: Writing, Re: Teaching Virginia Woolf.* Eds. Eileen Barrett and Pat Cramer. New York: Pace UP, 1995. 116-20.

——. "Who's Afraid of Woolf in Japan?" *Virginia Woolf Miscellany* 54 (Fall) 1999: 7.

Wilson, Rob, and Wimal Dissanayake. "Introduction: Tracking the Global/Local." *Global/Local: Cultural Production and the Transnational Imaginary.* Ed. Rob Wilson and Wimal Dissnayake. Durham: Duke UP, 1996. 1-18.

Woolf, Virginia. *Three Guineas.* London: Hogarth, 1943.

「芥川賞受賞の木崎さと子さんは〝転校恐怖症〟だった」『文芸春秋』六三（三）グラビア。

マーガレット・ドラブル、津島佑子『対談　キャリアと家族』岩波、一九九〇。

藤枝静雄　中野幸次「対談時評―モティーフの確かさ―木崎さと子「火炎木」、上田三四二「夏行」」『文学界』三五（五）（一九八一）一九二―二〇五。

川村次郎、津島佑子、日野啓三「創作合評―六五―木崎さと子「火炎木」、高井有一「雨季」、色川武大「百」」『群像』三六（五）（一九八一）三〇八―二四。

「家族の死を見つめて交錯する二人の『私』」『読売新聞』一九九九年六月五日。〈http:www.yomiuri.co.p/bookstand/old/99_0605iib1.htm〉

木崎さと子『青桐』文芸春秋、一九八五。

――「芥川賞受賞のあとに来たもの」『文芸春秋』六三（六）（一九八五）三二八―四十。

――「『ダロウェイ夫人』と私自身の部屋―生命の分節者としてのヴァジニア・ウルフ」『すばる』二十（八）（一九九八）一五八―六四。

――「火炎木」『文学界』三四（四）（一九八〇）二〇―六七。

――「裸足」『文学界』三四（十二）（一九八〇）一六二―八七。

小山哲郎「津島佑子インタヴュー―『母』という物語」『文学界』四九（四）（一九九五）一八八―二〇三頁。

根岸泰子「〈母〉へのアンビヴァレンス―津島佑子論―」『岐阜大学教育学部研究報告』四三（一）（一九九四）。〈http://www.gifu-u.ac.p/~kameoka/haha.html〉

「『乳がんの自然死』みつめる主婦の目―『青桐』で芥川賞を受賞した木崎さと子さんは大学教授夫人」『週刊朝日』九〇（四）一九八五年二月一日）二八―二九。

鈴木一雄校注・訳『夜の寝覚』小学館、一九九六。

津島佑子『風よ、空駆ける風よ』文芸春秋、一九九五。

――「『古き良き英文学』に郷愁と共感―映画『ダロウェイ夫人』『鳩の翼』」『朝日新聞』一九九八年十月八日（夕刊）十三。

――「自我と他者の関係の消滅」『週刊読書人』一九七九年十月二六日号 二。

――「彼女たちの挑戦」三角洋一『『蜻蛉日記』の世界』新潮社、一九九一、二―八。

――『小説の中の風景』中央公論社、一九八二。

――『寵児』河出書房、一九七八。

――『夜の光に追われて』講談社、一九八六。

――『私』新潮社、一九九九。

鶴谷慶三「津島佑子女流作家〈特集〉―現代女流作家の群像」『国文学解釈と鑑賞』五十（十）（一九八五）一一八―一二。

大社淑子「パーリアの復権―津島佑子『火の河のほとりで』とトニ・モリスン―」『比較文学年誌』二二（一九八六）三八―四九。

「「読売文学賞の人」（1）小説賞 津島佑子さん（連載）」『読売新聞』一九八七年二月二日（東京夕刊）文化面Ⅲ段。〈http://www.yomiuri.co.p/yomidas/konoune/87/87h2c3.htm〉

ヴァージニア・ウルフ『自分だけの部屋』第三版 川本静子訳、みすず書房、一九九一。

山下真史「家族＝津島佑子」『国文学―解釈と教材の研究』四一（十）（一九九六年八月）五二―五三。

終わりに

岩山　太次郎

わたしの文学教育と批評の姿勢

——回顧と反省

久方振りにルネ・ウェレックとオースティン・ウォーレンの『文学の理論』（太田三郎訳、一九五四）を読みかえした。わたしの文学批評の姿勢を決定してくれたことと後に教室でのわたしの指導の指針になったことを再確認するためである。

まずわれわれは文学と文学研究とを区別しなければならない。この両者は別個の活動である—前者は創造的なもの、一つの芸術であり、後者は、厳密にいえば科学ではないにしても、一種の知識、一種の学問である。…研究家は文学にたいする自己の体験を知的表現へうつしかえ、またこの体験を同化して首尾一貫した図式にしなければならない、しかしこの図式が知識であるためには合理的でなければならないのである。

本書の第一章「文学と文学研究」の冒頭のことばである。少し長くなったがあえて引用したのは、ここに文学研究の根本が述べられているからである。文学研究と文学批評とを明確に区別はしていないが、わたしは文学研究を文学批評と呼びうるものにするためには、もう一つ重要な要素が加わらなければならないと考えている。それは評価の問題である。第十二章「芸術としての文学作品の分析」で、文学研究が「芸術作品」を扱ってなお学問であるためには、対象となるもの（一作品、作品群、あるいは外的環境と結びついたもの等々）にたいしての価値判断の重要性を論じている。価値判断は「価値の無秩序」や「個人の恣意の讃美」によるものではなく、また「不健全な」絶対主義や相対主義にもとづくものではなく、「対象をさまざまな観点から知ろうとする」（二〇四―二〇五）パースペクティヴィズムから生まれるものである。

文学研究はこういうパースペクティヴィズムの上にたった価値判断、評価をもった批評行為である。この批評行為には行為者のなかで行為の対象となるもの（作家、作品、事象などさまざまなもの）にたいして微妙な前段階になるものが存在する。換言すれば、鑑賞と批評の関係のことである。わたしは基本的には鑑賞が批評の前になければならず、批評は合理性と論理性のあるなんらかの方法論（すでに一般化しているどの方法論でもよいし、複数の方法論でも、あるいはそれらを折衷した方法でもよいし、独自の方法論でもよい）にもとづいたものでなければならないと考える。そして、合理性と論理性のある妥当な批評行為は鑑賞を深化させるものである。問題は鑑賞はなにによってなされるのか、どうすれば鑑賞力を鋭敏にさせることができるかであって、ここから「文学教育」が始まるのだと考えている。

わたしはこの三年間、学部の「英米文学研究」という科目のテキストにグリーン、レーバー、モーガン、リースマン、ウィリンガムの『文学批評法ハンドブック』（第四版、一九九七）を使用した。[1] これは主要な批評方法を論説し、それらを主として、(一)『ハムレット』、(二)「はにかむ恋人に」、(三)「若いグッドマン・ブラウン」、(四)『ハックルベリー・フィンの冒険』、(五)アリス・ウォーカーの「日用品」(一)、(三)、(五)はテキスト付き)で、実践しているすぐれたテキストである。このテキストのどの批評方法をとってみても、鑑賞と批評は別個の行為でありながら、鑑賞がないところには批評行為は存在しえないし、批評行為の展開が鑑賞の深化に資するものであることがわかる。

鑑賞は作品を読んでなにかを感じることから始まる。感受性が機能することから始まるのである。作品を読んでもなにも感じなければ、それは「読む」とは言えないし、いかなる批評行為も生じない。はじめは作品を読んでもなにも感じない人があるかもしれないが、感受性のない人はいない。問題はいかにすれば感受性を喚起させることができるかである。そしてより豊かに感受性を機能させることができるかである。

感受性を喚起させより豊かに機能させることに関しては、文学(作品)の創造においても同じようなことが言える。かつてわたしが学んだアイオワ大学英文学部の創作課程(「ライターズ・ワークショップ」と呼ばれている課程)の創設(一九三九年)にあたって、当時の学部長ノーマン・フォースターや初代ディレクターのウィルバー・シュラム、それに中心的働きをしたポール・エンゲルに、「創作」は教えられるのかとの疑問がなげかけられたが、「創作」も「批評」行為と同じように教育課程のなかに加えられ、「創作」が教えることができることを実践した。発足時には、それらの人びとに加え、良き作家たち(たとえば、フランク・モット、ロバート・フロスト、ロバート・ペン・ウォーレン、エリック・ナイツなど)も得て、英文学部の従来からの科目のほかに、「小説の創作」や「詩の創作」などの科目と学生の提出する詩、小説、戯曲などにたいする「個別指導」と「グループ指導」の科目を設置して、B.A., M.F.A., Ph.D.の学位を授与する課程が創設された。その後序々に、創作も教科目の一つになりうるとの認識は広まり、一九五〇年代には、形式と目的はさまざまであるが、全米各地の主要大学で創作課程が設置されるようになった。（わたしが学んだときの教師陣は、「ポエトリー・ワークショップ」はエンゲルとドナルド・ジャスティス、「フィクション・ワークショップ」はヴァンス・ブージェリー、R・V・キャシル、それに『さよならコロンバス』出版直後のフィリップ・ロスであった。）

鑑賞に話をもどす。鑑賞には「豊かな感受性」がもとめられる。「感受性」を「豊か」にするためには、文学の歴史時代思潮、それぞれのジャンルに固有な特性や構造上の要素、個々の作家や作品にかかわるさまざまな事柄（ファクト）等々の知識はおおいに役立つ。しかし本当に「感受性」を「豊か」にしてくれるものは、たんに積み重ねられた知識ではなく、鑑賞しようとしているもの（たとえば作品）に必要なパースペクティヴィズムをもった体系のある知識である。

いかに豊富な知識があっても、パースペクティヴィズムと体系を欠いていては、鑑賞を豊かにはしてくれない。たとえば、ジェイムズ・ジョイスの「死せる人びと」という短編小説ならばほとんどのいわゆる知識は必ずしも鑑賞には必要でない。一九一四年に刊行された短編小説集『ダブリンの人びと』の最後のところに収められた短編小説であること、他の十四篇の短編小説は一九〇三年から一九〇五年の間に書かれているが、「死せる人びと」は一九〇七年に書かれたものであること、執筆時から出版時にいたるジョイスの生活や出版にまつわる事情、当時のアイルランド政治や文芸の状況などは、わたしはさほど必要な知識とは思わない。体系的知識として必要なのは自然主義的作品とこの「意識の流れ」の描写の違いが体得できる感性に関わる知識だけで十分である。言語芸術としての「死せる人びと」の特徴がつかめる能力にかかわる知識（特定することはむづかしいが、描写や文体を分析する技術や知識）さえあれば、感受性が機能し、鑑賞が「豊か」になると考える。

「文学教育」にとっては、鑑賞ひいては批評の対象の問題も重要である。長らく「キャノン」と考えられてきた作品は、容易に、豊かに鑑賞できるものである。また時とともに変化する「同時代」の作品、文化的背景や思想性の濃厚なものも鑑賞ひいては批評の対象として好都合な作家・作品である。同時に「文学教育」にあっては鑑賞対象の幅を広げることも重要である。つい先頃（二〇〇三年一月二十九日に）亡くなったレズリー・フィードラーが一九七四年に「全米大学英語協会」で提唱した「キャノンを広げる」ということは鑑賞には「楽しみ」の要素が不可欠なことを明確にし、鑑賞の対象の幅を拡大した。文学を高踏芸術と大衆芸術、高級芸術と低級芸術にわけるのではなく、「キャノン」というような概念を排除して、フィードラーの言葉を借りるならば「エクスタシス」を鑑賞の基準にし、それにより「楽しく」鑑賞することは重要である。

ともかく豊かな鑑賞ができてはじめて対象が評価できる。高い評価をくだせる対象もあれば低い評価しかくだせない対象もあるが、なんらかの価値評価ができてはじめて、批評と言えるのである。

批評活動にも合理性と論理性が要求される。唯一絶対という批評方法論はない。対象と目的に則してはじめて、取るべき批評方法は決まるのである。ただ排除しなければならないのは、演繹的方法にしろ帰納的方法にしろ、主観的判断である。主観的判断は鑑賞の段階のものであって、批評においては客観性が求められている。主観性が排除され、合理性と論理性のあるものならば、単一の方法論に依存した方法でもよいし、複数の方法論に依存したものでも、折衷のものでもよい。いわゆる伝統的批評でも、あるいは形式主義的批評、心理学的批評、原型的批評、表象的批評、言語学的・文体論的・修辞学的批評、構造主義的批評、現象学的批評、社会学的・文化研究的批評等々、どんな批評方法でもよく、すべては批評の対象と目的が明確に意図されておれば、それぞれ有効な批評方法論となりうる。必要で重要なことは、批評する対象と目的が明確にとらえられていることである。たとえば先きにあげた「死せる人びと」であれば、最後のシーンの雪のイメージの分析だけでも、その分析が作品全体の解釈、そしてできればジョイス文学全体のなかでの解釈にもとづく価値判断にとってどういう意義があるかが志向された分析であれば、批評と呼びうるに応しい研究となり、学問たりうるものであると考える。

こんなことを目指して、自らの研究と指導にあたってきたつもりであるが、いま自分自身を振りかえると、内心忸怩たるものがある。"Agenbite of Inwit."

注

1　初版は一九六六年。一九七七年の第二版は日下洋右・青木健により『文学批評入門』(一九八六)として訳されているが、第四版は大幅に改訂、追加がなされている。

山下　昇

あとがき

本書は岩山太次郎先生のご退職を記念する論文集である。先生は同志社大学文学部英文学科において四十年余りにわたって教育・研究に従事され、後進の育成に尽力された。先生のご退職を記念し、永年のご指導に対する感謝の念を形に表わしたいと提案したところ、大学院において指導を受けた者を中心として、このように多数の同僚、友人の方々からご賛同をいただいた。先生は主にアメリカ文学研究者として活躍されているが、ご業績は英米文学全般にわたり、このため指導を受けた者の専攻も英米双方の文学に及んでいる。また友人、同僚には当然のことながらイギリス文学専攻の方もおられる。そのようなわけで本論集はアメリカ文学にとどまらず、広く英米を包含するものとなっている。ただし先生の主たるご業績、ご活躍はやはりアメリカ文学のフィールドであり、先生のアメリカ文学への関心と情熱に感化されてアメリカ文学研究に進んだ者も少なくない。このような事情もあって、本書の副題をあえて米英文学とさせていただいた。

詳しくは「はしがき」に譲るが、最初は必ずしもテーマをあらかじめ設定しての論集としてスタートしたわけではない本書の、どの論文にも問題意識、着眼点、論述スタイルに「岩山流」とでも呼ぶべき共通する志向があり、期せずして本書を単なる論集ではなく、一本貫かれたテーマに収束している作品としていることが、通読すれば実感していただけるであろう。

私たちの呼び掛けに賛同してくださり、ご協力いただいた各執筆者の方々には心よりお礼を申しあげる。私たちの最大の喜びは、岩山先生ご自身からも執筆参加いただいたことである。なお、執筆者の方々には早くに原稿を頂戴しながら、諸般の事情で出版が遅延しご迷惑をおかけしたことをお詫びしたい。また、編集作業全般にわたり同志社大学英文学科の石塚則子氏に多大なご協力をいただいたことを特記しておきたい。最後に、私たちの企画を聞き入れて本書を出版してくださる南雲堂と、きめ細かな助言をしてくださった同編集部の原信雄さんに心からの謝意を表する。

二〇〇四年初夏の京都より

執筆者紹介

（五十音順、氏名、所属、専門分野、主要業績）

赤井勝哉　あかい　かつや
四国学院大学文学部教授。アメリカ小説、キリスト教文学、翻訳研究。"In Search of a Good Man: A Study of Flannery O'Connor's Novels and Short Stories"『四国学院大学論集』七十九号（一九九二）。「フラナリー・オコーナーと黒人の問題—『裁きの日』について—」南井正廣編『フィクションの諸相』（英宝社、一九九九）。

秋篠憲一　あきしの　けんいち
同志社大学文学部助教授。中世英文学。「Amilounと"an euentour strong"」『中世英文学への巡礼の道』（南雲堂、一九九三）。「"Trew Lunet"—Ywain and Gawainの一解釈」『同志社大学英語英文学研究』七十四号、（二〇〇二）。「"Wilde Wayes I Chese": Sir Percyvell of GalesにおけるPercyvellと母の再会」『同志社大学英語英文学研究』七十五号（二〇〇三）。

浅井雅志　あさい　まさし
京都橘女子大学文学部教授。近現代英文学、比較文化・文明論。*Fullness of Being: A Study of D. H. Lawrence*（リーベル出版、一九九二）。『ロレンス研究——「チャタレー夫人の恋人」』（共著、朝日出版社、一九九八）。『ベルゼバブの孫への話』（翻訳、平河出版社、一九九〇）。

石井重光　いしい　しげみつ
近畿大学文芸学部助教授。十八世紀イギリス小説。"Rorensu Stahn, Sterne in Japan." *The Shandean* 8（一九九六）。"Tokugawa Shogun's *Tristram Shandy*." *The Shandean* 12（二〇〇一）。"Who Really Won the Battle? A Study of the Military Theme in *Tristram Shandy*." *Doshisha Literature* 39（一九九六）。

石崎一樹　いしざき　かずき
徳島文理大学総合政策学部講師。アメリカ小説。「文学の状況—ポストモダン以降」『徳島文理大学研究紀要』六十三号（二〇〇二）。「廃墟の中の時間—『重力の虹』についての一考察」『徳島文理大学研究紀要』五十六号（一九九八）。

石塚則子　いしづか　のりこ
同志社大学文学部助教授。十九・二十世紀アメリカ小説。"The Doubling in Edith Wharton's Postwar Fictions"『アメリカ文学研究』二十八号（日本アメリカ文学会、一九九一）。「『商品化される／する』女—『お国の風習』におけるアンディーン・スプラッグ」『同志社アメリカ研究』別冊十五（二〇〇〇）。「『欲望の民主化のアイロニー』— *Sister Carrie*におけるDreiserの視座」『関西アメリカ文学』三十八号（日本アメリカ文学会関西支部、二〇〇二）。

今西薫　いまにし　かおる
京都学園大学人間文化学部教授。二十世紀イギリス・アイルランド演劇。"Sean O'Casey's *Juno and the Paycock*: 'Chassis' Within and Without" *Doshisha Literature* 36（一九九三）。"A Criticism by Sean O'Casey against War in *The Silver Tassie*"『京都学園大学経済学部論集』七巻二号（一九九七）。「サッチャー政権時代のイギリス演劇」『京都学園大学人間文化学会紀要』八号（二〇〇二）。

岩山太次郎　いわやま　たじろう
同志社大学文学部名誉教授。アメリカ小説。『ソール・ベロー』（山口書店、一九八一）。『アメリカ文学を学ぶ人のために』（共編著、世界思想社、一九八七）。『川のアメリカ文学』（共編著、南雲堂、一九九二）。

臼井雅美　うすい　まさみ
同志社大学文学部教授。英米文学。*Virginia Woolf and War: Fiction, Reality, and Myth*（共著、Syracuse UP, 1991）。*Virginia Woolf: Themes and Variations*（共著、Pace UP, 1993）。*Asian American Playwrights*（共著、Greenwood, 2002）。

圓月優子　えんげつ　ゆうこ
同志社大学言語文化教育研究センター助教授。十八世紀イギリス文学。「フィクション化された歴史—『トム・ジョウンズ』におけるジャコバイティズム」『主流』六十一号（同志社大学英文学会、二〇〇〇）。「空洞化をめざす風刺劇—フィールディングの『落首』についての一考察」『言語文化』二巻一号（同志社大学言語文化学会、一九九九）。「笑う作者を笑う笑劇—『作者の笑劇』に関する一考察」『同志社大学英語英文学研究』六十九号（一九九八）。

押本年眞　おしもと　としまさ
同志社大学言語文化教育研究センター教授。十九・二十世紀イギリス小説、イギリス文化。『二十世紀イギリス作家の肖像』（共著、研究社、一九九三）。『イギリス文化と国際社会』（共著、明石書店、一九九六）。「アグネスの自立—価値観の旧さと新しさ」中岡洋、内田能嗣編『アン・

ブロンテ論』(開文社、一九九九)。

恩地　幸　おんち　さち

同志社大学・同志社女子大学嘱託講師。アメリカ文学。"White Roses and Black Dresses: A Study of Women Characters of *The Natural* by Bernard Malamud"『主流』別冊　太田藤一郎先生追悼記念号(同志社大学英文学会、一九八二)。「Peyton から Sophie へ — *Lie Down in Darkness* 考」『主流』五十二号(同志社大学英文学会、一九九一)。

柏原和子　かしはら　かずこ

関西外国語大学外国語学部助教授。アメリカ現代小説。『アメリカン・スタディーズ入門—自己実現でみるアメリカ』(共著、萌書房、二〇〇三)。『冷戦とアメリカ文学—二十一世紀からの検証』(共著、世界思想社、二〇〇一)。『セクシュアリティと罪の意識—読み直すホーソーンとアップダイク』(共著、南雲堂、一九九九)。

勝山貴之　かつやま　たかゆき

同志社大学文学部教授。英国ルネッサンス演劇。「『リチャード二世』の主題の持つ政治性と検閲」太田一昭編『エリザベス朝演劇と検閲』(英宝社、一九九六)。「ハムレット—イデオロギーからの逃走と主体の復権」『英語青年』百四十五巻二号(一九九九)。「ロンドン地図と『コリオレーナス』」『同志社大学英語英文学研究』七十六号(二〇〇四)。

金谷益道　かなや　ますみち

同志社大学文学部助教授。十九・二十世紀イギリス小説、小説創作原理。『イギリス文学への招待』(共著、朝日出版、一九九九)。"Author and Character: The Notion of the Loss of Authorial Control in Late Nineteenth- and Early Twentieth-Century Fiction"『同志社大学英語英文学研究』七十四号(二〇〇二)。"*The Return of the Native* as a Return to 'a Partly Real, Partly Dream-Country'"『同志社大学英語英文学研究』七十三号(二〇〇一)。

北脇徳子　きたわき　とくこ

京都精華大学人文学部教授。十九世紀英文学。『「テス」についての十三章』(共著、英宝社、一九九五)。「カントリー・ジェントリーの社会—『エマ』を中心として—」『京都精華大学紀要』十三号(一九九七)。「『ジュード』についての十一章』(共著、英宝社、二〇〇三)。

幸節みゆき　こうせつ　みゆき

大阪学院大学国際学部教授。T・S・エリオット、シンガポール英語文学。「はじめに欲/情/律・動ありき—*Sweeney Agonistes*を読む」『英文学研究』六十八巻二号(一九九二)。"In Love with Love: Contrasting Eliot's Two Body and Soul Debate Poems." *T. S. Eliot Review* 12(日本T. S. Eliot協会、二〇〇一)。"Community Regained: A Reading of Alfian Sa'at's 'Corridor'"『大阪学院大学外国語論集』四十六号(二〇〇二)。

小林　順　こばやし　じゅん

京都ノートルダム女子大学人間学部教授。イギリス文学、物語の歴史、筆記用具の歴史。『インターネット英語入門』(岩波ジュニア新書、二〇〇〇)。『わたしのおすすめパソコン・ソフト』(共著、岩波アクティブ新書、二〇〇二)。『筆記用具のイギリス文学』(共編著、晃洋書房、一九九九)。

斉藤延喜　さいとう　のぶよし

同志社大学文学部教授。イギリス小説。「オスカー・ワイルド—深層としての表層」小野修編『現代イギリスの基礎知識』(明石書店、一九九九)。"Women in the Dark: Three Berthas and Their Blindness"『同志社大学英語英文学研究』七十五号(二〇〇三)。『イギリス文学への招待』(共著、朝日出版、一九九九)。

坂本季詩雄　さかもと　きしお

京都外国語大学外国語学部助教授。アメリカ現代詩、映画研究。ドナルド・リチー『日本の映画』(共訳、行路社、二〇〇一)。『亀井俊介と読む古典アメリカ小説十二』(共著、南雲堂、二〇〇一)。「母なる沈黙から生まれるCharles Simicの詩」『愛知工業大学研究報告』三十一号(一九九八)。

佐々木隆　ささき　たかし

同志社大学アメリカ研究所教授。アメリカ文学・文化。『百年前のアメリカ—世紀転換期のアメリカ社会と文化』(共編著、修学社、一九九五)。"Predecessors: Intellectual Lineages in American Studies"(共著、Amsterdam: VU UP, 1999)。『アメリカ文学とニューヨーク』(共著、南雲堂、一九八五)。

佐野仁志　さの　ひとし

京都嵯峨芸術大学短期大学部助教授。英文学・ドイツ文学。"T. S. Eliot's Philosophical System and Religious Classicism" *T. S. Eliot Review* 8(日本T. S. Eliot協会、一九九七)。"On T. S. Eliot's 'The Hippopotamus' —'the old miasmal mist': Spiritual Inertia in Modern Society—.” *Doshisha Literature* 40（一九九七）。“The Transformation of Father Rodrigues in Shusaku Endo’s *Silence*.” *Christianity and Literature* 48（一九九九）。

塩尻恭子　しおじり　やすこ
同志社大学文学部教授。欧米現代劇。「ブロードウエイ演劇」鳴原真一編『モダン・アメリカン・ドラマ』（研究社、一九八九）。“An Ideal Husband?: Oscar Wilde’s Play of Ideas about an Ideal Wife.” *Studies in English Literature*（日本英文学会、一九九七）。“Self-Irony as Drama: Samuel Beckett’s ‘Three Dialogues with Georges Duthuit’.”『同志社大学英語英文学研究』七十六号（二〇〇四）。

杉澤伶維子　すぎさわ　れいこ
同志社大学嘱託講師。二十世紀アメリカ小説。『アメリカン・スタディーズ入門—自己実現でみるアメリカ』（共著、萌書房、二〇〇三）。『冷戦とアメリカ文学—二十一世紀からの再検証』（共著、世界思想社、二〇〇一）。『ホロコーストとユダヤ系文学』（共著、大阪教育図書、二〇〇〇）。

武田貴子　たけだ　たかこ
名古屋短期大学教授。十九世紀・世紀転換期のアメリカ文化・文学。『アメリカ・フェミニズムのパイオニアたち』（共著、彩流社、二〇〇一）。『亀井俊介と読む古典アメリカ小説十二』（共著、南雲堂、二〇〇一）。「Twinship: *Pudd’nhead Wilson* と“Those Extraordinary Twins”の関係」『英文学研究』七十二巻二号。

田林　葉　たばやし　よう
立命館大学政策科学部教授。アメリカ文学（近・現代エスニック・マイノリティによるライティング）、フェミニスト理論、文化理論。“Ambiguities, Multivocality, and Inclusiveness in Leslie Marmon Silko’s *Ceremony*.”『関西アメリカ文学』（二〇〇一）。“Communal and/or Individual Property and Self: Land Management and Autobiography of Indigenous Peoples in North America.”『立命館言語文化研究』（二〇〇三）。「ジェンダー、地域、年齢などによる差異と『正しい』日本語の規範」『政策科学』（二〇〇三）。

玉井久之　たまい　ひさし
関西外国語大学外国語学部助教授。イギリス小説、比較文学。「社会に対するペシミズム—コンラッドの『密偵』考察」南井正廣編『フィクションの諸相』（英宝社、一九九九）。「堕落僧の救済をめぐって—グレアム・グリーンと丹羽文雄の場合」『関西外大論集』七十六号（二〇〇二）。「作家 Bendrix の危機：*The End of the Affair* 考察」『関西外大論集』六十五号（一九九七）。

玉井史絵　たまい　ふみえ
同志社大学言語文化教育研究センター助教授。ヴィクトリア朝文学。“*David Copperfield*: Colonial Dissemination of Self(1),(2)”『言語文化』三巻二号、四巻一号（同志社大学言語文化学会、二〇〇一）。“*Great Expectations*: The Problem of Social Inclusion”『ディケンズ・フェローシップ日本支部年報』二十五号（ディケンズ・フェローシップ日本支部、二〇〇二）。

田村　章　たむら　あきら
金城学院大学文学部助教授。イギリス小説。「“Mamalujo”と歴史」『Joycean Japan』八号（日本ジェイムズ・ジョイス協会、一九九七）。“What Does ‘void’ Signify in *Ulysses*?”『Joycean Japan』十号（日本ジェイムズ・ジョイス協会、一九九九）。「Buckley と Russian general—戦争と革命の文脈—」『Joycean Japan』十二号（日本ジェイムズ・ジョイス協会、二〇〇一）。

中　良子　なか　りょうこ
京都産業大学文化学部助教授。アメリカ南部文学。「ユードラ・ウェルティのドキュメンタリー・ブック」『京都産業大学論集』二十九号（二〇〇二）。『スモールタウン・アメリカ』（共著、英宝社、二〇〇三）。『共和国の振り子』（共著、英宝社、二〇〇三）。

中井紀明　なかい　のりあき
桃山学院大学文学部教授。十九世紀アメリカ文学・文学理論。「文学理論は止めるべきか」『国際文化論集』十四（桃山学院大学総合研究所、一九九六）。「蘇る編集者ディキンスン—ファシクル二」『教育研究』四十六（国際基督教大学教育研究所、二〇〇四）。「蘇る編集者ディキンスン—ファシクル三」『国際文化論集』二十九（桃山学院大学総合研究所、二〇〇三）。

中島正太　なかじま　しょうた
徳島文理大学文学部助教授。十九世紀イギリス小説と医療問題、および文学作品と映像化の問題。「『百科事典』に魅せられた男—『ミドルマーチ』と啓蒙のパラドックス—」南井正廣編『フィクションの諸相』（英宝社、一九九九）。「イギリス小説における『病める語り手』の問

題―十九世紀を中心に」『徳島文理大学比較文化研究所年報』十八号。

中村久男　なかむら　ひさお
同志社大学言語文化教育研究センター教授。アメリカ文学。「フォークナーの『町』―語りの構造と作者の私的世界―」『同志社大学英語英文学研究』七十号（一九九八）。「消費する／されるフォークナー」『同志社アメリカ研究』別冊十五（二〇〇〇）。「「帰郷」における女性表象」『フォークナー』四号（松柏社、二〇〇二）。

橋本登代子　はしもと　とよこ
関西外国語大学外国語学部助教授。近代英国小説、ロマン派叙情詩。『近代英国小説、ヒロインからのメッセージ』（共著、近代文芸社、一九九六）。「『イーサン・フローム』における象徴の用と審美性」南井正廣編『フィクションの諸相』（英宝社、一九九九）。「近代化の過程の『寒村』」『十八世紀イギリス文学研究』（共著、開拓社、二〇〇二）。

林　以知郎　はやし　いちろう
同志社大学文学部教授。アメリカ文学。「戦略としての「ピューリタン嫌い」―クーパーの『ウィシュトン・ウィシュの嘆き人』」宮脇俊文、高野一良編『アメリカの嘆き―米文学史の中のピューリタニズム』（松柏社、一九九九）。「交錯する眼差し―『大草原』冒頭を読む」國重純二編『アメリカ文学ミレニアムI』（南雲堂、二〇〇一）。「靴直しは何を繕い直しするのか―ナサニエル・ウォード『アガワムの素朴な靴直し』を大西洋両岸の広がりの中で読む」『同志社大学英語英文学研究』七十五号（二〇〇三）。

Jeffrey J. Folks
同志社大学文学部教授（～二〇〇四）。アメリカ文学。*Southern Writers and the Machine: Faulkner to Percy*（New York: P. Lang , 1993）. *The World is Our Home: Society and Culture in Contemporary Southern Writing*. Edited with Nancy Summers Folks (Lexington, Kentucky: UP of Kentucky, 2000). *In a Time of Disorder: Form and Meaning in Southern Fiction from Poe to O'Connor* (New York: Peter Lang, 2003).

藤井加代子　ふじい　かよこ
名古屋外国語大学外国語学部助教授。イギリス小説。「Hermione Lee 作、伝記『ヴァージニア・ウルフ』を読む―伝記作家ウルフの伝記」『愛知女子短期大学研究紀要』三十二号・人文編（一九九九）。「ミュリエル・スパークと女性作家―『わたしだけの部屋と年収五百ポンド』を超えて」『名古屋外国語大学外国語学部紀要』二十七号（二〇〇四）。

三杉圭子　みすぎ　けいこ
神戸女学院大学文学部助教授。現代アメリカ文学。「『オーギー・マーチ』と『リベラル・イマジネーション』」山下昇編『冷戦とアメリカ文学』（世界思想社、二〇〇一）。『探偵小説と多元文化社会』（共著、英宝社、一九九九）。"Yasha Mazur's Flight from Life: Isaac Bashevis Singer's *The Magician of Lublin*"『アメリカ文学研究』二十八（一九九二）。

元山千歳　もとやま　ちとし
京都外国語大学外国語学部教授。アメリカ文学。『ポオはドラキュラだろうか』（勁草書房、一九八九）。『アメリカ文学と暴力』（共著、研究社、一九九五）。『アメリカ帝国と多文化社会のあいだ』（共著、開文社、二〇〇三）。

森岡　隆　もりおか　たかし
和歌山工業高等専門学校助教授。アメリカ文学、アパラチア文化。『アメリカ帝国と多文化社会のあいだ』（共著、開文社、二〇〇三）。『亀井俊介と読む古典アメリカ小説十二』（共著、南雲堂、二〇〇一）。「『大森林』における『エレミアの嘆き』」『フォークナー』三号（日本ウィリアム・フォークナー協会、二〇〇一）。

山口賀史　やまぐち　よしふみ
同志社大学文学部助教授。ルネッサンス英文学。「『あらし』と批評家―さまざまなプロスペロー―」今西雅章他編『シェイクスピアを学ぶ人のために』（世界思想社、二〇〇〇）。「*Macbeth* の潜在的転覆性」『主流』六三号（同志社大学英文学会、二〇〇二）。『イギリス文学への招待』（共著、朝日出版社、一九九九）。

山下　昇　やました　のぼる
相愛大学人文学部教授。アメリカ小説。『一九三〇年代のフォークナー』（大阪教育図書、一九九七）。『いま「ハック・フィン」をどう読むか』（共著、京都修学社、一九九七）。『冷戦とアメリカ文学』（編著、世界思想社、二〇〇一）。

吉田加代子　よしだ　かよこ
夙川学院短期大学助教授。アメリカ小説。「*The Princess Casamassima*: Hyacinth と London」*Shukugawa Studies in Linguistics and Literature* 15.「"A Passionate Pilgrim"で照らし出されたもの」*Shukugawa Studies in Linguistics and Literature* 23.

表象と生のはざまで
——葛藤する米英文学

二〇〇四年八月二十日　第一刷発行

編著者　山下昇　林以知郎　佐々木隆　斉藤延喜
発行者　南雲一範
装幀者　岡孝治
発行所　株式会社南雲堂
東京都新宿区山吹町三六一　郵便番号一六二-〇八〇一
電話東京（〇三）三二六八-二三八四（営業部）
　　　　（〇三）三二六八-二三八七（編集部）
振替口座　〇〇一六〇-〇-四六八六三
ファクシミリ（〇三）三二六〇-五四二五

印刷所　壮光舎
製本所　長山製本所

乱丁・落丁本は、小社通販係宛御送付下さい。
送料小社負担にて御取替えいたします。
〈IB-293〉〈検印省略〉

ISBN4-523-29293-0 C3098